HEYNE

LINE **HOLM**
STINE **BOLTHER**

BRENNENDER ZORN

KRIMINALROMAN

Aus dem Dänischen von
Franziska Hüther und Günther Frauenlob

WILHELM HEYNE VERLAG
MÜNCHEN

Die Originalausgabe *Lovløs* erschien erstmals 2022
bei Politikens Forlag, Kopenhagen.

MIX
Papier | Fördert gute Waldnutzung
FSC® C083411

Penguin Random House Verlagsgruppe FSC® N001967

Deutsche Erstausgabe 12/2022

Redaktion: Maike Dörries
Umschlaggestaltung: FAVORITBUERO GbR, München,
unter Verwendung von © Shutterstock.com (Mara Fribus, Pierette Guertin, ms_pics_and_more, Kochneva Tetyana, LenaML, STILLFX)
Satz: Uhl + Massopust, Aalen
Druck und Bindung: CPI books GmbH, Leck
Printed in the EU
ISBN: 978-3-453-42598-9

www.heyne.de

Mein kleiner Schatz,

dieser letzte Brief an Dich existiert nur hier. Als Worte, die durch meinen Kopf wirbeln, indes sie mich, strauchelnd und blind, über Torf und Baumstümpfe zerren.
Die Winterkälte zerreißt mich. Schneidet mir in die nackten Füße. Der Nebel legt sich klamm auf meine bloßen Arme. Dringt als schwere Feuchtigkeit in mein Kleid.
Die Männer haben kalte Augen, starre Blicke, schwarze Herzen.
Ich spüre kaltes Metall am Hinterkopf.
Schon bald bin ich tot.
Ich konnte mein Versprechen Dir gegenüber nicht einhalten. Eines Tages wirst Du es vielleicht verstehen. Das Jüngste Gericht tagt nicht am Ende des Lebens. Das Jüngste Gericht tagt jetzt. Tagtäglich. Ein jedes Menschenleben hältst Du in Deinen Händen.
Die Rollen sind nun vertauscht. Du musst mich finden.
Sei Dir gewiß, dass meine Liebe Dich hier erwartet, immer.

Finde mich.

MAI 2021

1

Er rannte. So schnell wie seit Kindertagen nicht mehr. Schneller, als sein Körper es eigentlich verkraftete.

Stürzte er, hätte er keine Chance. In diesem albernen Kostüm käme er aus eigener Kraft nicht wieder auf die Beine. Hilflos zuckend würde er am Boden liegen, überwältigt, ausgeknockt und gedemütigt von dem Gestank, wie eine große Made von einem Meter achtzig.

Also rannte er. Floh vor dem feuchten Brodem nach Verwesung und Tod, der in seine Lunge drang und sich in sein Herz bohrte. Er rannte panisch und gleichzeitig im peinlichen Bewusstsein, welchen Anblick er dabei bot: ein angestochenes Michelin-Männchen, das in weißen Gewändern mit einem Zelt auf dem Kopf und einer Sauerstoffflasche auf dem Rücken davonstürzte. Er floh vor den Gräbern und vor den Containern mit ihren schleimigen Fleisch- und Knochenresten und Pelzbüscheln, vor den überraschend vielen intakten Nerzköpfen mit den leeren Augenhöhlen, floh vor den Baggern, den randvoll gefüllten Schlammsaugfahrzeugen und vor den Kollegen, die in ihrer verbissenen Arbeit innehielten und ihm nachblickten.

Der süßliche Gestank hätte ihn nicht derart überrumpeln dürfen. Der Mief hing über der ganzen Gegend. Mehrere Kilometer entfernt, selbst noch in Holstebro, wurde einem übel, sobald man die Fenster öffnete. Seit Beginn der Grabungen rieten Frauen einander davon ab, draußen Wäsche aufzuhängen, Schulkinder weigerten sich, in den Pausen auf den Hof zu gehen, und Babys hielten ihren Mittagsschlaf drinnen. Alle verfluchten »sie« – die Regierung, die Polizei, die Behörden, das Gesundheitsamt, ja, die gesamte diffuse Gruppe von Beschlussträgern, die für diese Schweinerei verantwortlich waren – in sicherer Entfernung. Den Leuten hier blieb nur, auf baldige Tage mit steifer Brise zu hoffen. Und auf frischen Wind in der Politik.

Er hatte im Laufe der Jahre so einiges gesehen. Kloakenschlamm, Giftaustritte, allen möglichen Dreck hatte er beseitigt. Das hier war etwas anderes. Die Verwesung hatte sich von hinten angeschlichen. Er stellte sie sich als gelbgrünes Gas vor, das seine Wirbelsäule hinauf über die Schultern gekrochen war und sich jetzt auf seinen Schleimhäuten in Nase und Mund sammelte. Es sei nicht lebensbedrohlich, behaupteten sie, doch ein Jahr globaler Pandemie rumorte in seinem Hinterkopf; sein Alter und sein Lebensstil konnten ihn leicht auf der tragischen Seite der Todesstatistik enden lassen. Wie zum Henker war der Geruch in seinen Schutzanzug gedrungen?

Er klopfte sich Arme, Hintern und Beine ab. Umständlich versuchte er, den Kopf in dem Plastikhelm zu drehen und über die rechte Schulter zu schauen, was bedeutete, seinen Körper auf eine Weise zu verrenken, wie er es sicher die letzten zwanzig Jahre nicht mehr getan hatte, aber … Teufel noch mal, tatsächlich, hinten am rechten Oberschenkel hatte der Schutzanzug einen Riss. Drei, vier Zentimeter, mehr nicht, aber das reichte schon. Wahrscheinlich hatte er sich den Stoff aufgerissen, als er vor zehn Minuten aus dem Bagger gestiegen war, und der kleine Spalt reichte schon, um die Gase von Millionen verwesender Nerze eindringen zu lassen.

Als er das Ufer des Sees erreichte, fühlte er sich wie nach

einem Halbmarathon. Tatsächlich waren es höchstens drei- oder vierhundert Meter gewesen, aber das Innere seines Schutzanzugs triefte vor Kondenswasser, der See lag als unüberwindbares Hindernis vor ihm, und seine Kondition entsprach exakt der, die man von einem Mann mittleren Alters erwarten konnte, der täglich zwanzig Pall Mall rauchte und literweise Rahmsauce aß. Er konnte nicht mehr.

Eine Hand auf den Oberschenkel gestützt, beugte er sich vornüber, presste die Maske fest ins Gesicht und sog gierig den Sauerstoff aus der Flasche ein. *Ga-a-anz ruhig*, sagte er sich. Die Gase, der Gestank, die Verwesung würden nicht durch die Maske dringen, solange er dafür sorgte, dass sie dicht auflag.

Er sank auf die Knie und starrte zurück zu den Nerzgräbern und den brummenden Maschinen, während er seine Atmung zu beruhigen suchte. Die Männer, die dort auf Stundenbasis schufteten … Sie sollten einen Orden bekommen. Er selbst inklusive. Aber er wusste so gut wie jeder andere, dass kein Politiker, kein einziger Mensch in Machtposition, auch nur einen Gedanken an gewöhnliche Leute wie ihn verschwendete, wenn sie die Anweisung erteilten, das von ihnen angerichtete Schlamassel zu beseitigen.

Die Nerze waren im Herbst, als das Coronavirus sich unkontrolliert auf den dänischen Nerzfarmen ausbreitete, in aller Eile gekeult worden. Wie zum Geier irgendein Anzugträger auf die Idee kam, vier Millionen Nerze hier zu verbuddeln, verblieb wie andere Schreibtischentscheidungen unklar. Vor allem, als Experten wenige Wochen später darauf aufmerksam machten, dass Phosphor und Stickstoff von den pelzigen Kadavern in den geschützten See gelangen könnten.

Deshalb war er hier, und deshalb waren seine Kollegen hinzugerufen worden. Die Schlammsauger. Die Dunkelmänner, die es gewohnt waren, bis zum Hals in Scheiße zu stehen, wenn alle anderen angewidert wegschauten.

Er erachtete sich selbst als ziemlich abgebrüht. Aber das hier … Das war selbst für ihn zu krass. Die Nerze sollten wieder ausgegraben und verbrannt werden, so der Plan, aber keiner hatte ihnen gesagt, dass die Viecher noch keine verwesten Skelette, sondern eine schleimige, käseartige Masse waren. Buchstäblich Fäulnis im Pelz.

Schnaufend drehte er sich in seinem Schutzanzug zur Seite und blickte wieder über den See. Unbeeindruckt vom Gestank lag dieser umgeben von immergrünen Bäumen, die sich in der himmelblauen Oberfläche spiegelten. Eine Libelle schwirrte einen halben Meter vor dem Plastikvisier des Helms, der sein Sichtfeld eingrenzte, in der Luft. Seine Enkel hatten ihm erzählt, dass es Libellen schon vor den Dinosauriern auf der Erde gegeben habe, und ihm schien, als glotze sie ihn höhnisch an – ihn, eine nicht überlebensfähige Menschenpuppe, die in ihre Domäne eingedrungen war.

Er schlug nach der Libelle und schwang die Beine über die Uferböschung. Hier saß es sich wahrlich gut, mit den Füßen über dem Wasser baumelnd, wie auf einem Stuhl, der weder zu hart noch zu weich war. Er hätte sterben können für eine Zigarette und ein Bier.

Es war gesetzeswidrig hoch zehn, dem gesamten Nerzgewerbe den Garaus zu machen. Und saudämlich, die Nerze hier zu vergraben. Hatten die hohen Herren und Damen denn gar keinen Funken Respekt mehr im Leib? Vor gewöhnlich Sterblichen?

»Ich werde gut auf Dänemark aufpassen«, lautete Ministerpräsident Troels Mejdings Slogan während des Wahlkampfs vergangenen Herbst. Lieber Himmel.

Obwohl er zugeben musste, dass er ein Licht in Meijding

gesehen hatte, als der Landwirtssohn mit der auffälligen grauweißen Strähne im Stirnhaar die Macht übernahm. Aber irgendwann zeigte jede Regierung Ermüdungserscheinungen. Die Leute wurden es leid, immer dieselben Personen auf dieselbe Art im Fernsehen auftreten zu sehen, genau wie man die Whiskysauce im Steakhaus leid wurde und es satt bekam, jahrein, jahraus die eigene Ehefrau anzuschauen. Mit dem Skandal um die Flüchtlingskinder 2020 konnte Meijding sich auch nicht eben schmücken. Er selbst war ganz bestimmt kein *Halalhippie*, wie man so schön sagte, aber wenn zwei unschuldige Kinder um ein Haar in den Händen des Systems ums Leben kamen, war für ihn eindeutig eine rote Linie überschritten. Und dann war da noch das Debakel mit den grönländischen Kindern … Eigentlich hatte er es aufgegeben, verstehen zu wollen, wer die Schuld an der ganzen Geschichte trug, aber irgendwie musste Mejding darin verwickelt gewesen sein, da er fast erschossen worden wäre. Er hatte es selbst live im Fernsehen gesehen. Mitten beim Nachmittagskaffee. Meijding hatte überlebt, aber ein Spindoktor, der Name war längst vergessen, war tot, und Schloss Christiansborg hatte monatelang von Streitereien widergehallt.

Aber dann war Corona über alle hereingebrochen. Der Skandal mit den Kindern wurde in den Hintergrund gedrängt, während Meijding das Land durch die erste Welle der Pandemie steuerte und in der Coronapause Anfang Herbst wiedergewählt wurde. Die zweite Welle verlief weniger glimpflich, und nun, im Frühjahr 2021, stand Meijding auf etwas wackligen Füßen.

Nein, es gab kaum noch jemanden, in den man sein Vertrauen setzen konnte. Wähler wie er waren heutzutage quasi abgehängt. Zur Bedeutungslosigkeit verdammt, obwohl sie in Krisenzeiten den Laden am Laufen hielten. Wozu waren Fernsehmoderatoren, Immobilienmakler oder sogenannte

Debattanten schon zu gebrauchen, wenn diverse Krisen das Land trafen? Einen Dreck. Sie stellten eine Minderheit dar, trotzdem bestimmten die Politiker, die Medienfuzzis und Anzugträger, diese Arschlöcher auf ihren Chefsesseln, einfach alles. Die Reichen wurden mit jedem Tag reicher, egal wie sehr sie sich die Hände mit Geldwäsche und Steuerhinterziehung schmutzig gemacht hatten.

Diese Leute hatten während der gesamten Coronakrise in ihren Sommerhäusern gesessen und gejammert, weil sie ihren Champagnerpartys und Skiurlauben nicht im üblichen Umfang frönen konnten, während das arbeitende Volk morgens aufstand, Pausenbrote schmierte, Maske aufsetzte, die Kinder wegbrachte, sich in regelmäßigen Abständen ein Wattestäbchen ins Gehirn rammen ließ und einfach weiterschuftete. Natürlich tat auch er das, sonst übernahm womöglich noch irgendein Pole oder ein Roboter seinen Job.

Aber welchen Politiker scherte das schon?

Abgesehen vielleicht diese Neue. Katja Klargaard. Oder schlicht Katja, wie man sie hier in ihrer jütischen Heimatgegend nannte. Die Frau hatte wirklich Haare auf den Zähnen. Sie verstand Leute wie ihn, und sie sprach so, dass Leute wie er auch *sie* verstanden.

Katja war als eine von vier Abgeordneten aus einer neuen, deutlich rechtsgerichteten Partei gewählt worden. Normalerweise wurde diese Art Parteien nicht ins Zentrum der Macht eingeladen, aber Mejding brauchte die Mandate für seine Regierung, und er hatte klug bedacht der jungen Katja Klargaard den wichtigen Posten als Justizministerin zugewiesen. All ihre Wahlversprechen waren schließlich Varianten von »mehr Gesetz und Ordnung« gewesen. Ausländer ohne Aufenthaltserlaubnis sollten nach Hause geschickt, Kriminelle ins Gefängnis verfrachtet und missratene Kinder erzogen werden;

Klargaard war für mehr Polizei an den Grenzen und auf den Straßen, vor allem in den strukturschwachen Regionen in Jütland, wo wochenends fast schon gesetzlose Zustände herrschten, sowie generell für härtere Strafen, speziell für Verbrechen wie Unfallflucht, Mord, Pädophilie und Vergewaltigung.

Schluss mit Larifari.

»Konsequenz-Katja« wurde sie in den Boulevardzeitungen und in den sozialen Medien genannt, wenn sie wieder einmal eine Gesetzesverschärfung durchgeboxt hatte. Die Opposition zeterte natürlich und bezeichnete sie als platt und populistisch, aber er fand sie gut. Und attraktiv obendrein, das schadete nie.

Katja Klargaard wollte, daran bestand kein Zweifel, die Dinge *anders* machen. Für ein wenig Ordnung sorgen, gegen den in Christiansborg herrschenden Sumpf der Verderbtheit vorgehen. Ja, man bekam verdammt noch mal selber Lust, das Ganze bis auf die Grundmauern abzufackeln und neu anzufangen. Einfach nur das Ganze brennen zu sehen …

Jemand tippte ihm hart auf die Schulter, und er erschrak derart, dass er mit der schweren Sauerstoffflasche auf dem Rücken zur Seite kippte und die Böschung hinunterkugelte. Er landete auf dem Bauch, alle viere von sich gestreckt, die in den Gummistiefeln steckenden Füße im Seewasser und der Plastikhelm in die Erde gedrückt. Gott verdammt, war das demütigend.

Mühsam hob er den Kopf, schaute auf und sah natürlich, er hätte es sich denken können, seinen halb so alten Kollegen, der zum Teamleiter berufen worden war und die Aufgabe auf eine Art beschwingt anging, dass es die Älteren ankotzte. Was zur Hölle sollte man mit der ganzen guten Laune? Das allein reichte, um einem die Stimmung zu vermiesen.

»Was hast du? Geht's dir nicht gut?«, erkundigte sich der Jungspund hinter seiner Maske. Er klang wie ein Kind, das in eine Trinkflasche spricht.

»Mein Anzug hat ein Loch«, prustete er als Antwort und wies umständlich auf seinen hinteren Oberschenkel.

»Am Hintern?« Der Bursche reichte ihm die Hand, um ihm aufzuhelfen.

Er ignorierte die Hand und den Versuch des Kollegen, witzig zu sein. Stattdessen stemmte er die Hände gegen die Böschung und versuchte aufzustehen, doch die Füße rutschten im Uferschlamm weg, und er musste besagten Hintern in einer gelinde gesagt wenig eleganten Yogaposition nach oben drücken, während er erst den einen, dann den anderen Gummistiefel fest in die Böschung stieß, um Halt zu finden.

Mit der rechten Hand griff er nach einer aus der Erde ragenden Wurzel und wollte sich gerade mit einem Stöhnen hochziehen, als die Wurzel zu seinem Schrecken nachgab. Mit einem allzu vernehmlichen »Hrmpf« kippte er um und landete auf dem Allerwertesten im dreißig Zentimeter tiefen Wasser.

Er betrachtete die Wurzel in seiner Hand und den kleinen Erdrutsch, den er mit seinem Seelöwenmanöver verursacht hatte. Die Wurzel sah merkwürdig aus.

»Stammt das auch von einem Tier?«, fragte der junge Kollege, der sich neugierig über den grau-weißen Gegenstand in seiner Hand beugte.

Das war eindeutig keine Wurzel. Es war ein Knochen.

»So weit hier drüben liegen doch keine Nerze, oder?« Jetzt klang der Kollege skeptisch.

Er gab keine Antwort. Es war ja wohl offensichtlich, dachte er, während kaltes Seewasser das Loch hinten am Oberschenkel fand, in den Anzug sickerte und einen in jeglicher Hinsicht beschissenen Tag vollendete.

Das da … das war nie ein Nerz gewesen.

ERSTER TEIL

29. Juli bis 8. August 2021

2

Maria Just stand, den Blick aufs Meer gerichtet, knietief im Wasser. Sie schloss für einen Moment die Augen. Eine wohltuende Brise blies ihr die rötlichen Locken von den Schultern und ließ kleine, kühle Wellen über ihre Knie schwappen. Das dreijährige Mädchen an ihrer linken Hand juchzte vor Freude.

Am Horizont fuhren zwei Containerschiffe wie Miniaturmodelle vorbei. Als Kind hatte sie davon geträumt, mit ihnen zu fahren, weit fort von diesem windgepeitschten Fleckchen am äußersten Rande Dänemarks, wo der Tod ihres ertrunkenen Vaters und die jahrelange Verzweiflung der Mutter ihre Jugendjahre vergiftet hatten.

»Maria«, sagte das Kind an ihrer rechten Hand, doch sie gestattete sich, den fragenden Ton kurz zu ignorieren.

Damals war ihr jeder andere Ort besser erschienen als Thorup Strand. Jetzt neigte sich ihr Sommerurlaub dem Ende zu, und sie wusste, wie sehr sie die salzige Luft, die sporadischen Schreie der Möwen und die Abwesenheit von Menschenmassen vermissen würde, wenn sie nach Kopenhagen zurückkehrte und wieder täglich zwischen ihrer Wohnung in Østerbro und ihrer Arbeit als Historikerin im Polizeimuseum in Nørrebro pendelte.

Das, und Jakob natürlich.

»Maria, Jakob ruft.« Das Kind zog ungeduldig an ihrer Hand, und sie sah zu dem blauäugigen, sommersprossigen Jungen hinab, dem die Schneidezähne fehlten. Ihr Neffe Lau.

»Was?«, murmelte sie, schläfrig von der Sonne und in Gedanken versunken.

Sie hatte ihren kompletten Urlaub hier oben verbracht. War joggen gegangen, hatte mit Lau und seiner kleinen Schwester gespielt, im Meer gebadet, lange geschlafen, gegrillt und etwas zu viel Wein getrunken, gelacht und gelesen. Und nicht selten ins Leere gestarrt.

Sie hatte versucht, nicht in Selbstanalysen und Grübeleien zu versinken, denn eigentlich fühlte sie sich gut, stärker als früher. Aber man brauchte kaum einen Doktortitel in Psychologie, um sich auszurechnen, dass die Ereignisse im letzten Jahr ihre Spuren hinterlassen hatten.

»Sie wären fast gestorben. Dieses Trauma müssen Sie bearbeiten«, hatte eine Krisenpsychologin am Rigshospital sie ermahnt.

Maria zog es vor, derlei Dinge im Unterbewusstsein ablaufen zu lassen. Als Kind hatte sie ausreichend Psychoanalysen und bekümmerte Blicke fremder Therapeuten über sich ergehen lassen müssen. Inzwischen vertrat sie die Meinung, dass Therapien und ewiges Stochern in offenen Wunden alles nur schlimmer machten. Wunden heilten von allein, wenn man sie nur in Ruhe ließ. Und ihnen Zeit gab.

Anderthalb Jahre war es her, seit Maria auf eine Verbindung zwischen einem ungelösten Doppelmord aus den Sechzigerjahren und der Ermordung des Rotkreuzgeneralsekretärs gestoßen war. Eine Entdeckung, die damit endete, dass sie entführt wurde und fast ertrunken wäre. Jakob hatte wochenlang im Rigshospital bei ihr gesessen. Und sie »mein Liebling« genannt, als sie aufwachte. Nichts von wegen mal eben abklären »Hey, wo stehen wir?« oder »Was möchtest du?«. Nein, es war selbstverständlich für ihn gewesen, dass sie ab jetzt zusammen waren. So wie es selbstverständlich für ihn gewesen war, sich in den eiskalten Øresund zu stürzen und sie Sekunden vor dem Ertrinken aus dem Wasser zu ziehen. Maria war von Natur aus mehr Zynikerin denn Romantikerin, doch selbst für eine vom Leben geprüfte Single von zweiunddreißig Jahren war es schwer, ein überzeugenderes Argument für die Liebe zu finden: Er hatte ihr das Leben gerettet.

»Maria! Guck!«

Jetzt zog auch die andere Kinderhand an ihrer. Mads' jüngstes Kind, die dreijährige Emilie, zeigte mit ihrer freien Hand zum Strand. Widerwillig drehte Maria sich zu den Klippen, wo Jakob und ihr älterer Bruder mit ihrem Nachmittagsbierchen standen.

Standen, nicht saßen. Die beiden Männer waren seit dem ersten Schultag Freunde, und sie verband weit mehr als die lebenslange Freundschaft. Beide wachten mit Argusaugen über Maria: Jakob mit seiner Liebe, die über so viele Jahre hinweg unerfüllt und unglücklich gewesen war. Mads mit der väterlichen Verantwortung, die er bereits als Teenager übernommen hatte.

»Was!?«, rief sie ihnen zu.

Jakob wedelte mit einem in der Sonne glänzenden Gegenstand.

»Das Museum! Du sollst zurückrufen!«

Maria stutzte. Es musste wichtig sein, wenn die Kollegen an einem Donnerstagnachmittag während ihres Urlaubs anriefen, aber glücklich war sie darüber nicht.

Normalerweise ließ sie für ihren Job jederzeit alles stehen und liegen und vergaß alles und jeden um sich herum, wenn sie sich in die Kriminalrätsel der Vergangenheit vertiefte, in ungelöste Mordfälle oder die Kriminalitätsstatistik, die zu der umfassenden Geschichte darüber beitrug, wer die Dänen eigentlich waren.

Und jetzt? War sie wirklich verärgert, weil das Museum sie störte?

Oder waren es Jakob und seine vorsichtigen Fragen über ihre gemeinsame Zukunft, die ihr im Hinterkopf herumspukten? Waren es die Ereignisse des letzten Jahres, die sich meldeten? Die ganze Sache hatte damals als simples Projekt für das Museum begonnen, sie aber letztlich um ein Haar das Leben gekostet. Machte die Arbeit ihr auf einmal Angst?

Nein, verdammt, so weit kam's noch. Es würde schön sein, in die Stadt zurückzukehren, und sie vermisste ihre Freundin Mette, die eingefleischte Kopenhagenerin, die sich nur im äußersten Notfall aus dem Servicegebiet der U-Bahn oder von ihrer Arbeit als Journalistin bei der *Morgenavisen* wegbewegte. Und Mikael Dirk, den Polizisten, der einen ebenso großen Teil dazu beigetragen hatte, dass sie damals aus dem Øresund gerettet wurde – ihn wollte sie ebenfalls nicht missen. Wie oft fand man schon einen neuen Freund?

Mikael Dirk machte diese Woche Urlaub mit seinem Sohn. Zum ersten Mal sollte er eine ganze Woche mit seinem siebenjährigen Jungen allein sein, und der Polizist, der seine Gefühle sonst stets unter Verschluss hielt, war ziemlich nervös gewesen. Maria wusste nicht genau, warum, aber zwischen Hectors viertem und siebtem Lebensjahr hatte Mikael keinen Kontakt zu ihm gehabt. Mikael hatte ausweichend erklärt, dies sei allein seinem Versagen als Vater geschuldet, doch nachdem er während der Festnahmeaktion verwundet worden war, habe er sich »zusammengerissen«. Es steckte aber wohl etwas mehr dahinter. Soweit Maria bekannt war, hatte Mikael seiner Ex-Frau Karin einen dreizehn Seiten langen Brief geschickt, in dem er sich wortreich entschuldigt und seine Reue zu Papier gebracht hatte.

Karin hatte sich überraschenderweise erweichen lassen und

nach und nach zugestimmt, dass Mikael zunächst einen Tag, dann hin und wieder ein Wochenende und nun eine ganze Woche allein mit Hector verbrachte. Womöglich aufgrund der Erkenntnis, dass Mikael mit dem Job, den er ausübte, eines Tages für immer aus Hectors Leben verschwinden könnte.

Der Junge war Mikaels Ein und Alles, und in den letzten Monaten hatte Maria beobachtet, wie ein schwermütiger und verbitterter Mann dem Leben mit neuem Blick begegnete. Er lächelte öfter.

Vor zwei Tagen waren Mikael und Hector in Thorup Strand zu Besuch vorbeigekommen. Mikael hatte ein Ferienhaus in der Nähe gemietet und dankbar zugesagt, als Maria ihn und Hector zum Grillen und Spielen mit Mads' Kindern eingeladen hatte. Lau und Hector hatten sich gut verstanden, und Mikael war allmählich aufgetaut. Es war sehr nett gewesen. Wenngleich Jakob sich an diesem Tag merkwürdig wortkarg gegeben hatte. Maria war sich bewusst, dass Mikaels Anwesenheit ihn einschüchterte. Schließlich war er nicht auf den Kopf gefallen, und ihm entging nicht, dass zwischen seiner Freundin und dem schroffen Polizisten irgendeine unerklärliche Chemie herrschte, sowie eine fachliche Zusammengehörigkeit, an der er nicht teilhaben konnte. Aber in Marias Augen war das unbegründet. Erstens gab es keinerlei Grund zur Eifersucht, zweitens sollte ihr niemand vorschreiben, mit wem sie befreundet war. Sie liebte Jakob, und sie hatten eine gemeinsame Vergangenheit, an die keine neue Bekanntschaft heranreichen konnte. Das musste Bestätigung genug sein.

Seufzend hob sie Emilie auf ihre Hüfte.

»Kommt, ihr Racker, wir gehen«, sagte sie und hielt Lau fest an der Hand, als sie zum Strand wateten. Der Respekt vor dem Meer war nach dem Tod des Vaters tief in ihr verankert, wobei die Panik vor dem Wasser seit ihrem Beinahe-Ertrinken merkwürdigerweise abgenommen hatte. Sie hatte »der Angst in die Augen gesehen«, wie Mads es formulierte.

»Bodil hat sechsmal angerufen.« Jakob reichte ihr ein Handtuch und das Telefon, während Mads ihr die protestierende Emilie vom Arm nahm.

»Was wollte sie?«

Jakob zuckte mit den Schultern.

»Ich bin nicht drangegangen. Aber es scheint wichtig zu sein, wenn sie in deinem Urlaub bei dir Sturm klingelt.« Ein Lächeln spielte um seine Mundwinkel. »Wie bin ich doch froh, mein eigener Chef zu sein. Das solltest du auch mal probieren.«

»Freelance-Polizeihistorikerin? Herzlichen Dank für die lausigste Geschäftsidee der Welt.«

Maria küsste ihn und ging etwas zur Seite, um in Ruhe zu telefonieren. Bodil Toft, ihre Chefin im Polizeimuseum, war die Sorte Mensch, die leicht gekränkt war, wenn einer ihrer Mitarbeiter es wagte, sich im Urlaub zu amüsieren.

»Na endlich«, sagte Bodil beim Abnehmen. Kein »Tut mir leid, dass ich dich störe« oder »Genießt du deinen Urlaub?«. Höfliche Konversation reservierte Bodil für Leute, zu denen sie aufsah oder bei denen sie sich einschmeicheln wollte.

»Ich war schwimmen. Schließlich habe ich Urlaub.« Maria antwortete bewusst etwas spitz.

»Hast du nicht langsam genug im Meer herumgeplanscht, das sollte doch bald für ein Leben reichen?« Bodil ließ die schamlose Bemerkung einen Moment lang in der Luft hängen. »Heute Morgen … der 29. Juli, das ist doch heute? Heute wurden mir die Unterlagen zu einem Fall der Polizei Mittel- und Westjütland zugeschickt, der dem Polizeimuseum übertragen wird. Gesetzt den Fall, wir sind interessiert. Wir sollen schnellstmöglich Bescheid sagen, darum hätte ich gern, dass du einen Blick darauf wirfst, sobald du zur Arbeit kommst. Wie du weißt, bin ich auf dem Weg in die Ferien.«

Interessiert? Maria fasste das als rhetorische Frage auf. Trotzdem kam es darauf an, worum es bei dem Fall ging. Ohne einen museumsrelevanten Aspekt würde er bloß als weitere Kuriosität im Archivkeller enden.

Bodil räusperte sich.

»Im Frühjahr hat ein Arbeitstrupp eine Leiche gefunden, in der Gegend von … Moment, Nordre … nein, Nørre Felding heißt das. Sagt dir das was? Das ist doch bei dir in der Nähe, oder?«

»Ich weiß, wo der Ort liegt, ja.«

Maria unterdrückte ein genervtes Stöhnen. Bodil war in einem Vorort Kopenhagens geboren und aufgewachsen, und es gab für Maria kaum etwas Provinzielleres als einen Hauptstädter, für den ganz Jütland ein einziger blinder Fleck auf der Karte war.

»Dann weiß ich auch, worum es bei dem Fall geht.«

Ende Mai war bei einem See südlich von Holstebro ein vergrabenes Skelett gefunden worden, im selben Gebiet, wo man ein halbes Jahr zuvor Millionen tote, potenziell mit Covid-19 infizierte Nerze begraben hatte.

Der Leichenfund war *Breaking News* gewesen, mit Helikopter und Live-Berichterstattung vor Ort, wobei man immer darauf geachtet hatte, die schöne Natur rund um den Fundort möglichst makaber aussehen zu lassen.

»Hier stinkt es nach Tod«, hatte der Entsandte berichtet.

Das Medieninteresse war jedoch rasch versiegt, nachdem ein hinzugerufener Rechtsmediziner zu dem Ergebnis kam, dass das Skelett bereits seit mehreren Jahrzehnten am See begraben lag und es sich dementsprechend nicht um ein aktuelles Verbrechen handelte. Und dass der Gestank nach Tod von den verwesenden Pelztieren ausging, nicht von besagtem menschlichem Skelett.

»Schön, dann kann ich mir diese Information ja sparen«, erwiderte Bodil. »Das Skelett wurde zur C-14-Datierung ins Rechtsmedizinische Institut in Aarhus gebracht, aber allzu weit sind sie dort nicht gekommen, weil die einzige auf Rechtsanthropologie spezialisierte Mitarbeiterin mit Burnout krankgeschrieben ist. Die übrigen Mitarbeiter sind mit anderen Fällen beschäftigt und generell stark im Verzug nach dieser Corona-Sch…«

»Die Leiche ist also noch nicht identifiziert?«, fuhr Maria dazwischen.

»Bisher nicht, nein. Es handelt sich um eine Frau, soweit ich verstanden habe, und wir müssen einige Jahrzehnte zurück in die Vergangenheit. Aber die Rechtsmedizin in Aarhus ist wie gesagt unterbesetzt, und dasselbe gilt für die Polizeidirektion, die keine freien Personalkapazitäten hat, um einem … wie sollen wir es nennen? Einem antiken Fall nachzugehen? Du weißt ja, wie das ist. Vom Rigshospital höre ich, dass der Personalmangel allmählich kritische Ausmaße annimmt. Die Situation ist wirklich inakzeptabel.«

Bodil hielt inne, und Maria hörte sie zwischen ihren schmalen Lippen Luft einziehen. Offenbar rauchte Bodil noch immer heimlich. Jeder am Polizeimuseum wusste davon, dass sie es aber trotzdem vor allen verborgen hielt, verlieh der Chefin gleich zwei mildernde Züge: Bodil hatte ein Laster, und es war ihr peinlich, dies zuzugeben.

»Na jedenfalls, die irdischen Überreste wurden ans Rechtsmedizinische Institut in Kopenhagen überführt, wo sie anscheinend etwas mehr Kapazitäten haben«, fuhr Bodil fort. »Gerichtsanthropologin Margrethe Sandager hat mir geschrieben, dass wir sämtliche relevanten Informationen sowie einzelne Objekte aus dem Fall bekommen können. Sie meint, die Sache könnte interessant für uns sein.«

»Okay, ich schau's mir gerne an.«

»Mein Urlaub beginnt ja, wenn du zurückkommst, die Einschätzung obliegt also dir. Ich kenne Sandager seit vielen Jahren, sie ist sehr erfahren, und ich wollte sie nicht abweisen. Es ist ein bisschen eine Zwickmühle. Mir ist nicht ganz klar, was wir mit einem namenlosen Skelett anfangen sollen. Andererseits ist es natürlich ein Vertrauensbeweis vonseiten der Polizei, dass sie uns einen Fall überlassen.«

Maria fand Bodils Tonfall unerträglich selbstgefällig.

»Irgendwie ist das aber schon ein Armutszeugnis, oder?«, konnte Maria sich die provokante Frage nicht verkneifen.

»Wieso Armutszeugnis?«

Maria sah Bodil am anderen Ende der Verbindung förmlich die Augen aufreißen. Ein Emoji mit Bernsteinkette um den Hals.

»Dass die Polizei so schnell aufgibt! Nach vierzig oder fünfzig Jahren muss es doch noch jemanden in der Gegend um Holstebro geben, der ein Familienmitglied vermisst! Oder etwas weiß! Wieso schließt die Polizei einen Fall ohne ernst zu nehmende Ermittlungen?«

Bodil schwieg einen Moment.

»Tja, das kann ich dir auch nicht sagen«, meinte sie dann. »Vielleicht *haben* sie es ja versucht, mit den Mitteln, die ihnen zur Verfügung stehen? Es war ein *annus horribilis*, auch für die Polizei. Ich habe vollstes Vertrauen, dass die Ermittler alles in ihrer Macht Stehende getan haben. Und Maria? Denk dran, wer dein Gehalt bezahlt.«

Maria verdrehte die Augen. Ja, auf dem Papier war sie von der Landespolizei angestellt, und sie hatte größten Respekt vor den Mitarbeitern der Polizei. Die aber stand finanziell, politisch und organisatorisch unter Druck, und durch die Historikerbrille betrachtet wusste Maria, dass jeder ungelöste Fall – ganz besonders ungelöste Mordfälle – am Ansehen der Polizei und an der Unterstützung durch die Bevölkerung kratzte. So etwas war gefährlich destabilisierend für die Gesellschaft.

Das alles brauchte sie jedoch nicht mit Bodil zu diskutieren. Der Ärger darüber, mitten im Urlaub von der Chefin angerufen worden zu sein, war verpufft, und Maria freute sich richtig, ins Museum zurückzukehren. Sie ließ sich sogar dazu hinreißen, Bodil ein wenig zu enthusiastisch »einen schönen, langen Urlaub« zu wünschen. Mit Betonung auf *lang*.

»Ich werde schon den zugehörigen Namen zu diesem Skelett finden«, versprach sie.

Bodil schnaubte.

»Das erwartet kein Mensch. Und Maria? Spiel um Gottes willen nicht wieder Detektivin«, erwiderte sie säuerlich und legte auf.

3

Sanft, mit einer Hand auf ihrem Bauch, versuchte er, seine Frau zu wecken. Er streichelte ihre Brustwarze. Küsste sie auf den Hals. Der Nippel wurde steif unter seiner Berührung, und er kroch näher zu ihr heran, doch sie schlummerte tief und fest. Viel zu fest.

Sein Blick fiel auf den Wecker auf dem Nachttisch. 05.45 Uhr. Was dachte er sich bloß? Es war früh, sie musste erschöpft sein, nachdem sie gestern spätabends nach Hause gekommen waren, und verdiente es weiterzuschlafen, während er – Gewohnheitstier, Frühaufsteher und Besitzer einer stetig schrumpfenden Blase – in die Alltagsroutine zurückfand.

Niels Carlsen, Leiter des Dezernats für Gewaltverbrechen, schlug die leichte Sommerdecke zur Seite. Vogelgezwitscher drang durch die offenen Fenster ins Schlafzimmer. Er stand auf, betrachtete seine schlafende Frau und zog ihr vorsichtig die Decke über die nackten Schultern. Anette hatte sich in den Jahren ihrer Ehe in vieles gefügt, wenn Carlsen zu allen möglichen Tages- und Nachtzeiten aufs Revier gerufen wurde und den Haushalt ihr überließ.

Natürlich hatte sie sich beklagt, wenn er mal wieder sämtliche Absprachen brach. Sie verstand es wie niemand sonst, ihm ein schlechtes Gewissen zu machen, ohne viel zu sagen. Verbissenes Schweigen, ein abgewandter Blick, zusammengepresste Lippen, das genügte schon.

Besonders ein inzwischen Jahre zurückliegendes Ereignis

war Carlsen in Erinnerung geblieben. Für die Geburtstagsparty der Zwillinge hatten sie den Kindergarten eingeladen und erwarteten fünfzehn Knirpse, die an allem herumzuppelten und unerklärliche Wutanfälle bekamen, als er einen Anruf erhielt. Eine Klima-Demo war aus dem Ruder gelaufen, und sämtliche abrufbaren Leute sollten unverzüglich in die Uniform schlüpfen. Urlaub, freie Wochenenden, Überstunden – alles wurde ausgeschöpft. Es ging um die Sicherheit der Nation, hieß es. Mit dieser Erklärung hatte er auch Anette abgespeist, als er sie auf die Stirn küsste und mit einer unendlichen Serie von Toilettenbesuchen, Naschtüten und Schatzsuchen allein ließ. Es hatte seine Zeit gebraucht, aber Anette hatte ihm verziehen, die Mädchen hatten einen tollen Tag gehabt, und auch er hatte die Klima-Demo weitestgehend heil überstanden und nur ein bisschen Tränengas und einen herumfliegenden Pappkarton abbekommen.

Er lehnte die Stirn gegen das Schränkchen über der Toilette, ließ locker und entleerte in einem langen, erleichternden Strahl die Blase. Es war Montag und der erste Arbeitstag nach drei Wochen in ihrer Ferienwohnung in Spanien, wo sie Padel-Tennis gespielt, gut gegessen, Rioja getrunken und Besuch von Freunden und den Töchtern bekommen hatten. Er blickte an sich hinab. Die Sonne hatte großzügig geschienen, und seine skandinavische Haut hatte einen bronzebraunen Ton angenommen. Jetzt verlangten seine Muskeln nach Bewegung, und sein Hirn sehnte sich nach der gewohnten Routine, daher holte er seine Laufsachen hervor. Schwarze Shorts, ein rotes T-Shirt und wie immer leuchtend bunte Strümpfe aus der Schublade. Montags, mittwochs und freitags begann er den Tag mit einer zehn Kilometer langen Laufstrecke von ihrem Haus in Vanløse zum Damhussøen und um die Wiese herum.

Während er mit den Kontaktlinsen herumfummelte, musterte er sich im Spiegel. Kurz vor der Heimreise war er bei einem spanischen Barbier gewesen, und das sorgfältig gestutzte weiße Haar stand ihm gut zu dem sommerlichen Teint. Die bunte Brille, mit der ihn jeder beim Polizeikorps erkannte, ließ er im Flur liegen, sein Faible für Farben schlug sich jedoch in den Schuhen nieder. Es war das dritte Paar Laufschuhe dieses Jahr, diesmal grüne mit blauer Sohle und roten Schnürsenkeln. Schön waren sie nicht, aber … knallig? Man brauchte ja nicht auszusehen wie eine Excel-Tabelle, wenn man schon auf der Arbeit darauf reduziert wurde.

Die ersten zweihundert Meter waren immer die härtesten. Seine achtundfünfzig Lebensjahre waren nicht spurlos an seinem Körper vorbeigegangen, dennoch war er alles in allem recht zufrieden mit sich. Er war schlank und gut in Form, und das Laufen war seine Form der Alltagsflucht. Hier war er allein, konnte seine Gedanken bezüglich Arbeit oder Privatleben sammeln oder einfach abschalten.

Er schwang die Arme vor und zurück, gewann an Tempo und fand bald in den richtigen Atemrhythmus, während er auf den asphaltierten Straßen durchs Wohnviertel lief. An Häusern vorbei, die seinem eigenen zum Verwechseln ähnelten. Bewohnt von Rentnern, die noch hinter heruntergelassenen Rollos schliefen, oder von Familien mit kleinen Kindern, die mit verstrubbelten Haaren vor ihrem Müsli saßen, während die Eltern über ihrem Kaffee gähnten.

Wider Carlsens Willen wanderten seine Gedanken zurück zu einem Fall, der bald sein einjähriges Jubiläum hatte. Es war einer der Fälle, die ihn nicht losließen. Ein Familienmord, den man hätte vorhersehen können, wären die Kommune, die Kita, die Schule, vielleicht sogar die Nachbarn aufmerksam genug gewesen, um die kleinen, aber unverkennbaren Anzeichen von Missbrauch bei den Kindern zu erkennen.

Aber alle hatten weggeschaut. Weder die wiederholten Veilchen der Frau noch die bizarren Spielunfälle der Kinder waren den Behörden gemeldet worden, und eines Dienstags nach den Sommerferien war das Dezernat für Gewaltverbrechen zu einem roten, zweistöckigen Haus auf Amager gerufen worden.

Es gab drei Tote. Zwei Kinder waren aus kurzer Distanz im Schlaf erschossen worden. Ein erwachsener Mann hatte sich selbst in den Kopf geschossen. Die Toten waren von der Eigentümerin des Hauses gefunden worden, als diese von der Arbeit nach Hause kam. Der Mutter der Kinder. Die ihrem Mann in den Sommerferien mitgeteilt hatte, dass sie die Scheidung wünschte.

Ob solch eine Frau jemals wieder ein Mensch wurde?

Carlsen fiel es schwer, die Szenerie im Haus aus seinem Gedächtnis zu verbannen, sie hatte sich ihm für immer eingebrannt. Vielleicht wurde er langsam zu alt für derlei Fälle. Vielleicht hatte er zu viel gesehen, um die richtige Mischung aus Hoffnung, Entschlossenheit und Autorität auszustrahlen. Er hatte keine Worte für die Mutter gehabt, die in einem Streifenwagen gesessen und ihn mit erloschenen Augen angesehen hatte.

»Wecken Sie sie auf«, hatte sie gesagt.

Das war das Letzte, was in seiner Macht stand.

Es war alles so verdammt sinnlos.

Carlsen beschleunigte das Tempo, als könnte er vor dem Haus auf Amager und den Erinnerungen an damals davonlaufen. Nach der Geschichte hatte es Kritik gegen die Behörden gehagelt, und auch die Polizei war nicht verschont geblieben. Wie sich herausstellte, *hatte* die Mutter nämlich zwei Wochen vor den Morden die Polizei kontaktiert. Es war bloß nie eine Streife vorbeigekommen. Warum? Tja, gute Frage.

Die Kommune Kopenhagen setzte eine Untersuchungskommission ein, Christiansborg verlangte einen Bericht, und auch die Polizei selbst untersuchte den Fall. Die Ergebnisse aller drei Instanzen hätte Carlsen auch so liefern können: Diese Art Mord ließ sich verhindern. Es war bloß »eine Frage der Ressourcen«.

Diese elenden Ressourcen! Bei der Polizei hieß es bald hü, bald hott, je nachdem, mit welchem Bein die amtierende Regierung am Morgen aufgestanden war. Sein Magen krampfte sich zusammen, wenn er daran dachte, wie sich die Politiker in praktisch sämtliche interne Arbeitsabläufe der Polizei einmischten, und als ein Journalist ihn im Juni nach seiner Haltung zur Ressourcensituation der Polizei gefragt hatte, war das Fass übergelaufen. Er hatte eine gereizte Antwort geblafft, etwas in der Art wie: »Man kann wohl kaum eine erstklassige Ermittlung erwarten, wenn man über das Budget eines Entwicklungslandes verfügt.«

Dieses Zitat war durch ganz Dänemark gegangen. Verdammt, um die ganze Welt! So jedenfalls kam es ihm vor. Und wie erwartet waren die Politiker – und seine Vorgesetzte – explodiert.

»Sie sind immer noch nur Dezernatsleiter. Wählen Sie Ihre Worte mit Bedacht und halten Sie gefälligst mit jeglicher politischer Meinung in der Öffentlichkeit hinterm Berg«, schnauzte die Kopenhagener Polizeipräsidentin Lone Kirtzner ihn an.

Dort, im mahagonigetäfelten Büro seiner Chefin, das mit kleinen Geheimverstecken und großen Porträts ihrer Vorgänger ausgestattet war, hatte er große Lust gehabt, alles hinzuschmeißen. Sein Kindheitstraum, Polizist zu werden und für Gerechtigkeit zu kämpfen, erschien ihm naiv und mausetot, und er hätte standhaft bleiben sollen. Für seine Leute einstehen. Mit gutem Beispiel vorangehen.

Aber er hatte getan, was er immer tat. Er hatte im Geiste bis zehn gezählt und aus dem Fenster hinunter auf den Kopenhagener Verkehr geblickt. Und dann hatte er die sprichwörtliche Scheiße geschluckt und sich mit einem devoten »Es wird nicht wieder vorkommen« entschuldigt.

Ein verdammter Feigling war er. Mehrere gute Leute aus dem Team hatten in letzter Zeit Mumm gezeigt und ganz einfach gekündigt. Sie waren die coronabedingten Überstunden leid, die Demonstrationen, den Ressourcenmangel, die schlechte Ausrüstung, den Spott und den Hohn der Bevölkerung, die Beleidigungen auf den sozialen Medien und all die Extraaufgaben, die nichts mit Polizeiarbeit zu tun hatten.

Während des Urlaubs hatte er begonnen, mit Anette über ihre weitere Zukunft zu sprechen.

Sollten sie gemeinsam in Frührente gehen? Vielleicht könnte er sich eine andere Arbeit suchen. Sie könnten in eine kleinere Stadt ziehen und vom Verkaufserlös des Hauses leben, vielleicht sogar ihren Wohnsitz permanent nach Spanien verlegen.

Carlsen war Polizist aus Leidenschaft, aber es hatte sich einiges verändert, seit er vor fast zwölf Jahren als Ermittler im Bereich Wirtschaftskriminalität aufgehört und die Stellung als Chef des Dezernats für Gewaltverbrechen in der Hauptstadt übernommen hatte.

Alle betrachteten den Jobwechsel als Beförderung, in Carlsens Augen war er das aber nicht. Die Arbeit war die gleiche, dafür waren die Fälle nervenaufreibender, und ständig schauten einem die Politiker über die Schulter.

Carlsen hatte immer gut mit der Einmischung von oben umgehen können. Er war geduldig, vertrauenerweckend und meist diplomatisch. Aber mit der Zeit war er es so leid geworden, dass immer jemand etwas von ihm wollte, und er entweder im Büro seiner Chefin oder falsch zitiert in der Presse landete.

Er drosselte das Tempo vor einer Umlaufsperre für Fußgänger und Radfahrer auf seiner ganz individuell für ihn zusammengesetzten Strecke. Er mochte es, auf verschiedenen Arten von Untergrund zu laufen – Asphalt, Schotter, Kies, Erde –, was diese Route alles abdeckte, die er immer in derselben Richtung lief. Manche fanden diese Eintönigkeit langweilig, Carlsen jedoch nicht. In just dieser Nische seines Lebens genoss er die Vorhersehbarkeit.

Vielleicht sollte er sich einen Job als Sicherheitsberater im privaten Sektor suchen? Oder in eine Altersteilzeitstelle in einer anderen Polizeidirektion wechseln? Auf diese Weise stünde er weniger im Rampenlicht. Er war all die Großmäuler leid, die eine Meinung zu allem hatten, was die Polizei tat, hatte genug von Fake News und Hassgruppen, in denen die ungeheuerlichsten Behauptungen über die Ordnungsmacht, Verschwörungstheorien und Irrtümer in großem Stil geteilt wurden.

Die hämischen Hassnachrichten auf Facebook hatten Carlsen bisher nie sonderlich beunruhigt, doch in letzter Zeit wurden sie feindseliger. Das Vertrauen der Bevölkerung in ihn und seine Leute war dahin. Gestern hatte er seinen nach dem Urlaub überquellenden Posteingang gecheckt und zwischen Hunderten arbeitsbezogener Mails eine direkte Drohung gefunden.

Du hast mein Leben zerstört, jetzt zerstöre ich deins, stand in der Betreffzeile. Die Mail selbst war leer und der Absender anonym. Carlsen fiel niemand ein, dessen Leben er zerstört hatte. Abgesehen natürlich von den Verbrechern, die jetzt hinter Schloss und Riegel saßen. Irgendetwas sagte ihm aber, dass er diese Drohung untersuchen lassen und jemanden bitten sollte, die Nachricht zurückzuverfolgen, sofern es in der Abteilung freies Personal dafür gab. Es war ihm schon unangenehm, seinen Kollegen damit zur Last zu fallen, aber die E-Mail war nicht das Einzige, was ihm Unbehagen bereitete. In der Woche vor seinem Urlaub hatte er das Gefühl gehabt, beobachtet zu werden. Mehrmals hatte dasselbe Auto vor dem neuen Gebäude der Polizei auf Teglholmen geparkt und war weggefahren, sobald er es verließ.

Carlsen schüttelte den Kopf, um den Gedanken zu vertreiben. Bestimmt sah er nur Gespenster.

Eine Joggerin mit einem hellbraunen Hund mit lockigem Fell an der Leine kam ihm auf dem Bürgersteig entgegen. Sie schien auf dem Rückweg vom Damhussøen zu sein. Kaum zu glauben, dass jemand noch früher aufgestanden war als er.

Er nickte ihr freundlich zu, da hörte er das Aufheulen eines Motors gefolgt von quietschenden Reifen, die auf dem kalten Asphalt durchdrehten.

Carlsen blickte über die linke Schulter und sah ein Auto direkt auf sich zurasen. So schnell, dass ihm keine Zeit bleiben würde, sich mit einem Sprung zur Seite zu retten. So viel registrierte sein Hirn. Kühl und nüchtern. Er stand einfach da, paralysiert für Sekundenbruchteile, die unwirklich langsam verstrichen, während er auf das Auto starrte. Und auf die Person hinter dem Steuer.

War das nicht …?

Seine Gedanken wurden von einer kalten, kristallklaren Feststellung abgeschnitten:

Jetzt stirbst du, dachte er, und das Bild von Anette erschien vor seinem geistigen Auge.

So schön. Wie unglücklich sie jetzt sein würde. Wie viel sie noch vorgehabt hatten.

Er spürte nichts, als sein Körper wie ein Sack zerbrochener

Knochen über dem Kühlergrill des Wagens zusammengefaltet wurde. Blutgeschmack explodierte in seiner Kehle, aber er fühlte keinen Schmerz. Über die Motorhaube hinweg sah er zwei ums Lenkrad geklammerte Hände. Wild aufgerissene Augen, ein hasserfüllter Blick, in dem die zerstörerische Entschlossenheit des Wahnsinns glühte.

Das Fahrzeug bremste. Sein zerschmetterter Körper führte die Vorwärtsbewegung fort und wurde zu Boden geschleudert. Ein einsamer, dreifarbiger Laufschuh, gefangen in seinem letzten Schritt, blieb auf dem Asphalt zurück, als das Auto zurücksetzte und verschwand.

Dann wurde alles schwarz.

4

Während ihres Urlaubs war ein Paket für Maria gekommen, und nun starrte sie gespannt auf den Inhalt: eine schwere Apparatur mit zwei entgegengerichteten Mikrofonen, zwei Lautstärkereglern und einem Display mit unverständlichen Informationen.

Die neue Rezeptionistin des Polizeimuseums, eine in Teilzeit eingestellte Frau in den Fünfzigern, hatte das Paket in Marias Abwesenheit in deren Büro hinterlegt, ansonsten schien die Tür im zweiten Stock wochenlang hermetisch verschlossen gewesen zu sein. Der staubige Mief alter Ordner und Nachschlagewerke schlug ihr entgegen. Sie riss das Fenster zur Feuerwache hinter dem Museum auf und merkte, dass sie Pelle vermisste, den schüchternen Geschichtsstudenten, der bisher am Eingang des Museums gesessen hatte. Pelle war sieben oder acht Jahre jünger als Maria und so hoffnungslos verschossen in sie, dass er in ihrer Nähe kaum ein Wort herausbrachte.

Sie hatte sich oft gefragt, weshalb Pelle mehr als drei Jahre bei dem lausig bezahlten Studentenjob geblieben war. Bodil, die gleich einem Sperber eine perfide Freude daran verspürte, über ihrem Territorium zu kreisen und sich gnadenlos auf die schwächste Beute zu stürzen, hatte den studentischen Mitarbeiter hinter dessen Rücken schamlos Pummel-Pelle genannt. Mehr als einmal hatte Maria erwogen, ein anonymes Wörtchen an die Personalabteilung der Landespolizei zu schicken, dass im Polizeimuseum gemobbt wurde, doch dann waren ihr Zweifel gekommen. Vermutlich wurden Spitznamen wie dieser unter Polizisten noch immer als Späßchen unter Kollegen angesehen. Mikael Dirk meinte, dass im Dezernat jeder zur Jagd freigegeben war, der sich in puncto Gewicht, Frisur, Essgewohnheiten oder Dialekt von den Kollegen unterschied – natürlich nur bis zu einer gewissen Grenze. Der derbe Umgangston diente, so Mikael, in den meisten Fällen als eine Art Ventil für die unschönen Dinge, die die Mitarbeiter bei ihrer Arbeit erlebten. Wo Scheiße hereinkam, musste sie auch wieder heraus, wie er es ausdrückte.

Offen gestanden war sie selbst phasenweise von Pelle genervt gewesen. Er besaß die Angewohnheit, durch die Gänge des Museums zu schleichen und hatte ihr nicht selten einen ordentlichen Schreck eingejagt, wenn er plötzlich wie aus dem Nichts hinter ihr aufgetaucht war. Aber als sie jetzt an ihn dachte, spürte sie Gewissensbisse. Warum hatte sie sich nicht für ihn eingesetzt? Warum hatte sie nicht Courage gezeigt und Bodil gesagt, dass sie es inakzeptabel fand, derart herablassend über einen Kollegen zu sprechen?

Pelle tat keiner Fliege etwas zuleide. Ganz im Gegenteil war der junge Kerl zu einem unersetzbaren Rädchen im Getriebe des Museums geworden. Er lüftete die Büros und goss die Blumen, wenn jemand im Urlaub war, räumte abgelaufene Lebensmittel aus dem Kühlschrank des Frühstücksraums, reparierte den Drucker und ölte die alten Scharniere der Eingangstür, bevor sie ihren Klagesang anstimmten. Als das Museum nach dem ersten Coronalockdown wieder öffnete, stellte Pelle frische Blumen in sämtliche Büros. Auch in das von Bodil.

Im April hatte Pelle dann auf seine ruhige Art mitgeteilt, dass er nun seine Masterarbeit in Geschichte eingereicht und eine Festanstellung als Archivar beim polizeilichen Nachrichtendienst PET bekommen habe. Bodil und Maria hatten nicht schlecht gestaunt. Der Geheimdienst hatte in den letzten Jahren mehrfach hart in der Kritik gestanden, weil er Informationen über dänische Bürger und politische Organisationen makuliert hatte, die in der Vergangenheit mehr oder weniger legal gesammelt worden waren. Politiker wie auch Historiker bezeichneten es als Sabotage und Geschichtsverfälschung, wenn eine polizeiliche Behörde in dieser Weise eigenmächtig Geschichtsschreibung betrieb. Daher stellte der PET nun also sicherheitsüberprüfte Historiker ein, die wussten, wie man Archivmaterial bestmöglich aufbewahrte, und gleichzeitig zu Stillschweigen verpflichtet waren.

Pelle, der in Gegenwart Fremder kaum ein Wort herausbrachte, war in dieser Hinsicht der perfekte Mitarbeiter. Ein James Bond war er aber weiß Gott nicht. Sie wollte ihm bei Gelegenheit schreiben und fragen, wie es in der Abteilung für falsche Bärte und verspiegelte Brillen so lief.

Seine Fähigkeiten könnte sie jetzt gut gebrauchen.

Maria drehte und wendete ihr neues technisches Equipment in den Händen. Es handelte sich um einen Zoom H5 Audio-Recorder, den sie nach monatelanger Diskussion mit Bodil hatte bestellen dürfen. Maria hatte die vage Idee, dass das Museum bei der gegenwärtigen Podcast-Welle mitziehen sollte. Aktuell überschwemmten alle möglichen Amateure den Markt. Da wäre es doch eindeutig besser, wenn das Polizeimuseum mit fundiertem Wissen zur gesellschaftlichen Bedeutung von Ermittlungstechniken und ausgewählten Mordfällen einen Beitrag leistete.

Das alte Skelett aus Nørre Felding wäre da ein guter Startpunkt. Überschaubar. Nur musste sie dafür natürlich herausfinden, wie das Gerät funktionierte.

Sie drückte wahllos auf den Knöpfen herum. In einer Dreiviertelstunde sollte sie bei der Gerichtsanthropologin sein, und sie fluchte, weil sie nicht besser vorbereitet war.

Sie war am Samstagvormittag von Thorup Strand zurückgefahren, einen Tag früher als geplant. Jakob hätte sie gerne noch bis Sonntag dabehalten, aber sie hatte auf ihrem Entschluss bestanden. Bis Kopenhagen waren es fünf Stunden Fahrt, und vor Arbeitsantritt wollte sie noch einkaufen und auspacken und sich erst wieder an die Stille gewöhnen. Ans Alleinsein.

Jakob verstand das zwar, doch die Pandemie hatte sie zwischendurch vergessen lassen, dass sie eine Fernbeziehung mit allen damit verbundenen Herausforderungen führten. Maria war für mehrere Monate ins Homeoffice geschickt worden und hatte einen Großteil dieser Zeit bei Jakob in Vester Torup verbracht. Die ruhigen Monate ohne Chefin und Deadlines hatten ihr Gelegenheit gegeben, sich von den Ereignissen im vergangenen Jahr zu erholen, und Jakob hatte sie in die Art Liebe gehüllt, die nur ein Mann, den sie schon ihr Leben lang kannte, zu geben vermochte. Sie fühlte sich zu Hause und geborgen. So einfach war das. Und ihre noch frische Beziehung hatte auf einmal die Chance erhalten, die sie zwölf Jahre zuvor nicht gehabt hatte.

Doch nun holte sie der Alltag in seine gewohnten Bahnen zurück. Und während Maria stets damit gerechnet hatte, kam es für Jakob offenbar völlig überraschend, dass sie nun nach Hause fuhr, um ihr Leben in Kopenhagen wiederaufzunehmen.

Sie fühlte sich elend, als sie das Navi auf die Viborggade in Østerbro einstellte und aus Jakobs Einfahrt fuhr. Die ersten hundertfünfzig Kilometer sah sie ihn unablässig vor sich: hochgewachsen und mit ebenso scharf geschnittenen Zügen wie die eisernen Skulpturen, an denen er in seiner Werkstatt arbeitete. Schwarzes Haar, von attraktiven silbernen Fäden durchzogen. Baggy Jeans, aus deren Gesäßtasche stets ein ölverschmierter Lappen hing. Mandelförmige, sanfte Augen, die ihr hinter einer zum Abschied erhobenen Hand nachschauten.

Maria seufzte und steckte den neuen Rekorder sowie das zugehörige Ansteckmikro in ihre Handtasche, in der schon Notizblock, Kugelschreiber und Handy lagen. Sie blickte in den kleinen Spiegel, den sie hinter ihrer Bürotür aufgehängt hatte. Ihre vom Salzwasser krausen Locken wallten als rotgoldene Mähne um Gesicht und Schultern. Sie band die Haare zu einem dicken Dutt nach hinten und schmierte sich etwas Lippencreme auf Wangen und Lippen, ehe sie sich auf den Weg zum Rigshospital machte.

Sie wusste, dass Jakob nicht allein sie vermisste, wenn sie nach Osten fuhr. Er vermisste ganz allgemein Gesellschaft, er vermisste Antworten, und er vermisste eine Zukunft. Jakob war im Frühling siebenunddreißig geworden, und er wünschte sich Kinder. Das hatte er ihr gegenüber nicht laut geäußert, aber sie kannte ihn. Und sie verstand es. Nach dem Tod seiner Mutter war er de facto vollkommen allein. Keine Geschwister, keine Eltern, keine nahen Verwandten. Sie hatte gesehen, wie liebevoll und sicher er mit Mads' Kindern umging, und es wäre wider die Natur, wenn etwas so verflucht Wertvolles wie Jakobs Gene nicht weitergegeben würden.

Sie musste eben nur noch *ihren* Platz in dieser Geschichte finden.

5

Gerichtsanthropologin Margrethe Sandager hatte am Telefon nach einer älteren Frau geklungen, jedenfalls hatte ihre tiefe, raue Stimme in Marias Ohren etwas Großmütterliches gehabt. Sie hatte Maria für Montag 10 Uhr bestellt, und die schroffe, kurz gefasste Aufforderung hatte Maria überzeugt, dass sie besser pünktlich kam.

Als sie die wenigen hundert Meter hinüber zum Rechtsmedizinischen Institut ging, sah Maria auf die Uhr. 9.50 Uhr. Die Glastüren glitten auf, und sie schüttelte unbewusst den Kopf, um Jakob aus ihren Gedanken zu vertreiben, ehe sie an der Kapelle vorbeiging, wo Angehörige sich vor oder nach einer Obduktion von ihren Lieben verabschieden konnten. Der Anblick ihres Vaters, tot und kreidebleich in der Kapelle in Jütland, tauchte vor ihrem geistigen Auge auf. Dazu gesellte sich die noch schlimmere Erinnerung an ihre verzweifelte Mutter neben ihr, leer geweint und zerbrochen hinter einem verschleierten Blick, der sich in den folgenden Jahren dauerhaft festsetzen sollte.

Diese Kapelle markierte nicht bloß den Abschluss eines Lebens, sie veränderte das Leben aller Beteiligten.

Der Aufzug führte Maria in den Büroflur der Rechtsmediziner und Rechtsanthropologen im ersten Stock. Sie passierte die Sicherheitsschleuse und wandte sich wie angewiesen nach rechts, um zu Margrethe Sandagers Büro zu gelangen. Sie kam an Vitrinen mit Teilen des menschlichen Skeletts vorbei sowie an Wagen voller Aktenordner und vergessener Kaffeebecher, bevor sie die dritte Tür auf der linken Seite erreichte und anklopfte.

»Wer da?«, klang es barsch durch die Tür.

Maria checkte nochmals das Namensschild. Sie war richtig.

»Maria Just vom Polizeimuseum. Ich habe einen Termin bei Margrethe Sandager«, sagte sie laut zu der geschlossenen Tür, die sich Sekunden darauf einen Spalt breit öffnete. Eine untersetzte Frau mit grauer Dauerwelle und John-Lennon-Brille lugte durch den schmalen Schlitz. Sie musterte Maria von Kopf bis Fuß.

»Jung«, stellte sie nach einigen qualvollen Sekunden fest.

»Jung?«

»Sie sind jung. Sind Sie auch der politisch-korrekte Typ? *Woke*, meine ich?«

Maria sah die Frau verständnislos an.

»Woke …?«

»Gut!«

Sandager riss die Tür auf, packte Maria am Oberarm und zog sie ins Büro, dann spähte sie den Flur hinauf und hinunter, bevor sie mit einem zufriedenen Grunzen die Tür zuschlug. Die zwei kleinen Schiebefenster in Sandagers Büro waren geöffnet, aber die frische Luft von draußen vermochte den unverkennbaren Geruch süßlichen Rauchs im Zimmer nicht zu kaschieren.

»Hach, ich liebe es, sturmfreie Bude zu haben.«

Margrethe Sandager stand mit einem spitzbübischen Lächeln hinter Maria. Auf den ersten Eindruck schätzte Maria die Frau auf Mitte sechzig. Ihre Dauerwelle wirkte wie ein Anachronismus, als wäre die Zeit auf ihrem Kopf stehen geblieben, dasselbe galt für den unförmigen Wickelrock und das grüne Häkeltop. In Sandagers Augen aber funkelte eine jugendliche Energie.

»Möchten Sie auch eine?«

Marias Blick folgte Sandagers Zeigefinger und sah in einem Aschenbecher auf der Fensterbank eine halbe Cheroot-Zigarre qualmen. Ein 2021 wahrlich nicht alltäglicher Anblick.

»Nein danke«, lächelte sie.

»Stört es die junge Dame, wenn ich rauche? In diesem Gebäude darf man heutzutage nichts mehr. Weder rauchen noch trinken noch vom Buffet essen, aber ich habe den hohen Herren mitgeteilt, dass in *meinem* Büro *meine* Regeln gelten. Jeder von uns muss die Diktatur mit seinen jeweiligen Waffen bekämpfen!«

Sandager wartete Marias Antwort nicht ab, schnappte sich den Zigarrenstummel, ließ sich auf ihren Bürostuhl fallen und schwang mit beeindruckender Behändigkeit die kurzen Beine und ein paar ausgelatschte Klettverschlusssandalen auf den Schreibtisch.

»Ich weiß, dass die Dinger eines Tages mein Tod sein werden«, sagte sie und wedelte mit der Zigarre herum. »Ein bisschen was habe ich nach dreißig Jahren im Dienste der Rechtsmedizin über Todesursachen gelernt. Ha! Aber es ist *mein* Körper und *meine* Entscheidung, oder etwa nicht? Wir können den Leuten nicht jegliche Eigenverantwortung nehmen. Diese ständige staatliche Bevormundung macht uns zu hirnlosen Lemmingen. *Tu dies nicht, tu das nicht*, du lieber Himmel.« Sandager blies den Rauch der Cheroot aus, die munter unter ihrer Nase glühte. »Wir als Gesellschaft hätten es besser und unbeschwerter, wenn die Leute eigenständig denken, eigenständig eine Moral entwickeln und eigenständig Verantwortung übernehmen würden, finden Sie nicht? Auch wenn es mal nicht genau dem Zeitgeist entspricht oder dem, was der Nachbar denkt. Die meisten glauben, wir befänden uns auf dem Höhepunkt der Zivilisation, aber ich kann Ihnen versichern, in meinem Job sieht man zahlreiche Beweise dafür, dass das Reptilhirn im Jahr 2021 noch ebenso prächtig gedeiht wie 1621.«

Maria nickte, ohne genau zuzuhören, völlig abgelenkt von Sandagers Aschenbecher in Form eines Kristallschädels, dem man sozusagen direkt ins Hirn aschte. Aber das war mitnichten der einzig auffällige Gegenstand im Büro der Gerichtsanthropologin. In einer Ecke, im Fach eines alten Regals aus dunkel gebeiztem Holz, sah sie einen Hammer und daneben einen Fotorahmen mit dem Bild einer zerbrochenen Kokosnuss. Die Kokosnuss hatte ihr Leben vermutlich durch einen soliden Hammerschlag verloren – eine lehrreiche Übung für eine Gerichtsanthropologin, die herausfinden wollte, wie Verletzungen an einem Schädel entstehen können. Ein großer Knüppel lehnte an der Wand. Maria vermutete, dass es sich dabei um eine Tatwaffe handelte, die in Verbindung mit einer Ermittlung in Sandagers Obhut gelangt war. Historische Asservate gehörten eigentlich ins Polizeimuseum, dachte Maria, aber dies war weder der richtige Ort noch der passende Zeitpunkt, um darauf aufmerksam zu machen.

»Setzen Sie sich!«, bellte Sandager und zeigte auf einen Stuhl ihr gegenüber.

Maria wagte keinen Widerspruch.

»So! Das jütische Skelett, richtig?« Sandager schwang die Beine vom Tisch und blies eine Rauchwolke aus dem Fenster. »Alles die Schuld der Regierung, so viel kann ich sagen. Ha! Nein, nein, aber … ohne diesen Nerzzirkus, den die Behörden drüben auf Jütland veranstaltet haben, wäre das Skelett nie gefunden und hierhergeschickt worden.«

Maria nickte. Sie hatte ihr Aufnahmegerät aus der Tasche gezogen und hielt es fragend hoch, als wortlose Bitte, das Gespräch aufnehmen zu dürfen. Sandager zuckte gleichgültig mit den Achseln.

»Unsere Verstorbene in diesem Fall«, sagte Sandager und klopfte mit der Cheroot-Hand auf einen Aktenordner, sodass Ascheflocken auf den Schreibtisch rieselten, »wurde in einem Naturschutzgebiet bei Nørre Felding gefunden, am Ufer eines Sees. Seit den Sechzigern ist die Gegend dort oben militärisches Sperrgebiet, daher konnte die Regierung – das heißt, genauer gesagt waren es wohl die Lebensmittelbehörden – die getöteten Nerze einfach dort verscharren, ohne irgendwen um Erlaubnis zu fragen. Millionen von Tiere! Das haben sie bereut, als die Nerze sechs Monate später wieder ausgegraben werden mussten. Heiliger Bimbam, was für eine Schweinerei. Ich hätte ihnen gleich sagen können, dass die Verwesung nach einem halben Jahr noch voll im Gange ist, wenn man tote Tiere in fünf, sechs Schichten übereinander deponiert. Die Kadaver sollen ausgesehen haben wie eine Mischung aus Fetakäse und Schmierseife.«

»Sie sagen ›sie‹. Es handelt sich also mit Sicherheit um eine Frau?«, fragte Maria.

»Ja, es ist eine Frau, das Skelett ist vollständig und gut erhalten, das Geschlecht lässt sich anhand des Beckens und des Schädels also problemlos feststellen. Jung war sie außerdem.«

»Und was genau meinen Sie mit ›jung‹?«

»Ganz exakt lässt sich das nie sagen, aber mit Blick auf ihre Hüftknochen schätze ich sie erheblich jünger als mich, vermutlich sogar jünger als Sie. Um die zwanzig, würde ich meinen. Plus-minus fünf bis zehn Jahre. Ich habe ihren Schädel untersucht. Anhand der Deutlichkeit ihrer Knochennähte würde ich sagen, dass sie zum Todeszeitpunkt zwischen fünfzehn und fünfundzwanzig Jahre alt war. Verglichen mit den feinen Linien in den Faserknorpeln ihres Hüftbeins lande ich bei etwa zwanzig Jahren. Die Zähne sind ebenfalls jung, kaum kariöse Veränderung, sehr geringe Abrasion und wenig Zahnstein. Das erhärtet die Vermutung, dass wir es mit einer jungen Dame zu tun haben.«

Sandager betrachtete ihren Zigarrenstummel, der längst so weit abgebrannt war, dass man ihn kaum mehr zwischen die Lippen stecken konnte, ohne sich zu verbrennen. Mit einer hitzigen Handbewegung drückte sie die Cheroot im Glasschädel aus, dann sprang sie auf wie von der Tarantel gestochen, klemmte sich den Ordner unter den Arm und öffnete die Tür zum Flur.

»Kommen Sie! Sie müssen die Dame kennenlernen.«

6

Maria versuchte, mit Margrethe Sandager Schritt zu halten. Die ältere Frau führte sie zügig durch eine Reihe von Fluren zum Labor im Erdgeschoss. Dort angekommen blieb Maria abrupt stehen. Auf einem riesigen Holztisch lag ein korrekt angeordnetes Skelett. Der Schädel zuoberst, die Füße am Tischende. Ein grauschwarzes Gerippe.

»So, hier haben wir unsere Protagonistin. Ich hoffe, Sie ertragen den Anblick?« Sandager blickte Maria mütterlich an und gab sich mit deren schwachem Nicken zufrieden. »Anhand der Maße von Oberschenkel- und Oberarmknochen habe ich ihre Körpergröße auf etwa eins fünfundsechzig bis eins siebenundsechzig bestimmt. Die Größe sowie die intakten Zähne lassen darauf schließen, dass sie aus guten Verhältnissen stammte. Nicht unbedingt aus einer reichen Familie, aber aus dem gehobenen Bürgertum.« Sandager schritt zum Schädelende des Holztisches: »Jetzt fragen Sie sich bestimmt: Wie endet eine junge Frau aus wohlhabender Familie in einem provisorischen Grab weit weg von jedem Friedhof? Tja, diese Frau hier ist ziemlich eindeutig weder durch eine Krankheit noch durch einen Unfall gestorben. Es sieht ganz schlicht und ergreifend so aus, als wäre sie hingerichtet worden.«

Sandager musterte Maria prüfend, als wolle sie sichergehen, dass das Gesagte auch wirklich angekommen war.

»Hingerichtet?«

»Ja«, bestätigte Sandager und zeigte auf einen Computermonitor mit blauschwarzen CT-Scans des Schädels. »Im Genick sowie an der entsprechenden Stelle der Stirn findet sich je ein Loch.« Sandager demonstrierte mit einem Kugelschreiber den Weg des Projektils durch den Schädel – durchs Genick hinein und hinaus durch die Stirn, wo die Kugel lediglich ein konisches Loch hinterlassen hatte. »Mit anderen Worten: Sie wurde durch einen einfachen Genickschuss getötet. Das kann man sich nicht selbst zufügen.«

Maria wagte sich näher heran. Der Schädel sah porös aus.

»Lässt sich etwas mehr über die Tatwaffe sagen?«

»Ich kann sagen, dass es sich um eine großkalibrige Waffe handelt, genauer 9 mm. Der Tod trat augenblicklich ein.«

»Woher wissen Sie das so genau? Also, welches Kaliber es war?«

»Oh, meine Hand würde ich nicht dafür ins Feuer legen. Aber passen Sie auf«, sagte Sandager und zog ein Plastik-Zip-Tütchen aus ihrer Aktenmappe. Sie hielt es so ans Licht, dass Maria ein kleines goldenes, torpedoförmiges Objekt sehen konnte. »Die Kriminaltechniker in Jütland waren so freundlich, ein paar Runden mit dem Metalldetektor um den Fundort zu drehen. Und sie haben tatsächlich drei Projektile gefunden.«

»Drei?«

»Ja. Auf die Frau wurde nur ein Mal geschossen. Zwei der Projektile sind viel zu groß für die Schusslöcher, die wir an diesem Schädel sehen, sie stammen vermutlich von einer Militärwaffe. Von einer Übung vielleicht. Das dritte Projektil aber war hübsch klein, 9 mm, dabei könnte es sich zumindest theoretisch um dasjenige handeln, das unsere Freundin getötet hat.«

»Okay, aber das hilft uns nicht wirk…«

Sandager wedelte mit der Projektiltüte in der Luft herum.

»Nein, nein, das hilft uns einen feuchten Dreck, solange wir keine Waffe zum Vergleich haben. Und solange wir die Waffe nicht haben, haben wir keinen Täter. Leider ist 9 mm ein ziemlich gängiges Kaliber in der dänischen Geschichte. Sowohl Polizei als auch Militär benutzen dieses Kaliber gegenwärtig in ihren Dienstpistolen.«

»Was glauben Sie, wie lange hat sie in der Erde gelegen?«

Maria merkte, wie der Fall für sie an Bedeutung gewann, je mehr Details Sandager dem Mysterium hinzufügte und das Skelett sozusagen vor ihren Augen zum Leben erweckte. Was Bodil einfach einen »Fall« nannte, war tatsächlich ein reales Schicksal! Ein echter Mensch, der auf gewaltsame Weise ums Leben gekommen war, noch dazu eine blutjunge Frau. Frauenmord war keine Seltenheit in Dänemark, auch nicht in der Vergangenheit, aber womit hatte eine Frau, die gerade erst die Schwelle zum Erwachsenenalter überschritten hatte, einen Genickschuss verdient?

»Wie lange? Tja, gute Frage, aber auch die schwerste! Die Kollegen in Aarhus haben das Skelett bereits mittels C14-Methode untersucht, auch Radiokarbondatierung genannt, vielleicht sagt Ihnen das was? In kurzen Worten geht es darum, dass Sterne, wenn sie sterben, haufenweise Partikel abgeben. Diese Strahlung gelangt über die Nahrung in unser biologisches System. Wir können bei lebenden Organismen die Menge dieser radioaktiven Stoffe im Körper messen, sie verschwinden jedoch laufend. Nur dauert das bei einem toten Körper länger. Ausgehend von der Menge radioaktiver Stoffe in einer Leiche kann man also rückwärtsrechnen und so herausfinden, wann der oder die Betroffene gestorben ist.«

»Klingt kompliziert.«

»Mithilfe dieser Methode lassen sich Knochenreste mit einer Spanne von etwa hundert Jahren datieren. Nehmen wir jedoch weitere Faktoren hinzu – den Fundort, eventuelle Objekte und so weiter –, können wir den Todeszeitpunkt häufig näher eingrenzen.«

»Zu welchem Ergebnis sind die Kollegen gekommen?«

Maria hielt das Aufnahmegerät näher an Sandagers Gesicht.

»Es ist gelungen, bei dem Skelett C14-Aktivität zu finden.« Margrethe nahm ein Blatt Papier von einem Regalbord und studierte es mit zusammengekniffenen Augen. »Ich habe alles Belanglose aussortiert, meine Einschätzung bezüglich Fundort und Mordmethode angewendet und tippe auf Folgendes: Unsere Freundin hier ist vor siebzig bis achtzig Jahren gestorben.«

»Vor siebzig bis achtzig Jahren? Also in den Vierzigern?« Maria hielt inne. »Das ist doch schon mal ein Anfang … Ich hatte Bodil so verstanden, dass …«

»Ah, Bodil, die alte Unke. Wie geht es ihr? Sie schwebt wohl mal wieder über allem und hat keine Lust, sich selbst die Finger schmutzig zu machen. Wie haben Sie Bodil verstanden?«

»Dass wir keine Ahnung haben, wer die Verstorbene ist. Es wurde nichts gefunden, das einen Hinweis auf ihre Identität gibt?«

»Nein. Kleidung und eventuell vorhandene Ausweisdokumente sind nach so vielen Jahren in der Erde natürlich verrottet. Falls sie überhaupt Papiere bei sich hatte.«

»Was ist mit den Zähnen? Könnten die nicht zur Identifizierung verwendet werden?«

»Nein. Die Zähne der Frau sind wie gesagt gut erhalten, aber wir haben kein Register in Dänemark, das uns allein anhand der Zähne einen Namen liefern könnte.«

»Ich habe von Fällen gelesen, bei denen die Zähne zur Identifizierung einer Leiche herangezogen wurden, auch viele Jahrzehnte zurück.«

»Das kann helfen, ja. Falls zum Beispiel eine komplizierte Zahnreparatur durchgeführt wurde, der oder die Verstorbene eine besondere Zahnstellung hatte oder falls Plomben besonderen Ursprungs verwendet wurden. In einigen solcher Fälle konnte anhand der speziellen Informationen der Zahnarzt der verstorbenen Person ausfindig gemacht werden. Aber wir haben in Dänemark kein zentrales Register, in dem wir so weit zurück in der Vergangenheit nach derlei Merkmalen suchen könnten. Wollen wir?«

Sandager zeigte zur Tür, und Maria folgte ihr zurück zu ihrem Büro. Dabei ließ sie den Blick auf der älteren Dame vor sich ruhen. Die Professorin war eine exzentrische, aber offensichtlich sachkundige Frau, deren Kenntnisse weit über das rein Rechtsanthropologische hinausgingen. Bodil zufolge war Sandager die Beste auf ihrem Gebiet, und diesbezüglich schien Bodils Einschätzung korrekt.

»Was glauben Sie persönlich, ist mit dem Mädchen geschehen?«, fragte Maria.

Sandager sah sie scheinbar entzückt über die Frage an.

»Ich kann es natürlich nicht mit Sicherheit sagen, aber alle Umstände zusammengenommen – Todesursache, das ungefähre Alter des Skeletts und der Umstand, dass die Leiche begraben wurde … Also ich würde meinen Hintern darauf verwetten, dass die Frau während des Zweiten Weltkriegs umgebracht wurde.«

»So etwas wie eine Spitzelliquidierung? War sie vielleicht ein ›Deutschenflittchen‹?«

Sandager ließ Maria zuerst in ihr Büro eintreten, wo es noch immer süßlich nach Cheroot duftete.

»Es könnte im Prinzip alles Mögliche gewesen sein, von einem simplen Eifersuchtsmord, begangen von einem gewalttätigen Freund, bis hin zu einer politischen Strafaktion. In

Krieg und Krisenzeiten sind Wahrheit und Gerechtigkeit die ersten Opfer, nicht wahr? Und wir wissen, dass diese Art zu töten im letzten Jahr der Besatzung, als die Polizei aufgelöst wurde, verbreitet war. *Die polizeilose Zeit*, richtig? Damit haben Sie sich sicher bis zum Abwinken beschäftigt; was in dieser Periode geschehen ist, das sind ja keine Kleinigkeiten.« Sandager zeigte aus dem Fenster. »Die meisten Leute glauben, die Dänen seien ein friedliches, umgängliches Völkchen, aber wenn man für sieben oder acht Monate Polizeireviere und Gerichte schließen würde, würden sich mit Sicherheit die Schafe von den Böcken scheiden.«

»Die Schafe?«

»Ja, wer von uns die Verantwortung für die Gemeinschaft übernimmt, wenn alles auseinanderbricht – und wer in erster Linie an sich selbst denkt. Wer wie ein Lemming mit der Herde läuft – und wer eine eigene Meinung vertritt. Moralisch Stellung bezieht! Deshalb dachte ich, der Fall könnte interessant für euch sein, da weder wir noch die Polizei ihn stemmen können.« Sie reichte Maria die Mappe und fuhr in gedämpfterem Ton fort. »Auf diese Weise hingerichtete Frauen finden sich äußerst selten. Wenn ich mit meiner Vermutung recht habe und dieses Mädchen während der Besatzung umgebracht wurde, dann geht es in dieser Geschichte nicht nur um eine tote Frau, sondern auch um eine vollkommen gesetzlose Zeit, in der das Gewissen, die Moral und der Gemeinschaftssinn aller Dänen auf den Prüfstand gestellt wurden. Eine Zeit, in der Grenzen, die wir normalerweise für selbstverständlich erachten, überschritten wurden. Und zwar tagtäglich. Die Frage ist nur: War sie eine der Guten oder eine der Bösen?«

»Würden Sie spontan vermuten, dass sie etwas Falsches getan hat und deshalb liquidiert wurde?«

»Wer weiß? Das kommt darauf an, wer sie war und wer

sie umgebracht hat. Auf diese Form der Ermordung hatten die sogenannten Bösen leider nicht das Monopol«, antwortete Sandager düster. »Unmittelbar möchte uns dieses Skelett seine Identität nicht verraten. Aber als Historikerin haben Sie doch bestimmt andere Wege, sich der Sache anzunähern. Archive und Register, alte Zeitungsausschnitte, Polizeiberichte über verschwundene Frauen, was weiß ich? Irgendjemand muss dieses Mädchen schließlich gekannt und vermisst haben.«

Maria nickte, während die Namen einer langen Reihe von öffentlichen Registern durch ihren Kopf ratterten. Es war mit Sicherheit möglich, sich einen Überblick über die Frauen zu verschaffen, die zwischen den 1930ern und 1950ern vermisst gemeldet wurden. Allerdings würde das vermutlich Monate dauern, und es war keineswegs gesagt, dass alle Verschwundenen in den Besetzungsjahren auch formell als solche registriert worden waren.

»Liegt denn überhaupt nichts vor, was zur Identifizierung beitragen könnte? DNA zum Beispiel?«, fragte sie.

»Tjaaa, da sagen Sie was. Wir haben Material aus dem Oberschenkelknochen entnommen, das uns hoffentlich ein brauchbares DNA-Profil liefert, mit dem sich die Person mit einer gewissen Sicherheit identifizieren lässt. Allerdings müssten Sie dafür einen lebenden Nachkommen aufstöbern, mit dem wir das Ergebnis vergleichen können«, antwortete Sandager mit einem ironischen Lächeln.

»Okay, wir sind also so weit wie vorher«, seufzte Maria.

Sandager stand auf.

»Vielleicht gibt es einen besseren Weg. Ich habe hier noch etwas für Sie.«

Sie schloss einen Schrank auf, nahm einen braunen Umschlag heraus und schüttelte den Inhalt auf den Schreibtisch.

Maria beugte sich fasziniert über den Gegenstand: eine

Halskette mit einem ovalen Anhänger von der Größe einer Fünf-Øre-Münze. Das Schmuckstück schien aus Silber zu sein, war jedoch angelaufen, und sowohl Kette als auch Anhänger waren mit sandiger Erde verkrustet.

»Die lag um den Hals des Skeletts, wir nehmen also an, dass sie der Frau gehörte. Vielleicht bringt Sie das ja auf eine Fährte«, sagte Sandager.

»Hat sich die Polizei die Kette nicht angeschaut?«

»Offenbar nicht. Ich glaube, die Direktion dort drüben in Jütland ist nach der Pandemie total überlastet, und als sie das mutmaßliche Alter des Skeletts erfahren haben, haben sie jegliches Interesse verloren. Ist ja auch irgendwo verständlich. Schließlich ist der Täter inzwischen höchstwahrscheinlich tot oder zumindest über alle Berge.«

Maria konnte es kaum erwarten, das Schmuckstück näher unter die Lupe zu nehmen. Vorsichtig schob sie die Halskette zurück in den Umschlag, steckte ihn in ihre Tasche und griff nach dem Aufnahmegerät.

»Sie müssten mir noch kurz den Empfang des Schmuckstücks bestätigen. Das ist mein C.M.A. – *Cover My Ass* – oder C.O.C., wie es wohl formal heißt. *Chain of Custody*. Dann wissen alle, dass sich die Kette im Besitz des Museums befindet.« Sandager schob Maria Papier und Kugelschreiber hin, stoppte sie dann jedoch mit einer Handbewegung: »Eins noch, bevor Sie das Teil ausschalten. Ich habe die Polizeidirektion Mittel- und Westjütland angerufen, um mich zu vergewissern, dass keine weiteren Schmuckstücke gefunden wurden. Ein Ring, zum Beispiel. Obwohl sie die Erde in einem Radius von einigen Metern um die Leiche herum umgegraben haben, war da nichts. Kein Verlobungs- oder Ehering in der Nähe des Skeletts. Das ist von recht zentraler Bedeutung, um dieses Mädchen hier zu verstehen. Bei genauerer Untersuchung des

Skeletts ist mir aufgefallen, dass es am Becken der Frau recht klare Anzeichen für eine minder schwere Beckenringlockerung gibt, die anschließend schief zusammengewachsen ist.«

»Beckenringlockerung?«

»Ja. Sie hat ein Kind geboren, daran besteht keinerlei Zweifel. Ob das Kind überlebt hat, ist natürlich eine andere Frage.«

Maria sah die Rechtsanthropologin erstaunt an, während sie die Information sacken ließ. Sandager nickte traurig.

»Ja. Die tote Frau war die Mutter von jemandem.«

7

Die hinteren Türen des gelbgrünen Rettungswagens standen offen. Mikael Dirk warf einen Blick in den Wagen, aber die Sanitäter waren bereits am Zusammenpacken. Einer stellte die Medikamententasche in die Halterung an der Seite, während der andere die Pritsche abwischte. Am Lappen war Blut.

Mikael war die ganze Strecke vom Parkplatz bis zum Traumazentrum gerannt. Es kam ihm wie eine Ewigkeit vor seit der Nachricht, dass sein Chef und guter Freund, Niels Carlsen, Opfer eines Verkehrsunfalls geworden war. Dabei war es allerhöchstens zwanzig Minuten her.

Er hatte schon zahllose Male hier vor dem Traumazentrum des Rigshospitals gestanden, war durch die Glastüren zur Information gegangen. Meistens rang die Person, die er befragen sollte, im Traumazentrum um ihr Leben, umringt von einem Dutzend Fachleuten. Als Ermittler des Dezernats für Gewaltverbrechen hatte er die nicht immer angenehme Aufgabe, den Opfern noch rechtzeitig alle nur erdenklichen Informationen zu entlocken. Einige Male hatte es gerade noch für eine DNA-Probe und ein paar andere technische Spuren gereicht.

Heute musste er niemanden befragen. Heute war ein Freund verunglückt. Der Dezernatsleiter war während seiner Joggingrunde von einem Wagen erfasst worden und hatte ein schweres Hirntrauma. Die Ärzte wollten sofort ein CT machen.

»Es sieht ernst aus«, hatte der Leiter der Bereitschaft gesagt, als er Mikael angerufen hatte. Er war früher selbst Ermittler gewesen, kannte Carlsen und Mikael gut und wusste, dass Mikael informiert werden wollte. Zum einen weil Carlsen Mikaels engster Vertrauter war, zum anderen, weil der Unfallfahrer die Flucht ergriffen hatte. Ersten Zeugenaussagen zufolge hatte der Fahrer nach dem Unfall kurz angehalten, als würde er nachdenken, ehe er mit dem Auto verschwunden war.

Mikael blieb vor der Tür des Traumazentrums stehen. Durch eine Glasscheibe sah er die Ärzte, Krankenpfleger und Sanitäter. Von dem Patienten waren nur ein Arm und das weiße ID-Bändchen zu sehen. Er erkannte Carlsens eckigen Ehering. Auf dem Boden lagen die Joggingkleider seines Chefs. Blutfleckig und aufgeschnitten. Schwarze Shorts, rotes T-Shirt, zwei Socken, ein einsamer Schuh.

Der leitende Arzt gab kurze, präzise Anweisungen, aber Mikael verstand nicht, was gesagt wurde. Er sah die ernsten Gesichter der weiß gekleideten Menschen, was ihn nur noch mehr beunruhigte. Reflexartig legte er eine Hand an die Tür, er wollte hören, was gesprochen wurde, wissen, ob er helfen konnte. Aber eine Frau in einem weißen Kittel kam von hinten und griff resolut sein Handgelenk.

»He, Sie dürfen da jetzt nicht rein.«

»Ich will nur wissen …«

»Man kann da nicht einfach reingehen. Was hat man Ihnen an der Information gesagt?«

Sie sah Mikael fragend an.

Er hatte am Morgen nicht geduscht, geschweige denn die Zähne geputzt, bevor er nach draußen gestürmt und in den Wagen gesprungen war. Die Worte drangen wie durch Watte zu ihm durch, und er ließ sich wegziehen. Die Schwester hatte ja recht. Er wollte gar nicht sehen, wie die Ärzte seinen Freund zusammenzuflicken versuchten. Das Leben eines Schwerstverletzten zu retten war blutig und hart und für einen Angehörigen schrecklich mitanzusehen. Das alles wusste er. Mikael konnte einen Tatort detailliert unter die Lupe nehmen, ohne auch nur das geringste Unbehagen zu verspüren. Wenn Hector sich aber das Knie aufschlug, brachte er es kaum fertig, ihn zu verpflastern.

Er ging jetzt besser zu Carlsens Frau, um sie zu stützen. Um zu hören, was sie zu erzählen hatte.

»Draußen sitzt noch eine weitere Angehörige und wartet«, sagte die Schwester. »Ich gehe davon aus, dass Sie ein naher Verwandter sind?«

Mikael nickte schwach und ließ sich zurück in den Wartebereich führen, in dem fünf harte Plastikstühle standen. Nur einer war besetzt, und er erkannte Anette, obwohl sie das Gesicht in den Händen vergraben hatte.

»Anette!«, sagte er.

Sie schien ihn nicht zu hören.

»Es tut mir so leid … Ich bin so schnell gekommen, wie ich konnte.«

Anettes Gesicht war verweint, als sie zu ihm aufsah.

»Ich habe Angst«, sagte sie und streckte Mikael die Hand entgegen.

»Es wird schon gut gehen.«

Er beugte sich hinunter und nahm ihre Hand. Beklommen. Normalerweise waren die Gespräche mit Angehörigen kein Problem für Mikael, aber bei Bekannten und Freunden war das etwas ganz anderes.

»Was ist passiert? Weißt du Genaueres?«

Anette schüttelte den Kopf und schniefte in ein bereits durchweichtes Tempotaschentuch.

»Er war Joggen. Das macht er mehrmals pro Woche. Um

den Damhussøen. Ich weiß nur, dass Niels von einem Auto angefahren wurde. Und dass der Fahrer abgehauen ist.« Sie drückte Mikaels Hand und hob den Blick. »Du musst den, der das getan hat, finden. Stell dir das mal vor, der ist einfach abgehauen, während Niels da lag … ganz allein.«

Mikael schwieg betroffen. Natürlich wollte er nichts lieber, als diesen Idioten schnell zu finden. Aber würde eine Fahrerflucht auf seinem Schreibtisch landen? Dafür müsste es sich schon um einen Mordversuch handeln. Oder um Mord, und diesen Gedanken wollte er nicht zu Ende denken.

»Soll ich uns einen Kaffee holen? Was zu essen? Du musst doch Hunger haben.«

Anette sah zu ihm hoch.

»Ich hab keinen Hunger und würde jetzt nichts runterkriegen, aber einen Kaffee vielleicht.«

»Ich hole uns was. Bin gleich zurück. Hier hast du meine Nummer, falls sich zwischenzeitlich was tut«, sagte er, nahm eine Visitenkarte aus seinem Portemonnaie und reichte sie ihr.

Der erste Arbeitstag nach dem Urlaub, dachte er, während er das Traumazentrum verließ und sich auf die Suche nach einem Kaffeeautomaten machte. Was für ein Willkommen, herzlichen Dank auch.

Eigentlich waren die Ferien perfekt gewesen, die besten seit vielen Jahren. Ganz anders als sonst. Zum ersten Mal hatte er Hector für mehr als nur ein Wochenende gehabt. Er und Karin hatten miteinander gesprochen. Es war nicht ohne Reibungen abgelaufen, aber sie hatten eine gemeinsame Ebene gefunden und waren letzten Endes sogar ganz gut miteinander ausgekommen. Schließlich mussten sie als Hectors Eltern an einem Strang ziehen.

Im vergangenen Sommer hatte er Hector hin und wieder mit auf einen Ausflug nehmen dürfen. Sie waren auf dem

Spielplatz gewesen, im Tivoli, am Strand und im Zoo. Strand und Zoo waren Marias Vorschläge gewesen und er hatte dankbar ihre unbeschwerte Gesellschaft akzeptiert. Die Dinge waren irgendwie leichter, auf jeden Fall weniger intensiv, wenn er mit Hector nicht ganz allein war. In diesen Sommerferien hatte er mit Hector dann eine ganze Woche verreisen dürfen. Er hatte das Ferienhaus der Polizeigewerkschaft in Slettestrand gemietet, mit ausgebautem Spitzdach und einer Sammlung schottischer Porzellanterrier, die Hector dazu verleitet hatten, stundenlang um einen Hund zu betteln.

»Da musst du deine Mutter fragen«, hatte Mikael geantwortet.

Sie hatten Ball gespielt, geangelt und Drachen steigen lassen, die meisten Tage waren richtig gut verlaufen. Mikael musste sich aber eingestehen, wie wenig er seinen Sohn kannte. Aß er morgens Müsli oder Cornflakes? Trug er Schuhe mit Schnürsenkeln oder Klettverschluss? Die praktischen Dinge würde er mit der Zeit schon noch lernen, aber was hatte es zu bedeuten, wenn sein Sohn vor Wut weinte? Was machte man, wenn er zum dritten Mal hintereinander abends die Zähne nicht putzen wollte? Oder mit Albträumen aufwachte? Es gab Dinge, die er einfach nicht wusste, weil er Kinder nicht gewohnt war. Nicht einmal sein eigenes. Wie wies man einen Siebenjährigen in die Schranken? Wie zeigte man genug Liebe? Und was machte ihm eigentlich Spaß? Nahm er Mikaels zögerliche Vorschläge, Drachen steigen zu lassen oder Angeln zu gehen nur an, weil er ihm nicht widersprechen wollte? Hector kannte seinen Vater vermutlich nur als geheimnisvolle, verbotene Figur, über die Karin in den verlorenen Jahren sicher nicht sonderlich positiv gesprochen hatte. Jetzt musste er dieses Bild durch einen lebendigen, fehlbaren Mann ersetzen. Mikael hatte das Gefühl, dass er seinen Sohn eigentlich nur enttäuschen konnte.

Die ganze Zeit über hatte Mikael Neues an seinem Sohn entdeckt, was ihn immer trauriger stimmte. Ein Vater oder eine Mutter sollten ihr Kind wie ein offenes Buch lesen können, aber diese Fähigkeit besaß Mikael nicht. Noch nicht, hoffte er, wenn er an den meisten Abenden erschöpft kurz nach Hector eingeschlafen war. Wie nach einer besonders harten Trainingseinheit.

An einem Nachmittag hatten sie ihren ersten richtigen Streit gehabt. Hector war vollkommen ausgeflippt, als Mikael ihn bat, sein iPad auszumachen, worauf er irgendwann den Arm seines Sohnes gegriffen hatte – vielleicht etwas frustrierter und machtloser als Karin – und ihn aufforderte, sich anständig zu benehmen.

»Du bist blöd, Mikael!«, hatte Hector geschrien. Nicht »Du bist blöd, Papa«. Er hatte ihm schluchzend den Rücken zugedreht und wollte nach Hause zu seiner Mutter. Mikael hatte keine Ahnung gehabt, wie er mit der Situation umgehen sollte.

Sein erster Gedanke war gewesen, seinen Sohn direkt ins Bett zu schicken, ohne Abendessen und Gutenachtgeschichte, wie es seine Eltern damals bei ihm gemacht hatten. Mikael war in einem gepflegten, kulturinteressierten Zuhause aufgewachsen, wie man vielleicht sagen würde. Sein Vater war Arzt, seine Mutter Anwaltsgehilfin, und ihr Haus in Valby war eingerichtet gewesen wie all die anderen Mittelklassehäuser der Siebziger. Mogens-Koch-Regale mit Büchern aus Gyldendals Buchclub und dazwischen ein Edvard-Munch-Plakat aus dem Louisiana-Museum. Im Wohnzimmer standen ausgewählte Børge Mogensen-Klassiker, die man sich mühsam zusammengespart hatte, und auf dem Boden lag ein persischer Teppich, den seine Mutter jeden Samstag saugte.

Mikael las keine Bücher und passte auch nicht zu den Möbeln. Nicht nur kam er mit dreckigen Schuhen ins Haus, auch sonst war er eine ewige Enttäuschung für seinen Vater. Begonnen hatte das alles, als er in Hectors Alter war. Der erste Schultag hatte sich ihm als Albtraum ins Gedächtnis eingebrannt. Schon am Morgen hatte er die tadelnden Blicke seines Vaters auf sich gezogen. Wegen seiner Kleidung, wegen der Art, wie er frühstückte – »Der Junge verwechselt den Löffel wohl mit einer Schaufel«. Und schließlich wegen seiner hängenden Schultern auf dem Weg zur Schule. Auf dem Schulhof hatte Mikael vor Nervosität geweint, bis sein Vater ihn zur Seite nahm und so hart am Arm packte, dass er am Abend zwei große blaue Flecken hatte. In der ersten Schulwoche hatte er langärmelige Hemden getragen. Sein Vater war danach nie wieder zu irgendeiner Schulveranstaltung gekommen.

Mikael schaffte es mit Müh und Not durchs Gymnasium und bewarb sich nach der Wehrpflicht und einem Sabbatjahr, das er in London verbracht hatte, weil seine neue Freundin Karin, Hectors Mutter, dorthin wollte, bei der Polizei. Mikaels Polizeipläne waren für seinen Vater eine ebenso große Überraschung wie herbe Enttäuschung, schließlich hatte er selbst es als Erster der Familie mit viel Fleiß zum Akademiker gebracht. Mikaels Entscheidung machte für ihn all das zunichte, für das er selbst so hart gekämpft hatte.

»Polizei? Seit wann übernimmst du denn Verantwortung für irgendwas?«, hatte er gesagt.

Mikael wurde aus seinen Gedanken gerissen, als sein Handy in der Tasche zu klingeln begann. Er nahm es ans Ohr.

»Sie haben ihn ins Koma versetzt«, schluchzte Anette. »Und sie sagen, dass er vorläufig nicht aufwachen wird.«

8

Carlsens Zustand war erheblich schlechter, als Mikael befürchtet hatte.

Nach Anettes Anruf war er sofort zurück ins Traumazentrum gerannt, wo ihm eine Schwester bestätigt hatte, dass der Zustand seines Vorgesetzten kritisch sei und sie ihn in ein künstliches Koma versetzt hätten.

Mikael setzte sich in seinen Wagen und fuhr zum Damhussøen, um sich den Unfallort anzusehen. Er wollte sich selbst einen Eindruck verschaffen, wollte verstehen, was passiert war. Es mussten noch Beamte vor Ort sein. Nach einem Unfall dieser Art gab es immer umfangreiche Untersuchungen. Sollte sich die Sache, was er nicht hoffte, zu einem Mordfall entwickeln, wollte Mikael von Anfang dabei sein.

Er rief Frederik Dahlin an. Sein Partner ging sofort ans Handy.

»Wo bist du?«

In der Leitung rauschte es. Entweder stand Fredrik im Wind oder dort, wo er war, herrschte reger Verkehr.

»Am Damhussøen. Einige Kollegen aus dem Dezernat sind hier. Wegen Carlsen«, sagte Frederik.

Mikael schickte ihnen einen dankbaren Gedanken. Normalerweise kümmerte sich die Verkehrspolizei um Unfälle, aber in diesem Fall? Kein Wunder, dass die Kollegen aus dem Dezernat sich einmischten, wenn das Opfer ihr Chef war. Vielleicht konnten sie mit ihrem Spezialwissen über Videoüberwachung, Fernaufklärung, Spuren- und Tatortsicherung einen wichtigen Beitrag leisten.

»Gibt es Zeugen?«, fragte Mikael.

»Ja, mindestens zwei, aber das Ganze ist ein Riesenchaos. Wir haben zu spät losgelegt. Ich bin gerade selbst unterwegs, um Videoaufzeichnungen zu sichern. Kommst du? Uns fehlt hier ein Dirigent.«

Frederik klang so fokussiert wie schon lange nicht mehr. Tatsächlich konnte sich Mikael nicht erinnern, wann sein Kollege das letzte Mal wirklich zu hundert Prozent bei der Sache gewesen war. Seit er Mikael bei einem Einsatz im vergangenen Winter das Leben gerettet hatte, war Frederik irgendwie neben der Spur.

Mikael hatte ihn als einen Menschen kennengelernt, der immer gut drauf war. Was nicht weiter verwunderlich war, wenn man Frederiks Aussehen, seinen Charme und sein Talent besaß und den Großteil seines Lebens ein sorgloses, behütetes Leben in der wohlhabenden Gegend nördlich von Kopenhagen geführt hatte. Manchmal stellte Mikael sich Frederik als kleinen Jungen vor. Ein blondgelockter, kleiner Charmebolzen mit strahlenden Zähnen und blendend weißen Tennisklamotten, der immer Rückenwind und die Sonne im Gesicht hatte. Er war der Typ, den Mikael als Kind verprügelt hätte, aber verdammt, er war so unglaublich froh, ausgerechnet Frederik als Partner zu haben. Er schuldete ihm buchstäblich sein Leben.

»Der Unfall ist in einer Einfamilienhaussiedlung passiert. Stell deinen Wagen am Rødtjørnevej ab und geh von da aus zu Fuß. Den Unfallort kannst du nicht übersehen. Der Wagen hat Carlsen auf dem Bürgersteig an einer Einmündung erwischt. Vor einem leer stehenden Gebäude des Kopenhagener Volkshochschulverbands, leider ohne Videoüberwachung.

Aber ich bin gerade auf dem Weg zu einem Kindergarten ganz in der Nähe. Mit etwas Glück haben die eine Kamera installiert«, sagte Frederik.

Nachdem sie aufgelegt hatten, spannen Mikaels Gedanken weiter. Der Unfallfahrer musste schnellstmöglich gefunden werden, bevor er die Spuren am Wagen beseitigen oder das Fahrzeug abfackeln oder in irgendeiner Garage verstecken konnte. Vielleicht war der Fahrer nicht aus bösem Willen geflüchtet. Er hatte von Unfallfahrern gehört, die aus blanker Panik wegfuhren. Vielleicht hatte der Fahrer auch einen epileptischen Anfall oder sonst irgendeinen Aussetzer gehabt und konnte sich an den Unfall gar nicht erinnern. Oder er hatte aus anderen Gründen die Gewalt über sein Fahrzeug verloren. Möglicherweise hatte er nach seinem Handy gesucht, eine Biene im Wagen gehabt oder sich von einem Haustier ablenken lassen ... Allerdings war nicht auszuschließen, dass Carlsen vorsätzlich angefahren worden war.

Mikael parkte vor einem weißen Haus und ging die letzten wenigen hundert Meter zu Fuß bis zur rotweißen Absperrung der Polizei. Es handelte sich wie beschrieben um eine Einfamilienhaussiedlung, eine schmale Straße mit Temposchwellen und am Rand parkenden Autos, auf der Kinder Ball spielten oder Fahrrad fuhren, was die Sache noch rätselhafter machte. Wer um alles in der Welt fuhr auf einer solchen Straße derart schnell?

Er nickte dem Streifenbeamten zu, der den Unfallort sicherte, und ging zu den Kollegen. Frederik war nirgends zu sehen.

»Wer kann mich kurz briefen?«, fragte er in die Runde. Christina Eliasen, eine große, schlanke Ermittlerin mit langjähriger Berufserfahrung zeigte in Richtung der Kreuzung.

»Der Sachverständige ist gerade beschäftigt. Dahlin ist auf

der Suche nach Videomaterial. Ich habe gerade mit einem Obdachlosen gesprochen, der behauptet, den Unfall gesehen zu haben. Zwei weitere Zeugen sind von der ersten Streife vor Ort befragt worden. Man hat ihnen erlaubt, nach Hause zu gehen. Wir haben die Kontaktdaten.«

»Okay. Hat irgendwer das Nummernschild gesehen? Oder das Modell? Die Farbe des Wagens?«

Die Ermittlerin schüttelte den Kopf. Ärger stieg in ihm hoch.

»Dann müssen wir uns die Zeugen noch mal vornehmen. Auch den Obdachlosen. Und überprüft die sozialen Medien, vielleicht wird da was Interessantes gepostet. Möglicherweise hat auch irgendjemand in der Umgebung etwas gefilmt. Vielleicht war der Täter vorher schon mal hier, um die Gegend auszukundschaften.«

Auf der Straße vor dem leer stehenden gelben Gebäude des Volkshochschulverbands ließ sich unschwer erkennen, wo Carlsen von dem Wagen erfasst worden war. Auf dem Asphalt war Blut, und Mikael erkannte den Joggingschuh, der zu dem zweiten passte, den er im Traumazentrum gesehen hatte. Er war noch immer mit Doppelknoten gebunden und sah nagelneu aus.

Der Sachverständige fotografierte gerade etwas auf der Straße. Für Mikael sah es nach verbranntem Gummi aus. In der Luft über ihnen schwebte eine Drohne, die die Umgebung dokumentierte.

»Mikael Dirk vom Dezernat für Gewaltverbrechen«, stellte er sich vor.

»Jesper Degn.« Der Sachverständige erwiderte Mikaels Nicken.

»Was glauben Sie, ist hier geschehen?«

»Wir können wohl mit Sicherheit davon ausgehen, dass der

Fahrer Gas gegeben und direkt auf das Opfer, Niels Carlsen, zugefahren ist. Ich nehme an, Sie sind deshalb hier?«

»Ja, er ist mein Chef. Mehr als das.«

»Verstehe. Die Frage ist, ob der Fahrer womöglich Gaspedal und Bremse verwechselt hat, die Reifen sind kurz durchgedreht, was typisch ist, wenn man von Null auf Hundert beschleunigt.«

»War er so schnell?« Mikael sah verblüfft über die Straße.

»Nein, oh nein, dann wäre Carlsen garantiert nicht mehr am Leben. Ich bin mit meinen Vermessungen und Berechnungen noch nicht ganz fertig, im Moment gehe ich aber davon aus, dass Carlsen mit etwa vierzig, fünfzig Stundenkilometern erwischt wurde. Das reicht locker für schwere Verletzungen. Manch Aufprall wie dieser endet tödlich.«

Vor seinem inneren Auge sah Mikael Carlsens leblosen Körper auf dem OP-Tisch im Traumazentrum, den Beatmungsschlauch im Mund und die Elektroden auf dem Oberkörper.

»Ich lasse Sie weiterarbeiten, aber gibt es vielleicht schon einen Hinweis darauf, welche Farbe der Wagen hat?«

Der Sachverständige schüttelte den Kopf, zeigte aber auf ein verbogenes Chromstück, wohl ein Teil des Kühlergitters, das auf dem Boden lag.

»Wir gehen davon aus, dass dieses Teil von dem Wagen stammt«, sagte er. Auf der Straße waren mehrere Bereiche gelb eingekreist. In einem dieser Kreise lag etwas Glas. Degn zeigte darauf. »Das stammt von einem Vorderlicht. Wobei natürlich nicht gesagt ist, dass es vom Tatfahrzeug stammt.«

»Haben Sie sonst noch was gefunden?«

»Noch nicht. Ich gebe Ihnen Bescheid, sollten wir etwas finden. Aber denken Sie daran, auch die Kleidung des Opfers zu untersuchen. Mit etwas Glück finden sich daran Lackreste.«

Mikael notierte sich, schnellstmöglich im Krankenhaus anzurufen, um sicherzustellen, dass Carlsens Kleidung und Schuhe versiegelt und an die Kriminaltechnik geschickt wurden.

Er sah zu den Kollegen. Die Stimmung war sichtlich getrübt. Carlsen war ein beliebter Mann. Ein Chef, zu dem man in all den Jahren, die er an der Spitze des Dezernats stand, vertrauensvoll aufgeblickt hatte. Mikael arbeitete jetzt seit fünf Jahren unter ihm. Carlsen hatte einen Blick dafür, wann er seine Leute antreiben musste, damit sie auch noch das Letzte aus sich herausholten, und wann er ihr Selbstbewusstsein puschen und für ein gutes Arbeitsklima und persönliches Wohlbefinden sorgen musste.

Die Kollegen waren nicht immer Carlsens Meinung, er war aber niemand, gegen den man lauthals aufbegehrte. Wenn Carlsen mit Nachdruck in der Stimme einen Beschluss verkündete, wusste man, es gab *Carlsen's way or the highway*.

Mikael wusste, dass Carlsen seine Hand mehrfach schützend über ihn gehalten hatte, als er vor vier Jahren seine große Krise durchlebte. Carlsen hatte nie ein Wort darüber verloren, dass Mikael ohne Krankmeldung oder Genehmigung einfach in ein Sommerhaus verschwunden war, um gegen seinen aus dem Ruder gelaufenen Kokainmissbrauch anzukämpfen, *Cold Turkey* – bis er es irgendwann geschafft hatte. Carlsen hatte ihm vertraut, weshalb Mikaels Vertrauen in seinen Chef nahezu grenzenlos war.

Nach fünf Jahren im Dezernat gehörte Mikael zu denen, die Carlsen am besten kannten. In den letzten Monaten war ihm aufgefallen, wie müde und erschöpft er mitunter wirkte. Irgendwann war jeder Polizist ausgebrannt und die mit Corona verbundenen bizarren Aufgaben, die Welle der Krankmeldungen und die immer wieder aufgeschobenen Fälle hatten die Situation nicht besser gemacht.

Vielleicht hatte Carlsen einfach genug. Nicht wenigen Kollegen ging es so, wenn sie sich der Sechzig näherten. Schließlich bekamen sie als Zuständige für Gewalt und Mord nicht eben die Schokoladenseiten der Menschen zu sehen, und als Chef des Dezernats war Carlsen nicht weniger oft als Mikael mit der totalen Sinnlosigkeit konfrontiert worden. Erschwerend kam hinzu, dass Carlsen sich auch noch mit dem zunehmend eingeschränkten Budget der Polizei und ständigen Umstrukturierungen herumzuschlagen hatte. Er musste mit den Mitarbeitern klarkommen, mit der krankhaften Fokussierung der Politiker auf die Performance der Polizei, und er musste den Medien Rede und Antwort stehen.

Wer schaffte das schon unangekratzt?

Mikael hob den Blick. Frederik war zurück am Unfallort. Mit seinen wohlfrisierten, dichten Locken und der teuren Sonnenbrille sah er wie immer blendend aus. Aber wann war er eigentlich so dünn geworden? Er schien die Sommerferien auf dem Mountainbike oder SUP-Board verbracht zu haben, oder womit auch immer man sich in den nordseeländischen Küstenorten heutzutage seine Freizeit vertrieb. Mikael schlug seinem Partner zur Begrüßung kameradschaftlich auf die Schulter.

»Irgendwelche Neuigkeiten?«

Frederik hob das Kinn zum Gruß.

»Ich habe die Gegend nach Kameras durchforstet und unsere Register gecheckt. Die Videoüberwachung des Kindergartens funktioniert leider nicht. Aber an der Kreuzung Grøndahls Parkvej und Peter Bangs Vej gibt es ein paar Kameras.«

Entgegen der Vorschrift meldeten nicht alle Betriebe ihre Kameras dem polizeilichen Register POL-cam. Frederik sah in sein Notizbuch und las die Namen von ein paar Kiosken und einem Bordell mit Videoüberwachung vor.

»Gut«, sagte Mikael und sah zu Christina Eliasen.

»Ich habe noch mal mit dem Obdachlosen gesprochen«, sagte sie. »Ein ziemliches Wrack. Aus dem ist nicht viel rauszubekommen, ich glaube, er hat die ganze Nacht gesoffen und ist immer noch stark alkoholisiert.«

Nicht zum ersten Mal handelte es sich beim Zeugen einer schwerwiegenden Straftat um einen Drogenabhängigen oder Obdachlosen. Auch solche Zeugen musste man ernst nehmen, was nicht immer leicht war, wenn jemand nach Wodka oder Bier stank und je nach Promille seine Aussage änderte.

»Er sagt, er habe auf seiner üblichen Bank gelegen und alles gesehen. Carlsen soll von einem dunklen Kombi angefahren worden sein. Das Auto habe dann zurückgesetzt. Er glaubt außerdem gesehen zu haben, dass der Fahrer eine helle Jacke oder einen hellen Pullover trug. Das Kennzeichen weiß er aber nicht.« Eliasen blätterte durch ihr Notizbuch. »Eine andere Zeugin ist eine Joggerin, Lotte Mikkelsen, die gemeinsam mit ihrem Hund – einem Labradoodle mit Namen Molly – kurz vor dem Unfall an Carlsen vorbeigelaufen ist. Sie steht derart unter Schock, dass wir zum jetzigen Zeitpunkt nichts Sinnvolles aus ihr herauskriegen. Sie hat ausgesagt, sich in den Sekunden nach dem Unfall die Hand vor die Augen gehalten zu haben, aber wir befragen sie morgen noch einmal.« Christina blätterte weiter. »Der letzte Zeuge ist ein Mann, Henrik Funch, ein achtundfünfzigjähriger Anwalt. Er war auf dem Weg zur Arbeit, als er an einem hellen Wagen vorbeikam. Er meint, es sei ein Peugeot 208 gewesen. Hinter dem Steuer habe ein Mann mit Sonnenbrille gesessen. Dann hat er einen Schrei und einen Aufprall gehört und im Rückspiegel gesehen, wie der Peugeot in Richtung Ålekistevej weggefahren ist.«

»Na super. Dann hat unser Auto nach Aussage der Zeugen zwei verschiedene Farben? Einer sagt hell, der andere dunkel? Wer hat recht?«, fragte Mikael und dachte an die vielen Zeugenaussagen in seiner Karriere. Gerade bei traumatisierenden Geschehnissen wichen sie oft komplett voneinander ab.

»Der achtundfünfzigjährige Autofahrer hat gesagt, er wüsste, was er gesehen hat. Er war sehr selbstsicher. Und nüchtern. Ich denke, wir sollten von einem hellen Wagen ausgehen«, meinte Eliasen.

»Dirk!« Der Sachverständige winkte Mikael zu sich. »Ich bin dann fürs Erste fertig. Meinen vorläufigen Untersuchungen zufolge wurde Carlsen mit vierzehn Metern pro Sekunde, also fünfzig Stundenkilometern, getroffen. Wäre der Wagen nur ein wenig schneller gefahren, also zum Beispiel sechzig, hättet ihr ihn wie einen Sack Kartoffeln vom Boden auflesen können.«

Degn war ein harter Brocken in schriller Aufmachung. Er lief in knallgelber Warnweste und mit schwarzem Käppi zwischen Blutflecken und Reifenspuren herum und lieferte die Fakten ohne jede Empathie. Mikael schluckte, während Degn unbeirrt fortfuhr.

»Eigentlich ist es ein Wunder, dass Carlsen noch lebt. Ein Meter weiter und er wäre zwischen dem Auto und der Hauswand eingequetscht worden. Dann wären seine Organe Brei.«

»Okay, okay, ich hab's verstanden.«

Mikael hob beide Hände, als wollte er Degns Worte in der Luft abwehren.

»All right. Ich hätte gerne noch untersucht, ob der Wagen irgendeinen Defekt hatte, einen geplatzten Reifen, einen Fehler im Bremssystem oder irgendetwas anderes, das erklären könnte, warum er nicht gebremst hat, aber das ist ohne das Fahrzeug schwer zu sagen. Ich bin mir trotzdem ziemlich sicher, dass der Wagen aus dem Stand beschleunigt hat und auf Carlsen zugefahren ist. Die Polizeihunde waren schon hier, rund um den mutmaßlichen Standort des Wagens wurden weder Kippen noch sonst etwas gefunden, wodurch der Fahrer identifiziert werden könnte. Dementsprechend ...« Jesper Degn zuckte mit den Schultern, ehe er Mikael zum Abschied zunickte. »Ihr kriegt meinen Bericht dann morgen.«

Mikael sah dem Sachverständigen nach, als er den Unfallort mit seinem Messrad verließ. Die Gewissheit, zu welchem Schluss der Sachverständige kommen würde, war beinahe unerträglich.

9

Mikael hatte während der ganzen Nacht kaum ein Auge zugetan, und jetzt stand er unter der Dusche und versuchte, den kalten Schweiß abzuwaschen. Der Gedanke, was vermutlich mit seinem Chef geschehen war, hatte ihn bis drei oder vier Uhr wachgehalten.

Es war ein Wunder, dass Carlsen lebte. Er hätte zerquetscht werden können.

Die Worte des Sachverständigen waren ihm nicht mehr aus dem Kopf gegangen. Als er dann endlich eingeschlafen war, hatte er geträumt, dass er am Unfallort war und Carlsen tot am Boden lag, während ein anderer, quicklebendiger Carlsen neben ihm stand. Seite an Seite, wie schon an so vielen Tatorten zuvor. Mikael konnte dieses Bild nicht anders deuten, als dass Carlsen ihm etwas mitteilen wollte.

Er streckte den Arm aus und schaltete das Radio ein, das auf der anderen Seite des Duschvorhangs an einem Haken hing. Es war kurz nach sechs.

»... im Laufe des Monats beginnen die schwierigen Verhandlungen über die landesweite Polizeireform. Die Polizei selbst wünscht sich mehr Ressourcen und eine Aufstockung des Personals. Auch einige politische Parteien verlangen mehr Polizeipräsenz, insbesondere in den dünn besiedelten Landesteilen und in Wohnvierteln mit hoher Kriminalität.«

Offenbar ging es in den Nachrichten gerade um das Thema, über das Mikael jetzt wirklich nichts hören wollte.

»Aber das Budget ist nach der Coronapandemie begrenzt, und wie Ministerpräsident Troels Mejding bereits im letzten Jahr nach der Wahl gesagt hat, fehlt für weitere Investitionen das Geld. Die Polizei müsse, so Mejding damals, Prioritäten setzen und sparen wie alle anderen auch.«

Mikael seufzte. Die Politik bewegte sich mal wieder fern jeder Realität. Er verstand gut, dass die Menschen in den Randregionen ihre lokalen Polizeistationen gern wieder bemannt sehen würden, um so etwas mehr Sicherheit zu bekommen, aber die großen, schweren Verbrechen wurden nicht dort aufgeklärt. Wollte man anno 2021 gute Polizeiarbeit leisten, brauchte man Spezialisten. Und Spezialisten kosteten Geld, viel Geld.

Der Nachrichtensprecher hatte das Wort einem Kollegen in Christiansborg erteilt, der vor lauter Eifer kaum zum Luftholen kam.

»Die noch unerfahrene Justizministerin Katja Klargaard soll die Verhandlungen leiten, womit wir schon bei den ersten Problemen wären, denn Katja Klargaard und Troels Mejding haben, internen Quellen zufolge, keine gemeinsame Linie. Wie viele sich erinnern werden, forderte Klargaard in ihrem Wahlkampf eine Polizei, die dem Volk Sicherheit bietet. Von dieser Forderung kann sie nicht abweichen, ohne sich selbst und ihre Partei zu diskreditieren. Der Zwist könnte letztlich zum Bruch der Regierung führen, sodass Mejding Neuwahlen ansetzen müsste. Das ist aber sicher nicht in Mejdings Sinne. Aktuellen Umfragen zufolge würde er seinen Posten als Ministerpräsident verlieren, was vermutlich das Ende seiner politischen Karriere wäre…«

Mikael nahm ein Handtuch. Wunderbar, die Zukunft der Polizei war anscheinend Geisel eines politischen Machtkampfes, bei dem alle mehr an die eigene Karriere als an die beste Lösung für die insgesamt sechzehntausend Polizisten des Landes dachten.

»Danke für Ihre Einschätzung«, meldete sich der Nachrichtensprecher wieder. *»Die Politiker stehen ebenfalls unter dem starken Druck einiger Bevölkerungsgruppen. Das Vertrauen in die Polizei ist nach der Coronapandemie stetig gesunken, und auch heute werden wieder Demonstrationen vor dem Regierungssitz erwartet. Unsere Außenreporterin hat einen der Initiatoren getroffen und berichtet, dass heute mehrere hundert Menschen zum Protest gegen die, wie sie sie nennen,* Lakaien der Elite *zusammenkommen werden.«*

In der folgenden Einspielung war eine Frau mit ausgeprägt westseeländischem Akzent zu hören.

»Wir müssen endlich zeigen, dass die Bevölkerung da nicht mehr mitmacht! Wir wollen Freiheit! Jetzt! Früher hatte ich noch Vertrauen in die Polizei, aber im Winter hab ich dann selbst erlebt, wie die auf die Demonstranten eingedroschen haben. Ganz nach dem Motto: Knüppel aus'm Sack! Aber wenn bei gewöhnlichen Leuten eingebrochen wird, haben sie keine Zeit zu kommen, das ist wirk…«

Mikael schaltete das Radio aus und wischte den Beschlag vom Spiegel über dem Waschbecken.

»Konzentrier dich! Fokus auf den Ball«, sagte er zu sich selbst und nutzte den Ausdruck, den Carlsen immer verwendete. Als er die Augen schloss, konnte er Carlsen beinahe hören.

»Konzentrier dich.«

Es war bereits ein Tag vergangen.

10

Er war einer der Ersten in dem farblosen Bürogebäude auf Teglholmen in Sydhavnen und setzte sich mit einem Kaffee an den Tisch im Großraumbüro. Die Chefs hatten teure iPhones, aber auf der Karriereleiter nur ein paar Sprossen weiter unten fand man Ermittler wie ihn, die sich mit in die Jahre gekommenen Androidhandys und schrottreifen Computern herumschlagen mussten. Mikael tippte seinen Nutzernamen und seinen Zugangscode ein, wartete und bekam schließlich Zugriff auf das polizeiliche Fallverwaltungssystem POLSAS. Er gab die Fallnummer 0100-80111-00856-21 im Suchfeld ein. Die Nummer führte zu einem Vorfall im Polizeidistrikt Kopenhagen mit den Schlagwörtern Straßenverkehrsunfall, geringer Sachschaden, Personenschaden. Verkehrsdelikt Nummer 856 im Jahr 2021.

Er hob den Blick, als sein Partner durch die Tür kam. Frederik Dahlin trug ein hellblaues Polohemd und dunkle Jeans, neben denen Mikaels Cargoshorts und sein schwarzes T-Shirt wie aus der Altkleidersammlung wirkten. Dafür sah Frederik von ihnen beiden definitiv abgekämpfter aus. Er nickte Mikael ausdruckslos zu und ging direkt in die Teeküche.

Hm, heute wieder diese Laune, dachte Mikael und beobachtete, wie er planlos vor der Kaffeemaschine stehen blieb.

Frederik war seit der Schießerei im Blegdamsvejen vor bald anderthalb Jahren komplett verändert. Wobei es ein schleichender Prozess gewesen war. In der einen Sekunde verschlossen und mürrisch, in der nächsten aggressiv und aufbrausend. Nur noch selten hatte er seine wie früher übliche gute Laune.

Mikael hatte sich mehr als einmal Vorwürfe gemacht, nicht selbst die drei tödlichen Schüsse abgegeben zu haben. Aber hätte er anders handeln können? Die Entscheidung musste im Bruchteil von Sekunden gefällt werden: Zielen und schießen, zwei Schüsse in die Brust, einen in den Kopf. So schaltete man, wenn nötig, einen Menschen aus, und so hatte Dahlin – effektiv – seine Kugeln abgefeuert, während Mikael wie ein verwundetes Tier am Boden lag, die Waffe des Täters auf sich gerichtet.

Mikael hatte das Geschehnis hinter sich gelassen. Während Frederik es immer wieder wälzte und Details Bedeutung zumaß, die Mikael nicht mal aufgefallen waren. Es hatte seine Vorteile, viele kleine Spuren einer Ermittlung zu einer Kette von Indizien und Beweisen zusammenfügen zu können. Man musste aber auch in der Lage sein, die Arbeit wegzulegen, insbesondere an harten Tagen. Sonst überlebte man in dieser Abteilung nicht lange.

Er ging davon aus, dass Frederik und seine Frau Louise noch immer versuchten, ein Kind zu bekommen. Louise hatte als Sachbearbeiterin des Justizministeriums auf Teilzeit gewechselt, was ihrem Babyprojekt aber auch nicht weitergeholfen hatte. Sie hatte jetzt nur mehr Zeit, über alles nachzugrübeln und an der Sache zu verzweifeln. Frederik selbst hatte Schlafprobleme, und in der Zeit unmittelbar nach der Schießerei waren seine Finger auffallend steif gewesen. Von seiner guten Laune, die Mikael zu Beginn ihrer Partnerschaft zur Weißglut gebracht hatte, war nichts mehr zu spüren.

Vielleicht wäre es besser gewesen, Frederik hätte eine Auszeit genommen. Eine Krankschreibung oder etwas weniger Stigmatisierendes. Aber das Dezernat für Gewaltverbrechen hatte nicht auf ihn verzichten können. Frederik war sich dessen bewusst, und in einer Zeit, in der ein Kollege nach dem anderen stressbedingt ausfiel oder sogar kündigte, war es umso wichtiger, dass diejenigen, die konnten und wollten, weitermachten.

Mikael nahm sich vor, Frederik noch einmal zu fragen, wie es ihm ging. Bald.

»Komm schon, konzentrier dich.«

Mikael hörte Carlsens ruhige Stimme in seinem Kopf und blinzelte ein paar Mal. Die Fallakte war schließlich auf seinem Bildschirm aufgetaucht, und er suchte den Bericht des KFZ-Sachverständigen heraus, der samt Fotos und Skizzen abgespeichert worden war.

18,3 Meter vom Unfallort entfernt war etwas Reifenabrieb auf dem Asphalt gefunden worden, was darauf hindeutete, dass der Wagen dort mit durchdrehenden Reifen Gas gegeben hatte.

Kaum Zeichen von Bremsspuren auf der Fahrbahn, wohl aber direkt hinter der Kollisionsstelle, schrieb Jesper Degn.

Mikael stießen die trockenen Formulierungen auf, ihm war zum Kotzen zumute. Dieser Arsch hatte erst gebremst, *nachdem* er Carlsen über den Haufen gefahren hatte.

Irgendjemand musste den Wagen doch gesehen haben. Nicht nur direkt nach dem Unfall, sondern auch gestern Abend. Heute! Der Wagen musste erhebliche Dellen haben, auch wenn Carlsen ein schlanker, drahtiger Mann war und höchstens dreiundsiebzig oder vierundsiebzig Kilo wog. Sollten sie sich an die Presse wenden und nach einem verbeulten Auto fahnden? Nein, Mikael hörte selbst, wie verzweifelt das klang. Sie brauchten mehr, wenn sie sich an die Öffentlichkeit richten wollten.

Er klappte den Laptop zu und nahm Notizblock und Kaffeetasse. Es war 7.59 Uhr. Frederik stand in dem großen Glaskäfig von Konferenzraum der Abteilung. Um Carlsens Büro, in dem sie sonst oft ihre Morgenbesprechungen abhielten, machten an diesem Morgen alle einen großen Bogen.

Als Vize der Abteilung ergriff Mikael das Wort.

»Guten Morgen, alle zusammen. Ich soll euch von Anette, Carlsens Frau, für unseren Einsatz danken. Sie hofft, dass wir den- oder diejenigen finden, die für diesen Unfall verantwortlich sind.« Die Kollegen hörten mit gesenkten Köpfen zu, und Mikael warf einen Blick auf seinen Notizblock. »Gestern Abend war Carlsens Zustand kritisch. Er wurde zur Stabilisierung ins künstliche Koma versetzt. Durch ein CT konnten etliche Brüche festgestellt werden: Oberschenkelbein, Hüfte, mehrere Wirbel und ein Arm. Am gravierendsten sind aber die Kopfverletzungen. Er hat ein Blutgerinnsel im Gehirn, das den Ärzten Sorgen macht. Wir hoffen, dass … nein, er *muss* wieder gesund werden. Das ist ein Befehl von hier!«

Nachdem keiner der Kollegen auf sein bemühtes Lächeln reagierte, kam er direkt auf die Ausführungen des Sachverständigen zu sprechen.

»Wie interpretiert ihr, dass erst *hinter* der Aufprallstelle Bremsspuren zu finden sind?«, fragte Mikael in die Runde.

Die versteinerten Gesichter am Tisch verrieten ihm, dass die Kollegen zur selben Schlussfolgerung kamen wie er: Der Chef war absichtlich angefahren worden. Jesper Degns Bericht zufolge musste der Fahrer Carlsen gesehen haben und ganz bewusst auf ihn zugerast sein.

»Wir gehen davon aus, dass der Wagen beschleunigt hat. Eine Zeugin, die Joggerin mit dem Hund, hat einen Motor aufheulen hören, bevor Carlsen getroffen wurde«, fügte Eliasen hinzu.

»Okay, gibt es Abdrücke oder Sonstiges, das uns etwas über den Reifentyp oder die Fahrzeugmarke sagt?« Mikael hatte nichts darüber im Bericht finden können.

»Die Kriminaltechnik ist noch dran. Im Laufe des Tages wissen wir hoffentlich mehr, wenn die Gummireste auf dem Asphalt analysiert worden sind«, sagte John Langbjerg, einer der ältesten Ermittler im Raum. Das Nationale Kriminaltechnische Center in Ejby hatte alle sichergestellten Spuren zur Analyse erhalten.

»Wir dürfen auch den Glassplitter und das mutmaßliche Fragment des Kühlergrills nicht vergessen, die auf der Straße lagen. Degn meinte, das Glas stammt von einem Auto und vermutlich von genau diesem Unfall. Machst du ihnen noch mal Druck, John?«, sagte Mikael. Manchmal arbeiteten die Kriminaltechniker etwas schneller, wenn sie wussten, dass es eilte, aber Wunder konnten sie auch keine vollbringen. »Außerdem müssen wir noch einmal die Zeugen befragen. Wir brauchen Erklärungen für die technischen Spuren. Und wir müssen eine Funkzellenabfrage der umliegenden Telefonmasten vornehmen, damit wir wissen, welche Handys im entsprechenden Zeitraum aktiv waren. Wir müssen an die Öffentlichkeit und nach weiteren Zeugen suchen. Und ich fahre gleich noch mal zu Carlsens Frau, um sie zu fragen, ob sie eine Ahnung hat, wer ihm schaden wollte.«

»Ähm …« Frederik meldete sich zu Wort. »Wir dürfen die Möglichkeit nicht außer Acht lassen, dass Carlsens Frau selbst dahintersteckt.«

»Also jetzt reicht's aber, verdammt noch mal«, platzte Langbjerg heraus, der wie Mikael schon viele Jahre mit Carlsen zusammenarbeitete.

»Achte auf deine Wortwahl«, erwiderte Frederik. »Wenn es bei diesem Fall nicht um einen von uns ginge, würden wir als Erstes das nähere Umfeld in den Blick nehmen. Die Familie! Eine mögliche Liebhaberin! Die Ehefrau! Anette könnte ein Motiv haben, ihn aus dem Weg zu räumen. Die wenigsten wissen, was hinter geschlossenen Haustüren so vor sich geht. Auch wenn wir glauben, Carlsen gut zu kennen.«

Es kam lauter Protest, doch Mikael bat die anderen zuzuhören. Auch wenn der Gedanke in ihren Ohren grotesk klang, musste das überprüft werden, um Anette ein für alle Mal von der Liste der möglichen Verdächtigen zu streichen. Sie durften keinen Tunnelblick bekommen, weder das Offensichtliche noch die kalte Statistik übersehen. Auf Seite eins des Ermittlungshandbuchs stand, dass es sich bei den weitaus meisten Verbrechen um Beziehungstaten handelte und der Täter häufig innerhalb der Familie zu finden war. Das durfte Mikael nicht außer Acht lassen, wenn er in ein paar Stunden Anette besuchte.

Die Kollegen in Ostjütland hatten vor ein paar Jahren einen Fall gehabt, bei dem die Frau eines Arztes plötzlich verschwunden war. Alle hatten geglaubt, das Verschwinden hätte mit ihren Depressionen zu tun, denn warum sollte man die Worte eines angesehenen Arztes in Zweifel ziehen? Erst zwei Monate später war der Verdacht auf den Arzt selbst gefallen.

Sofern Anette kein Motiv hatte, ihrem Mann etwas anzutun, konnte es im engeren Umfeld andere Menschen geben, die ihm nach dem Leben trachteten: Eine Geliebte, ein Nachbar oder jemand, mit dem Carlsen privat aneinandergeraten war. Was das anging, hatte Frederik recht, diesmal fehlte nur der gewohnte Charme, mit dem er seine Einwände üblicherweise vortrug. Seine Kollegen starrten mürrisch auf die Tischplatte.

»Danke für euren Input«, Mikael sah von einem zum anderen, um die Stimmung seiner Kollegen einzuschätzen. »Die Sache setzt uns allen zu, und es ist vollkommen in Ordnung, wütend, traurig oder frustriert zu sein. Aber denkt dran, dass wir ein Team sind. Ich fahre heute zu Anette, und was du sagst, ist richtig, Frederik, ich werde es im Hinterkopf behalten.«

Sie beendeten die Besprechung und Mikael sah auf seine Uhr. Er wollte eine Uhrzeit mit Anette vereinbaren. Vorher musste er aber noch alle erdenklichen Motive durchgehen. Wenn es kein Unfall war, handelte es sich um einen vorsätzlichen Anschlag. Aber wer konnte es auf Carlsen abgesehen haben?

Er ging zu Frederik, der bereits vertieft am Computer saß.

»Glaubst du, du könntest Carlsens Facebook-Account hacken?«

»Das ist nicht so leicht, aber vielleicht kennt Anette ja sein Passwort.«

Das lag nahe.

»Suchst du dann derweil bitte all die Fälle heraus, in die Carlsen in den letzten Jahren involviert war? Vor ein paar Monaten hat er mir anvertraut, dass er über Facebook eine unangenehme Nachricht erhalten hat.«

»Das dürften, alle Fälle dieses Dezernats mitgezählt, über hundert sein. Ich kümmere mich schon um die gesamten Überwachungsvideos.«

Frederik sah ihn genervt an. Sonst beschwerte er sich nie über zu viel Arbeit.

»Vielleicht kann Henriette Jansen dich unterstützen? Mit dem Hauptaugenmerk auf die Fälle, die auch in den Medien breitgetreten wurden. Henriette vergisst nichts, die hat ein Gedächtnis wie ein Elefant.«

Staatsanwältin Henriette Jansen hatte ihr Büro im zweiten Stock und sprang gerne ein, wenn es um einen spannenden Fall von großem öffentlichem Interesse ging, der letzten Endes womöglich auf ihrem Schreibtisch landete.

Mikael sah auf seinem Handy, dass er eine Nachricht von Karin erhalten hatte. Seit dem Ende der Ferien mit Hector waren erst zwei Tage vergangen, aber er vermisste ihn bereits. Mit dem Carlsen-Fall auf seinem Tisch war ungewiss, wann er seinen Sohn das nächste Mal wiedersehen würde. Karin hatte ihm ein Foto von Hector in dem Dinosaurier-T-Shirt geschickt, das er ihm gekauft hatte.

Bereit für den ersten Schultag am Montag, schrieb sie. Ungewöhnlich für Karin endete die SMS mit einem Herzchen.

»Hector hat nächste Woche Einschulung«, sagte er und zeigte Frederik das Foto.

Sein Kollege warf nur einen kurzen Blick darauf und drehte sich dann wieder zum Bildschirm.

»Ganz schön groß geworden.«

Mikael steckte sein Handy in die Tasche. Die kühle Antwort ärgerte ihn etwas, aber vielleicht sollte man einem kinderlosen Mann nicht mit dem eigenen Nachwuchs vor der Nase herumwedeln.

»Willst du was aus der Kantine?«, fragte er stattdessen.

»Nur Ruhe zum Arbeiten, danke.«

In der Kantine kaufte Mikael trotzdem alles doppelt. Zwei Joghurts mit Müsli und Honig, zwei Brötchen mit Käse, zwei Flaschen Saft.

»Ich hab das mit Carlsen gehört«, sagte eine Stimme, als er auf dem Weg nach draußen war.

Mikael blieb stehen.

»Mein Beileid.«

Hinter ihm stand Vertrauensmann Jonas Strøm mit einem Brötchen in einer Serviette.

»Er ist noch nicht tot«, antwortete Mikael.

»Das weiß ich. Aber wie ich gehört habe, ist die Sache ernst.

Wir haben momentan ganz schön viele Fälle wegen Raserei auf dem Tisch.«

»Tja.« Mikael zögerte. »Ich weiß nicht, ob das in dieselbe Kategorie fällt. Es deutet einiges darauf hin, dass Carlsen vorsätzlich angefahren wurde.«

Jonas Strøm sah ihn schockiert an.

»Was?«

»Als Vertrauensmann solltest du diese Information vermutlich ohnehin als einer der Ersten bekommen. Aber geh damit bitte noch nicht hausieren, bis die Sache sowieso publik wird. Der Unfallwagen hat nicht gebremst.«

»Ich fass es nicht ... und was heißt das? Rechnet ihr damit, dass der Fahrer es auf Carlsen als Person abgesehen hatte?«

Strøm, der selbst als Ermittler im Dezernat für organisierte Kriminalität arbeitete, sah Mikael beunruhigt an.

»Im Moment haben wir noch keine Ahnung, was dahintersteckt.«

»Verdammter Mist!« Strøm setzte sich an einen Tisch und legte das Brötchen zur Seite. »Das kommt zu einem echt beschissenen Zeitpunkt, Dirk. Für die Menschen da draußen ist das Fass bald voll. Sie demonstrieren gegen uns, als wären wir die Bösen. Die Politiker diskutieren schon wieder über Reformen ohne jede fachliche Kompetenz. In der Coronazeit haben sich Überstunden angehäuft ohne den Hauch einer Chance, dass die Leute sie irgendwann abbauen können. Uns fehlt es an Personal, Geld und Ausstattung. Kürzlich hat bei einem Polizisten bei einer Bandenfestnahme in Vestegnen die Waffe gestreikt. Und erinnerst du dich an die Beamten in Aarhus, die einen ganzen Monat lang nicht einen einzigen Tag frei hatten?«

»Ich habe von der Demo gehört, die für heute geplant ist. Wir dürfen uns davon nicht provozieren lassen.« Mikael hörte selbst, wie wenig überzeugend er klang. Niemandem bei der Polizei war die wachsende Unruhe in den letzten Monaten entgangen. »Bei uns im Dezernat arbeiten viele an Carlsens Fall. Ich hoffe, wir finden schnellstens raus, was Sache ist.«

Er versuchte, Strøm zu beruhigen, vielleicht redete er sich aber auch nur selbst gut zu.

»Und Dahlin? Wie geht es ihm? Ist er auch dabei? Ist er überhaupt in der Lage, an einem Fall zu arbeiten, der emotional derart an die Substanz geht/belastend ist?«

Strøm sah Mikael fragend an.

»Dahlin? Ja … warum sollte er nicht dabei sein?«

Der Vertrauensmann zögerte, trat einen Schritt vor und sagte leise: »Vergiss es, aber passt in den kommenden Wochen aufeinander auf. Ich mag gar nicht daran denken, wie die Mannschaft reagiert, wenn sie von einem Mordanschlag auf einen unserer Leute hört.« Strøm wollte gehen, blieb dann jedoch stehen und drehte sich noch einmal um. »Ich hab echt Angst, dass uns das Ganze aus dem Ruder läuft, Dirk.«

11

Maria hatte eine weiche Zahnbürste und einen Lappen mit auf die Arbeit genommen, fragte sich aber, ob sie nicht gerade im Begriff war, etwas Dummes zu tun. Sie hatte die Halskette, die die Gerichtsanthropologin ihr mitgegeben hatte, aus dem Umschlag gleiten lassen und bürstete nun den Anhänger.

Die Kette hatte siebzig, vielleicht achtzig Jahre in der Erde gelegen. Sie erwog, stärkere Reinigungsmittel zu nutzen. Spiritus, Seife, Chlor, die Art, bei der die Konservatoren im Nationalmuseum in Ohnmacht fallen würden. Aber das Medaillon war ja kein historischer Schatz, sondern ein persönliches Schmuckstück jüngeren Datums. Es hatte einer Familie gehört, die Opfer einer schrecklichen Tragödie geworden war, und um diese Familie zu finden, war die Kette vermutlich der beste und einzige Anhaltspunkt. Sie holte eine Tasse kochendes Wasser und die Flasche mit dem Spülmittel aus dem Personalraum, ehe sie weiterbürstete und ihren Ärger über das gestrige Telefonat mit Bodil Toft zu verdrängen versuchte.

Ihre Chefin hatte am Montag ihre dreiwöchigen Ferien angetreten, was sie aber nicht davon abgehalten hatte, Maria aus irgendeinem nordseeländischen Strandhotel anzurufen und auszufragen, wie es mit Sandager gelaufen war. Sie hatte nicht einmal versucht, ihre Enttäuschung zu verbergen, als Maria ihr mitgeteilt hatte, dass das Skelett vermutlich aus der Zeit des Zweiten Weltkriegs stammte und die Frau mit einem einzelnen Genickschuss liquidiert worden war.

»Klingt nach einem Deutschenflittchen«, hatte Bodil mit Verachtung in der Stimme festgestellt.

»Das wissen wir noch nicht«, hatte Maria protestiert.

»Also, wenn du mich fragst, sollten wir dem nicht weiter nachgehen. Die Geschichte der Deutschenflittchen ist ausgiebig aufgearbeitet worden, wobei die Frauen auch in der heutigen, einfachen Bevölkerung noch keine größere Sympathie genießen. Das gilt sicher auch für unser Publikum. Wie man sich bettet, so liegt man eben.«

Bodils unverhohlene Moral ärgerte Maria maßlos. Sie fand sie für eine Historikerin vollkommen unpassend. Als Fachleute sollten sie nicht verurteilen, sondern die Geschichte nuanciert und differenziert betrachten. Nichts war so schwarzweiß, wie es aus siebzig oder achtzig Jahren Distanz vielleicht den Anschein hatte.

»Wir *wissen* nicht, ob sie ein Deutschenflittchen war. Die Mädchen wurden nach dem Krieg zur Rechenschaft gezogen, wir kennen aber nur wenige Fälle von tatsächlich stattgefundenen Liquidierungen«, hatte Marie eingewandt.

Sie hatte bereits die neuesten Forschungsergebnisse über die »Deutschenflittchen«, »Syphilisstuten« und »Feldmatratzen« gelesen, die auch noch nach dem Krieg mit zahlreichen weiteren Schimpfwörtern bedacht worden waren. Die Frauen hatten fraglos illoyale und dumme Entscheidungen getroffen, als sie mit dem Feind ins Bett gegangen waren, trotzdem ekelten Maria die Bilder aus den Tagen der Befreiung, auf denen die barbarischen Rachegelüste an den jungen Frauen nur zu deutlich dokumentiert waren. Einige waren Teenager von vielleicht vierzehn, fünfzehn Jahren gewesen, die sich von deutschen Offizieren mit ihrem weltmännischen Auftreten hatten blenden lassen. Vielleicht hatten sie sich in der Tristesse der Besatzungszeit einfach gelangweilt oder sich von der Endzeitstimmung mitreißen lassen, die sich verbreitete, während der Krieg Europa Stück für Stück von innen auffraß.

Historiker und Soziologen hatten längst nachgewiesen, dass die Menschen im Krieg den Glauben an die Zukunft verloren und die ansonsten übliche Sexualmoral über Bord warfen. In Krisenzeiten wurde – um es mal direkt zu sagen – ziemlich wild herumgevögelt.

Aus einer Statistik über die Verbreitung von Geschlechtskrankheiten, die Maria gesehen hatte, ging hervor, dass die Fälle in der Besatzungszeit deutlich angestiegen waren, während die moralischen Ansprüche an die Tugend der Frau gleichzeitig immer höher wurden. Der Unterleib der Frau war eine der letzten Bastionen, die mit Argusaugen bewacht wurde, nachdem die Deutschen ohne größeren Widerstand das Land besetzt hatten. Die Tugend der Frau war für die Männer Ehrensache, vielleicht war die Strafe, die die Deutschenmädchen nach dem Krieg erleiden mussten, deshalb so krass.

Eine Fotografie war ihr besonders gut in Erinnerung geblieben. Sie zeigte eine hübsche Frau, der die langen, lockigen Haare abrasiert wurden, anderen waren von einer wütenden Horde Männer die Kleider vom Leib gerissen worden. Wieder andere Frauen wurden auf der Ladefläche von Lastwagen herumgefahren und zur Schau gestellt, von Kindern angespuckt. Das alles waren Bilder einer menschlichen Rohheit, die Maria nur schwer mit Dänemark vereinbaren konnte. Fakt war jedoch, dass die Deutschenmädchen über Jahrzehnte – auch noch nach dem Krieg – als moralisch degeneriert angesehen wurden, und die Kinder, die aus den Affären hervorgegangen waren, zeit ihres Lebens mit der Verheimlichung und der Schande leben mussten.

Hatte die Frau mit der Halskette ein »Deutschenbalg« geboren? War sie deshalb ermordet worden?

Nur einige wenige der etwa fünfzigtausend Deutschenmädchen waren, soweit Maria wusste, liquidiert worden, und in den meisten Fällen dann, wenn sie sich des Landesverrats schuldig gemacht hatten.

Vielleicht war die tote Frau ein Spitzel oder eine offene Sympathisantin der Nazis gewesen. Vielleicht war ihr Kind ebenfalls tot, schon bei der Geburt oder später gemeinsam mit der Mutter ermordet.

Maria erinnerte sich an ein Wochenblatt eines radikalen Flügels der Widerstandsbewegung. Die Anhänger plädierten dafür, dass Frauen, die Kinder mit Deutschen hatten, schnellstmöglich mitsamt ihrem Nachwuchs des Landes verwiesen werden sollten, da die »Drachenbrut« sicher nach ihrer »Hurenmutter« und ihrem »Verbrechervater« schlagen würde.

Man muss nicht viel über die Nazis wissen, um zu erkennen, dass es Generationen dauern wird, bis dieses Gedankengut ein für alle Mal ausgerottet ist. Der Nazismus wird sich latent in der Seele des Kindes finden, hieß es weiter in dem Artikel.

Möglicherweise hatte die Überzeugung, dass Nazismus angeboren und unheilbar sei, zu Mord und Totschlag geführt. Oder zu »vorbeugenden Maßnahmen«, wie es in dem Blatt geheißen hatte.

Andererseits konnte die liquidierte Frau auch ein Mitglied der Widerstandsbewegung gewesen und von der verhassten deutschen Hilfspolizei HIPO liquidiert worden sein.

»Ich würde gerne einen Versuch unternehmen. Vielleicht finde ich ja heraus, wer sie war«, hatte Marie zu Bodil gesagt. Ihre Chefin hatte geschwiegen. »Ich finde, sie und ihre eventuelle Familie verdienen das. Wie jeder Mensch.«

»Ich will aber nicht, dass du wieder als Privatdetektivin herumschnüffelst«, kam es seufzend von Bodil.

Maria verdrehte die Augen. Auch sie wollte ganz sicher nicht, dass dieser Fall so dramatisch endete wie der vor anderthalb Jahren, aber mit Bodils giftiger Mischung aus mütterlicher Fürsorge und schlecht kaschiertem Neid kam sie einfach nicht klar. Ihre Chefin könnte ruhig ein bisschen … ja, Dankbarkeit zeigen. Das Drama auf dem Øresund und die Aufklärung des alten Doppelmords hatten einen gewaltigen Medienrummel ausgelöst. Marias anschließende Ausstellung im Polizeimuseum war ein voller Erfolg gewesen.

Trotzdem musste sie sich wohl oder übel eingestehen, dass Bodil nicht in allen Punkten unrecht hatte. Das Polizeimuseum war nicht zu dem Zweck eingerichtet worden, die Fälle zu klären, die die Polizei zu den Akten gelegt hatte. Ihr Aufgabenbereich war die Geschichte der dänischen Polizei. Maria war aber trotzdem nicht bereit, das ihr in die Hände gelegte Schicksal so einfach aufzugeben. Die Information, dass die Frau kurz vor ihrem Tod ein Kind geboren hatte, ließ sie nicht los. Es ging gegen ihre berufliche Ehre, dass diese Frau für immer als Namenlose vergessen blieb.

»Es ist ziemlich wahrscheinlich, dass die Frau in der polizeilosen Zeit von 1944 bis zur Befreiung im Mai 1945 ermordet wurde. Damals waren Morde an der Tagesordnung. Inzwischen ist es eine Weile her, dass das Museum sich mit dieser Zeit auseinandergesetzt hat. Der Fall könnte ein aktueller Aufhänger sein, um den Menschen ins Bewusstsein zu rufen, wie gewalttätig und brutal es in Dänemark ohne eine funktionierende Polizei hergegangen ist«, sagte sie.

»Als Sonderausstellung? Ich weiß nicht. Dafür fehlt jeder Anlass, es steht ja keinerlei rundes Jubiläum der polizeilosen Zeit an«, lautete Bodils Antwort. Der Ideenreichtum ihrer Chefin beschränkte sich wirklich darauf, im Kalender nachzurechnen, wie viele Jahre etwas zurücklag.

»Ich könnte mir auch vorstellen, daraus einen Podcast zu machen«, schlug Maria vor.

»Ach ja? Das weckt dann aber gewisse Erwartungen. Ich meine, du kannst nicht einfach eine Sendung machen, die dann mutterseelenallein auf unserer Webseite steht.«

»Natürlich nicht, ich dachte schon, dass wir von jetzt ab regelmäßig etwas posten. Ich glaube, das könnte echt erfolgreich werden. Auch als Material für den Schulunter…«

»Meinetwegen, dann mach es halt. Aber halte mich auf dem Laufenden!«, sagte Bodil und legte auf, während Marie noch eine Weile das Telefon anstarrte und sich fragte, was sie sich da wieder eingebrockt hatte.

Ohne jede Erfahrung hatte sie Bodil einen professionell erstellten, kommerziellen Podcast im folgenden Jahr versprochen. Mit der Konsequenz, dass sie von nun an sehr viel zu tun haben und ihre Beziehung zu Jakob auf eine harte Probe gestellt werden würde.

Maria seufzte und wischte frustriert den grauschwarzen Seifenschaum von dem Anhänger. Das Schmuckstück sah nicht viel besser aus.

Sie holte eine Lupe aus der Schublade, schaltete ihre Schreibtischlampe ein und begutachtete die Kette im Licht. Auf dem Schloss fand sie wie erwartet einen mikroskopischen 925er-Stempel, echtes Silber also. Die Kette wirkte irgendwie neuer. Die viereckigen Glieder waren viel moderner als der fein ziselierte und mit Blumenornamenten versehene Anhänger. Art Nouveau, schätzte sie, Anfang 20. Jahrhundert. Vielleicht ein Erbstück, das mit einer neuen Kette ausgestattet worden war, als die junge Frau es erhielt.

Der Anhänger war oval und recht massiv, aber nicht dick genug für ein Medaillon. Oder vielleicht doch? Maria drehte ihn hin und her und begutachtete den schwarz oxidierten Rand.

Sie lief noch einmal in den Personalraum im dritten Stock, holte ein spitzes Küchenmesser und rannte über die schmale Treppe wieder nach unten. Zurück im Büro wickelte sie sich den Lappen um die linke Hand, nahm den Anhänger zwischen Daumen und Zeigefinger und drückte die Spitze des Messers in den Spalt zwischen den Medaillondeckeln. Immer wieder rutschte sie ab. Beim dritten Versuch wurde sie vom Vibrieren ihres Handys abgelenkt und stach sich die Messerspitze direkt in den Daumen. Sie fluchte laut, war jetzt aber sicher, dass der Anhänger hohl war. Für seine Größe war er einfach zu leicht.

Sie schaute zu ihrem Handy, das auf dem Tisch vibrierte. *Mikael Dirk* stand auf dem Display.

Ihre Freundschaft war im letzten Jahr enger und wärmer geworden. Sie konnte den Polizisten mit den sanften Augen und dem seltsamen Humor richtig gut leiden. Er sagte nicht viel, und ihre Freundin Mette, die aus einer seeländischen Akademikerfamilie stammte, in der endlos debattiert wurde, konnte Mikaels schattenhafte Anwesenheit bei Festen und Zusammenkünften kaum ertragen.

Maria aber war stille Männer von zu Hause gewohnt. Jakob und Mads waren auch nicht gerade Menschen, die einen Raum einnahmen, kaum dass sie ihn betraten. Sie hörten sich nicht gerne selber reden, wie man es von vielen Akademikern kannte. Sie ließen das Gespräch zu sich kommen, was für Maria vollkommen in Ordnung war.

Außerdem hatte Mikael sich mit der Zeit mehr und mehr geöffnet, wenn sie unter sich waren. Sie hatten hin und wieder ein Bier getrunken, hatten sich am Strand oder in einem Café getroffen.

Maria belastete einzig das Gefühl, dass Mikael mehr wollte. Nicht dass er das jemals gesagt hätte, aber in seinem Blick war etwas Unbestimmbares, das sie anfangs als Wachsamkeit oder Fürsorge eingestuft hatte, als eine Folge der schrecklichen Geschehnisse im Jahr zuvor. Sie wusste, dass er sich Vorwürfe machte, nicht besser auf sie aufgepasst zu haben. Inzwischen war sie sich aber nicht mehr so sicher, ob es sich wirklich nur um Beschützerinstinkt handelte.

Wie auch immer, Mikael musste sich gedulden und später noch mal anrufen.

Sie drehte das Schmuckstück in den Händen, während Blut aus ihrem Daumen in den blauen Lappen sickerte. Letzter Versuch. Sie drückte das Messer mit der Spitze im Spalt nach unten und mit einem leisen, dumpfen Klicken öffnete sich der Anhänger.

12

Die letzten Stufen von der Metro nach oben zum Gl. Strand waren immer die schlimmsten. Welcher bekloppte Hippie war nur auf die Idee gekommen, die Rolltreppe nicht bis hoch zur Straße führen zu lassen? Sollten die Steuerzahler doppelt bestraft werden und als Dank für das teure Metroticket auch noch einen Herzinfarkt bekommen? Villy Frandsen musste sich oben im Sonnenlicht angekommen für einen Augenblick ans Geländer lehnen. Seine Lungen fühlten sich zu klein an und das Hemd unter seinem Jackett war klitschnass. Um die Würde zu wahren, tat er, als genieße er den Anblick seines Arbeitsplatzes, bevor er weiterging.

Christiansborg lag in seiner ganzen Pracht auf der anderen Seite des Kanals. Das neugedeckte Kupferdach schimmerte goldbraun vor dem blauen Augusthimmel, und für einen Moment starrte er sehnsüchtig auf den Turm mit dem Restaurant, wo er in all den Jahren oft und üppig gegessen hatte. Und getrunken.

Zwei Jungen stürmten die Treppe hoch und rempelten ihn an.

»Tschuldigung«, rief der eine, und Villy wollte sich schon darüber freuen, dass die Jugend auch heute noch einen Rest an Manieren besaß, als er den Jungen seinem Freund zuflüstern hörte: »Fast hätte ich den alten Pisser über den Haufen gerannt.«

Alter Pisser?

Villy schnaubte. Er war zweiundfünfzig! Deprimierend war allerdings, dass er bereits an Altersdiabetes litt und auf Anraten des Arztes und insbesondere seiner Frau Lis seit einem Jahr keinen Alkohol mehr trank und nur noch kohlenhydratarme Kost zu sich nahm. Die Diät hatte zur Folge, dass er mittlerweile zweiunddreißig Kilo leichter war – und wesentlich hässlicher. In der Tat gehörte er zu denjenigen, die mit den schwindenden Kilos mehr Falten bekamen und nur noch erschöpft und müde aussahen.

Lis meinte dazu nur, dies sei eine Realität, mit der der weibliche Körper schon immer habe zurechtkommen müssen, und dass Barbara Cartland einmal gesagt habe, Frauen über vierzig bliebe lediglich die Wahl zwischen fett und jugendlich oder schlank und faltig. Herzlich willkommen in der Realität!

Lis hatte sich überhaupt zum reinsten Drachen entwickelt. Das gefiel ihm ganz und gar nicht, andererseits hatte sie im Lauf der Jahre, wenn nicht ihrer gesamten Ehe, ihrerseits so einiges einstecken müssen. Inzwischen reichte es ihr, das hatte sie ihm eines Tages im Herbst mitgeteilt und plötzlich war ihm klar geworden, dass Lis vielleicht doch nicht so sicher zum Inventar gehörte, wie er angenommen hatte.

In Villys Leben war in der Tat nichts mehr, wie es einmal war. Die angenehme Vorhersehbarkeit seines Daseins war passé, als die gesetzeswidrige Trennung der Flüchtlingskinder von ihren Eltern vor anderthalb Jahren zu einem Riesenaufschrei in den Medien geführt hatte. Ja, er hatte davon gewusst. Und nein, er war nicht damit an die Presse gegangen, nicht mal seine Parteifreunde hatte er informiert. Er hatte geschwiegen. Hatte keine andere Wahl gehabt.

Ein Shitstorm kommt selten allein, und der Staub hatte sich nach dem Rotkreuz-Fall gerade erst wieder gelegt, als eine Welle #MeToo-Anklagen über die Reichen und Mächtigen des Landes gewogt war – und damit auch über ihn. Den Anfang machte eine Dozentin, die ältere Männer an ihrer Uni anklagte, ihr damit gedroht zu haben, sie für immer aufs Abstellgleis zu schieben, sollte sie ihnen nicht sexuell gefügig sein. Villy hatte sich beeilt, in den Chor der Entrüstung einzustimmen. Gemeinsam mit vielen anderen Politikern hatte er auf Facebook geschrieben, solche Schweinereien müssten ein für alle Mal ein Ende finden. Kurz darauf hatten vier frühere Praktikantinnen der Partei ein gemeinsames Anklageschreiben verfasst und an seinen Parteisekretär geschickt. Plötzlich hatte er am Pranger gestanden.

»Villy Frandsen ist ein Serienbelästiger« lautete die Überschrift des Schreibens, das sein Sekretär wie durch ein Wunder hatte zurückhalten können. Die jungen Frauen, an deren Namen und Gesichter er sich nicht wirklich erinnerte, behaupteten, er habe ihnen, wenn er besoffen war, an den Po gefasst und gestöhnt. Und er habe sich gleich bei der ersten Begegnung als Muschi-Frandsen vorgestellt und ihnen noch spät am Abend unpassende SMS geschickt. Dummerweise erinnerten sich auch andere weibliche Parteimitglieder auffällig gut an Villys SMS und sein albernes, tierisches Stöhnen. Er war zu Kreuze gekrochen, hatte sich in einer geschlossenen Sitzung inständig bei allen entschuldigt und war so noch einmal mit einem blauen Auge davongekommen und vorerst nicht in die Wüste geschickt worden.

Wenn er an diese apokalyptischen Wochen seines Lebens dachte, lief ihm noch immer ein Schauer über den Rücken. Was sollte aus ihm und Lis werden, wenn er als Politiker am Ende war? In der realen Welt war er zu nichts zu gebrauchen, er war nicht einmal sonderlich prominent, und wer stellte 2021 noch einen Mann ein, auf dessen CV ganz zuoberst Autobahnenthusiast, Chauvinist und sexuelle Belästigung stand?

Er zog seine Jacke aus, nahm seine braune Ledermappe und sein Selbstmitleid und ging auf Schloss Christiansborg zu. Bald begann ein neues Regierungsjahr, und Villy legte alles daran, dass es gleich wieder in Vergessenheit geriet. Für ihn zumindest. Er hatte vor, unter dem Radar zu fliegen, mit der Tapete zu verschmelzen und das Kameralicht zu meiden. Er wollte zu nichts eine Meinung haben und sich so wenig wie nur möglich im Parlamentssaal zeigen. Villy wollte unsichtbar sein. Nur so vermied man es, für irgendetwas die Verantwortung übernehmen zu müssen.

Wären da nur nicht diese verfluchten Polizeiverhandlungen.

Nach der #MeToo-Affäre und der Wahl im Herbst hatte Villy ein paar unbedeutende Aufgaben zugeteilt bekommen. Es ging um die Sicherheit der Fahrradfahrer und um kommunalen Ausgleich; Themen, für die sich niemand im Land interessierte. Doch dann war Torben aus Aalborg mit Burn-out ausgeschieden, weshalb Villy nun gänzlich gegen seinen Willen zu rechtlichen Themen Stellung nehmen musste, die die Leute immer gleich auf die Palme brachten.

Wenn man vom Teufel spricht … Villy Frandsen näherte sich dem Platz vor Christiansborg und seufzte anbetrachts des infernalischen Lärms. Eine Kakophonie von mit Kochlöffeln bearbeiteten Topfdeckeln und metallenen Mülltonnen, Trillerpfeifen, Tröten und hysterischem Geschrei brandete ihm entgegen. Seit knapp einem Jahr hatte sich ein buntes Heer von 5G-Gegnern mit Aluhutträgern, Numerologen, Antidemokraten, Alt-Hippies, militanten Veganern, liberalen Freiheitskämpfern und Verschwörungstheoretikern zusammengerottet – kurz gesagt, Menschen, deren einziger gemeinsamer Nenner war, dass sie gegen etwas waren – und die den Platz vor dem dänischen Parlament mit ihrer Idiotielogie und ihrem Lärm eingenommen hatten.

Und jetzt, da die strengen Coronabeschränkungen aufgehoben worden waren, hatte die Querdenkerschar ein neues Hassobjekt im Visier. Die Polizei.

Villy hielt sich die Ledermappe vors Gesicht, als wollte er sich vor der Sonne schützen. In Wahrheit wollte er es nur zum Eingang schaffen, bevor die Demonstranten ihn als in die Polizeiverhandlungen Involvierten erkannten.

Er sah ja ein, dass es nicht immer gut angekommen war, wenn ein armer Friseur festgenommen wurde, weil er ein paar Freunden im Hinterzimmer die Haare geschnitten hatte, oder wenn ein kleiner Junggesellenabschied mit Gewalt aufgelöst wurde. In Villys Augen hatte die Polizei jedoch bloß die von den Politikern beschlossenen Maßnahmen umgesetzt. Sowohl die verständlichen als auch die weniger verständlichen.

Vielleicht waren die Demonstrationen in Wirklichkeit nur ein Ventil für einen viel tiefer wurzelnden und über Jahre gewachsenen Frust auf die Polizei. Andererseits wirkte es eher wie eine undefinierbare, destruktive Wut auf alles und nichts in der Gesellschaft, eine Wut, die sich jetzt kanalisierte. Die Polizei wurde wüst beschimpft. Durch ein Megafon verstärkt hörte er »Verlängerter Arm der Macht«, »Gewaltgeile Faschisten«, »Bullenschweine« und ähnliche Nettigkeiten. Ein kahler Mann im Kapuzenpulli, der wie ein Hooligan aussah, versuchte beharrlich, die Leute auf einen Sprechchor einzustimmen. Er hatte Erfolg. Zumindest fielen Villy zwei attraktive Frauen im Libertyprint auf, die seinem Vorbild folgten.

Villy schaffte es vorbei an den Demonstranten und schlüpfte gerade auf den Hof von Christiansborg, als eine Frau mit zweifarbigen Haaren das Mikrofon ergriff. *Scheiß auf die Diktatur!*, stand auf ihrem Pappschild.

»Seid ihr bereit, die Stadt kurz und klein zu schlagen?«, rief die Frau.

Die Menge brüllte »Ja!« und reckte ihre Schilder und Küchengerätschaften in die Höhe, und Villy dachte unweigerlich an mittelalterliche Aufwiegler mit ihren Heugabeln.

»Wir sind nicht bereit, bei dem Scheiß mitzuspielen, den die Polizei seit Monaten von uns verlangt! Wir akzeptieren nicht mehr, dass die Politiker einfach untätig zusehen! Stürzen wir das Establishment, Freunde! Bürger an die Macht! Wir brauchen eine Polizei, die sich für das Volk einsetzt«, schrie die Frau, bevor sie ihre Schlusssalve abfeuerte: »Scheiß auf das System, scheiß auf die Regierung, scheiß auf Mejding, scheiß auf die Polizei, scheiß auf alles!«

»Ja, ja, scheiß auf dich selbst«, murmelte Villy und hastete weiter.

Er hatte viele Mails von Frauen wie ihr erhalten. Menschen, die zu viel Zeit im Internet verbrachten und mit den krudesten, pseudowissenschaftlichsten Theorien aufwarteten. Er hatte das stets als Blödsinn abgetan, aber wie viele Menschen wie diese Frau und ihre brüllende Anhängerschar gab es? Die Gruppe, die sich vor dem Parlament versammelte, wurde mit jeder Woche größer, und langsam musste er erkennen, dass es sich nicht mehr nur um verschrobene Gestalten aus den dunkelsten Tiefen des Internets handelte. Unter den Demonstranten waren Ehepaare mittleren Alters mit Rucksäcken und Protestschildern. Freundinnen, die Arm in Arm gingen, Familien mit kleinen Kindern, Rosinenbrötchen und Sonnencreme.

Wo kam bloß diese Wut her?

Er warf einen Blick auf Christiansborg. Ob Katja Klargaard sich das Ganze in diesem Moment durch die vergitterten Fenster ansah? In vielerlei Hinsicht waren die Kampfrufe der Demonstranten Wasser auf ihre Mühlen. Nicht wenige Journalisten hatten bereits darauf hingewiesen, dass Klargaards Argumente verdreht waren, dass sie Fake News verbreitete und ihre flammende Rhetorik einzig und allein die Wut schürte, die in der Bevölkerung gärte. Villy neigte dazu, Klargaards Kritikern recht zu geben. Diese Frau hatte mit ihren Parolen »Gesetz, Ordnung und Konsequenz«, »Genug ist Genug«, »Wir wollen unser Dänemark zurück« und »Eine Polizei für das Volk, nicht für die Kriminellen«, den Menschen vor dem Schloss einen Weg geebnet. Nur dass die sich nicht so stubenrein ausdrückten wie Mediendarling Katja, die sich für ihren Wahlerfolg im Herbst sowohl über gebohnertes Parkett als auch durch tiefste Ackerfurchen bewegt hatte.

Letzten Endes hatte sie den ganzen Mist jetzt an der Backe. Mejding hatte, klug wie immer, Konsequenz-Katja beim Wort genommen und sie zur Justizministerin ernannt, damit sie nicht mehr von der Seitenlinie irgendwelche faulen Anweisungen ins Spiel rufen konnte. Die Verantwortung für eine vernünftige Lösung der Polizeiverhandlungen innerhalb der nächsten Wochen lag bei ihr.

Andererseits hatte Villy im Urin, dass es nicht so einfach werden würde. Im Laufe der Sommerferien waren ihm Gerüchte zu Ohren gekommen, dass es innerhalb des Flickenteppichs von einer Regierung, zu der auch Villys Partei gehörte, kriselte. Konsequenz-Katja und Mejding kamen aus unterschiedlichen politischen Lagern und waren sich alles andere als einig darüber, wie die Zukunft der Polizei aussehen sollte.

Katja Klargaard wollte so etwas wie eine Revolte. Mehr Personal, stärkere Waffen, größere Autos; im Gegenzug sollte die Polizei wesentlich mehr kontrolliert werden. Ergebnisquote und Bonus für jeden Fall, der zu einer Festnahme und einer Verurteilung führte, lautete ihr Credo.

Mejding hingegen hatte weder die Absicht, mehr Geld auszugeben, noch irgendetwas zu reformieren. Er hatte noch immer einen Heidenrespekt vor der Polizei, insbesondere vor diesem Dirk, der im Januar 2020 unangemeldet in Christiansborg aufgetaucht war und unangenehme Fragen gestellt hatte.

Villy könnte das alles vollkommen egal sein, würde ihn das Ganze nicht genau dorthin führen, wohin er nicht wollte: ins Zentrum. Wie eine Laus zwischen zwei Nägeln. Ein Schauer lief ihm über den Rücken, als er die kühlen Räumlichkeiten von Christiansborg betrat. Wenn Katja bei den Verhandlungen in die eine und Mejding in die andere Richtung marschierte, konnte Villys Partei zum berühmten Zünglein an der Waage werden. Allein bei dem Gedanken grauste es ihm.

»Villy!«, ertönte eine bekannte Frauenstimme hinter ihm. Er legte die Finger aber nur fester um die Ledermappe und hastete die Treppe hinauf Richtung Wandelhalle.

»Viil-ly!« Die Stimme und ihre Besitzerin folgten ihm, und ein paar Stufen vor dem oberen Absatz gab er auf. Sie war deutlich jünger als er und besser zu Fuß, obwohl sie Stilettos trug. Villy drehte sich um und starrte in ein paar durchdringend grüne Augen.

»Hast du mich nicht gehört?«

Villy zog den Hals ein, trotzdem schaffte er es, ein Lächeln aus dem Katalog der Politikergrimassen zu zaubern. Mit dunkelbraunen, sorgsam frisierten Locken näherte sie sich ihm wie eine hungrige Katze einer Maus. Er stellte sich vor, wie sie erst mit ihm spielte und ihn mit ihren Pfoten hin und her schubste, bevor sie ihm den Kopf abbiss.

Villy erinnerte sich, wie sie am Wahlabend genau diese Treppe in einem hellblauen Hosenanzug emporgestiegen war. Mit einer dänischen Fahne in der einen und dem älteren Mann, mit dem sie sich am selben Morgen verlobt hatte, an der anderen Hand. Sein Name war Allan Staal. Ein jütischer Bauunternehmer in den Fünfzigern mit schlohweißem

Haar, einem schnell wachsenden Vermögen und einem rechthaberischen Gesichtsausdruck. Der Mann sah aus, als hätte er Christiansborg gekauft, um darin Eigentumswohnungen mit Luxusküchen und großen Balkonen zu realisieren. Zusammen war das Paar so etwas wie Popstars des jütischen Landadels, und die Fotografen hatten sich förmlich darum geschlagen, das Powerpärchen aus der Provinz möglichst aus der besten Perspektive abzulichten.

Laut Lis waren sowohl Klargaards Politik als auch ihr Haar und ihre Brustpartie zu perfekt, um echt zu sein. Zu den beiden letzten Punkten konnte Villy nichts sagen, er wusste nur, dass eine attraktive Frau vor ihm stand, die nicht nur klüger als er war, sondern auch mehr Macht hatte, als Villy sie sich jemals erträumen konnte.

Und wenn es eines gab, womit Villy nicht umgehen konnte, dann Frauen mit Macht.

13

Anette öffnete mit dunklen Ringen unter den Augen die Tür des Hauses in Vanløse. Ihre Körperhaltung war gebeugt, resigniert, und sie sah aus, als hätte sie auf einem Stuhl geschlafen.

»Fie ist gerade gegangen. Sie und Emma sind außer sich vor Sorge. Was soll ich ihnen sagen?« Carlsens Frau bat Mikael herein. »Ich versuche immer noch, sie zu beschützen, obwohl sie jetzt erwachsen sind.«

Mikael drückte ihre Hand.

»Den Mädchen wird es nicht anders gehen als dir«, sagte er.

Das Heim der Familie Carlsen war ein zweistöckiges, nach Handwerkstradition erbautes rotes Backsteinhaus. Aus alter Gewohnheit glitten seine Augen über die Inneneinrichtung und insbesondere eine Collage von Familienfotos im Flur, die das Leben im Haus über mehrere Jahrzehnte hinweg erzählten; angefangen mit den kleinen Kindern, dann Teenagern; Reisen ins Ausland, runde Geburtstage und ein Hochzeitsfoto, auf dem eine blonde Frau in den Zwanzigern – dabei musste es sich um eine der eineiigen Zwillinge handeln – glücklich lächelnd mit einem jungen Mann zu ihrer einen und Carlsen zu ihrer anderen Seite stand.

Anette führte Mikael in ein großes Wohnzimmer mit einer Couchgarnitur aus hellgrauer Wolle und einem riesigen Bücherregal. Mikael bemerkte Dostojewskis *Schuld und Sühne* mit einem Lesezeichen versehen zuoberst in einem Fach.

Carlsen hatte mal erwähnt, dass er den Klassiker acht oder neun Mal gelesen habe.

»Obligatorisches Pensum. Lies es«, hatte er zu Mikael gesagt, der gemurmelt hatte, er werde sich eine Filmausgabe besorgen. Am folgenden Tag hatte er das Buch in einem Antiquariat in Hvidovre gesucht und gefunden. Es lag immer noch in seiner Bettschublade, halb gelesen. Von fiktiven Morden bekam er Albträume.

»Möchtest du Kaffee?« Anette deutete auf eine glänzende Erdbeertorte auf dem Couchtisch. »Die stand auf der Treppe, als ich nach Hause kam. Von der Nachbarin. Sie müssen von Niels' Unfall gehört haben. Es ist ja lieb gemeint, aber …« Anettes Stimme brach, als sie Platz nahm. »Wer in aller Welt isst Kuchen, wenn der Ehemann um sein Leben kämpft?«

»Aber essen musst du was«, erwiderte Mikael.

»Sie sagen, dass Niels gegen Ende der Woche vielleicht aus dem Koma geholt werden kann, aber sie wollen nichts versprechen.« Anette musste sich sammeln, ehe sie fortfuhr. »Sie haben seinen Kreislauf stabilisiert und die Blutung im Kopf gestoppt, der Druck im Gehirn hat also abgenommen. Ich vermute, das ist gut.«

»Dein Mann ist stark und gut in Form. Das kommt ihm jetzt zugute«, sagte Mikael und zögerte. Er war schon hundertmal in dieser Situation gewesen, dennoch suchte er jetzt nach Worten. »Anette, du hast mich gebeten, die Person zu finden, die deinen Mann angefahren hat … Wir arbeiten auf Hochtouren daran. Aber ich muss dir etwas sagen. Etwas Unangenehmes. Wir haben den Bericht des Kfz-Sachverständigen bekommen, und auch wenn wir noch kein vollständiges Bild haben, deutet alles darauf hin, dass Carlsen … dass Niels vorsätzlich angefahren wurde.«

Anette hielt mitten in der Bewegung inne. Sie hatte das

Kuchenmesser gegriffen, um ein Stück Torte für Mikael abzuschneiden. Jetzt starrte sie ihn mit dem silbernen Messer in der Hand an, als verstünde sie kein Wort.

»Vorsätzlich? Was soll das heißen?«

»Die Person, die hinter dem Steuer gesessen hat, hat vor dem Aufprall nicht gebremst. Tatsächlich scheint sie viel Gas gegeben zu haben. Zum gegenwärtigen Zeitpunkt der Ermittlungen können wir noch nicht ausschließen, dass ein Kreislaufkollaps oder ein epileptischer Anfall oder etwas in der Art zu dem Unglück geführt hat. Aber den vorliegenden Indizien nach ist das unwahrscheinlich.«

Mikael verschanzte sich hinter der trockenen Polizeisprache als Schild gegen Anettes Reaktion. Der Schock lief von Anettes Augen hinunter zu ihrem Mund und den Hals hinab zu ihren Schultern, die zu zittern begannen.

»Also ein … wahnsinniger Raser? Oder ein Terrorist? Jemand, der einfach *irgendwen* treffen wollte?«

Sie ließ das Kuchenmesser fallen, als wäre es glühend heiß.

Mikael zögerte. Ihn ließ der Gedanke nicht los, dass etwas Persönliches dahintersteckte. Aber der Täter konnte im Prinzip jeder sein. Viele Menschen hegten einen tiefen Hass gegen die Polizei, und Carlsen war mit seinen häufigen Auftritten im Fernsehen ein leicht wiedererkennbarer Repräsentant der Ordnungsmacht. Andererseits waren die wechselnden Leiter des Dezernats für Gewaltverbrechen in der Bevölkerung zumeist gut gelitten; ein menschliches Gesicht für den Kampf gegen das Böse.

»Vielleicht war Niels ein zufälliges Opfer. Vielleicht hatte es aber auch jemand gezielt auf ihn abgesehen. Wir wissen es nicht.«

Anette sank vollends auf dem Sofa in sich zusammen.

»Mehrere Zeugen haben den Vorfall beobachtet«, sagte Mikael. »Ihre Aussagen stützen die These, dass er absichtlich angefahren wurde, vielleicht bringt uns aber auch gerade das weiter. Wir erwägen, an die Presse zu gehen, um weitere Zeugen ausfindig zu machen und die Fluchtroute des Täters zu rekonstruieren. Ihr müsst euch darauf gefasst machen, dass Niels' Unfall in den Schlagzeilen landet.«

Anette wischte sich eine Träne mit dem Handrücken weg und nickte.

»Tut alles, was notwendig ist. Ich weiß, dass die Mädchen das ebenso sehen werden.«

»Wer weiß alles, dass Niels morgens joggen geht?«

»Wer? Puh, keine Ahnung. Er joggt ja seit Jahren montags, mittwochs und freitags, sofern nichts dazwischenkommt. Und soweit ich weiß, läuft er immer dieselbe Strecke. Niels ist ein Gewohnheitstier, er mag keine Veränderungen. Die Nachbarn, der Postbote, Handwerker, andere Jogger … Alle möglichen Leute könnten ihn auf seiner Runde gesehen haben.«

»Okay. *Falls* Niels absichtlich angefahren wurde … Hast du eine Idee, wer es gewesen sein könnte?«

»Nein, beim besten Willen nicht. Wir hatten Probleme mit den Nachbarn von gegenüber wegen eines nicht genehmigten Anbaus. Wir haben einen Anwalt eingeschaltet, damit der Anbau wieder abgerissen wird … Aber selbst, wenn der Mann da drüben ein Psychopath wäre, erscheint es doch vollkommen wahnsinnig, dass er Niels so etwas angetan haben sollte.«

»Ja, es klingt wahnsinnig. Das gilt für die ganze Situation. Aber bis auf Weiteres sind wir auf jeden Anhaltspunkt angewiesen, es ist also wichtig, dass du alles erzählst, was dir einfällt. Der Nachbar ist notiert. Hat eine eurer Töchter in den letzten Jahren einen Freund gehabt, der eine Wut auf Niels haben könnte?«

Mikael schenkte ihnen beiden Kaffee ein, in der Hoffnung, Anette so aus ihrem Schockzustand herauszuholen.

»Oh ja. Einmal hat er einen von Fies Freunden aus dem Haus geworfen und in ein Taxi gesetzt, weil er so betrunken war, dass er sich kaum auf den Beinen halten konnte. Aber das ist bestimmt sieben Jahre her, und ihre Beziehung ging danach in die Brüche«, antwortete sie.

Mikael holte Luft.

»Die Frage ist ein bisschen unangenehm, aber … wart ihr … wie lief es zwischen dir und Niels?«

Anette stellte ihre Kaffeetasse ab.

»Ich weiß, dass du diese Frage stellen musst. Und ich nehme es dir nicht übel. Es läuft gut zwischen uns. Wie in allen Ehen mit Höhen und Tiefen, aber es läuft gut zwischen uns. Wirklich gut.«

»Den Eindruck habe ich auch, aber falls einer von euch eine Affäre hat, rückt es die Sache natürlich in ein anderes Licht, und in dem Fall muss ich es wissen.«

»Haha, nein.« Anette lachte beinahe, und das kummervolle Gesicht hellte sich für einen kurzen Augenblick auf. »Ganz bestimmt nicht. Weder Niels noch ich. Das kann ich dir versichern.«

»Hast du einen Überblick über eure Finanzen?«

»Ja, ich denke schon. Wenn wir Termine in der Bank haben, gehen wir zusammen hin, und wir haben ein gemeinsames Haushaltskonto und so weiter. Aber zugegebenermaßen ist es Niels, der sich bislang um alle Möglichkeiten für Kredit-Umschuldungen und solche Dinge gekümmert hat …«

»Wäre es denkbar, dass ihr finanzielle Schwierigkeiten habt? Könnte irgendetwas Niels dazu bewogen haben, bei jemandem Geld zu leihen?«

Anette schüttelte energisch den Kopf.

»Nein, das Haus ist abbezahlt. Wir haben Niels' gutes Gehalt und nur geringe Ausgaben. Möchtest du nicht ein Stück Kuchen, Mikael? Du hast doch bestimmt nicht viel mehr geschlafen als ich.«

Ohne eine Antwort abzuwarten, schnitt Anette ein großes Stück Erdbeertorte ab und reichte Mikael einen Teller. Sie selbst nahm nichts. Mikael bemerkte, wie sie unter dem Sofatisch die Hände rang, als wollte sie mit etwas heraus.

»Fällt dir irgendjemand ein, der Niels möglicherweise schaden wollte? Würdest du sagen, dass Niels Feinde hatte? Gab es jemanden, der ihn nicht leiden konnte?«, versuchte er ihr entgegenzukommen.

»Na ja, was heißt Feinde … ich glaube nicht. Aber in den Sommerferien hat er etwas erwähnt, über das ich mich etwas gewundert habe. Er meinte, er hätte so ein Gefühl …« Anette kramte in ihrer Erinnerung. »Er hat gesagt, dass eine gewisse Person sehr auf ihn fokussiert wäre. In einem unnormalen Ausmaß. Es hat nicht den Eindruck gemacht, als ob er Angst hätte oder der Sache großes Gewicht beimessen würde. Es hat ihn eher irritiert. Und dann waren da noch irgendwelche Mails und Nachrichten, die er bekommen hatte. Ehrlich gesagt habe ich nicht genauer nachgefragt. Wir waren ja im Urlaub und wollten uns entspannen.«

»Okay. Waren das Nachrichten in seinem E-Mail-Postfach oder auf Facebook? Oder woanders?«

»Keine Ahnung. Ich weiß es ehrlich nicht.«

»Hast du sein Facebook-Passwort? Wir würden gerne prüfen, ob sich auf seinem Konto etwas Relevantes findet.«

»Ich kenne seine Passwörter nicht, und er hat Facebook kaum benutzt. Aber so wie ich ihn kenne, hat er die Namen unserer Töchter und vielleicht deren Geburtsjahr verwendet. Oder ›Buller‹.«

»Buller?«

»Unser Hund, damals, als er noch bei der Polizeidirektion Lyngby war.« Der Name des Hundes löste etwas bei Anette aus. Die Tränen begannen wieder zu laufen. »Ich hätte ihn fragen sollen, worum es bei diesen Nachrichten ging. Was bin ich nur für eine Frau?«

Mikael legte die Kuchengabel weg und stand auf. Zum Teufel mit der Erdbeertorte und der professionellen Distanz. Er setzte sich neben Anette und legte den Arm um sie.

»Soll ich dich wieder ins Krankenhaus bringen? Dann brauchst du nicht selbst zu fahren.«

Schluchzend zog Anette ein verknittertes Tempo aus ihrer Tasche.

»Dank dir, Mikael. Aber die Mädchen holen mich in einer Stunde ab, und dann fahren wir zusammen. Ich weiß, wie wichtig diese Stunden für deine Arbeit sind.«

14

Anette hatte eine Karte gezeichnet, und nun fuhr Mikael die Strecke ab, die Carlsen dreimal die Woche lief. Über kleine und große Straßen bis zum Damhussøen. Es wunderte ihn nicht, dass Carlsen diese schöne Route gewählt hatte, die auf einigen Abschnitten richtig idyllisch war, wenn auch nicht autofrei. Ein Wagen hätte Carlsen durchaus von der Haustür aus folgen können, langsam hinter ihm herfahren wie ein motorisiertes Raubtier, das auf den richtigen Moment wartete, um anzugreifen.

Mikael fuhr vom Grøndals Parkvej ab und rief Frederik an.

»Bist du weitergekommen?«

»Ein bisschen.« Frederik klang gestresst. »Wir haben die Überwachungsaufnahmen unter uns aufgeteilt, so kommen wir hoffentlich schneller durch. Das Gute ist, dass wir einen recht genauen Zeitrahmen haben. Auf den Bändern sind zwei dunkle und zwei helle Autos zu sehen.«

»Anette hat mir ein paar Vorschläge für Carlsens Facebook-Passwort gegeben. Ich soll Grüße ausrichten.« Mikael las seine Notizen vor und fuhr an der Stelle, wo Carlsen angefahren worden war, rechts ran. Alle Spuren waren inzwischen verschwunden. Der Asphalt war sauber gespült und sämtliche Glasscherben minutiös aufgesammelt worden.

»Klingt gut. Ich bin inzwischen diverse Gruppen in den sozialen Netzwerken durchgegangen, die einen Hass auf die Polizei haben. Die ACAB-Gruppen, du weißt schon. *All Cops*

Are Bastards. Von denen gibt es echt viele, und in mehreren davon wird Carlsen erwähnt«, sagte Frederik.

Mikael hatte einen trockenen Hals und tastete vergeblich nach einer halb leeren Colaflasche im Fußraum.

»Red weiter«, murmelte er.

»Der Familienmord auf Amager letzten Winter ist einer der Fälle, in deren Zusammenhang er als Drecksau bezeichnet wird, weil die Polizei nicht auf den Notruf der Mutter, der den Morden vorangegangen war, reagiert hat. Dann gibt es da noch den Bruder eines Verstorbenen aus einem Fall von 2017, der sich in etlichen Medien darüber beschwert hat, dass die Polizei den Fall als ungelöst ad acta gelegt hat. Er ist ziemlich aggressiv. Ich muss mich noch ein bisschen genauer mit beidem befassen, aber vielleicht ist da was zu holen.« Frederik schwieg einen Moment, dann fügte er hinzu: »Ich bin auf mehrere Posts in diversen Gruppen gestoßen, die die Mutter der auf Amager getöteten Kinder im Herbst geschrieben hat. Linda heißt sie. Einige der Posts sind an der Grenze des Legalen. An einer Stelle verlinkt sie einen Artikel, in dem Carlsen sich zu dem Fall äußert, und schreibt, Zitat: ›Niels Carlsen hat mir mein Leben genommen.‹ An anderer Stelle behauptet sie: ›Die Polizei Kopenhagen hat meine Engel ermordet.‹ Vielleicht sollten wir uns mal mit ihr unterhalten?«

Ein abgerissen aussehender Mann schob sich in Mikaels Blickfeld. Er sah aus wie ein Obdachloser und schob ein Fahrrad mit Anhänger neben sich her, der mit leeren Flaschen, einem schmuddeligen Schlafsack und anderem Gerümpel gefüllt war. Zu Mikaels Überraschung legte der Obdachlose ein paar Blümchen vom Straßenrand an die Stelle, an der Carlsen verunglückt war. In diesem Augenblick hatte Mikael eine Idee, um wen es sich bei dem Mann handeln könnte.

»Gute Arbeit, Frederik. Ich versuche, die Mutter ausfindig

zu machen. Diese Linda«, sagte er in den Hörer, legte auf und stieg aus dem Auto. »He, Sie, er ist noch nicht tot!«

Der Obdachlose, der Mikael bis dahin offenbar nicht bemerkt hatte, zuckte zusammen.

»Ich meine, der Mann, der hier angefahren wurde«, fuhr Mikael im Näherkommen fort.

»Wollt nur paar Blumen hinlegen. Soll … soll ich die jetzt wieder wegtun?« Der Obdachlose verneigte sich untertänig und geriet ins Schwanken, seine Fahne schlug Mikael entgegen.

»Nein, nein, völlig in Ordnung. Das ist nett von Ihnen. Ich bin ein Kollege von dem Mann, der hier überfahren wurde.«

»Bist du Bulle?«

Mikael lächelte.

»Ich bevorzuge Mikael. Mikael Dirk.«

Der Obdachlose musterte ihn, entspannte sich dann jedoch.

»Ich krieg das nicht aus dem Kopf. Wie das Auto losrast. Das Geräusch, wie der Mann getroffen wird. So was hab ich noch nie erlebt«, sagte der Mann. Er schniefte ein wenig, schien jedoch bei klarem Verstand. »Den hat's überm Kühler zusammengefaltet. Wie geht's dem jetzt?« Der Mann sah Mikael mit roten Augen an.

»Nicht gut. Die Ärzte tun ihr Bestes, aber er ist schwer verletzt. Was haben Sie gesehen?«

»Hab alles schon erzählt, den Polypen, die hier waren. Da war so ein dunkler Kombi, der ist los, mit 'nem Affenzahn rauf auf den Mann. Dann rückwärts und weg. Da lang.«

Der Obdachlose zeigte den Damstien hinunter.

»Dunkel, aha. Sind Sie sicher mit der Farbe?«

»Todsicher. Schwarz oder dunkelgrau oder dunkelblau. So die Richtung.«

»Ein anderer Zeuge sagt, das Auto wäre hell gewesen …«

»Nee, nee, das stimmt nicht. Direkt vor dem Kombi war ein helles Auto, aber überfahren hat ihn das dunkle.«

»Okay. Haben Sie eine Ahnung, welche Automarke es war? Und können Sie vielleicht auch was zum Fahrer sagen?«

»Hm, schwer. Mein Lappen ist ja schon lang weg, auf dem Gebiet bin ich also ein bisschen rostig … Jedenfalls ein Kombi, so viel steht fest. Den Fahrer hab ich nicht gesehen. Könnte sein, er hatte 'ne Sonnenbrille auf. Und irgendwas Helles an.«

Mikael nickte. Der Obdachlose wirkte ebenso glaubwürdig wie der andere Zeuge. Er dankte dem Mann und sah auf die Uhr, dann stieg er wieder ins Auto.

Beinahe 16 Uhr. Die Tat lag jetzt schon anderthalb Tage zurück, und sie wussten noch immer nichts zu Motiv oder Täter. Das Beste wäre, er würde nach Teglholmen fahren und die ganze Sache vorwärts und rückwärts mit Frederik analysieren, aber so langsam war er ebenso mies drauf wie sein Partner, und gerade wollte er am allerliebsten mit jemand ganz anderem reden.

Eigentlich hatte er den Vorsatz gefasst, nicht mehr so viel an Maria zu denken. Sie hatte die Angewohnheit, sich in seine Gedanken zu schleichen, ohne dass er wusste, warum, aber sie war verdammt noch mal mit ihrem Jugendfreund zusammen, und Jakob spielte in einer ganz anderen Liga als er. Jakob war Künstler, besaß guten Geschmack, war einfühlsam und hatte noch dazu einen Oberkörper wie ein Schrank. Alles, worauf Frauen naturgemäß standen, während er selbst ein geschiedener Cop mit spärlichem Gehalt, unvorhersagbaren Arbeitszeiten und einem Sohn mit ungewissem Besuchsrecht war.

Er hatte null Chancen bei Maria. So einfach war das. Aber letzte Woche hatte sie angerufen und ihn und Hector zum Abendessen nach Thorup Strand eingeladen, und seit sie mit der größten Eiswaffel, die er je gesehen hatte, und einer Glorie aus rotgoldenem Haar um ihr Gesicht im Sonnenuntergang gesessen hatte, tauchte sie wieder in seinen Gedanken auf, auch wenn er sie – ebenfalls in Gedanken – bat, das doch bitte bleiben zu lassen.

Er wählte ihre Nummer, und nach dem dritten, vierten Klingeln ertappte er sich bei dem Wunsch, sie würde nicht rangehen, damit er zu dem Zustand zurückkehren konnte, an den er sich inzwischen gewöhnt hatte: allein zu schwimmen, ohne die geringste Erwartung, dass es sich jemals änderte.

Dann aber verstummte das Freizeichen, und da war sie.

15

Maria schaute lange auf ihr Handy, ehe sie sich entschloss, es in die Tasche zu stecken. Sie hatte gerade zwanzig Minuten mit Mikael telefoniert und keine Zeit für weitere Unterbrechungen. Sie saß vor dem alten Schmuckstück und kam sich vor wie Indiana Jones. Das Medaillon stand offen, bestimmt zum ersten Mal seit siebzig oder achtzig Jahren!

Das Gespräch mit Mikael hatte eine Unruhe in ihrem Bauch geweckt, mit der sie sich irgendwann auseinandersetzen musste. Bald. Jetzt aber schob sie das Gefühl beiseite, packte es in die hinterste Ecke ihres Gehirns. Rein in die Kiste, Deckel zu. Solange es dort lag, war es ungefährlich und konnte nichts kaputtmachen.

Mikael hatte traurig geklungen. Absolut verständlich in Anbetracht des Schocks vom Vortag. Sein Chef lag schwer verletzt im Krankenhaus, und ihm fehlte offenbar jemand zum Reden, der nicht zum Ermittlerkreis gehörte.

Ob er mit seinem Partner jemals über private Dinge sprach, über das, was ihn wirklich bewegte? Laut Mikael hatte Frederik es schwer gehabt seit jenem Tag im letzten Winter. Das galt wohl für sie alle, aber Mikael hatte sich ganz der Vater-Sohn-Beziehung mit Hector gewidmet, und Maria war mit Jakob zusammengekommen. Für Frederik war das Leben einfach in den immer gleichen Bahnen weitergegangen, und dazu kam, dass Maria und Mikael Erleichterung empfunden hatten, wo Frederik Schuld fühlte. Eine irrationale und nicht verhältnismäßige, aber dennoch belastende Schuld, weil er einem anderen Mann das Leben genommen hatte.

Deshalb wandte Mikael sich an Maria, wenn er mit jemandem reden wollte, und dagegen war grundsätzlich nichts einzuwenden, nur war es ihr neuerdings etwas unangenehm, wenn er vertraulich wurde und eine gewisse Intimität entstand. Sein Vertrauen schmeichelte ihr, denn er schien nicht mit vielen Menschen so offen zu reden. Es kam ihr aber auch ein bisschen wie Fremdgehen vor. Als würde sie Jakob betrügen, der sicher erwartete, dass diese Nähe für ihn reserviert war.

Daher dieses undefinierbare Ziehen im Bauch.

Sie nahm sich vor, Jakob am Abend anzurufen, und beugte sich erneut über das Schmuckstück.

Der Anhänger war nicht leer. Mit einem leichten Pusten entfernte Maria den Dreck von dem winzigen Porträtfoto im Medaillon. Im Vordergrund des Bildes saß eine junge Frau mit rankem Rücken. Sie hatte eine gewellte Pagenfrisur und war von Kopf bis Fuß weiß gekleidet. Eine hinter dem Ohr hervorgeschlüpfte Locke fiel über ihre Wange, was ihr einen etwas kindlichen Ausdruck verlieh. In dem gerafften weißen Kleid mit den kurzen Puffärmeln und dem hohen Rüschenkragen erinnerte sie an eine Konfirmandin. Hinter dem weiß gekleideten Mädchen stand eine junge Frau, die eine Hand auf der Schulter des Mädchens, die andere in die Taille gestützt. Über ihrer linken Gesichtshälfte lag ein dunkler Schatten, der ihr einen verruchten Femme-fatale-Look verlieh. Sie trug eine Bluse mit einem bestickten Kragen und dazu einen knielangen, um die Hüfte eng geschnittenen und unten ausgestellten Rock.

Die Frau war nicht alt genug, um die Mutter des Mädchens zu sein, sie war fünf oder höchstens acht Jahre älter als sie.

Aber mit ihren markanten, aristokratischen Nasen, die den jungen Gesichtern Charakter verliehen, ähnelten sie einander. Vielleicht waren sie Schwestern oder Cousinen, dachte Maria, und ihr wurde bewusst, dass eine der beiden womöglich identisch mit der Frau war, die man mit einem Genickschuss hingerichtet und vergraben hatte. Andererseits könnte das Porträt auch zwei Frauen zeigen, die der Verstorbenen viel bedeutet hatten. Ihre Schwestern vielleicht oder ihre Mutter oder Tante.

Wer auch immer es war, es sprach einiges dafür, dass die tote Frau aus Nørre Felding eine Familie und damit wahrscheinlich lebende Nachkommen hinterlassen hatte.

Maria versuchte, die Fotografie herauszunehmen, um zu sehen, ob sich dahinter ein Stempel verbarg, anhand dessen sie den Silberschmied aufspüren konnte, der das Medaillon gefertigt hatte. Schweißperlen traten ihr auf die Stirn, als sie behutsam die Spitze eines Schneidemessers unter das Foto schob. Eine Ecke lockerte sich, und es gelang ihr, das Foto herauszulupfen.

Darunter fand sie, wonach sie gesucht hatte: einen winzigen Stempel, den sie lange unter der Lupe studieren musste, ehe sie überzeugt war, ihn richtig zu deuten.

Alf.B., stand dort.

Auf ihrem Laptop googelte sie, bis sie auf einen Antiquitätenhändler stieß, der eine Liste sämtlicher dänischer Silberschmiede bis zum heutigen Tag zusammengestellt hatte. Es waren viele, vermutlich über Tausend, aber es gab nur einen Alf.B. Alfred Beier hatte von 1903 bis 1937 eine Silberschmiede in Viborg gehabt.

»Viborg«, sagte sie laut zu der Fotografie, als könnte diese nicken und somit bestätigen, dass sie auf der richtigen Fährte war.

Sie schaute, wie weit Nørre Felding und Viborg auseinanderlagen. Fünfundfünfzig Kilometer; es war also nicht unmöglich, dass eine Frau aus Viborg tot in Nørre Felding auftauchte. Oder dass die Familie einer Frau aus Nørre Felding in Viborg Schmuck gekauft hatte.

Noch einmal studierte sie das Bild der beiden jungen Frauen. Zwei schwarze Augenpaare auf dem sepiafarbenen Foto schauten sie an. War eine dieser Frauen oder eine Verwandte in ein abgeschiedenes Naturgebiet gezerrt und eiskalt mit einem Genickschuss hingerichtet worden?

Was mochte der letzte Gedanke der Frau gewesen sein, als sie das kalte Metall der Pistole an ihrem Nacken spürte? Hatte sie an diese Frauen gedacht? An ihr Kind?

»Hat eine von euch beiden diese Halskette getragen?«, sagte Maria laut.

16

Die Hausärztin faltete die Hände vor der Brust und beugte sich auf mütterlich ermahnende Weise über den Schreibtisch. »Sie müssen versuchen, sich tagsüber wachzuhalten, damit sie abends eine natürliche Müdigkeit verspüren«, sagte sie. »Diese Tabletten machen Sie abhängig. Sie bitten mich bereits um das dritte Röhrchen innerhalb von einem halben Jahr.«

Die Ärztin suchte seine Augen, und ihr prüfender Blick war sicher wohlmeinend, aber Frederik Dahlin konnte diese Art aufdringliche Kontaktaufnahme nicht leiden, auch nicht von einer Ärztin, die er in den letzten anderthalb Jahren etliche Male gesehen hatte. Er wandte demonstrativ den Kopf ab.

Auf dem Rasen vor den Fenstern der Praxis fuhr ein Mähroboter herum wie ein ferngesteuertes Auto in Slow Motion. Frederik fühlte sich ein bisschen wie der Roboter: eine empathielose Maschine, die sich mechanisch durchs Dasein bewegte, darauf programmiert, ihre Pflicht zu tun, aber auch abzudrehen und zurückzuweichen, sobald sie auf ein Hindernis stieß.

»Ich möchte einfach nur schlafen. Wäre ich ausgeruht, wäre alles leichter«, sagte er.

Das Ticket zu ruhigen, leeren, albtraumlosen Nächten waren ein paar längliche weiße Pillen. Das Tablettenröhrchen lag zu Hause in seiner Sporttasche unter dem Bett, es waren aber nur noch vier Tabletten darin; sechs, wenn er die beiden

Reservepillen mitrechnete, die er im Sommerhaus von Louises Eltern gebunkert hatte.

Zu wissen, dass er die Tabletten hatte, beruhigte Frederik. Der Gedanke, sie könnten ihm ausgehen, versetzte ihn in Panik.

»Ihre Schlafprobleme sind bloß ein Symptom. Ich habe Sie mehrfach untersucht, zuletzt unmittelbar vor den Sommerferien, und ich kann keine physische Ursache für das Herzklopfen, die Atemnot und das Zittern der Hände finden, das Sie beschreiben.« Die Ärztin konsultierte ihren Computermonitor. »Ihr Blutdruck ist bestens, Ihr Herz pumpt, wie es soll, Ihren Lungen geht es gut, Sie haben keine Infektionen, kein Corona, Sie sind fit, rauchen nicht, ernähren sich vernünftig. Alles in allem sind Sie bei guter Gesundheit, was Ihre Blut-, Urin- und Stuhlproben bestätigen, die – ein weiteres Mal – mit durchweg normalen Werten zurückgekommen sind.«

»Ich habe häufig Bauchschmerzen. Ich habe Kopfschmerzen. Das kann doch ein Krankheitszeichen sein, oder?«, wandte Frederik ein.

Die Ärztin sah ihn lange an und wog ihre Antwort ab.

»Schon. Aber in Ihrem Fall nicht für eine physische Erkrankung. Dann würden die Blutproben oder eine der vielen anderen Untersuchungen, die wir durchgeführt haben, ausschlagen.«

Frederik sank auf dem Stuhl zusammen und sah auf die Uhr. Er hätte sich ja denken können, dass es Zeitverschwendung war, den ganzen Weg hierherzufahren. Noch dazu mitten am Tag. Mikael würde stinkwütend werden, wenn er entdeckte, dass Frederik zwei der wichtigen ersten achtundvierzig Stunden im Carlsen-Fall auf eine Runde Ammenmärchen beim Arzt verwandt hatte.

Unmittelbar nach dem Schusswechsel hatte er sich vom Vertrauensmann breitschlagen lassen.

»Sprechen Sie mit Ihrer Hausärztin«, hatte Jonas Strøm gesagt. »Gestehen Sie sich ein, dass es Ihnen schlecht geht. Suchen Sie sich Hilfe.«

Jetzt saß er hier, doch die Hausärztin, die anfangs ein offenes Ohr für ihn gehabt hatte, verhielt sich mittlerweile wie eine gierige Dealerin. Der Preis für das, was er haben wollte, ging immer mehr in die Höhe, und die Währung war die pure Erniedrigung. Er musste sie regelrecht anbetteln, ihm zu helfen. Herrgott, es waren doch nur Schlaftabletten.

»Ihre Symptome weisen stark auf eine Depression hin. Oder Gravierenderes.« Die Ärztin nahm ein Blatt Papier und legte es vor ihn hin. »Würden Sie das bitte ausfüllen? Antworten Sie so intuitiv und ehrlich wie möglich.«

Frederik starrte auf den Fragebogen und hätte beinahe empört geschnaubt. Entweder hielt sie ihn für bescheuert, oder sie hatte selbst nicht mehr alle Tassen im Schrank.

Fühlen Sie sich traurig? Haben Sie ein schlechtes Gewissen? Fühlen Sie sich ruhelos? Fällt es Ihnen schwer, nachts zu schlafen?

Scheiße, natürlich hatte er ein schlechtes Gewissen. Er hatte einen Menschen getötet. Scheiße, natürlich war er traurig. Seine Frau war unglücklich, weil sie kein Kind bekamen, sein Chef lag schwer verletzt im Krankenhaus, und er war ein Fiasko auf der Arbeit. Scheiße, natürlich machten stockende Ermittlungen ihn rastlos, und natürlich fiel es ihm schwer, nachts zu schlafen. Deshalb war er schließlich hier!

Er vermochte nicht zu sagen, wie oft er den Mann in verschiedenen Versionen desselben Albtraums hatte zu Boden gehen sehen. Aus dem Leben gerissen in einer Explosion aus Blut, Haut und Knochen. *Peng, peng, peng*, drei Kugeln in einem Dreieck zwischen Kopf und Torso, dann war der Tod eingetreten, *the Mozambique Way*. Tot, weil Frederik entschieden hatte, den Mann sterben und Mikael leben zu lassen.

»Es wurden Schüsse abgefeuert, Ziel unschädlich gemacht«, hörte er sich selbst mit mechanischer Stimme in seinem Kopf sagen. So wie er es unmittelbar nach den Schüssen gesagt hatte.

Mit den Schuldgefühlen hätte er vielleicht umgehen können. Was ihm aber den Boden unter den Füßen weggerissen hatte, war die interne Untersuchung durch die Aufsichtsbehörde nach dem Schusswechsel. »Standardprozedere«, hatte Carlsen es genannt. Frederik hatte sich in seinem ganzen Leben noch nichts zuschulden kommen lassen, und nun war er Gegenstand einer eingehenden Untersuchung. Stand unter Verdacht. Weil er das Leben seines Partners gerettet hatte.

Er war damals mit einer Krankschreibung nach Hause geschickt worden. Die eigentlich nach wie vor gelten müsste, da die internen Ermittlungen ganze achtzehn Monate später noch immer nicht abgeschlossen waren. Frederik sah aber nicht, wie es ihm helfen sollte, zu Hause zu hocken und dieselben vier Wände sowie sein eigenes Spiegelbild anzustarren.

Er reichte der Ärztin den ausgefüllten Fragebogen, den sie rasch überflog. Sie seufzte und sah Frederik an.

»Sie haben alle Zeichen einer Depression.«

»Aha. Und das können Sie anhand von diesem einen Fragebogen erkennen?«

»Ich bin keine Expertin für psychische Erkrankungen, aber ich würde so weit gehen zu behaupten, dass Sie außerdem Zeichen einer PTBS aufweisen.«

»PTBS?«

»Posttraumatische Belastungsstörung. Eine psychische Reak…«

»Jaja, verdammt, ich weiß, was das ist! Aber Leute mit PTBS, das sind doch solche, die ihre Familien verlassen, um sich in einen Wald zu verkriechen und dort zu Tode zu saufen. Ich mache meine Arbeit und kümmere mich um meine Familie. Um meine Frau. Ich habe nicht vor, mir einen Campingwagen zu kaufen und mir einen Vollbart und eine Bierwampe wachsen zu lassen.«

Frederik streckte den Rücken durch und machte eine abwehrende Handbewegung in Richtung der Ärztin.

»Haben Sie nicht gesagt, dass es Ihnen schwerfällt, in Ihrer Beziehung Engagement zu zeigen, auch in Bezug auf die laufende Fruchtbarkeitsbehandlung? Dass das Kind, das Sie beide sich so sehnlich wünschen, Sie nicht länger interessiert? Dass Sie Probleme haben, sich zu konzentrieren und an Dinge zu erinnern? Und ich kann Ihnen sagen, dass Ihr Verbrauch an Schlaftabletten sich der Grenze des Vertretbaren nähert.«

»Wir machen momentan eine Pause. Mit dem ganzen Babytrara, meine ich. Es zieht sich schon so ewig hin, und ich brauche eine Auszeit. Damit ist Louise einverstanden. Bis auf Weiteres. Aber das hat nichts mit PTBS zu tun. Herrgott, ich bin einfach nur müde.«

»Psychische Leiden, darunter PTBS, können sich auf unglaublich viele Arten äußern.«

»Meinetwegen. Aber mit so was hat unsere Familie noch nie zu tun gehabt.«

Die Ärztin seufzte mitfühlend.

»Ich bin seit fast fünfzehn Jahren Ihre Hausärztin. Ich kenne Ihre Familie. Und ich kenne Sie als humorvollen, charmanten Mann mit einem Funkeln in den Augen. Ich finde, wir sollten versuchen, zu diesem Mann zurückzufinden. Mein Rat wäre, dass Sie sich krankmelden. Ich schreibe Ihnen gern ein Attest wegen Burn-out und Depression«, sagte sie mit einem bestätigenden Nicken. »Außerdem stelle ich Ihnen eine Überweisung an einen Psychologen aus. Es muss jemand sein, den die Polizei empfiehlt. Jemand, der Erfahrung mit dieser

Art Erlebnisse hat. Sie suchen sich Ihren Therapeuten selbst aus. Mann, Frau, jung, alt, da mische ich mich nicht ein. Ihre Überweisung können Sie innerhalb der nächsten Stunde online abrufen.« Die Ärztin tippte etwas in ihren Computer und hob fragend den Kopf, als Frederik keine Anstalten machte aufzustehen. »Ja?«

Er sah sie mit hartem Blick an.

»Ich bin wegen der Tabletten hergekommen. Wegen der Schlaftabletten. Wie sieht's aus damit?«

17

Die Eingangstür schloss sich hinter Mikael, und während er darauf wartete, dass sich die nächste Tür in der Glasschleuse öffnete, sah er, dass die beiden Mitarbeiterinnen am Empfang für heute gegangen waren. Verständlicherweise, der Sommer präsentierte sich von seiner besten Seite, und es war bereits kurz vor fünf.

Er lief die Treppe zwei Stufen auf einmal nehmend hinauf und stand kurz darauf im ersten Stock vor der Tür zum Dezernat für Gewaltverbrechen. Der Duft schlug ihm in die Nase, ehe er sie sah.

»Gut, dass Sie kommen. Genau Sie habe ich gesucht.«

Lone Kirtzner, die Kopenhagener Polizeipräsidentin und fleißige Anwenderin eines schweren Parfüms, das Mikael an Tabakrauch und orientalische Basare erinnerte, trat mit einem straffen Lächeln vor ihm in den Flur.

Mikael konnte sich nur mit Mühe überwinden, ihre Grimasse zu erwidern. Wieso suchte dieses überparfümierte Frauenzimmer, mit dem er normalerweise nur in Zusammenhang mit abteilungsübergreifenden Besprechungen, Anschissen oder Fällen von besonderem öffentlichem Interesse »das Vergnügen« hatte, ausgerechnet ihn? Das konnte nur bedeuten, dass er in Schwierigkeiten steckte, weshalb er im Geiste hastig die letzten Fälle durchging, an denen er beteiligt gewesen war. Erwartete ihn jetzt die Kündigung? Hatte sich jemand beschwert?

»Kommen Sie mit«, kommandierte Kirtzner, und Mikael trottete pflichtschuldig hinter seiner Chefin her.

Sie war als rigide Frau bekannt, die als Juristin keine größere fachliche oder soziale Gemeinsamkeit mit den auf der Polizeischule ausgebildeten Beamten empfand. Mikael war in ihrer Anwesenheit stets auf der Hut. Üblicherweise gab sie sich gar nicht erst mit Leuten von Mikaels Rang ab, irgendetwas musste also im Busche sein.

Sie führte ihn in Carlsens leeres Büro und schloss die Glastür hinter ihnen, während Mikael einen Blick zu den übrigen Arbeitsstationen auf der Etage warf. Es waren nicht viele Kollegen zu sehen, nur Frederiks Rücken konnte er ausmachen. Sein Partner saß vor dem Computerbildschirm an seinem üblichen Platz.

»Wie geht es ihm?« Kirtzner schaute ihn mit ihrem stets leicht vorwurfsvollen Blick an.

»Dahlin?«

»Nein, Carlsen natürlich!«

»Carlsen. Äh, es geht ihm schlecht. Er wurde ins künstliche Koma versetzt. Er ist einigermaßen stabil, schwebt aber immer noch in Lebensgefahr.«

»Also keine Aussicht auf baldige Besserung, schließe ich daraus? Das bestätigt nur meine Überlegungen. Wir alle sind in Gedanken bei Carlsen, aber die Abteilung befindet sich in einer prekären Lage. Wir brauchen Stabilität und Fortschritte. Daher, Dirk, möchte ich Sie bitten, Carlsen in seiner Abwesenheit zu vertreten.« Kirtzner machte eine kleine Kunstpause, ehe sie in feierlichem Tonfall fortfuhr. »Ich ernenne Sie hiermit zum kommissarischen Leiter des Dezernats für Gewaltverbrechen!«

Mikael sah sie an, während er die Worte sacken ließ. Sie nickte zeremoniell, wie ein Offizier, der einem Untergebenen soeben einen Orden angesteckt hat, nur fühlte es sich für Michael ganz und gar nicht wie eine Ehrerweisung an.

Abwesenheit. Dezernatsleiter. Das bist jetzt du. Er hatte das Gefühl, als hätte Kirtzner ihm eine hundert Kilo schwere Last aufgebürdet.

»Ich bin nicht so der Cheftyp. Für den Job sollten Sie sich besser einen anderen suchen«, sagte er.

Auf seiner inneren Leinwand sah er bereits Zahlenkolonnen mit Budgets und Abrechnungen vorbeiziehen, Dienstpläne, Mitarbeitergespräche, eine endlose Abfolge unergiebiger Besprechungen und eine Verantwortung, von der er nicht wusste, ob er sie schultern konnte.

Die Polizeipräsidentin nahm ihre schwarz gerahmte Brille ab und inspizierte sie mit zusammengekniffenen Augen. Er fragte sich, ob sie nachts mit der Brille schlief. Ohne sah sie völlig verwandelt aus.

»Dirk, hören Sie zu«, sagte sie in etwas freundlicherem Ton. »Sie haben das nötige Dienstalter und die Erfahrung. Sie kennen den Job, Sie kennen die Arbeitsabläufe in der Abteilung, Sie kennen die Aufgaben, Sie kennen das Team da draußen. Sie sind jung, und Sie haben – korrigieren Sie mich, wenn ich falschliege – keine Familie, die Ihnen am Rockzipfel hängt. Sie sind die naheliegende Wahl in der Krisensituation, in der wir uns gegenwärtig befinden. Es ist ja nicht für immer. Wir hoffen alle, dass Niels schnell wieder vollständig hergestellt ist. Fürs Erste aber muss ich Sie bitten, Verantwortung zu übernehmen.«

Mikael antwortete nicht.

»Dirk, lassen Sie es mich anders formulieren, damit wir uns verstehen: Es ist Ihre *Pflicht*. Als Kollege, als Beamter und als Carlsens Freund.«

»Warum nicht Dahlin? Er ist eher der Cheftyp als ich. Er liebt Tabellen und Systeme und …«

Kirtzner sah ihn entgeistert an.

»Meinen Sie das ernst?« Sie zeigte durch die Glaswand auf die offene Bürolandschaft, wo Frederik in derselben Haltung saß wie vor fünf Minuten, während das eine Bein hibbelte wie bei einem hyperaktiven Schuljungen. »Wir entschädigen Sie natürlich für Ihren Einsatz. Den Chefbonus, den Carlsen normalerweise erhält, kriegen Sie, solange Sie den Posten besetzen.«

»Bekommt er dann weniger Gehalt? Während er im Krankenhaus um sein Leben kämpft?«

Mikael sah Kirtzner fassungslos an und hob sicherlich viel zu sehr die Stimme.

Die Polizeipräsidentin wand sich.

»Vielleicht bekommen Sie ja beide den Bonus. Ich möchte damit nur sagen, dass Sie die Rolle des Chefs natürlich nicht ausfüllen sollen ohne eine angemessen finanzielle Kompensation. Also, haben wir eine Abmachung?«

Sie schaute auf ihre Uhr, während Mikael zur Decke sah. Er stand mit dem Rücken an der Wand. Sag Ja und behalt deinen Job. Sag Nein und was dann? Lehnte er ab, würde sie ihn garantiert versetzen. Einer Lone Kirtzner widersprach man nicht. Andererseits: Würde sie ihn in einer Zeit, in der es ohnehin an Beamten mangelte, wirklich feuern?

Entweder las sie seine Gedanken oder sie spürte, dass es weiterer Überzeugung bedurfte, ehe er einwilligte.

»Dirk, Herrgott noch mal. Die Demonstrationen vor Christiansborg haben Sie doch mitbekommen, oder? Die Proteste haben sich jetzt auf andere Städte ausgeweitet, und sie ufern immer mehr aus. Die Demo heute hat auf dem Schlossplatz von Christiansborg begonnen, sich dann über den Kongens Nytorv bis zur Nørrebrogade in Bewegung gesetzt. Und nicht genug damit, dass die Demonstranten sämtlichen Verkehr zum

Erliegen gebracht haben, ein Kollege wurde von einem Böller getroffen. Die Ärzte sagen, er könnte das Gehör verlieren. Ein anderer wurde auf offener Straße zusammengeschlagen. Die Dänen haben keinen Respekt mehr vor der Uniform!«

Es war das erste Mal, dass Mikael die Polizeipräsidentin außer Fassung sah. Sie stand unter Druck, und das war nur begreiflich. Verloren die Bürger das Vertrauen in die Polizei und versagten ihr die Unterstützung, machte das den Polizeidienst riskanter. Die Aufklärungsrate würde mit aller Wahrscheinlichkeit sinken, und damit wäre die Grundlage des Rechtsstaats bedroht. Das wussten sie alle. Aber Kirtzner dachte vermutlich auch auf kurze Sicht. Im Laufe der nächsten Wochen würde die Zukunft der Polizei in Christiansborg zusammengemauschelt werden, und das zu einem Zeitpunkt, wo die Stimmung gegenüber der Ordnungsmacht schlechter war als je zuvor in Mikaels Erinnerung. Das ließ nicht gerade auf die nötige Ruhe zum Arbeiten hoffen, und die Erfolgsaussichten der polizeilichen Führungsriege, die mit fleißiger Schleimerei und Bauchpinselei Einfluss auf die Verhandlungen auszuüben suchte, waren gering.

Andererseits lösten die tätlichen Angriffe auf einfache Beamte auch eine gewisse Sympathie in der Bevölkerung aus. Den wenigsten Bürgern gefiel es, wenn die Polizei in wilder Flucht vor schwarz gekleideten Demonstranten davonrannte oder Dezernatsleiter überfahren wurden. Kirtzner und der übrige Polizeiapparat mussten die Situation zu ihrem Vorteil wenden. Doch das erforderte natürlich, dass die Polizei ihre Arbeit machte. Dass Fälle aufgeklärt und die Ordnungshüter als Freund der Bevölkerung betrachtet wurden, nicht als deren Gegner.

Mikael holte tief Luft.

»Na schön, ich übernehme den Posten, bis Carlsen wieder

auf den Beinen ist. Aber Sie werden mich nicht als neuen Realitystar der Kopenhagener Polizei in der Presse auftreten sehen. Dafür müssen Sie sich eine andere Rampensau suchen«, brummte er.

»Geht klar. Ich oder der Chefpolizeiinspektor werden das selbst übernehmen. Und apropos Presse: Carlsens Unfall darf noch nicht an die Öffentlichkeit gelangen.«

Mikael sah sie erstaunt an.

»Unfall? Nach jetzigem Stand zu urteilen war es ein Mordversuch.«

»Meinetwegen, dann eben Mordversuch, wenn wir dieses Wort unbedingt benutzen wollen. Aber das muss noch unter Verschluss gehalten werden, alles klar? Wir dürfen jetzt nicht den Eindruck vermitteln, wir stünden unter Angriff und wären geschwächt. Es darf nicht heißen, wir seien tödlich verletzt. Verstehen wir uns, Dirk?«

»Aber der Vertrauensmann hier im Haus weiß es bereits. Ich habe ihn vorhin getroffen. Die ganze Abteilung weiß es. Wie sollen wir die Sache da geheim halten?«

»Natürlich, ich weiß, aber wir müssen vermeiden, dass das in den Medien breitgetreten wird. Wir müssen das Narrativ lenken, Dirk. Das ist es, worum sich Führung im Jahr 2021 dreht. *Das Narrativ*. Es darf nicht auf der Titelseite des *Ekstra Bladet* landen, dass Dezernatsleiter Niels Carlsen aufgrund seines Jobs überfahren wurde … was ja auch nicht der Fall ist, da wir genau genommen noch gar nicht wissen, ob es mit seiner Arbeit zu tun hatte, richtig?«

Mikael fehlten die Worte. Er wusste, was jetzt kommen würde: Befehle und Anweisungen. Ein Maulkorb und eine Zwangsjacke. Das Los einer jeden mittleren Führungskraft. Und was sollte das mit dem »Narrativ«? Hatte er gerade einen Job als Reklametexter angenommen, oder was?

»Es ist von äußerster Wichtigkeit, dass wir Carlsens Fall binnen weniger Tage lösen und schließen können. Es würde uns intern wie auch nach außen deutlich stärken, ja, vielleicht sogar eine erhebliche Sympathie für die Polizei wecken, wenn wir mit der Botschaft an die Öffentlichkeit treten könnten, dass Carlsen zwar verletzt, der Schuldige jedoch geschnappt und festgenommen wurde und dass jedweder Versuch, die Polizei zu schädigen, schwerwiegende Konsequenzen nach sich zieht«, sagte Kirtzner und rieb sich unter der Brille den Nasenrücken. »Wir brauchen diesen Erfolg, Dirk. Wir stehen sowieso schon vor einem Berg von Überstunden, der seinesgleichen sucht. Und jetzt – das ist die neueste Karte, die Ihre Kollegen ziehen –, jetzt werden wir mit Krankmeldungen lahmgelegt. Allein in den letzten vierundvierzig Stunden, seit sich die Nachrichten von Carlsen und den Angriffen auf Beamte bei den Demonstrationen verbreitet haben, sind in der hiesigen Direktion gute zwei Dutzend Krankmeldungen eingegangen. Andere haben kurzfristig eine Verlängerung ihres Urlaubs beantragt. Einige vertrauen ihren Vorgesetzten an, dass sie sich auf der Arbeit gefährdet fühlen. Dass ihre Familien sie nicht gehen lassen wollen. Hat man so was schon gehört? Ich brauche Ihnen wohl kaum zu erzählen, in welcher nationalen Krise wir uns befinden, wenn die Polizei anfängt, den Schwanz einzuziehen.«

Mikael schwirrte der Kopf. Auf was hatte er sich da eingelassen? Was würde aus seinen Vater-Sohn-Wochenenden werden? Schließlich stand nun Hector für ihn an erster Stelle, nicht das Wohl und Weh der Polizei und schon gar nicht das »Narrativ« der Führungsebene oder eine potenzielle nationale Krise.

Das Problem war nur, dass die konkrete Aufgabe im Augenblick Carlsen war. Das schuldete er ihm.

Kirtzners Worte schnitten seine Gedanken ab und legten sich bleiern auf seine Schultern.

»Wir müssen diesen Fall schließen, Dirk. Und zwar schleunigst. Nicht nur um Carlsens willen, sondern in unser aller Interesse: Finden Sie dieses Auto!«

18

Die Hitze schlug ihr entgegen, als sie die Autotür öffnete. Wie wenn man auf einem südländischen Flughafen aus dem Flieger steigt. Exotisch war der Ort um sie herum indes nicht gerade, es war ein stinknormaler Mittwochvormittag im sommerlich verschlafenen Viborg. Trotzdem konnte die Historikerin in Maria einen entzückten Seufzer nicht unterdrücken. Sie hatte auf dem gepflasterten Gammeltorv, dem ältesten Platz der Stadt, zwischen dem ehemaligen Rathaus aus dem achtzehnten Jahrhundert und dem Dom geparkt, dessen zwei Türme sich in den blauen Himmel reckten. Das reinste Kleinstadtidyll.

Vor der Kirche wartete eine ordentlich aufgereihte Schlange von Touristen auf Einlass, bestimmt, um die neu restaurierten Freskomalereien von Beginn des zwanzigsten Jahrhunderts zu bestaunen, die mehrere tausend Quadratmeter Wände und Decken in der Kirche schmückten wie eine Art Bibel-Graphic-Novel von der Schöpfungsgeschichte bis zum Weltuntergang. Maria kannte sie von einer Exkursion in der Oberstufe, bei denen lustlose Schüler kulturell weitergebildet werden sollten.

Im Gegensatz zu den anderen hatte Maria sich damals gar nicht von der Freskomalerei über dem Altar losreißen können.

Sie, die wenige Jahre zuvor ihren Vater durch Ertrinken verloren hatte, fragte den Domprobst, ob er wirklich glaube, dass ein Teil der Menschen für ihre Taten in eine brennende Hölle geschickt wurde, während die anderen im Paradies badeten?

Wenn man tot war, war man dann nicht einfach tot; eine leblose Hülle ohne die Impulse aus dem Gehirn, die manche mit einer Seele verwechselten? Und war es im Übrigen nicht das Los der meisten Menschen, dass sie an manchen Tagen das Richtige taten und an anderen Tagen fehlten? In Marias Ohren klangen die Vorstellungen an ein Leben nach dem Tod ganz allgemein lächerlich.

»Das ist eine interessante Frage«, sagte der Domprobst und erging sich in einer langen theologischen Erläuterung. »Das Jüngste Gericht findet in unseren Köpfen statt. Jeden Tag werden wir vor Entscheidungen gestellt, die von Bedeutung für unsere Mitmenschen sind. Wir können verantwortungsvoll handeln oder gedankenlos und egoistisch. Manchmal scheitern wir spektakulär. Wir enttäuschen andere! Das Jüngste Gericht findet statt, wenn ich erkenne, dass ich jemanden, der mir nahesteht, oder auch jemanden Wildfremden, der mir vertraut hat, enttäuscht habe. Dann geht meine Welt unter. Ergibt das einen Sinn?«, hatte der Domprobst Maria gefragt.

Sie hatte genickt und an ihren eigenen Weltuntergang vor vier Jahren gedacht.

Maria schüttelte den Kopf und sah auf die Uhr.

10.26 Uhr. Verdammt!

Sie wandte der Kirche den Rücken zu und eilte los. Im Laufschritt schälte sie sich aus ihrer Strickjacke. Gestern Abend hatte sie mit halbem Ohr die Meldung im Radio von der Hitzewelle gehört, die heute einsetzen und sich für die nächsten Wochen wie ein Saunaaufguss über das gesamte südliche Skandinavien legen würde. Als sie um halb sieben in Østerbro losfuhr, war es noch kühl gewesen, aber in Viborg war das Thermometer mittlerweile auf mindestens fünfundzwanzig, sechsundzwanzig Grad geklettert. Sie betrat einen schmalen, kopfsteingepflasterten Durchgang, und zwischen zwei Fachwerkhäusern, die drei- oder vierhundert Jahre alt sein mussten, stieß sie auf zwei augenscheinlich neuere Gebäude. Sie waren durch einen gläsernen Zwischenbau verbunden, der sich wie ein Gewächshaus zwei Stockwerke in die Höhe erstreckte. Sie checkte ihr Handy. Sct. Mogens Gade 5. Es war die richtige Adresse.

Ein Archivar in hellgelbem Jimi-Hendrix-T-Shirt erwartete sie, als sie im zweiten Stock ankam. Er hatte einen ungleichmäßig gewachsenen roten Vollbart, durch den sich einzelne graue Strähnchen zogen.

»Wie schön, dich zu sehen, Maria«, sagte er, als wären sie alte Freunde. »Gestern am Telefon habe ich nichts gesagt … ich war mir auch nicht ganz sicher, aber jetzt, wo ich dich sehe, besteht kein Zweifel. Wir haben zusammen Geschichte studiert. An der Uni in Kopenhagen?« Der Mann sah ehrlich begeistert aus, und Maria studierte verzweifelt das Gesicht hinter der schmalen Brille mit den selbsttönenden Gläsern, die wie ein Anonymisierungsbalken seine Augen verbarg. Seine Züge hatten etwas Fuchsartiges, Nase und Mund standen merkwürdig spitz vor, aber vielleicht war es auch nur der rote Bart, der das Bild in ihr hervorrief.

»Erkennst du mich nicht?«

Sie krümmte sich innerlich, als sie die Enttäuschung in seiner Stimme hörte. Ihr Gehirn speicherte selbst die unbedeutendsten Jahreszahlen, Namen und Ereignisse aus der Weltgeschichte ab, aber wenn es um Gesichter ging …

»Doch, ähm«, setzte sie an. »Doch, doch, ich …«

»Boris! Ich war vier Semester über dir, aber ich habe mindestens zweimal die Woche im Café Helga gearbeitet …« Boris sah sie mit einem fast verzweifelten Ausdruck in den Augen an, während Maria erfolglos die wenigen Erinnerungen an das Studi-Café der Geschichtswissenschaftler durchblätterte. Da klingelte gar nichts.

»Boris! Natürlich!«, rief sie. »Ich musste nur erst meine Festplatte entstauben.« Sie tippte sich an die Stirn und schenke Boris ihr überzeugendstes Lächeln.

Boris richtete sich auf. »Du hast dich kaum verändert. Die Haare sind länger, aber … Na, ich habe wohl keinen bleibenden Eindruck bei dir hinterlassen. Aber hier bin ich jedenfalls. Wollen wir?« Er deutete auf eine Tür. »Wir müssen hier rein. Ich habe ein paar Dinge herausgesucht, mit denen wir anfangen können.«

Maria hatte am Tag zuvor im Lokalhistorischen Archiv in Viborg angerufen und erklärt, dass sie nach der Identität zweier Frauen aus einer relativ wohlhabenden Familie suche, die in den 1930er oder 40er Jahren möglicherweise in Viborg gelebt hatten. Die Person am Hörer – wie sich nun herausstellte ihr vergessener Kommilitone Boris – hatte sie gebeten, ihm ein Foto des Medaillons sowie alle anderen ihr bisher bekannten Informationen zu schicken.

»Das wird aber nicht leicht werden«, hatte er sie gewarnt.

»Wie bist du hier gelandet? Ich meine, in Viborg?«, fragte Maria, als sie Boris in einen kleinen Lesesaal folgte.

»Meine Frau ist Ärztin. Sie bekam die Gelegenheit, in Ørum eine Praxis zu kaufen, und der Job hier im Lokalhistorischen Archiv wurde etwa zeitgleich frei. Wir stammen beide aus der Gegend, daher …« Er zuckte mit den Schultern und führte Maria zu einem großen Tisch, auf dem zwei Ordner bereitlagen. Auf einem Rollwagen daneben warteten acht große Archivboxen mit Deckel. »Wir sind vor sechs Jahren hierher zurückgezogen. Wir hatten kurz nacheinander zwei Kinder bekommen und saßen in einer Zweizimmerwohnung in Vesterbro fest, während die Immobilienpreise um uns herum explodiert sind. Jetzt wohnen wir in einem neu gebauten Haus mit Aussicht auf den Wald. Und das alles ohne großen Aufwand«, sagte Boris und biss sich auf die Lippen: »Tut mir leid, ich weiß, dass der Arbeitsmarkt in Kopenhagen … komplizierter ist.«

»Dazu kann ich nicht viel sagen«, erwiderte Maria. »Jetzt brauche ich jedenfalls deine Hilfe.«

Das Fuchsgesicht hellte sich auf. Die Raffrollos an den Fenstern waren heruntergezogen, und Boris' dunkle Brillengläser waren wieder durchsichtig geworden, sodass sie erstmals seine Augen sah. Sie waren freundlich, braun und erstaunlich groß.

»Wir haben hier alle möglichen Dokumente. Von Behörden, aus Kirchenbüchern, aus der Krankenhausverwaltung oder Schulbüros, darunter etliche Karten, Bebauungspläne, Klassenfotos, Umzugsbescheide, all so etwas«, erklärte er. »Außerdem Zeitungsausschnitte und haufenweise Fotos, über siebzigtausend, schätze ich. Aber das Spannendste sind meiner Meinung nach die Gegenstände, die von Privatleuten gespendet wurden: Tagebücher, Familienfotos, Briefwechsel und dergleichen.«

»Klingt ein bisschen unübersichtlich. Wo fängt man an, wenn man nur ein Foto hat?«

»Schauen wir mal.« Boris öffnete ein ledergebundenes Fotoalbum, das vor ihnen auf dem Tisch lag. »Die erste Frage lautet ja: Wurde das Bild in Viborg aufgenommen oder nicht? Dein Foto ist zwar sehr klein, aber der Hintergrund kam mir bekannt vor. Er wirkt ein bisschen altmodisch und … prätentiös, vielleicht. Als wollte man eine gewisse soziale Klasse signalisieren. Da ist mir diese ziemlich einzigartige Sammlung von Familienfotos in den Sinn gekommen.«

Boris blätterte die Pappseiten des Fotoalbums um, wobei

er vorsichtig die Blätter aus Pergamentpapier anhob und die darunter eingeklebten Schwarz-Weiß-Porträts enthüllte.

»Sieh dir das an.«

Auf der Seite klebte das Bild einer ausdruckslos dreinschauenden Mutter mit einem Kind von höchstens sechs bis acht Monaten auf dem Arm, Fotos von einem Brautpaar mit steifem Lächeln und das Porträt eines jungen Soldaten mit Schnurrbart. Interessant waren aber nicht die abgebildeten Menschen auf den Fotografien, sondern der Hintergrund: gardinenähnliche Draperien aus einem Spitzenstoff links und dunklem Velours rechts.

»Das ist derselbe Hintergrund wie auf meinem Bild!«

Maria musste sich beherrschen, Boris nicht das Album aus den Händen zu reißen.

»Ganz genau.«

Boris blätterte weiter. Auf den nächsten Seiten folgten mehrere Fotos mit demselben Hintergrund: eine Kindstaufe, ein runder Geburtstag, eine Konfirmation, Zwillinge, die auf einer gestrickten Spitzendecke lagen, eine Heimkehr, eine bevorstehende Reise. Weiter hinten im Album kam eine Reihe Porträts, auf denen die abgebildeten Personen dieselben künstlichen Posen einnahmen, doch nun war der Hintergrund ein anderer. Hell und ohne Draperie.

»Wir sind im Jahr 1949 angekommen«, sagte Boris und zeigte auf eines der hellen Fotos. »Der dunkle Hintergrund mit den Stoffbehängen findet sich nur auf den Fotos zwischen Ende der Dreißiger bis kurz nach dem Zweiten Weltkrieg. Die Fotos in diesem Album stammen alle von ein und derselben Familie, die mit der Zeit auf einige wenige, nicht sonderlich sentimental veranlagte Personen zusammengeschrumpft ist. Zumindest wurde dieses absolut einzigartige Album auf der Recyclinganlage gefunden.«

»Glaubst du, die Frauen auf meinem Foto gehörten zu dieser Familie?«

»Nein, der gardinenähnliche Hintergrund ist die Kulisse bei einem professionellen Fotografen, denke ich.« Boris nahm vorsichtig das Foto des jungen Soldaten aus dem Album, drehte es um und zeigte Maria die Rückseite. Es trug einen Stempel mit dem in geschwungener Schrift geschriebenen Wort *Knips & Klasse.*

»*Knips & Klasse* war der Name eines Fotoateliers im Zentrum von Viborg, das von den 1920ern bis zum Tod des Inhabers irgendwann in den Sechzigern existierte. Dorthin gingen die vornehmen Leute der Stadt«, sagte Boris und holte eine Archivbox vom Rollwagen. »Glücklicherweise haben wir vor zwanzig Jahren, als die Tochter des Inhabers starb, das Archiv von *Knips & Klasse* geerbt. Acht Kisten, zwei aus jedem Jahrzehnt des Ateliers. Ich dachte, vielleicht finden wir die beiden Frauen ja hier?« Boris stellte die Kiste vor Maria. »Wenn du dir die Dreißiger vornimmst, nehme ich den Rest, okay?« Er zeigte auf den Rollwagen.

Maria nahm den Deckel ihrer Kiste ab. Darin lag ein ganzer Packen zusammengebundener Fotografien in Plastikhüllen.

»Sie liegen gut geschützt, sind aber nur notdürftig sortiert. Sie werden digitalisiert, sobald wir Zeit dazu haben. Und Geld«, sagte Boris entschuldigend.

Maria zog vorsichtig die Fotos aus ihren Hüllen und ließ sie systematisch durch ihre Hände gleiten. Fremde Leben aus einer anderen Zeit zogen langsam vor ihrem prüfenden Blick vorbei wie eine analoge Dia-Show. Die großen Augenblicke des Lebens, erstarrt vor dem Blitzlicht eines Reiche-Leute-Fotografen.

Der drapierte, dunkle Velourshintergrund zog sich durch die Mehrheit der Bilder. Es war ganz klar der bevorzugte Hintergrund des Fotografen gewesen, dachte sie, als sie einen neuen Stapel aus der Box nahm. *1932*, stand auf einem Aufkleber auf der Plastiktüte, die fünfzig oder sechzig Bilder enthielt, aber keine der abgelichteten Frauen glich denen aus dem Medaillon.

»Soll ich uns was zum Mittagessen holen? Wir benutzen die Kantine vom Jobcenter«, schlug Boris vor, aber Maria wedelte abwehrend mit der Hand.

Sie bekam keinen Bissen herunter, ehe sie nicht die beiden Frauen gefunden hatte. *Sie* hatte im Gegensatz zur Polizei das Medaillon geöffnet, was bedeutete, dass sie diejenige war, die den Grabfrieden der Frau gebrochen hatte. Bis dato war die Frau aus Nørre Felding nur ein anonymes Skelett gewesen, das Foto im Medaillon hatte Maria dann aber gezeigt, dass die Tote eine Familie hatte, und diese Familie verdiente Antworten.

»Vielleicht einen Kaffee?«, fragte sie, ohne den Kopf zu heben. Sie arbeitete sich durch 1933, 1934 und 1935, ohne Erfolg. Als Boris mit zwei Kaffeebechern und zwei Flaschen Wasser auf einem Tablett zurückkehrte, war sie bei 1939 angelangt.

»Ich sage dir, es ist brütend heiß draußen«, sagte Boris und wollte gerade das Tablett auf den Tisch stellen, als Maria so unvermittelt mit einem Stapel Fotos in den Händen aufsprang, dass die Wasserflaschen umkippten und im Sturz einen Becher Kaffee mitrissen, dessen Inhalt sich über sein Hendrix-T-Shirt ergoss.

»Das sind sie!« Maria drehte die Fotografie um, damit Boris sie sehen konnte.

Er stellte das Tablett ab, zog sein Smartphone aus der Hosentasche und starrte vom Foto aufs Handy und wieder zurück, um es mit dem abfotografierten Portraitbild zu vergleichen, das Maria ihm am Abend zuvor geschickt hatte.

»Sie *sind* es«, sagte sie ungeduldig.

»Es ist aber nicht dasselbe Foto.«

»Nein, aber es sind dieselben Frauen.«

Maria war sich ganz sicher. Die Belichtung war anders, aber das waren dieselben Frauen mit denselben markanten Nasen, denselben Frisuren und derselben Kleidung. Auch der Hintergrund war identisch. Der Unterschied bestand darin, dass es auf diesem Bild keinen Schemel gab. Das junge Mädchen in dem weißen Kleid stand neben der etwas älteren Frau und lehnte den Kopf in ihre Halsbeuge, als bestünde eine Vertraulichkeit oder Zusammengehörigkeit zwischen ihnen, wie man sie selten so authentisch auf einem steifen Studioporträt sah. Die Frauen waren beinahe gleich groß, und die ältere hatte mit einem kecken oder selbstsicheren Blick den Arm um die jüngere gelegt.

»Ist das ein Brautkleid?«

Boris hatte die Brille abgenommen und drückte sein Fuchsgesicht ganz nahe an das Motiv, um die Details zu studieren, doch die Antwort stand auf der Rückseite des Fotos. Der Name und eine Jahreszahl hatten sich bereits in Marias Gedächtnis eingeprägt:

Konfirmation Fam. Lövengren, April 1939.

19

»Lövengren.«

Marie ließ sich den Namen auf der Zunge zergehen. Das war doch schon etwas. Hätte da Hansen oder Jensen gestanden, wäre sie kaum einen Schritt weiter. Aber Lövengren? Sie erinnerte sich nicht, diesen Nachnamen schon einmal gehört zu haben.

Sie dachte an die Löwen im dänischen und norwegischen Reichswappen. Auf dem dänischen Wappen waren es, wenn sie sich richtig erinnerte, drei gehende Löwen, auf dem norwegischen ein goldener, aufrecht stehender Löwe. Der Name Lövengren klang schwedisch. Oder war das »ö« die deutsche Variante? Wenn die beiden Frauen und ihre Familien Deutsche waren, könnten sie in der Besatzungszeit in Schwierigkeiten gekommen sein. Freunde und Nachbarn in Viborg hatten sie womöglich als Feinde angesehen.

Maria schlug den Namen im Telefonbuch nach. Es gab einen Mann in Køge mit dem Namen Løvengren und ein paar Lövgrens, aber niemanden, der sich Lövengren schrieb. Im Firmenregister fand sie einen Holzwirtschaftsbetrieb in Westseeland, der sich Lövengreen nannte und eine Holding an einer Adresse in Risskov mit der richtigen Schreibweise: Lövengren.

Es war aber natürlich auch möglich, dass der Fotograf den Namen falsch geschrieben hatte. Sie sollte sich den Familiennamen erst bestätigen lassen, bevor sie sich mit ihren Recherchen im Netz verlor.

»Tut mir leid, hat etwas gedauert.« Boris schob ein Rollwägelchen mit weiteren Kartons in den Lesesaal. Während Maria die letzten Fotos durchgegangen war, hatte Boris im Archiv die Anmeldelisten der besseren Schulen in Viborg herausgesucht.

Gemeinsam waren sie zu dem Schluss gekommen, dass das Mädchen, wenn es 1939 konfirmiert worden war, sieben bis acht Jahre vorher eingeschult worden sein musste. Fanden sie eine junge, weibliche Lövengren, die 1923 bis 33 die Schule besucht hatte, müssten sie darüber auch die Adresse der Familie und eventuelle Geschwister ermitteln können.

Als Erstes hatte Boris den Namen Lövengren in arkiv.dk nachgeschlagen, einer gemeinsamen Datenbank der mehr als fünfhundert Lokal- und Staatsarchive, die alle daran arbeiteten, die Vergangenheit Dänemarks zu digitalisieren. Maria wusste allerdings, dass die Digitalisierung noch ganz am Anfang stand, weshalb Boris auch nur zwei Treffer gelandet hatte.

Unter dem Foto eines Abschlussjahrgangs der Aarhuser Kathedralschule aus dem Jahr 1958 wurde ein Ulf Lövengren als einer von vierundzwanzig Absolventen aufgeführt. Der zweite Treffer hatte sich in weitaus älterem Archivmaterial gefunden. *Lövengren, Ludvig. Rechnungsbuch Schneiderei 1890–1895*, war dort notiert, versehen mit dem Hinweis, dass man das Original im Lokalarchiv von Helsingør einsehen könne.

»Was meinst du, wo sollen wir anfangen? Es gab damals doch sicher viele Schulen in Viborg.«

Boris sah stolz aus, als er antwortete: »In den Dreißigerjahren sind viele dänische Kinder gar nicht zur Schule gegangen. Die Zwischenkriegszeit war von Armut und Arbeitslosigkeit geprägt, und die Kinder auf dem Land – auch in unmittelbarer Umgebung von Viborg – mussten schon sehr früh mitverdienen. In einem feinen Kleid konfirmiert und von einem Fotografen abgelichtet zu werden, war den reichen Familien vorbehalten. Und in den Dreißigern gab es im Zentrum von Viborg nur zwei Schulen, die für die bessere Bürgerschaft in Frage kamen, nämlich die Viborger Kathedralschule und die Realschule.«

»Und wenn die Lövengrens nicht im Zentrum gewohnt haben, sondern außerhalb der Stadt?«

»Sieh mal hier.« Boris nahm ein dickes, ledergebundenes Buch vom Rollwagen. »Als ich unten war, hab ich gleich das Archiv der mittlerweile eingestellten Zeitung *Viborg Stiftstidene* gecheckt. Damals wurden alle Konfirmationen in der Zeitung bekanntgegeben. Dieses Buch enthält alle Ausgaben aus dem Frühjahr 1939. Ich habe mir insbesondere die Montage und Dienstage im April angeschaut.« Er schlug das Buch auf und zögerte. »Guck dir mal die Schlagzeilen an. Echt verrückt, wie damals die Kriegstrommeln geschlagen wurden.«

Er zeigte auf die Überschriften der Zeitung in den Frühjahrsmonaten des Jahres 1939:

»Juden fliehen aus Memel«. »London sagt: Hitlers Pläne erfüllt von ungeheurer Dreistigkeit«. »Jetzt spricht Hitler«. »Deutsche Flugzeuge über Holland«. »Will der deutsche Führer die Weltherrschaft?«

»Und da glauben die Menschen, dass wir jetzt in unsicheren Zeiten leben.«

Maria schüttelte sich, nahm ihr Diktiergerät und schaltete es ein. Dann las sie die Überschriften laut vor. Originalschlagzeilen wie diese konnten gut einen passenden Rahmen bilden. Sie konnten zeigen und nicht nur erzählen, in welch einer dramatischen Zeit die unbekannte Frau zu Tode gekommen war. Die Schlagzeilen über Juden auf der Flucht wirkten mit dem heutigen Wissen seltsam trocken und distanziert, ja geradezu unpassend. Aber wäre etwas anders gelaufen, hätte man schon damals gewusst, welches Grauen ihnen bevorstand! Was *hätte* man tun können? Welches Risiko wäre man bereit gewesen einzugehen?

»Zum Glück gab es auch damals Dinge, die wie immer weitergeführt wurden. Zum Beispiel Konfirmationen.« Boris blätterte in der Zeitungssammlung weit zurück bis zu einer Montagsausgabe aus dem April 1939. »Ist das nicht unsere junge Freundin?« Er zeigte auf ein Foto von geringer Druckqualität.

»Die Konfirmanden dieses Sonntags«, lautete die Überschrift und ein kurzer Text erklärte, dass Pastor Lange gestern die Freude hatte, diese Gruppe als letzte Amtshandlung vor seiner Pensionierung zu konfirmieren.

Auf dem Foto stand ein älterer Mann mit Brille und Talar vor dem Altar der Domkirche, umringt von etwa fünfzehn Teenagern. Über ihm erkannte Maria das Fresko des Jüngsten Gerichts und den riesigen Jesus mit liebevoll ausgebreiteten Armen. Die Jungen auf dem Foto trugen weiße Hemden und schwarze Jacketts, während alle Mädchen lange weiße Kleider trugen.

»Ist sie das nicht?«, fragte Boris ungeduldig.

»Doch, das könnte sie sein«, sagte Maria.

»Wenn sie in der Domkirche konfirmiert worden ist, hat sie im Zentrum gewohnt. Dann ist sie entweder auf die Kathedralschule oder auf die Realschule gegangen. Lass uns mit den Einschulungsprotokollen von 1930 anfangen und konzentrieren wir uns vorerst auf die Konfirmandin.« Er reichte Maria einen Karton. »Das ist die Realschule. Ich nehme die Kathedralschule. Auf der war ich übrigens auch.«

»Eingeborener«, sagte Maria lachend.

Sie schlug das erste Protokoll auf und fand eine mit Tinte

geschriebene Aufnahmeliste, die kaum zu entziffern war. Sie würden Zeit brauchen.

Nach einer halben Stunde blieben Marias Augen an einem Eintrag hängen. Sie war mittlerweile im Jahr 1932. Unter den neuen Schülern war eine »Lövengren, Else« angegeben.

Maria sprach den Namen laut aus.

»Was?« Boris hob den Blick.

»Hier.« Sie zeigte ihm den Eintrag. »Liest du da dasselbe wie ich?«

Er beugte sich über die Liste. »Lövengren, Else. Tochter von Schneidermeister Petter Lövengren und Frau Agnete. Adresse: Søvej 21. Schwester: Anna, Unterprima, Real.« Er richtete sich auf und zeigte in nördliche Richtung. »Der Søvej ist auf der anderen Seite der Domkirche. Zum Nørresø hin liegen da einige schöne, alte Villen. Ohne Zweifel war das damals ein gutes Viertel.«

»Sie heißen also Anna und Else und sind Schwestern.« Maria hielt die Fotografie aus dem Atelier hoch.

Boris begann zu lachen.

»Was?«

»Lass jetzt lo-o-o-s, lass jetzt lo-o-o-os …«, sang das Fuchsgesicht plötzlich und breitete theatralisch die Arme aus. Maria starrte ihn entgeistert an. Boris wurde sichtlich rot, als ihm klar wurde, dass Maria die Anspielung nicht verstand.

»Oh, entschuldige. Meine fünfjährige Tochter hat bestimmt schon fünfzig Mal *Frozen* geguckt. Du weißt schon, Anna und Elsa? Zwei Schwestern mit Rehaugen, von denen eine mit ihren Händen Schnee und Eis machen kann?«

Boris ließ den Kopf hängen und sah sie dann streng an.

»Maria, Mann, das ist einer der erfolgreichsten Disney-Filme ever.«

Maria dämmerte etwas.

»Vielleicht fällt es mir wieder ein, wenn du ein längeres Stück singst?«, sagte sie mit ernster Miene.

»Vergiss es.« Boris' Haut pulsierte rot unter dem Bart.

»Warst du eben Elsa oder Anna?« Marie pikste Boris mit dem Finger.

»Was glaubst du denn, Anna natürlich! Familien- und traditionsorientiert. Du bist Elsa, die mit der Familie bricht und vor ihrem Schicksal in die Berge flieht, um den Rest ihres Lebens als einsame Eiskönigin dort zu verbringen.«

Maria blieb das Lachen im Halse stecken, die Charakteristik ging ihr plötzlich zu nah. Eiskönigin? War das wirklich ihre Ausstrahlung?

Boris redete unbeeindruckt weiter. »Also, wir können daraus schon mal mit Sicherheit schließen, dass die Familie zwei Töchter hatte. Anna Lövengren war etwa sieben Jahre älter als ihre Schwester. Else muss circa 1926 auf die Welt gekommen sein, Anna 1919.«

Er nahm ein Blatt Papier und machte sich ein paar Notizen, während Maria seine Schlussfolgerungen nachzuvollziehen versuchte.

»Dann war Else also dreizehn Jahre, als sie konfirmiert und fotografiert wurde. Und ihre große Schwester Anna zwanzig?«

Boris nickte. »Sie sieht ein bisschen älter als zwanzig aus, aber vielleicht liegt das ja an den Kleidern und dem Selbstbewusstsein, das sie ausstrahlt.«

Maria musterte die Fotografie. Else und Anna Lövengren. Das Alter beider Mädchen passte zu dem Skelett, aber handelte es sich bei der Toten wirklich um eine der beiden? Wenn Margrethe Sandager recht hatte und der Mord in der polizeilosen Zeit von 1944 bis 45 passiert war, die durch Gewalt, Kriminalität und blutige Racheakte geprägt war, kam als Tote am ehesten Else in Frage. Sandager meinte, die Frau müsse mit etwa zwanzig ermordet worden sein. Else wäre 1945 neunzehn Jahre alt gewesen, Anna sechsundzwanzig. Andererseits hatte die tote Frau schon ein Kind geboren, was vielleicht eher auf die ältere der Schwestern hindeutete.

Boris unterbrach Marias Gedanken.

»Lövengren. Der Name kommt mir irgendwie bekannt vor ... Lövengren, Lövengren ... ich komm nicht drauf.« Er setzte sich an den Computer des Lesesaals und rief kurz darauf: »Mann, na klar! Sagt dir der Name L. P. Lövengren was?«

Mit einem Mal wusste Maria, warum sie an die Löwen im dänischen Wappen gedacht hatte. Eine ihrer ersten Aufgaben im Museum war es gewesen, den Raum mit den historischen Uniformen und Waffen neu zu gestalten.

»Du meinst den, der die Uniformen geschneidert hat?«

»Ja. L. P. Lövengren ist eine alte Uniformschneiderei. Festtagsuniformen, für Garde-Soldaten, Offiziere, Diener des Königshauses und einige wenige Polizeiuniformen. Ich war in der Königlichen Leibgarde, deshalb erinnere ich mich daran.«

»Du warst in der Leibgarde?«

»Ja, ich bin doch ganz offensichtlich der militante Typ, sieht man das nicht? Also, hier steht, dass die Schneiderei von einem schwedischen Einwanderer gegründet wurde. Ludvig Lövengren. Das war in Helsingør Ende des 19. Jahrhunderts. Eigentlich wollte er von Kopenhagen weiter in die USA, aber dann hat er eine Dänin mit wirklich flinken Händen kennengelernt. Sie haben geheiratet und L. P. Lövengren gegründet.«

»Helsingør ist ziemlich weit entfernt von Viborg.«

»Ja, aber hör dir das an: Auf der Webseite der Firma steht, dass Lövengren Schwierigkeiten mit der großen Kopenhagener Konkurrenz hatte und deshalb 1920 mit seiner Familie nach Viborg gezogen ist. Als dann das Leibregiment des Prinzen 1924 in die Kaserne nach Viborg verlegt wurde, kam richtig Schwung in die Schneiderei. 1925 wurde L. P. Lövengren offizieller dänischer Hoflieferant. Heute haben sie sogar eine kleine Königskrone über dem ö in ihrem Logo.«

Maria sah ihm über die Schulter und betrachtete die moderne Webseite der Firma.

Lövengren wendet sich mit seiner Geisteshaltung an gleichgesinnte Menschen, die für etwas stehen und bereit sind, Verantwortung zu übernehmen. Dänen, die sich für den Erhalt unserer Werte einsetzen und stolz auf das sind, was wir erreicht haben, stand dort.

»Der Hauptsitz der Firma ist heute in Aarhus. Es liest sich, als hätte die Schneiderei in der Nachkriegszeit keinen leichten Stand gehabt. Aber der Name und die Firma existieren noch. Und es scheint ihnen gut zu gehen. Sie machen jetzt auch Mannschaftstrikots und UniMerch und so weiter. Wenn ich das richtig sehe, fungiert heute ein Espen Lövengren als administrierender Direktor.«

Maria schob ihn zur Seite.

»Mach mal ein bisschen Platz. Wenn die Familie in der Viborger Bürgerschaft so verankert war, muss es doch etwas in den Medien geben? Die Firma muss doch auch Leute hier aus der Stadt beschäftigt haben. Warum ist sie dann so plötzlich weggezogen?« Sie übernahm den Platz vor dem Computer, tippte eine Webadresse ein und öffnete Mediestream, eine Riesendatenbank mit 35 Millionen historischen Zeitungsseiten in digitaler Form. Sie schrieb *Else Lövengren* ins Suchfeld. Kein Treffer. Dann *Anna Lövengren.* Ein einzelner Treffer, Aarhus Stiftstidende, 1967.

»Das ist ein Nachruf. Auf Elses und Annas Vater«, stellte Boris fest, der ihr über die Schulter blickte.

»Petter Lövengren, administrierender Direktor und Schneidermeister. Hejrevej in Risskov, gestorben mit neunundsechzig Jahren.«

Aus dem Nachruf, der recht förmlich verfasst war, ging weiter hervor, dass Petter Lövengren die Firma *Ludvig Petter Lövengren A/S* in zweiter Generation geführt hatte. Die Firma, deren ganzer Stolz es war, über Jahrzehnte hinweg Qualitätsprodukte an den dänischen Hof und das dänische Militär geliefert zu haben, sollte nun von Petters Sohn Ulf Lövengren, geboren 1938, weitergeführt werden.

»Ulf. Das war der Absolvent auf dem Foto von der Kathedralschule«, erinnerte Maria sich. »Könnte das ein kleiner Bruder von Anna und Else gewesen sein?«

»Das war dann aber ein echter Nachzügler«, sagte Boris und las die nächsten Zeilen vor: »*Petter Lövengren hinterlässt seine Frau Agnes, seinen Sohn Ulf und seine Tochter Anna, samt zwei Enkeln* … Also Petter und Agnes plus Ulf und Anna. Das muss die Familie sein, die in dem Schulalmanach erwähnt wird«, sagte er.

»Aber nur zwei Kinder. Ulf und Anna? Was wurde aus Else?«

Maria starrte auf die Zeilen vor ihnen. Sie kannte die Antwort bereits, als Boris sagte:

»Ich glaube, du hast den Namen deines Skeletts gefunden, Maria.«

20

Sein Körper schmerzte und ein Muskel in seiner Pobacke verkrampfte sich. Er wusste nicht mehr, wie lange er jetzt schon am Bett seines komatösen Chefs saß. Zwanzig Minuten? Eine Stunde? Die Sonne stand bereits ziemlich tief und badete die Hauptstadt in einem goldenen, vor Insekten sirrenden Licht. Es musste spät sein.

Mikael musterte Carlsen. Seine weißen Haare hoben sich kaum vom Kissen ab, seine sonnengebräunte Haut schimmerte gelblich. Ohne seine bunte Brille wirkte er so farblos. Leblos. Das weiße Krankenhaushemd war verrutscht. Eine Nachlässigkeit, die ein wacher Carlsen niemals geduldet hätte. Mikael stand auf und zog das Hemd vorsichtig gerade, ehe er die Decke über ihn breitete und etwas hochzog, wie er es auch bei Hector tun würde.

Carlsens Haut fühlte sich kalt an, als Mikaels Finger seinen Hals streiften. Die Körpertemperatur seines Chefs war auf 33 Grad abgesenkt worden, die Maschinen atmeten für ihn. Er wurde künstlich am Leben gehalten und spürte keine Schmerzen, während sein verletzter Körper heilte. Über Nase und Mund lag die durchsichtige Beatmungsmaske.

Mikael hatte irgendwann nicht mehr gewusst, was er sagen sollte. Er hatte unablässig mit Carlsen geredet, seit er das Zimmer betreten hatte, ohne zu wissen, ob die Worte überhaupt zu ihm durchdrangen. Er hatte von den Ermittlungen erzählt, von der extremen Hitze und von Hector und der Verantwortung, die er als Vater auf einmal – wieder – spürte. Auch von seinen Sommerferien hatte er erzählt. Und von Maria. Sie belegte einen Teil seiner Gedanken, was umgekehrt leider nicht der Fall war. Diese Tatsache laut auszusprechen half gegen die Frustration. Wäre Carlsen wach gewesen, hätte er es niemals über sich gebracht, ihm derart persönliche Dinge anzuvertrauen.

Zum Schluss hatte er seinen bewusstlosen Chef zögernd davon in Kenntnis gesetzt, dass er jetzt seinen Job übernommen hatte.

»Natürlich nur, bis du wieder gesund bist«, hatte er sich und Carlsen versichert, das Gesicht dicht über ihm, um die Chance zu erhöhen, zu dem schlafenden Mann durchzudringen. »Mir fehlt etwas. Eine Spur, ein Hinweis, irgendetwas. Weißt du vielleicht, wer dir das angetan hat?«

Mikaels Stimme verebbte, doch dem rhythmischen Prusten der Herz-Lungen-Maschine war keine Antwort zu entnehmen.

Der Tag hatte die Ermittlungen nicht sonderlich vorangebracht. Auf den Überwachungsvideos waren mehrere dunkle und helle Autos zu sehen, aber die Auflösung war so schlecht, dass sie etwaige Beulen nicht erkennen konnten. Sie hatten um Unterstützung aus den anderen Dezernaten gebeten, aber es waren viel zu wenige Beamte verfügbar. Sie mussten allein klarkommen.

Gegen drei Uhr nachmittags hatte eine Journalistin, Mette Larsen von der *Morgenavisen*, angerufen und nach Carlsen gefragt. Sie war eine Freundin von Maria, er hatte sie schon ein paar Mal getroffen, und allem Anschein nach witterte sie einen Scoop. Die erfahrenen Kriminalreporter konnten sich ausrechnen, dass ein nicht erreichbarer Carlsen eine mögliche Story war. Seine Ferien waren zu Ende, und wer da nicht wieder auftauchte, war er entweder degradiert oder gefeuert, krank oder tot.

Mikael hatte Mette in einem unbedachten Moment über Carlsens Zustand informiert und sie gebeten, per Zeitung nach weiteren Unfallzeugen zu fragen. Die Presse sollte auf keinen Fall etwas Falsches über den Dezernatsleiter schreiben. Anderthalb Stunden später hatte die Geschichte auf der Webseite der *Morgenavisen* geprangt und eine Lawine interessierter Journalisten hatte sich in den folgenden Stunden bei ihnen gemeldet. Die Presseabteilung des Präsidiums war mit Anrufen überflutet worden, und als kommissarischer Leiter des Dezernats für Gewaltverbrechen, wie er in dem Artikel der *Morgenavisen* tituliert wurde, war auch Mikael nicht verschont geblieben.

Wenn sein Vater das noch erlebt hätte. Seine Null von Sohn lobend hervorgehoben in einer Zeitung, die er zeit seines Lebens geschätzt hatte. Der Alte hatte ein Faible für Titel.

Im Auto auf dem Weg zum Krankenhaus hatte Mikael Mette eines der Bilder vom Unfallort geschickt, die er selbst aufgenommen hatte. Damit die Presse etwas hatte. Bevor er zu Carlsen ins Zimmer gegangen war, hatte er einen Blick auf sein Handy geworfen. Zweiundzwanzig unbeantwortete Anrufe, der letzte von Kirtzner.

»Dirk, verdammt, was haben Sie getan? Habe ich Sie nicht ausdrücklich darum gebeten, der Presse gegenüber noch Stillschweigen zu bewahren?«, hatte sie ihn angeherrscht, als er sie zurückrief.

Mikael hatte sich die Stirn gerieben und nicht gewusst, wie er den ersten Rüffel nach weniger als vierundzwanzig Stunden im Amt wegstecken sollte.

»Wir waren dazu gezwungen. Wir brauchen die Mithilfe der Bevölkerung. Jemand weiß etwas, jemand hat etwas gesehen, das ist …«

»Das ist mir scheißegal. Mein Telefon glüht schon. Anrufe aus dem Sekretariat des Ministeriums. Alle wollen wissen, was da vor sich geht, und warum ich sie nicht über einen möglichen Mordversuch an einem Beamten informiert habe. Sie wollen wissen, ob es sich um einen Terroranschlag handelt. Was soll ich denen antworten?«

»Wie wär's mit der Wahrheit? Dass wir keine Ahnung haben?«

Mikael drückte wirklich systematisch auf die falschen Knöpfe.

»Das ist jetzt wirklich nicht der richtige Zeitpunkt, um die Panik der Polizei zu demonstrieren, Dirk!«

»Wir haben schon eine Menge Hinweise erhalten. Ich hoffe und glaube, dass sie uns weiterhelfen. Wenn wir den Täter erst haben, wird die Kritik schon verstummen.«

»Das sehe ich dann später.«

Es war still geworden am anderen Ende der Verbindung, und Mikael war mit dem Gefühl zurückgeblieben, dass seine Zeit als Dezernatsleiter als kürzeste aller Zeiten in die Annalen eingehen würde.

Ob Carlsen jemals unsicher gewesen war, was richtig und was falsch war? Hatte er jemals gelogen, um seinen Arsch zu retten oder sich Zeit zu verschaffen, wenn er eine feuerspeiende Chefin am Hörer hatte? Denn es war eine glatte Lüge, dass sie Hinweise bekommen hatten. Abgesehen von seinem und dem der Presseabteilung waren alle Anschlüsse auffallend still geblieben, und die wenigen Tipps, die sie erhalten hatten, waren belanglos oder der übliche Unsinn.

Er blieb noch eine Weile sitzen, dann tätschelte er Carlsens Schulter, wünschte ihm eine gute Nacht und ging nach draußen in den warmen Abend. Aus den Gärten auf der anderen Seite des Blegdamsvejen waren Stimmen zu hören, doch als er sich dem Parkplatz näherte, wurden die sommerlichen Geräusche von Sirenengeheul überlagert. Mikael blieb stehen. Die Sirenen kamen näher und zwei Rettungswagen rasten auf das Gelände der Klinik und weiter in Richtung Notaufnahme. Er nahm sein Handy aus der Tasche. Wenn es ein Gewaltverbrechen war, würde er ja wohl informiert werden.

Er überprüfte die Seiten des *Ekstra Bladet* und der *B.T.*

Außer Kontrolle: Massenschlägerei in Amager Strand«, lautete eine Schlagzeile, Strandschlägerei mit Messern und Keulen – viele Verletzte die andere.

Mikael schüttelte den Kopf. Die Wärme stieg den Menschen offensichtlich direkt zu Kopf. Messer und Keulen am kinderfreundlichsten Strand der Stadt? Das würde eine hektische Nacht für die Krankenhäuser der Stadt werden, dachte er, als er in Richtung seines Reihenhauses in Hvidovre fuhr, wo er im Wohnzimmer die Nachrichten einschaltete.

Eine Reporterin berichtete aus einer Wohnstraße in der Nähe des Strands über die Schlägerei. Allem Anschein nach war ein Streit zwischen zwei Männergruppen um einen Grillplatz am Rand des Strands außer Kontrolle geraten und zu einer Massenschlägerei mit vierzig bis fünfzig Beteiligten ausgeartet. Siebzehn Personen waren verletzt, davon mindestens acht so schwer, dass sie ins Krankenhaus gebracht werden mussten.

»Schon zuvor haben sich Anwohner immer wieder über die Unruhe und den Lärm am Strand beschwert. Jetzt macht ihnen natürlich Angst, wie eine Schlägerei sich derart explosiv entwickeln konnte«, sagte die Reporterin in dramatischem Ton.

Mikael richtete sich auf. Er ahnte schon, was jetzt kam.

»Eine Erklärung ist möglicherweise das extrem passive Verhalten der Polizei. Mehrere Zeugen haben berichtet, dass es lange bis zum Eintreffen der ersten Streife gedauert hat, obwohl gleich mehrere Anwohner den Notruf gewählt hatten. Neben mir steht Niklas Nordstrøm. Niklas, Sie wohnen hier in der Straße, schildern Sie uns Ihre Erlebnisse?«

Die Reporterin wandte sich an einen jungen Mann in Shorts und Unterhemd.

»Wir haben einen Haufen Leute gesehen, die sind plötzlich aufeinander losgegangen. Gleich da drüben. Sie haben laut rumgeschrien. Ruckzuck lagen da zwei Leute bewusstlos auf der Wiese. Natürlich hab ich sofort den Notruf gewählt«, sagte der junge Mann.

»Und ist die Polizei gekommen?« Die Reporterin kannte die Antwort natürlich bereits.

»Na ja, es sind bestimmt zwanzig Minuten vergangen, bis der erste Wagen aufgetaucht ist, obwohl wir immer wieder angerufen haben. Der Wagen kam mit Blaulicht und Sirenen, ist dann aber da hinten vor dem Lidl stehen geblieben, ohne dass jemand ausgestiegen ist.«

Mikael wusste, wo der Supermarkt lag. Von dort war es noch recht weit bis zum Strand.

»Kurz darauf kam noch eine Streife, aber erst, als die Schlägerei sich ohnehin schon aufgelöst hatte, sind die Beamten gekommen und haben ein paar Leute in Gewahrsam genommen. Die Verletzten mussten es selbst bis in die Rettungswagen schaffen.«

Die Reporterin bedankte sich bei dem Augenzeugen und gab zurück ans Studio, wo der Nachrichtensprecher die Verletzungen auflistete, die sich die Männer zugezogen hatten. Einem Mann war in den Bauch gestochen worden, ein anderer hatte einen Stich in den Rücken abbekommen, des Weiteren gab es Platzwunden, Gehirnerschütterungen und Blutergüsse durch die Crocket- und Baseballschläger.

»Bei den Verletzten handelt es sich nach Recherchen von TV2 News nicht nur um Menschen, die an der Schlägerei beteiligt waren. Auch Passanten, die die Streithähne zu trennen versuchten, wurden verletzt. Ein fünfundfünfzigjähriger Mann, der mit seinem Hund unterwegs war, hat nach Aussage des Rigshospitals schwere Kopfverletzungen davongetragen«, sagte der Nachrichtensprecher. »Ditte, schalten wir noch mal zu dir. Wie ist das, kommt die Polizei nicht, wenn die Bevölkerung sie ruft?«

Die Reporterin erschien wieder auf dem Bildschirm.

»Es ist wirklich ein Rätsel, was hier heute Abend schiefgelaufen ist. Eine Quelle bei der Polizei gibt allerdings an, dass die Kopenhagener Polizei gerade mit einer hohen Zahl von Krankmeldungen zu kämpfen hat. Viele sind außerdem in den Ferien oder haben gekündigt. Die Pandemie habe an den Kräften der Polizei gezehrt, lautet eine weitere Erklärung. Dazu kommt die große Sorge um den Chef des Dezernats für Gewaltverbrechen, der am Montag Opfer eines Unfalls geworden ist. Laut der Morgenavisen verfolgt die Polizei die Theorie, dass er vorsätzlich angefahren wurde. Die Beamten fürchten um ihr Leben, mit der Konsequenz, dass die Straßen und Strände in Kopenhagen immer gesetzloser werden.«

Mikael stand auf, ging in die Küche und nahm ein Bier aus dem Kühlschrank. Er öffnete die Dose so ruckhaft, dass der Schaum auf den Boden spritzte.

»Gesetzlos? Also wirklich …« regte er sich auf, als er die Fliesen abwischte. Es nützte weder der Polizei noch half es dem Sicherheitsgefühl der Bürger, wenn die Medien solche hohlen Floskeln von sich gaben. Kopenhagen wurde nicht über Nacht zu Mexico City, nur weil die Polizei nicht rechtzeitig da war, um zu verhindern, dass zwei Horden Paviane ihr Territorium absteckten.

Er schaltete den Fernseher aus und trank sein Bier im Halbdunkel des Wohnzimmers. Es war bald 23 Uhr und er war müde und frustriert. Nicht nur, weil die Ermittlungen des Angriffs auf den Dezernatsleiter jetzt auf seinen Schultern lasteten, sondern auch, weil er mehr und mehr das Gefühl hatte, dass Kirtzner recht hatte.

Der Mordversuch an Carlsen musste nicht nur Carlsen zuliebe aufgeklärt werden. Es ging jetzt um mehr als Carlsen. Sie mussten der Bevölkerung wie auch der Polizei beweisen, dass sie in der Lage waren, das im Augenblick am heißesten diskutierte Verbrechen aufzuklären. Dass die Polizei zur Stelle war und hart durchgriff und sich kein Verbrechen lohnte. Letzten Endes ging es um die Sicherheit des Landes.

Er hätte schreiend davonlaufen sollen, als Kirtzner ihn gestern abgefangen hatte.

Er trank ein Glas eiskaltes Wasser aus dem Badezimmerhahn und versuchte, dem Blick seines Spiegelbilds auszuweichen, indem er einfach das Licht ausschaltete. Er nahm das Glas mit ans Bett, zog sich aus und suchte ein dünnes Bettlaken, unter dem er in der warmen Nacht nicht zu sehr schwitzte. Nach nur wenigen Stunden unruhigem Schlaf wurde er von einem Klirren geweckt.

21

Es war jemand im Haus.

Mikael richtete sich hellwach in seinem Bett auf, griff reflexartig zu seinem Gürtel und sah an sich herab. Er hatte das Laken zur Seite geschlagen und lag nackt, unbewaffnet und würdelos da, hatte aber nicht die Zeit, sich erst anzuziehen. Mit drei lautlosen Schritten war er an der Tür und riss sie auf. Im Dunkel des Wohnzimmers erahnte er die Konturen eines Mannes, der mit dem Rücken zu ihm gewandt im Schrank unter dem Fernseher herumwühlte.

Mikael stürzte sich auf den Fremden, ehe dieser reagieren konnte, zwang ihn zu Boden und umklammerte seine Arme.

Der Mann war etwa so groß und stark wie Mikael, doch seine Stimme und seine Reaktionszeit schienen von irgendetwas beeinflusst zu sein. Er roch nach Hasch und wand sich in Mikaels Umklammerung. Mikael konnte ihn trotzdem gut festhalten, bis ein jäher Schmerz auf seinem Handrücken ihn den Arm zurückziehen ließ. Blut sickerte aus einer Bisswunde, und der Fremde nutzte die Gelegenheit, um auf die Beine zu kommen und durch die offene Gartentür zu flüchten.

»Scheiße!« Mikaels Fußsohlen schmerzten, als er über die Glasscherben der eingeschlagenen Scheibe lief. »Stehen bleiben!«, brüllte er dem Mann hinterher und hoffte, dass die Nachbarn ihm auf seiner Slalomjagd zwischen Hectors Skateboard, einer Schubkarre und diversen Gartengeräten hindurch zur Seite standen.

»Stehen bleiben!«, rief er noch einmal. »Polizei!«

Das Wort »Polizei« schien den Einbrecher zu verwirren, jedenfalls wurde er langsamer. Mikael holte ihn ein und packte ihn, woraufhin sie gemeinsam durch das weiße Gartentor rollten.

»Reicht es jetzt?«, brüllte Mikael den Fremden an, der mit dem Bauch auf dem Bürgersteig lag, den Kopf halb in der Hecke. Mikael drückte ihm das Knie in den Rücken.

»Lass mich los!«

»Was zum Henker wolltest du in meinem Haus?«

»Ich hab mich verlaufen …«

»Verarschen kann ich mich selbst!«

Mikael packte ihn noch fester, wobei er sich fragte, ob der Mann sein Haus wirklich zufällig ausgesucht hatte. Er besaß keine Wertsachen, nur einen billigen Fernseher, einen in die Jahre gekommenen Laptop und Hectors gebraucht gekaufte PlayStation. Designermöbel suchte man bei ihm vergebens. Wusste der Mann, dass in diesem Reihenhaus ein Polizist wohnte? Und nicht nur irgendeiner, sondern Mikael Dirk, kommissarischer Leiter des Dezernats für Gewaltverbrechen?

»Ich brauche Geld, ich hatte nicht vor …« Rotz und Dreck klebten auf der Wange des Mannes, und mit Mikaels Knie zwischen den Schulterblättern brachte er kaum mehr als ein Grunzen heraus.

»Hattest du es konkret auf mich abgesehen? Auf mein Haus?« Mikael zog mit jeder Silbe an den Armen des Mannes. Eine alte, schlechte Angewohnheit.

»Echt, ich brauch bloß Kohle. Ich schwör!«

Mikael spürte das Adrenalin etwas nachlassen und sah sich auf der leeren Straße um. Er musste den Dieb irgendwie in die Garage bugsieren, um dort seine Hände zu fixieren, dachte er, als etwas entfernt drei junge Frauen um die Ecke bogen und

Mikael sich seiner Nacktheit peinlich bewusst wurde. Noch dazu lag er auf einem voll bekleideten Mann.

Die drei Frauen blieben stehen. Eine begann zu kichern, die anderen stimmten ein.

»Schon klar, sieht sicher witzig aus.« Mikael versuchte vergebens, sein Gemächt mit den Händen abzuschirmen, als die Frauen näher kamen. Er war in diesem Moment heilfroh, nicht schon länger Dezernatsleiter zu sein und dass niemand sein Gesicht kannte. »Der Typ ist bei mir eingebrochen. Ich bin Polizist. Könnt ihr für mich die 112 anrufen? Wie ihr seht, habe ich kein Handy dabei.«

»Sollen wir anrufen?« Die Größte der drei holte ihr Handy aus der Tasche.

»Ja, die 112. Sagt, dass ich in Zivil einen Einbrecher auf frischer Tat überrascht habe.«

Nach einem kurzen Gespräch legte die Frau auf.

»Sie kommen, sobald sie können«, sagte sie. »Wann genau das ist, konnten sie aber nicht sagen.« Sie zuckte mit den Schultern.

Mikael zog die Stirn in Falten. Das kann doch nicht wahr sein, dachte er. Wenn ein Einbruch gemeldet wurde, bei dem der Täter noch vor Ort war, schickte der Disponent normalerweise alle zur Verfügung stehenden Kräfte.

»Darf ich mal Ihr Handy leihen?«, fragte er.

Die junge Frau blieb ein Stück entfernt von ihm stehen, seine Nacktheit war ihr sichtlich unangenehm. Mikael musste sich weit vorbeugen, um das Handy zu greifen. Die kleine Gewichtsverlagerung reichte. Der Einbrecher riss seinen Arm zu sich und warf Mikael mit einem Brüllen ab. Auf seiner Flucht stieß der Mann die größte der Frauen weg, die schreiend zu Boden ging.

Mikael kam auf die Beine, wollte der Frau aufhelfen, aber

wie beugte man sich splitterfasernackt über eine junge, fremde Frau, ohne ihr noch ein weiteres Trauma zu verpassen? Die Verfolgung konnte er so auch nicht aufnehmen.

Er sah dem Fremden hinterher, der die Straße kreuzte und über einen Fahrradweg verschwand.

22

Maria schaltete den Motor aus und warf einen Blick in den Rückspiegel. Sie sah genauso gar aus, wie sie sich fühlte. Die Klimaanlage in ihrem Renault Clio war schon seit Jahren kaputt, ein Problem, mit dem die Bewohner der Prachtvilla hinter der Mauer sich bestimmt nicht herumschlagen mussten.

In der Doppelgarage standen ein graumetallicfarbener Tesla und ein etwas deplatziert wirkender, verbeulter Kombi älteren Datums. Die Garage lag aber so weit hinten auf dem Gelände, dass sie den Gesamteindruck des historischen Landsitzes nicht störte. Die Patriziervilla im Hejrevej in Risskov war mindestens hundert Jahre alt, aber verdammt gut in Schuss. Das weiße Hauptgebäude war im Stil eines englischen Herrenhauses gebaut und mit kunstvollen Details aus kostbaren Materialien verziert. Es war zwei Stockwerke hoch und der Giebel mündete in einem von Säulen getragenen Barockbalkon. Neben der Einfahrt lag ein kleiner Seitenflügel aus schwarzem Fachwerk, den jeder Baulöwe sicher längst dem Erdboden gleichgemacht hätte. In diesem Haus schien eine Familie mit Respekt vor altem Handwerk und Geschichte zu wohnen. Maria konnte es kaum erwarten, die Rückseite des Hauses zu sehen, die in Richtung des gigantischen Gartens oberhalb der Aarhuser Bucht lag.

Das Problem war nur, dass sie unangemeldet kam.

Sie hatte sich spät am Abend von Boris verabschiedet, nachdem sie das gesamte Material über Else Lövengren und ihre

Familie kopiert hatten. Maria hatte anschließend in einem kleinen Hotel in der Sct. Mogens Gade übernachtet, bevor sie am Morgen nach Risskov gefahren war.

Jakobs Anruf war genau in dem Moment gekommen, in dem sie herausgefunden hatte, dass Else irgendwann zwischen ihrer Konfirmation und dem Tod des Vaters 1967 zu existieren aufgehört hatte.

»Wo bist du?«, hatte er gefragt. Ihre Antwort lautete, bei der Arbeit, was theoretisch ja sogar stimmte. Nicht erwähnt hatte sie allerdings, dass sie in Viborg war, eine gute Stunde Fahrt bis Vester Torup. Sie brauchte den Abend aber allein, um die neuen Entwicklungen in ihrem Fall zu verarbeiten.

Sie und Boris hatten mehrere Stunden gebraucht, um die Lokalzeitungen bis in die Fünfzigerjahre nach Informationen über Else Lövengren zu durchforsten, hatten aber nichts mehr gefunden, was zu der jüngeren der Lövengren-Schwester passte.

Auch in der Onlinedatenbank des Landesarchivs war kein Fall aus Viborg vermerkt, in dem eine etwa zwanzigjährige Frau vermisst wurde. Was nicht weiter verwunderte, wenn Else tatsächlich während der Besatzungszeit verschwunden war, da die Ordnungsmacht ab dem 19. September 1944, als die deutsche Besatzungsmacht die dänischen Polizeikräfte angriff und zweitausend Beamte internierte, während weitere achttausend in den Untergrund gingen, nicht mehr existierte. Von da an war das Land bis zur Befreiung quasi gesetzlos gewesen. Wer in dieser Zeit Opfer eines Verbrechens wurde, konnte kaum Hilfe erwarten.

Maria hatte ihren Dienstzugang genutzt und das Einwohnermelderegister nach grundlegenden Informationen über Else Lövengren durchforstet. Die Antwort hatte ihr in gewisser Weise bestätigt, dass sie auf der richtigen Spur war, da es in dem 1968 eingerichteten Register keine Else Lövengren gab.

Danach hatte Maria sämtliche Kirchenbücher durchgesehen und sich einen Überblick über die eingetragenen Todesfälle in der Kommune Viborg zwischen 1944 bis 1968 verschafft. Obwohl die Gemeinde recht klein war, mit etwa fünfzig bis sechzig Todesfällen pro Jahr, waren es Hunderte handschriftlicher Seiten. Die Daten waren bereits digitalisiert und fanden sich im Online-Landesarchiv.

Sie war bereits in den Sechzigern angelangt und hatte jegliche Hoffnung aufgegeben, als 1965 plötzlich der Name Else Lövengren auftauchte. Als Elses Todestag war der 9. Januar angegeben, in der Spalte, in der normalerweise das Alter stand, fand sich jedoch nur ein Fragezeichen. Informationen über eine mögliche Beerdigung gab es auch nicht. Im Feld sozialer Status und Wohnort standen die Namen ihrer Eltern Petter und Agnete. Sonst nichts. Keine Angaben über Familienstand oder Beruf. In der letzten Spalte, die sonstigen Bemerkungen vorbehalten war, fand sie dann die Erklärung.

Verschollen Januar 1945. Offiziell für tot erklärt durch das Amtsgericht Viborg. Gez. Vogt- und Stiftsgericht, Aarhus.

Else Lövengren war also 1945 verschwunden und zwanzig Jahre später offiziell für tot erklärt worden. Vermutlich auf Veranlassung des Stiftsgerichts, denn gemäß Gesetz mussten die Behörden nach zwanzig Jahren selbst die Initiative ergreifen und vermisste Menschen für tot erklären, sofern die Familie das nicht bereits getan hatte.

Warum hatten die Lövengrens mit dem Verschwinden ihrer Tochter so hinterm Berg gehalten, wenn sie doch bereits 1945 verschwunden war? Schließlich hätten sie die Mittel gehabt, Suchmeldungen in der Zeitung zu veröffentlichen, eine Belohnung auszusetzen oder den See absuchen zu lassen. Würde man nicht alles Erdenkliche tun, um die geliebte Tochter zu finden?

Marie zögerte kurz, ehe sie an die massive Eichentür der Villa klopfte. Vor ihrem Aufbruch am Morgen aus Viborg hatte sie im Büro von L. P. Lövengren angerufen und sich nach Ulf oder Espen Lövengren erkundigt – Letzterer wurde inzwischen als administrierender Direktor geführt. Der persönliche Sekretär der Geschäftsführung hatte ihr mit gedämpfter Stimme mitgeteilt, dass er ihr nicht weiterhelfen könne. Ulf Lövengren sei 2013 gestorben und sein Sohn, Espen, sei erst ab 1. September wieder im Büro. Er kuriere zu Hause einen Autounfall aus.

»Zu Hause? Wo ist das?«, hatte Maria gefragt, aber der Sekretär wollte ihr die Adresse nicht geben. Maria war daraufhin zu der Adresse im Hejrevej in Risskov gefahren, die im Nachruf auf Petter Lövengren vor fünfzig Jahren gestanden hatte, und in der noch heute eine Holding mit selbem Namen geführt wurde.

Ein Messingschild an der Tür sagte ihr, dass sie am richtigen Ort war. Lövengren. Die Punkte über dem ö waren durch eine Krone ersetzt worden.

Sie kam nicht dazu, ein zweites Mal zu klopfen, da die Tür von einem jungen Mann mit Badeshorts und bloßem Oberkörper aufgerissen wurde. Das Handtuch um seinen Nacken und die wohlfrisierten dichten Haare sorgten dafür, dass der etwa Achtzehnjährige trotz seiner spärlichen Bekleidung präsentabel wirkte.

»Ja …?« Er wirkte eher gestresst als erschrocken über den unerwarteten Besuch auf seiner Türschwelle. Er war attraktiv. Und hatte eine Charakternase.

»Hallo. Ich bin auf der Suche nach Espen Lövengren.«

»Das ist mein Vater.«

»Ist er zu Hause? Mein Name ist Maria Just. Ich bin Historikerin und würde gerne mit Ihrem Vater über … seine Familie sprechen. Und die Firma«, begann Maria bewusst vage.

Sie wurde von einer Mädchenstimme aus dem Haus unterbrochen.

»Komm jetzt, Gustav«, rief die Stimme irritiert, dann erschien eine magere Teenagerin mit Bikinitop und überdimensionierter Sonnenbrille in der Türöffnung und drückte sich mit einer Badetasche über der Schulter an dem Jungen vorbei. »Schiøler und Caro warten schon auf uns, jetzt komm!«, motzte sie und stolzierte die Ausfahrt hinunter, ohne Maria auch nur eines Blickes zu würdigen. Ihre Stilettos waren nicht unbedingt für den Strand geeignet. Gustavs Blick huschte fieberhaft von dem Mädchen, das mittlerweile außerhalb/jenseits der Mauer war, zu Maria und zurück. Dann griff er hinter sich, nahm seine Tasche und folgte ihr.

»Mein Vater sitzt draußen auf der Terrasse. Es geht ihm heute aber ziemlich schlecht«, rief er Maria über die Schulter zu.

Sie fühlte sich wie eine Einbrecherin, als sie die Haustür aufdrückte und zögernd die Villa betrat. Hinter der Eingangshalle badeten eine Küche und ein Wohnzimmer im durch die Fenster hereinfallenden Sonnenlicht. Die gesprosste Terrassentür lag, wie Maria vermutet hatte, auf der Gartenseite mit Blick auf den Park und das Meer. Maria ging nach draußen und starrte fasziniert auf eine Pergola auf der Rasenfläche, an der Kletterrosen in den unterschiedlichsten Farben emporrankten.

»Wer sind Sie?«, kam es wie eine Gewehrsalve von hinten.

Marias Herz setzte einen Schlag aus. Espen Lövengren saß im Schatten der Hausmauer rechts von der Terrassentür auf einem gepolsterten Gartenstuhl. Der braun gebrannte Mann hatte die Aura eines Silberrückens. Die stahlgrauen Haare so voll wie die seines Sohnes, das Hemd anlässlich der achtundzwanzig Grad leicht aufgeknöpft, die drei oberen Knöpfe am Hals, wie es sich für einen Gentleman gehörte. Die Shorts waren beige und auf konservative Weise sportlich. Nur die silbergrauen Krücken, die am Stuhl lehnten, und sein etwas gequälter Gesichtsausdruck störten den Eindruck von *old money*. Espen Lövengren hatte ganz offenbar Schmerzen. Sein rechtes Bein hatte er auf einen Schemel hochgelegt. Das Knie steckte von der Mitte des Oberschenkels bis zum Schienenbein in einem Verband.

»Sind Sie eine von Gustavs Freundinnen? Hat er Sie reingelassen?«

Espen Lövengren schien nicht beunruhigt über das Eindringen einer Fremden, es missfiel ihm aber ganz offensichtlich, nicht aufstehen zu können und auf eigenem Territorium seine Dominanz auszuspielen.

»Gustav!«, rief er ins Haus.

»Er ist zum Strand gegangen. Er meinte, ich sollte zu Ihnen rauskommen. Tut mir leid, wenn ich Sie erschreckt habe«, sagte Maria.

»Erschreckt … Meine Güte, nein …« Der Mann beruhigte sich und fragte seufzend: »Wer sind Sie? Ich kann mich nicht daran erinnern, heute einen Termin zu haben.«

»Ich komme unangemeldet, tut mir leid. Mein Name ist Maria Just. Ich bin Historikerin am Polizeimuseum in Kopenhagen. Darf ich mich kurz setzen?«

Maria zeigte auf einen Stuhl und er nickte, anscheinend froh darüber, dass sie nicht mehr stand und auf ihn herabblickte.

»Ich bin hier, weil wir in der letzten Woche einen ungelösten Fall von der Polizei Mittel- und Westjütland übertragen bekommen haben. Ich weiß nicht, ob Sie sich daran erinnern, aber im Mai wurde das Skelett einer jungen Frau auf einem Militärgelände unweit von Nørre Felding gefunden. Die Polizei konnte die Frau nicht identifizieren, ich glaube jetzt aber zu wissen, um wen es sich handeln könnte«, sagte Maria und zog die Sichthülle mit den Kopien aus dem Lokalhistorischen Archiv aus der Tasche. Es ärgerte sie, dass sie das Diktiergerät im Auto vergessen hatte.

Der Direktor sah sie lange an. Dann wandte er sich ab und griff nach einem Glas, das auf einem Beistelltisch stand, stieß dabei jedoch seine Krücken um.

»Verdammt«, fluchte er, als die Krücken auf die Platten kippten.

»Ich mach das.« Maria sprang auf und stellte die Krücken wieder an den Stuhl.

»Und was hat diese Frau mit mir zu tun?«, fragte er und nickte ihr ausdruckslos als Dank zu. »Diese Tote?«

»Die Tote trug ein Medaillon um den Hals. Darin war ein Foto von zwei jungen Frauen. Eine Konfirmandin und ihre große Schwester. Ich habe diese beiden Frauen mit hoher Wahrscheinlichkeit als Else und Anna Lövengren identifiziert, die 1926 und 1919 in Viborg geboren wurden. Sie sind der Sohn Ihres kleinen Bruders Ulf, dem Nachzügler der Familie. Anna und Else sind vermutlich ihre Tanten gewesen.«

Lövengren antwortete nicht. Er kniff die Augen etwas zusammen und sah zum Wasser hinunter. Maria beobachtete ihn und sein markantes Profil. Er hatte die gleiche aristokratische Nase, die ihr schon auf dem Foto der beiden Schwestern aufgefallen war. Sie ließ ihm die Zeit, die er brauchte. Sicher musste er diese Informationen erst einmal verdauen.

»Ich habe sie nie getroffen«, sagte er schließlich. »Jedenfalls kann ich mich nicht daran erinnern.«

»Die beiden waren ja deutlich älter als Ihr Vater, aber Anna könnten Sie …« Maria zögerte und änderte dann instinktiv die Richtung. »Es ist verständlich, dass Sie Ihre Tante Else nie getroffen haben. Wenn ich das richtig ermittelt habe, verschwand Else irgendwann in den Vierzigern, also lange vor Ihrer Zeit.«

»Davon weiß ich nichts.«

Maria sah Espen Lövengren verwundert an und versuchte es erneut in ihrem sanftesten Tonfall: »Ich habe eine Notiz in einem Kirchenbuch aus dem Jahr 1965 gefunden, aus der hervorgeht, dass Else 1945 vermisst gemeldet und zwanzig Jahre später offiziell für tot erklärt wurde. Ich bin eigentlich nur gekommen, um Ihrer Familie mitzuteilen, dass Ihre Tante Else nun mit großer Wahrscheinlichkeit gefunden wurde. Ich dachte, es wäre gut für Ihre Familie, wenn Sie dieses Kapitel abschließen können, auch wenn das natürlich unangenehme Neuigkeiten sind.«

Espen Lövengren trank aus seinem Glas. In der klaren Flüssigkeit klimperten zwei Eiswürfel. Sie hatte den Eindruck, neben hundert Kilo menschlicher Lava zu sitzen, die ohne Erfolg abzukühlen versuchte. Als müsste er sich zusammenreißen, um nicht zu explodieren.

Die Reaktion des Mannes irritierte sie. Warum diese Wut? Nachdenklichkeit, Trauer, Verblüffung, Ratlosigkeit, auf all das wäre sie vorbereitet gewesen, aber Wut?

»Ich kann Ihnen außerdem sagen«, fuhr sie vorsichtig fort, »dass die Rechtsmediziner aus den am Skelett festgestellten Verletzungen schließen konnten, dass Else ermordet wurde. Ihr wurde von hinten in den Kopf geschossen. Liquidiert wäre wohl das richtige Wort.«

Sie sah es nur, weil sie so dicht neben ihm saß und seitlich unter die Sonnenbrille schauen konnte. Der Gesichtsausdruck des Direktors änderte sich schlagartig, die Haut verlor für eine Sekunde jedwede Spannung, eher er sich wieder fasste und den Rücken streckte.

»Es tut mir leid, Ihnen so schreckliche Nachrichten zu überbringen. Immerhin ist Elses Verschwinden damit geklärt. Sie wurde das Opfer eines Gewaltverbrechens.«

Espen Lövengren sah Maria nicht an.

»Wie sicher sind Sie sich Ihrer Sache?« Seine Frage klang herablassend.

»Ziemlich sicher.« Maria überwand sich, Lövengren weiter anzusehen, ehe sie durch ihre Papiere blätterte, die Fotografie fand und sie ihm zeigte. »Sechs Jahre nach der Aufnahme ist sie verschwunden. Für Ihre Familie muss das doch ein Trauma gewesen sein.«

Die Augen des Mannes richteten sich auf den Horizont. Er zuckte wortlos mit den Schultern.

»Sie müssen doch darüber gesprochen haben. Hat Ihr Vater nie erwähnt, dass er eine Schwester hatte, die verschwand, als er noch klein war? Das Leben Ihrer Großeltern und seine Kindheit und Jugend müssen von diesem Verschwinden geprägt gewesen sein. Ich meine, ein Kind zu verlieren …«

Espen Lövengren atmete tief ein und hörbar wieder aus.

»Hören Sie. Ich bin mir sicher, dass Sie nur Ihren Job machen, was auch immer das genau ist. Sie machen das bestimmt gut. Als Repräsentant und Sprecher der Familie möchte ich Ihnen aber klipp und klar sagen, dass wir nicht daran interessiert sind, diese alte Geschichte wieder aufzuwärmen. Das alles liegt so lange zurück. Und ich finde es, gelinde gesagt, sehr sonderbar, dass eine vollkommen Fremde in den Archiven Informationen über meine Familie sammelt. Ist das überhaupt legal?«

Maria sah ihn überrascht an. Er wich ihrem Blick aus, was aber bei einem Typ wie ihm nicht notwendigerweise ein Zeichen von Unsicherheit oder Schwäche war. Es konnte auch der Versuch sein, sie zu demütigen. Nach dem Motto: Sie sind meines Blickes nicht wert. Dabei wollte sie doch nur das Richtige tun. Die Kriminalgeschichte war voll von Angehörigen, die niemals Gewissheit über das Schicksal ihrer Familienmitglieder bekommen hatten und für die die Ungewissheit unerträglich war. Niemanden beerdigen zu können, den man betrauern konnte.

»Ich empfinde meine Arbeit nicht als unpassend oder aufdringlich. Ich arbeite täglich professionell mit emotionalen Fällen wie diesem«, sagte sie defensiver und entschuldigender als gewollt. »Außerdem habe ich am eigenen Leib erfahren, wie es ist, wenn ein naher Angehöriger verschwindet. Das wünsche ich niemandem.«

Keine Antwort.

Maria räusperte sich und wagte sich einen Schritt weiter aus der Deckung. Sie hielt die Fotokopie noch einmal hoch.

»Können Sie mir wenigstens bestätigen, dass diese beiden Frauen zu Ihrer Familie gehörten?«

»Ich habe sie nie zuvor gesehen.«

Lövengren drehte nicht einmal den Kopf und Maria hätte ihm die Ausdrucke am liebsten um die Ohren gehauen. Stattdessen bedrängte sie ihn mit einer weiteren Frage.

»Es gibt eine Möglichkeit, die Identität der Toten mit Sicherheit festzustellen. Dafür müssten Sie oder einer Ihrer Angehörigen bereit sein, eine DNA-Probe machen zu lassen. Dazu braucht es eine Blutprobe.«

»Jetzt ist es aber genug!« Espen Lövengren schlug im Reflex mit der Hand auf sein krankes Bein.

Maria wich wie vor einem auflodernden Feuer zurück, als der Mann mit grotesk verzerrtem Gesicht eine Hand in die Tasche schob und eine Packung Schmerztabletten herauszog.

»Ich muss nach oben und mich ausruhen. Wenn Sie dann gehen würden«, sagte er und drückte zwei Tabletten aus dem Blister.

»Verstehe ich Sie richtig, dass die Familie Lövengren nicht dabei helfen will, die Tote zu identifizieren? Und die Beerdigung soll ohne Ihre Mitwirkung in einem namenlosen Grab stattfinden?«

Maria stand auf und sah auf den Alphamann herab. Kleine Schweißperlen standen ihm auf der Stirn, hervorgebracht durch die Mischung aus Hitze, Schmerzen und Wut.

»Da war ein Mädchen«, sagte er schließlich. »Die große Schwester meines Vaters. Aber wir haben nie über sie gesprochen, ich weiß nichts über sie. Mein Vater hat sie nie erwähnt und ich habe nicht nachgefragt. Was Anna angeht, so hat mein Vater ihr kurz nach Großvaters Tod alle Firmenanteile abgekauft. Ich war damals zwei Jahre alt. Ich habe sie und ihren Zweig der Familie nur wenige Male gesehen. Das alles gehört der Vergangenheit an, und ich will nicht, dass mir irgendein namenloses, plötzlich aufgetauchtes Skelett Schwierigkeiten macht. Alle, die sie kannten, sind tot. Warum die Angelegenheit unnötig aufblasen?«

Er hob den Blick. Die Frage wirkte aufrichtig. Der Chef der Firma, die sich mit Tradition, starken Werten und Geschichtsbewusstsein brüstete, interessierte sich nur noch für die Zukunft und das Hier und Jetzt. Und sich selbst.

»Sie hatten nie Kontakt zu Ihrer Tante Anna?«

»Nicht soweit ich mich entsinne.«

»Warum?«

»Warum sollte ich eine Frau besuchen, mit der auch mein Vater kaum Kontakt hatte?«

»Okay, wenn Sie sich nicht zu der Toten bekennen … zu Else Lövengren«, sagte Maria und sprach den Namen extra deutlich aus, »werden die sterblichen Überreste auf Kosten des Staates verbrannt. Dann ist es eben so.«

Espen Lövengren kam ihr nicht entgegen.

»Schön. Das wär's dann wohl. Normalerweise begleite ich meine Gäste zur Tür, aber wie Sie sehen, habe ich eine gute Entschuldigung. Und da Sie sich selbst Zutritt zu meinem Haus verschafft haben, werden Sie wohl auch selbst wieder hinausfinden. Leben Sie wohl.«

Maria steckte ihre Fotokopien in die Tasche, stand langsam auf und ging ein paar Schritte in Richtung Terrassentür, bevor sie sich noch einmal umdrehte.

»Darf ich Ihnen eine letzte Frage stellen? Anna Lövengren … lebt sie noch?«

»Nein. Sie ist vor vielen Jahren gestorben, Sie müssen also nicht in weitere Häuser einbrechen.«

»Hatte sie Kinder?«

Der Direktor seufzte laut.

»Es reicht jetzt wirklich. Ich möchte Sie bitten, unseren Namen nicht öffentlich in Zusammenhang mit dieser Sache zu bringen. Weder als Familie noch als Wirtschaftsunternehmen möchten wir in der Presse erwähnt werden oder gar in Verbindung mit offiziellen Dokumenten über eine … liquidierte Person gebracht werden. Ich erwarte, dass Sie das respektieren.«

Lövengren sprach das Wort »liquidiert« mit Verachtung aus und brachte die übrigen Worte mit derartigem Nachdruck über die schmalen Lippen, dass sie nicht wie eine höfliche Bitte, sondern wie ein Befehl klangen.

»Und jetzt verlassen Sie bitte mein Haus.«

Maria gab auf, murmelte ein »Entschuldigen Sie die Störung« und ging zurück durch die beigen Gemächer zur Haustür. Draußen setzte sie sich niedergeschlagen in ihren Wagen. Ihr Blick ging noch einmal zurück zu der schmucken Villa. Sie dachte an ihren Vater.

Zweiunddreißig Stunden der Ungewissheit waren vergangen, als die Polizisten schließlich an die Tür klopften und die letzte Hoffnung zerstörten. Zweiunddreißig Stunden, die sich wie eine Unendlichkeit angefühlt hatten. Und genau deshalb waren die Worte auf seltsame Weise auch eine Erlösung gewesen: »Wir haben ihn im Hafen gefunden.«

In der Familie Lövengren waren mehr als siebzig Jahre vergangen.

Warum wollten sie keine Gewissheit?

23

Fredrik musterte seinen Partner eingehend, als Mikael als Letzter den Besprechungsraum betrat. Es war schon so spät, dass von einer Morgenbesprechung keine Rede mehr sein konnte.

»Ach, tauchst du doch noch auf? Was ist los? Du siehst ziemlich fertig aus«, sagte er angesäuert.

»Das würdest du auch, wenn du dich mitten in der Nacht mit einem Einbrecher geprügelt hättest.«

Die Leute am Tisch verstummten und sahen ihn an. Mikael erzählte von seinem nächtlichen Erlebnis und von der langen Wartezeit, bis endlich zwei Kollegen bei ihm aufgeschlagen waren. Ohne irgendeinen Beitrag zu leisten und noch dazu ohne Hund. Als er das Loch in seinem eingeschlagenen Wohnzimmerfenster endlich verklebt hatte, krakeelten bereits die Vögel, sodass an Schlaf nicht mehr zu denken war.

»Jetzt wisst ihr wenigstens, dass euer Chef splitternackt schläft.« Mikael klatschte in die Hände. »Was gibt's an wichtigen Neuigkeiten?«

»Moment mal, Mikael.« Frederik sah ihn mit gerunzelter Stirn an. »Bist du dir sicher, dass der Typ heute Nacht es wirklich auf Wertsachen und nicht auf dich abgesehen hatte? Immerhin bist du in der Zeitung als der neue Dezernatsleiter vorgestellt worden.«

»Keine Ahnung. Aber der Typ war ziemlich durch den Wind und stand unter Drogen, ich denke also, dass die Gefahr nicht so groß war. Aber wenn mein nächtliches Abenteuer dem entspricht, was die Bevölkerung erlebt, wenn sie die Polizei zu Hilfe ruft, haben wir ein echtes Problem. Wir müssen den Mann schnappen, der Carlsen über den Haufen gefahren hat, damit unsere Kollegen zurückkommen und ihre Arbeit machen. Das hängt alles irgendwie zusammen.«

»Meine Rede!«, rief Langbjerg hinten aus der Ecke.

Frederik sah unangenehm berührt zu seinem Kollegen und räusperte sich.

»Dann fange ich mal an. Ich muss noch Carlsens Mails und Telefonate der letzten Monate durchgehen. Weit bin ich da noch nicht gekommen. Dafür haben wir mittlerweile einen Überblick über die Fahrzeuge, die in den Minuten nach dem Unfall von den Überwachungskameras eingefangen wurden.«

Frederik verband seinen Computer mit dem Beamer, damit ihm alle auf der Großleinwand folgen konnten. Als Erstes erschien eine Umgebungskarte des Damhussøen, auf der eine Route vom Unfallort zu dem breiteren und stärker befahrenen Ålekistevejen eingezeichnet war.

»Wir wissen, dass der Wagen aus dem Rødtjørnevej kam und Carlsen hier mit hoher Geschwindigkeit erfasst hat.« Frederik zeigte mit dem Mauszeiger auf eine Kreuzung. »Der Wagen stand danach einen Moment still, bevor der Fahrer zurückgesetzt hat und in Richtung Damhussøen davongefahren ist, wo es ein breit gefächertes Straßennetz gibt.«

Ein neues Bild zeigte die weitere Umgebung des Sees – Vanløse, Frederiksberg, Rødovre, Vigerslev und Valby. Es gab eine ganze Reihe möglicher Fluchtrouten.

»Unsere große Herausforderung sind die Zeugenaussagen. Sie stimmen nicht überein, was die Farbe des Autos angeht, hell oder dunkel, trotzdem haben wir ausgehend von den

Aussagen und dem Zeitpunkt des Unfalls ein paar mögliche Fahrzeuge eingegrenzt.«

Frederik klickte weiter auf das Standbild einer Überwachungskamera, das zwei Fahrzeuge von der Seite zeigte.

Christina Eliasen räusperte sich. »Wenn ich da kurz was hinzufügen darf, Frederik? Mit dem Fahrer des silbergrauen Audis, der hier vorne zu sehen ist, haben wir gesprochen. Er war auf dem Weg ins Fitnessstudio, als er von dem anderen Wagen überholt wurde. Leider hat er weder auf das Nummernschild noch auf den Fahrer geachtet, er weiß nur noch, dass das Auto ihn mit hoher Geschwindigkeit überholt hat.«

»Wie hoch?«, fragte Mikael.

»Das konnte er nicht sagen. Er hat uns gegenüber aber eingeräumt, dass er selbst schon etwa neunzig fuhr. Der dunkle Kombi im Hintergrund könnte für uns also interessant sein, aber an dem Auto des Fitness-Menschen waren weder Beulen noch andere Schäden zu erkennen, das haben wir überprüft«, sagte sie.

Frederik klickte weiter, und drei Überwachungsfotos erschienen auf der Leinwand. Drei unterschiedliche Fahrzeuge, alle von der Seite aufgenommen, sodass man das Nummernschild nicht sehen konnte. Das erste war hellblau, *viell. ein Peugeot 208,* stand unter dem Foto. Unter dem zweiten Foto stand *Renault Clio Baujahr 2015-16, vermutl. weiß* und unter dem dritten: *dunkler Kombi, Marke unbekannt, viell. ein VW älteren Baujahrs.*

»Das sind alles Marken oder Modelle, von denen es hier in Dänemark Tausende gibt. Die Aufnahmen sind für nichts zu gebrauchen«, sagte Frederik und schob seinen Computer zur Seite. »Nach wem suchen wir überhaupt? Einem Mann? Einer Frau? Aus Kopenhagen oder aus Jütland? Alt oder jung? Wir haben keine Ahnung.«

Mikael war im Prinzip Frederiks Meinung. Sie hatten so gut wie nichts in der Hand, aber irgendetwas mussten sie doch verdammt noch mal tun.

»Wir dürfen nicht gleich aufgeben. Frederik, können wir nicht einfach alle Autos in Dänemark, die von Farbe, Typ und Jahrgang infrage kommen, ermitteln? Das würde den Kreis der Verdächtigen doch schon mal einschränken.«

»Weißt du, um was du da bittest? Dafür müssten wir Tausende von Autobesitzern eruieren.

»Das haben wir doch früher auch schon gemacht. Oder wir fahnden über die Medien nach den drei Autos.«

Mikael dachte an einen Mordfall vor ein paar Jahren, bei dem die mühsame Suche nach einem roten Nissan Micra schließlich den Durchbruch gebracht hatte. Ermittlungen waren nicht immer spektakulär, oft führte nur die zeitaufwendige Erbsenklauberei zu Ergebnissen – und normalerweise liebte Frederik die Bearbeitung und Analyse ungeheurer Datenmengen.

»Das wird Wochen dauern. Außerdem müsste ich eine Gruppe von Leuten dafür akquirieren und … Teglholmen ist halb leer«, murmelte er.

»Aber irgendwas müssen wir doch tun! Es ist schon Donnerstag, wir haben noch zwei Tage bis zum Wochenende.«

Mikael schlug härter auf den Tisch als beabsichtigt.

Frederik starrte erst auf Mikaels Hand, dann in sein Gesicht, und verließ den Besprechungsraum.

»Verdammt noch mal, was ist denn los mit dir?«, rief Mikael seinem Partner hinterher, aber die Tür war bereits ins Schloss gefallen.

Frederik war weg. Geblieben war eine Schar resignierter Ermittler, die ihren Chef schweigend anstarrte.

24

Mikael fühlte sich wie in einen Raum gedrängt, in dem er nichts verloren hatte.

Streng genommen stand er vor einem Besuchsraum und sah durch ein Fenster eine zierliche Frau, die auf einem Stuhl saß und apathisch mit den Beinen baumelte. Sie war vielleicht dreißig, wirkte aber älter. Ihre Haare waren glanzlos, und die schwarze Bluse schlabberte an ihrem abgemagerten Körper. Ihre Augen waren leblos und irgendwie sah es so aus, als fühlte sie sich fremd im eigenen Körper.

»Mikael Dirk?« Eine Frau mit olivfarbener Haut und kräftigen, zu einem Dutt gebundenen Haaren reichte ihm die Hand. »Mehrak Hakimi. Ich bin die leitende Oberärztin. Tut mir leid, dass Sie warten mussten. Ich bin verantwortlich für Lindas Behandlung.« Die Frau nickte in Richtung des Besucherraumes. »Wenn ich es richtig verstanden habe, wollen Sie mit ihr reden?«

»Das war die Idee, ja. Geht das?«

Die Psychiaterin hielt Mikaels Blick fest, ohne zu antworten. Ihre dunkelbraunen Augen musterten ihn freundlich, aber röntgenartig, als könnte sie tief in das Innere der Menschen schauen und alle Verfehlungen, Lügen und schlechten Absichten erkennen. Er empfand plötzlich so etwas wie Scham. Wegen seines Anliegens und seines Berufes, was ihm so noch nie passiert war. Die Polizei, seine Kollegen, und nicht zuletzt er selbst, sie alle hatten die Frau im Besuchsraum im

Stich gelassen, als sie sich vor einem Jahr hilfesuchend an sie gewandt hatte. Als Linda ihren gewalttätigen Mann verlassen wollte, hatte er ihre beiden gemeinsamen Kinder und dann sich selbst getötet. Sie hatte alles verloren, was ihr lieb und teuer war und ihrem Leben einen Sinn gegeben hatte. Und jetzt wollte Mikael noch mehr von ihr. Eine Antwort, eine Erklärung, vielleicht sogar ein Alibi.

»Geht es noch einmal um die Morde an ihren Kindern? Falls dem so ist, möchte ich Sie fragen, ob das warten kann. Es geht Linda nicht so gut.«

Mikael verlagerte das Gewicht von einem Bein auf das andere, als könnte er das schlechte Gefühl auf diese Weise loswerden.

»Es geht nur indirekt um die Morde. Bevor ich mit ihr rede, können Sie mir vielleicht sagen, ob sie am Montagvormittag hier bei Ihnen war?«

»Letzten Montag?«

»Ja.«

»Hm. War sie nicht«, sagte die Ärztin. »Sie ist erst am Nachmittag gekommen. Ein Busfahrer hat die Polizei gerufen, weil sie fast fünf Stunden in katatonischem Zustand in einem Bus der Linie 31 gesessen hatte.«

»Linie 31?«

»Ja, von Jydeholmen in Vanløse nach Kastrup Station. Der hält auch hier vor dem Krankenhaus.« Oberärztin Hakimi lächelte. »Ich selbst nehme diesen Bus, wenn es regnet.«

»Jydeholmen, okay.« Wenn Mikael sich richtig erinnerte, war das nur knappe fünfhundert Meter von der Stelle entfernt, an der Carlsen angefahren worden war. »Dann könnte Linda am Montagmorgen also gut in Vanløse gewesen sein?«

Das Lächeln der Oberärztin gefror.

»Vermutlich, warum?«

»Ich untersuche ein Verbrechen, das an diesem Morgen in der Nähe des Damhussøen passiert ist, und …«

»Ein Verbrechen. Verdächtigen Sie Linda?«

Die markanten Augenbrauen der Ärztin schossen ungläubig in die Höhe und in ihren dunklen Augen erlosch die Wärme.

»Im Moment noch nicht. Ich muss mit ihr über ein paar Posts in unterschiedlichen geschlossenen Gruppen in den sozialen Medien reden. Was sie da geschrieben hat, geht weit über die Meinungsfreiheit hinaus. Ihre Äußerungen waren voller Wut und Hass. Und …« Er zögerte, überrascht über seine eigene Unsicherheit und das Bedürfnis, sich für sein Tun zu rechtfertigen. »Das Opfer des erwähnten Verbrechens ist ein Polizist, dem Linda öffentlich die Schuld am Tod ihrer Kinder gibt«, sagte er mit gedämpfter Stimme, ohne zu wissen, warum.

»Aha. Sie hat ihm die Schuld gegeben … in einer geschlossenen Facebook-Gruppe?« Hakimis Frage klang gleichzeitig verständnisvoll und verärgert. »Die sozialen Medien sind Gift für unsere Patienten. Natürlich findet der eine oder andere dort das Verständnis Gleichgesinnter für seine Situation, aber die Gemeinschaft, die die meisten dort erleben, ist rein oberflächlich. Unseren Patienten fehlt der notwendige Filter, es mangelt ihnen an kritischer Distanz, deshalb sind sie leichte Beute für irgendwelche verschrobenen Theorien. Wenn sie nicht gar ausgenutzt werden. Wir haben hier nicht wenige Patienten, die in die Fänge von Kriminellen und Betrügern geraten sind, Menschen, die Anorexie, Suizid und Selbstverletzung geradezu feiern. Menschen mit extremen politischen Ansichten.«

»Denken Sie in Lindas Fall an etwas Spezielles?«

»Ich bewege mich hier wirklich an der Grenze meiner

Schweigepflicht.« Hakimi sah sich um und senkte ihre Stimme. »Linda wurde im letzten Frühjahr eine Weile stationär behandelt. In einer unserer Therapiesitzungen hat sie erzählt, dass es im Internet eine Gruppe von Menschen gibt, die sich von der Polizei und der Gesellschaft verraten fühlt. Und dass da was geplant würde.« Mehrak Hakimi zuckte mit den Achseln. »Wir können unseren Patienten nicht verbieten, die sozialen Medien zu nutzen. Aber ich habe mir Sorgen gemacht, dass sie von jemandem online ausgenutzt wurde. Jedenfalls können Sie mindestens fünfzig Prozent von dem abziehen, was diese so hart vom Schicksal getroffene Frau in dieser Facebook-Gruppe geschrieben hat.«

»Schon klar«, sagte Mikael.

»Linda tut keiner Fliege was zuleide. Das kann ich Ihnen mit all meinem Fachwissen versichern«, sagte die Oberärztin in einem derart überzeugten Ton, dass auch Mikael seiner Stimme etwas mehr Nachdruck gab.

»Ich möchte einfach nur wissen, was sie am Montagmorgen gemacht hat. Sie ist eine der vielen, die wir bei dieser Ermittlung als Verdächtige ausschließen wollen.«

Mehrak Hakimi seufzte.

»Okay, bevor Sie reingehen, sollte ich Ihnen noch erklären, was ich mit katatonischem Zustand gemeint habe. Dieser psychiatrische Fachbegriff beschreibt den Moment einer schweren Depression, bei dem die Betroffenen eine vollkommene physische Passivität aufweisen; sie können dann weder essen noch reden oder irgendeine Initiative zeigen«, sagte die Ärztin und sah Mikael ruhig in die Augen. »Um es klar auszudrücken: Ich kann nicht ausschließen, dass Linda jemandem den Tod wünscht, wohl aber, dass sie am Montagmorgen in der Lage war, ein solches Verbrechen zu begehen. Sie konnte ja nicht einmal aus eigener Kraft aus dem Bus aussteigen.«

»Aber sie hat es an diesem Morgen offenbar eigenständig in den Bus geschafft?«

Mehrak Hakimi sah ihn streng an.

»Ich stelle sie einander vor, damit Linda sich sicher fühlt. Versuchen Sie, sich kurz zu fassen«, sagte sie und öffnete die Tür des Besucherraums.

Linda reagierte erst, als er seine Frage zum dritten Mal stellte. Ein Zucken ging durch ihren Körper, sie hob den Kopf und ihre Augen fixierten ihn, ohne das Bild scharf zu bekommen. Mikael saß auf einem Stuhl, der weit genug entfernt war, um sie nicht zu sehr zu bedrängen, sie schien ihn bis jetzt aber kaum bemerkt zu haben.

»Wo ich am Montagmorgen war?«

Ihre Stimme war leise und schwach, wie das Flüstern eines Kindes.

»Ja«, erwiderte Mikael sanft. »Der Tag, an dem Sie Bus gefahren sind. Erinnern Sie sich, was Sie getan haben, bevor Sie in den Bus stiegen? Oder wo Sie eingestiegen sind?«

Der Blick der Frau wechselte von Leere zu leichter Verwunderung. »Bin ich Bus gefahren?«

»Ja, Sie haben viele Stunden im Bus gesessen und sind dann hierhergebracht worden«, sagte Mikael.

»Aber ich bin doch Erzieherin.«

Mikael schwieg. Am liebsten wäre er aufgestanden und gegangen. Das alles war höchst unangenehm. Das befremdliche Gespräch und die Oberärztin, die sie von draußen durch das Fenster beobachtete. Er musste es hinter sich bringen.

»Linda, Sie haben ein paarmal auf Facebook über das geschrieben, was Ihr Mann getan hat. Sie waren wütend und voller Trauer. Ich verstehe das gut. Sie haben dabei auch über einen Polizisten geschrieben. Sein Name ist Niels Carlsen. Erinnern Sie sich daran?«

Lindas Mund verzog sich zu einem straffen, neutralen Lächeln.

»Das weiß ich nicht. Ich schreibe in allen möglichen Medien. Die Leute verstehen mich da.«

»Auf Facebook?«

Linda starrte auf seinen Mund, als versuchte sie, die Frage zu verstehen. Mikael sah, wie ihre Pupillen sich weiteten und wieder zusammenzogen, bevor sie ihn plötzlich fixierte und seinen Blick festhielt.

»Wissen Sie, was das Schlimmste ist?«, fragte sie. Ihre Stimme klang mit einem Mal erwachsen.

»Das Schlimmste?« Mikael schielte zu der Ärztin hinter der Scheibe. Gab es eine passende Antwort auf diese Frage?

»Dass er mit ihnen zusammen ist. Dass er mit ihnen zusammen sein darf, während ich hier bin. In der Hölle. Er ist im Himmel. Es sollte umgekehrt sein.« Aus ihrem verzweifelten Blick sprach Verachtung. »Sind Sie Polizist?«

Mikael zögerte. Sie schien erst jetzt zu begreifen, wen sie vor sich hatte.

»Wenn die Polizei nicht kommt, wenn man sie ruft ... Wer kommt dann?« Linda starrte ihn mit aufgerissenen Augen an.

Mikael räusperte sich.

»Die Polizei muss kommen, wenn Gefahr im Verzug ist. Es war ein tragischer Fehler, dass ...«

»Wenn die Polizei ... nicht kommt ... wenn man sie ruft. Wer kommt dann?«, unterbrach Linda ihn. Ihre Augen wurden noch größer.

In ihrem Blick stand Wahnsinn, nicht nur Verlorenheit. Die Frage war eine Art Rätsel, das sich unmöglich erraten ließ. Er zuckte mit den Schultern.

»Dann kommt der *Tod*«, flüsterte Linda und kniff die Augen zusammen, während sie seine Reaktion beobachtete.

»Der Tod?«

»Der Tod, ja.« Linda sah sich um, als hätte der Tod persönlich den Raum betreten.

Mikael saß regungslos da, während Linda seinen Blick suchte.

»Wenn der Eisenmann nicht zuerst kommt«, flüsterte sie mit einem Kichern.

Mikael wartete vergeblich auf eine weitere Erklärung.

»Der Eisenmann?« Er war sich nicht sicher, richtig gehört zu haben.

Linda nickte und ihre Lippen öffneten sich zu einem dünnen Lächeln. Dann stieg ein dunkles Lachen aus ihrer Kehle, bevor sie wieder in sich selbst versank.

»Wer ist der Eisenmann?«

Mikael suchte ihren Blick, aber sie war nicht mehr zu erreichen. Sie hatte die Hände unter die Schenkel geschoben und saß regungslos da, als schliefe sie mit offenen Augen.

Auf dem Weg nach draußen schickte er Frederik eine SMS: *Die Mutter aus Amager können wir von der Liste streichen.*

25

Die eine Hälfte der Kopenhagener Einwohner hatte an diesem Sonntag Zuflucht in ihren Sommerhäusern gesucht, die sie in den letzten Jahren als Impulskäufe erworben hatten, während die andere sich auf den Badestegen im Hafenviertel Islands Brygge in der Innenstadt fläzte. So jedenfalls kam es Maria und Mette vor, als sie unter dem überhängenden Dach des Schauspielhauses einen Schattenplatz ergatterten.

Maria hatte ihre Freundin mit der Aussicht auf ein spätes Mittagessen aus der Redaktion der *Morgenavisen* gelockt. Das Thermometer hatte die 30-Grad-Grenze geknackt, aber Mettes Job respektierte nicht einmal an einem drückend heißen Sonntag die Regeln für humane Arbeitszeiten. Normalerweise passte Mette das prima in den Kram, heute aber schien der Freundin irgendetwas die Laune verhagelt zu haben. Man musste sie gut kennen, um es zu bemerken, aber die unsanfte Art, mit der sie den Schraubverschluss behandelte, alarmierte Maria. Ebenso der Salat, der seziert wurde, ohne dass Mette einen Bissen davon aß. Der matte Ausdruck hinter der Sonnenbrille. Maria vermochte all das zu deuten, weil sie Mette besser kannte als die meisten, sie wusste aber auch, dass Mette bohrende Fragen hasste. Es gehörte zu ihrem Tagesgeschäft, fremde Menschen dazu zu bringen, ihr ihre größten Geheimnisse anzuvertrauen, sie selbst aber konnte es nicht ausstehen, in eine Situation gebracht zu werden, in der sie nicht die Oberhand hatte. Maria musste also bedacht vorgehen.

»Freust du dich denn gar kein bisschen auf deinen großen Tag?«

Mette blickte aufs Wasser.

»Keine Ahnung, wovon du redest«, erwiderte sie.

»Von deinem vierzigsten Geburtstag. Den musst du doch feiern. Oder lass mich eine Party für dich schmeißen.«

Mette schwieg. Mitte September hatte sie ihren runden Geburtstag, und sie, die sonst keine Gelegenheit zum Feiern ungenutzt ließ, hatte vor dem Sommer mitgeteilt, dass sie an dem Tag mit einer Portion Sushi nach Hause gehen würde. Und zwar allein.

»Ich habe einfach keine Lust, das zu feiern. Ganz im Ernst, vierzig, unverheiratet, Single im siebten Jahr, kinderlos ... Versuch mal, eine Glückwunschkarte zu finden, die dazu gratuliert.«

Maria stutzte. Solches Klagen kannte sie von Mette nicht. Wobei das vielleicht der falsche Ausdruck war; es wirkte eher so, als hätte Mette zum ersten Mal aus den nackten Tatsachen ihres Lebens Bilanz gezogen und sei erschüttert vom Ergebnis. Die Freundin schnippte ein Stück schlabbrige Gurke aus ihrem Salatbecher und stellte ihn gereizt zur Seite.

»Ich hätte wirklich gerne Kinder. Hast du das gewusst? Vierzig beschissene Jahre. Jetzt ist es zu spät.«

»Zu spät für was?«

»Um den Richtigen zu treffen und das alles. Ich hatte wohl erwartet, dass er schon kommen würde.« Mette winkelte die Beine unter sich an. »Ich beneide dich total, Maria. Weil du Jakob gefunden hast.«

»Du hattest halt einfach Pech!«

»Ja, oder ich hab nicht genug dafür getan. Erinnerst du dich an Tim? Ich habe Jahre gebraucht, um über ihn hinwegzukommen. Und dann habe ich aufgehört zu suchen.«

»Tim war ein Dreckskerl allererster Güte.«

Maria fiel nicht viel Positives zu dem verheirateten Mann ein, der ein Jahr lang eine Affäre mit Mette gehabt hatte, bis seine Frau plötzlich mit dem dritten Kind schwanger wurde und Tim das Bedürfnis verspürt hatte, ein Haus in Søborg zu kaufen.

»Ich war so dumm. Die ganze Zeit dachte ich, besser gar keiner, als mich mit dem Nächstbesten zu begnügen. Aber jetzt war ich lange genug allein.«

Maria drückte tröstend ihren Arm.

»Du bist jetzt zweiunddreißig, richtig? Du hast noch Zeit«, fuhr Mette unbeirrt fort. »Aber ist dir klar, dass nur jede dritte Frau über vierzig noch eine reale Chance hat, schwanger zu werden?«

»Denkst du ernsthaft darüber nach, Kinder zu bekommen? Du wärst eine tolle Mutter.«

Mette wedelte abwehrend mit den Händen.

»Nein, nein. Es ist nur … Ich dachte nur …«

»Ja?«

»Dass da *mehr* wäre. Das ganze Paket. Auch für mich.«

»Du hast doch deinen Job, den du liebst. Denk dran, wie viele von etwas so Sinngebendem in ihrem Leben nur träumen.«

»Unsere Generation wurde dazu erzogen, alle Chancen zu ergreifen. Studium, Karriere, Gehalt, Möglichkeiten, Erfahrungen, Status. Und es war ein echter Höllenritt. Mir wird nur allmählich klar, dass das seinen Preis hat.« Mette sah sie ernst an. »Man bereut nur die Kinder, die man nicht bekommt, Maria. Aber was gibt's Neues bei dir? Woran tüftelst du gerade, wo du im Moment nicht bei Jakob bist?«

Maria ergriff die Chance für einen Themenwechsel mit Kusshand.

»Tja, wenn du's wirklich wissen willst – ich tüftele an einer Leiche.«

»An einer Leiche? Also an einer toten Person?«

»Einer waschechten toten Person. Ein Skelett älteren Datums, das im Mai in einem abgelegenen Naturschutzgebiet bei Holstebro gefunden wurde und das bislang niemand identifizieren konnte. Bis es mir letzte Woche gelungen ist.«

»Kein Scheiß? Mann, Mann, solche spannenden Dinge kann man also als Historikerin erleben.«

»Es ist eine ganz junge Frau, vielleicht um die zwanzig. Sie hieß Else Lövengren.«

Mettes Augenbrauen schossen bis über den Rand ihrer Sonnenbrille hinauf.

»Erzähl!«

26

Nach fast einer Stunde hatte Maria Mette die ganze Geschichte von dem namenlosen Medaillon bis hin zu der Pleite in Risskov erzählt.

»Espen Lövengren hat mich regelrecht rausgeschmissen. Er hat mir untersagt, den Familiennamen in irgendeiner Weise mit dem Leichenfund in Verbindung zu bringen, obwohl es sich aller Wahrscheinlichkeit nach um seine Tante handelt und ein fürchterliches Verbrechen gegen sie begangen wurde.«

»Keiner sagt, dass du ihm zu gehorchen hast.«

»Nicht?« Maria runzelte die Stirn. »Was ist mit dem ethischen Aspekt? Würdest du dich als Journalistin nicht auch zurückhalten, wenn ein Familienmitglied eines Opfers dich bittet, nicht über den Fall zu schreiben?«

»Je nachdem, manchmal schon, ja. Aber dieser Mann ist der Neffe des Opfers, nicht der Sohn. Er sagt, er habe sie nie getroffen und niemanden in der Familie über sie sprechen hören. Für mich klingt das so, als ginge es ihm allein um den guten Ruf des Familienunternehmens. Was natürlich verständlich ist, falls Else damals tatsächlich mit deutschen Soldaten angebandelt hat. So etwas kann eine Firma, die Uniformen ans Militär und sogar ans Königshaus liefert, ruinieren.«

»Es ist bloß schon so lange her. Unter Historikern hat man längst begonnen, die delikateren Themen der Besatzungszeit zu erforschen. Hinterher ist man immer schlauer. Im Rückblick erscheint es vollkommen klar, wie man sich hätte verhalten sollen: Keine Geschäfte mit den Besatzern machen; keine fremden Soldaten küssen; lieber sterben, als sich mit dem Feind einlassen. Aber in einer schweren Krise sind die Dinge nicht immer schwarz-weiß. Manche Frauen haben sich ganz einfach in die Falschen verliebt. Die Frage ist, ob man das der Familie Lövengren heute wirklich noch zum Vorwurf machen würde.«

»Es ist immer noch ein verdammt heikles Thema. Wenn wir bei der Zeitung die Besatzungszeit auf eine Weise berühren, die an der gängigen Erzählung von Vaterlandsliebe und Heldenmut kratzt, erhitzen sich jedes Mal die Gemüter. Erinnerst du dich noch an diese dänische Reederei, über die vor ein paar Jahren in der *Morgenavisen* berichtet wurde, weil eine Kiste mit alten Rechnungen aufgetaucht war, die dokumentierte, dass die Firma während der Besatzung einen schönen Batzen durch Kollaboration verdient hat? Sie drohten der Zeitung mit einer Verleumdungsklage, und ihre Aktien fielen um fünfzehn Prozent. Das Erstaunlichste aber war die Wut der Leser. Auf uns. Sie verstanden einfach nicht, wie sich die Zeitung derartige Frechheiten herausnehmen konnte.« Mette schlürfte den Rest ihres Smoothies. »Ich finde, du solltest dir genau überlegen, wem gegenüber du in der Verantwortung stehst, Maria. Die tote Frau hat es nicht verdient, in Vergessenheit zu geraten oder als Fleck auf der Familienehre aus dem Gedächtnis gestrichen zu werden. Du hast doch gesagt, es gibt noch einen anderen Zweig der Familie. Eine große Schwester?«

Maria nickte. »Ja, Anna.«

»Hatte sie Kinder?«

»Davon gehe ich aus, in der Todesanzeige für Elses Vater 1967 werden zwei Enkel erwähnt. Einer davon muss Espen Lövengren sein. Da er Einzelkind ist, muss Anna ebenfalls eine Familie gegründet haben.«

»Vielleicht hätte Anna gerne Gewissheit bezüglich ihrer verschwundenen Schwester?«

»Anna ist tot, sie wäre heute über hundert Jahre alt.«

»Na dann halt ihre Kinder oder Enkelkinder? Vielleicht war ihre gesamte Kindheit davon geprägt, dass ihre Mutter eine tiefe Trauer in sich trug, die sie nie bewältigt hat?« Mette klang richtig aufgebracht. »Die Wahrheit ist fast immer die beste Lösung und richtet selten mehr Schaden als Nutzen an.«

Maria nickte und knüllte ihr Sandwichpapier zusammen. Mette hatte recht, ihr fehlte einfach die Erfahrung in der Konfrontation mit Fremden. Außerdem war die letzte Morderrmittlung, in die sie sich eingemischt hatte, nicht gerade undramatisch verlaufen. Die Toten in Marias Fällen hatten es an sich, lange, sehr lebendige Fäden hinter sich herzuziehen.

»Könntest du nicht einen Artikel über sie schreiben? Die Presse war sehr an dem Skelett interessiert, als es aufgetaucht ist. Jetzt, da ich die Leiche identifiziert habe, dürfte es kaum weniger interessant sein. Du bekommst die Story exklusiv.«

Maria sah Mette scherzend an, aber sie meinte es ernst. Wenn jemand da draußen etwas über das Schicksal von Else Lövengren wusste, war ein Artikel in einer der großen Tageszeitungen vielleicht der einfachste Weg, die betreffende Person hervorzulocken.

»Im Moment fehlt mir dazu die Zeit. Vielleicht in zwei Wochen. Dein Skelett läuft ja nicht weg, oder?«

Maria zuckte mit den Schultern.

»Ich würde mit der Sache gern vorankommen, solange Bodil im Urlaub ist. Ich glaube, ich werde versuchen, Annas Zweig der Familie ausfindig zu machen, wie du es vorschlägst.«

Mette antwortete nicht, sie starrte einer Gruppe junger Männer hinterher, die zum wiederholten Mal auf wütend brummenden Jetskis an ihnen vorbeigezischt waren. Sie zogen einen langen Wasserstrahl hinter sich her, während sie im Zickzack durch den Hafen düsten und Slalom zwischen den anderen kleinen Booten fuhren.

»Ist das legal?«, fragte sie.

»Jedenfalls ist es dumm. Und lebensgefährlich, sowohl für sie als auch für andere.«

»Idioten. Bestimmt wissen sie, dass die Polizei im Moment nicht ausrückt«, sagte Mette.

»Ist an den Gerüchten was dran? Oder ist es übertrieben?«

»Unter uns? Wir haben noch keine endgültige Bestätigung, aber vielleicht hast du in deinem eigenen System davon gehört. Es ist ziemlich beunruhigend und auch der Grund, weshalb ich heute auf der Arbeit bin.«

»Was ist beunruhigend?«

»Unsere Quellen bei der Polizei sprechen von einer Welle von Massenkrankmeldungen. Nicht bloß ein einzelner erkälteter Mann hier und da, sondern zweistellige Zahlen in allen Polizeidirektionen. Der Angriff auf die beiden Beamten während der Demo am Dienstag und der Mordversuch an Niels Carlsen waren der Anfang, davon hast du bestimmt gehört.«

»Ja, Mikael sitzt an dem Fall.«

»Ich habe gestern mit ihm gesprochen. Er ist der stellvertretende Dezernatsleiter während Carlsens Abwesenheit, aber das weißt du bestimmt?«

Mette warf Maria einen verschmitzten Blick zu. Sie wusste, dass da eine gewisse Chemie zwischen dem Polizisten und Maria herrschte.

»Er ist nach wie vor Single, Mette. Und in deinem Alter. Wär das nicht was?«, gab Maria zurück.

»Rein äußerlich, immer her damit! Aber ganz ehrlich, dem

muss man ja jedes einzelne Wort aus der Nase ziehen. Da kann ich auch gleich ein Filmposter daten.«

»Wenn du ihn näher kennenlernst, taut er auf. Er ist lieb. Und ziemlich witzig.«

»Ein komischer Kauz wohl eher. Aber er hat mir tatsächlich bestätigt, wenn auch nicht offiziell, dass ihnen personaltechnisch der Arsch auf Grundeis geht. Selbst im Dezernat für Gewaltverbrechen. Er klang gestresst.«

»Die Sache mit Carlsen setzt ihm, glaube ich, ganz schön zu.«

»Na jedenfalls, das Problem beschränkt sich nicht auf Kopenhagen. Wie wir hören, mussten mehrere Polizeidirektionen außerhalb der Haupteinsatzzeiten zu einer Notfallbesetzung übergehen. Solange so viele streiken, erhalten sie nur die essenziellsten Funktionen aufrecht.«

»In Dänemark kann die Polizei doch gar nicht streiken. In Norwegen schon, aber hier nicht, oder?«

»Offiziell wird es natürlich nicht als Streik bezeichnet, dabei ist es de facto genau das! Es scheint nicht organisiert zu sein, sie kommen bloß nicht zur Arbeit.«

»Aber betrifft das nicht relativ wenige Beamte? Jemand wie Mikael würde niemals auf diese Weise blaumachen.«

»Es reicht, um uns in einen gesetzlosen Zustand zu versetzen. Einbrüche, Diebstähle, Überfälle, nächtliche Gewalt, Geschwindigkeitsübertretungen, Bandenkämpfe … Siehe die Schlägerei im Amager Strandpark. Für so was sind nicht genügend Einsatzkräfte vorhanden, wenn die Meldungen von der Massenabwesenheit, die wir bekommen haben, stimmen. Apropos dein Fall um Else Lövengren: Ich glaube, seit dem Zweiten Weltkrieg hat sich Dänemark nicht mehr in einer so polizeilosen Zeit befunden.«

»Hoffentlich täuschst du dich. Das war damals eine der

unsichersten Perioden in der neueren Geschichte Dänemarks. Manchmal lagen sogar Leichen auf den Straßen von Kopenhagen, wenn die Stadt erwachte. Ohne Polizei und Rechtswesen, um die Gerechtigkeit zu schützen, griff die Selbstjustiz massiv um sich.«

»Und genau das steht auch jetzt zu befürchten. Heute Vormittag habe ich von Katja Klargaard einen Kommentar bekommen. Der Justizministerin. Es war ein, sagen wir mal, interessantes Interview.«

»Ach was, und, wie ist sie so? Gibt sie auch im persönlichen Gespräch so viel Gas wie sonst immer?«

»Entweder ist sie dämlich, oder sie führt irgendwas im Schilde. Während ihres gesamten Wahlkampfs hat sie große Töne gespuckt von wegen ›mehr Polizei‹ und ›Respekt vor dem Gesetz‹. Da hätte ich von ihr eigentlich die Botschaft erwartet, dass sie eingreift, wenn die Polizei nicht binnen weniger Tage Herr der Lage wird. Aber sie hat sich merkwürdig passiv verhalten. Einmal im Gespräch hat sie doch glatt gelacht. Nicht weil sie etwas witzig fand, eher triumphierend. Das war schon komisch.«

»Aber was hat sie gesagt? Sie muss doch eingreifen, so wie Mejding eingegriffen hat, als die Lehrer gestreikt haben.«

»Sie wirkte fast schon schadenfroh! Und meinte etwas in der Richtung wie: ›So weiß man jedenfalls, wen man beim nächsten Mal wählen sollte.‹ Es ist ja wohl total daneben, eine große Krise wie diese für den persönlichen Wahlkampf zu nutzen, das geht mal gar nicht!«

»Sie kennt wohl einfach ihr Publikum.«

»Ja. Du hast recht. So«, sagte Mette und stand mit einem Seufzer auf. »Ich sollte besser zurück ins Büro. Das Interview mit Katja Klargaard muss heute Abend noch raus. Inzwischen hat Jeppe hoffentlich auch von Troels Mejding einen Kommentar gekriegt. Mejding redet immer noch nicht mit mir.«

Nach ihrer Enthüllung von Mejdings Rolle im Kinderskandal letzten Winter war Mette in der Staatskanzlei zur Persona non grata geworden.

»Dann beeil dich lieber«, antwortete Maria. Sie blickte Mette hinterher, die mit flatterndem Sommerkleid über die kleine Zugangsbrücke am Schauspielhaus lief. »Hey, Mette!?«, rief sie, woraufhin sich die Freundin umdrehte. »Denk dran, es wird schon alles!«

Mette warf ihr einen Luftkuss und ein Lächeln zu und verschwand um die Ecke Richtung Nyhavn.

Am Abend schickte Mette eine SMS. Das goldene Licht, das in der Viborggade durch Marias offene Fenster fiel, war nicht länger glühend heiß, sondern angenehm mild.

Worüber wir uns unterhalten haben, passiert jetzt. Schalt die Nachrichten ein.

Maria hörte heulende Sirenen in der Ferne. Sie schaltete gerade noch rechtzeitig den Nachrichtensender ein, um einen Reporter mit erschüttertem Ausdruck mitten auf der Nørrebrogade stehen zu sehen. Hinter ihm brannten ein Stapel Europaletten, ein zertrümmerter Mülleimer samt Inhalt, eine alte Steppdecke sowie ein paar Autoreifen. Neben dem Reporter war eine der neuen Bushaltestellen eingeschlagen worden, das mit Rissen durchzogene Glas sah aus wie ein überdimensionales Eiskristall. Am unteren Bildschirmrand lief ein gelber Liveticker mit den Worten *Plünderungen in Nørrebro und Aalborg: Mejding beruft Krisensitzung für Montag ein.*

»Was hier geschieht, ist kaum zu beschreiben. Wie Zeugen berichten, brach vor zwei Stunden ein Streit in der Saftbar dort drüben aus«, begann der Reporter auf der Nørrebrogade in einer auffällig geduckten Haltung. »Nachdem sich die Situation wieder beruhigt hatte, kamen zwei Gäste zurück und schlugen die Scheibe der Bar ein.«

Der Reporter hatte offenbar Angst, von einem Wurfgeschoss im Nacken getroffen zu werden; keine unbegründete Sorge, denn was sich hinter dem Journalisten abspielte, erinnerte Maria an amerikanische Katastrophenfilme, wenn die Menschenmenge panisch erkennt, dass das Ende bevorsteht und jeder sich selbst der Nächste ist.

»Die Schlägerei ging draußen auf der Straße weiter. Auf der gesamten Nørrebrogade wurden Schaufenster eingeschlagen. Soweit wir informiert sind, wartet die Feuerwehr am Nørrebro Rondell auf die Ankunft der Polizei, bislang haben wir aber nicht einen Polizisten hier gesehen. Wie Sie vielleicht erkennen können, wurde vor einer halben Stunde auch das Schaufenster des Elektrofachgeschäfts hinter mir eingeschlagen, und die Versuchung war offenbar etwas z…«

Der Reporter wurde beinahe aus dem Bild gefegt, als ein Muskelprotz mit nackten Oberarmen ihn zur Seite stieß. Der Mann rannte mit einem Flatscreen im Arm weiter und verschwand aus dem Bild. Ihm folgte eine Frau mittleren Alters in Shorts und Fußballshirt mit einem noch verpackten Mixer. Die Kamera schwenkte von dem überrumpelten Reporter hinüber zum Elektrogeschäft, gerade rechtzeitig, um zu filmen, wie ein Typ mit Kappe und einer schwarzen medizinischen Maske durch die Scheibe kroch. Er hatte drei iPads und einen B&O-Lautsprecher unter dem Arm, den er in den Fahrradkorb eines Kumpels legte.

»Hey, Sie! Warum machen Sie das?«

Die Frage des Reporters hing vibrierend im Grenzland zwischen ehrlicher Neugier und moralischer Verurteilung.

Der Kerl hob zur Antwort die Schultern, dann sprang er auf das Fahrrad seines Kumpanen.

»Weil ich es kann! Die Polizei kommt ja eh nicht!«

ZWEITER TEIL

9. August bis 16. August 2021

Mein kleiner Schatz,

ob Du den Krieg eines Tages verstehen wirst?
Das Wesen des Krieges? Was der Krieg mit einem macht?
Zu welchen Entscheidungen er einen zwingt?
Ich war selbst noch ein Kind, als er begann. Es war ein wunderschöner Morgen. Die Amseln trällerten unter einem leuchtend blauen Himmel, als die Menschen einander an der Grenze umbrachten. Und dann kamen sie hierher. Drei große Flieger donnerten im Tiefflug über den Dom. Die abscheulichen, grau-schwarzen Autos erschienen am frühen Nachmittag in den Straßen.
»Leistet keinen Widerstand«, hieß es im Radio.
»Verhaltet euch ruhig. Beherrscht euch.«
Ich will mich nicht beherrschen.
Sie singen: Kämpf für alles, was dir lieb ist.
Und ich habe doch Dich.

27

Der Marker landete mit einem dumpfen Scheppern im Papierkorb. Das Wochenende war Mikael allein auf Teglholmen gewesen und hatte die Stille dazu genutzt, sämtliche denkbaren Szenarien für den Mordversuch an Carlsen zu skizzieren. Zwei große Whiteboards waren gefüllt, er hatte sogar die Scheiben des Glasbüros beschrieben, bis der Marker aufgegeben hatte. Doch Mikael weigerte sich, dasselbe zu tun.

Er setzte sich an den breiten Eichenholzschreibtisch des Dezernatsleiters und drehte Anettes Foto ein wenig zur Seite, damit sie ihn nicht direkt anstarrte. Ihr Blick schien vorwurfsvoll, auch wenn er wohl flirtend gemeint war, als das Bild aufgenommen wurde.

Mikael hatte die frühen Morgenstunden an diesem Montag genutzt, um die Meldungen und Polizeiberichte zu studieren, die in den Stunden rund um den Mordversuch am letzten Montag eingegangen waren. Gab es in jener Nacht oder am Morgen ganz allgemein PKWs und insbesondere Kombis, die in anderen Zusammenhängen registriert worden waren? Raser oder Geisterfahrer? Vielleicht war der Täter nach einer Straftat auf der Flucht gewesen und hatte Carlsen dabei erwischt? Hatte eine Streife womöglich später am Morgen in der Hauptstadtregion einen unter Alkohol- oder Drogeneinfluss stehenden Autofahrer angehalten? Diese Art von Ereignissen waren üblicherweise in den Tagesberichten vermerkt. Vielleicht hatte er ja Glück.

Mikael ließ die Finger knacken und erhob sich mit einem müden Stöhnen. Der Kopf tat ihm weh. Bestimmt wegen der drei Gläser Rotwein, die er gestern Abend getrunken hatte. Das kam inzwischen nur noch selten vor, und er war enttäuscht über sich selbst. Zum einen, weil er jetzt einen Brummschädel hatte, der sein Denken trübte, zum anderen, weil er sich vor nicht allzu vielen Jahren gelobt hatte, nicht mehr allein zu trinken.

Seine Entschuldigung war, dass er vor der Glotze gehockt und planlos herumgezappt hatte, um jedweder Berichterstattung über die Unruhen im Land zu entgehen. Wenn Teile des Landes förmlich in Flammen standen, war er nicht sonderlich stolz darauf, Polizist zu sein. Das erinnerte ihn an die Ausschreitungen in Nørrebro 2007, genau sechs Monate nach dem heftig umstrittenen Abriss des Jugendzentrums Ungdomshuset, dem schwere Krawalle vorangegangen waren. Auch damals hatten die Einsatzkräfte machtlos zusehen müssen, wie die Stadt verwüstet wurde. Nach diesem Debakel hatte es ein Jahr gedauert, das Ansehen der Polizei wiederherzustellen.

Beim Zappen durch die Kanäle war er bei einem Nachrichtensender hängen geblieben und einem bekannten Gesicht, das in die Kamera blickte. Jonas Strøm, Vertrauensmann der Polizei-Gewerkschaft, war von einem Reporter mit glatt rasiertem Schädel und einem roten Mikrofon, das dieser ihm mit der Körpersprache eines Kampfhundes unter die Nase hielt, aus dem Haus gelockt worden.

»Über tausend Beamte sind unseren Informationen zufolge derzeit krankgemeldet. Jonas Strøm, lassen Sie mich mit der Frage beginnen: Glauben Sie, dass diese tausend Kollegen wirklich krank sind?«, begann der Reporter.

»Selbstverständlich glaube ich das.«

Strøms Antwort kam so prompt und überzeugend, dass der Reporter für einen Augenblick den Faden verlor.

»Nun, ähm, aha. Sie haben in einem anderen Zusammenhang gesagt, einer der Gründe für die vielen Krankmeldungen sei die wachsende Respektlosigkeit, mit der die Bevölkerung der Polizei begegnet. 2016 aber hat die Regierung doch ein sogenanntes Respektpaket verabschiedet, das Gewalt und Drohungen gegen Angestellte des öffentlichen Dienstes strafbar macht ...«

»Das Gesetz hat ganz einfach keine Wirkung gezeigt. Oder nicht genug«, unterbrach ihn ein offenkundig kampfbereiter Strøm. »Die Bevölkerung beklagt sich, dass wir bei Unruhen und Einbrüchen nicht zur Stelle sind, rücken wir aber mit Blaulicht und Sirenen an, werden wir immer häufiger beschimpft oder mit Steinen beworfen. In den sozialen Netzwerken sind einfache Beamte den schlimmsten Kommentaren ausgesetzt, und die fliegen ihnen dann um die Ohren, wenn sie frei haben oder mit ihren Familien zusammen sind.«

»Aber das ist ja bei vielen Berufsgruppen so. Krankenpfleger, Erzieher, Lehrer, sogar Ärzte erhalten Hassnachrichten auf Facebook oder werden auf der Arbeit bedroht. Seid ihr von der Polizei vielleicht ein bisschen ...«

»Ein bisschen *was*?«

»Hysterisch, vielleicht?«, flüsterte der Reporter provozierend ins Mikrofon, und Jonas Strøm hielt zornig dagegen:

»Wir sind ganz und gar nicht hysterisch. Für meine Kollegen ist das Fass schlicht und ergreifend übergelaufen. Ich persönlich hoffe, dass sie schnellstmöglich zur Arbeit zurückkehren. Bis dahin sollten die Politiker – und die Bevölkerung – vielleicht diskutieren, welche Polizei und welche Gesellschaft sie sich für die Zukunft wünschen!«

Es war niemals gut, im Fernsehen aus der Haut zu fahren, aber Jonas Strøm hatte recht. Symbolpolitik reichte nicht, um das Misstrauen zu beheben, das zwischen der Bevölkerung und der Polizei entstanden war. Beziehungsweise zwischen der Bevölkerung und Autoritäten ganz allgemein. Die Leute vertrauten den Links, die ihre Tanten oder alte Schulkameraden auf Facebook teilten, inzwischen mehr als den Behörden oder etablierten Medien, und folgten den Auslassungen beliebiger YouTuber gewissenhafter als den Nachrichten im Fernsehen. Und die Politiker machten es den Bürgern mit ihrem lautstarken, öffentlichen Gezänk nicht eben leichter.

Aber die Krankmeldungen waren der ganz falsche Weg, das Misstrauen zu bekämpfen. Sie machten alles nur noch schlimmer. Sehr viel schlimmer.

Die Krawalle hatten sich im Laufe des Wochenendes auf das ganze Land ausgeweitet, Vandalismus, Brände und Einbrüche griffen in so gut wie allen größeren Städten um sich. Die krankgemeldeten Beamten wurden für die gesetzlosen Zustände verantwortlich gemacht, was wiederum zur Folge hatte, dass noch mehr von ihnen kündigten oder darin bestätigt wurden, das Richtige zu tun, indem sie zu Hause blieben.

Niemand wollte enden wie Carlsen. Es war ein Teufelskreis, der durchbrochen werden musste. Mikael strich sich mit dem Finger die Stirn glatt, aber die Sorgenfalten wollten nicht mehr verschwinden.

Der Druck, der auf dem Fall und auf ihm lastete, war einfach zu groß.

Er hatte am Wochenende noch einmal ganz von vorn begonnen. Hatte die sieben klassischen Motive für Mord in einer langen Reihe aufgeschrieben: Eifersucht – Rache – Begierde – Profit – Macht – Ächtung – Fanatismus. Jetzt ging er sie zum hundertfünfzigsten Mal durch.

War es bei dem Mordversuch um Eifersucht gegangen? Dieses Motiv lag den meisten Tötungsdelikten zugrunde.

Laut Anette sprach wenig dafür, aber was war mit Neid? Hatte jemand Carlsen seinen Job missgönnt, seinen Status, seine Frau oder sein Leben ganz generell? Diese Kategorie durfte stehen bleiben.

Rache? Hatte Carlsen jemanden so wütend gemacht, dass er dafür mit dem Leben bezahlen sollte? Ebenfalls nicht völlig undenkbar.

Begierde? Wenn Anette recht hatte, traf Carlsen sich nicht mit anderen Frauen, und er wirkte nicht wie jemand, der ein Doppelleben führte. Begierde wurde in Klammern gesetzt.

Dann war da Profit. Geld. Auf den ersten Blick hatte Carlsen nirgends Schulden. Frederik hatte Zugriff auf seine Konten erhalten, und seine Finanzen waren unauffällig. Carlsen hatte keine besonderen Rückstände und in letzter Zeit auch keine größeren Beträge abgehoben, daher strich Mikael das Wort »Profit« auf dem Whiteboard durch, sowie auch das Macht-Motiv, das typischerweise in Verbindung mit Serienverbrechern zur Anwendung kam.

Ächtung spielte üblicherweise bei Ehrenmorden oder bei Tötungsdelikten in Rockermilieus eine Rolle. Durchstreichen. Fanatismus? Das war in aller Regel Terror. War der Angriff auf Carlsen gegen die Polizei als solche gerichtet, konnte die Kategorie stehen bleiben, aber die Art und Weise, wie Carlsen in der ruhigen Wohnstraße angefahren worden war, wirkte persönlicher. Gezielter. Vielleicht galt der Angriff aber auch seiner Rolle als Dezernatsleiter. Vorläufig blieb »Fanatismus« in Klammern stehen.

Mikael trat einen Schritt zurück und biss sich auf die Lippe. Es blieben viel zu viele Möglichkeiten übrig.

Staatsanwältin Henriette Jansen hatte gemeinsam mit Frederik einen Stapel von Fällen der letzten Jahre herausgesucht, bei denen Carlsen vor die Presse getreten war. An erster Stelle stand die Familientragödie auf Amager, die einen Aufschrei in den sozialen Medien ausgelöst hatte. Aber Linda – die psychisch angeschlagene Mutter – war Mikaels Einschätzung nach weder psychisch noch körperlich in der Lage, den Mordanschlag vor einer Woche durchzuführen.

Dann war da ein ungelöster Mordfall aus dem Jahr 2017, wo der Bruder des Ermordeten in praktisch sämtlichen Medien, die ihm Gehör schenkten, sein Leid über das Versagen der Polizei und insbesondere Carlsens geklagt hatte. Ein Ermittler hatte den Mann jedoch bereits am Freitag vernommen, und sein Alibi war wasserdicht. Dasselbe galt für Carlsens Nachbarn mit dem ungenehmigten Anbau.

Henriette wollte nach weiter zurückliegenden Fällen suchen, in denen Carlsen den Zorn des Verurteilten auf sich gezogen haben könnte. Es schien ihnen abwegig, dass ein Unbekannter dem Dezernatsleiter nach dem Leben trachtete, ohne diesen persönlich zu kennen. Der Chef des Kopenhagener Dezernats für Gewaltverbrechen war ansonsten eher so etwas wie der Liebling der Bevölkerung, sein Gesicht wurde als eines der wenigen bei der Polizei noch immer als Inbegriff von Glaubwürdigkeit betrachtet.

Es klopfte leise an der Tür, und Frederik steckte den Kopf herein.

»Hast du das ganze Wochenende durchgeackert?«

Mikael sah sich um. Erst jetzt wurde er sich der halb vollen Kaffeebecher und des überquellenden Papierkorbs bewusst.

»Wahnsinn, die ganzen Verwüstungen gestern, hast du das mitgekriegt?«

Mikael nickte.

»Auf dem Weg hierher kam ich mir vor, als würde ich durch die Straßen von Raqqa fahren«, sagte Frederik und legte einen Stapel Unterlagen auf den Besprechungstisch. »Halten wir das Morgenmeeting hier?«

Mikael sah sich um. Für ihn war es okay, vielleicht wäre es ja sogar in Carlsens Sinne?

Langsam füllte sich der Raum mit Kollegen. Die Unruhen waren das große Gesprächsthema an diesem Morgen. In den Medien brodelten die Gerüchte, Mejding wolle das Land in einen Lockdown versetzen wie während der Corona-Pandemie. Mikael räusperte sich und schlug auf den Tisch.

»Konzentrieren wir uns auf unsere Aufgaben, okay? Vorneweg: Es gibt nichts Neues über Carlsens Zustand. Versuchen wir, einen Schritt weiterzukommen. Frederik, fängst du an?«

»Okay. Ich bin am Freitag Carlsens E-Mails durchgegangen, sowohl sein Arbeits- als auch sein privates Gmail-Konto. Dazu komme ich gleich noch. Außerdem haben unsere IT-Techniker vom Cyber Crime Center seine Festplatten gespiegelt, also die hier im Gebäude und die von seinem Computer zu Hause. Ich habe mir seinen aktuellen Browserverlauf angesehen und kann verraten, dass unser Chef sich sehnlichst ein Mountainbike und Skiurlaub in Frankreich wünscht, davon abgesehen googelt er zumeist Nachrichten oder polizeifachliche Informationen.« Frederik blätterte in seinen Unterlagen. »Heute Morgen bin ich etwas weiter zurückgegangen und auf ein paar interessante Suchanfragen von vor den Sommerferien gestoßen. Er hat sich darüber informiert, wie man eine geheime Adresse beantragen kann, außerdem hat er gegoogelt, was über ihn selbst im Internet steht.«

»Selbst die Besten googeln sich selbst, was?«, lachte John Langbjerg am anderen Ende des Tisches.

Frederik ging nicht darauf ein. »Besorgniserregender ist, dass er den Begriff ›Stalking‹ gegoogelt hat. Wissen wir etwas darüber, ob er sich verfolgt gefühlt hat oder Opfer von digitalem Stalking war?«

Allgemeines Kopfschütteln. Mikael dachte an Carlsens Bemerkung über die Person, die ihn online bedrohte. Das Wort Stalking hatte er nicht verwendet. Stalking beinhaltete in der Regel auch eine physische Bedrohung. Aber was hatte Anette noch gleich gesagt? Er stand auf, nahm seinen Notizblock vom Schreibtisch und blätterte darin zurück.

»Wartet mal. Anette hat mir gegenüber erwähnt, dass Carlsen ihr in den Sommerferien sein Leid geklagt habe. Es gebe da eine Person, die ›auf ungesunde Weise auf ihn fokussiert‹ sei. So hat sie es ausgedrückt. Er hatte wohl irgendwelche Mails und Nachrichten bekommen. Mehr wusste sie nicht.«

»Okay, interessant«, sagte Frederik. »Am 28. Juni hat Carlsen der IT-Abteilung der Landespolizei eine Mail geschrieben, um zu fragen, ob er ohne größere Umstände eine neue E-Mail-Adresse und eine neue Telefonnummer bekommen könne. Aber warum?«

Mikael rutschte vor auf die Stuhlkante.

»Ich rufe nachher Anette an und hake nach, ob ihr noch irgendetwas eingefallen ist«, sagte er.

Frederik nickte. »Vor den Sommerferien, im Juni, erhielt Carlsen vierzig oder fünfzig E-Mails, die sich allesamt auf seinen Kommentar zum Budget der Polizei bezogen, den er im Frühsommer gegenüber einer Zeitung herausgehauen hatte. Ihr erinnert euch bestimmt daran, das gab eine Heidenaufregung und bestimmt auch eine Standpauke von oben. Er hat alle Nachrichten in diesem Zusammenhang in einem gesonderten Ordner in seinem Posteingang gesammelt, und auch wenn ich mir noch nicht alles im Detail angeschaut habe, kann ich schon mal sagen, dass mehrere über ProtonMail gesendet wurden, einem Provider für die Verschlüsselung von

Nachrichten. Die Mails lassen sich daher nicht zum Absender zurückverfolgen. Der Ton ist durchweg abfällig und aggressiv, aber ich bin noch auf keine ausdrücklichen Todesdrohungen gestoßen.«

»Gute Arbeit, ich denke, dass …«

Frederik hob eine Hand und bremste Mikael.

»Ich habe noch mehr. Eliasen und ich haben an der Kopie gearbeitet, die die Techniker von Carlsens Handy gemacht haben, und auf den ersten Blick finden sich auch hier keine besorgniserregenden SMS. Er hat allerdings einige Anrufe von einer unterdrückten Nummer bekommen, aber wer in seiner Stellung tut das nicht? Es könnte der PET gewesen sein. Oder das Ministerium.« Frederik sah in die Runde und klopfte manisch mit seinem Kugelschreiber auf den Tisch. »Aber jetzt passt auf: Mehrere dieser Anrufe kamen während Carlsens Spanienurlaub, und zwar zu allen möglichen Uhrzeiten.« Er reichte eine Auflistung herum.

»Hat er die Anrufe angenommen?«, fragte Mikael.

»Ja, wie ihr sehen könnt, haben einzelne davon zwei oder drei Sekunden lang gedauert. Er wird also allenfalls den Hörer abgehoben haben.«

Mikael stand auf und verteilte die Aufgaben mit neuem Elan. Endlich hatten sie etwas, dem sie nachgehen konnten.

Dahlin und Eliasen mussten mit der Identifizierung des Personenkreises beginnen, der für die vielen unangenehmen E-Mails in Carlsens Postfach verantwortlich war. Diese Art von E-Mails bestanden nur selten aus mehr als leeren Worten, vielleicht aber lieferten sie einen Hinweis, der sie der Aufklärung des Falles näherbrachte.

Außerdem galt es, das Videomaterial all jener Streifenwagen durchzusehen, welche die Software zur automatischen Kennzeichenerfassung installiert hatten. Und sollten sich Teslas neueren Datums in der Nähe des Tatorts befunden haben, hatten auch diese womöglich etwas Brauchbares gefilmt. Darüber hinaus war eine Funkzellenabfrage der dem Tatort nahe gelegenen Telefonmasten durchgeführt worden, wodurch die Ermittler auf siebzig- bis achtzigtausend Handynummern zugreifen konnten, die an der Stelle vorbeigekommen waren. Die Nummern potentieller Verdächtiger konnten später mit der Funkzellenabfrage verglichen werden, um den richtigen Täter mit dem Ort in Verbindung zu bringen. Ein wichtiges Indiz, sollte der Fall vor Gericht enden.

»Schön und gut, Dirk, aber wir sind zu wenige für die Aufgaben, die du hier mal eben locker-flockig skizzierst. Dafür bräuchten wir Wochen«, gab Frederik zu bedenken.

»Wir müssen versuchen, mit den Leuten über die Runden zu kommen, die wir haben«, erwiderte Mikael und schaute Unterstützung suchend in die Runde der acht Mann im Raum. Von Krankmeldungen war die Abteilung bislang verschont geblieben, aber mehrere Kollegen waren noch immer im Urlaub. Für diesen Fall hätten sie mindestens fünfzehn Personen sein sollen. Dahingehend hatte Frederik recht.

»Leider haben wir selbst keine freien Mitarbeiter. Ich frage mal in den oberen Etagen nach, ob wir noch Leute bekommen können«, sagte Mikael, um die Runde mit einem cheftauglichen Kommentar zu beschließen. Er wusste nur zu gut, wie die Antwort der Vorgesetzten lauten würde.

Als sich Carlsens Büro geleert hatte, schloss Mikael die Tür und zog sein Handy aus der Gesäßtasche. Während das Freizeichen ertönte, drehte er das Foto von Carlsens Frau hin und her. Es war ein Urlaubsbild, das vor fünf bis zehn Jahren aufgenommen worden sein musste. Anette war eine attraktive Frau. Vielleicht hatte Niels all sein Glück in der Liebe verbraucht.

»Mikael hier, hallo«, sagte er, als Anette endlich abnahm. »Wie geht es Niels?«

Es wurde still am anderen Ende der Leitung, und Mikael spürte alles Blut aus seinem Kopf weichen.

»Die Ärzte sagen, es geht aufwärts, aber ich weiß nicht so recht … Letzte Woche haben sie versprochen, dass er innerhalb der ersten Woche zu sich kommt, aber heute Morgen haben sie vergeblich versucht, ihn aus dem Koma zu holen.«

»Das tut mir leid zu hören, Anette. Aber er ist in den besten Händen«, suchte Mikael sie zu trösten.

»Ich weiß, ich weiß. Ich bin gerade im Krankenhaus. Was wolltest … Habt ihr den Täter gefunden?« Auf einmal klang sie hoffnungsvoll.

»Noch nicht«, antwortete er. »Anette, ich muss dich etwas fragen. Hat Niels je über eine geheime Adresse und Telefonnummer nachgedacht?«

»Nicht, dass ich wüsste.« Anette dachte einen Moment nach. »Wir haben vor dem Urlaub kurz darüber gesprochen, weil sich ein Bekannter nach vielen Jahren im Polizeidienst eine geheime Adresse zugelegt hatte. Aber wie Niels gesagt hat: Wir wohnen seit hundert Jahren im selben Haus, da wäre es sinnlos, sich plötzlich verstecken zu wollen. Warum fragst du?«

»Es hat sicher nichts zu bedeuten, aber es sieht so aus, als hätte er die Möglichkeit untersucht, eine geheime Adresse und eine neue Telefonnummer zu bekommen. Warum glaubst du, hat er das getan?«

»Tja, vielleicht weil rund um die Uhr irgendwelche Journalisten bei ihm angerufen haben? Er war das gründlich leid. Ginge es nach seinen Vorgesetzten, sollte er sein Handy Tag und Nacht eingeschaltet lassen, aber die Presse hat ja seine Nummer, und diese Leute kennen weder Freizeit noch Urlaub. Mikael, war's das für den Moment? Der Arzt kommt gerade zur Visite.«

Sie legte auf, ehe Mikael sich verabschieden konnte.

28

Niemand sah ihn hereinkommen. Oder schlimmer noch, vielleicht sahen sie ihn, aber niemand drehte sich zu ihm um, niemand grüßte ihn, und nun stand er hier in seinem schmuddeligen Sommeranzug und verschmolz mit der Tür. Es war noch nicht mal neun Uhr, und Villy Frandsen hatte die Nase bereits gestrichen voll von diesem Montag.

Die Vertreter der Zentrumspartei waren natürlich schon da. Die Vorsitzende wurde von René Johnsen flankiert, dem neuen Parteisprecher für Recht, der direkt aus der Jugendorganisation heraus in ein freies Mandat gespuckt worden war. Mit seinem angeklatschten Pomadehaar und der albernen Hornbrille sah er aus wie ein Verkäufer in einem Kaufmannsladen aus den Sechzigern. Außerdem quatschte er andauernd begeistert von »breiter Einigung« und »parteiübergreifender Zusammenarbeit«. Der arme Tropf versuchte mit dem Enthusiasmus eines Grünschnabels mit allen in Christiansborg gut Freund zu werden, weshalb ihn die meisten entweder für leicht zurückgeblieben oder sehr verdächtig hielten.

An einem Fenster stand Villys Parteivorsitzender und blickte resigniert über die in der Hitze glühende Stadt. Villy kannte ihn nicht besonders gut. Er war nach der letzten mittelmäßigen Wahl der Partei als Vorsitzender nach Kopenhagen geholt worden. Ein farbloser, fünfundfünfzigjähriger Ex-Bürgermeister aus der ostjütischen Provinz, den die wenigsten Dänen auf der Straße wiedererkennen würden. Aber er war verlässlich und hatte trotz seiner dreißig Jahre in der Politik noch keinen wirklichen Skandal hinter sich. Was ihn in Villys Augen ebenfalls verdächtig machte.

Auch die Ministerialdirektoren mit ihren Leichenbittermienen waren eingetroffen. Und die Beamten mit ihren überhitzten Smartphones und Schnellheftern. An einem Ende des hufeisenförmigen Besprechungstisches saßen zwei uniformierte Personen und steckten die Köpfe zusammen.

Villy erkannte in ihnen den Landespolizeichef Ib Kramer sowie die Kopenhagener Polizeipräsidentin Lone Kirtzner. Ersterer ähnelte mit seinem skurril langen Körper, auf dem ein winziger Kopf saß, einem aufrecht stehenden Dackel, Letztere einer mageren Pute mit der Sorte Truthahnhals, die Villy zu bekommen fürchtete, wenn er in Lis' Augen irgendwann ausreichend abgespeckt hatte.

Dass die Händeschüttelzeremonie den Coronatod gestorben war, passte Villy ausgezeichnet. Doch wie machte man nun auf die eigene Ankunft aufmerksam? Hallo rufen wie irgendein blöder Clown?

Seine Überlegungen fanden ein abruptes Ende, als die Tür hinter ihm abermals aufgedrückt wurde und ihm einen kräftigen Stoß in den Rücken verpasste. Er stürzte über einen Tisch und vermied es nur um Haaresbreite, mit dem Gesicht in einer Schale Schokomandeln zu landen.

»Frandsen. Lass den Tisch in Ruhe. Der steht bestimmt nicht auf deine Annäherungsversuche«, erklang eine wohlbekannte Stimme hinter ihm.

Villy richtete sich auf.

»Witzig, Mejding. Sehr witzig.«

Villy zupfte seine Krawatte zurecht und zügelte seinen Drang, Troels zu schlagen. Den Ministerpräsidenten. Den Mann mit der grauweißen Strähne, dem Villy vorbehaltlos beigestanden hatte, bis es ihn beinahe die Karriere und zwei kleine Kinder das Leben gekostet hatte. Mejding sollte den Boden zu seinen Füßen küssen, stattdessen spielte dem Ministerpräsidenten ein teuflisches Lächeln um die Lippen.

»Mensch, Villy, sonst weißt du einen Scherz unter Kollegen doch zu schätzen. Kannst du dich schon nicht mehr auf den Beinen halten? Du bist ja nur noch Haut und Knochen!«, rief Mejding und knuffte Villy viel zu hart mit der Faust gegen den Oberarm. »So, Leute! Fangen wir an.« Der Ministerpräsident klatschte in die Hände und ließ den Blick über die Anwesenden gleiten. »Wo zur Hölle ist Klargaard?«

Mejdings Miene erstarrte, und Villy wusste, warum. Wie ein Angehöriger des Adels erwartete der Ministerpräsident, stets als Letzter anzukommen, da er seine Zeit für wertvoller als die aller anderen hielt. Alle wussten das und richteten sich gehorsam danach.

In der peinlichen Stille war plötzlich das leise rhythmische Klackern von einem Paar Stöckelabsätze draußen auf dem Gang zu vernehmen. Aus dem leisen Klackern wurde schließlich ein energisches Knallen. Sie war es. Ihr Gang war unverwechselbar. Er ließ Villy an amerikanische Musikvideos denken, in denen Sängerinnen in militanten Farben davon sangen, ihre Rechnungen selbst zu bezahlen.

Dann stand sie in der Tür. Straffer Rock, straffe Seidenbluse, straff zurückgebundenes Haar. Und Sonnenbrille.

»Meine Herren«, sagte sie.

Villy bemerkte, wie Landespolizeichef Kramer den Rücken reckte und die Brust herausdrückte, während Polizeipräsidentin Kirtzner ihre oberste Vorgesetzte scharf von oben bis unten musterte.

»Sie sind spät, Klargaard«, blaffte Mejding.

»Tut mir leid, Troels, aber die Journalisten standen Schlange, als ich vorhin hier ankam.« Katja Klargaard sprach ein schleppendes, karikaturartiges Jütisch wie eine Bauersfrau, nahm die Sonnenbrille jedoch mit der Bewegung einer Dame von Welt ab. »Die Presse dreht total am Rad, was man ehrlich gesagt gut verstehen kann, aber jetzt gehöre ich ganz Ihnen.«

Dieser Analyse konnte Villy nur beipflichten. Als er am Abend zuvor schlafen gegangen war, hatten die Geschäfte in Nørrebro einem Selbstbedienungsbuffet für Langfinger geglichen, und morgens um sechs Uhr hatte er acht Pushnachrichten auf seinem Handy gehabt, die von Schlägereien, abgefackelten Autos und Randalen in weiteren Städten berichteten: in der Kneipenstraße von Aalborg wie auch in einer Bar in Esbjerg, in einem Einkaufszentrum in Slagelse und in einem Sozialbau in Middelfart. Die Gemüter waren in der Tropennacht übergekocht, und die Berichterstattung am Sonntagabend über die totale Abwesenheit der Polizei während der Plünderungen in Nørrebro hatte den moralisch verderbten Elementen in der Bevölkerung mit Sicherheit ebenfalls als Motivation gedient.

»Klargaard. Frandsen. Setzt euch.« Mejding nahm in der Mitte des Besprechungstisches Platz. »Ursprünglich wollten wir uns in zwei Wochen zu den geplanten Verhandlungen bezüglich einer Polizeireform treffen, aber es dürfte offensichtlich sein, weshalb ich euch bereits jetzt kurzfristig einberufen habe.« Das Gesicht des Ministerpräsidenten legte sich in staatsmännische Falten. »Die Szenen, die wir heute Nacht gesehen haben, sind natürlich vollkommen inakzeptabel. Bis auf Weiteres beschränken sich die Unruhen auf einzelne Regionen im Land, aber wir müssen der Entwicklung voraus sein.« Mejding warf Klargaard einen Blick zu. »Neben der Justizministerin habe ich euch als Parteivorsitzende eingeladen sowie die Sprecher für Recht aus den übrigen Regierungsparteien. Ib Kramer von der Landespolizei und Lone Kirtzner von der Polizei Kopenhagen, die uns einen Lagebericht geben werden, kennt ihr ja. Kramer, fangen Sie an?«

Der uniformierte Dackel räusperte sich, lockerte den Kragen seines aufgeknöpften Uniformhemds und enthüllte ein paar feuerrote Flecken um den Adamsapfel.

»Zunächst einmal möchte ich sagen, wie sehr ich die Situation bedaure, mit der wir uns gegenwärtig konfrontiert sehen. Natürlich ist diese polizeilose Phase, wie wir sie zuletzt im Zweiten Weltkrieg erlebt haben, nicht im Sinne der Landespolizei.«

»Jaja, alles schön und gut, aber was sind das für Idioten, die da randalieren?« Mejding wedelte gereizt mit der Hand, als wäre Kramer eine lästige Fruchtfliege. »Sind das alte Bekannte? Sind es Bandenmitglieder?«

»Den ersten Meldungen der verschiedenen Polizeidirektionen nach zu urteilen, zeichnet sich ein uneinheitliches Bild ab. Teils handelt es sich um die üblichen Verdächtigen, also junge Männer, die sich keine Chance entgehen lassen, Krawall zu machen oder sich fremdes Eigentum unter den Nagel zu reißen. Aber wir sehen auch eine andere Tendenz.« Kramer konsultierte ein vor ihm liegendes Blatt Papier. »Sowohl in der Hauptstadt als auch in der Provinz wurden Randale, Diebstähle und Vandalismus durch ganz gewöhnliche und normalerweise gesetzestreue Bürger verübt. Die Idee ist in einigen Fällen in diversen Facebook-Gruppen entstanden, auf denen sich die Leute gegenseitig dazu anstacheln, ›etwas zu zerschlagen‹, ›zu randalieren‹ oder ›ihre Wut rauszulassen‹. Das ist aktuell unsere Hauptsorge, denn wenn sich diese Stimmung allgemeiner Gesetzlosigkeit ausbreitet, kann die Lage binnen weniger Tage komplett eskalieren.«

»Etwas zerschlagen? Gesetzestreue Bürger? Warum in Gottes Namen?«

»Tja, das sind bestimmt nicht die hellsten Kerzen im Leuchter, aber es handelt sich um Männer wie Frauen, die polizeilich bisher nicht bekannt sind und denen es im Prinzip an nichts fehlt. Warum sie das tun? Hm, ich denke, es ist Ausdruck einer generellen Entwicklung, die wir und insbesondere der PET seit einigen Jahren beobachten. In der Bevölkerung schwelt eine Wut, die im Internet köchelt und befeuert wird. Diese Wut ist niemals konstruktiv, sie ist nicht ideologisch eher … *extremistisch* ist vielleicht das richtige Wort. Wir sehen das auch in den USA, in Frankreich, in Griechenland und in Spanien. Denken Sie nur an die Gelbwesten, Goldene Morgenröte, QAnon, Incels, Rechtsextreme. Diese Sorte. Desillusionierte Leute, die die bestehende Ordnung zerstören wollen, damit etwas Neues entstehen kann. Jetzt haben sie offenbar eine Entschuldigung, ihre Fantasien wahr werden zu lassen.«

»Einige Menschen wollen die Welt einfach nur brennen sehen«, warf René Johnsen ein.

»Wie bitte?« Mejding sah den jungen Sprecher scharf an.

»Das ist aus *The Dark Knight*. Dem Batman-Film. Die Szene, als der Butler Batman erklärt, dass manche Menschen nicht stehlen und zerstören, um Macht oder Reichtum zu erlangen, sondern um der Zerstörung und der Brutalität willen.« René schien aufrichtig erfreut, etwas beitragen zu können.

Mejding ließ drei Sekunden eisiger Stille verstreichen, während die Vorsitzende der Zentrumspartei in ihrem Stuhl versank. Sie sah aus, als würde sie am liebsten ihre Pumps ausziehen und aus dem Fenster springen.

»Herzlichen Dank«, höhnte Mejding. »Danke für diesen äußerst erhellenden Kommentar. Sagen Sie … Wer von den beiden sind Sie? Batman oder Robin? Haben Sie Ihren Umhang dabei? Sind Sie im Batmobil hierhergefahren, um uns andere damit zu unterhalten, was Sie im Kino gesehen haben?«

René Johnsen sank in den Stuhl zurück, als hätte er eine Ohrfeige bekommen, und Mejding wandte seine Aufmerksamkeit erneut dem Landespolizeichef zu.

»Die Quintessenz dessen, was Sie gerade geschildert haben, ist also, dass diese Krawallmacher nun eine Entschuldigung haben, blind herumzuwüten. Diese Entschuldigung hätten sie nicht, würde die Polizei ihre Arbeit machen. Also, Kramer, was zur Hölle ist da bei Ihnen los?«

»Wie gesagt bedauern wir die Entwicklung zutiefst. Wie wir von den Vertrauensleuten hören, sind die vielen Monate extremer Belastung für unsere Leute in dieser Woche kulminiert, und daher, tja …« Kramer stockte und griff nach einer Flasche Mineralwasser, während er sein Papier zurate zog. »Die dänische Polizei besteht aus insgesamt sechzehntausend Angestellten, davon elftausendfünfhundert Beamte. Laut Stand vom heutigen Montagmorgen haben sich knapp achthundert davon – siebenhundertachtundneunzig, um exakt zu sein – krankgemeldet, feiern Überstunden ab, betreuen kranke Kinder oder haben Urlaub.«

»Achthundert Kranke?!«

Mejding sah bestürzt von Kramer zu Klargaard, die zurückgelehnt auf ihrem Stuhl saß und mit der Konzentration eines Chirurgen den Nagel ihres kleinen Fingers begutachtete.

»Ja, ähem, die Lage ist ziemlich dramatisch. Umso mehr, da insbesondere die Großstädte betroffen sind. Dazu kommt, dass wir seit letztem Montag um die zweihundert Kündigungen erhalten haben.«

Kramers Stimme schwand bis auf ein trockenes Flüstern.

»Das heißt also, jeder zehnte Beamte ist weg? Wie kann das bitte sein? Beordern Sie diese … Memmen gefälligst zurück in den Dienst.«

Villy fiel auf, dass Kramers Hände kaum merklich zitterten,

aber er wusste nicht zu sagen, ob vor Nervosität oder vor Zorn über Mejdings Wortwahl.

»Das haben wir bereits versucht. Unter anderem in Mittel- und Westjütland. Mehrere Mitarbeiter haben stehenden Fußes gekündigt, als sie den Befehl erhielten, zur Arbeit zu erscheinen, und laut Einschätzung mehrerer Polizeipräsidenten ist es dringend geboten, umgehend einige grundlegende Missstände zu beheben, statt weitere Leute zur Kündigung zu treiben. Andernfalls stehen wir plötzlich vor dem Problem eines langfristigen, massiven Mangels an ausgebildeten Beamten. Lone, wollen Sie etwas ergänzen?«

Kirtzner legte die Unterarme auf dem Tisch ab, verschränkte die Hände und blickte Mejding tief in die Augen.

»Als Polizeipräsidentin der Hauptstadt bin ich verantwortlich für die am härtesten betroffenen Distrikte. Und das schmerzt mich! Durch die Gespräche mit meinen Leuten bin ich zu der Auffassung gelangt, dass es nicht um Gehälter, Arbeitszeiten und Ähnliches geht, also Dinge, die sich tarifvertraglich regeln ließen.«

»Worum zum Teufel geht es dann? Wollen die Angestellten des öffentlichen Dienstes nicht immer mehr Geld? Für mich klingt das nach weinerlichen, verwöhnten Polizisten, die die gesamte Bevölkerung in Geiselhaft nehmen.«

Mejding riss sich wütend das Jackett vom Leib und entblößte zwei große Schweißflecke unter den Achseln.

Der Anblick ließ Villy mit erhobenem Kaffeebecher unter der Nase erstarren. Man konnte kaum erwarten, dass Mejding immun gegen eine Hitzewelle war, aber Villy hatte ihn noch niemals die Kontrolle über irgendetwas verlieren sehen. Auch nicht über seine Schweißproduktion.

Lone Kirtzner hob abwehrend die Hände.

»Die Situation erfüllt mich bestimmt nicht mit Stolz. Aber

letzte Woche wurde ein hochgeschätzter Dezernatsleiter – Niels Carlsen aus meiner Direktion – von einem Auto angefahren. Alles weist auf versuchten Mord hin. Zwei andere Beamte wurden während der Demo am Dienstag tätlich angegriffen, und sie waren bekanntlich nicht die Ersten. Meine besten Leute arbeiten Tag und Nacht an der Aufklärung des Mordversuchs an Carlsen. Eine schnelle Lösung des Falles würde ein wichtiges Zeichen setzen, schließlich geht es um die Sicherheit unserer Mitarbeiter. Wir haben harte Jahre hinter uns, und nun haben die Beamten schlicht und ergreifend genug. Verstehen Sie mich bitte recht, das sind nicht meine Worte, sondern so haben sie es mir gesagt.«

»Wo bitte bleibt da der Respekt der *Polizei* vor der *Bevölkerung*? Vor der Aufgabe, mit der sie vom Staat betraut wurde? Was mich anbelangt, so habe ich meinen Wählern hoch und heilig versprochen, auf Dänemark aufzupassen, aber das erfordert verdammt noch mal, dass ich auf die grundlegendsten Institutionen der Gesellschaft bauen kann!«

Lone Kirtzner sah auf die Tischplatte, während Ib Kramer sich mit dünner Stimme zu verteidigen suchte.

»Uns fehlt es schlicht an Personal, so einfach ist das. Die Polizei-Gewerkschaft moniert seit Jahren, dass landesweit an die dreitausend Beamte fehlen, um die zunehmende Wanderkriminalität und Cybercrime zu bekämpfen. Die Polizei verfügt heute über mehr Angestellte als früher, das ist richtig, aber sämtliche neue Ressourcen sind beim Nachrichtendienst, bei der Terrorbekämpfung und so weiter gelandet. Nicht bei der Polizei, die von der dänischen Bevölkerung im Alltag so sehr vermisst wird.«

»Sie wollen also mehr Leute?«

Kramer und Kirtzner tauschten einen Blick, ehe sie synchron nickten.

Kirtzner räusperte sich.

»Es ist ja nicht so, dass wir in einer Krisensituation Forderungen stellen wollen. Aber das ist es, worüber unsere Leute sprechen. Bei der dänischen Polizei haben sich über eine Million Überstunden angehäuft, die nicht abgebaut werden können. Seit Jahren halten wir den Betrieb dank des Einsatzes und dem Engagement unserer Mitarbeiter am Laufen, aber ...«

»Aber was?«

»Ich denke, was meine Kollegin aus Kopenhagen sagen möchte, ist: ohne Leidenschaft und Begeisterung keine Polizei. Da können wir schreien und fordern, so viel wir wollen. Polizist zu sein ist eine Berufung.«

Kramers feierlicher Tonfall schien Kirtzner zu missfallen; sie verbarg ihr Unbehagen für einige Sekunden hinter ihrem Kaffeebecher. Sie war wohl eher der nüchterne Typ, dachte Villy.

»Eine Berufung? Aha. Und jetzt wurden sie offensichtlich berufen, gemütlich daheim auf dem Sofa zu liegen und Donuts zu futtern?«, spie Mejding.

Kramers Pointe schien an ihm vorbeigegangen zu sein.

Villy schielte zu seinem Vorsitzenden, dem Ex-Bürgermeister, und fragte sich, ob der wohl etwas beitragen wollte, aber der starrte nur auf seine gefalteten Hände. Er und Villy hatten keine Zeit gehabt, die Position ihrer Partei in dieser Frage zu besprechen.

René Johnsen von der Zentrumspartei griff mit dem miesesten Situationsgespür des Jahrhunderts nach einer Schale Schokomandeln und reichte sie herum. Seine Vorsitzende zwang ihn mit einer resoluten Hand auf seinem Arm, die Schale zurück an ihren Platz zu stellen.

»*Ich* kann sie gut verstehen.«

Eine weibliche Stimme brach das Schweigen, woraufhin alle den Kopf drehten und Katja Klargaard ansahen, die sich mit einem, wie Villy fand, unpassend spöttischen Gesichtsausdruck über den Tisch beugte.

Sie führte irgendetwas im Schilde.

Das Gefühl hatte er schon gehabt, als sie ihn letzte Woche in der Wandelhalle abgepasst hatte. Welchem Zweck hätte es sonst dienen sollen? Ihr lockendes Rufen, die Einladung auf einen Kaffee in ihrem Büro, wo sie laut über seine nervösen Witze gluckste, und schließlich ihre lange Rede darüber, wie ungerecht die #MeToo-Vorwürfe der Betonfeministinnen gegen Villy doch seien.

»Wo kommen wir denn hin, wenn wir nicht mehr flirten dürfen? Souveräne Frauen können doch wohl Nein sagen, oder nicht?«, hatte sie gegurrt und eine Hand auf seine gelegt.

Fast hätte es ihm angesichts dieser unerwarteten Solidaritätsbekundung einer Parlamentskollegin die Tränen in die Augen getrieben, ehe ihm bei ihren nächsten Worten der kalte Schweiß ausbrach.

»Wir haben den Brief der Frauen mit den Vorwürfen gegen Sie gesehen, Villy. Mehr noch, wir haben sogar eine Kopie. Fragen Sie mich nicht, wie sie in unseren Besitz gelangt ist, aber puh, ich muss schon sagen, die Damen sind *sehr* konkret in ihren Beschreibungen. Und wir beide wissen ja, dass die Presse konkrete Details liebt. Ich mag mir die unangenehmen Folgen für Sie gar nicht vorstellen, sollte dieser Brief in die Hände eines Journalisten geraten. ›Abgeordneter stöhnte wie ein Elch, als Assistentin sich bückte‹ oder ›Lesen Sie Muschi-Frandsens schlüpfrige SMS‹. Können Sie es vor sich sehen, Villy? Nein, diese Art Überschriften müssen wir mit aller Macht verhindern!«

Villy hatte zaghaft genickt. Unsicher, in welche Klemme

er da geraten war. Er wusste nur, dass sie lebensgefährlich war.

Am Ende des Gesprächs hatte sie gesagt, dass sie damit rechne, von Villy und seiner Partei unterstützt zu werden, wenn sie im Zuge der anstehenden Verhandlungen eine umfassende Reform des Polizeiwesens forderte.

»Die Polizei muss uns endlich die Sicherheit gewährleisten, die wir verdient haben«, wie sie es ausdrückte.

Jetzt, eine knappe Woche später, hatte Villy das klaustrophobische Gefühl, in einen losrollenden Viehwagen eingesperrt zu sein.

»Entschuldigung, *wen* verstehen Sie?« Mejding sah Klargaard verwirrt an.

»Die Krawallmacher. Die Demonstranten, die Unruhestifter, oder wie auch immer Sie sie bezeichnen.«

Mejding starrte sie eine lange Sekunde an, ehe er in einer resignierten Geste die Arme hochwarf.

»Soso, das ist ja unheimlich rührend. Justizministerin Klargaard, die oberste Chefin der Polizei, *versteht* also, warum die Städte hierzulande in Flammen stehen? Na prima, wollen wir das heutige Treffen dann nicht beenden und auf Plünderstreifzug gehen? Auf dem Nachhauseweg ein paar Scheiben einschlagen? Ein Feuer in einem Einkaufszentrum legen? Wer will denn noch Verantwortung für irgendwas übernehmen?«

»Hören Sie, Troels. Sie bewegen sich hauptsächlich in den nordseeländischen Wohlstandskreisen, wo man sich private Wachdienste und dergleichen leisten kann. Aber wir, die wir nah am Volk sind, wissen, dass die Dänen sich seit Langem von der Polizei im Stich gelassen fühlen. Insbesondere auf dem Land, aber auch anderenorts. Fälle wie Betrug, Einbruch, Verkehrsdelikte mit Todesfolge oder Körperverletzung werden nicht aufgeklärt.«

Klargaard schickte einen säuerlichen Blick in Richtung von Kirtzner und Kramer.

»Nah am Volk?« In Mejdings Blick standen gleichermaßen Fassungslosigkeit wie Verachtung geschrieben. »Tut mir leid, aber Sie sind gerade aus dem Urlaub zurückgekommen, den sie laut Ihrem Facebook-Profil mit Ihrem Liebsten am Pool von dessen südfranzösischem Chateau verbracht haben. Entspricht das etwa Ihrer Definition von ›volksnah‹?«

Klargaard schnaubte.

»Allan hat viel in seinem Leben erreicht, aber es ist ihm bestimmt nicht in den Schoß gefallen. Er hat die Arroganz des Systems und das Versagen der Polizei am eigenen Leib zu spüren bekommen. Und was mich betrifft … Ich weiß, woher ich komme. Ich bin im Arbeitermilieu geboren, aufgewachsen und dort verwurzelt. Volksnah ist keine Zahl im Sparbuch, es ist eine Geisteshaltung«, konterte die Justizministerin.

»Sie meinen wohl: ›Volksnah‹ ist die Strategie, die Sie fahren, solange es Ihnen Vorteile verschafft.«

»Meine Damen und Herren. Wollen wir nicht ein bisschen konstruktiver vorgehen?« Der Chef der Staatskanzlei, ein weißhaariger Beamter, hielt die Hände hoch wie ein Ringrichter zwischen zwei schwitzenden Boxern, dann nickte er Kirtzner und Kramer zu. »Wie Sie hören, benötigen wir nun etwas Zeit für politische Beratungen, weshalb wir uns fürs Erste bei Ihnen bedanken.«

Die beiden Polizeirepräsentanten standen auf und verließen den Raum. Mejding ergriff abermals das Wort. Nun im gewichtigen Tonfall eines Staatsmanns.

»Wir müssen diese Krise eindämmen, ehe sie eskaliert. Ich werde nicht stillschweigend zusehen, wie sämtliche Rechtssicherheit hierzulande flöten geht. Die Gesetzlosigkeit könnte in den nächsten Tagen noch zunehmen. Sich auf die Moral der Leute zu verlassen, ist keine Strategie.« Mejding sah seine Justizministerin eindringlich an. »Katja, ich möchte Sie bitten, Verantwortung zu übernehmen. *Sie* sind die Justizministerin, die Polizei ist *Ihre* Verantwortung. Ich denke, ich übertreibe nicht, wenn ich sage, dass es um die Sicherheit des Landes geht. Die Beamten müssen zurück in den Dienst. Und zwar unverzüglich. Ich schlage eine Aussperrung vor.«

Katja Klargaard sah Mejding unbeeindruckt an.

»Eine Aussperrung?«, wiederholte sie. »Das sind Beamte. Sie können nicht ausgesperrt werden, so wie sie auch nicht streiken können. Außerdem ist von einem Streik auch gar nicht die Rede, sondern von Krankmeldungen.«

»Was schlagen Sie dann vor? Das Budget lässt aktuell keinen Raum für Geldgeschenke.«

Katja Klargaard lehnte sich mit verschränkten Armen zurück.

»Wir warten ab.«

»Sie wollen abwarten?« Mejding sah sie schockiert an. »Katja, das können wir nicht machen! Was, wenn es zu weiteren Ausschreitungen kommt? Mord, gewalttätige Auseinandersetzungen auf den Straßen? Außerdem wird die Opposition *verlangen*, dass wir einschreiten.«

»Ach, lassen Sie uns doch einfach sehen, ob die Dinge sich nicht von selbst wieder beruhigen. Ich glaube an das Gute in den Bürgern. Und in den Polizisten.«

»Und wenn Ihr Plan nicht aufgeht?«

»Dann tun wir in zwei Wochen das Offensichtliche. Wir schnüren ein starkes Polizeipaket.«

»Sie stimmen der Polizei also zu, dass mehr Polizeibeamte alle Probleme lösen?«

»Papperlapapp. Das ist nur der Köder. Sie bekommen mehr Leute, im Gegenzug werden die Zügel straffer gezogen. Eine

Berufung … du lieber Himmel. Die Polizei muss *geführt* werden. Und zwar mit eiserner Hand.«

Mejding verdrehte die Augen.

»Vergessen Sie's, Katja, es ist vollkommen ausgeschlossen, dass die Regierung nach einer historisch teuren Pandemie nach allen Seiten Gelder verteilt.«

Villy beobachtete Mejding. Inzwischen kannte er ihn. Der Ministerpräsident würde der Polizei, die ihn vor anderthalb Jahren beinahe zu Fall gebracht hätte, niemals mehr Mittel bewilligen. Sein Plan war offenkundig, Katja Klargaard die Rolle des Buhmanns zuzuschieben. *Sie* sollte die Beamten zurück an die Arbeit zwingen und das Gesicht der Regierung nach außen sein, falls die Krise explodierte.

Aber sie *wollte* nicht – und wenn Mejding versuchte, ihr mit Gewalt den Arm auf den Rücken zu drehen, riskierte er, dass ihre kleine Partei die Koalition verließ, womit seine Karriere beendet wäre. Villy erkannte an Mejdings leicht entglittenen Gesichtszügen, dass es ihm dämmerte: Er hatte eine Giftschlange in seine Regierung eingeladen, um sie zu zähmen. Jetzt wendete sie sich gegen ihn.

»Gut. Rufen Sie mich an, wenn Sie es sich anders überlegen. Es wäre ja denkbar, dass wir nicht die einzige Partei in der Koalition sind, die sich Veränderungen bei der Polizei wünscht.«

Die Justizministerin erhob sich abrupt, schritt zur Tür und verließ den Raum.

»Schlampe«, zischte Mejding kaum hörbar.

Villy hockte da wie versteinert. Die Besprechung war vorbei, und er hatte sie abgesessen wie ein stummer Statist. Wie ein Ersatzspieler, der darauf wartete, zum Einsatz zu kommen.

Er griff nach einer Cola, um sie mit in sein Büro zu nehmen, als er einen Blick auf sich spürte. Er schaute sich um und bekam unerwarteten Augenkontakt mit Katja, die draußen auf dem Gang stand und in den Raum schaute, den sie soeben verlassen hatte. Nur Villy konnte sie von seinem Platz aus sehen. Sie lächelte nicht, ihre Miene war das Gegenteil von freundlicher Annäherung. Es war das Gesicht der Macht in Reinform.

Sie führte die rechte Hand ans Ohr, eine Geste, die Villy ohne Schwierigkeiten als »Rufen Sie mich an« entschlüsselte. Jegliche Farbe wich aus seinem Gesicht.

Der Ersatzspieler war soeben auf den Platz geschickt worden.

29

Die Kälte aus dem Kühlschrank war so himmlisch, dass Frederik am liebsten trotz des lospiependen Alarms vor der offenen Tür stehen geblieben wäre. Er stöberte nach etwas Süßem, Koffeinhaltigem, damit Louise sich nicht wieder beschwerte, weil er beim Abendessen einschlief.

Er schob sich einen Proteinriegel in den Mund, spülte ihn mit einer Dose Red Bull hinunter und sah voller Grauen der Nacht entgegen. Obwohl zu Tode erschöpft, schlief er keine ganze Nacht durch, mit der Konsequenz, dass er auch tagsüber ohne konstante Koffein- und Zuckerzufuhr nicht über die Runden kam. Ein Teufelskreis, wie die Hausärztin es nannte.

Er hatte ihren Rat, sich krankzumelden, ignoriert. Das kam gar nicht infrage, solange Carlsen noch in Lebensgefahr schwebte. Man brauchte ihn dort, und er brauchte die Arbeit.

Den Nachmittag hatte er mit der Durchsicht weiterer Überwachungsvideos verbracht, bis auf Weiteres ohne Erfolg.

Die Haustür ging auf, und Louise kündigte sich mit einem »Hallo, Schatz« an, ehe sie mit windzerzausten Haaren und nackten Armen in einem hellen Sommerkleid in die Küche trat. Sie küssten sich mechanisch, ein Zeichen, dass ihre Beziehung in eine Flaute geraten, wenn nicht gar auf Grund gelaufen war.

Die unfreiwillige Kinderlosigkeit hatte eine wachsende Kluft zwischen ihnen entstehen lassen, und sie vertrieben sich die schlaflosen Nächte nicht mit leidenschaftlichem Sex.

Frederik hatte kaum noch Lust; tatsächlich hatte er Mühe, ihn hochzubekommen, genierte sich aber, mit jemandem darüber zu reden. Nicht einmal die Ärztin hatte er in diesen Punkt seiner mittlerweile umfassenden Liste von gesundheitlichen Problemen eingeweiht. Louise derweil glaubte, es läge an ihr.

Er fühlte sich wie ein dreifacher Versager: als Ehemann, als Polizist, als der Vater, der er längst hätte sein sollen. Und neulich, nach mehreren Gläsern Rosé, hatte Louise enttäuscht gefaucht, sie könnten sich ebenso gut scheiden lassen, statt weiter ihre Zeit miteinander zu verplempern.

Er war sprachlos gewesen. Und ängstlich. Schließlich liebte er sie. Von ganzem Herzen.

In der Nacht nach ihrem Streit hatte er aus Angst vor der Zukunft kein Auge zugetan, doch am nächsten Tag hatte sie das Thema mit keinem Wort erwähnt. Vielleicht hatte sie es vergessen, vielleicht hatte sie es nicht ernst gemeint, Frederik wusste es nicht.

»Was für ein verrückter Tag.«

Louise streifte ihre Schuhe ab und bat Frederik, den Reißverschluss ihres Kleides zu öffnen. Kurz nach ihrem Jurastudium hatte sie einen Job im Justizministerium an Land gezogen, war dort rasch die Karriereleiter hochgeklettert und hatte zunehmend Einblick in die heiklen und mitunter streng vertraulichen Fälle erhalten, beispielsweise in Verbindung mit der Terrorbedrohung oder dänischen Staatsbürgern, die im Ausland in der Klemme steckten.

Seit jedoch der frühere, eher blasse Justizminister seinen Posten geräumt hatte, war Louises Arbeitsplatz ein anderer geworden. Katja Klargaard aus dem Wahlkreis Struer war in jeglicher Hinsicht eine Veränderung im Vergleich zu ihrem Vorgänger, nur leider, wie Frederik inzwischen festgestellt hatte, nicht zum Guten.

»Inwiefern verrückt?«, fragte er, während er an dem Reißverschluss herumfummelte.

»Der Staatssekretär wäre heute fast explodiert. Mejding hatte Klargaard und mehrere andere zentrale Persönlichkeiten aus dem Rechtsbereich zu einer großen Krisensitzung wegen des Polizeistreiks einberufen, davon hast du ja bestimmt …«

»Es gibt keinen Streik.«

»Meinetwegen, Massenkrankmeldungen dann halt. Gehuppt wie gedupt. Die Sitzung war anscheinend das komplette Desaster. Klargaard und Mejding haben sich angegiftet – übrigens in Anwesenheit von deiner Chefin, Kirtzner. Im Anschluss an dieses Spektakel hat unser Ministerialdirektor vorgeschlagen, sämtliche Polizeipräsidenten zu einem Treffen ins Ministerium einzuladen. Immerhin ist allen klar, dass die aktuellen Unruhen nicht tage- oder gar wochenlang so weitergehen können. Der Ministerialdirektor hat versucht, Klargaard einzuhämmern, dass sie dem Polizeipräsidenten Druck machen muss, die Beamten zurück in den Dienst zu holen. Vielleicht mit irgendeinem Leckerli als symbolische Geste – dem Versprechen, dass es bei den nächsten Tarifverhandlungen eine Gehaltserhöhung gibt oder was weiß ich. Aber glaubst du, Klargaard hätte zugehört?«

Fassungslosigkeit leuchtete aus Louises Augen.

»Wie hat sie reagiert?«

»Sie meinte zum Ministerialdirektor, er solle sich mal ein bisschen locker machen. Direkt vor mir, einer der Sekretärinnen und einem Bürochef. Stell dir das mal vor!«

»Aber hat sie nicht irgendwo recht? Die Sache mit den Krankmeldungen gefällt mir auch nicht. Und es stärkt wohl kaum die Moral, wenn die Politiker die Beamten zurück an die Arbeit treiben, ohne radikale Verbesserungen in Aussicht zu stellen«, wandte Frederik ein.

Louise zögerte einen Moment.

»Ich glaube, du überschätzt Klargaard. Sie denkt bei ihren Forderungen nicht an euer Wohl. Sie denkt weder an die Polizei, der sie vorsteht, noch an die dänischen Bürger, die sie letzten Endes beschützen soll. Sie denkt allein an ihr politisches Projekt. An Macht, nicht an eine bessere Gesellschaft.«

Louise war in ein paar lockere Shorts geschlüpft, und gemeinsam mit Frederik setzte sie sich mit einer Flasche Weißwein in den Garten unter den Sonnenschirm.

»Den Umfragen zufolge steht Klargaards Partei derzeit aber hoch im Kurs, oder?«, fragte er.

»Ja, für sie und ihre Partei ist es seit dem Einzug ins Parlament steil bergauf gegangen. Vielleicht, weil die Leute die Schnauze voll haben von Politikern, von politischen Streitereien, von den Fehlurteilen der Behörden, von Krisen, von Coronabeschränkungen, einfach von allem. Und Klargaard steht in Opposition zu allem. Es gibt ihr einen Kick ...« Louise stockte.

»Was?«

»Dinge zu *zerstören*. Misstrauen und Zwietracht zu säen. Sie spielt die Leute gegeneinander aus und genießt dann mit einem morbiden Vergnügen den Kampf. Ich glaube, dieses Machtspiel treibt sie mit allen. Kennst du Villy Frandsen?«

»Den Politiker? Ja, vom Namen. Mikael hat ihn in dem Fall mit den Kindern letztes Jahr vernommen.«

»Ein ziemlich schmieriger Typ, der jetzt Interim-Sprecher für Recht geworden ist. Er war mehrfach in Katja Klargaards Büro. Letzte Woche erst und heute wieder. Jedes Mal wenn er rauskam, sah er total bedröppelt aus. Nicht dass er der Typ wäre, mit dem man Mitleid hat, aber wenn du mich fragst, plant die Ministerin irgendwas. Und ich bin mir nicht sicher, ob das so angenehm für die Polizei wird, Schatz.«

Louise streckte die Hand aus und strich ihm über den Arm. Ihre liebevolle Geste überraschte ihn, und er zuckte zurück, als hätte er sich verbrannt.

»Ich hole noch etwas Wein«, sagte er und stand auf.

30

Mikael sprang auf, stieß ein lautes »Yes!« aus und schlug so hart mit der Faust auf den Tisch, dass das Foto von Anette hochhüpfte. Mehrere Ermittler hoben die Köpfe, um die Quelle des seltenen Ausbruchs von Begeisterung in der Abteilung zu lokalisieren.

Die Kriminaltechnik hatte einen neuen Bericht geschickt. *Lackspuren des mutmaßlichen Fahrzeugs an Kleidung des Opfers gefunden. Zwecks Typbestimmung und Analyse der Bruchflächen und Lackschichten ans Technologische Institut geschickt. Antwort steht noch aus, aber das Fahrzeug ist aller Wahrscheinlichkeit nach dunkel, vermutlich schwarz*, hieß es im Bericht.

Der Wagen, nach dem sie suchten, war schwarz oder dunkel, und der obdachlose Mann, der angegeben hatte, nach Carlsens Kollision einen schwarzen Kombi gesehen zu haben, war damit der einzige Zeuge, der sich richtig erinnert hatte. Betrunken oder nicht. Mikael nahm sich vor, den Mann zu suchen und ihm persönlich eine Flasche Wodka und ein McDonald's-Menü zu spendieren.

Den Technikern war es nicht gelungen, anhand des Reifenabriebs auf dem Asphalt am Damhussøen Reifenart oder Fahrzeugmarke zu bestimmen, aber die winzigen Gummireste konnten zum Vergleich herangezogen werden, wenn die Ermittler einen mutmaßlichen Fluchtwagen ausfindig machten.

Auch der Scheinwerfersplitter hatte sie nicht sonderlich

vorangebracht. Laut Spurensicherung handelte es sich möglicherweise um Scheinwerfer des Fabrikats Hella, doch eine Nachfrage beim Hersteller hatte ergeben, dass Muster und Rillen des Scheinwerfers nicht fahrzeugspezifisch seien. Diese Spur war damit mehr oder weniger unbrauchbar.

Das Kühlergrillfragment hingegen stammte mit Sicherheit vom Fahrzeug des Täters, da sich Stoffreste von Carlsens Kleidung daran fanden. Hier galt es, weitere Nachforschungen anzustellen.

Mikael rief das Vernehmungsprotokoll des Obdachlosen auf seinem Computer auf.

Da war ein dunkler Kombi, der ist mit Vollgas direkt auf den Mann drauf. Dann ist er rückwärts weggefahren, stand dort.

Sie mussten öffentlich nach dem Wagen fahnden. Ein dunkler, möglicherweise schwarzer Kombi mit kaputtem Kühlergrill, abgesplittertem Lack, eventuell einem zerbrochenen Scheinwerfer und vermutlich einer großen Beule in der Motorhaube war eine ausgezeichnete Spur. Hatte eine Autowerkstatt einen auf diese Beschreibung passenden Wagen zur Reparatur reinbekommen, wäre es ein Leichtes, den Eigentümer aufzuspüren.

Er schrieb eine Mail an die Presseabteilung mit der Bitte, die Fahndung schnellstmöglich an die Presse weiterzuleiten. Der beharrliche Klingelton seines Handys unterbrach ihn. Sein Ärger verdampfte, als er den Namen seines früheren Partners auf dem Display aufleuchten sah.

Birger Poulsen.

Sie hatten einige gute Jahre zusammen gehabt, in denen Birger als der Erfahrene von ihnen als Mikaels Mentor fungierte. Birger war achtzehn Jahre älter, Mikael befand sich nach dem Bruch mit Karin in einer Krise, und Birger wurde sein Freund.

2018 war Birgers Frau gestorben und er ein gutes Jahr später nach Horsens gezogen, um näher bei seinem Sohn und den Enkelkindern zu wohnen. Dort führte er ein ruhigeres Leben als Small Town Cop – und hatte eine füllige Freundin mit sonnigem Gemüt namens Jytte gefunden.

Mann, wie Mikael ihn vermisste. Vor allem jetzt, da Frederik nur noch ein Schatten seiner selbst war.

»Birger! Gott, ist das lange her!«

»Mike, wie geht's dir?« Birgers Stimme brummte vertraut am anderen Ende. Er sagte niemals Mikael – immer Mike. Als Einziger. »Sind wir immer noch per Du, jetzt, wo du Dezernatsleiter geworden bist?«

Birger war vermutlich ebenso überrascht über diese Entwicklung wie Mikael. Die beiden fühlten sich im aktiven Dienst am wohlsten. Echte Polizisten hatten keinen Schreibtischstuhl am Hintern kleben, wie Birger zu sagen pflegte.

»Jemand muss es ja machen, solange Carlsen nicht da ist. Wir müssen diesen Fall so schnell wie möglich aufklären. Die Direktion droht auseinanderzubrechen, die Leute haben Angst, zur Arbeit zu gehen.«

»Ich weiß. Hier ist es genauso. Aber Mike, ich rufe eigentlich nur an, um zu hören, wie es ihm geht. Ich hab es nicht über mich gebracht, mich bei Anette direkt zu melden.«

Niels und Birger hatten Ende der Neunziger, damals beide noch blutige Anfänger, für ein Jahr als Ermittler in der Polizeidirektion Lyngby zusammengearbeitet, und Mikael hatte aufgehört zu zählen, wie oft Birger behauptet hatte, damals sei alles besser gewesen.

»Er liegt immer noch im künstlichen Koma. Und die Ermittlungen stocken ganz schön. Fällt dir jemand ein, der ihn tot sehen wollte?«

Am anderen Ende der Leitung wurde es still.

»Nee. Keiner, der zu so einer Schweinerei imstande wäre«,

kam schließlich die Antwort. »Aber als Polizist kann man unmöglich bei allen beliebt sein, oder?«

Darin musste Michael ihm recht geben. Er selbst konnte eine lange Liste von Personen nennen, denen er in unterschiedlicher Form auf die Zehen getreten war. Leute, die er festgenommen, verhört, verdächtigt oder enttäuscht hatte.

Abermals herrschte Stille in der Leitung, und Mikael wunderte sich über die Wortkargheit seines Ex-Partners. Normalerweise redete Birger immer frei von der Leber weg, riss reihenweise unangemessene Witze und stellte ebenso unangemessene Fragen zu Mikaels Privatleben. Er ließ niemals locker, ehe er nicht alle Antworten auf die intimsten Fragen erhalten hatte. Von Birger hatte Mikael gelernt, Vernehmungen zu führen.

»Gib mir unbedingt Bescheid, falls dir etwas einfällt, ja? Ganz egal, was«, bat Mikael.

»Kennst du das Sprichwort ›Aus Niederlagen lernt man leicht. Schwieriger ist es, aus Siegen zu lernen‹?«, fragte Birger da.

»Nein, wieso?«

»Die Polizei und das Rechtswesen werden als Institutionen angesehen, die keine Fehler machen dürfen, richtig? Aber das macht es ehrlich gesagt verdammt schwer, Polizist zu sein. Man gibt sein Bestes. Verhaftet eine Person, sucht Beweise, um den Täter vor Gericht zu bringen, damit er verurteilt wird. Manchmal geht etwas schief dabei, dann entschuldigt man sich und ist wieder mal klüger geworden. Aber ein Fehler bleibt ein Fehler, hab ich recht? Ein Fehler, der vielleicht große Konsequenzen für andere Leute gehabt hat, während wir weitergehastet sind. Wie macht man so was wieder gut?«

Mikael versuchte aus Birgers Redeschwall schlau zu werden.

»Wie meinst du das?«

Schweigen.

Birger räusperte sich. »Vergiss es. Wahrscheinlich bin ich inzwischen einfach zu alt für diesen Mist. Das mit Carlsen setzt mir zu. Auf einmal lastet die Verantwortung ganz schön schwer auf einem, findest du nicht? Eine kleine Figur in diesem großen Spiel zu sein. Ich frage mich nur, ob wir es gut genug gemacht haben.«

»Ob wir was gut genug gemacht haben?«

»Unsere Arbeit!«

»Birger, du bist einer der besten Polizisten, die ich kenne.«

Birger schwieg eine Weile und seufzte dann laut ins Telefon.

»Ich weiß, ich klinge wie ein alter Trottel, aber ich zähle schon die Tage, bis endlich Schluss ist.«

»Und du in Pension gehen kannst? Ha! Du klingst nicht nur wie einer, du *bist* ein alter Trottel.«

Normalerweise wusste Mikael genau, wie er Birger zum Lachen brachte. Das klappte heute offenbar nicht.

»Was ist los, Birger?«

Sein alter Partner antwortete nicht auf die Frage.

»Mike, pass auf dich auf, ja? Die Dezernatsleiter für Gewaltverbrechen haben viele Feinde. Das war schon immer so«, sagte er und legte auf.

31

Maria stand vor einer der vornehmsten Adressen von Frederiksberg und sah nach oben zur Wohnung im fünften Stock. Die Tür zum Balkon stand offen. Von dort oben konnte man garantiert bis zu den Seen schauen. Obwohl sie nicht weit vom Zentrum entfernt war, schienen der Lärm und die Hektik der Stadt weit weg zu sein.

Dort oben wohnte Anna Lövengrens Tochter, die verflucht schwer zu finden gewesen war.

Tags zuvor hätte Maria ihre Suche fast schon aufgegeben und erwogen, Bodil zu schreiben, dass aus der Sache nichts wurde und sie etwas ganze Neues versuchen wolle, ohne alte Skelette und widerborstige Angehörige. Sie wollte Margrethe Sandager anrufen und sie bitten, das namenlose Skelett freizugeben, damit es verbrannt werden konnte. Vielleicht würde sie ein paar Blumen auf das Grab der Unbekannten legen und danach alles über Else vergessen. Genau wie alle anderen das offensichtlich getan hatten.

Sie hatte den Montag im Kellerarchiv des Polizeimuseums begonnen, wo es klaustrophobisch und dunkel wie in einem Albtraum war. Spinnweben klebten an den Kartons und Asservaten jahrzehntealter Fälle.

Trotz der flirrenden Hitze draußen war es im hinteren Teil des Kellers, wo der besonders gesicherte Archivraum des Museums lag, überraschend kühl. In diesem Raum lagerten die Fälle aus dem Zweiten Weltkrieg. Um ihn betreten zu können, brauchte man nicht nur eine Zugangskarte und die Sicherheitsfreigabe vom PET, sondern auch den Code zum Keller und zwei separate Schlüssel, die Maria in dem Safe in Bodils Büro gefunden hatte.

Als sie noch neu im Museum war, hatte es sie stutzig gemacht, dass ausgerechnet die Fälle aus der Besatzungszeit so gesichert waren, während Waffen aus Bandenkriegen und aufsehenerregenden Mordfällen oben im Museum zu begutachten waren. Später hatte sie dann die Gründe dafür erfahren. Zum einen wurden Memorabilia aus dem Zweiten Weltkrieg zunehmend teuer gehandelt. Die passionierten Trophäenjäger interessierten sich nicht nur für Medaillen und Waffen, sondern auch für Dokumente und Uniformen. Zum anderen waren die Sachen aus Rücksicht auf den Ruf der Polizei weggesperrt worden. Das Archivmaterial enthielt nämlich auch Berichte über Polizisten, die gegenüber der Besatzungsmacht viel freundlicher als notwendig gewesen waren. Geschichten, die man nach der Befreiung, als die Deutschen das Land verließen und die Polizei unter dem Jubel der Bevölkerung wieder eingesetzt wurde, eilig unter den Teppich gekehrt hatte.

Das Archivmaterial enthielt überdies Listen und Verbrecherfotos von namentlich genannten Nazisympathisanten, mutmaßlichen Verrätern, Kollaborateuren und Deutschenflittchen. Sowie eine Auflistung all jener Mitläufer, die in den letzten Monaten des Krieges liquidiert worden waren, samt den Namen derjenigen, die die Hinrichtungen durchgeführt hatten. Männer oder Kinder, sollte man eigentlich sagen, denn in den nächtlichen Todespatrouillen waren auch viele Teenager mitgelaufen.

Die Liquidierungen von Spitzeln und Verrätern wurden nach der Befreiung nie offiziell aufgearbeitet, die Täter nie vor Gericht gestellt. Der Großteil der Bevölkerung betrachtete diese Erschießungen als legitime Kriegshandlungen. Die Widerstandsbewegung, die gegen Kriegsende sicher vierzig- bis fünfzigtausend bewaffnete Männer und Frauen umfasste, ging als moralischer Sieger aus dem Krieg hervor, und die Politik beeilte sich, sie in die Befreiungsregierung zu integrieren. Alle waren auf das Wohlwollen der Widerstandsbewegung angewiesen.

Es gab allerdings auch Stimmen, die sich für eine Ermittlung der etwa vierhundert Liquidierungen einsetzten. Einige Angehörige der Ermordeten leugneten mit Nachdruck, dass ihre Väter, Brüder oder Söhne im Dienst der Nazis gestanden hatten. Sie forderten ein Verfahren und eine Rehabilitierung ihrer Angehörigen. Als die Polizei dann nach Jahren der Diskussion stichprobenhaft einige Morde untersuchte, fand sie tatsächlich heraus, dass die eine oder andere Liquidierung als Fehlentscheidung eingestuft werden musste, weil beispielsweise schlichtweg die falsche Person ergriffen wurde oder Liquidierungen aus Eifersucht oder anderen kriminellen Motiven durchgeführt worden waren.

Wie viele dieser unangenehmen Wahrheiten in dem verschlossenen Archivraum zu finden waren, würde die Öffentlichkeit niemals erfahren. Normalerweise durfte das archivierte Material nach fünfundsiebzig Jahren eingesehen werden, das galt aber nicht für diese Dokumente. Soweit Maria wusste, gab es keinerlei Pläne, die dunklen Archive aus der Besatzungszeit jemals der Öffentlichkeit zugänglich zu machen. Was hier lagerte – wie auch im deutlich größeren Archiv des Nachrichtendienstes – sollte für alle Ewigkeit unter Verschluss bleiben. Alles andere würde zu sehr am dänischen Selbstverständnis kratzen.

Maria brauchte schon ein kleines Wunder, wenn sie in dem gesonderten Archivraum Informationen über Else Lövengren finden wollte. Sie machte sich keine Illusionen. Zum einen gab es im Museum nur eine Handvoll Aufzeichnungen über Liquidierungen an Verrätern, der Rest lagerte im Landesarchiv oder beim PET. Zum anderen hatte sie keine Ahnung, ob Else wirklich aus politischen Gründen erschossen worden war. Dazu kam, dass die Leiche erst jetzt gefunden worden war. Sollte es ein Dokument geben, musste ein Mitschuldiger oder Zeuge die Behörden über den Mord an der Neunzehnjährigen aus Viborg informiert haben.

Nach einer Dreiviertelstunde gab sie auf. Sie hatte nur ein einziges Dokument über eine liquidierte Frau gefunden, die Deutschen-Erna, eine dreiunddreißigjährige, mutmaßliche Spionin, die 1945 ermordet in der Nähe von Skanderborg gefunden worden war.

Auf dem Weg aus dem Keller zurück nach oben überlegte Maria, einen Podcast über die gesetzlosen Zustände in der polizeilosen Zeit zu machen. Das Ganze war im Moment ja unangenehm aktuell. In der Nacht auf Montag hatte sie gleich zweimal unweit von ihrer Wohnung enormen Lärm gehört. Zum ersten Mal seit den Geschehnissen im letzten Winter hatte sie sich vor dem Schlafengehen vergewissert, dass beide Türen auch wirklich abgeschlossen waren. Trotz der quälenden Wärme hatte sie die Fenster nicht öffnen können, weil draußen die ganze Nacht über herumgeschrien wurde und Autoalarmanlagen losgegangen waren.

Wie war es der Bevölkerung in der Zeit von 1944 bis 1945 ergangen, als die Polizei plötzlich weg war? Hatten die Frauen sich noch auf die Straße getraut? Wie war es mit Diebstählen auf offener Straße, Überfällen und Einbrüchen?

Bekannt war, dass die Menschen Recht und Gesetz damals in die eigenen Hände genommen hatten. Wenige Wochen, nachdem die Polizei abgetaucht war, gab es erste bestätigte Fälle von Selbstjustiz. Maria hatte unter anderem eine Geschichte über drei Bankräuber gelesen, die von den aufgebrachten Menschen mit Waffengewalt aus einer Stadt in Jütland gejagt worden waren. Zwei der Bankräuber hatten anschließend Selbstmord begangen, um nicht in die Hände der selbsternannten Gesetzeshüter zu fallen.

So schlimm würde es jetzt hoffentlich nicht werden, dachte sie, als sie auf das Klingelschild mit der Aufschrift HOLT starrte.

Sie hatte den Montagnachmittag und -abend gebraucht, um den Namen herauszufinden. In den Telefonbüchern waren keine Privatpersonen mit dem Namen Lövengren verzeichnet, und im Einwohnerregister fand sie nur die Familie im Hejrevej in Risskov. Das Kind von Anna Lövengren hatte vermutlich einen anderen Nachnamen, falls Anna bei einer eventuellen Heirat den Namen ihres Mannes angenommen hatte.

Wenn sie geheiratet hatte, als die Familie noch in Viborg wohnte, hatte die Hochzeit vermutlich in der Domkirche stattgefunden. Maria hatte sich erneut in das Landesarchiv eingeloggt und war die Eheschließungen seit dem Jahr 1939 durchgegangen. Im April 1946 war unter den Brautnamen endlich der Name Anna Lövengren aufgetaucht, geboren in Viborg, 26. Juli 1919. Tochter von Schneider Petter Lövengren und Ehefrau Agnete Lövengren.

Der Bräutigam war der Junggeselle Stud. Med. Vagn Holt, geboren in Almind am 3. September 1916.

Anna hatte also einen werdenden Arzt geheiratet. Mit dem Geburtsdatum des Mannes war es dann ein Leichtes gewesen, Vagn Holt im Einwohnerregister zu finden. Er war 2010 mit vierundneunzig Jahren in einem Altenheim gestorben. Seine letzte, bekannte Adresse war am Sankt Markus Plads in Frederiksberg.

Maria hatte überprüft, wer heute an dieser Adresse wohnte und war auf den Namen Eva Holt gestoßen.

Maria blickte überrascht auf die Tür, als sie das Summen hörte und das Schloss sich von allein öffnete. Eva Holt schien eine deutlich vertrauensseligere Person zu sein als ihr Cousin in Risskov. Nachdem sie den Namen erst spät am Abend zuvor gefunden hatte, war sie am Morgen direkt nach Frederiksberg gefahren, ohne ihr Kommen telefonisch anzukündigen.

In dem alten, knarrenden Holzaufzug wurde ihr bewusst, dass Anna Lövengrens Tochter deutlich älter als Espen Lövengren sein musste. Wenn Eva Holts Eltern 1946 geheiratet hatte, war Eva sicher bald darauf auf die Welt gekommen. Sie musste um die siebzig sein.

Der Fahrstuhl hielt rumpelnd in der fünften Etage und Maria drückte die Tür auf. Vor ihr in der offenen Wohnungstür stand eine Frau, die sie freundlich lächelnd ansah.

»Guten Tag«, sagte sie. »Ich habe eigentlich keine Gäste erwartet.«

»Sind Sie Eva Holt?«, fragte Maria.

»Ja.«

Die Frau hatte das geschätzte Alter, war aber ein ganz anderer Typ, als Maria erwartet hatte. Eva Holt trug ein ärmelloses Marimekko-Kleid mit großen pinken Blumen, ihre nackten Füße steckten in roten Sandalen und ihre weißen Haare hatte sie in einem Riesendutt oben auf dem Kopf zusammengefasst. Die alte Frau wirkte wie eine Künstlerin, ein bisschen wie ein Hippie, dachte Maria und freute sich irgendwie über den Anblick.

»Sind Sie die neue Paketbotin?«

Eva sah Maria neugierig an. Ihre Stimme klang wie die Sprecherin des Kinderprogramms in den Siebzigern.

»Nein, ich bin Historikerin im Polizeimuseum. Ich habe Informationen über eine Verwandte von Ihnen, die vor vielen Jahren verschwunden ist. Else Lövengren.«

Das Lächeln der Frau gefror. Plötzlich wirkte sie verwirrt und abwesend. Sie streckte den Arm nach Maria aus und Maria trat einen Schritt vor, weil sie dachte, dass Eva Holt ihr die Hand geben wollte.

»Im Mai wurde in der Nähe von Nørre Felding das Skelett einer jungen Frau gefunden, die in den Vierzigern zu Tode kam. Ich bin mir ziemlich sicher, dass ich die Tote als ihre Tante identifiziert habe.«

Maria nahm die Hand der Frau, doch sie hatte sie nicht zum Gruß ausgestreckt. Eva Holt zögerte, dann umklammerte sie Marias Hand mit beiden Händen und starrte sie an. Ihr Mund öffnete und schloss sich. Als müsste sie die Worte erst verdauen.

Dann kippte sie nach vorn und fiel in Marias Arme.

32

Villy Frandsen streckte instinktiv den Rücken, als der schwarze Audi A8L vor ihm in der Slotsholmsgade hielt, wo er auf Katja Klargaards Anweisung hin warten sollte. Dass die Justizministerin die Klimakrise als eine kollektive Psychose sah, kam in der Wahl ihres Dienstwagens zum Ausdruck. Das protzige Gefährt weckte Autobahn-Nostalgie und für einen Moment vergaß Villy, dass er keine Lust hatte, hier zu sein.

Das Seitenfenster des Rücksitzes öffnete sich und Villy warf einen raschen, prüfenden Blick an sich herab. Jetzt nur keine Flecken auf der Kleidung! In einem schwachen Moment hatte er sich ein Daim-Eis im Parlamentskiosk gekauft und auf der Toilette in einer geschlossenen Kabine gegessen. Die Kombination aus Zucker und Milchfett war ihm direkt ins Blut gegangen und hatte seine Nerven massiert, wie es früher nur der Rotwein vermocht hatte. In diesem seligen Moment hatte er sogar Konsequenz-Katjas Drohungen vergessen, seine Karriere zu zerstören. Nach der Krisensitzung am Montagmorgen hatte sie von Villy Rückendeckung bei der umfassenden Polizeireform verlangt, sonst werde der Brief mit den #MeToo-Anklagen seinen Weg in die Presse finden. Für Villy bedeutete das, dass er nicht nur seinen Parteivorsitzenden dazu bewegen musste, auf Klargaards Zug aufzuspringen, sondern auch, dass er sich offen gegen Troels Mejding stellen musste.

Es war hoffnungslos. Klargaard oder Mejding? Pest oder Cholera? Villy steckte in der Klemme, und das Gefühl, gefangen zu sein, wurde fast klaustrophobisch, als Klargaard ihn angerufen und aufgefordert hatte, seine Heimfahrt nach Grindsted etwas zu beschleunigen.

»Vergiss den Zug. Du fährst mit mir, ich kann dich unterwegs absetzen.«

Auf dieses Angebot gab es nur eine mögliche Antwort.

Die getönte Scheibe war mittlerweile ganz unten und ein Mann mit weißen Haaren und Pilotensonnenbrille mit Gunmetalrahmen lehnte sich heraus und musterte ihn.

»Villy Frandsen?«, fragte er und entblößte eine Reihe perlweißer Hollywood-Zähne.

Im selben Moment hörte Villy ein rhythmisches Klackern hinter sich und eine Frauenhand landete auf seinem Rücken.

»Ja, wir sind zu dritt«, sagte Katja, die durch die Tür des Justizministeriums gekommen war. »Villy, das ist mein Verlobter, Allan Staal.«

Villy nickte Staal zu, der ihn von Kopf bis Fuß musterte, wobei es ihm auf merkwürdige Weise gelang, den Augenkontakt mit Villy zu halten. Sogar noch in dem Moment, in dem Katja sich vorbeugte und ihn durch das offene Fenster küsste.

»Ich sitze vorn. Villy, stellst du unsere Taschen in den Kofferraum?«, sagte sie, stieg ein und zog die Tür hinter sich zu. Villy hastete nach hinten. Im Schutz des geöffneten Kofferraums hob er den Arm und roch an seiner Achsel. Sein Herz sackte nach unten. Er stank nach Schweiß und Adrenalin. Wie ein gestresstes Beutetier.

»Journalisten«, entschuldigte sie sich und wedelte mit ihrem Handy herum, als Villy sich auf die Rückbank schob. Ein Anruf löste den anderen ab, und alle handelten von der Krankenwelle bei der Polizei. Villy konnte nur bewundern, wie souverän sie die kritischen Fragen mit zuckersüßer Aggression, Ausflüchten und kompletten Fehlinformationen parierte.

Nach jedem Telefonat erfand sie einen Spitznamen für den jeweiligen Journalisten, von dem sie sich gerade verabschiedet hatte. Allan Staals Lachen klang wie eine Maschinengewehrsalve. Villy lachte pflichtbewusst mit, aber mit der Zeit verebbte Klargaards Einfallsreichtum. Villy öffnete das Seitenfenster, um frische Luft hereinzulassen und den Schweiß auf seiner Stirn zu trocknen. Gleich würde der Ministerialchauffeur den Tempomat auf angenehme hundertdreißig Stundenkilometer einstellen. Die Hinweisschilder von Køge, Ringsted und Slagelse würden an ihnen vorbeigleiten und bald wäre er zu Hause bei Lis.

»Könnten Sie das bitte schließen? Das stört die Klimaanlage.«

Staal zeigte auf Villys Seitenfenster, der sogleich hektisch an den Kippschaltern herumfummelte.

Männer wie Allan Staal machten Villy nervös. Seine bloße Anwesenheit führte ihm seine eigene Begrenztheit schmerzhaft vor Augen. Er und Staal waren etwa gleich alt, Villy sah aber mindestens zehn Jahre älter aus. Während sich Villys Haare seit nun bald zehn Jahren von Leberwurstbraun in ein mattes Grau verwandelten, waren Staals Haare weiß wie die von Richard Gere. Vielleicht hatte er sie ja beim Friseur bleichen lassen. Staal war durchaus der Typ, der sich die Nägel maniküren und die Augenbrauen zupfen ließ, ohne seine Männlichkeit damit im Geringsten kompromittiert zu sehen. Seine Gesichtshaut war glatt und frisch, und der Verlobungsring an seiner Hand war nicht schmal und diskret wie Villys, sondern ein diamantenbesetztes Band aus Weißgold, das genau das unterstrich, was Allan Staal war: ein Selfmade-Millionär mit einem Selbstvertrauen, das für kein Geld der Welt zu kaufen war.

»Und Frandsen, was denken Sie über die Sache?«, fragte Staal.

»Worüber?«

»Den Zustand unserer Nation, natürlich. Die Polizei befindet sich in Auflösung. Die Menschen fordern Veränderungen.«

»Die Polizei, ja … das ist … beunruhigend. Eine Krise. Die gelöst werden muss. Aber auf die richtige Weise. Wir müssen das alles gut überdenken.«

Villy reihte möglichst nichtssagende Sätze aneinander. Er wusste genau, was Klargaard hören wollte, aber was erwartete Staal? Redete er aus Höflichkeit mit ihm oder war das eine Art Test?

»Eine Krise, ja, genau das ist es, Frandsen. Wissen Sie eigentlich, wie die Chinesen Krise schreiben?«

Villy schüttelte den Kopf und bemerkte zu seinem Entsetzen, dass ein Schweißtropfen von seiner Stirn an die Scheibe spritzte und sich teilte.

»Das chinesische Schriftzeichen für Krise setzt sich aus zwei Zeichen zusammen. Das eine bedeutet ›Gefahr‹, das andere ›Möglichkeit‹. Und genau das ist hier das Schlüsselwort, Villy: *Möglichkeit*.« Staal nahm seine Sonnenbrille ab und inspizierte die Gläser. »Genau an dieser Stelle haben alte, etablierte Politiker aber einen blinden Fleck in ihrem Sichtfeld. Sie sehen in Krisen nur etwas Lebensbedrohendes. Ein Problem.«

»Aber jetzt weht frischer Wind«, warf Klargaard vom Beifahrersitz ein.

»Genau, Schatz. Menschen wie wir haben Erfahrungen mit Krisen. Im realen Leben geht es nie geradeaus, aber wenn man seine Karten geschickt ausspielt, sind Krisen immer eine willkommene Gelegenheit, reale Veränderungen zu bewirken.« Staal setzte seine Sonnenbrille wieder auf und beugte sich zum Chauffeur vor. »Wir fahren die nächste raus. Ausfahrt 29.«

Villy sah sich verwirrt um. Sie hatten noch nicht einmal Solrød Strand passiert.

»Fahren wir nicht über Fünen? Wollt ihr lieber die Fähre nehmen? Ihr könnt mich sonst auch in Roskilde oder Slagelse rauslassen, wenn das für euch besser ist. Ich kann von da den Zug nehmen und …«, Villy stotterte weiter, aber Staal unterbrach ihn mit einer Handbewegung.

»Ganz ruhig, Frandsen. Natürlich setzen wir Sie zu Hause ab. Wir nehmen nur eine kleine Abkürzung.«

33

Villy verstand noch immer nicht, was Staal meinte, als das Auto der Ministerin in Richtung des Flughafens Roskilde fuhr. Auch nicht, als Staal ihn bat, sein und Katjas Gepäck aus dem Kofferraum zu nehmen und ihm zu folgen. Er stolperte wie ein neu eingestellter Page hinter dem sonnengebräunten Paar durch das Teminalgebäude, wo Katja in der Toilette verschwand, während Staal weiter in Richtung Rollfeld ging.

»Das Gepäck kommt hinten rein«, rief Staal ihm zu, als er in die Sonne trat.

Villy folgte seinem Zeigefinger, und erst da dämmerte es ihm. Linkerhand stand ein weißes Privatflugzeug mit der Aufschrift »STAAL«, Typ Cirrus Vision Jet, das Villy wie ein aggressives Insekt mit tief angesetzten Flügeln vorkam. Die Heckruder bildeten ein V. Villy hatte nie in einem Flieger gesessen, der kleiner war als die Charterflugzeuge in den Süden, und das hatte er auch jetzt nicht vor.

»Allan hat erst gestern seinen Flugschein gemacht, sieh es ihm nach, wenn nicht alles glatt läuft. Im Notfall können wir dich ja immer noch als Ballast abwerfen.«

Katja kam in Begleitung eines Flughafenmitarbeiters aufs Rollfeld und stellte sich frisch geschminkt, mit einem Schal um den Kopf und knallroten Lippen, hinter ihn. Sie warf Staal einen Luftkuss zu, der um das Flugzeug ging und Tank, Räder und Flügel inspizierte. Villy schluckte, aber sein Hals war trocken. Ihm rutschte die Tasche aus den schwitzigen Fingern. Klargaard schlug ihm lachend auf den Rücken.

»Villy, Herrgott! Das war ein Scherz! Allan fliegt seit zwanzig Jahren. Komm schon, du darfst vorne sitzen.«

Fünfzehn Minuten später hatte Villy sich auf den rechten Vordersitz des Privatflugzeugs geschoben und das Headset aufgesetzt, das Staal ihm gereicht hatte. Obwohl er abgenommen hatte, fühlte er sich neben Staal wie ein viel zu großer Erwachsener, der sich in ein Kinderkarussell gequetscht hatte.

»*Roskilde Tower, Oscar Yankee November Bravo Whiskey wartet auf dem Rollfeld mit Information Charlie. Warte auf Taxianweisung zur Startbahn*«, sagte Staal mit tonloser Stimme, die in Villys Kopfhörern widerhallte. Staal mit seinem Headset und dem markanten Kinn erinnerte ihn an eine weißhaarige Ausgabe von Harrison Ford, während er selbst das Gefühl hatte, dass die Kopfhörer sein Gesicht zu einem senkrecht stehenden Burger zusammendrückten.

»*Oscar Bravo Whiskey Charlie korrekt. Fahren Sie auf Warteposition Bravo 2, Bahn 29, via Rollfeld Golf, Alfa und Bravo. Genehmigung zum Kreuzen von Bahn 21*«, kam es über Funk.

Mit einem kaum spürbaren Rucken setzte das Flugzeug sich in Bewegung.

»Wie lange wird der Flug dauern?«

Villy starrte nervös auf die Pedale an seinen Füßen und die vielen Displays und Knöpfe, die er nicht verstand. Allem Anschein nach war es die Idee, dass er als Passagier das Flugzeug im Notfall übernehmen konnte.

»Zwanzig Minuten in der Luft, vermutlich sind wir in fünfunddreißig Minuten in Billund«, sagte Staal. »Wenn Sie mir versprechen, Finger und Füße still zu halten und nichts anzufassen, was man drücken kann. Wir haben nur zwei Fallschirme.«

Staal und Klargaard hatten augenscheinlich denselben morbiden Humor. Villy wollte etwas Geistreiches darauf erwidern, um sich nicht unter Wert zu verkaufen, während Staals geübte Hände für eine letzte Routinekontrolle über die Knöpfe und Hebel huschten. Es kam aber nicht mehr als ein Piepsen über Villys Lippen, das in den scheppernden Instruktionen, die sie über Kopfhörer erhielten, komplett unterging.

Das Flugzeug rollte auf die breite Startbahn, und Staal zog am Joystick. Villys Körper wurde nach hinten in die Lehne gepresst, und Sekunden später hingen sie in der hitzeflirrenden Luft über Seeland. Der Himmel war weißblau, nur im Norden waren ein paar wenige Wolken zu erkennen, und nach ein paar Minuten ohne Ruckeln oder Turbulenzen entspannte Villy sich ein wenig.

»Jetzt sind wir gleich im richtigen Dänemark«, sagte Staal und zeigte nach vorn.

Am Horizont tauchten die Pfeiler der Storebælt-Brücke auf. Aus fünftausend Fuß Höhe sahen sie wie verstreute Legosteine in der sonnenbeschienenen grünblauen Landschaft aus. Es wirkte so friedlich, dass man fast vergaß, dass da unten gerade ganze Stadtteile in Aufruhr waren und das Gesetz mit Füßen getreten wurde.

»Man kriegt von hier oben einen anderen Blick auf die Dinge. Sehen Sie, wie schön unser Land ist? Da unten rackern sich einfache Menschen wie Sie und ich ab, um unsere einzigartigen dänischen Werte aufrechtzuerhalten. Die Menschen haben Besseres verdient«, sagte Staal.

Staal war mit seinen Millionen auf der Bank sicher nicht gerade ein einfacher Mensch, trotzdem begann Villy gegen seinen Willen, den Multimillionär sympathisch zu finden. Ein Mann wie Staal musste zu niemandem freundlich sein, ganz sicher nicht zu einem Sesselfurzer wie Villy Frandsen, er redete aber trotzdem mit ihm, als wäre ihm Villys Anwesenheit bei diesem Flug wirklich wichtig.

»Im Laufe der Geschichte haben viele Feinde versucht, Dänemark einzunehmen. Von allen Seiten wollten unsere Nachbarn Dänemark ausrauben. Es unterwerfen und sich einverleiben. Und heute sind es fremde Kulturen und Religionen, die unseren Geist und unsere Herzen erobern wollen. Das alles ist gut zu verstehen, wenn man auf dieses kleine Fleckchen mit so großem Potenzial schaut. Aber! Dass unsere Feinde nie Erfolg hatten, kann nur mit einer einzigen Sache erklärt werden, Villy. Einer einzigen Sache.«

Villy nickte, ohne zu wissen, auf was Staal hinauswollte.

»Unserem Nationalgefühl, Villy! Das Gefühl, ein Volk zu sein, eine Nation, die dieselbe Vorstellung von einem guten Leben teilt. Und was tun wir, um diese Vorstellung zu bewahren?«

»Also, ähem …« Villy unterbrach sich selbst mit einem Hustenanfall.

»Es ist die Aufgabe unserer Polizei, diese Vorstellung zu schützen, Villy! Jemand muss auf die Nation und auf unser Eigentum aufpassen, jemand muss für Recht und Ordnung sorgen. In Friedenszeiten ist das die Polizei, nicht wahr? Sie hat das Gewaltmonopol, wie es so schön heißt. Und was schließen wir daraus, Villy?«

»Gewaltmonopol?« Villy war verwirrt. Er sah nach draußen und erblickte zum Glück etwas, das er kannte. »Odense«, rief er und bereute es sofort. Er klang wie ein kleiner Junge, der aus dem Kinderwagen einen Bagger erblickt hatte.

Staal fuhr unverdrossen fort.

»Ich meine damit, dass die Polizei niemals, niemals versagen darf! Wer das Gewaltmonopol innehat, darf niemals Schwäche zeigen oder als Verlierer aus einer Demonstration hervorgehen. Keiner Konfrontation aus dem Weg gehen. Nie einen Mordfall zu den Akten legen oder den kleinen Mann im Stich lassen. Die Polizei darf das Vertrauen der Bürger nicht verspielen oder die Freiheit des Volkes einschränken. Denn sonst passiert was, Villy?«

Villy blieb stumm. Er fühlte sich wie in einem Examen, für das er nicht gelernt hatte.

»Dann bricht die Nation auseinander. Dann schwindet die Lust, die gemeinsamen Werte zu bewahren. Dann löst sich das Dänemark, das wir kennen, auf. Anfangs geschieht das ganz langsam und unmerklich, aber es *geschieht*. Um uns herum.«

Staal beschrieb einen Kreis auf die Landschaft unter ihnen und sah Villy mit ernster Miene an.

»Da haben Sie sicher recht«, sagte Villy, obwohl er Staals Äußerungen etwas überdramatisch fand.

Die Polizei litt ja erst seit Kurzem unter dieser Krankenwelle, da war das Land doch noch nicht in Auflösung begriffen. Auf der anderen Seite war Staal der Mann mit dem Geld, der hübschen Frau und dem Privatflugzeug, was seiner Analyse per se mehr Gewicht gab als alles, was Villy von sich geben konnte.

»Das Vertrauen muss wiederhergestellt werden. Ebenso das Gewaltmonopol. Das erfordert Geld, Investitionen und einen festen Willen. Genau das ist es, was Politiker wie Mejding verstehen müssen. Eine starke, effektive und von oben gesteuerte Polizei stärkt letzten Endes unsere Nation und unser Volk.«

»Ganz genau.« Katjas Stimme knisterte wie verspäteter Beifall durch die Kopfhörer.

»Deshalb sage ich ja immer, dass diese Krise – das Versagen der Polizei, das wir gerade erleben – auch eine Chance ist. Wir werden gerade Zeuge der letzten, krampfhaften Zuckungen der existierenden Polizei. Im Laufe der nächsten Wochen werden Teile des Landes in Brutalität und Gesetzlosigkeit versinken, die Menschen werden zusätzliche Schlösser und Alarmanlagen montieren, sie werden die Nachbarn beobachten und ihren Kindern verbieten, das Haus zu verlassen. Die Bevölkerung wird reif sein, nicht nur für eine einfache Veränderung, sondern für eine Revolution! Wie es schon Churchill sagte: Lass niemals eine Krise ungenutzt verstreichen. Und ich bin da ganz seiner Meinung. Auch dieses Mal werden gute Männer und Frauen das schon richten.«

Villy sagte nichts. Diese Art von Stammtischzitaten war ihm schon immer zuwider. Aber wer waren die starken Männer und Frauen, von denen da die Rede war?

»Fragen Sie sich selbst, Villy. Lieben Sie unsere Nation? Sind Sie bereit, Dänemark gegen die Gesetzlosigkeit zu verteidigen?«

Villy spürte ein plötzliches Magenstechen. Er glaubte zu wissen, auf was Staals Monolog hinauslief. Aus dem Abstrakt-Philosophischen wurde zunehmend ein klar spürbarer Druck.

»Ja, äh, schon.«

»Oder sind Ihnen Ihre Karriere, Ihre Partei und Ihre Beziehung zu Mejding wichtiger?«

Villys Magenschmerzen krochen nach oben. Es fühlte sich an, als hätte er ein glühendes Stück Eisen verschluckt.

»Na ja«, begann er, als Staal ihm freundschaftlich auf den Arm klopfte. Auch Staals metallische Stimme klang mit einem Mal weicher.

»Ich weiß ja, dass Katja Ihre Rückendeckung für die Polizeireform möchte. Wenn Sie mich fragen, ist es wirklich höchste Zeit, dass da etwas passiert. Und Katja ist genau die Richtige, um eine solche Reform durchzuziehen. Ich weiß das, seit ich sie das erste Mal gesehen habe.«

»Stimmt«, kam es von hinten.

»Aber sollte man nicht schon jetzt eingreifen?« Villy hatte Schwierigkeiten, Staals Logik zu folgen. Sollte man die vielen Krankmeldungen der Polizei akzeptieren und es wirklich auf eine weitere Eskalation der Gewalt ankommen lassen?

»Der Boden muss erst bereitet werden, Villy. Die Bevölkerung muss mitziehen. Bei allem! In zwei Wochen werden sie auf die Straße gehen und fordern, dass die Polizei endlich wieder ihren Job macht. Das, wovon wir träumen, ist keine kleine Justierung der Polizei, wir sprechen hier von einer längst überfälligen Revolution!« Staal drückte noch einmal Villys Arm, wodurch Villy sich auf seltsame Weise besser fühlte. »Ich denke, Sie sollten ein paar Wähler treffen, Villy. Einige der Menschen, die am eigenen Leib erfahren haben, was es bedeutet, wenn die Polizei ihren Pflichten nicht nachkommt.«

Villy zögerte. Aus alter Gewohnheit. In seiner gesamten Karriere hatte er es darauf angelegt, den Wählern aus dem Weg zu gehen. Er hasste es, mit den Problemen der Menschen und ihren unrealistischen Erwartungen an ihn konfrontiert zu werden. Andererseits war Staals einflussreicher Umgangskreis sicher nicht der schlechteste, um nach den Monaten, in denen Villy sich einsamer denn je gefühlt hatte, neue Bekanntschaften zu schließen.

»Okay. Sagen Sie einfach Bescheid.«

Seine Stimme war dünn, die Antwort ließ Staal aber all seine Porzellankronen zeigen.

»Herrlich! Halten Sie sich den Mittwochabend frei. Morgen. Wir treffen uns bei mir zu Hause«, sagte Staal, bevor er sich auf das Funkgerät konzentrierte und den Tower in Billund um Landeerlaubnis bat. Villys Bauchschmerzen meldeten sich erneut, als das Flugzeug in den Sinkflug ging.

»Jetzt können Sie Ihre Frau bitten, den Kaffee aufzusetzen, Villy«, sagte Staal und bewegte das Ruder. Das Flugzeug kippte nach links und der Boden und der leicht erkennbare Umriss des Flughafens Billund kamen rasch näher. Villy wusste nicht, ob er erleichtert aufatmen oder sich übergeben sollte.

34

Maria musterte die alte Dame. Sie hatte Eva Holt zu einem grünen Velourssofa gebracht und die Füße mit den roten Sandalen erhöht auf die Armlehne gelegt.

»Sind Sie sich sicher, dass ich nicht doch einen Arzt rufen soll?«

»Ja, ja, ich muss mich nur ein bisschen …«

Holts Gesicht wirkte in der farbenfrohen Umgebung auffallend blass. Die gut und gerne zweihundert Quadratmeter große Wohnung war im Gegensatz zu den meisten anderen Kopenhagener Altbauwohnungen nicht modernisiert worden. Gedämpftes Staubgrün oder zeitloses Beige fehlten hier vollends. Eva Holt lebte in einem ochsenblutroten Esszimmer, einem ockergelben Salon, wo sie jetzt saßen, einer kobaltblauen Küche und einem pinken Badezimmer, aus dem Maria einen kalten Waschlappen geholt hatte.

Im Wohnzimmer standen wandhohe Regale voller Bücher, Nippes, Bilderrahmen und Vasen. Bei näherem Hinsehen fielen die vielen Keramikfiguren von Frauen verschiedenen Alters und verschiedener Statur ins Auge, die in allen Räumen der Wohnung standen; dicke und dünne, abstrakte und naturalistische, manche strahlten Ruhe aus, andere Energie und Bewegung. Das ganze Ensemble verriet aber, dass in dieser Wohnung eine künstlerische Seele wohnte.

»Könnten Sie mir das da reichen?« Eva zeigte auf einen vergoldeten Bilderrahmen, der auf einem Sekretär im Salon stand.

Maria erkannte Anna Lövengren auf dem Foto. Neben einem Pfeife rauchenden Mann und einem etwa zwölfjährigen Mädchen. Die kleine Gesellschaft stand vor dem alten Elefantenhaus des Kopenhagener Zoos. Anna und das Mädchen trugen weite Röcke und kurzärmelige Blusen. Ein Sommerausflug. Anna Lövengren war auf diesem Foto etwa zehn Jahre älter als auf den Konfirmationsfotos und strahlte mit ihrer schlanken Taille und dem breitkrempigen Strohhut denselben Pariser Chic aus, in ihre Augen hatte sich jedoch eine gewisse Mattheit geschlichen.

»Das bin ich mit meiner Mutter. Das Bild muss etwa 1957 aufgenommen worden sein, vielleicht auch 58. Ein paar Jahre vorher sind wir von Silkeborg hierhergezogen. Mein Vater hatte damals eine Stelle als Oberarzt im Bispebjerg Hospital bekommen. Meine Mutter begann etwa in dieser Zeit auf der Kunstakademie. Sie war ein gottbegnadetes Talent, wie Sie selbst sehen können.« Eva richtete sich stöhnend auf. Sie legte die Hände um den Fotorahmen, betrachtete das Bild und wurde still. Als sie den Blick wieder hob, waren ihre Augen feucht. »Noch an ihrem Todestag hat meine Mutter darauf gewartet, dass Else nach Hause zurückkommt. Ich erinnere mich so genau an diesen Tag, da auf dem Foto. Nicht, weil wir im Zoo waren, sondern weil sie an jenem Tag eine Frau gesehen hat, die sie für ihre Schwester hielt. Sie ist der Fremden nachgelaufen und hat sie an der Schulter gepackt, dass die Frau laut aufschrie. Natürlich war es nicht Else, und ich fand das Ganze schrecklich peinlich.« Eva fuhr mit den Fingern über das Gesicht ihrer Mutter, als wollte sie eine Liebkosung in die Vergangenheit schicken. »Es verging nicht ein Tag, an dem meine Mutter nicht ihre Schwester erwähnte. Und sie hat sie wieder und wieder mit ihren Händen geformt. Als wollte sie so Elses Schicksal in ihre Hände nehmen oder sie einfach nur festhalten«, sagte Eva und zeigte auf ein paar Keramikfiguren auf dem Couchtisch. »Ich habe das Ausmaß der Sehnsucht meiner Mutter damals nicht verstanden. Ihre Verzweiflung«, sagte sie mit brüchiger Stimme.

»Hat Anna geglaubt, dass Else noch am Leben ist?«

Eva zuckte mit den Schultern.

»Tief in ihrem Inneren wusste Mutter sicher, dass sie tot ist. Aber vielleicht war die Hoffnung so stark, dass sie es am Ende tatsächlich geglaubt hat. Meine Mutter bekam mit etwa sechzig Jahren Schwierigkeiten mit ihrem Gedächtnis. Erst waren es nur Kleinigkeiten, über die Vater sich gewundert hat. Dass sie im Laden Milch holen wollte und mit drei Pfund Hackfleisch zurückkam. Oder in Pantoffeln ihre Freundinnen besuchte. Ab da ging es schnell bergab. Zum Schluss hat sie mich nicht mehr erkannt. Das mitzuerleben war ungeheuer schmerzhaft. In den letzten zwei Jahren hat sie mich konsequent Else genannt, wenn ich sie besuchte.«

»Das muss hart gewesen sein«, sagte Maria.

Eva seufzte und lächelte die Fotografie in ihren Händen an.

»Vor zwanzig Jahren hat sie dann ihren Frieden gefunden. 2001 war das. Ich habe diese Wohnung übernommen, als sie ins Pflegeheim in Skovshoved kam. Mein Vater hat in derselben Gegend eine Seniorenwohnung gefunden.« Sie sah zu Maria. »In gewisser Weise war die Demenz so etwas wie eine Rettung für meine Mutter. Sie war glücklicher in dem Glauben, dass Else lebte und sie jederzeit besuchen konnte.«

»Da war Else schon mehr als fünfzig Jahre verschollen?«

»Ja, sie verschwand im Januar 1945 von einem Tag auf den anderen. Spurlos. Genauer gesagt, am 10. Januar.«

»Am 10. Januar, ja. Eva, darf ich unser Gespräch aufnehmen? Damit ich alle Details mitbekomme?«

Maria holte ihr nicht sonderlich diskretes Aufnahmegerät

heraus. Eva nickte und wartete geduldig, bis Maria alles eingestellt hatte.

»Es war in den letzten Monaten des Krieges, und Anna hoffte, dass Else nach Schweden gereist war oder irgendwo unter falschem Namen lebte. Später haben wir sie davon zu überzeugen versucht, dass Else eigentlich nur tot sein konnte. Der Krieg war ja längst vorbei. Warum hätte sie noch länger im Verborgenen leben und ihrer geliebten Schwester solche Schmerzen zufügen sollen? Das ergab doch alles keinen Sinn.«

»Aber Ihre Mutter hat das nicht akzeptiert?«

»Sie war nach der Befreiung viele Male bei der Polizei in Viborg, damit sie endlich nach Else suchten. Gemeinsam mit Vater durchstreifte sie jedes Wochenende die Wälder rund um Viborg, in der Hoffnung, Elses Kopftuch oder ihren Mantel zu finden. Elses Schuhe! Später zeigte sich diese Hoffnung in jedem unerwarteten Telefonklingeln. Oder in der Art, wie ihr Blick über die Menschen strich, wenn wir in der Stadt oder auf einem Ausflug waren. Else war immer nur einen halben Gedanken weg.«

Eva Holt erhob sich vorsichtig, und Maria folgte ihr, um sie notfalls stützen zu können. Die alte Frau holte eine Packung Taschentücher aus einer Schublade.

»Als ich im letzten Frühjahr von der Toten hörte, die Sie oben in Holstebro gefunden hatten, habe ich mich schon gefragt, ob das Else sein könnte. Das war damals tatsächlich mein erster Gedanke, und ich war den ganzen Tag in Tränen aufgelöst. Meiner Mutter ging es bei jedem Klingeln an der Tür so oder wenn ein Brief ohne Absender kam. Nur dass es nie Else war. Ich wurde wie meine Mutter. Eine Sklavin der Ungewissheit. Ein von der Hoffnung gebrochenes Herz. Dabei kannte ich Else noch nicht einmal.« Eva lächelte traurig.

»Sie haben sie als Kind nie getroffen?«

»Na ja, als ich ein Säugling war, hat sie mich vermutlich mal gehalten. Aber das kann nicht oft gewesen sein, da sie noch vor meinem ersten Geburtstag verschwand.« Eva wischte sich die Augen ab und richtete sich abrupt auf. »Mein Gott, ich habe Ihnen ja gar nichts angeboten. Was bin ich nur für eine Gastgeberin. Möchten Sie einen Kaffee?«

»Nein danke. Machen Sie sich keine Umstände. Ich muss Ihnen noch erzählen, dass ich letzte Woche mit Ihrem Cousin gesprochen habe, Espen Lövengren. Er war gar nicht erfreut über meinen Besuch und hat mich schließlich sogar rausgeworfen.«

»Rausgeworfen?« Eva sah Maria entsetzt an.

»Er hat mich gebeten, die Sache auf sich beruhen zu lassen. Mit der Begründung, dass die Familie nicht mit einem Leichenfund in Verbindung gebracht werden wollte. Wenn ich Sie nicht gefunden hätte, wäre der Leichnam verbrannt und in einem anonymen Grab beigesetzt worden.«

»Das ist ja … dieser Schuft.«

»Espen?«

»Ja. Er ist ein echter Gangster. Sein Vater war genauso. Aber Geschäftssinn haben sie, das muss man ihnen lassen. Das Vermögen von L. P. Lövengren ist auf jeden Fall beträchtlich gewachsen, seit Onkel Ulf Mutter in den Sechzigern ihre Anteile abgekauft hat. Aber Manieren? Ha! Ulf ist Mutter gegenüber wie ein Gorilla aufgetreten, und sein Sohn ist offenbar aus demselben Holz geschnitzt.« Eva Holt schnaubte.

»Wurde Ihre Mutter aus der Firma gedrängt?«

»Nein, es war wohl ihr eigener Wunsch, da rauszukommen. Eine Art Befreiungsschlag. Meine Mutter war Künstlerin. Sie war ihrer Zeit in vielerlei Hinsicht voraus. Eine Freidenkerin, eine Rebellin, eine ambitionierte Feministin! Sie wirkte vielleicht wie eine Parisienne, dachte aber wie eine Achtundsechzigerin. Ihr war nie wohl dabei, Teil einer Firma zu sein, die auf stockkonservativen Werten basierte und Uniformen für Militär und Polizei produzierte. Sie hat Autoritäten gehasst. Sie hätten sie im Stich gelassen, meinte sie. Und darunter – eigentlich an erster Stelle – ihr Vater.«

»Also Petter?«

»Ja, mein Großvater. Wissen Sie … was ich Ihnen hier erzähle, habe ich alles von meiner Mutter, es kann also durchaus verfälscht sein. Aber in der Nacht, in der meine Tante Else verschwand, sind in Viborg schreckliche Dinge passiert. Eine kleine Autowerkstatt im Zentrum der Stadt ging in die Luft. Die Explosion war so gewaltig, dass die Fenster laut meiner Mutter noch Kilometer entfernt in Nørresø geklirrt haben. Das Ganze war kein Unfall. Jemand hatte die Werkstatt in die Luft gesprengt. Es waren keine Mechaniker vor Ort, aber genau in jener Nacht hat ein junger Vater mit seinen drei Kindern in der Wohnung über der Werkstatt Zuflucht gesucht. Ein Witwer, der als Kommunist in den Untergrund gegangen war. Kommunisten hatten damals bekanntermaßen sehr wenig Freunde.«

»Oh Gott.« Maria sah sie entsetzt an.

»Alle vier sind bei der Explosion ums Leben gekommen. Eine ganze Familie wurde ausgelöscht. Es war der schlimmste Vorfall während der Besatzungszeit, und es wurde nie aufgeklärt, wer hinter dieser Tat stand. War es ein Sabotageakt des Widerstands? Es kursierten damals aber auch Gerüchte, dass die Werkstatt für die Deutschen arbeitete. Andere waren überzeugt davon, dass der Anschlag auf das Konto der Besatzer ging und die Deutschen kurzen Prozess mit dem Kommunisten machen wollten, nachdem sie herausbekommen hatten, wo er sich aufhielt.«

»Wurde nie aufgeklärt, was damals passiert ist?«, fragte Maria.

»Nein, die Polizei gab es zu dem Zeitpunkt ja schon nicht mehr. Alle Beamten waren im Arrest oder in den Untergrund gegangen. Das Volk hatte die Strafverfolgung in die eigenen Hände genommen, und wie Sie sich sicher vorstellen können, wurde die Lynchjustiz nach dem Tod der Kinder nur noch schlimmer. Die Menschen waren müde. Mental ausgebrannt. Das Problem war nur: Gegen wen sollte diese Stimmung sich richten?«

»Hm, das macht Sinn«, sagte Maria.

»Während der Besatzungszeit versuchte L. P. Lövengren, neutral zu bleiben und sich dabei irgendwie über Wasser zu halten. Mein Großvater führte die Firma still und unauffällig. Er war stolz auf seine Werte, das muss man ihm lassen. Er war ein Macher, und er glaubte an sein Vaterland. Deshalb traf es ihn hart, als nach Elses Verschwinden die ersten Gerüchte aufkamen. Erst waren es nur vage Andeutungen, aber aus der kleinen Mücke wurde schnell ein Elefant.«

»Was für Gerüchte?«

»Dass Else eine Verräterin sei. Ein Deutschenflittchen der schlimmsten Sorte, die nicht nur die Beine für die Nazis breitmachte, sondern dem Vaterland auch aktiv Schaden zufügte. Eines der Gerüchte besagte, Else hätte von dem Unterschlupf des Kommunisten gehört und ihn an die Deutschen verraten.«

»War an diesen Gerüchten irgendetwas dran?«

Eva drehte ruckartig den Kopf und starrte Maria missbilligend und voller Wut an.

»Nein! Das passte zeitlich nur alles verflixt gut zusammen. Eins der schönsten Mädchen der Stadt verschwindet spurlos in derselben Nacht, in der eine Explosion die ganze Stadt erschüttert. Natürlich dachten alle, dass es da einen Zusammenhang gab. Einige behaupteten sogar, Else habe die Sprengladung vielleicht sogar selbst in der Werkstatt deponiert.« Eva schüttelte den Kopf. »Meine Mutter war sich ganz sicher, dass Else nicht die Spur von Sympathie für die Deutschen hegte. Sie war überzeugt, Else sei irgendwie in Schwierigkeiten geraten. Auf die schiefe Bahn, wie sie sagte.«

»Meinte sie damit irgendetwas Ungesetzliches?«

»Na ja … Else hatte kurz vorher einen jungen Mann kennengelernt. Sein Name war Poul Anker. Heute würde man jemanden wie ihn wohl als *Bad Boy* bezeichnen.«

Maria sah die ältere Dame, über deren Gesicht ein Lächeln huschte, überrascht an.

»Ich habe mehr als vierzig Jahre als Sozialpädagogin gearbeitet. Poul Anker hat am Rand der Gesellschaft gelebt. Er war elternlos, hatte die Schule nach der 7. Klasse abgebrochen und kam aus dem etwas heruntergekommenen Teil von Viborg. Er war sicher keine gute Partie für ein junges Mädchen aus den besten Kreisen. Meine Großeltern wussten nichts von seiner Existenz, ehe es zu spät war. Er war ein paar Jahre älter als Else und hatte seine Finger tief in irgendetwas ›Geheimem, Gefährlichem‹.« Eva malte Anführungszeichen in die Luft. »Meine Mutter meinte, er sei im Widerstand aktiv gewesen.« Eva holte tief Luft und zögerte ein paar Sekunden. »Auch Poul Anker ist in jener Nacht verschwunden. Am 10. Januar 1945.«

»Else und Poul Anker sind in derselben Nacht verschwunden?«

»Laut meiner Mutter, ja. Else ist nie wieder aufgetaucht, während Poul Ankers Leichnam kurz nach der Befreiung gefunden wurde. Er war erschossen worden, mit einer schwarzen Kapuze über dem Kopf und einem Naziemblem in der Hand. Man ging deshalb davon aus, dass er als Verräter liquidiert worden war. Die Leute in Viborg meinten, er habe sich vom Geld locken lassen und für die Nazis spioniert.«

Eva machte eine Pause, um einen Schluck von ihrem Saft zu trinken, während Marias Gedanken Achterbahn fuhren. Es gab ein Detail, das sie noch nicht mit Eva geteilt hatte. Es fühlte sich falsch an, die alte Frau nicht einzuweihen, aber die redete unbeirrt weiter.

»Viele Viborger wussten, dass Poul Anker und Else … na ja, ein Paar waren. Meine Mutter meinte, Else und Poul hätten sich von Herzen geliebt. Als dann Pouls Leiche gefunden und er wie ein Verräter verscharrt wurde, wurde das Gerede über Else immer schlimmer. Sie wurde als die ›verschwundene Nazihure‹ bezeichnet, als das ›Deutschenflittchen, das sich in Luft aufgelöst hat‹, und irgendwann wirkte sich dieses Gerede auch auf das Ansehen der Firma aus. Mit einem Mal kursierten Gerüchte, L. P. Lövengren habe auch Anzüge für deutsche Offiziere geschneidert. Oder Kleider aus feinster Seide für die Offiziersfrauen in Berlin. Das waren alles blanke Lügen, aber für die Eltern meiner Mutter wurde das Gerede irgendwann unerträglich.« Eva hielt inne, um sich die Nase zu putzen.

»Sind sie deshalb weggezogen?« »Ja, Petter und Agnete haben aufgegeben und sind mit der Schneiderei und dem kleinen Ulf nach Aarhus gezogen, wo Petter sich dann, um es mal etwas salopp auszudrücken, zu Tode gearbeitet hat. Meine Mutter meinte, dass Petter und Agnete selbst irgendwann geglaubt hätten, was über ihre jüngste Tochter gesagt wurde. Rein menschlich kann ich das verstehen, sie hatten ja keine anderen Erklärungen für ihr Verschwinden! Meine Mutter hat ihren Eltern nie verziehen, dass sie einfach so aufgegeben haben.«

»Wohnten Ihre Eltern da noch in Viborg?«

»Oh, nein. Die Stadt hatten sie damals schon lange hinter

sich gelassen. Mein Vater hatte eine Dozentenstelle mit zugehöriger Wohnung in Silkeborg. Aus dieser Zeit stammen auch meine ersten Erinnerungen. Das große weiße Krankenhausgebäude sehe ich noch heute vor mir. Den Rest der Geschichte kennen Sie jetzt.«

Eva saß einen Moment schweigend da. Ihre Augen schlossen sich. Es war erstaunlich, mit wie viel Inbrunst sie über das Leben eines längst verstorbenen Menschen erzählte, den sie nicht einmal kannte. Maria verstand aber, dass Elses Verschwinden eine wichtige Rolle auch in Evas Leben gespielt hatte. Die Ungewissheit und das Trauma hatten sich von Anna auf Eva übertragen und waren damit auch zu einem Teil ihres Schicksals geworden.

»Es gibt etwas, das ich Ihnen noch sagen muss. Über Elses Leichnam«, begann Maria vorsichtig.

Eva sah sie mit roten Augen an.

»Else wurde ermordet. Wie Poul Anker. Die Rechtsmedizinerin hat an dem Skelett erkannt, dass Else durch einen einzelnen Schuss getötet wurde. Von hinten«, sagte Maria leise. Es fiel ihr schwer, diese grausige Nachricht überbringen zu müssen.

»Von hinten? Sie meinen … ein Genickschuss?«

»Ja, das zeigen die Spuren am Schädel. Es war eine Liquidierung. Die Art entspricht der Vorgehensweise des Widerstands bei der Erschießung von Verrätern etwa zum Zeitpunkt der Befreiung.«

Eva sah verwirrt aus.

»Aber sie war keine Verräterin.«

Maria blieb eine Weile still. Sie wollte Eva nicht verletzen oder beleidigen, die Art der Hinrichtung sprach aber Bände. Sie holte tief Luft, um etwas zu sagen, doch Eva unterbrach sie.

»Sie war *keine* Verräterin.«

Maria sah der alten Frau nach, die aufgestanden war und aus dem Wohnzimmer ging. Dann hörte sie sie in einem angrenzenden Zimmer herumkramen. Als sie zurückkam, hielt sie eine rote Hutschachtel in den Händen.

»Else wurde bedroht. Ich habe Briefe.«

»Briefe?« Maria sah auf ihr Aufnahmegerät. Das kleine Lämpchen leuchtete noch immer rot.

Eva nahm den Deckel von der Schachtel, holte einen Stapel vergilbter Briefe heraus und legte sie auf den Couchtisch. Auf den Umschlägen waren weder Briefmarken noch eine Anschrift. Dort stand lediglich *»A«* oder *»E«*, oder *»Für meine A«*, immer in Handschrift. Auf einem Briefumschlag las sie das Wort *»Schwester«*.

»Diese Schachtel habe ich gefunden, als ich Mutters Sachen aufgeräumt habe. Die Demenz war da schon so weit fortgeschritten, dass sie mir nur noch sagen konnte, dass Else gerne geschrieben hat. Sie und Else schrieben sich regelmäßig, nachdem meine Mutter ausgezogen war. Ursprünglich waren es nur kurze, spaßige Grüße, die sie gegenseitig im Elternhaus deponierten. Mit der Zeit wurden diese Briefe aber deutlich ernster. Auf mich wirkt das jedenfalls so.«

Eva blätterte die Briefe durch, bis sie einen quadratischen Umschlag mit einer Blumenkarte fand, die sie vor Maria auf den Tisch legte.

»Lesen Sie.«

Der Brief war aus dem Oktober 1944 und begann mit den Worten: *»Meine geliebte E.«*

Maria las laut.

»Else, P. A. hat dir schon genug Sorgen für ein ganzes Leben bereitet. Ich weiß, du liebst ihn, und ich verstehe deinen Zorn. Ich verstehe, dass du Gott verfluchst, und Mutter und Vater. Man kann versuchen,

Schmerz mit noch mehr Schmerz zu betäuben, aber Else, auf lange Sicht ist das zu gefährlich. Versuch es gar nicht erst. Mit Preisler zu gehen, macht die Sache nicht besser. Deine Anna.«

Sie sah zu Eva.

»Mit P. A. ist Poul Anker gemeint?«

Eva nickte. »Davon gehe ich aus, ja.«

»Aber wer ist Preisler? Hieß er Poul Anker Preisler? Oder ist dieser Preisler ein anderer Mann? Warum war sie so wütend auf ihre Eltern?«

Eva seufzte. »All diese Fragen habe ich mir auch gestellt, aber wer sollte sie mir beantworten? Meine Mutter hat mir gegenüber nie einen Preisler erwähnt. Und ich habe auch nie etwas von einem Streit zwischen Else und meinen Großeltern mitbekommen. Ich hatte immer den Eindruck, meine Mutter wäre das schwarze Schaf der Familie.«

»Sie sagen, dass Else bedroht wurde?«

»Ja, einen Augenblick.«

Eva blätterte durch die Briefe, bis sie einen hellroten Umschlag mit einem passenden Briefbogen fand.

Liebe A, begann der am 3. Januar 1945 datierte Brief.

»Also eine Woche vor ihrem Verschwinden?«, fragte Maria.

»Ja, das ist der letzte Brief, den meine Mutter bekommen hat. Das letzte Lebenszeichen, wenn Sie so wollen.« Eva reichte Maria den Brief. »Lesen Sie laut.«

Maria holte tief Luft.

»Die Zeit ist knapp, meine liebe Schwester. Der Kampf wird immer intensiver und die Grenzen nähern sich Orten, von denen wir vor fünf Jahren nicht einmal geträumt hätten.

Ich hätte auf dich hören sollen. Was Preisler jetzt fordert, ist grässlich. Jenseits jeder Moral. Wer sind wir, wenn wir keine Moral mehr haben, kein Gewissen, kein Verantwortungsgefühl?

Im Krieg und in der Liebe muss jeder in seinem Herzen nach dem rechten Weg suchen, und dieses Mal lasse ich mich nicht verleiten. Lasse ich mich nicht zu etwas zwingen, das weder mein Herz noch mein Verstand ertragen kann.

Preisler droht damit, uns zum Schweigen zu bringen. Aber wo sollen wir Alarm schlagen? Wem können wir trauen?

Die Polizei ist weg, die Stadt in Auflösung begriffen, die ganze Welt. Genau wie mein Herz.

Deine E.«

Maria las den Brief noch einmal von vorne. Ein Mann namens Preisler hatte damit gedroht, Else zum Schweigen zu bringen. Preisler war, soweit Maria wusste, ein in Deutschland recht verbreiteter Name. Vielleicht hatte Else sich mit einem deutschen Offizier eingelassen oder ihn sich zum Feind gemacht. Oder Preisler war jemand aus dem Widerstand. Auf jeden Fall war Else in eine Situation geraten, in der ihre Moral sie zurückhielt. Der Brief war aber insgesamt so vage geschrieben, dass nur Anna verstand, was sie meinte.

»Steht in den anderen Briefen irgendetwas, das uns weiterhelfen könnte?«

»Nicht direkt«, sagte Eva. »Die Sammlung ist aber auch nicht vollständig. Es gibt lange Perioden ohne Briefe. Fast so, als hätten Else oder meine Mutter die kompromittierendsten Briefe vernichtet. Ich habe die Briefe immer wieder gelesen. Der hellrote ist noch der konkreteste. Und die beiden, die Sie gerade gelesen haben, sind die einzigen, in denen Preisler namentlich genannt wird.«

»Okay, ich werde sehen, was ich herausfinden kann. Darf ich die Briefe mit ins Polizeimuseum nehmen, um sie mir dort genauer anzuschauen? Sie kriegen sie natürlich zurück.«

»Aber sicher, gerne.«

Maria schob die Briefe zusammen und legte sie wieder in die Hutschachtel. Dann hielt sie inne.

»Eine letzte Sache, Eva. Die Frau, die in Holstebro gefunden wurde, war offenbar einmal in ihrem Leben schwanger.«

Eva sah sie überrascht an.

»Davon habe ich nie etwas gehört. Das hätte meine Mutter doch erzählt. Dann hätte ich ja irgendwo da draußen eine Cousine oder einen Cousin?« Eva starrte durch die offen stehende Terrassentür, schüttelte nach ein paar Sekunden dann aber den Kopf. »Das muss ein Missverständnis sein. Else war doch erst neunzehn, und die beiden Mädchen sind streng erzogen worden. Sehr konservativ.« Die Überraschung auf Evas Gesicht wurde mit einem Mal zu Enttäuschung. »Sind Sie wirklich sicher, dass es sich bei der Toten um Else handelt?«

Maria ärgerte sich über sich selbst, dass sie Eva nicht schon vor zwei Stunden bei ihrer Ankunft in ihre Recherche eingeweiht hatte.

»Schauen Sie mal hier. Diese Silberkette lag um den Hals der Toten. In dem Medaillon habe ich ein Foto von Else als Konfirmandin gefunden. Ihre Mutter steht neben ihr.«

Maria nahm ihr Handy und zeigte Eva erst das Foto und dann eine Nahaufnahme der Silberkette mit dem blumenverzierten Anhänger.

»Oh mein Gott!«

Eva fasste sich an den Hals. Sie sah zu Maria, brachte aber kein Wort heraus. Stattdessen zog sie eine lange Silberkette unter ihrem Kleid hervor und zeigte Maria den Anhänger: ein großes, ovales Medaillon mit silbernen Jugendstilblumen.

»Meine Mutter hat diese Kette ihr ganzes Leben getragen.«

35

Er stolperte im Stockfinsteren durch das kniehohe Buschwerk. Der Plan war, auf dem Weg in den Wald weder gesehen noch gehört zu werden, aber immer wieder brachen trockene Zweige unter seinen Füßen, und dann flog auch noch mit einem Heidenlärm ein Fasan auf, sodass Villy sich vor Schreck beinahe in die Hose machte.

Er warf einen Blick zurück zu dem Gebäude, in dem Allan Staals Meeting stattfand. Der weiß gestrichene Landsitz war noch deutlich zu erkennen. Draußen war niemand zu sehen. Zum Glück. Villy hatte die Toilette partout nicht finden können, und seine Blase war mittlerweile so prall, wie er es in seinem Alter nicht mehr ignorieren konnte. Er musste weiter in den Wald hinein.

Nach ein paar Schritten sah er ein kleines Gebäude vielleicht fünfzig Meter entfernt. Sprossenfenster und Fachwerk erinnerten an eine Kate oder ein altes Gesindehaus. Wenn er dahinter sein Wasser ließ, würde ihn niemand sehen.

Er schaffte es auf die Rückseite des Hauses, ohne zu stürzen, und öffnete den Reißverschluss. Seine Blase krampfte fast nach den zwei großen Bieren. Er lehnte sich mit den Schultern gegen die Hauswand und spannte die Bauchmuskeln an. Endlich kam es und zufrieden stellte er fest, dass er noch immer in der Lage war, einen kräftigen Strahl bestimmt anderthalb Meter ins Dunkel zu pinkeln. Vor Freude war er drauf und dran, ein Liedchen anzustimmen, als er eine Männerstimme hörte und sein Strahl zu einem jämmerlichen Rinnsal wurde. Ein paar Tropfen landeten auf seiner beigen Sommerhose.

Villy sah hektisch nach links und rechts, um zu lokalisieren, woher die Stimme kam. Sie klang beängstigend nah, als wäre jemand auf dem Weg zu ihm. Aber nein, es kam aus dem Haus. Während er sich erleichtert und seine Reichweite bewundert hatte, war drinnen das Licht eingeschaltet worden. Die Stimmen drangen durch ein gekipptes Fenster anderthalb Meter über Villy. Die nächste Stimme, die er hörte, war nicht zu verkennen. Es war der Gastgeber des Abends, Allan Staal. Eine dritte Stimme fiel ein, was genau gesprochen wurde, verstand er aber nicht.

Villy fühlte sich gefangen. Wenn er sich jetzt zurückzog, bestand ein hohes Risiko, dass die drei Männer ihn entdeckten, die bestimmt nicht ohne Grund die abgelegene Kate aufgesucht hatten. Das Gespräch war mit Sicherheit vertraulich und nicht für jemanden bestimmt, der mit offener Hose in Hörweite stand. Mist verdammter.

Am besten blieb er genau dort, wo er war. Der Gastgeber und die beiden anderen Männer würden hoffentlich nicht lange bleiben und die Kate dann wieder durch die Vordertür verlassen. Sicher würde es gar nicht auffallen, wenn er selbst etwas später zum Landsitz zurückkäme.

Er spitzte die Ohren, als er die vierte Stimme hörte. Sie hatte einen merkwürdig androgynen Klang. Weder hoch noch tief. War das eine der Frauen? Unter den achtzig bis hundert Gästen waren höchstens sieben oder acht Frauen gewesen.

Den ein oder anderen Promi hatte Villy erkannt. Einen Brauereibesitzer aus Odense. Einen Mann mit silbergrauem Haar aus der Gegend von Aarhus, dessen Firma Polizeiuniformen herstellte. Er hatte die meiste Zeit gesessen, weil sein Knie verletzt war. Auch eine Führungskraft aus einer der großen Banken war gekommen, Villy kannte den Mann aus dem Fernsehen. Die Frauen, die größtenteils unauffällig im Schatten der Männer gestanden hatten, sagten ihm nichts. Nur eine war ihm aufgefallen, als sie die kleine Bühne betreten und am Klavier ein paar Lieder über Vaterlandsliebe und irgendwelche Helden gesungen hatte, deren Namen Villy gänzlich unbekannt waren.

Sie und natürlich Katja Klargaard. Als unangefochtene Königin und Trumpfkarte des Gastgebers war Katja unter tosendem Applaus empfangen worden, bevor Staal die Anwesenden willkommen geheißen hatte.

Lis hatte Villy zu Staals Landsitz gefahren, der knappe acht Kilometer außerhalb von Viborg in Richtung Skive lag. Sie war, vorsichtig ausgedrückt, sehr skeptisch, was Villys »neue Freunde« anging.

»Sag mal, kannst du eigentlich nicht Nein sagen?«, hatte sie gefragt und dabei unnötig aggressiv geschaltet.

Er hatte ihr zu erklären versucht, dass es um Networking mit Menschen ging, die etwas gegen die gesetzlosen Zustände tun wollten, die dem Land drohten, und dagegen hatte selbst Lis kaum etwas einwenden können. Trotzdem wusste sie ganz genau, dass irgendetwas im Busch war, als er plötzlich zu diesem Feierabendmeeting wollte, auf dem ausgerechnet ihr Lieblingshassobjekt anwesend sein würde. Und auch die anderen Gäste wirkten nicht gerade wie Durchschnittsbürger.

»Was ist das denn für ein geheimer Orden?«, hatte Lis gesagt, als sie ihn vor der Einfahrt zu dem Landsitz abgesetzt hatte, die mit einem zwei Meter hohen Schmiedeeisentor verriegelt und von zwei Männern bewacht wurde.

Lis hatte recht. Das sah wirklich nicht nach einem frei zugänglichen Treffen aus.

»Hier darf man sagen, was man sagen will«, hatte Staal bei

seiner Begrüßung betont. »Aber denken Sie daran, was hier besprochen wird, bleibt auch hier.«

Danach hatte Katja den Abend mit einer flammenden Rede über den moralischen Verfall der dänischen Polizei eröffnet. Sie sprach über Stadtteile in Kopenhagen, die bereits an irgendwelche finsteren Gestalten, Kioskmafiosi und kriminelle Banden verloren seien. Über mittelständische Gewerbetreibende, die Bußgelder zahlen müssten, während Steuerhinterzieher unbehelligt blieben. Über den hart arbeitenden »Durchschnittsdänen«, der seine Steuern zahlte, aber ewig auf die Polizei warten müsse, wenn er oder sie ein seltenes Mal Hilfe vom verlängerten Arm des Gesetzes bräuchte.

»Der Streik der Polizei kommt uns, die wir eine grundlegende Veränderung wünschen, wie gerufen. Meine Partei weist schon seit langer Zeit darauf hin, dass die Polizei von Grund auf erneuert werden muss. Eine Erneuerung, die allen Dänen, die sich Recht und Ordnung wünschen, zugutekommt. Jenen Dänen, die sich eine Polizei wünschen, die mit ihnen spielt und nicht gegen sie. Wir wollen Polizisten, die für das Volk da sind, keine Lakaien der Machthaber. Aber wie lautet wieder und wieder Mejdings Antwort?«, rief Klargaard ins Mikrophon.

Die Zuhörer antworteten im Chor: »Nein, nein, nein.«

»Genau. Der Polizeistreik ist genau der *Gamechanger*, auf den wir gewartet haben. Bald werden die Menschen erkennen, dass wir die ganze Zeit recht hatten. Gewalt, Kriminalität und Gesetzlosigkeit werden ihnen zum Hals heraushängen. Die Menschen werden von sich aus eine neue Polizei fordern!«

Klargaards letzte Worte gingen in tosendem Beifall und rhythmischem Gestampfe unter.

Villy schien der Einzige zu sein, der die Doppelmoral in

Klargaards Machtkritik erkannte. Als Justizministerin gehörte auch sie zweifelsohne zum Machtapparat, und wenn sie die Kriminalität eindämmen wollte, unter der das Land litt, gäbe es dafür sicher passendere Orte als den Landsitz ihres Liebsten.

Villy unterbrach seine abschweifenden Gedanken, eins seiner Beine war eingeschlafen. Das vertrauliche Gespräch drinnen in der Kate ging länger als erwartet. Er reckte den Hals, warf einen Blick durch das kleine Fenster und sah Staal an der Wand neben einem Glasschrank stehen, der wie die Ausstellungsvitrine in einem Kriegsmuseum aussah. Staal hatte im Laufe des Abends mehrfach seinen Großvater erwähnt, der während des Zweiten Weltkriegs eine große Nummer in einer lokalen Widerstandsgruppe gewesen sei.

Villy bezweifelte allerdings, dass diese Widerstandsgruppe wirklich so entscheidend gewesen war, wie Staal behauptete. Er hatte jedenfalls noch nichts von ihr gehört. Er verstand gut, warum Staal auf die Besatzungszeit anspielte, denn nach der flammenden Eingangsrede von Katja waren mehrere Männer ans Rednerpult getreten, um ihren Unmut über die Untauglichkeit der Staatsgewalt zum Ausdruck zu bringen. Irgendwann war Villy aufgegangen, dass sich diese Versammlung offensichtlich als eine Art Widerstandsgruppe auffasste.

»Die Polizei kehrt der Bevölkerung den Rücken zu. Die Polizei sollte das Volk schützen, jetzt sind sie nur noch der verlängerte Arm der Politiker. Statt unser Recht zu bekommen, werden wir schikaniert und missbraucht. Lasst uns gemeinsam gegen die Übermacht antreten und für unsere Freiheit kämpfen!«, sagte ein Mann, dessen Restaurant in der Coronazeit zwangsgeschlossen worden war.

»Die Unfähigkeit der Polizei hat mich meines Lebenswerkes beraubt«, begann ein anderer, wohlgenährter Mann, der, wenn Villy es richtig mitbekommen hatte, durch wiederholte Einbrüche in seinem Baumarkt ruiniert worden war. Er unterschied sich nur durch seinen teuren Anzug von den Demonstranten, die Villy vor ein paar Tagen auf dem Schlossplatz gesehen hatte.

»Dänemark braucht eine Polizei, die die Bevölkerung beschützt, nicht die Machthaber. Mittlerweile gibt es nur noch einen Weg: Wir müssen selbst die Schuldigen finden und sie zur Rechenschaft ziehen! Wir brauchen Zucht und Ordnung. Augen um Auge!«, hatte er vom Rednerpult gebrüllt.

Staal selbst strahlte Charme und Charisma aus. Aber diese Versammlung war … total verrückt. Immer mehr Gäste forderten tatsächlich, das Gesetz in die eigenen Hände zu nehmen. Von ihnen schien keiner ohne Baseballschläger und Pfefferspray neben dem Bett schlafen zu gehen. Villy fühlte sich wie in einer parallelen Wirklichkeit, mitten in der Kommentarspalte auf Facebook, einer Echokammer in exquisiter Umgebung. In einer Stunde war die Zusammenkunft hoffentlich zu Ende und er könnte mit einem Taxi nach Hause fahren.

»Wir spielen hier mit dem Feuer!«, drang eine aufgeregte Stimme durch den Fensterspalt. Villy zog instinktiv den Kopf ein. »Bei unseren Zusammenkünften werden die Menschen immer extremer, und die Rhetorik der Facebook-Gruppe ist komplett aus dem Ruder gelaufen. Dasselbe gilt für die Situation da draußen. Im ganzen Land! Es ist nur noch eine Frage der Zeit, bis die Gesetzlosigkeit weitere Menschenleben kostet. Die Bevölkerung hat die Argumente mittlerweile wirklich verstanden, Katja sollte endlich durchgreifen und die Reform durchboxen. Auf jeden Fall das, was möglich ist. Wenn sie als Justizministerin nicht dazu in der Lage ist, wer dann?«, sagte die Männerstimme gleichermaßen wütend wie besorgt.

Einer plötzlichen Eingebung folgend nahm Villy sein Handy

aus der Tasche, drückte den Memo-Knopf und hielt das Telefon ans Fenster.

»Immer mit der Ruhe!«

Das war Staals kräftige Stimme.

»Ich will mich aber nicht beruhigen«, fuhr der aufgebrachte Mann fort. »Wir haben schließlich die Verantwortung.«

»Für was?« Staal klang vollkommen unbeeindruckt.

»Für unsere Rhetorik. All diese Schlagworte: Wenn die Polizei nicht kommt, kommt der Tod! All dieser Scheiß. Das sollte anonym laufen, aber mittlerweile bezeichnen dich die Leute immer öfter als den ›Eisenmann‹, Allan. Der kommt, um ihre Probleme zu lösen. Verdammt noch mal, Worte *bedeuten* etwas! Trump hat auch behauptet, ganz unschuldig getwittert zu haben, bis plötzlich Tausende vor dem Kapitol standen. Bis an die Zähne bewaffnet und zu allem bereit! Wir müssen die Sache stoppen, solange wir das Spiel noch in der Hand haben.«

»Mir gefällt das Spiel gerade sehr gut«, kam es kalt von Staal.

Der dritte Mann lachte kurz, aber der Aufgebrachte ließ sich nicht stoppen.

»Ich kenne Mitarbeiter bei der Polizei in Kopenhagen, die seit Jahren stinkwütend über ihre Arbeitsbedingungen sind. Und der Mordanschlag auf Niels Carlsen war der Tropfen, der das Fass zum Überlaufen gebracht hat. Sie kommen erst wieder zurück zur Arbeit, wenn sie von ganz oben den knallharten Befehl erhalten oder ihnen spürbar bessere Arbeitsbedingungen versprochen werden. Es ist unerträglich, Allan. Der größte Polizeikreis des Landes, die Hauptstadt, hat zurzeit keine funktionsfähige Polizei. Wir spielen mit dem Feuer.«

Der Mann schien den Tränen nahe, als er verstummte. Villy nickte zustimmend. Endlich eine vernünftige Stimme!

Allan Staals weißer Kopf näherte sich bedenklich dem Fenster.

»Gott bewahre«, sagte Staal. »Die sollen sich nicht so aufregen. Niels Carlsen war als Polizist keine große Leuchte. Wie er nach seiner lauen Karriere im Norden von Seeland den Posten als Dezernatsleiter in Kopenhagen bekommen konnte, ist mir ein Rätsel! Ich nehme mal an, die meisten da draußen weinen ihm keine Träne nach, mich eingeschlossen. Er hat sein Schicksal verdient, und wenn es nach mir ginge, ist Birger Poulsen der Nächste.« Staals Stimme bebte vor Verachtung.

»Ich hätte es nicht treffender sagen können, Allan«, sagte die androgyne Stimme. Das musste Katja Klargaard sein. Es kursierten Gerüchte, dass sie Stimmunterricht nahm, weil tiefe Stimmen in der Politik traditionell glaubwürdiger wirkten.

Die vierte Stimme im Raum grunzte etwas Unverständliches. Staal drehte sich um und sah über Villys Kopf hinweg aus dem Fenster. Villy zog instinktiv die Hand mit dem Handy zurück. Wenn Staal jetzt den Blick senkte, sähe er Villy wie ein zusammengekauertes Kaninchen an der Mauer sitzen, aber Klargaards Verlobter schloss stattdessen nur das Fenster. Der Rest des Gesprächs war nur noch unverständliches Murmeln.

Villys Magen hatte sich vor Schreck zusammengezogen und wollte sich nicht mehr beruhigen. Hatte Staal gerade wirklich gesagt, dass der Chef des Kopenhagener Dezernats für Gewaltverbrechen es verdient hatte, von einem Auto über den Haufen gefahren zu werden?

Und wer war dieser Birger Poulsen?

36

»Birger Poulsen ist tot.«

Frederik stand in der Tür und sah Mikael mit wildem Ausdruck in den Augen an.

Mikael hatte am Vormittag den Obdachlosen aufgespürt und sich mit dem geplanten Burgermenü bei ihm bedankt.

»Was? Redest du von *meinem* Birger?«

Es dauerte einen Moment, bis die Nachricht seines neuen Partners vom Tod seines alten Partners bei Mikael ankam, und Vergangenheit und Gegenwart auf eigentlich unmögliche Weise kollidierten.

»Ja, Birger Poulsen von der Polizei Horsens. Er wurde überfahren. Direkt vor seinem Haus. Der Fahrer ist geflüchtet.«

Mikael wurde es schwarz vor Augen. Er hatte erst vor zwei Tagen mit Birger gesprochen, und jetzt sollte er tot sein?

Weitere Kollegen kamen hinzu. Frederik zog sie in Carlsens Büro, wo Mikael nun die Finger gegen die Schläfen gepresst und mit weit aufgerissenen Augen hin- und herging.

»Genaueres weiß ich nicht, aber gerade hat mich Tommy Nielsen angerufen, ein Kollege aus Horsens, den ich vom Grundstudium auf der Polizeischule kenne. Er weiß, dass Birger hier in der Abteilung war …«

»War es ein Unfall?«, wurde Frederik von Christina Eliasen unterbrochen. Sie war seit sieben Jahren im Dezernat und kannte Birger gut.

»Sieht nicht danach aus. Es weist Parallelen zum Angriff

auf Carlsen auf, nur dass Birger vor seinem eigenen Haus angefahren wurde. Er wurde mit dem Hubschrauber abgeholt, bei der Ankunft im Krankenhaus aber für tot erklärt. Vom Fahrer des Wagens fehlt jede Spur.« Frederik legte Mikael die Hand auf die Schulter und fragte gedämpft: »Bist du okay, Mikael?«

»Nein.«

Mikael drehte sich weg und versuchte, seine Gedanken zu ordnen. Den Schock und die Trauer musste er für den Moment beiseiteschieben. Damit konnte er sich am Abend beschäftigen, am Wochenende oder irgendwann in der Zukunft, wenn dieser vermaledeite Fluch, der auf der Polizei lastete, Geschichte war. Er strengte sich an, das Gespräch zu rekonstruieren, das er vor läppischen zwei Tagen mit Birger geführt hatte. Durchforstete sein Gedächtnis nach den exakten Worten. Was zur Hölle hatte Birger ihm zu sagen versucht?

»Glaubt ihr, da besteht ein Zusammenhang mit dem Mordversuch an Carlsen?« John Langbjerg kam als Letzter mit einem Mohnplunder in der Hand durch die Tür.

»Wie wär's mit Klappe halten, Sherlock. Wir haben gerade erst die Nachricht bekommen«, schnauzte Frederik.

»Reg dich ab, Mann. Ich hab Birger wenigstens gekannt, im Gegensatz zu dir.« Beleidigt machte Langbjerg auf dem Absatz kehrt.

Ein Gedanke nahm in Mikaels Kopf Gestalt an. Er musste nach Horsens. Sofort.

»Ich fahre hin.« Er griff Handy und Schlüsselbund.

»Dirk, nein. Du hast dort nichts verloren. Es ist nicht deine Direktion, nicht dein Fall«, hielt Frederik ihn mit einer Hand auf dem Arm zurück. »Wir werden schon die Infos bekommen, die relevant für uns sind.«

»Kann ja sein, aber Birger ist mein Freund, und wenn die

Direktion drüben in Horsens personell genauso schlecht aufgestellt ist wie wir, will ich den Unglücksort lieber mit eigenen Augen sehen. Bis morgen«, gab Mikael zurück und eilte aus dem Raum Richtung Treppe.

Das Gaspedal bis zum Anschlag durchgedrückt, erreichte er Horsens nach etwas mehr als zwei Stunden. Auf der Storebælt-Brücke war er von einem Blitzer erwischt worden, aber das spielte keine Rolle. Er musste schnellstmöglich ankommen. Selbst einen Anruf von Maria ignorierte er. Aufgewühlt, wie er war, und mit dem Gedankenkarussell, konnte er jetzt nicht reden. Sie würde nur denken, er sei verrückt geworden.

Birger war tot, umgebracht von einem Feigling, einem Fahrerflüchtigen, der es offensichtlich auf Polizisten oder möglicherweise ganz bewusst auf Birger abgesehen hatte.

Birgers Sohn und Enkelkinder hatten ihren Vater und Großvater verloren, seine Freundin Jytte ihren Partner, während Anette weiter um das Leben ihres Mannes bangte. Langbjergs Frage war also absolut naheliegend: Hingen die beiden Fälle zusammen?

Carlsen war in Vanløse angefahren worden, Birger am Rand von Horsens, zwischen beiden Tatorten lagen damit knapp zweihundertsechzig Kilometer, der Modus Operandi aber schien der gleiche gewesen zu sein. Und die Opfer? Zwei erfahrene Polizisten, zwei Ermittler, die sich beruflich wie auch privat kannten, waren mit ausreichend hoher Geschwindigkeit angefahren worden, um anschließend schwerverletzt ihrem Schicksal überlassen zu werden.

Er musste sich mit den Kollegen von der Polizei Südostjütland in Verbindung setzen. Die Ermittler mussten dafür sorgen, sämtliche Spuren am Unfallort zu sichern, damit sie mit Carlsens Unfall verglichen werden konnten. Vielleicht war es nicht derselbe Täter, sondern ein Trittbrettfahrer? Die Bevölkerung war der Polizei dieser Tage wenig wohlgesonnen, womöglich hatte ein leicht zu beeinflussender Typ irgendeinen durchgeknallten Facebook-Post gelesen und den aufflammenden Onlinehass in eine konkrete Handlung umgesetzt.

Nach einem kurzen Stopp an der Tankstelle bei der Polizeidienststelle in Horsens wählte Mikael Birgers Handynummer, in der Hoffnung, dass Jytte das Telefon bei sich hatte. Birger hatte Mikael stolz von Jytte erzählt, die er zwei Jahre nach dem Tod seiner Frau bei einem Witwenball in Horsens kennengelernt hatte. Jytte war fünfundfünfzig und Schulsekretärin. Sie hatte keine eigenen Kinder, ging jedoch mit Leib und Seele in ihrer Rolle als Bonus-Oma auf.

Jytte meldete sich mit einer Stimme, die zwischen Ungläubigkeit und Schock pendelte. Mikael kondolierte und fragte, ob sie imstande sei zu reden.

»Es geht schon. Ich bin bei einer Freundin. Ich wüsste sonst gar nicht, wohin mit mir selbst.« Sie weinte lautlos und beherrscht, zumindest nach außen. »Ich bin froh, dass Sie anrufen. Birger hat große Stücke auf Sie gehalten, das wissen Sie sicher.«

»Was ist passiert, Jytte? Schaffen Sie es, mir davon zu erzählen?«

»Ich weiß es ehrlich gesagt nicht. Wir wollten heute zusammen einkaufen gehen, weil Birger früher Feierabend hatte. Ich bin so gegen 14 Uhr zu ihm nach Hause gegangen, um ihn mit frisch gebackenen Hefeteilchen zu überraschen.«

Birgers Haus lag in einem Neubaugebiet in Vinten zwei Kilometer außerhalb von Horsens, nicht weit vom neuen Enner Mark Gefängnis, wo mehrere ihrer gemeinsamen alten Bekannten einsaßen. »Auf die Weise bin ich dann nah an der Kundschaft«, hatte Birger gewitzelt, als Mikael ihn letztes Jahr besucht hatte.

»Haben Sie gesehen, was passiert ist?«, fragte Mikael vorsichtig.

»Nein. Ich habe gegen drei mit ihm gesprochen. Da war er auf dem Heimweg. Er braucht etwa zehn Minuten von der Wache nach Hause, also habe ich Kaffee aufgesetzt. Wir wollten zu Bilka und vielleicht in den Baumarkt. In Birgers Viertel hatte es in der letzten Zeit etliche Einbrüche gegeben, weshalb er eine Alarmanlage installieren wollte. Ich habe ihn vor dem Haus parken hören, und gleich darauf habe ich dann gehört, wie …« Jytte verstummte. »Da war ein Auto, das Gas gegeben hat, ganz in der Nähe. Dann gab es einen furchtbaren Knall. Ich bin gleich raus zum Carport gelaufen, und da habe ich Birger gefunden … Er lag ganz still da, Mikael. Sein Kopf war …«

Jytte stockte schluchzend, und Mikael bereute, dass er angerufen und sie seinen Fragen ausgesetzt hatte. Das war zu hart für sie, nur wenige Stunden nach dem Schock. Er dankte ihr und bat sie, auf sich aufzupassen.

Auf der Polizeidienststelle suchte er Tommy Nielsen auf, mit dem Frederik gesprochen hatte. Wie sich herausstellte, war Nielsen als lokaler Einsatzleiter schon kurz nach dem Aufprall bei Birgers Haus gewesen, doch da war der Fahrerflüchtige natürlich längst über alle Berge. Tommy Nielsen berichtete Mikael, dass es außer Jytte keine Zeugen gäbe.

»Irgendwelche Überwachungskameras?«

Tommy zog die Augenbrauen hoch.

»Vinten ist ein Vorort von Horsens, nicht von London. Und nein, es gibt auch keine Industriegebäude oder Verkehrsüberwachung in der Gegend. Wir haben überhaupt nichts.«

»Birgers Freundin hat mir erzählt, in der Gegend hätte es viele Einbrüche gegeben. Stimmt das?«

»Ja, leider, aber auch uns fehlen Leute, sodass wir der Sache bislang nicht wirklich auf den Grund gehen konnten. Manchmal nehmen sich die Täter fünf Reihenhäuser in einem Aufwasch vor. Am helllichten Tag. In Vinten wird viel gebaut, daher stehlen sie vor allem Baumaterial, aber auch Rasenmäher, Joggingschuhe, Fitnessausrüstung, Fahrräder, Fleisch aus der Gefriertruhe – alles, was auf dem Schwarzmarkt verkauft werden kann. Wer auch immer dahintersteckt, die Typen sind dreist. Vielleicht hat Birger beim Heimkommen eine Bande von Einbrechern überrascht.«

Die Theorie war weit hergeholt, aber nicht unmöglich. Birger war noch vor keiner Jedermann-Festnahme zurückgeschreckt, selbst wenn er dabei fünf Kerlen gegenüberstand. Dieser eigensinnige Sturkopf.

»Was habt ihr da draußen gefunden?«

»Die Kfz-Sachverständige ist noch am Messen, aber vorläufig gibt es kaum Anhaltspunkte. Wir haben ein Stück Scheinwerferglas gefunden, das wir näher unters…«

»Scheinwerferglas?«, unterbrach Mikael ihn. »Das gab es auch in unserem Fall. Ist es okay, wenn ich kurz dort vorbeischaue? Birger war jahrelang mein Partner in Kopenhagen.«

»Klar, machen Sie das. Birger war hier sehr beliebt. Ein guter Mann. Die Kfz-Sachverständige ist noch draußen beim Haus, aber wir wurden schon zum nächsten Zwischenfall in Sundparken beordert, unserem Getto hier, wenn Sie so wollen. In den letzten Tagen gab es dort immer wieder Randale, und wir haben nicht genug Leute, um die Unruhestifter in Schach zu halten«, sagte Tommy.

»Denken Sie daran, die Ermittler eine Funkzellenabfrage vornehmen zu lassen, damit wir die Daten mit dem Unfall unseres Dezernatsleiters abgleichen können.«

Der Einsatzleiter quittierte Mikaels Vorschlag mit leerem Blick, und Mikael riss sich mehr schlecht als recht am Riemen, um nicht wie ein besserwisserischer Hauptstadtschnösel zu klingen, als er fortfuhr.

»Damit wir sehen, ob ein und dasselbe Handy an beiden Tatorten eingeloggt war. Und vielleicht sollten Sie schnellstmöglich die Presse informieren. Jemand muss doch etwas gesehen oder gehört haben. Haben die Leute in der Provinz ihre Augen und Ohren für gewöhnlich nicht überall?«

»Die Leute in der Provinz *arbeiten* für gewöhnlich. Keiner der näheren Nachbarn war zu Hause, das *haben* wir überprüft, wir werden heute und morgen aber noch sämtliche Bewohner des Viertels befragen«, sagte Tommy Nielsen und wandte sich ab. »Tut mir leid, Dirk. Meine Leute warten auf mich.«

Mikael war bisher nur einmal in Vinten gewesen, hatte aber keine Schwierigkeiten, Birger Poulsens Haus zu finden. Vor dem Carport, der ein Stück zurückversetzt von der Straße lag, war ein Bereich mit rot-weiß gestreiftem Flatterband abgesperrt. Drei kleine Jungs mit Laufrädern und Fahrradhelmen standen auf dem gegenüberliegenden Bürgersteig und reckten die Hälse, während zwei uniformierte Beamte dafür sorgten, dass keine Unbefugten zu nahe herankamen.

Mikael schloss die Augen, um sich zu sammeln, ehe er aus dem Auto stieg. Das alles erinnerte ihn viel zu sehr an den Ort, wo Carlsen überfahren worden war. Eine ruhige Straße in einem Wohnviertel, kaum oder gar keine Zeugen, einige wenige Spuren von verbranntem Reifengummi auf dem Asphalt.

Die jütländischen Kollegen sahen ihn skeptisch an, als er ausstieg und sich vorstellte.

»Ich kannte Birger«, erklärte er. »Wir waren Partner, als er in Seeland gearbeitet hat. Ich habe mit Tommy Nielsen abgesprochen, dass ich mir die Kollisionsstelle mit eigenen Augen ansehen darf.«

»Geht klar«, sagte einer der Beamten und zeigte auf Birgers Carport. »Die Kfz-Sachverständige ist gleich fertig, wenn Sie wollen, können Sie mit ihr reden.«

Mikael war noch nie einer Frau in diesem Beruf begegnet. Das war mal erfrischend. Sie trug kräftiges Augen-Make-up und eine graue Hochsteckfrisur. Als er sich vorstellte, wusste sie ihn gleich zuzuordnen.

»Sie vertreten Niels Carlsen als Dezernatsleiter, stimmt's? Es ist so furchtbar, was passiert ist«, sagte sie und stellte sich als Majbritt Krat vor. Nach einem förmlichen Händedruck ging sie zum Sachlichen über. »Leider kann ich noch nicht viel sagen. Meinen ersten Messungen zufolge hat der Wagen Poulsen mit sechzig bis siebzig Stundenkilometern erwischt. Das überlebt niemand. Noch dazu stand er direkt hier.« Sie wies auf Birgers Auto, dessen eingedelltes Heck davon zeugte, dass Birgers Körper dort mit voller Wucht aufgeknallt war. Der Stahlpfosten, der das gewölbte Dach des freistehenden Carports trug, war leicht verbogen. »Der Wagen war dunkel, vermutlich schwarz lackiert, am Pfosten finden sich nämlich Lackreste. Ungünstigerweise ist Schwarz eine der beliebtesten Autofarben in Dänemark, die Hälfte von uns fährt graue, silberne oder schwarze Autos.«

»Schwarz? Sind Sie sicher?«

»Ja, der Unfallwagen war vermutlich schwarz.«

»Können Sie etwas über die Marke sagen? Die Reifen? Sonst irgendwas?«

Majbritt schüttelte den Kopf.

»Noch nicht. Glauben Sie, es ist derselbe Wagen wie in Vanløse?«

»Ich weiß es nicht. Carlsen und Poulsen waren derselbe Jahrgang und haben mehrfach zusammengearbeitet. Unmittelbar sehe ich aber keinen konkreten Zusammenhang zwischen den Fällen, da die beiden in völlig unterschiedlichen Ecken des Landes leben«, antwortete Mikael.

»Wonach suchen Sie?«, fragte sie.

»Vermutlich nach einem Kombi.«

»Das ist gut zu wissen. Gibt es sonst noch etwas, worauf ich zu Vergleichszwecken achten sollte?«

»Ich habe gehört, dass ein Stück Scheinwerferglas gefunden wurde. Auch am Unglücksort in Vanløse wurde ein Splitter Scheinwerferglas des Fabrikats Hella gefunden. Sollte der Befund hier derselbe sein, würden wir das natürlich gern sofort wissen.«

»Ist notiert. Geben Sie mir am besten ihre E-Mail-Adresse, dann setze ich Sie ins Cc, wenn ich den fertigen Bericht schicke«, sagte Majbritt Krat.

Mikael bedankte sich. Mehr konnte er im Augenblick nicht tun. Er brauchte dringend einen Kaffee. Oder vielleicht besser ein Bier.

Was hatte Birger neulich zu ihm gesagt? Irgendetwas von wegen, dass man vor allem aus seinen Fehlern und nicht aus seinen Siegen lernte. Hatte Birger einen Fehler bei der Arbeit gemacht, der ihn nicht losließ, oder war es einfach nur die Westentaschenphilosophie eines müden Mannes gewesen? Birger war kein sonderlich belesener Typ, hatte im Laufe ihrer Partnerschaft aber immer wieder gerne mit feierlicher Miene irgendwelche Sinnsprüche oder Aphorismen zitiert, als seien sie Ausdruck allerhöchster Weisheit.

»Ein Freund ist einer, der alles von dir weiß und dich trotzdem liebt«, hatte er frei nach Hubbard bei seiner Abschiedsrede vor zwei Jahren über Mikael gesagt.

Mikael hätte es niemals gegenüber irgendwem zugegeben – schon gar nicht gegenüber Birger, wäre er jetzt hier –, aber ihm war zum Heulen zumute. Vielleicht sollte er auf dem

Weg nach Seeland auf einem der menschenleeren Rastplätze anhalten, wo er mit dem Rauschen der vorbeirasenden Autos alleine war.

Es würde ein langer Heimweg werden.

37

Maria hatte Weingläser, eine Schale Erdbeeren und einen Teller mit Nussschokolade auf den Tisch im Erker gestellt. Die Schokolade hatte bereits einen leichten Grauschleier von der Hitze, und sie überlegte, ob die ganze Aufmachung nicht zu sehr nach Date aussah. Er sollte keinen falschen Eindruck gewinnen.

Sie trug alles zum Esstisch und nahm zwei Kerzenständer weg. Das war besser, förmlicher. Dann schenkte sie sich ein weiteres Glas Wasser ein und leerte es in einem Zug. Ihr Kopf war schwer und ihr Mund merkwürdig trocken, egal, wie viel sie trank. Schließlich goss sie sich ein Glas Wein ein. Es war, als würde ihr Körper ihr zeigen, dass sie sich an einer haarfeinen Grenze entlangbewegte. Einer Grenze, die sie bereits überschritten hatte, aber daran wollte sie jetzt nicht denken. Der Zweck musste in diesem Fall die Mittel heiligen. Wenn ihr Plan glückte, war niemandem geschadet, aber jemand könnte seinen Frieden finden.

Es war zwei Tage her, seit sie Eva Holt zum ersten Mal getroffen hatte, und die Erzählung der alten Dame, die ihr ganzes Leben im Schatten einer Tragödie gelebt hatte, ging Maria noch immer nah. Sie war sich keineswegs sicher, ob sie aufklären konnte, was vor sechsundsiebzig Jahren mit Else Lövengren geschehen war, fühlte sich aber in der Verantwortung, es zu versuchen. Auf Nachfrage würde sie sagen, dass ihre Bemühungen einem rein fachlichen Interesse entsprangen. Dabei war es in Wahrheit ziemlich persönlich. Mit seiner Abweisung hatte Espen Lövengren das genaue Gegenteil von dem erreicht, was er bezweckt hatte: Sein Bestreben, auf Kosten einer neunzehnjährigen toten Frau den guten Ruf der Familie zu wahren, hatte sie provoziert. Das Foto von Else als unschuldiger Konfirmandin wollte ihr nicht aus dem Kopf. Was konnte sie getan haben, um wenige Jahre später eine Hinrichtung zu verdienen?

Bevor Maria Eva Holts Wohnung in Frederiksberg verließ, hatte diese ihr erzählt, dass sie niemals Kinder bekommen hatte. Vielleicht hatte sie sich die Erklärung nachträglich zurechtgelegt, aber laut Eva gründete ihre Kinderlosigkeit darauf, dass sie bereits mit der Muttermilch die Erkenntnis aufgesogen habe, dass einem das Wichtigste im Leben von einem Moment auf den anderen genommen werden konnte und das Schicksal eine irrationale und gnadenlose Kraft war. Dem wollte sie keine eigenen, wehrlosen Kinder aussetzen. Aber sie hatte sich anderer Kinder angenommen. Kinder, denen das Schicksal ebenfalls nicht gnädig gewesen war.

Maria hatte Eva Margrethe Sandagers Telefonnummer gegeben und sie gebeten, im Rechtsmedizinischen Institut vorbeizugehen und eine Blutprobe nehmen zu lassen. Falls es den Rechtsgenetikern gelang, ein DNA-Profil aus dem Oberschenkelknochen des alten Skeletts zu gewinnen, ließ sich auf diese Weise definitiv feststellen, ob eine Verwandtschaft bestand.

Maria war inzwischen zu der Überzeugung gelangt, dass Else in der Nacht auf den 10. Januar 1945 gefangen genommen und in das abgelegene Naturgebiet bei Nørre Felding gebracht worden war. Hier hatte man sie getötet und vergraben. Allerdings fehlte weiterhin das Motiv für den Mord. Und ein Täter. Oder auch mehrere.

Den ganzen gestrigen sowie heutigen Tag hatte Maria herauszufinden versucht, wer dieser Preisler war, der Else wenige Tage vor ihrem Tod gedroht hatte. Zunächst hatte sie die museumseigene Datenbank Arkibas zurate gezogen, darin aber nur einen Treffer gefunden: einen Mordermittler namens Martin Preisler, der in den Achtzigern in Sønderborg gelebt hatte. Das war wohl kaum relevant.

Danach hatte sie Boris in Viborg angerufen und ihn gefragt, ob ihm der Name Preisler etwas sage. Das tat er, allerdings nicht so, wie sie gehofft hatte.

»Das ist ein Platz im Zentrum von Viborg, vielleicht zweihundert Meter vom Dom entfernt. Preislers Plads heißt er. Früher war dort mal ein Park, eine Art Oase in der Stadt, aber heute ist der Platz asphaltiert und wird als Parkplatz genutzt. Es gab auch mal ein Hotel Preislers, eine der feinsten Adressen der Stadt. Es stand in der Sct. Mathias Gade, wurde aber in den Sechzigern abgerissen.«

»Ich meine eine Person, keine Adresse. Es müsste ein in Viborg ansässiger Mann gewesen sein, der eine bedeutende Rolle im Zweiten Weltkrieg gespielt hat.«

Maria hatte bereits nach *Preisler* und *Viborg* auf Google und im Telefonbuch gesucht, aber es war hoffnungslos. Mehrere hundert Dänen trugen den Namen Preisler, und allein in der Region Viborg lebten mindestens fünf Personen mit diesem Nachnamen.

Boris hatte versprochen, sich im Archiv auf die Suche nach einem Mann namens Preisler zu machen, der in den Vierzigern in Viborg gelebt hatte. Außerdem wollte er versuchen, alle im Archiv verfügbaren Informationen über die fatale Explosion in der Autowerkstatt in der Nacht von Evas Verschwinden zu sammeln.

Nach dem Telefonat mit Boris hatte Maria mutlos die schlaffe bräunliche Monstera auf der Fensterbank in ihrem

Büro angestarrt, die vermutlich seit Pelles Kündigung nicht mehr gegossen worden war. In diesem Moment war ihr zum ersten Mal der Gedanke gekommen, den sie aber gleich wieder verworfen hatte.

Es kam nicht infrage, jemanden um etwas Ungesetzliches zu bitten. Das war falsch. Unmoralisch. Pelle konnte dafür ins Gefängnis wandern!

Doch als sie sich am Abend schlaflos im Bett herumwälzte, war ihr die Idee erneut gekommen. Pelle konnte ihr vielleicht weiterhelfen.

Der Dänische Freiheitsrat, eine Art Dachorganisation für die dänischen Widerstandsbewegungen, entschied im letzten Jahr der Besatzung, Liquidierungen zu erlauben. Anfangs wurden alle Befehle für Liquidierungen von der Spitze des Freiheitsrates erteilt und gründlich geplant. Später begannen die Widerstandsgruppen in Eigeninitiative zu handeln, aber es herrschte zu keiner Zeit reine Anarchie. Die Liquidierung einer neunzehnjährigen mutmaßlichen Verräterin hatte aller Wahrscheinlichkeit nach ein hochrangiger Widerstandskämpfer befohlen. In dem Fall gab es vermutlich im Geheimarchiv des PET eine Akte zu Else Lövengren.

An diesem Punkt kam Pelle ins Spiel. Und deshalb saß sie jetzt hier mit einer kalten Flasche Weißwein und einem fürchterlich trockenen Mund.

Am Morgen hatte sie Mikael angerufen, um den Fall mit ihm zu besprechen. Vielleicht konnte er ihr einen guten Rat geben, wie man das Rätsel um einen sechsundsiebzig Jahre alten Mordfall knackte, aber er hatte keine Zeit gehabt, war irgendwo am Damhussøen unterwegs auf der Suche nach einem obdachlosen Mann, um ihm ein Burger-Menü auszugeben. Als Maria ihre Idee nur andeutete, einen alten Bekannten beim PET dazu zu überreden, einen Blick in die vertraulichen Akten zu werfen, wurde er richtig sauer.

»Schlag dir das sofort wieder aus dem Kopf, Maria! Das ist so was von illegal! Du musst einen anderen Weg finden. Und würdest du diesmal bitte auf mich hören? Ich verspreche dir auch, über weitere Möglichkeiten nachzudenken«, sagte er.

Als sie ihn am Nachmittag erneut angerufen hatte, war er nicht ans Telefon gegangen.

Stattdessen hatte sie Jakob angerufen. Er hörte ihr geduldig zu, das Gespräch endete aber trotzdem in ziemlicher Missstimmung. Er hatte gefragt, wann sie sich wiedersehen würden, und die ehrliche Antwort – dass sie es beim besten Willen nicht wüsste – war nicht eben freudig aufgenommen worden. Sie musste daran denken, die Wogen zu glätten. Bald.

Sie warf einen Blick auf die Uhr, schraubte den Deckel der Weinflasche ab und füllte ihr Glas, das sie mit drei großen Schlucken leerte.

Zum Teufel mit ihnen allen. Jakob sollte aufhören, sie unter Druck zu setzen, wenn sie gerade über beide Ohren in Arbeit steckte, Mikael sollte sich seinen andauernden männlichen Beschützerdrang sonst wohin stecken und Pelle gefälligst sagen, wenn er sich nicht traute zu tun, um was sie ihn in Kürze bitten würde. Pelle war erwachsen, sicherheitsüberprüft und beim Geheimdienst angestellt. Er wusste genau, was Verantwortung bedeutete.

Als sie das Glas absetzte, klingelte es. Sie öffnete und Pelle kam mit einem großen Blumenstrauß in der Hand die Treppe herauf.

»Schön, dich zu sehen«, stammelte er.

Mit seinem flackernden Blick und den feuerroten Flecken auf Wangen und Hals sah er aus wie immer. Und doch wieder nicht. Seine formlose Studentenfrisur war durch einen militärischen Kurzhaarschnitt ersetzt worden, und er schien abgenommen zu haben. Sie blickte auf den gold-orangenen Blumenstrauß. Der musste mehrere hundert Kronen gekostet haben.

»Hübsch siehst du aus«, sagte er und überreichte ihr die Blumen. »Ich fand, sie passen zu dir.«

Diesen Satz hatte er bestimmt den weiten Weg von Amager hierher geübt, trotzdem ging er krachend zwischen ihnen zu Boden, schließlich waren sie nie mehr als einfache Kollegen gewesen.

»Schön, dich zu sehen. Komm rein«, erwiderte sie und streckte eine Hand aus, um ihm den Blumenstrauß abzunehmen und so der linkischen Umarmung zu entgehen, zu der er ansetzte.

Nach einer Viertelstunde höflicher Konversation rückte sie mit ihrem Anliegen heraus. Pelle erstarrte. Die Hand mit der Erdbeere, die er zwischen zwei Fingern hielt, blieb mehrere Sekunden als roter Fleck in ihrer beider Sichtfeld hängen.

»Das kann ich nicht. Das *darf* ich nicht.«

Er ließ den Arm sinken und schaute sie schockiert und enttäuscht an. Vermutlich wurde ihm erst in dieser Sekunde der Zweck ihrer Einladung bewusst.

»Pelle, ich bitte dich ja nicht, etwas zu *stehlen*. Du sollst nichts nach draußen schmuggeln oder kopieren oder mailen. Du sollst einfach nur schauen, ob ein solcher Fall existiert.« Sie schob den Teller mit der Schokolade zu ihm rüber.

»Das ist illegal. Ich kann meinen Job verlieren.«

Pelle nahm sich mit zitternder Hand ein Stück Schokolade. Er mied Marias Blick.

»Aber Pelle, es wäre ja keine staatsfeindliche Aktivität. Es geht weder um Terror noch Spionage. Alle, die in den Fall verwickelt waren, sind inzwischen tot. Ich will doch nur einer

Familie helfen, die sich sehnlich Aufklärung wünscht. Sie brauchen Antworten. Vielleicht gibt es dort draußen einen Mann oder eine Frau auf der Suche nach ihrer Mutter oder zumindest nach einem Grab, das sie besuchen können. Ich will doch nur wissen, ob es eine Akte zu Else Lövengren gibt. Oder alternativ, ob sich in den Besatzungsarchiven des PET eine Person namens Preisler findet.«

Er gab keine Antwort.

»Du sollst nur die Akte lesen und mir sagen, was darin steht. Wer diesen Mord verübt hat. *That's it*. Das ist kein Diebstahl. Und ich veröffentliche es nicht. Außer mir würden es nur die Familienmitglieder erfahren.«

»Aber das wäre Geheimnisverrat, und das ist strafbar. Dafür kann man bis zu zwei Jahre Gefängnis bekommen. Und was soll ich meinem Chef sagen, wenn er fragt, warum ich mich plötzlich ausgerechnet für Spitzelliquidierungen interessiere?«

»Du darfst dich eben nicht erwischen lassen«, sagte Maria und hörte selbst, wie ungerecht das Pelle gegenüber war, sie sah nur einfach keine Alternative.

Er lachte nervös.

»Du bist der diskreteste Mensch der Welt, Pelle. Und loyal! Außerdem interessierst du dich für Rechtsgeschichte, oder? Warum werden diese Archive noch immer unter Verschluss gehalten? Was darin darf nicht ans Licht kommen? Bist du nicht auch neugierig?«

Pelle rutschte unruhig auf seinem Stuhl hin und her.

»Du hast deine Masterarbeit über die Zusammenarbeit des PET mit der Gestapo geschrieben, richtig?«

Maria wusste, dass Pelle fast ein Jahr auf das peinliche Kapitel in der Vergangenheit des Nachrichtendienstes verwandt hatte. Der PET arbeitete sowohl vor als auch nach dem Zweiten Weltkrieg mit seinem nationalsozialistischen Pendant zusammen, um Informationen über die Kommunisten zu erhalten.

»Ähm, ja, stimmt«, sagte er zögernd. »Die Geheimhaltung beruht auf einem Kompromiss, den die Widerstandsbewegung und die Regierung nach der Befreiung eingingen. Damals war es zweifellos die richtige Entscheidung, aber du hast recht, es ist wirklich merkwürdig, dass die Archive der Öffentlichkeit selbst so viele Jahre später nicht zugänglich sind.«

»Ganz genau!«

Maria schenkte ihm den letzten Schluck Wein ein und ging in die Küche, um eine neue Flasche aus dem Kühlschrank zu holen. Sie hatte bereits einen Schwips, und das schlechte Gewissen wich allmählich einer angenehmen Alkoholduseligkeit.

Noch ein oder zwei Gläser mehr, und Pelle wäre außerstande, Nein zu sagen.

38

In großen Krisen sind es stets die kleinen Dinge, die die Leute aus der Haut fahren lassen. Ein Schlüssel, der nicht an seinem gewohnten Platz liegt. Eine unerwartet lange Schlange.

Im Dezernat für Gewaltverbrechen war es das plötzlich fehlende Frühstück. Freitags läuteten die Ermittler das anstehende Wochenende mit Brötchen, Käse, einem blauen Eimer Marmelade und Plunderstückchen ad libitum ein, weshalb die meisten das Frühstück zu Hause ausließen. Das war Tradition. Nicht so an diesem Tag. Der Zuständige hatte sich krankgemeldet.

»Wo zur Hölle sind die Kaffeeteilchen?«, schrie Langbjerg durch den Raum, als er mit seiner gesprungenen Liverpool-Tasse und knurrendem Magen ankam. Christine Eliasen herrschte ihn an, er solle die Klappe halten und gefälligst selbst zur Bäckerei gehen, statt die anderen zu stören, die im Gegensatz zu ihm ihre Arbeit machen wollten. Ein Dritter quakte dazwischen, im Gebäude gäbe es ja wohl eine ausgezeichnete Kantine, die sie in diesen schweren Zeiten unterstützen sollten, und bald zankte sich das gesamte Ermittlerteam darüber, wer am empfindlichsten und am egoistischsten war, und ob es überhaupt möglich sei, Kriminalfälle aufzuklären, wenn man kurz vor dem Hungertod stehe.

Was war das nur für ein verdammter Kindergarten? Wie konnten diese Gefühlslegastheniker zwanzig Stunden nach Birgers Tod Appetit auf Zimtschnecken und Butterbrötchen haben? Mikael knallte die Tür zu Carlsens Büro zu, ließ sich auf den Schreibtischstuhl fallen und las ein weiteres Mal den an diesem Morgen erschienenen Artikel der *Morgenavisen*.

Ein Kriminalreporter war nach Horsens geschickt worden, und es war ihm geglückt, den dortigen Ermittlern folgende Neuigkeit zu entlocken:

Tod eines Polizisten: Polizei fahndet nach Fahrer, lautete die Überschrift auf morgenavisen.dk.

Ein achtundfünfzigjähriger Polizeibeamter wurde am gestrigen Donnerstag um 15.10 Uhr vor seinem Haus in Vinten bei Horsens überfahren. Seine Freundin leistete vergeblich Erste Hilfe. Die Polizei Südostjütland fahndet nun nach dem Fahrer eines dunklen Kombis, der beim Verlassen der Gegend beobachtet wurde.

Mikael schluckte zum wer-weiß-wievielten Mal seit gestern die Tränen herunter. Er konnte es immer noch nicht fassen.

Laut Angaben der Polizei legte der Unfallfahrer nach dem Aufprall den Rückwärtsgang ein und flüchtete unerkannt vom Ort des Geschehens. Wie Anwohner berichten, raste ein dunkler oder schwarzer Kombi, möglicherweise ein älterer VW Passat, am örtlichen Versammlungshaus vorbei und bog in eine Schotterstraße ab, die zum Ny Silkeborgvej führt. Von hier fuhr der Wagen entweder nach Horsens oder Richtung Brædstrup weiter. Bislang ist es nicht gelungen, den Fahrer zu identifizieren oder festzunehmen. Die Polizei sucht daher nach Zeugen, die am Donnerstag zwischen 14.50 Uhr und 15.10 Uhr etwas Ungewöhnliches in der Nähe des Karetmagervej gesehen haben. Hinweise werden unter der Rufnummer 114 entgegengenommen.

Auf die Nachricht folgte eine längere spekulative Analyse, inwiefern Birgers Tod mit der gegenwärtigen Krise der Polizei und dem beinahe identischen Mordversuch an Niels Carlsen anderthalb Wochen zuvor in Verbindung stehen könnte.

Vorläufig gab es keine Hinweise, dass es sich bei Birgers Mörder nicht um denselben Täter handelte, der Carlsen überfahren hatte, konstatierte Mikael. Modus, »Tatwaffe«, alles passte.

Als er gerade an Carlsen dachte, klingelte das Telefon. Es war Carlsens Frau.

»Anette? Gibt's was Neues?«

»Was? Äh, nein. Unverändert. Niels schläft. Allerdings scheinen mir die Ärzte etwas optimistischer als Anfang der Woche. Das versuche ich also auch zu sein.«

»Das ist gut«, sagte Mikael und holte Luft, ehe er fortfuhr: »Anette, hast du das von Birger gehört?«

»Ja. Deshalb rufe ich an. Es ist so schrecklich. Ich habe dir doch erzählt, dass einer unserer Freunde eine geheime Adresse und eine neue Telefonnummer bekommen hat?«

»Ja, ich erinnere mich.«

»Das war Birger«, unterbrach ihn Anette. »Ich weiß nicht, ob er sich belästigt fühlte oder was der Grund war. Wie schon gesagt, haben Niels und ich daraufhin überlegt, ob wir dasselbe tun sollten, aber Niels hat den Gedanken wieder verworfen. Er meinte, es würde nichts ändern. Aber jetzt ist Birger tot. Ist doch merkwürdig, oder?«

Mikael zögerte. Und auf einmal fiel ihm ein, dass Birger irgendwann im Frühsommer eine SMS mit seiner neuen Handynummer geschickt hatte. Aber so was kam ja ständig vor. Die Leute zogen um, wechselten den Job oder ließen ihr Handy auf den Boden fallen. Birgers Rufnummerwechsel konnte alles Mögliche bedeuten. Als Polizist erlebte man immer wieder, dass Bürger auch außerhalb der Dienstzeiten Kontakt aufnahmen und manchmal regelrecht aufdringlich oder beleidigend wurden. Das war der Preis für eine offene Gesellschaft.

Er gab Anette recht, legte auf und suchte in seinem Notizbuch nach Jyttes Telefonnummer.

Ihre Stimme war belegt, als sie ranging.

»Entschuldigen Sie, Mikael, wir haben uns gerade mit dem Pfarrer getroffen. Ich kann kaum einen Gedanken zu Ende bringen, ehe ich mich schon wieder um etwas Neues kümmern muss …«

Es kam Mikael taktlos vor, Jytte wegen etwas so Banalem wie einem Adressdetail anzurufen. Aber es war verdammt noch mal wichtig.

»Sie haben nicht zufällig Zeit zu kommen, oder? Er hat mal gesagt, Sie seien wie sein zweiter Sohn gewesen.«

Mikael musste ein paarmal tief einatmen, ehe er antworten konnte.

»Natürlich komme ich zur Beerdigung. Bevor ich Sie in Frieden lasse … Können Sie mir sagen, warum Birger sich eine geheime Adresse und Telefonnummer zugelegt hat?«

Am anderen Ende wurde es still.

»Glauben Sie, das könnte etwas mit dem Unfall zu tun gehabt haben?«, fragte Jytte dann.

»Nicht unbedingt, aber es wundert mich, dass er sich nach so vielen Jahren im Polizeidienst zu einer geheimen Adresse entschließt. Ich nehme mal an, er hat mit Ihnen über diese Entscheidung gesprochen?«

Jytte atmete langsam aus.

»Birger wurde über längere Zeit belästigt. Es war nichts Ernstes, aber doch so, dass es ihm an die Substanz ging. Er bekam Tag und Nacht Anrufe und unangenehme Briefe mit der Post. Und er fühlte sich nach der Arbeit beobachtet. Wer dahintersteckte, wusste er nicht. Irgendwann im Frühsommer hat er mir dann mitgeteilt, dass er eine neue Telefonnummer und eine geheime Adresse hat. Nicht dass er sich allzu große Hoffnungen gemacht hätte, damit auf Dauer Ruhe zu haben, aber er wollte unbedingt etwas unternehmen, damit es aufhört.«

Das klang plausibel. Eine geheime Adresse half nichts, wenn der Verfolger bereits wusste, wo man wohnte, eine neue Nummer dagegen konnte zumindest die Belästigung durch ständige Anrufe unterbinden.

»Sie wissen nicht, von wem die Anrufe kamen?«

»Nein.«

»Wusste Birger es? Versuchen Sie sich bitte zu erinnern, Jytte. Nehmen Sie sich Zeit. Alles, was Birger gesagt hat, selbst das nebensächlichste Wort, kann von Bedeutung sein.«

Wieder wurde es still in der Leitung, und Mikael ließ Jytte in Ruhe nachdenken. Sie musste den Schock für einen Moment beiseiteschieben und Wortwechsel rekonstruieren, die – so wie er Birger kannte – beiläufig und knapp gewesen waren. Birger hatte sich selten über persönliche Probleme ausgelassen.

»Einmal hat er etwas gesagt, aber das war nicht an mich gerichtet. Ich saß auf der Terrasse und habe gelesen, und er war hinten im Garten am Gießen, als sein Handy geklingelt hat. Ich glaube, das war im Mai, also bevor er seine neue Nummer bekam. Das Handy klingelte, und ich habe gesehen, wie er das Telefon anstarrte, ohne ranzugehen. Aber er hat etwas gerufen. Es war …« Jytte verstummte.

»Ja?«

»Er hat ziemlich geschimpft.«

»Wissen Sie noch, was er gesagt hat?«

»Ja. Wortwörtlich. Vor allem, weil …« Jytte klang etwas verlegen. »Na ja, wie Sie bestimmt wissen, hat Birger viel geflucht. Sehr viel. Das war einer der Punkte, mit denen ich so meine Schwierigkeiten hatte, als wir uns kennenlernten, und ich habe versucht, es ihm abzugewöhnen. Wir waren ja häufig mit seinen Enkeln zusammen, daher …«

»Ich weiß, was Sie meinen. Ich bin drei Jahre lang jeden Tag mit Birger im Auto gefahren. Irgendwann habe ich mir ein dickes Fell zugelegt. Macht es Ihnen etwas aus zu wiederholen, was genau er gesagt hat?«

»Er hat richtiggehend gebrüllt. Als versuchte er mit bloßer Stimme zu dem Anrufer durchzudringen. Er schrie: ›Verfluchte Dreckscheiße! Das ist über zwanzig Jahre her! Verfickte zwanzig Jahre! Verdammt, was willst du von mir?‹ Jytte betonte die Schimpfwörter extra deutlich, genau wie Birger es getan hätte. »Entschuldigen Sie die schreckliche Ausdrucksweise.«

»Ja, typisch Birger«, sagte Mikael. »Glauben Sie, dass der Anrufer die Person war, die ihn belästigt hat?«

»Ganz sicher. Denn Birger wirkte … ›außer sich‹ wäre der falsche Ausdruck in Bezug auf Birger, aber er schien erschüttert. Betroffen. Ehrlich gesagt hat es mich gewundert, dass er es Ihren Kollegen nicht gemeldet hat.«

»Warum glauben Sie, hat er das nicht getan?«

»Gute Frage. Seinem Sohn hat er auch nichts davon erzählt. Ich hatte das Gefühl, dass es ihm ein wenig unangenehm war, zu privat.«

»Sie wissen also nicht, was vor ›verfickten zwanzig Jahren‹ passiert ist?«

»Ehrlich gesagt wollte ich es gar nicht genauer wissen. Im Nachhinein mache ich mir schreckliche Vorwürfe deswegen, aber Birger und ich kannten uns ja noch nicht so lange. Wir haben beide ein langes Leben hinter uns, mit Ehen und Ex-Partnern, großer Trauer und Fehlern, die man am liebsten vergessen würde. Vor zwanzig Jahren war Birger mit einer anderen Frau verheiratet, lebte in einer anderen Stadt und führte ein vollkommen anderes Leben. Ich fand, es stand mir nicht zu, darin zu graben. Wenn man einander in reifem Alter kennenlernt, hat man, denke ich, das Recht auf ein paar Geheimnisse.«

Sie beendeten das Gespräch. Was Mikael anbelangte, mit aufkeimender Energie. Endlich ein Anhaltspunkt. Es war ungewiss, ob dieses offenbar ziemlich beharrliche Stalking von Birger etwas zu bedeuten hatte, das mussten die Kollegen drüben in Südostjütland untersuchen. Er öffnete sein Mailfach, um den zuständigen Ermittlern zu schreiben, aber im Posteingang lag bereits eine Mail von einem Ermittler des Dezernats für Gewaltverbrechen in Horsens.

Der Bericht der am Donnerstag durchgeführten Untersuchungen war eindeutig: Die Scherbe des Scheinwerfers vom Tatort im Karetmagervej war vom Fabrikat Hella, genau wie der Glassplitter, den man im Damstien gefunden hatte.

»Leider ist es eins der am häufigsten verwendeten Scheinwerferfabrikate, dieses Detail bringt uns also kaum weiter«, schrieb der Ermittler. Am Ende der Mail erwähnte er noch, dass eine Funkzellenabfrage im entsprechenden Gebiet vorgenommen worden war und alle Mobilfunkdaten vom Tatzeitpunkt damit gesichert seien.

Mikael schickte ein Dankeschön zurück und machte seinen Kollegen in Horsens darauf aufmerksam, dass Birger vor Kurzem eine geheime Adresse erhalten hatte. Dieser Spur sollten sie nachgehen, schrieb er.

Und nahm sich vor, dasselbe zu tun.

39

Frederik sah Mikael besorgt an. Er hatte eine Cola und ein matschiges Kantinensandwich dabei, als er kurz nach der Mittagszeit in Carlsens Büro kam.

»Spät geworden gestern?«, fragte er und legte Mikael das Sandwich hin.

»Nee, geht ... Aber lange Fahrt.«

»Hast du was rausgefunden? Das war sicher nicht leicht für dich. Alle würden verstehen, wenn dir nach einem freien Wochenende ist.«

»Wochenende? Jetzt? Vergiss es.«

Staatsanwältin Henriette Jansen steckte den Kopf durch die Tür und unterbrach sie.

»Darf ich reinkommen?«, fragte sie, wartete jedoch keine Antwort ab. »Sind Sie okay, Dirk?«

Die hochgewachsene Frau war mit der dunklen Jeans und einer teuer aussehenden Seidenbluse wie immer tadellos gekleidet, ihr Pagenhaar trug sie zu einem kleinen, sportlichen Pferdeschwanz gebunden. Sie setzte sich an Carlsens ovalen Besprechungstisch und musterte Mikael prüfend.

»Danke für eure überbordende Fürsorge.« Mikael versuchte sich an Ironie, aber es klappte nicht. Heute nicht. Er fühlte sich komplett erschlagen. »Ehrlich gesagt, es ging mir schon besser. Birger hat mir viel ... Na ja, und dann noch die Sache mit Carlsen.«

»Packen Sie es?«, fragte Henriette.

Mikael sah sie schweigend an. Einige peinliche Sekunden verstrichen, in denen er sich abermals fragte, ob er der Aufgabe gewachsen war. Ging ihm das alles zu nah? Erst Carlsen und jetzt Birger?

Er verdrängte den Gedanken. Manchmal konnte man sich der Verantwortung einfach nicht entziehen.

»Natürlich packe ich das«, erwiderte er und hielt Henriettes Blick stand. »Ich glaube sogar, ich bin der Beste für die Aufgabe.«

Sie musterte ihn ein paar Sekunden und lächelte.

»Alles klar! Was brauchen Sie? Legen wir los.«

»Wir müssen rausfinden, ob der Mord an Birger und Carlsens Unfall etwas miteinander zu tun haben. Ich kenne beide Männer; gute Menschen, die jeden mit Respekt behandeln, selbst die perversesten Mörder oder Vergewaltiger. Allerdings scheinen beide in den letzten Monaten wiederholt Probleme mit unerwünschten Anrufen und Zuschriften gehabt zu haben.«

»Birger also auch?«, fragte Frederik.

»Ja, er auch. Aber bevor ich dazu komme, noch mal kurz die übrigen Parallelen: Der Modus Operandi ist klar, aber das Motiv kennen wir immer noch nicht. Nach unserem bisherigen Stand hat der Täter einen dunklen, wahrscheinlich schwarzen Kombi gefahren, möglicherweise einen VW Passat. An beiden Tatorten wurden Splitter von Scheinwerferglas des Fabrikats Hella gefunden. Außerdem haben beide Opfer vor dem Anschlag entweder eine geheime Adresse erhalten oder untersucht, wie man eine bekommt, was darauf hindeuten könnte, dass sie sich verfolgt, bedroht oder belästigt fühlten.«

Henriette machte sich Notizen auf einem Block, während Dahlin seinen Laptop aufklappte.

»Wir wissen, dass Carlsen regelmäßig Drohungen erhielt,

sind aber noch auf keine Formulierung gestoßen, die sich konkret mit dem Mordversuch verknüpfen ließe, richtig?«, fragte Mikael.

»Nope«, sagte Frederik. »Nichts Konkretes.«

»Okay, passt auf: Kann sein, dass das unbedeutend ist, aber Jytte – Birgers neue Freundin in Jütland – hat mir etwas Interessantes erzählt. Im Frühsommer hat sie mitbekommen, wie Birgers Handy klingelte. Er ist nicht rangegangen, hat aber wohl total genervt über den Anruf herumgeschrien.«

»Ich kann es mir lebhaft vorstellen«, murmelte Henriette, die in ihren fast zehn Jahren als Angestellte der Polizei Kopenhagen mehrere von Birgers Fällen vor Gericht verhandelt hatte.

»Jytte erinnert sich wortgenau daran, was er geschrien hat.« Mikael schlug sein Notizbuch auf. *»Das ist über zwanzig Jahre her! Verfickte zwanzig Jahre! Verdammt, was willst du von mir?«*

»Das hat Birger zu seinem Stalker gesagt?«, fragte Frederik.

»Zum Telefon jedenfalls. Ich habe noch vor ein paar Tagen mit Birger gesprochen. Er wirkte total von der Rolle und hat was von Fehlern geredet, die er vor vielen Jahren angeblich gemacht hätte. Und da frage ich mich: Was hat Birger vor circa zwanzig Jahren gemacht, das ihn anscheinend bis heute verfolgt?«

»Vor zwanzig Jahren? Also 2001? Da müsste er hier gewesen sein«, sagte Henriette.

»Oder kurz davor? 2000?« Mikael sah von Frederik zu Henriette und wieder zurück.

Frederik zuckte mit den Achseln. »Da muss ich passen.«

»Im Jahr 2000 waren Birger und Carlsen Kollegen in der Polizeidirektion Lyngby. Carlsen war dort ab 1999 für acht Jahre tätig. Birger ab 1995 bis zum Herbst 2000, als er nach Kopenhagen versetzt wurde. Sie haben mir beide von dieser

Zeit erzählt. Sie waren damals noch ganz frisch im Ermittlerdienst und haben über einen Zeitraum von etwa anderthalb Jahren als Partner zusammengearbeitet. Ihr wisst, dass sie auch privat Kontakt hatten, oder? In Lyngby haben sie sich kennengelernt.«

»Ich verstehe noch nicht ganz, worauf du hinauswillst, Mikael«, sagte Frederik frustriert.

»Was, wenn Carlsen und Birger damals einen Fall hatten, der irgendwen tierisch angepisst hat? Jemanden, der im Knast saß und erst vor Kurzem rausgekommen ist? Oder einen Kollegen, der sich schlecht behandelt fühlte? Oder vielleicht haben sie einen Mann zu Unrecht festgenommen?«

»Oder eine Frau«, warf Henriette ein.

Ein Lächeln huschte über Mikaels Gesicht. Manche Ermittler waren der Meinung, dass Gewaltverbrechen zumeist von Männern verübt wurden, während das Motiv zumeist eine Frau war. Eifersuchtsmorde, sexuelle Übergriffe, Rache von Ex-Freunden. Birger hatte das stets mit einem Zitat ausgedrückt, das er – weil er es nicht besser wusste – fälschlicherweise Oscar Wilde zugeschrieben hatte: »Alles auf der Welt dreht sich um Sex, außer Sex. Beim Sex geht es um Macht.«

»Wie wär's, wenn wir zu allererst prüfen, wann genau sie in Lyngby waren und an welchen Fällen sie gearbeitet haben?«, schlug Mikael vor, zog einen Stuhl heran und setzte sich hinter Frederik. Auch Henriette beugte sich mit konzentrierter Miene über den Laptop.

»Sie müssen in den Personalordner auf dem HR-Portal, Dahlin«, sagte sie.

Frederik klickte Birgers und Carlsens Unterlagen an. Ganz richtig hatten sie ab April 1999, als Carlsen eingestellt wurde, für siebzehn Monate in der Polizeidirektion Lyngby zusammengearbeitet, bis Birger Ende 2000 die neue Stelle in Kopenhagen antrat.

»Okay, lasst uns mal schauen, was sie damals gemacht haben. Henriette, Sie waren in diesen Jahren doch auch in Lyngby, oder? Was sagt Ihr exzellentes Gedächtnis? Fallen Ihnen irgendwelche aufsehenerregenden Fälle aus dieser Zeit ein? Am besten natürlich welche, in denen Birger und Carlsen zusammen ermittelt haben.«

Henriette sah ihn mit einem schiefen Lächeln an.

»Ja, ich war für drei Jahre bei der dortigen Staatsanwaltschaft, aber mein Gott, ich war erst Anfang dreißig. So weit reicht mein wertes Gedächtnis dann doch nicht zurück. Frederik, Sie können es im System aufrufen. Suchen Sie nach Akten, die mit den Initialen von beiden versehen sind.«

»NCA und BPO, richtig?«

Sowohl Henriette als auch Mikael nickten bestätigend.

Mehrere Minuten lang schwiegen sie, während Frederik sich durch die über zwanzig Jahre alten Ermittlungsakten klickte.

»Da haben ja Hinz und Kunz mitgemischt, was?«, bemerkte Frederik.

»Die Direktionen waren seinerzeit noch klein. Jeder hat jedem geholfen, vor allem bei den großen Fällen. Das ging über die eigentlichen Dezernate hinaus.«

Zwanzig Minuten später starrten sie auf einen Stapel Papier, den Frederik ausgedruckt hatte. Es gab nur drei Fälle, in denen Carlsen und Poulsen gemeinsam ermittelt hatten. Ein Einbruch, eine Vergewaltigung und ein Fall von Wirtschaftsbetrug. Nur in einem der Fälle wurde jemand verurteilt. Der Mann hatte allerdings bis zum bitteren Ende auf seiner Unschuld bestanden.

40

Mikael hasste es, wenn die Vorgänger ihr Snackpapier und leere Getränkedosen nicht aus dem Einsatzwagen räumten, ehe sie ihn auf dem Parkplatz hinter dem Gebäude abstellten. Genervt ließ er alle Fenster herunter, um den Geruch der Hinterlassenschaften seiner Kollegen zu vertreiben, und fuhr vom Parkplatz. Auf dem Weg zum Køge Bugt Motorvejen geriet er in einen Stau, in dem neben vielen Pendlern auch Familien mit Kindern feststeckten. Unwillkürlich dachte er an Hector, schob die Gedanken an seinen Sohn aber schnell beiseite. Ihm stand ein stressiges und unbehagliches Wochenende bevor. Er musste mit Menschen sprechen, deren Leben vor einundzwanzig Jahren auf den Kopf gestellt und zerstört worden waren. All diese Leute hatten mit Sicherheit nach ihren jeweiligen Möglichkeiten gekämpft, um wieder auf die Beine zu kommen, und nun kam er mit einem Polizeiausweis und zog sie zurück in die Vergangenheit.

Trotz der undankbaren Aufgabe fühlte Mikael sich befeuert von einer frischen, rastlosen Energie. Das Gespräch mit Jytte hatte ihm eine konkrete Spur geliefert, der er nachgehen konnte. Außerdem hatte er auf dem Weg durch die Tür mit der Kriminaltechnik telefoniert.

Die Analyse der Lackreste an Carlsens Laufsachen ließ keine Zweifel offen: Es gab vermutlich Tausende von dunklen Kombis in Dänemark, doch bei dem Wagen, der Carlsen angefahren hatte, handelte es sich um einen schwarzen VW Passat Baujahr 2008. Dies ließ sich so exakt bestimmen, da der Hersteller mit jedem neuen Baujahr die Lacksorte wechselte.

»Wir haben mikroskopische Schnitte angefertigt, um die verschiedenen Schichten zu untersuchen. Einer meiner Leute hat sich mit verschiedenen Automobilherstellern in Verbindung gesetzt, und Volkswagen gibt an, dass die Lackzusammensetzung mit ihrem Passat aus ebenjenem Baujahr übereinstimmt«, hatte Kriminaltechniker Jan Munch Mikael am Telefon erklärt.

Das waren großartige Neuigkeiten. Mikael hatte Eliasen gebeten, im Zentralen Fahrzeugregister und in der polizeilichen Datenbank für gestohlene, zur Fahndung ausgeschriebene Fahrzeuge eine Übersicht der Passate von 2008 zu bestellen. Es würde ewig dauern, alles durchzugehen, denn im Fahrzeugregister wurde keine Autofarbe vermerkt. Sie würden seitenlange Listen mit schwarzen, roten, blauen, grauen Wagen bekommen. Aber es war ein Anfang.

Mikael bereitete sich schon mal mental auf seine Ankunft in Solrød Strand und die Begegnung mit dem Mann vor, der in einem Fall, in dem Birger und Carlsen 1999 gemeinsam ermittelt hatten, wegen Vergewaltigung verurteilt worden war. Er hatte seinen Besuch nicht angekündigt. Er brauchte einen Plan B, falls der Mann nicht zu Hause war und stattdessen seine Frau aufmachte, die möglicherweise nichts von der Vergangenheit ihres Mannes wusste.

Die Vergewaltigungsklage hatte sich auf eine schwache Beweislage gestützt, und der Angeklagte hatte während des gesamten Ermittlungsverfahrens wie auch vor Gericht auf seiner Unschuld bestanden. Trotzdem war er verurteilt worden. Es war sehr gut denkbar, dass er einen Groll gegen die beiden Beamten hegte.

Mikael hatte sich auch die beiden anderen Fälle angesehen,

in denen Carlsen und Birger gemeinsam in Lyngby ermittelt hatten. Beim einen handelte es sich um einen großen Betrugsfall in einer Immobilienfirma namens ASEM. Ende 1999 waren intensive Ermittlungen geführt worden, die zwei Jahre später jedoch eingestellt werden mussten, ohne dass jemand zur Rechenschaft gezogen werden konnte. Zu diesem Zeitpunkt war ASEM längst in Konkurs gegangen und die beiden Firmengründer hatten Privatinsolvenz angemeldet.

Der zweite Fall war ein Anfang 2000 verübter Einbruch mit Körperverletzung. Die Opfer, ein erfolgreiches junges Paar, waren mitten in der Nacht von zwei Männern geweckt, gefesselt und mit Schlägen zur Preisgabe des Tresorcodes gezwungen worden. Die Täter waren mit einem größeren Geldbetrag sowie Schmuck geflohen. Eine Weile hatten zwei junge Männer unter Verdacht gestanden, beide kamen jedoch wieder frei, und letztlich war nie jemand angeklagt oder verurteilt worden.

Der Vergewaltigungsfall schien am naheliegendsten. Bei dem Verurteilten handelte es sich um den damals sechsundzwanzigjährigen Dan Lund, beim Opfer um eine zwanzigjährige Frau. Die beiden hatten einander im Vorhinein nicht gekannt. In der Anklageschrift stand, die Vergewaltigung habe in einer Gasse hinter dem Lyngbyer Rathaus stattgefunden und etwa fünfzehn bis zwanzig Minuten gedauert. Die Frau sagte damals aus, ein ihr unbekannter Mann habe sich von hinten auf sie gestürzt und sie mit einem scharfen Gegenstand, vermutlich einer Glasscherbe, bedroht. Zuvor habe er sie bereits in der S-Bahn angestarrt und sie verfolgt, als sie am Bahnhof in Lyngby ausgestiegen war.

Die Verletzungen waren nicht lebensgefährlich, am Hals der Frau dokumentierten die Rechtsmediziner jedoch kleinere Wunden von einem scharfen Gegenstand, der allerdings nie gefunden wurde. An beiden Handgelenken zeigten sich deutliche Griffspuren, des Weiteren waren am Scheideneingang Risse festgestellt worden, die auf eine gewaltsame Penetration hindeuteten. Ein sicherer Beweis sei das aber nicht, hieß es im Bericht.

Gegen Dan Lund sprachen ein Schuhabdruck in der Gasse, DNA am Körper der Frau sowie ein Überwachungsbild vom S-Bahnhof. In der Presse war per Foto nach ihm gefahndet worden, woraufhin er kurz darauf persönlich in Begleitung eines Anwalts und mit einer völlig anderen Darstellung der Ereignisse auf der Polizeidienststelle erschienen war.

Seiner Aussage zufolge waren er und die betroffene Frau in der S-Bahn ins Gespräch gekommen und hatten daraufhin beschlossen, auf ein Bier in seine Wohnung in der Lyngby Hovedgade zu gehen. Tatsächlich zeigten die Überwachungsbilder die beiden relativ nah beieinander, dieser Teil von Dan Lunds Geschichte mochte also durchaus stimmen. Fest stand jedoch, dass die Frau nie in seiner Wohnung angekommen war. Glaubte man Dan Lund, hatte sie es sich anders überlegt, nachdem sie einvernehmlichen Sex in der Gasse hinter dem Rathaus gehabt hatten.

Verwirrt und verzweifelt stritt der Beschuldigte sämtliche Vorwürfe ab, während Birger und Carlsen ihn drei Stunden lang vernahmen. Schließlich wurde er dem Richter vorgeführt und in Untersuchungshaft genommen.

Als der Fall im Jahr 2000 in Lyngby vor Gericht kam, wurde der damals siebenundzwanzigjährige Dan Lund wegen Vergewaltigung schuldig gesprochen und zu anderthalb Jahren Gefängnis verurteilt. Als man ihn nach der Urteilsverkündung aus dem Saal führte, hatte er geschrien: »Dänemark ist ein verschissener Polizeistaat!«

Henriette Jansen hatte Dan Lund im internen System ausfindig gemacht, der den Namen geändert hatte und nun Nicolaj hieß. Er war achtundvierzig Jahre alt, im achten Jahr mit Camilla Lund verheiratet und Vater eines elfjährigen Sohnes. Die Familie lebte in einem Reihenhaus in Solrød Strand, und Nicolaj war als Fabrikarbeiter beim Pharmaunternehmen Novo Nordisk tätig, während Camilla einen Friseursalon in Køge besaß.

Das Navi leitete Mikael von der Autobahn durch einige kleinere Straßen, in denen Rasenmäher brummten und Kinder zwischen dunkelgrünen Ligusterhecken schrien. Er passierte Reihenhaus um Reihenhaus, alle sehr ähnlich dem, in dem er selbst wohnte, ehe er vor der Nummer 33 parkte. Im Vorgarten der Familie Lund war niemand zu sehen, doch Fenster und Terrassentüren waren wegen der Hitze weit geöffnet. Es musste also jemand zu Hause sein.

Mikael nahm die Sonnenbrille ab und musterte sich im Rückspiegel. Er sah ziemlich fertig aus, und sein Zwei-Tage-Bart ließ ihn eher müde als Respekt einflößend wirken. Mikael konnte sich nicht entscheiden, ob das gut oder schlecht war. Normalerweise suchten die Ermittler einen Verdächtigen immer zu zweit auf, aber Frederik hatte sich geweigert mitzukommen.

»Hat das nicht Zeit bis Montag? Es ist Freitag. Ich muss nach Hause«, hatte er, ohne den Blick vom Computerbildschirm zu nehmen, erwidert.

Mikael hatte seinen Ohren nicht getraut. Wochenende? Mitten in einem möglichen Durchbruch? Er konnte sich gerade noch zügeln, ehe der Frust der letzten Tage übergekocht war. Er hatte gelernt, Dahlin nicht zu sehr unter Druck zu setzen, das führte weder kollegial noch fachlich zu etwas. Der Rest des Teams war ebenfalls nach Hause gegangen, im Urlaub, krankgemeldet oder mit anderen Aufgaben beschäftigt. Mikael war allein.

In Nicolaj Lunds Carport stand ein Wagen mit hohem Heck, der mit einem silbernen Sonnenschutz bedeckt war, sodass er die Marke nicht erkennen konnte. Es konnte aber durchaus ein Kombi sein. Sie mussten überprüfen, ob Lund weitere Wagen zur Verfügung standen als der auf ihn registrierte.

Er meldete seine Ankunft mit einem kurzen Klopfen gegen die Milchglasscheibe der Haustür und hörte, dass mehrere Personen zu Hause sein mussten. Die Tür ging auf, und eine Frau trat ihm entgegen, das Haar zu einer ungewöhnlich geschickt arrangierten Flechtfrisur hochgesteckt. Das musste die Friseuse sein.

»Guten Tag, mein Name ist Mikael Dirk. Ist Nicolaj Lund zu sprechen?«

Die Frau zog die Brauen hoch, drehte sich jedoch ohne Nachfrage um und rief: »Schatz.« Ein Mann in Shorts und hellbraunem T-Shirt erschien im Flur. Der achtundvierzigjährige Nicolaj hatte wenig Ähnlichkeit mit dem Mann, den Mikael auf den zwanzig Jahre alten Fotos in den Ermittlungsakten gesehen hatte. Er hatte deutliche Geheimratsecken und sein damals schulterlanges dunkelbraunes Haar war raspelkurz geschnitten und grau meliert. Außerdem trug er nun eine Brille, über deren Gläser er Mikael mit leicht geneigtem Kopf ansah. Seine Haltung war gebeugt, der Blick wachsam, und er bewegte sich ruckartig, als leide er unter nervösen Ticks.

»Mikael Dirk.« Mikael hielt seinen Ausweis hoch. »Ich komme von der Polizei Kopenhagen. Tut mir leid, dass ich unangemeldet bei Ihnen auftauche. Sie brauchen sich keine Sorgen zu machen. Ich habe nur ein paar Fragen, bei denen Sie mir hoffentlich weiterhelfen können.«

Der Mann schaute über die Schulter zur Küche und zu seiner Frau, ehe er nach draußen zu Mikael trat und die Tür hinter sich schloss. Mikael folgte seinem Blick, der die Straße hinauf und hinunter sowie über die Hecke zu den Nachbarn wanderte. Es waren keine Neugierigen in Sicht.

»Was wollen Sie?«, flüsterte er.

»Ich bin Ermittler am Dezernat für Gewaltverbrechen und komme …«

»Warum? Warum jetzt? Ich habe nichts getan.« Nicolaj straffte den Rücken und starrte Mikael wütend an.

»Ganz ruhig, ich habe nur ein paar Fragen. Niels Carlsen, der Leiter meines Dezernats, wurde letzte Woche überfahren. Wir gehen davon aus, dass es ein Mordversuch war. Ich glaube, Sie könnten womöglich nützliche Informationen für uns haben. Sie sind zu keiner Aussage verpflichtet, ich hoffe aber, Sie sind bereit, uns zu helfen.«

Der Mann verschränkte die Arme.

»Wie sollte ich Ihnen helfen? Ich weiß nichts von einem … Mordversuch.«

»Können wir uns hier auf die Bank setzen?«, fragte Mikael, und Nicolaj folgte ihm widerstrebend. Als er sah, dass seine Frau in der Küche stand, senkte er die Stimme.

»Also schön. Wie kann ich der Ordnungsmacht helfen? Normalerweise schafft ihr es doch auch allein, Beweise zu erfinden und unschuldige Leute ins Gefängnis zu stecken«, brummte er.

Mikael ließ die Bemerkung unkommentiert. Er erklärte, dass sie nach einer Person suchten, die etwas gegen Carlsen haben könnte. Birger erwähnte er zunächst nicht. Er wollte nicht alle Karten auf einmal ausspielen.

»Niels Carlsen ist also Ihr Chef? Glauben Sie bloß nicht, ich hätte Mitleid mit dem Schwein! Der Typ hält sich für den Schlausten. Das denkt ihr doch alle miteinander.«

»Wie kommen Sie darauf?«

»Weil ich Opfer eines Justizirrtums geworden bin. Keiner wollte die Wahrheit hören, alle haben dieser … dieser Schlampe geglaubt. Vor allem Carlsen. Dabei war sie bei dem Quickie sehr wohl mit von der Partie – also, bis sie es bereut hat. Haben Sie eine Ahnung, was mich ihre Lüge gekostet hat? Ich habe alle meine Freunde verloren, und es wurde praktisch unmöglich, einen Job zu finden. Camilla, meine Frau, glaubt, ich hätte wegen leichter Körperverletzung eingesessen. Mehr soll sie nicht wissen. Und mein Sohn um Gottes willen auch nicht …«

Nicolaj Lund wischte sich mit dem Handrücken den Schweiß von der Stirn, stand auf und machte ein paar Schritte Richtung Küchenfenster. Seine Frau war nicht mehr zu sehen. Er kam zurück und richtete wütend den Zeigefinger auf Mikael.

»Hören Sie mal zu, Mikkel oder wie zum Teufel Sie heißen. Selbst *wenn* ich die Frau vor über zwanzig Jahren vergewaltigt hätte, meine Strafe ist längst verbüßt. Welches Recht haben Sie, hier aufzukreuzen und darin herumzuwühlen? Das Leben zu zerstören, das ich mir aufgebaut habe – nicht dank, sondern *trotz* des Rechtsstaates. Es ist Jahre her, dass ich rausgekommen bin, und seitdem habe ich nicht mal ein Knöllchen bekommen«, zischte er, sodass der Speichel flog und ihm die Brille auf die Nasenspitze rutschte.

Mikael sah den Mann, der sich drohend zu ihm vorbeugte, gelassen an. Lund hatte so gesehen recht. Nach Verbüßung einer Strafe war selbst ein Schwerverbrecher quitt mit der Gesellschaft. Aber … war Dan-Schrägstrich-Nicolaj, ein verurteilter Vergewaltiger, wirklich als geläuterter Mensch aus dem Gefängnis gekommen? Auf den ersten Blick machte er auf Mikael keinen sonderlich sympathischen Eindruck. Er war aufbrausend, feindselig und provokant und offensichtlich erfüllt von altem Groll und dem Gefühl, ungerecht behandelt worden zu sein. Möglicherweise genug, um einen Mord zu begehen.

»Was ist mit dem Leben Ihres Opfers? Glauben Sie etwa, für sie sei alles wieder Friede-Freude-Eierkuchen?«, fragte Mikael. Manchmal brachte eine Provokation die Leute dazu, sich zu verplappern.

Nicolaj Lund schüttelte schnaubend den Kopf.

Mikael kannte einen Teil der Antwort. Frederik hatte das Opfer im Einwohnermelderegister nachgeschlagen und erfahren, dass sie Dänemark verlassen hatte und mit ihrem Mann und drei Kindern in London lebte. Frederik hatte versucht, sie anzurufen, bevor Mikael gefahren war, aber die Frau war das letzte Mal vor Corona in Dänemark gewesen.

»Sie sind ein typischer Bulle. In solchen Fällen gibt es noch andere Opfer als die, um die ihr euch sorgt. Ich habe alles verloren. Die Einzigen, die mir aus dieser Zeit geblieben sind, sind meine Eltern. Sie haben nie darüber gesprochen. Meine Frau habe ich erst kennengelernt, als alle anderen um mich herum längst verheiratet waren, und mein Arbeitgeber weiß nichts von meiner Vergangenheit. Ich lasse nicht zu, dass Sie hier auftauchen und alles kaputt machen«, knurrte er.

Mikael hob abwehrend die Hände. »Beruhigen Sie sich. Ich bin nicht gekommen, um irgendetwas kaputt zu machen. Ich untersuche, wer Niels Carlsen angefahren hat, und aus verschiedenen Gründen deuten gewisse Dinge auf Sie. Vielleicht hat das alles nichts zu bedeuten. Würden Sie sich bitte wieder setzen?«

Lund blieb stehen und schüttelte den Kopf.

»Na schön. Dann bleiben Sie eben stehen. Wissen Sie noch, was Sie am Montagmorgen, den zweiten August, gemacht haben?«

Lunds Blick verdüsterte sich.

»Was, wenn ich Ihnen erzähle, dass ich dieses machtgeile Bullenschwein umgefahren habe, hä, was dann? Legen Sie mir dann Handschellen an und setzen sich neun Minuten auf meinen Hals, oder was?«

Mikael sah ihn wortlos an. Privat war ihm langer Augenkontakt unangenehm. Besonders bei Maria ... Ihre bernsteinfarbenen Augen machten ihn nervös, und er hatte das Gefühl, dass sie das wusste. In beruflichem Kontext war es das Gegenteil, da hielt er immer am längsten durch. Auch jetzt.

»Ich habe keine Lust, mich mit Ihnen zu prügeln, dafür bin ich zu alt«, sagte Nicolaj Lund mit einem Seufzen und sank in sich zusammen. »Montagmorgen, sagen Sie? Da war ich ganz sicher auf der Arbeit. Ich fahre hier um Viertel nach sechs los. Ich arbeite bei Novo Nordisk in Bagsværd. Wir müssen um sieben da sein, aber ich komme immer fünfzehn Minuten früher, um mich umzuziehen.«

»Was ist mit gestern?«

»Gestern? Wurde Ihr Chef zweimal überfahren?«

Mikael ignorierte Lunds Versuch, schnippisch zu sein.

»Gestern gegen fünfzehn Uhr, wo waren Sie da?«

Nicolajs Blick flackerte nicht, aber er schwitzte mehr, als die nachmittägliche Temperatur es rechtfertigte. Seine Hand zitterte ein wenig, als er ein paar Fussel von seinen Shorts strich. *Selfgrooming* war eines der klassischen Anzeichen dafür, dass jemand log. Aber log Nicolaj? Oder war er nur erschüttert, mit einer Vergangenheit konfrontiert zu werden, die er für immer hinter sich geglaubt hatte?

»Da müsste ich auf dem Parkplatz der Firma gewesen sein. Ich habe um fünfzehn Uhr Feierabend.«

»Was für ein Auto steht in ihrem Carport?«, wollte Mikael wissen.

Nicolaj reagierte unerwartet scharf.

»Sie glauben mir nicht, stimmt's? Hören Sie mir überhaupt zu? Gehen Sie halt hin und gucken Sie sich mein verkacktes Auto an. Ich habe einen Scheiß mit der Sache zu tun, und es ist kein Verbrechen, sich zu freuen, wenn ein Wichser wie Ihr Chef am Verrecken ist. Das nennt sich Meinungsfreiheit. Es freut mich wirklich zu hören, dass es einen weniger von euch gibt.«

Mikael hatte genug. Er musste bis zehn zählen, um dem Kerl keine reinzuschlagen. Stattdessen stand er auf und folgte dem Mann, um sich das Auto anzuschauen. Er spürte ein enttäuschtes Stechen in der Brust, als er den Sonnenschutz zur Seite riss. Im Carport stand ein Kombi, aber es war ein älterer dunkelblauer Peugeot. Ohne Schäden an der Frontseite.

»Wie kommt Ihre Frau zur Arbeit, wenn Sie das Auto haben?«

»Mit dem Fahrrad. Im Winter nimmt sie den Zug.«

»Okay. Dann bedanke ich mich für Ihre Zeit.«

Mikael reichte Lund die Hand. Der schnaubte verächtlich.

»Sie können mich mal.«

Er blieb stehen, bis Mikael den Vorgarten verlassen hatte. Auf dem Weg zum Auto hörte Mikael eine helle Jungenstimme aus dem Haus rufen.

»Wer war das, Papa?«

41

Villy Frandsen hatte sich in der Gästetoilette eingeschlossen, dem kleinsten und definitiv kühlsten Raum im ganzen Haus. Die Hitze zermürbte und dehydrierte ihn zunehmend.

Am Morgen hatte Lis ihm ein Glas mit einer kalten grünlichen Pampe hingestellt. Angeblich sollte der pürierte Drink aus Reismilch, Leinsamen und Spinat gut für Villys Magen und seinen Flüssigkeitshaushalt sein. Ob der Smoothie oder die psychische Belastung schuld war, wusste er nicht, auf jeden Fall saß er jetzt mit Wahnsinnsbauchschmerzen auf dem Klo.

»Schatz, was machst du denn so lange da drin?«, rief Lis nach fünfundvierzig Minuten durch die Tür. Er konnte ihr nicht antworten. Er fühlte sich im wahrsten Sinne des Wortes beschissen.

Der neue Polizistenmord war seit anderthalb Tagen das Hauptthema in allen Medien. Der Mann war in Horsens vor seinem eigenen Haus überfahren worden, der Täter hatte anschließend Fahrerflucht begangen. Den ganzen Freitag hatte die Presse darüber spekuliert, ob es einen Zusammenhang mit dem Mordversuch an Niels Carlsen in Kopenhagen geben könnte.

Villy hatte die Presse weitestgehend aus seiner gesamten politischen Karriere herausgehalten. Der journalistische Drang, immer alles miteinander in Verbindung zu bringen, störte ihn maßlos. Manche Geschehnisse zeigten doch einfach nur, wie irrational und impulsiv die Menschen handelten. Als am späten Freitagabend dann der Name des Getöteten bekannt gegeben wurde, hatte Villy nicht einmal nachdenken müssen, wer das war, schließlich war es erst zwei Tage her, dass er Allan Staal hatte sagen hören, dass dieser Birger Poulsen als Nächster an der Reihe sein sollte.

Das konnte kein Zufall sein. Poulsen war ein verbreiteter Name, nicht so Birger. Villy hatte den Namen sogar nachgeschlagen. In ganz Dänemark gab es zwölf Menschen mit dieser Namenskombination, und nur einer von ihnen war Polizist. Und der war jetzt ermordet worden.

Villys Gedärme krampften auf derart schmerzhafte Weise, dass er sich mit gestreckten Armen an Waschbecken und Wand abstützen musste, um nicht ohnmächtig zu werden.

Am liebsten hätte er sich ins Krankenhaus einweisen lassen, um in einem anonymen, nach Chemie duftenden Bett unterzutauchen, Pillen mit unaussprechlichen Namen zu schlucken und sich von fremden Frauen versorgen zu lassen.

Was sollte er nur tun?

Staals kleine Versammlung hatte klar und deutlich zum Ausdruck gebracht, dass dieser Polizist sterben sollte. Und das weniger als einen Tag, bevor der Mann dann wirklich ermordet wurde. Dieses Wissen musste er mit irgendwem teilen! Wenn Staal und seine Rotte verbissener Polizeihasser hinter dem Mordversuch an Niels Carlsen und jetzt auch hinter dem Mord an Birger Poulsen standen, musste er … Ja, was musste er dann? Zur Polizei gehen? Aber was sollte er denen sagen? Auf seiner sehr schlechten Handyaufnahme hatte Staal nicht dezidiert gesagt, dass er Birger Poulsen töten wolle, sondern bloß, dass der Polizist von ihm aus gern als Nächster an der Reihe sein könne. In der Aufregung kann einem so etwas ja mal rausrutschen.

Andererseits legten der Tonfall und Staals Persönlichkeit es nahe, die Äußerung ernster zu nehmen, als käme sie von irgendwem sonst. Staal hatte die Handlungskraft, die Brutalität und die Verbindungen, wenn er wirklich jemandem ans Leder wollte.

Er hatte aber auch seine Lebensgefährtin. Und die war die oberste Chefin der Polizei. Die Vorstellung, der Verlobte der Justizministerin könnte den Mord an einem Polizisten geplant, beauftragt oder womöglich selbst ausgeführt haben, war geradezu absurd.

Villy hatte erwogen, die Polizei anonym zu kontaktieren, bis ihm bewusst geworden war, dass der Hinweis ja nur von einem Teilnehmer von Staals Empfang kommen konnte. Früher oder später würden sie die Aufnahme zu ihm zurückverfolgen, und dann würde publik werden, dass Villy Frandsen alias Muschi-Frandsen alias Spesen-Villy das alles mit eigenen Ohren angehört hatte, ohne einzugreifen und Birger Poulsen so möglicherweise das Leben zu retten.

Das wäre sein Ende. Die Presse würde ihn schlachten. Wenn nicht Katja Klargaard das schon vorher getan hätte.

Beim leisesten Hauch einer Ahnung, dass er mit seiner Aufnahme und den daraus ableitbaren Anschuldigungen zur Polizei oder zur Presse gegangen war, würde Katja umgehend die Briefe mit den #MeToo-Anklagen an sämtliche Nachrichtenredaktionen des Landes schicken. Und seine Glaubwürdigkeit und Karriere mit derselben Kraft torpedieren, mit der es Birger Poulsen getroffen hatte. Auch das wäre dann sein Ende.

Er konnte zu Mejding gehen, aber das Resultat wäre dasselbe. Mejding würde klar werden, dass Villy mit Katja konspirierte, was unweigerlich dazu führen würde, dass der Ministerpräsident Villys politische Karriere ein für alle Mal beendete. Wenn Mejding mit ihm fertig war, würde er nicht mal mehr einen Präsidentenposten in einem Sportverein bekommen.

War das Ganze vielleicht eine Riesenverschwörung, in die Mejding, der PET, das Militär und alle mit nur ein bisschen Macht verstrickt waren? Villy wurde schwarz vor Augen.

»Villy, jetzt sitzt du da schon bald eine Stunde. Alles in Ordnung? Hörst du mich? Villy, antworte mir!« Lis klopfte an die Tür. »Soll ich den Arzt rufen?«

»Ich komme«, stöhnte er und stand auf. Sogleich wurde ihm wieder schwarz vor Augen, sein Blutdruck war nach der langen Hockposition vollkommen im Keller. Er stützte sich mit dem linken Arm an der Wand ab und zog mühsam mit der rechten den Reißverschluss seiner Hose zu. Er wollte Lis' vorwurfsvollem Blick nicht mit offenem Hosenstall begegnen.

Zwei Stunden später kam er mit einem kalten Lappen auf der Stirn auf dem Doppelbett zu sich. Lis hatte die Rollos heruntergelassen, und es war angenehm kühl im Raum. Er lag bis auf eine saubere Boxershorts ausgezogen auf der Decke.

Er fühlte sich erleichtert, und das nicht nur wegen des Toilettenbesuchs. Er hatte die Tür aufbekommen und war dann in Lis Armen, die glücklicherweise seit einem Jahr zum Krafttraining ging, kollabiert. Und dann hatte er ihr alles erzählt. Von den #MeToo-Anklagen, die leider nicht von der Hand zu weisen waren. Von Klargaards Drohungen, den Brief zu veröffentlichen. Von der durchgreifenden Polizeireform, bei der Katja seine Unterstützung wollte, und von dem Treffen in Staals Landsitz und dem konspirativen Gespräch in der Kate.

Er wusste nicht, ob er aus eigener Kraft ins Schlafzimmer getaumelt war oder nicht, wo Lis ihn wie ein Baby ausgezogen hatte. Der Gedanke trieb ihm die Röte ins Gesicht.

»Endlich hast du wieder ein bisschen Farbe.«

Lis kam mit einem Tablett ins Schlafzimmer und er dachte schon, sein Traum von einer liebevollen Krankenschwester sei wahr geworden, bis er sah, wie Lis zwei Reiskekse und einen weiteren grünen Smoothie auf das Nachtschränkchen stellte.

»Trink«, sagte sie.

Er schüttelte so energisch den Kopf, wie er nur konnte. Dieses Teufelszeug schlug direkt auf seinen Dickdarm.

»Trink, da ist viel Eisen drin. Und Proteinpulver. Das brauchst du jetzt.« Lis' Stimme fehlte das Sanfte, Verständnisvolle, das er mit Krankenschwestern verband. Sie klang wie eine CrossFit Trainerin.

»Kannst du mir nicht einfach einen Toast bringen? Und ein Stückchen von dem guten Käse …?«

»Jetzt reiß dich mal zusammen, Villy!«, zischte Lis zwischen zusammengepressten Lippen hindurch. Sie hatte das Tablett weggestellt und die Hände in die Hüften gestemmt. Ihre Augen blitzten.

»Aber, Lis …?«

»Heute Abend fährst du nach Kopenhagen und findest einen Weg, wie du die Polizei über Staal und dessen Mörderbande informieren kannst. Und bei den Frauen, die du belästigt hast, entschuldigst du dich! Mit Blick auf die Zukunft der Polizei tust du das Richtige! Und arrangier das alles bitte so, dass die Kinder und ich da nicht mit reingezogen werden. Mein guter Name und mein Ruf sollen sauber bleiben. Hast du verstanden? Und komm ja nicht nach Hause, bevor das geregelt ist!«

»Aber wie, Lis? Das ist doch gerade die …«

Villy verstummte, da Lis bereits auf dem Absatz kehrtgemacht hatte und aus dem Schlafzimmer stampfte. In der

Tür drehte sie sich noch einmal um, schlug mit der Faust gegen den Türrahmen und fauchte, dass der Speichel flog:

»Kannst du dich nicht ein einziges Mal in deinem Leben zusammenreißen und Verantwortung übernehmen?«

42

Am wichtigsten ist es, keinen Tunnelblick zu kriegen!, lautete Carlsens Ratschlag zu Beginn einer jeden Ermittlung. Seine Mahnung hallte in Mikaels Kopf wider, als er auf der Fahrt nach Roskilde mehr und mehr das Gefühl bekam, seinen kostbaren Samstag zu vergeuden.

Der Tunnelblick war die naheliegendste Reaktion. Und ganz unbegründet wäre die Fokussierung nicht. Am Morgen hatte er Nicolaj Lunds Alibi überprüft und festgestellt, dass es alles andere als wasserdicht war. Das Login-System von Lunds Arbeitsplatz war an dem Tag, an dem Carlsen angefahren worden war, defekt gewesen, sodass nicht bestätigt werden konnte, dass Lund wirklich auf der Arbeit gewesen war. Die Aufnahmen der Videoüberwachung von Novo Nordisks Parkplatz wurden überdies nur eine Woche gespeichert und dann gelöscht, sodass auch diese nicht als Beweis herangezogen werden konnten. Mikael hatte am Abend zuvor zwei von Lunds Kollegen erreicht, die meinten, er habe an jenem Montag gearbeitet, aber das Gedächtnis der Menschen war speziell in Sachen Alltagsroutinen nicht wirklich verlässlich. Wenn die Tage sich glichen, waren sie schwer voneinander zu unterscheiden.

Am Montag würde er das ganze Dezernat daransetzen, die letzten zwanzig Jahre und insbesondere den letzten Monat in Lunds Leben zu durchleuchten.

Bis dahin musste Mikael andere Möglichkeiten ausschöpfen. Löcher stopfen, von denen sich eines in Svogerslev bei Roskilde befand.

Mikael fuhr in ein Wohnviertel in der verschlafenen Siedlung und hielt vor einem roten Klinkerhaus. Ein etwa zwölfjähriger Junge mit dichten dunklen Haaren kam in diesem Moment aus dem Garten. Er trug das rotweiße Trikot der Nationalmannschaft. Der Junge schloss das Gartentörchen, überprüfte, dass es wirklich zu war und lief dann die Straße hinunter.

Mikael folgte ihm mit dem Blick und überprüfte die Adresse. Nach seinen Informationen wohnte dort kein Kind.

Er warf einen Blick über die Hecke. Der Garten war gepflegt, zwischen den Platten wucherte kein Unkraut, und ein sauber aufgerollter Gartenschlauch ließ vermuten, dass hier der Rasen gesprengt wurde, obwohl die Behörden wegen der Trockenheit davon abgeraten hatten.

Das Quietschen des Gartentörchens rief einen schwarzen Hund herbei, der ihn mit gefletschten Zähnen anknurrte, bis eine kräftige Stimme ertönte.

»Was ist denn, Carlos? Ist Sebastian wieder …«

Eine Frau mittleren Alters kam um die Hausecke. Sie hatte einen kurzen Pagenschnitt, trug ein lockeres Sommerkleid und hielt eine Gartenschere in der Hand. Als sie Mikael sah, verstummte sie. Sie war schön, ihre Augen waren jedoch komplett leblos.

»Kennen wir uns?«, fragte sie wachsam und hielt sich die Schere vor die Brust.

»Nein. Und entschuldigen Sie bitte, dass ich ohne Vorwarnung bei Ihnen auftauche. Gehe ich recht in der Annahme, dass Sie Irene Vest sind? Mein Name ist Mikael Dirk, ich komme von der Polizei Kopenhagen, Dezernat für Gewaltverbrechen.«

»Oh, mein Gott. Was ist denn passiert?«, platzte die Frau heraus und fasste sich an den Hals.

»Kein Grund zur Sorge, es geht um niemanden, den Sie kennen. Können wir uns irgendwo hinsetzen, damit ich es Ihnen erklären kann?«

Die Frau nickte nervös und führte ihn hinter das gemütlich wirkende Haus in den Garten, der mit seinen alten Apfelbäumen und schattigen Ecken echten Lönneberga-Charme verströmte.

»Setzen wir uns hier in den Schatten«, sagte sie und legte die Gartenschere weg. »Ich habe keine Gäste erwartet und kann Ihnen gar nichts anbieten.«

Sie sah Mikael entschuldigend an und er bemerkte, dass sie noch immer leicht zitterte. Kein Wunder bei den Erfahrungen, die sie mit der Polizei gemacht hatte.

Der Hund folgte der Frau, als sie eine Karaffe Wasser, zwei Gläser und einen Hundenapf holte, und als sie auf der weißen Gartenbank Platz nahm, legte er sich schützend vor ihre Füße.

»Ich will gleich zur Sache kommen. Wenn ich richtig informiert bin, wurden Sie und Ihr Mann vor mehr als zwanzig Jahren Opfer eines brutalen Raubüberfalls? Anfang 2000?«

Irene sah ihn hellwach an.

»Ist das möglich? Haben Sie die Männer gefunden?«, fragte sie. »Es quält uns schon so lange, dass es da nie einen Abschluss gegeben hat. Vor allem Bent hat das sehr zugesetzt. Er hat lange gelitten … all die Jahre, die ihm noch blieben.«

Sie verstummte. Ihre Stimme klang belegt, als schnüre ihr etwas die Kehle zu. Mikael wartete, bis sie sich wieder gesammelt hatte. Es gab keinen Grund, ihr den Besuch unangenehmer als nötig zu machen. Der Raubüberfall in Lundtofte vor einundzwanzig Jahren war überaus brutal gewesen, geradezu sadistisch. Im Grunde war es ein Wunder, dass Irene und Bent Vest ihn überlebt hatten.

»Ich weiß wohl, wie schlimm das für Sie war«, sagte er.

»Man glaubt, man kommt nie über so etwas hinweg. Ich war vier Monate krankgeschrieben. Meine Nase war gebrochen, ich habe noch immer zwei Schrauben in der Schulter, und meine Gebärmutter musste entfernt werden. Das …«

Mikael wusste bereits, was Irene nicht aussprach. Sie war in jener Nacht zu einem kinderlosen Leben verdammt worden. Die vielen Tritte in den Bauch hatten eine Blutung in der Gebärmutter verursacht, die die Ärzte nicht mehr hatten stoppen können.

»Haben Sie die Männer gefunden? Nach so vielen Jahren?«

Irene sah ihn voller Hoffnung an. Tränen standen in ihren Augen.

»Nein … tut mir leid, ich komme nicht deshalb. Ich arbeite an einem anderen Fall. In den letzten zwei Wochen sind zwei Polizisten angefahren worden. In beiden Fällen hat der Fahrer die Flucht ergriffen. Der eine Beamte ist tot, der andere schwer verletzt. Wir nehmen an, dass es sich um bewusste Mordversuche gehandelt hat.«

»Ich habe in den Nachrichten davon gehört.«

»Wir folgen der Theorie, dass es eine Verbindung zwischen den beiden Fällen gibt, weil die beiden Polizisten früher zusammengearbeitet haben. Können Sie sich an die beiden erinnern, die damals die Ermittlungen geleitet haben? Niels Carlsen und Birger Poulsen?«

Irene sah ihn verwirrt an. Eine tiefe Furche bildete sich zwischen ihren Augen, als sie den Hund hinter dem Ohr kraulte.

»Nach all den Jahren erinnere ich mich nicht mehr an ihre Nachnamen. Aber der, der uns erklärt hat, dass sie mit den Ermittlungen feststeckten, hieß Niels, das weiß ich noch.«

»Die Opfer sind diese beiden Polizisten.«

Irene riss die Augen auf und schlug sich die Hand vor den Mund.

»Mein Gott. Ist ja schrecklich, was da passiert.«

»Allerdings. Irene, ich habe mich in Ihren alten Fall eingearbeitet. Es wurde damals niemand festgenommen, aber viele Leute wurden verhört, und zwei junge Männer aus der Gegend saßen auch kurz in U-Haft, bis man sie wieder gehen lassen musste. Kannten Sie einen von denen? Hat Sie jemand bedroht?«

Sie schüttelte den Kopf.

»Wir kannten sie nicht persönlich, aber Lundtofte ist eine kleine Stadt, wo jeder jeden kennt. Sie wurden ein paar Monate nach dem Raubüberfall vorläufig festgenommen. Ich weiß noch, dass die Nachbarn uns Blumen gebracht und uns gratuliert haben. Wir fanden das ziemlich merkwürdig. Grund zum Feiern war das ja nicht, außerdem wurden die beiden kurz darauf wieder entlassen.«

Auch darüber wusste Mikael Bescheid. Die zwei verdächtigen Männer im Alter von achtzehn und neunzehn Jahren hatten nach der Festnahme Pflichtverteidiger zugeteilt bekommen. Einer davon war Rechtsanwalt Paul Nolsoe, ein erfahrener Mann, dem bei diesem Fall aber ein grober Fehler unterlief, weil er während des Verfahrens eine engere Beziehung zu der Mutter des Neunzehnjährigen einging und vertrauliche Informationen aus dem Ermittlungsverfahren an sie weitergab, die dann auch irgendwie zu den Angeklagten gelangten. Die jungen Männer machten daraufhin keine Aussagen mehr. Und da es keinerlei technische Spuren gab, musste der Fall schließlich eingestellt werden.

Der Fehltritt des Anwalts war nie an die Öffentlichkeit gekommen, und Mikael war der Letzte, der Irenes Herz nach so vielen Jahren mit diesem Detail brechen wollte.

»Wie war das für Sie, als die beiden Männer freigelassen wurden?«

»Bent war stinkwütend! Er hat geweint, daran erinnere ich mich noch. Ich war eher … frustriert. Frustriert und traurig. Die Polizei hat viel Zeit auf diese beiden Verdächtigen verwendet, weil mir die Stimme des einen bekannt vorgekommen war. Vielleicht sehnte ich mich so sehr nach einer Verhaftung, dass ich die Polizei auf eine falsche Fährte geleitet habe.«

Irene und Bent waren kurz nach dem Überfall aus Lundtofte fortgezogen. Wo die beiden Verdächtigen heute waren oder was sie seither gemacht hatten, hatte er noch nicht checken können. Aber zwei Teenager, die ohne ausreichende Beweise angeklagt worden waren, einen der brutalsten Raubüberfälle der dänischen Geschichte verübt zu haben, hatten anschließend sicher auch kein leichtes Leben gehabt. Lundtofte war eine kleine Stadt, in der geredet wurde, und ein einmal zerstörter Ruf konnte die Gegenwart und die Zukunft für immer verändern. Vielleicht hegten diese beiden Männer seitdem Rachegedanken? Dasselbe galt für Irene Vest.

»Waren Sie sauer auf die Ermittler?«

Irene zog die Stirn kraus. »Auf die Polizei?«

»Ja, weil die Ermittlungen zu keinem Ergebnis geführt haben.«

Irenes Blick richtete sich nach innen, als suchte sie nach längst begrabenen Gefühlen.

»Nein«, sagte sie schließlich. »Sie haben alles nur Menschenmögliche getan. Eher mache ich mir selbst Vorwürfe. Ich hatte in jener Nacht vergessen, die Tür abzuschließen. Wer die beiden Männer auch waren, sie sind einfach durch die Haustür reinspaziert.«

Irene Vest blinzelte eine Träne weg.

»Haben Sie jemals wieder etwas von den Verdächtigen gehört oder gesehen?«

»Nein, wir haben Lundtofte verlassen, und wenn ich richtig informiert bin, sind die beiden Männer nach Kopenhagen gezogen. Vermutlich hat jeder auf seine Weise versucht weiterzuleben.«

»Wie geht es Ihnen heute?«

»Das ist jetzt so lange her. 2015 wurde bei meinem Mann Krebs diagnostiziert, die Krankheit hat die erste Tragödie dann irgendwie überschattet. Bent ist vor vier Jahren gestorben, und ich versuche, nicht mehr so viel an all das Schreckliche zu denken. Ich habe Carlos, er passt auf mich auf und gibt mir einen Grund, jeden Morgen aufzustehen. Wir hatten damals noch keinen Hund, das war ein großer Fehler.«

Irene Vest hatte die Tränen während des ganzen Gesprächs zurückhalten können, doch jetzt ließ sie ihnen freien Lauf. Sie wirkte zerbrechlich und einsam, aber nicht mehr nervös. Eher schien sie froh, endlich mit jemandem über den alten Fall oder überhaupt reden zu können.

Manche Menschen zogen das Unglück förmlich an, dachte Mikael nicht zum ersten Mal. Irene Vest schien einer dieser Menschen zu sein.

»Soll ich Ihnen ein Taschentuch holen?«, bot er sich an.

Irene nickte dankbar und Mikael ging in die Küche, typisch Siebziger Jahre mit dunklen Regalen, grünem Linoleumboden und einer Arbeitsplatte, die mal ausgetauscht werden sollte. Alles war aber peinlich sauber.

Das an die Küche grenzende Wohnzimmer war gemütlich eingerichtet mit farbenfrohen Kissen auf einem hellen Sofa. Auf dem Couchtisch stand ein zugeklappter Laptop und in der Ecke ein Klavier mit aufgeschlagenen Noten. Auf einer Kommode fiel das große Porträt eines Mannes ins Auge, den

Mikael für Bent hielt. Die Aufnahme war umgeben von kleineren Bildern. Ein Hochzeitsfoto von Irene und Bent, Carlos als Welpe, Fotografien von Kindern in jedem Alter. Er erkannte den Jungen, der aus dem Garten gekommen war. Die Kinder anderer Eltern, dachte Mikael.

Zurück im Garten reichte er Irene ein paar Blatt Küchenrolle. Sie tupfte sich die Augen ab, setzte die Sonnenbrille wieder auf und massierte sich die Wangen, als könnte sie die Spuren der jahrzehntelangen Trauer auf diese Weise wegwischen.

»Wer ist der Junge, der eben aus dem Garten kam? Familie?«, fragte er.

Irene schüttelte den Kopf.

»Das ist der Sohn der Nachbarin. Er und Carlos sind dicke Freunde.« Sie putzte sich die Nase, während der Hund jede ihrer Bewegungen wachsam verfolgte.

»Ich hoffe wirklich, dass ich nicht zu tief in alten Wunden grabe«, sagte Mikael, der deutlich spürte, dass Irenes Kräfte bald erschöpft waren. Die wichtigste Frage hatte er allerdings noch nicht gestellt.

»Machen Sie sich darüber keine Gedanken. Nur bin ich wohl leider keine große Hilfe«, sagte sie.

»Haben Sie ein Auto?« Er hatte bei seiner Ankunft bemerkt, dass der Carport leer war.

Irene schüttelte den Kopf.

»Nein, nein.« Sie lachte leise. »Man sollte mir den Führerschein eigentlich wegnehmen. Ich bin seit Jahren nicht gefahren. Es war immer mein Mann, der am Steuer gesessen hat, und nach seinem Tod habe ich dann irgendwann unser Auto zum Schrottplatz gebracht und den Wohnwagen verkauft. Ich habe mein E-Bike. Das reicht mir völlig.«

»Okay«, sagte Mikael und sah keinen Grund, es noch länger aufzuschieben. »Zum Schluss muss ich Ihnen noch die

Frage stellen, was Sie am Donnerstag gemacht haben. Das ist eine reine Formalität.«

»Vorgestern? Da war ich … hier. Im Garten.«

»Den ganzen Tag? Allein? Haben Sie mit jemandem gesprochen? Besorgungen gemacht? Hat irgendjemand Sie gesehen?«

Irene sah verwirrt aus.

»Donnerstag war ich auf jeden Fall im Supermarkt. Mir fehlte noch Hundefutter für Carlos. Die haben da so gutes Trockenfutter, das …«

»Haben Sie da irgendwen getroffen, den Sie kennen?«

Irene lehnte sich zurück und kniff die Augen zusammen.

»Stehe ich unter Verdacht?«

»Nein, gar nicht.« Mikael hob beruhigend die Hände. »Das ist reine Routine. Wir fragen das alle, die in Fälle involviert waren, die Niels und Birger gemeinsam bearbeitet haben.«

»Verstehe«, sagte sie, stand auf und verschwand im Haus. Gleich darauf kam sie mit ihrem Portemonnaie wieder heraus und zog einen Kassenzettel hervor. »Hier, können Sie den gebrauchen?«

Mikael starrte auf den Beleg. Ein Liter Magermilch, ein Magnum Eis und eine Tüte teures Hundefutter. Der Bon war am Donnerstag, den 12. August um 16.03 Uhr datiert. Sie konnte unmöglich eine Stunde zuvor in Jütland gewesen sein, wo Birger getötet worden war.

»Und Montag, den 2. August. Am Vormittag?«

»Welche Uhrzeit?«

»Zwischen sechs und acht.«

Irene seufzte.

»Da habe ich geschlafen. Ganz sicher. Ich schlafe immer lang, wenn ich endlich eingeschlafen bin. Die Albträume sind in der ersten Nachthälfte in der Regel am schlimmsten. Da sind damals die Männer gekommen.«

»Okay, verstehe. Kann jemand bezeugen, dass Sie an diesem Morgen hier waren?«

Irene lächelte zum ersten Mal breit.

»Nur Carlos.«

Zurück auf der Autobahn, suchte Mikael Frederiks Nummer heraus und rief ihn an. Er nahm nicht ab, weshalb er es gleich noch einmal probierte. Dieses Mal erhielt er per SMS die Antwort: *Sorry, kann gerade nicht telefonieren.*

Was, zum Henker, bildete der Kerl sich eigentlich ein? Wenn der Chef mitten in einer laufenden Ermittlung anrief, ging man ans Telefon. Egal, ob Samstag oder mitten in der Nacht, egal, ob man auf dem Klo saß oder auf einer Kindstaufe war. Wer einen Platz in der gefragtesten Abteilung der Kriminalpolizei bekam, wusste, dass er weitestgehend freie Hand hatte. Aber wenn es drauf ankam, musste man alles stehen und liegen lassen und zur Arbeit eilen.

Er rief noch einmal an.

»Was ist?«, Frederik klang gestresst.

»Du musst die beiden Männer finden, die damals verdächtigt wurden, den brutalen Raubüberfall in Lundtofte begangen zu haben.«

»Hat das nicht Zeit bis Montag? Oder kannst du nicht Eliasen anrufen?«

»Jetzt hör mir mal gut zu. Wir stecken mitten in Ermittlungen. Da können wir nicht darauf warten, wann es dir passt. Ich weiß ja, dass es dir im Moment nicht gut geht, aber ich muss die Samthandschuhe jetzt echt ausziehen. Wir sehen uns morgen Vormittag.«

»Hallo, du bist nicht mein Chef, klar?«, zischte Frederik in den Hörer, aber Mikaels Geduld war aufgebraucht.

»Doch, im Moment bin ich das, und du tust, was dir gesagt wird«, erwiderte er barsch und legte auf.

43

Ministerpräsident Troels Mejding saß auf dem Rücksitz und starrte auf sein Handy, als er den Fahrer »Lieber Himmel …« murmeln hörte.

Er hob den Blick. Normalerweise äußerte sich der ältere, diensterfahrene Chauffeur nur, wenn er etwas gefragt wurde, und selbst dann waren seine Antworten eher knapp und einsilbig.

»Tut mir leid, Chef, aber das ist nun wirklich ein seltsamer Anblick«, sagte er und zeigte aus dem Seitenfenster.

Sie hielten an der Unterführung des Bahnhofs Ryparken an einer roten Ampel. Hinter dem sechsspurigen Lyngbyvej begann der Stadtteil Østerbro. Vier Meter vom Fenster des Chauffeurs entfernt standen zwei bewaffnete Soldaten.

An diesem frühen Sonntagmorgen war kaum Verkehr, der Schock würde erst kommen, wenn am nächsten Tag die Pendler aus Nordseeland in die Stadt drängten. Auf dem Weg durch den Fælledparken dämmerten Mejding die Konsequenzen seines gestern so schnell gefassten Entschlusses. Mit Rückendeckung einer Mehrheit des Sicherheitsausschusses und des Landespolizeichefs hatte er entschieden, das Militär einzusetzen, um den Polizeistreik zu brechen. Der Verkehr sollte überwacht und Ruhe und Ordnung wiederhergestellt werden, damit Lieschen Müller und Otto Normalo sorglos leben konnten.

Im Laufe des Tages sollten sich auch an den zentralen Plätzen in Aalborg, Odense, Aarhus, Kolding, Vejle und Roskilde Soldaten einfinden sowie an allen Verkehrsknotenpunkten des Landes. An den Grenzen und Flughäfen waren alle Polizisten abgezogen und durch Soldaten ersetzt worden, damit sie sich ihren Kernaufgaben widmen konnten.

»Ein seltsamer Anblick, ja. Aber absolut notwendig«, sagte Mejding und hoffte, dass ihm sein eigenes Unbehagen nicht anzuhören war.

»Wenn Sie das sagen, Chef«, erwiderte der Chauffeur.

Mejding starrte auf die kleine Hautfalte im Nacken des Mannes und versuchte, den wahren Inhalt seiner Erwiderung zu entschlüsseln. War das Ironie? Würden die Wähler Mejdings Entscheidung mit derselben Skepsis aufnehmen, wenn sie am Morgen aufwachten und die Stadt so aussah wie nach dem Terroranschlag 2015?

Katja Klargaard hatte ihn am Tag zuvor auf seine zitternden Hände aufmerksam gemacht, ihn als machtgeil bezeichnet und abschließend gemeint, er sei ein Feind des Volkes. Sahen die Wähler das genauso? Mejding hielt die Unsicherheit kaum aus.

Diese verfluchte Frau machte ihn noch verrückt.

Seit er in die Politik eingetreten war, sagte man ihm nach, das sicherste Gespür in ganz Christiansborg für die Launen der Bevölkerung zu haben. Sicher fand man im Parlament auch noch den einen oder anderen alten Hinterbänkler, der nach wie vor die Ansicht vertrat, bei Politik ginge es um Ideologie und Werte, das aber wusste Mejding besser. Es ging einzig und allein darum, dass die Menschen sich sicher fühlten und man ihnen die Verantwortung von den Schultern nahm. Man musste ihnen versichern, dass der Wohlstand Bestand hatte und globale Probleme wie Einwanderung, Finanzkrise, Pandemie und Klimawandel nicht ausgerechnet sie treffen würden.

Doch dann war Katja Klargaard aufgetaucht. Sie und ihre lächerliche Splittergruppe von Extremisten mit ihren verschrobenen Ansichten … Er hatte sie nie als Bedrohung empfunden, bis sie plötzlich dank der Wähler, die Mejding den Rücken gekehrt hatten, ins Parlament eingezogen war. Noch demütigender war es, dass Klargaard ihm überlegen war, was das Gespür für die Volksmeinung anging. Sie besaß eine hellseherische Gabe für die Begierden und Wünsche der Menschen, ihre Ängste, ihren Hass, ihren Neid, ihre sentimentalen Neigungen und moralischen Dilemmas, bevor sie sich dieser Gefühle selbst bewusst wurden. Wenn Klargaard ihnen im Fernsehen die Arme entgegenstreckte und in ihrem Dialekt über die polizeilosen Zustände in den Kleinstädten auf dem Land sprach, hätte auch Mejding sein Kreuzchen am liebsten hinter ihrem Namen gemacht.

Klargaard behauptete von sich, die Stimme des Volkes zu sein. Ihre Feinde waren die Vertreter der Elite und die traditionellen Medien, obwohl Klargaard ohne jede Frage selbst zur Elite gehörte und vor allem den Medien ihre kometenhafte Karriere zu verdanken hatte. Sie war eine grauenhafte Gegnerin in jeder Debatte. Wer nicht ihrer Meinung war, war entweder gegen das Volk oder schlichtweg undänisch, und betonte man, dass Dänemark eines der sichersten Länder der Welt mit vergleichsweise geringer Kriminalität sei, hatte man in Wahrheit nur Angst, sich dem Problem zu stellen.

Das politische Phänomen Katja Klargaard war so irrational wie nur möglich. Und genau das machte sie so gefährlich.

Unter dem Druck seiner eigenen Partei wegen des mauen Wahlergebnisses hatte er Klargaard mit in die Regierung genommen, um so die Stabilität zu wahren. Er selbst hatte das lange für einen Geniestreich gehalten, schließlich hieß es doch, man solle seine Feinde unter Kontrolle behalten. Anfangs, solange das Land unter der Pandemie geächzt hatte, war auch noch alles gut gegangen.

Er hatte aber vollkommen unterschätzt, wie sehr die langanhaltenden Restriktionen dem Gemüt der Menschen und ihrem Sinn für die Gesellschaft zugesetzt hatten. Es gab dort draußen Leute, die ordentlich vergrätzt darüber waren, so lange in keinem Fitnessstudio und auf keinem Festival mehr gewesen zu sein. Andere waren in Konkurs gegangen oder hatten ihre Arbeit verloren und fühlten sich von der Gemeinschaft missachtet und mit Füßen getreten. Bei wieder anderen war eine Krebserkrankung übersehen worden, und dann gab es noch die Alten, die vor lauter Einsamkeit in ihren Pflegeheimen verkümmerten. Es gab Impfgegner, Leute, die sich gegen jeden Coronatest und allen Zertifikaten widersetzten und einfach nur nach Mallorca wollten.

Das Vertrauen der Menschen in den Staat hatte Risse bekommen, und der vordergründigste Vertreter des Rechtswesens war die Polizei. Ihr fiel die undankbare Aufgabe zu, Versammlungen aufzulösen, Restriktionen durchzusetzen und als Spielverderber der Krise zu fungieren.

Die Welle der Krankmeldungen bei der Polizei in dieser Woche war wie ein Schock für Mejding gekommen. Jetzt, am siebten Tag, hatten sich bereits tausenddreiundzwanzig Beamte krankgemeldet, wie ihm Polizeichef Kramer am Vorabend mitgeteilt hatte. Und die Menschen fehlten nicht in der Verwaltung oder den Kantinen. Krankgemeldet hatten sich die Beamten in Uniform.

Mejding hatte Ib Kramer klar zu verstehen gegeben, dass er sich nach einem neuen Job umsehen könne, wenn diese Krise nicht bald zu Ende war. Kramer seinerseits hatte den Druck an die Polizeiverbände weitergegeben, und die Leitung der jeweiligen Polizeidirektionen hatte den Beamten mit Entlassungen gedroht, wenn sie nicht innerhalb von drei Tagen wieder zum Dienst erschienen. Alles umsonst.

Die sichtbare Abwesenheit der Polizei hatte genau zu dem geführt, was sich erwarten ließ. Die Zahl der Straftaten und Gewaltdelikte war im ganzen Land in die Höhe geschnellt. In Kalundborg hatte sich nach einer Serie von Einbrüchen, auf die die Polizei nicht reagiert hatte, eine Bürgerwehr gebildet, und jetzt schliefen die Menschen mit Baseballschlägern unter der Bettdecke und Messern auf den Nachtschränken.

In Silkeborg hatten sich die Ladenbesitzer in der Fußgängerzone mit Pfefferspray und Schrotgewehren bewaffnet, nachdem erst ein Juwelier und dann eine Buchhandlung überfallen worden war. Am Freitagabend galt die Hauptmeldung der Nachrichten einem jungen Mann aus Südjütland, dem bei einem Dorffest so gut wie alle Zähne ausgeschlagen worden waren und der im Krankenhaus um sein Leben kämpfte. Der Mann hatte ein sechzehnjähriges Mädchen sexuell belästigt, woraufhin sieben oder acht nicht identifizierte Männer das Gesetz in die eigenen Hände genommen hatten. Dass der Mann noch lebte, kam nach Aussage der Ärzte einem Wunder nahe.

Es gab aber auch weniger drastische, dafür umso verbreitetere Anzeichen dafür, dass Gesetzestreue und Verantwortungsgefühl in Auflösung begriffen waren. Viele Bürger berichteten von verantwortungslosen Autofahrern. In Kopenhagen häufte sich im Kongeparken und an den Badestränden der Abfall. Immer wieder marschierten Jugendliche geradewegs in Läden hinein und ließen Süßigkeiten, Alkohol und Markenklamotten mitgehen, ohne dass die Geschäftsinhaber etwas dagegen tun konnten. Und der PET berichtete, dass die Nachrichten über die gesetzlosen Zustände mittlerweile sowohl osteuropäische Kriminelle als auch Malmöer Banden erreicht hatten.

Man musste damit rechnen, dass sie bald ins Land strömen und sich am reich gedeckten dänischen Büffet bedienen würden.

Die Opposition hatte bereits am zweiten Tag der Polizeikrise mit den Säbeln gerasselt. Selbst der äußerste linke Flügel hatte nachgefragt, ob die Regierung nicht bald eingreifen wolle. Die Oppositionsführerin, Elisa Pagter, rief mehrmals täglich an.

»Wir haben alles unter Kontrolle«, hatte er ihr versichert. Was sonst hätte er sagen sollen? Dass er als Regierungschef nicht einmal seine Minister im Griff hatte?

Elisa Pagter ahnte vermutlich, dass die goldenen Zeiten der Kleeblattregierung vorbei waren.

»Sie können mit uns rechnen, wenn Sie eine alternative Mehrheit brauchen, um hart durchzugreifen. Auch wir passen auf Dänemark auf«, hatte sie mit unerschütterlichem Selbstvertrauen gesagt. Elisa Pagter war die Ministerpräsidenten-Kandidatin der Opposition, die es nur zu gerne sähe, wenn man ihr die Lösung der Polizeikrise überlassen würde. Sicher hatte sie sich Mejdings Job nie näher gewähnt als in diesen Tagen. Das Gefühl, recht zu haben, ließ ihre Stimme noch schriller klingen als sonst.

»Sie hätten Klargaard und ihre Bande niemals in die Regierung einbinden dürfen. Ihr ganzes politisches Konzept basiert auf Widerstand. Sie lebt dafür, das freche Mädchen der Klasse zu ein, Streitigkeiten sind Wasser auf ihre Mühlen, sehen Sie das denn nicht? Die Menschen wählen sie, weil sie gegen alles sind, nicht für irgendetwas«, hatte Pagter gesagt und Mejdings uncharakteristisches Zögern vermutlich bemerkt. »Sie haben sie zur Chefin eines Ressorts gemacht, das sie hasst. Mit welchem Hintergedanken?«

Die Wahrheit war, dass er ein seltenes Mal wirklich keine

Hintergedanken gehabt hatte. Zum ersten Mal in seiner politischen Karriere konnte er die Dinge nicht dadurch lösen, dass er mit der Faust auf den Tisch schlug.

Er hatte den Sicherheitsausschuss der Regierung am Donnerstagnachmittag in Marienborg versammelt. Neben ihm gehörten diesem Ausschuss der Finanzminister, der Außenminister und der Verteidigungsminister an. Und Klargaard, die sich schließlich in die Hauptstadt bemüht hatte.

Verteidigungsminister Svendsen – Mejdings Parteigenosse, einer der versiertesten Politiker und ein guter Unterhändler – bezeichnete die ganze Situation als komplett unerträglich. Von ihm stammte der Vorschlag, das Militär einzusetzen.

»Der Sicherheit wegen«, hatte er gesagt. »Das Militär ist bereit zu einem größeren Einsatz, wenn wir das wollen. Die strategische Reserve steht zur Verfügung. Etwa hundert Wehrpflichtige der Königlichen Leibgarde können in wenigen Stunden bereit sein, wenn wir ihnen das ›Go‹ geben, und innerhalb eines weiteren Tages kann die übrige Reserve, das sind etwa dreihundert Mann, aktiviert werden. Überdies rechnet das Militär damit, weitere siebenhundert Mann binnen weniger Tage bereitstellen zu können. Dazu kommen dann noch die Heimatwehr und die Bereitschaftskräfte.« Und wie eine lustige Kuriosität fügte er noch hinzu: »Außerdem haben wir noch die Möglichkeit, Verstärkung von der schwedischen Polizei zu erbitten.«

Eine schwedische Polizeiinvasion wäre eine Demütigung, die Mejding sich und der Nation ersparen wollte.

»Hat die für die Polizei zuständige Ministerin vielleicht einen Vorschlag?«, hatte Mejding gefragt und Klargaard herausfordernd angeschaut. Die Retourkutsche ließ nicht auf sich warten.

»Mehr als einen!«

Katja war zu Mejdings Platz gegangen und hatte ihm die Colaflasche vor der Nase weggeschnappt. »Glaubst du wirklich, die Bevölkerung würde es dir verzeihen, wenn du das Militär einsetzt? Ich habe doch wohl bereits mehr als deutlich gemacht, was mir auf lange Sicht vorschwebt. Die Bürger sind die jetzige Polizei leid, und die Polizei ist ihren Job leid. Deshalb brauchen wir eine Reform. Von Grund auf.«

Mit diesen Worten war sie zurück zu ihrem Platz stolziert.

»Aha. Und das wollen Sie jetzt so mir nichts, dir nichts durchsetzen? Mitten in der aktuellen Krise?«

»Warum nicht? Die Leitung der Polizei steht unter extremem Druck. Je länger diese Situation andauert, desto weniger Protest müssen wir von dieser Seite fürchten. Und wir kriegen genau das, was wir wollen. Da können Kramer und die Leiter der einzelnen Gewerkschaften nur die Arschbacken zusammenkneifen. Und die Bürger? In spätestens ein oder zwei Wochen sind die so verunsichert, dass sie uns anflehen, wieder für eine funktionierende Polizei zu sorgen.«

»Was schwebt Ihnen denn vor, wenn Sie von einer grundlegenden Reform sprechen?«, fragte der Finanzminister Klargaard besorgt. Die Coronapandemie hatte ein großes Loch in die Staatskasse gerissen und ihm ein stressbedingtes Herzleiden beschert.

»Wir zahlen den Polizisten einen symbolischen Betrag, damit sie ihre Arbeit wieder aufnehmen, ohne das Gefühl zu haben, das Gesicht zu verlieren. Und parallel listen wir unsere Forderungen auf. Ich will ergebnisorientierte Verträge, Performanceziele, Quoten für Festnahmen …«

»Das sind ja alles schöne Worte, ich habe aber doch wohl schon klargemacht, dass so etwas nicht infrage kommt. Nicht zu diesem Zeitpunkt. Dafür fehlt uns das Geld.«

Mejding ignorierte Klargaard und wandte sich direkt an den Finanzminister.

»Und!« Katja ließ sich nicht beirren. »Wenn meine Partei sich weiterhin an der Regierungsarbeit beteiligen soll, fordere ich die Versetzung einer großen Polizeieinheit nach Jütland. Vejle hat bereits eine Polizeischule. Viborg, Skive oder Struer hätten in dieser Hinsicht etwas mehr Aufmerksamkeit verdient. Eine Abteilung-West für Wirtschaftskriminalität und vielleicht auch für das organisierte, internationale Verbrechen. Auch das Nationale Cyber Crime Center könnte dorthin verlegt werden, digitale Spuren kann man ja von überall verfolgen. Nur die Fantasie setzt da Grenzen, dafür brauchen wir aber mindestens hundert neue Mitarbeiter.«

»Sonst noch was?« Der Außenminister mischte sich zum ersten Mal ins Gespräch ein.

»Ansonsten wird es wohl Neuwahlen geben. Ich glaube nicht, dass wir mit diesen Ideen allein dastehen. Wer weiß? Vielleicht stimmen mir die anderen Regierungsparteien ja zu.«

Das Lächeln um Klargaards Lippen war so provozierend, dass Mejding beide Arme ausgebreitet hatte und dabei seine Tasse umschlug. Ein Schwall schwarzer Kaffee ergoss sich in Expressgeschwindigkeit über den Sitzungstisch.

»Willst du mich wirklich mitten in einer nationalen Krise politisch erpressen? Drohst du tatsächlich damit, die Regierung in der gesetzlosesten Zeit seit dem Zweiten Weltkrieg aufzulösen?«

Klargaard hatte sich zurückgelehnt und breit gegrinst.

»Erpressung? Nennen wir es Verhandlung, Mejding. Das klingt schöner. Außerdem bin ich ehrlich der Meinung, dass du mir für den Lösungsvorschlag danken solltest. Schließlich geht es hier um deine Krise. Du willst doch wohl noch länger Ministerpräsident bleiben, oder?«

Sie hatten einander so intensiv und lange in die Augen gestarrt, dass Verteidigungsminister Svendsen sich schließlich genötigt sah, mit einem Räuspern die Situation zu beenden.

»Was sollen wir also tun?«, hatte er gefragt.

Mejding hatte geantwortet, ohne Klargaard aus seinem Blick zu entlassen.

»Wenn Katja diese Krise nicht bis Samstag 19 Uhr gelöst hat, setzen wir von Sonntag an das Militär ein.«

Katja hatte die Arme vor der Brust verschränkt.

»Das war dann wohl deine letzte große Entscheidung als Ministerpräsident«, hatte sie gesagt und den Raum verlassen.

»Wir sind da, Chef.«

Mejding wurde aus seinen Gedanken gerissen und starrte müde in Richtung Parlamentsgebäude. Sechs oder sieben Soldaten hatten an strategisch wichtigen Plätzen vor Christiansborg Stellung bezogen, ansonsten war der Schlossplatz gähnend leer. Nur ein Mann saß im Schatten des Landesarchivs und biss gierig in den Inhalt einer Bäckertüte.

Die gedrungene Gestalt kam ihm irgendwie bekannt vor. Wie ein punktierter Ballon, dem mit der Luft auch die Lebenslust ausgegangen war. Ein Mensch, der versuchte, nicht gesehen zu werden.

Dann erkannte er ihn, und eine Idee formte sich in seinem Kopf. Er würde sich von Klargaard doch nicht einfach in den Schwitzkasten nehmen lassen. Er hatte sich vorsorglich die volle Loyalität der Zentrumspartei gesichert, falls es zu einer Auseinandersetzung mit Katja kam, und seine Parteigenossen sprangen, wenn er sie dazu aufforderte. Wie aber verhielt es sich mit der vierten Partei des Regierungsbündnisses? In den letzten Tagen waren ihm Zweifel gekommen. Katja hatte angedeutet, dass der neue, etwas farblose Vorsitzende aus Djursland und sein müder Parteigenosse Villy Frandsen ihr bereits ins Netz gegangen seien. Hatte sie irgendeine jütische Allianz gebildet, um ihn zu demütigen?

Jetzt bot sich ihm die einmalige Chance, das zu verhindern. Endlich zahlte es sich aus, auf die schmutzigen Gerüchte zu hören, die auf den Fluren von Christiansborg kursierten.

»Villy!«, rief er aus vollem Hals.

Der Mann im Schatten zuckte zusammen und hob ängstlich den Kopf.

44

Das hartnäckige Klingeln des Telefons riss Mikael aus dem Tiefschlaf. Mit geschlossenen Augen brummte er ein »Dirk« in den Hörer.

»Dirk, Kirtzner hier. Habe ich Sie geweckt?«

Beim Klang der Stimme seiner obersten Chefin war Mikael schlagartig hellwach. Wie lang hatte er geschlafen? Hatte er eine Sitzung versäumt? Er stieg mit dem Handy am Ohr aus dem Bett.

»Nein, nein, ich war im Bad«, log er und sah auf die Uhr auf dem Nachtschränkchen. 08.47 Uhr. Sonntag.

»Gibt es etwas Neues über den Fahrerflüchtigen? Ich habe gerade mit meinem Kollegen in Südostjütland gesprochen, sie hinken mit den Ermittlungen weit hinter uns her. Er hat mich gefragt, ob es sich um denselben Täter handeln könnte. Haben Sie diese Theorie weiterverfolgt?«

Es würde Kirtzner sicher sehr entgegenkommen, wenn sie Mejding und Klargaard den Täter servieren und sich so inmitten der Krise einen Skalp sichern könnte.

»Ja und nein. Wir sind dran. Ich verspreche Ihnen, dass ich Sie als Erste informiere, sobald es Neuigkeiten gibt.«

»Gut. Ich will direkt von Ihnen unterrichtet werden, sobald es auch nur die geringste Entwicklung in diesem Fall gibt. Sie sind sich doch der Tatsache bewusst, dass im Moment wirklich alle Blicke auf uns gerichtet sind? Der Ministerpräsident hat heute Nacht das Militär zu Hilfe gerufen. Wir haben nur noch wenige Tage, ehe Ihre Kollegen zurück in den Dienst gerufen werden. Und wenn sie nicht kommen, werden sie gefeuert. Ohne irgendeine Kompensation.«

Frederik saß bereits an seinem Platz, als Mikael schwitzend ins Dezernat kam. Er war den ganzen Weg von Hvidovre mit dem Fahrrad gefahren.

»Oh, kommst du jetzt zur Direktorenzeit? Aber immer mit der Ruhe. Ich hab sie gefunden«, sagte Frederik, ohne den Blick zu heben.

Er beugte sich zu seinem Computer vor, und die beiden Kaffeetassen neben ihm verrieten, dass er schon eine ganze Weile da sein musste. Mikael nahm sich einen Stuhl und setzte sich neben Frederik. Er hätte Frühstück mitbringen sollen, um für bessere Stimmung zu sorgen.

»Die Männer, die bei diesem Raub unter Verdacht standen?«

»Ja, einer der beiden wohnt seit siebzehn Jahren in Thailand. Er ist so ein alter Sack wie du, Dirk, vierzig Jahre. Ich bezweifle, dass es auf seinem Körper auch nur noch ein Fleckchen für ein neues Tattoo gibt. Nicht mal für ein Sätzchen wie ›All Cops Are Bastards‹.«

Er drehte den Bildschirm in Mikaels Richtung, damit sein Kollege den über und über tätowierten Mann mit dem Ziegenbart und dem kahlen Schädel sehen konnte. Er sah aus wie ein Rocker. Das Bild war vom Facebook-Profil des Mannes, der im Jahr 2000 seinen Vornamen geändert hatte. Bis dahin hatte er Kim Olsen geheißen, jetzt hieß er Mik.

»Wie fantasievoll«, bemerkte Mikael trocken.

»Kim-Schrägstrich-Mik hat im Übrigen am 2. August von einer IP-Adresse in Thailand ein Bild gepostet. Also an dem Tag, an dem Carlsen angefahren wurde. Er scheint nicht gerade ein IT-Crack zu sein, er hat nämlich ein Foto gepostet, auf dem sein Führerschein mit seiner vollen Personenkennnummer zu sehen ist«, sagte Frederik.

»Okay. Und der andere?«

»Der heißt Danny Klim, ist einundvierzig Jahre alt und sitzt zurzeit im Gefängnis. Wie eigentlich die meiste Zeit seines Lebens. Er ist wegen mehrfachen Verstoßes gegen die Paragrafen 288 und 276 verurteilt worden«, sagte Frederik und klickte auf eine Akte, in der Mikael die Liste der Raubüberfälle und Einbrüche einsehen konnte. Der Mann sah mit seinen langen fettigen Haaren, dem fehlenden Schneidezahn und der Army-Jacke ziemlich jämmerlich aus. Wegen der vielen Jahre hinter Gitter hatte er kein sonderlich aktives Leben in den sozialen Medien.

»Die beiden sind also ein kompletter Schuss in den Ofen.«

Mikael spürte Ärger in sich hochkochen. Er hätte den gestrigen Tag mit Hector verbringen können, statt das gemeinsame Wochenende zu canceln. Karin war überraschend verständnisvoll gewesen, aber Hector wollte nicht einmal ans Telefon kommen, so wütend und traurig war er.

Mikael nahm eine leere Wasserflasche von Frederiks Tisch und warf sie in hohem Bogen in Richtung der Recyclingbehälter an der Eingangstür. Ein gut trainierter Frauenarm pflückte die Flasche aus der Luft.

»Danke, dass Sie an die Umwelt denken, aber die hätte meinen Kopf getroffen«, sagte Henriette Jansen und warf die Flasche in den Container.

»Entschuldige, Henriette, und danke, dass Sie gekommen sind«, sagte Mikael.

Frederik brummte, warum er sich bei ihm nicht auch bedankt hätte, doch Mikael überhörte ihn. Er informierte sie über die letzten Verhöre und seine Versuche, Nikolaj Lunds Alibi zu durchlöchern.

»Noch eine andere Sache, Henriette … Sie haben gestern etwas von einem Anwalt gesagt, der mit der Mutter eines der Angeklagten von dem Raubüberfall angebandelt hat. Wie war noch sein Name?«

»Oh, ja, Paul Nolsoe. Glücklicherweise gibt es nicht viele von seinem Schlag in unserer Branche«, sagte Henriette. »Ich erinnere mich noch gut an die Sache. Paul Nolsoe war damals so etwas wie eine Legende unter den Anwälten und Juristen. Ein respektierter Verteidiger, der an vielen großen Verfahren beteiligt war. Jemand, zu dem man in der Szene aufblickte. Deshalb war sein Agieren in diesem Fall so unverständlich, so wahnsinnig peinlich. Ein Riesenfehler. Man lernt im Jurastudium am ersten Tag, dass man private Gefühle aus allen professionellen Engagements heraushalten muss.«

»Waren die Beweise gegen die beiden jungen Männer denn stark? Sie waren damals doch auf Seite der Anklage.«

»Nein. Nolsoe hat einen großen Fehler begangen, aber das war nicht entscheidend. Es gab nicht genug Beweise gegen die beiden Angeklagten. Keine Fingerabdrücke, die Opfer hatten die Gesichter der Angreifer nicht gesehen und so weiter.« Henriette sah von Mikael zu Frederik und wieder zurück. »Wie geht es eigentlich Irene? Hat sie den Raubüberfall überwunden?«

»Sie war ganz okay, wünscht sich aber noch immer, dass wir den Raub aufklären. Selbst zwanzig Jahre nach der Tat. Sie hofft nach wie vor auf Gerechtigkeit. Ihr Mann ist vor vier Jahren gestorben«, antwortete Mikael.

»Ist sie wütend auf die Polizei?«

»Eher enttäuscht.«

»Dann hat sie ein Motiv. Lass mich raten. Auch ihr Alibi muss überprüft werden. Und diese Aufgabe hast du mir zugedacht? Zusätzlich zu allem anderen?«, sagte Frederik.

Mikael überhörte die deutliche Provokation.

»Das hat keine Priorität. Irene Vest hat kein Auto und sie hat ein Alibi für den Donnerstagnachmittag. Sie war in einem Supermarkt in Svogerslev. Außerdem wirkte sie eher resigniert als rachsüchtig. Ich finde Nikolaj Lund deutlich interessanter. Mit dem Peugeot, der in seinem Carport steht, hat er niemanden angefahren, aber der Tatwagen könnte ja auch ein Leihwagen gewesen sein. Wir müssen rausfinden, was für ein Wagen auf ihn registriert ist und ob er privat oder über die Arbeit Zugang zu anderen Fahrzeugen hat. Wir sollten die Werkstatt finden, zu der er normalerweise geht. Vielleicht ist sein Wagen in Reparatur und er hat ein Ersatzfahrzeug bekommen.«

Mikael machte sich Notizen auf seiner To-do-Liste, während er sprach. Frederik hatte die Arme vor der Brust verschränkt.

»Du solltest erst einmal Lunds Alibi überprüfen, Dahlin. Eliasen kann dir vielleicht helfen. Lund behauptet, bei der Arbeit gewesen zu sein. Das müssen wir überprüfen. Check seine Bankdaten und die Verbindungsdaten seines Handys. Vielleicht hat sein Auto ein GPS-System, das uns Aufschluss geben kann. Wir sollten auch die Brücken überprüfen. Wenn er in Jütland war, als Birger überfahren wurde, haben wir ihn«, sagte Mikael aufgesetzt enthusiastisch und hoffte, die anderen auf diese Weise anzustecken. Vergeblich. Frederik sah ihn mit leerem Blick an.

»Ich sitze schon drei Stunden hier in dieser Scheiß-Hitze und habe Wahnsinnskopfschmerzen, ich glaub, ich gehe nach Hause. Morgen müssen wir noch mal alles von vorn durchgehen.«

»Nach Hause? Das ist doch wohl nicht dein Ernst. Wir sind Ermittler und arbeiten an einem Fall, in dem es um unseren Chef geht. Was ist das bitte für eine Einstellung?«

»Hörst du nicht, was ich sage? Du kannst vielleicht nichts anderes als arbeiten, ich aber schon. Ich habe eine Frau und ein Zuhause, um die ich mich kümmern muss. Und einen Kopf, der auch noch in fünf Jahren funktionieren soll. Ich will nicht wie du enden.« Frederik stieß den Stuhl so energisch nach hinten, dass er umfiel. Er schnappte sich seine Tasche und sein Handy, drehte sich zu Henriette um und nickte ihr zum Abschied zu.

»Wo zum Henker willst du hin?«, rief Mikael.

»Ich bin krank. Vermutlich hat mich einer der anderen angesteckt«, antwortete Frederik, bevor die Tür hinter ihm ins Schloss fiel.

Henriette Jansen sah Mikael an.

»Okay … Was war das bitte schön?«

»Wir stehen unter Druck.«

Mikael rieb sich das Gesicht und wich Henriettes Blick aus.

»Das tun wir wohl alle.«

»Wir stecken in der Klemme. Den Kranken gefällt es nicht, dass wir zur Arbeit gehen, während uns die Chefetage im Nacken sitzt. Die Angehörigen sind …«

»Mikael! Konzentrier dich auf den Fall! Vergiss alles drumherum! Vergiss Kirtzner und alle, die sich krankgemeldet haben. Auch Frederik, vergiss ihn mal für einen Moment. Du leitest eine Ermittlung. Da musst du Schritt für Schritt vorgehen, genau wie immer. Niemand erwartet, dass du die ganze Welt rettest.«

»Doch, genau das erwarten die Leute gerade von uns.«

»Dass du die Welt rettest?«

»Na ja, jedenfalls, dass ich diese Scheißsituation hier löse.«

»Dann vermutlich, weil du den Eindruck machst, als seist du dazu in der Lage.« Henriette legte ihm die Hand auf den Rücken und lächelte ihm aufmunternd zu, ehe sie zur Tür ging. »Du musst dir noch den dritten Fall angucken, diese ASEM-Sache in Lyngby. Du weißt schon, wer damals der Benachteiligte war, oder?«

Mikael sah sie verständnislos an, erntete aber nur ein schelmisches Lächeln.

»Lies dir die Akte durch. Er wohnt jetzt in Viborg. Das dürfte ein interessanter Trip nach Jütland werden.«

45

Boris hielt in einem Citroen Berlingo, der früher vielleicht mal weiß gewesen war, vor dem Viborger Bahnhof.

»War es heiß im Zug?«, fragte er und reichte ihr eine Wasserflasche, als sie sich auf den Beifahrersitz gesetzt hatte. Sie murmelte zustimmend und trank gierig. Heiß und frustrierend war es.

Maria war gleich nach Sonnenaufgang in Kopenhagen in den Zug gestiegen. Kurz nach halb acht hatte Bodil angerufen, und schon der Zeitpunkt des Anrufs – noch dazu am Sonntagmorgen – hatte Maria verraten, dass die Museumschefin aus irgendeinem Grund ungehalten war.

»Ich wurde gestern Abend von einem Espen Lövengren angerufen«, begann Bodil und machte eine lange Kunstpause. »Du bist dir doch wohl im Klaren darüber, dass L. P. Lövengren und die Polizei seit Jahren miteinander Geschäfte machen. Es geht um die Uniformen. Die Firma hat dem Museum schon mehrmals mit historischen Uniformen ausgeholfen. Die haben sich wirklich immer fair und entgegenkommend verhalten. Jetzt hat mir der Direktor erzählt, dass eine Angestellte des Museums in sein Haus eingedrungen ist und ihn mit Fragen und Andeutungen belästigt hat.«

»Eingedrungen? Sein Sohn hat mich ins Haus gelassen«, protestierte Maria. »Außerdem habe ich ihm deutlich gemacht, dass die Tote aus Nørre Felding mit größtmöglicher

Wahrscheinlichkeit seine Tante ist. Ich bin der Meinung, dass er das als Nachkomme wissen sollte.«

»Allem Anschein nach hat ihn dein neugieriges Herumstöbern in dieser privaten Tragödie aber ganz und gar nicht interessiert, im Gegenteil. Und wenn der Wunsch der Familie lautet, die Vergangenheit ruhen zu lassen, müssen wir das akzeptieren.«

»Da sind sich aber nicht alle einig. Es gibt andere Familienmitglieder, die seit dem Verschwinden der Frau vor etwa achtzig Jahren nach Erklärungen suchen.«

Maria wollte Bodil nicht sagen, dass sie gerade auf dem Weg nach Jütland war, um noch tiefer in Elses Vergangenheit zu graben.

»Du bringst mich in eine überaus komplizierte Situation«, schimpfte Bodil weiter. »Espen Lövengren und ich haben gemeinsame Bekannte. Was sollen die über mich denken? Und über das Museum? Wir sind weder die Boulevardpresse noch Privatdetektive, Maria. Du musst Lövengren einen offiziellen Brief schreiben, wenn der Leichnam identifiziert ist. Oder lass das Margrethe Sandager machen.«

Marias ausbleibende Antwort war für Bodil der Freifahrtschein für ihre letzte Machtdemonstration.

»Wenn du nicht willens bist zuzuhören, Maria, sollten wir uns vielleicht die Frage stellen, ob das Polizeimuseum wirklich der richtige Ort für dich ist.«

Maria hatte nicht vor, die Sache über Else Lövengren zu den Akten zu legen. Ihr fachlicher Stolz und das Versprechen, das sie Eva Holt gegeben hatte, ließen das nicht zu. Weder als Historikerin noch als Mensch wollte sie verantworten, dass Elses sterbliche Überreste einfach verbrannt wurden ohne nicht wenigstens den Versuch unternommen zu haben, das Rätsel ihres Todes zu lösen. Aber was wurde dann aus ihrer

Karriere? War es vielleicht sogar das Beste, gefeuert zu werden und damit eine Entschuldigung zu haben, ihre sieben Sachen und ihr Leben nach Thorup Strand zu verlegen?

Sie dachte an Jakob, der sich wie ein Verrückter gefreut hatte, als sie ihn am Vorabend angerufen hatte. Der Ministerpräsident hatte das Militär eingesetzt und am Morgen waren bereits Soldaten durch den Hauptbahnhof in Kopenhagen patrouilliert. Aber bei den sich ausbreitenden Aufständen, die es nach Einbruch der Dunkelheit im ganzen Land gab, traute sie sich trotzdem nicht, nach Kopenhagen zurückzufahren. Stattdessen wollte sie nach getaner Arbeit von Viborg weiter nach Norden fahren. Jakob wollte sie am Bahnhof Thisted abholen.

»Ruf einfach an«, hatte er ihr in überbordender Vorfreude, die nicht auf sie übergesprungen war, gesagt. Er machte aus ihrem kurzen Besuch eine zu große Sache, und es ärgerte sie, als er sagte: »Wie schön, dass du nach Hause kommst.«

»Bist du bereit?« Boris setzte den Blinker und fuhr vom Bahnhofsvorplatz, auf dem vier Soldaten in der Vormittagssonne schwitzten.

»Ja, wohin fahren wir?«

»Wir besuchen meine Vorgängerin im Archiv. Tove ist jetzt in Rente und wohnt in Ørum.«

»In Ørum? Genau wie du?«

»Ja.«

»Und was kann Rentnerin Tove, was du nicht kannst?«

»Ich denke, eine ganze Menge. Das sagt sie mir auf jeden Fall immer.« Boris lächelte, ob echt oder peinlich berührt, war schwer zu sagen. »Nachdem du angerufen und nach dem Namen Preisler und der Explosion in der Autowerkstatt 1945 gefragt hast, war ich tagelang im Archiv und habe alle möglichen Stichworte recherchiert.«

»Und? Sag, dass du etwas gefunden hast.«

»Die Explosion war der leichtere Teil. Die Stiftstidene hat zwei Tage nach dem Geschehen darüber berichtet. Die Überschrift war ziemlich nichtssagend: *Explosionsbrand in der Sankt Nikolaj Gade*. Aus dem Text wurde aber schnell klar, dass es sich um eine ausgebrannte Autowerkstatt handelte und die Ursache der Explosion ›unbekannt‹ war. Zwischen den Zeilen war zu lesen, dass es entweder die Deutschen waren – denen sie nicht die Schuld geben durften, weil die Zeitungen damals der Zensur unterlagen – oder …«

»Oder die Widerstandsbewegung?«, unterbrach Maria ihn. »Das würde die Presse wiederum auch nicht herausposaunen – aus Loyalität zu den illegalen Gruppen.«

Boris nickte. »Genau. Drei Tage später habe ich noch eine weitere Notiz gefunden, in der ganz klar benannt wurde, dass vier Menschen bei dem Feuer ums Leben kamen. Bei den Toten handelte es sich um Hans Jensen, zweiunddreißig Jahre alt, und seine drei kleinen Kinder. Ich habe alle vier im Kirchenbuch gefunden. Hans Jensen war Witwer, ein Klempner aus der Gegend von Struer. Mehr habe ich nicht über ihn herausgefunden, was nicht weiter verwunderlich ist. Sollte er Kommunist gewesen sein, hätte er das sicher nicht an die große Glocke gehängt. Kommunisten waren in diesen Jahren sozusagen Freiwild«, erklärte Boris.

»Laut Else Lövengrens Nichte war die Explosion im damaligen Viborg eine große Sache. Ich dachte, ob vielleicht Einwohner von Viborg Fotos vom Explosionsort oder irgendwelche Tagebuchnotizen gemacht haben?«

»Ich habe alles herausgesucht, was wir an privaten Dokumenten aus dem Januar 45 haben, und dabei ist einiges Interessante ans Licht gekommen: Ein junger Mann von der Freiwilligen Feuerwehr, der in der Nacht Dienst hatte, hat ein

Kriegstagebuch geführt. Nimm dir mal die Mappe da«, sagte Boris und zeigte hinter seinen Sitz.

Maria griff nach hinten, nahm die Mappe von einem Bett aus Bonbonpapieren und leeren Saftkartons und fischte ein paar Kopien heraus.

»Die hier?«

Boris nickte. »Das kursiv Gedruckte.«

Jene Nacht und jenen Morgen werde ich nie vergessen. Wir kamen zu einer Werkstatt in der Sankt Nikolaj Gade, die bereits lichterloh brannte.

Wir konnten nur noch die umliegenden Häuser schützen, damit das Feuer nicht auf sie übergriff.

Dann kam der Werkstattbesitzer auf einem Fahrrad angefahren. Unter dem Mantel trug er noch seinen Schlafanzug, und er hatte Pantoffeln an den Füßen.

»Rettet die Kleinen, rettet die Kleinen«, jammerte er und starrte uns wie im Fieberwahn an, aber wir haben ihn nicht verstanden. Der alte Mann hatte doch keine kleinen Kinder.

Bei Sonnenaufgang wurden drei verkohlte Kinderleichen und die Reste eines Mannes aus den Trümmern geborgen. Die Flammen hatten sie sich geholt. Hoffentlich war Gott so gnädig, ihnen zuerst den Rauch zu schicken.

Maria blätterte um und verstummte für einen Moment.

»Das können wir definitiv als Quelle aus erster Hand betrachten. Und da steht nichts von einer verbrannten Frau«, meinte sie.

»Nein, aber lies weiter.«

Jetzt kursieren in Viborg wieder die Gerüchte. Dieses Mal ist Preisler zu weit gegangen. Wir müssen das Böse bekämpfen, wir dürfen nicht selbst dazu werden. Was ist die Freiheit wert, wenn man nicht mehr in den Spiegel blicken kann?

Maria sah Boris von der Seite an.

»Preisler ist zu weit gegangen, schreibt er. Aber wer, verdammt noch mal, ist dieser Mann? Es klingt doch so, als wäre sich der Feuerwehrmann sicher, dass Preisler hinter der Explosion steht. Und Preisler ist auch der, der Else bedroht hat.«

»Genau. Es passt exakt zu dem, was Else über Preislers grässlichen Plan geschrieben hat. Aber genau an diesem Punkt komme ich mit meiner Recherche nicht weiter. Ich habe dir ja schon gesagt, dass Preisler in Viborg kein unbekannter Name ist, konnte im Archiv aber keine Person finden, nur den Platz und das Hotel.«

»Dann muss Preisler ein Deutscher gewesen sein. Vielleicht ein deutscher Offizier, dem Else in die Fänge geraten ist. Ein Hotel oder ein Platz bedrohen ja wohl kaum eine junge Frau.«

»Das Hotel könnte durchaus etwas damit zu tun haben.«

»Wie das denn?«

»Im übertragenen Sinne. Während der Besatzung war das Hotel Preisler Zufluchtsort für die Viborger Widerstandsgruppen. Sie hatten in einem Zimmer ein Funkgerät, und im Keller wurden Flüchtlinge versteckt. Einige Sabotageaktionen sollen im Hotel geplant und koordiniert worden sein. Bei der Befreiung umfasste die Festnahmeliste der Widerstandsbewegung in Viborg fast fünfhundert Deutschenmädchen, Kollaborateure und Nazis. Viele davon sind direkt zu Kreuzverhören ins Hotel Preisler gebracht worden.«

»Lass mal sehen …«

Maria suchte in ihrer Tasche nach der Klarsichthülle mit den Briefkopien, die sie von Eva Holt bekommen hatte. Sie wollte nicht akzeptieren, dass Else ein Deutschenmädchen oder vielleicht sogar eine Verräterin war, die drei kleine Kinder auf dem Gewissen hatte. Leider deutete aber alles in diese Richtung.

Sie las Boris ein paar Zeilen aus Elses letztem Brief vor.

»Preisler droht damit, uns zum Schweigen zu bringen. Aber wo sollen wir Alarm schlagen? Wem können wir trauen? Die Polizei ist weg, die Stadt in Auflösung begriffen, die ganze Welt. Genau wie mein Herz.«

Das klang wirklich nicht nach einem Hotel.

»Könnte ein Widerstandskämpfer sich den Decknamen des Hotels gegeben haben? In Anlehnung an den Treffpunkt?«, fragte sie.

»Genau darüber wollen wir mit meiner Vorgängerin sprechen«, sagte Boris und bog in ein menschenleeres Einfamilienhausviertel ab. Vor einem gelben Haus hielt er an. »Tove ist 1952 geboren, ihr Vater war aber im Widerstand und hat seine Erlebnisse detailliert festgehalten. Wenn jemand etwas über Preisler weiß, dann sie«, sagte er und stieg aus.

Maria zögerte etwas.

»Boris, die Sache, die ich da untersuche, ist ziemlich delikat. Die Familie hat, gelinde gesagt, sehr unterschiedliche Meinungen dazu, ob die Wahrheit über Else überhaupt ans Licht kommen soll. Selbst meine eigene Chefin macht mir Vorhaltungen, dass ich der Sache nachgehe. Können wir uns sicher sein, dass Tove die Sache nicht an die große Glocke hängt? Kennst du sie gut?«

Boris steckte den Kopf wieder ins Auto.

»Das will ich meinen. Sie kennt mich auf jeden Fall besser als jeder andere Mensch auf dieser Welt.«

»Was soll das heißen?«

Er sah Maria über den Brillenrand an.

»Tove ist meine Mutter.«

46

Maria und Boris wurden auf der Terrasse unter einem großen Sonnenschirm platziert, während Tove, eine quirlige Frau in Yogapants mit akkurat geschnittener Kurzhaarfrisur, nach drinnen ging, um etwas zu trinken zu holen. Sie hatte dasselbe Fuchsgesicht wie ihr Sohn, doch statt Boris' roter Haare schlohweißes Haar und Augenbrauen. Eine Polarfüchsin, dachte Maria.

Kaum war Tove außer Sichtweite, bohrte sie Boris den Finger in die Seite.

»Du bist also zurück nach Ørum gezogen und hast den Job deiner Mutter im Archiv übernommen?«, flüsterte sie.

Er kicherte verlegen. »Sei still!«

»Worüber tuschelt ihr da?« Tove stand mit einem Getränk, Keksen und aufgeschnittener Melone in der Terrassentür.

»Maria fragt, ob das Stadtarchiv in unserer Familie weitervererbt wird. Was meinst du?«

Boris drückte seiner Mutter zärtlich die Schulter, und Maria nahm ihr das Tablett ab.

»Jemand muss doch der Geschichtslosigkeit Einhalt gebieten. Das Archiv ist mein Lebenswerk. Ein unfassbar schlecht bezahltes Lebenswerk, aber was zählt letzten Endes wirklich?«, meinte Tove mit einem Lächeln. »Ich bin so froh, dass Boris mein Nachfolger ist.« Sie trat auf den Rasen und rollte ihre Yogamatte zusammen, bevor sie sich mit einem Seufzen an den Terrassentisch setzte. »Mein Gott, diese Hitze! Ich breche schon bei meiner Morgengymnastik fast zusammen.« Sie wandte sich an Maria. Ihre Miene wurde ernst und sie senkte die Stimme bis auf ein kaum hörbares Flüstern: »Sie interessieren sich für die Viborger Widerstandsbewegung, wenn ich es richtig verstanden habe?«

»Genau. Ich versuche aufzuklären, was im Januar 1945 mit einer jungen Frau, Else Lövengren hieß sie, passiert ist. Eine Person namens Preisler hat sie wenige Tage vor ihrem Tod bedroht, aber bis jetzt hat Boris keinen Preisler im Archiv finden können. Wissen Sie, wer er war?«, fragte Maria ebenfalls flüsternd ohne recht zu wissen, weshalb.

»Wer *sie* waren, nicht *er*«, antwortete Tove.

»Entschuldigung, wie bitte?«

»Preisler war eine Gruppe.«

Tove beugte sich vor und studierte Marias Augen, als wolle sie die Seele ihres Gastes röntgen. Maria empfand das als grenzüberschreitend oder zumindest distanzlos, ein Charakterzug, den Boris definitiv nicht von ihr geerbt hatte.

»Eine Gruppe?«

»Ja, die Preislergruppe. Mein Vater hat mir davon erzählt, er war aktiver Widerstandskämpfer. Er starb vor fünfundzwanzig Jahren, und wie viele andere Widerstandskämpfer hat er selten über den Krieg gesprochen und viele Geheimnisse mit ins Grab genommen. Aber die Preislergruppe hat er ein paar Mal erwähnt. Und das nicht in sonderlich gewogenem Ton.«

»War er Mitglied der Gruppe?«

»Nein! Gott bewahre«, antwortete Tove. Der Gedanke schien sie zu entsetzen.

»Mein Großvater war Buchhändler. Er war primär am Druck und an der Verteilung illegaler Flugblätter beteiligt. Jedenfalls anfangs«, warf Boris ein.

Maria kam ein Gedanke.

»Tove, dürfte ich unser Gespräch aufnehmen? Für einen Podcast des Polizeimuseums.«

»Nein, auf keinen Fall.« Tove sah sie scharf an. »Sie dürfen die Informationen, die ich Ihnen gebe, gern verwenden. Aber sie dürfen nicht zu mir zurückverfolgt werden können. Genauso wenig zu meinem Vater oder Boris. Wenn Sie nachher gehen, werden Sie wissen, warum.«

Maria stellte ihre Tasche zurück auf den Boden und warf Boris einen etwas verwirrten Blick zu. Er zuckte auf eine Weise mit den Schultern, die Maria zu verstehen gab, dass man mit seiner Mutter nicht diskutierte.

»Wie Boris schon gesagt hat, fing mein Vater klein an. Über die Buchhandlung schmuggelte er für die illegale Presse durch die Hintertür Papier und Druckerschwärze und half beim Verteilen von Flugblättern. Aber wie allgemein bekannt ist, leiteten die Deutschen im Herbst 1943 eine groß angelegte Aktion ein, um die dänischen Juden festzunehmen und in Vernichtungslager zu deportieren. Die Initiative schlug bekanntlich fehl, weil siebenundneunzig Prozent der in Dänemark lebenden Juden per Boot nach Schweden in Sicherheit gebracht wurden. Was nur möglich war, weil Hunderte mutiger Dänen halfen, diese armen Menschen zu verstecken und zu transportieren. Eine jüdische Familie fand zwei Tage lang Unterschlupf im Kriechkeller der Buchhandlung meines Vaters, ehe sie mit einem Auto weiterkamen. Dieses Ereignis wurde ein Wendepunkt im Krieg, für meinen Vater und viele andere«, sagte Tove.

»Ja, während dieser Zeit gewann die Widerstandsbewegung deutlich an Zuwachs«, nickte Maria.

»1944 war mein Vater an mehreren Aktionen beteiligt. Sprengungen, Sabotage von Eisenbahngleisen, Stinkbomben, die nachts in deutschenfreundliche Fabriken geworfen wurden. Solche Dinge. Nichts, was Leben gekostet hätte, aber weiß Gott auch so gefährlich genug. Mehrfach stand er eine ganze Nacht lang draußen auf einem Feld bei Struer, um Waffen und Sprengstoff entgegenzunehmen, die von britischen Flugzeugen abgeworfen wurden. Und er kannte viele der Widerstandskämpfer und -kämpferinnen persönlich, die in die Hinterräume des Hotel Preisler kamen.«

»Dann war das die Preislergruppe?«

»Nicht alle, nein. Das Hotel wurde von mehreren Gruppierungen mit verschiedenen Anführern genutzt. Die Preislergruppe wurde im September 44 als kleine Splittergruppe gegründet, als die dänischen Polizisten entweder von den Deutschen festgenommen wurden oder untertauchten. Die polizeilose Situation war der auslösende Faktor. Die Preislergruppe übernahm … oder präziser *bemächtigte* sich sowohl der Judikative als auch der Exekutive in der örtlichen Gemeinschaft.«

»Was heißt das?«

»Sie wurden zur selbst ernannten Polizei. Eine Art Hüter der Moral in diesem gesetzlosen Ausnahmezustand. Ihre Feinde waren nicht nur die Deutschen, zu diesem Zeitpunkt wendete sich das Kriegsglück ja bereits zugunsten der Alliierten. Nein, die Preislerleute übten brutale Selbstjustiz, indem sie nicht nur Kollaborateure und Verräter, sondern auch Kleinkriminelle, Ladendiebe, Betrüger, Vergewaltiger und Schwarzmarkthändler hart bestraften. Mein Vater sagte, dass die Mitglieder der Gruppe ihre Taten mit der Begründung rechtfertigten, es sei besser, sie hielten Gesetz und Ordnung aufrecht, als dass die deutsche Besatzungsmacht es tat. Aber wie so oft bei den größten Moralisten, vergaß die Preislergruppe bald selbst jede Moral«, sagte Tove.

»Warum hast du mir nie davon erzählt?«, fragte Boris enttäuscht, aber Tove hob abwehrend die Hand.

»Weil es nicht relevant war, bis du angerufen und nach Preisler gefragt hast. Ich war immer der Ansicht, dass es uns nicht zusteht, die Widerstandsbewegung moralisch zu verurteilen. Was wissen wir, die wir in Frieden und Wohlstand aufgewachsen sind, schon vom Krieg?«

Maria nickte stumm, so gesehen gab sie Tove recht. Dem Krieg und der damit einhergehenden Furcht und dem Grauen wohnte ein stark radikalisierendes Element inne. Die Forschung zeigte, dass Krieg und große Krisen Menschen dazu brachten, ihre Grenzen in alle Richtungen zu überschreiten. Dazu kam, dass viele Mitglieder der Widerstandsbewegung im Zweiten Weltkrieg junge, risikobereite Männer waren, die kaum anderweitig Beschäftigung fanden. Nachts kämpften sie für das Vaterland, tagsüber führten sie eine kümmerliche Randexistenz, immer auf der Flucht, paranoid und in der ständigen Angst, einen Spitzel mit einem Freund zu verwechseln. Manche hungerten, während sie sich von Versteck zu Versteck hangelten. Diese Lebensumstände allein mussten schon radikalisierend gewirkt haben, wie Benzin auf einem bereits lodernden Feuer.

Andererseits durfte selbst die größte Krise – sei es Krieg, eine Pandemie oder das Fehlen einer Ordnungsmacht – niemals als Entschuldigung herangezogen werden, um jede Form von Gewissen und eigenständigem Denken über Bord zu werfen. Das hatte der Völkermord des Zweiten Weltkriegs zur Genüge demonstriert. Wie der Feuerwehrmann in seinem Tagebuch geschrieben hatte: *Was ist die Freiheit wert, wenn man nicht mehr in den Spiegel blicken kann*?

»Waren auch Frauen in der Preislergruppe? Sehr junge Frauen?«, fragte Maria.

»Wie gesagt war es eine kleine Splittergruppe, die aus den extremsten und kühnsten Personen der Widerstandsgruppe bestand. Ich habe keine Namen, aber meinem Vater zufolge waren sowohl Männer als auch Frauen in der Gruppe, und eine Eigenschaft hat sie alle verbunden: Sie waren jung und desillusioniert, fühlten sich von den dänischen Autoritäten verraten und wurden von Wut getrieben, nicht nur gegen die Besatzungsmacht«, antwortete Tove.

Die Worte in den Briefen der Schwestern Lövengren gingen Maria durch den Kopf, inzwischen konnte sie sie beinahe auswendig. Anna Lövengren schrieb in einem der Briefe, Else sei zornig und gramerfüllt. Voller Zorn gegen Gott und gegen Mutter und Vater. Und offenbar zog es sie zu etwas Gefährlichem hin, um den Schmerz zu betäuben. Wie ein Nachtfalter, den es zu einer brennenden Kerze zieht. Aber mit Preisler zu gehen, würde die Sache nicht besser machen, hatte Anna geschrieben.

War Else Mitglied der Preislergruppe gewesen? War sie in eine extreme Widerstandsgruppe geraten und hatte erst zu spät gemerkt, in was sie sich da verstrickt hatte?

»Mein Vater hat einmal einen Decknamen der zentralsten Figur der Preislergruppe erwähnt.« Tove unterbrach Marias Gedanken mit gedämpfter Stimme. »Die Gruppe wurde von einem charismatischen und einflussreichen Mann aus der Viborger Gegend angeführt, der sich Svend Smed nannte.«

»Svend Smed?«

»Ja. Natürlich hieß er im wirklichen Leben weder Svend noch Smed, aber es war allgemein bekannt, dass dieser Svend Smed Geld und Macht besaß und mit einer Handbewegung die Zukunft von Leuten in der Stadt zerschlagen konnte.«

»Hat Ihr Vater erzählt, wer dieser Mann war?«

»Nein, er hatte ganz offensichtlich Angst vor ihm. Mein Vater hatte ja seine kleine Buchhandlung und später eine Familie zu beschützen. Svend Smed dürfte längst tot sein, aber die Angst meines Vaters hat tiefe Spuren bei mir hinterlassen. Das ist auch der Grund, warum ich seine Tagebücher nie dem Archiv überlassen habe, denn Svend Smeds Nachkommen leben sicher noch hier in der Gegend.«

»Wissen Sie, ob Svend Smed oder die Preislergruppe für die Explosion in der Autowerkstatt verantwortlich waren? So wie ich Else Lövengrens Brief verstehe, hat sie kurz vor dem Ereignis gegen etwas ›Grässliches‹ und ›Unmoralisches‹ protestiert, das die Preislergruppe durchzuführen plante. Und in derselben Nacht ist Else verschwunden.«

»Mein Vater meinte, es könnte niemand anders gewesen sein. Nur Svend Smed und seine Handlanger verfügten über den Mut und die Mittel zu einer solch umfassenden Sabotageaktion. Es hat die Fassade des Hauses weggeblasen, und das Dach der Garage lag über das ganze Viertel verteilt. Allein schon das Beschaffen von ausreichend Sprengstoff für derart gewaltsame Zerstörungen war teuer und riskant, und die Sprengung im Zentrum von Viborg durchzuführen, wo die Deutschen regelmäßig patrouillierten, zeugt von einem todesverachtenden Wagemut«, sagte Tove.

»Wurde die Aktion generell von den Widerstandskämpfern in Viborg unterstützt? Wenn ich es richtig verstanden habe, ging sie ja fürchterlich schief.«

»Nein, sie fand ganz und gar keinen Beifall. Der alte Mechaniker war als Schlitzohr bekannt, er hatte sein Leben lang betrogen, wo es nur ging. Ersatzteile überteuert verkauft und Hehlerware abgenommen, solche Dinge. Als der Krieg kam, verdiente er sich ein paar Groschen dazu, indem er die Autos der Deutschen reparierte. Damit konnte er seinem Lebenslauf ›Kollaborateur‹ hinzufügen. Aber die Widerstandsbewegung hatte den Mechaniker bis dahin in Frieden gelassen. Er war ein alter Mann, und alle wussten, dass er seinen Landesverrat damit sühnte, im ersten Stock wechselnde Flüchtlingsfamilien zu verstecken. Er war bloß ein kleiner Fisch, der kleine Verbrechen beging. Die Explosion war ein ganz anderes Kaliber. Mein Vater hat in einem seiner Tagebücher beschrieben, wie er nach dem Brand die drei kleinen Kindersärge im Dom stehen sah und es sich wie Verrat an allem anfühlte, wofür die Widerstandsbewegung stand.«

»Wusste die Preislergruppe, dass Kinder in der Wohnung waren?«

»Da war sich mein Vater sehr sicher, aber Svend Smed war das egal.«

»Egal?«, mischte Boris sich mit einem schockierten Ausruf ins Gespräch ein.

»Den Mitgliedern der Gruppe war es egal, weil der Vater der Kinder Kommunist war. Sie waren stark rechtsgerichtet. Keine Nazis natürlich, aber ultrakonservativ. Anhänger von Gott, König und Vaterland, vom Militär, Gesetz und Ordnung, langen Strafen und einer hart durchgreifenden Polizei. Die Abstrafung des Automechanikers sollte als Abschreckung und Warnung für alle Kleinkriminellen in Viborg und Umgebung dienen, und mit diesem Ziel vor Augen war das Leben einer erbärmlichen Kommunistenfamilie ein zu vernachlässigendes Detail. Russlandfreunde waren für die Preislergruppe ein absolut legitimes Ziel.«

»Wow.« Boris stand auf, als könne sein Körper den Zynismus in der Erzählung seiner Mutter kaum aufnehmen.

»War die Preislergruppe so extrem, dass sie auch Personen aus den eigenen Reihen umbringen würde?«, fragte Maria.

»Ah …«, meinte Boris. »Du denkst, Else und Poul Anker waren Mitglieder der Preislergruppe, haben aber protestiert oder einen Rückzieher gemacht, als sie von dem Plan mit der Bombe erfuhren?«

»Ja«, sagte Maria. »Else war aus irgendeinem Grund wütend und selbstzerstörerisch, das können wir Annas Briefen entnehmen. Poul Anker war Vollwaise, unverwurzelt, ohne greifbare Zukunft. Elses Familie hat versucht, die beiden auseinanderzubringen. Sie waren die perfekten Kandidaten für eine die Grenzen austestende Gruppe.«

»Aber eigene Mitglieder liquidieren? Das ist schon drastisch.«

»Was, wenn Else und Poul Anker damit gedroht haben, den Plan auffliegen zu lassen? Damit wäre nicht nur der Komplott gegen die Autowerkstatt zum Scheitern verurteilt gewesen, sondern vielleicht auch die langfristigen Ziele der Preislergruppe. Oder die Deutschen wären auf die Existenz der Gruppe aufmerksam geworden«, antwortete Maria.

»Da könnten Sie durchaus recht haben«, sagte Tove. »Man muss wissen, dass die verschiedenen Gruppierungen innerhalb der Widerstandsbewegung nicht nur gegen die Nazis kämpften. Der Freiheitskampf war auch ein Wettstreit um das Recht, Dänemark nach dem Krieg neu zu definieren. Manche Widerstandskämpfer sahen im Krieg eine Art Auslöschung der Nation, eine Möglichkeit, das Paradies auf Erden aus der Asche des Krieges erstehen zu lassen. Viele Gruppen wollten ein neues Grundgesetz, eine vollkommen neue Verfassung, wie sie nach 1945 viele andere europäische Länder bekamen. Die Kommunisten wollten ein sozialistisches Paradies, aber für die Preislergruppe war der Gedanke an russische Einflussnahme in Dänemark ebenso unerträglich wie der Nationalsozialismus. Sie wollten etwas völlig anderes: Ein konservatives Himmelreich, in dem Ordnung und Selbstjustiz herrschten.«

Tove stand auf und verschwand im Haus. Kurz darauf kam sie mit einem vergilbten Notizbuch mit ledernem Rücken und marmoriertem Umschlag zurück.

»Eines der Tagebücher von meinem Vater«, erklärte sie und blätterte eine Weile, ehe sie fand, wonach sie suchte.

Marias Auge folgte Toves Zeigefinger, der zunächst bei einer, dann bei einer zweiten Zeile verharrte, die das Wort »Preislergruppe« enthielt. Am Rand hatte Toves Vater eine kleine Figur gezeichnet.

»Ich nehme an, Sie als Polizeihistorikerin kennen dieses Zeichen?«

Maria kniff die Augen zusammen und hielt das Tagebuch ganz nah vors Gesicht.

»Das Polizeizeichen, richtig?«

»Polizeizeichen?« Boris schien nur noch Bahnhof zu verstehen.

»Der Umriss einer Hand mit einem Auge in der Mitte. Die schützende Hand und das allsehende Auge«, erklärte Maria. Sie reichte ihm das Buch.

»Ist das nicht ein nahöstliches Symbol? Die Hand der Fatima heißt es doch, oder?«

»Das ist in etwa dasselbe, ja. Das Symbol lässt sich viele tausend Jahre und zu vielen Kulturen zurückverfolgen. Man weiß nicht genau, wie es zur dänischen Polizei gefunden hat, aber im achtzehnten Jahrhundert wurde ›das Auge in der Hand‹ als das erste eigentliche Polizeizeichen in Dänemark eingeführt. Die ersten Schlagstöcke waren damit ausgestattet. Heute findet sich ›das Auge in der Hand‹ auf Polizeiausweisen und den Knöpfen der Polizeiuniformen.«

»Dann ist das das Symbol für Gesetz und Ordnung?«, fragte Boris.

»In einem dänischen Kontext, ja. Das Auge, das alles sieht. Die Hand, die straft und beschützt. Die Hand kann sich aber auch um das Auge schließen, wenn die Polizei Bedarf hatte, angesichts einer Gesetzesübertretung ein Auge zuzudrücken.«

»Und warum hat Großvater das in Verbindung mit der Preislergruppe gezeichnet?«

Tove zuckte mit den Achseln.

»Die Gruppe hat dieses Symbol verwendet.«

»Vielleicht, weil die Preislergruppe sich während der polizeilosen Zeit selbst als De-facto-Polizei betrachtete?«, mutmaßte Maria.

»Schon möglich.« Tove lehnte sich zurück und wechselte ein paarmal die Stellung, ehe sie es aufgab, eine entspannte Position zu finden.

»Was ist los, Mama?« Boris legte seiner Mutter eine Hand auf die Schulter.

»Es ist nur …« Sie zögerte und sah Maria an. Es folgte ein verlegenes Schweigen, und Maria versuchte, ihr entgegenzukommen.

»Wenn Sie allein mit Boris sprechen wollen, kann ich gerne draußen im Auto warten.«

»Nein, nein, es ist sicher nichts, aber …« Tove sah ihren Sohn an, der mit erhobenen Augenbrauen auf die Fortsetzung wartete, die nicht kam.

»Tove, Sie haben gesagt, dass Sie nicht in meinem Podcast zitiert werden wollen«, tastete Maria sich heran. »Das ist völlig in Ordnung, aber darf ich fragen, warum?«

Tove schaute zwischen Maria und Boris hin und her.

»Weil die Preislergruppe nach wie vor existiert«, brach es aus ihr heraus.

47

Maria legte das Telefon weg und versuchte, ihre aufkeimenden Schuldgefühle zu verdrängen.

Sie hatte Pelle angerufen, um ihm ein schnelles Update zu geben, was offenbar ein Fehler gewesen war. Als er nach endlosem Klingeln ranging, hatte seine Stimme gedämpft und nervös geklungen. Als verstecke er sich in einer Toilettenkabine oder einem Druckerraum.

»Du darfst mich wegen der Sache nicht anrufen«, wisperte er.

»Nur ganz kurz: Preisler ist keine Person, sondern eine Gruppe. Kannst du versuchen, etwas über den Anführer der Gruppe in Erfahrung zu bringen? Deckname: Svend Smed. Svend mit d hinten und Smed: S-M-E-D.«

»Ich tue, was ich kann«, flüsterte er und legte auf.

»Probleme?«, fragte Boris, der mit zwei Sandwiches in der Hand über den Domplatz kam.

»Nein, keine Probleme«, lächelte sie verkrampft.

Sie setzten sich auf eine Bank im Schatten. Boris machte sie auf die Glasscherben und dunklen Flecken aufmerksam, die wie getrocknetes Blut aussahen.

»Meine Frau hatte gestern Nachtdienst in der Notaufnahme. Sie haben drei Verletzte mit Schnittwunden reinbekommen, einen mit gebrochener Nase und einen Vergewaltigungsversuch. Ein stilles und friedliches Wochenende in der polizeilosen Provinz«, bemerkte Boris.

Ein paar Minuten aßen sie schweigend, dann konnte Maria sich die Frage nicht mehr verkneifen.

»Was denkst du über das, was deine Mutter erzählt hat?«

»Über die Preislergruppe?«

»Ja. Es klang ein bisschen … unwahrscheinlich.«

»Meine Mutter ist der scharfsinnigste Mensch, den ich kenne, und mein Großvater war bis zum Schluss vollkommen klar im Kopf. Ich denke, an der Sache ist was dran.«

»Aber hast du jemals davon gehört? Eine dänische Widerstandsgruppe, die nach dem Zweiten Weltkrieg nicht aufgelöst wurde, sondern weiter im Verborgenen agiert?«

»Warum nicht? Wenn es stimmt, was meine Mutter sagt, war die Preislergruppe ja nicht bloß eine Widerstandsgruppe, sondern eine Organisation mit ausgeprägt politischer, vielleicht sogar rechtsgerichteter Agenda, für die man durchaus weiterkämpfen konnte. Auch in Friedenszeiten. Natürlich nicht mittels Terroraktionen und Bombenanschlägen, sondern … Wie nennt man so was? Lobbyismus?«

»So eine Art Rotary Club für gewalttätige Psychopathen und Selbstjustizler?«

Boris lachte trocken. »Vielleicht hat auch einfach jemand von der damaligen Gruppe gehört und den Namen für einen radikalen Whiskyclub entliehen oder so. Aber im Vergleich zu allem, was man in den letzten Jahren so gehört hat, wäre eine neu zum Leben erweckte Widerstandsgruppe nicht das Schrägste.«

Bevor sie von Boris' Elternhaus aufgebrochen waren, hatte Tove von einem Grillabend mit mehreren befreundeten Paaren erzählt, denen sie eigentlich nach bestem Vermögen aus dem Weg ging. Bei den Männern handelte es sich um ehemalige Freunde ihres Mannes aus dem örtlichen Schützenverein, die nach dem Tod von Boris' Vater vor knapp fünf Jahren mit ihren backbegeisterten Frauen beschlossen hatten, Tove zu adoptieren, wie man einen herrenlosen Hund bei sich aufnimmt.

Drei- bis viermal im Jahr sah sie sich nun lebhaften Diskussionen über Mürbeteigtemperaturen, Schokoladentemperierung und Marzipanglasuren ausgesetzt.

»Derweil hauen die Männer eine politisch extreme Behauptung nach der anderen raus. Mal ist Dänemark ein Paradies für verbrecherische Diebesbanden oder der syrische Bürgerkrieg angeblich mediengemacht, dann wieder geht es darum, dass Handwaffen und Tränengas in Dänemark erlaubt werden sollten. Nichts als dummes Geschwätz«, hatte Tove erzählt.

Vor allem einer der Männer – der Gastgeber des letzten Grillabends – war Toves Ansicht nach in den letzten Jahren in seiner Rhetorik zunehmend radikal geworden.

»Das sind die Einbrüche, die haben ihn ganz meschugge gemacht. Noch Kuchen?«, entschuldigte seine Frau ihn, wenn er sich wild mit den Armen fuchtelnd und mit stetig steigender Lautstärke ereiferte.

Der Mann hatte dreißig Jahre lang einen kleinen Baumarkt am Rande von Viborg geführt. Das Geschäft war von seinem Vater gegründet worden, ein stolzes Familienunternehmen. Die ständigen Einbrüche in den letzten Jahren vor seiner Rente hatten dem Betrieb schwer zugesetzt. Alles, was nicht niet- und nagelfest war, wurde aus dem Baumarkt gestohlen, ganz gleich, welche Summen der Inhaber in Zäune, Schlösser, Überwachungskameras und Alarmsysteme investierte. Ein paarmal war er sich sicher gewesen, das Diebesgut am nächsten Tag in den Online-Kleinanzeigen wiederzuerkennen.

Die Polizei hatte irgendwann nur noch bedauernd den Kopf geschüttelt, wenn sie die leer geräumten Regale und eingeschlagenen Fenster im Baumarkt begutachtete, und zum

Schluss hatte ihm die Versicherungsgesellschaft gekündigt. Das war der Anfang vom Ende gewesen.

»Er sagt immer, die Diebe hätten ihm den Laden genommen, die Polizei das Leben«, hatte die Frau Tove vor einem Jahr bei einem Stück Zuckerkuchen anvertraut.

Am letzten Grillabend hatte der Mann Tove lallend angeboten, ihn anzurufen, sollte jemals bei ihr eingebrochen werden.

»Ich habe die Waffen und den Willen, sie zu gebrauchen. Leuten wie uns hilft die Polizei nicht«, hatte er noch hinzugefügt.

Um seiner Bierfahne und verschwörerischen Waffenbereitschaft zu entkommen, war Tove hastig auf die Toilette geflohen. Dabei war ihr Blick an einem bekannten Symbol hängen geblieben, dem »Auge in der Hand«, das beinahe die gesamte Vorderseite eines provisorischen Heftchens aus gefalteten DIN A4-Blättern einnahm. Über der Hand stand *Mittsommertreffen der Preislergruppe*, darunter ein Datum um die Sommersonnenwende.

Vorsichtig hatte sie das Faltheft herausgezogen und auseinandergefaltet. Es war ein dünnes Notenheftchen mit drei oder vier selbst gedichteten Liedern. Das erste wurde auf eine bekannte Melodie gesungen und begann mit den Zeilen *Auf unseren Schultern ruht das Schicksal, wir müssen kämpfen wie Svend Smed.*

»Das ist privat.« Die Frau des Hauses hatte plötzlich hinter Tove gestanden und Tove das Heft aus der Hand geschnappt.

»Die Toilette ist da drüben. Ich mache dir derweil noch ein Doggybag, wir haben jede Menge Kuchen übrig.«

Maria stopfte sich das letzte Stück Sandwich in den Mund und fegte die Krümel von ihrem Kleid.

»Ich mache mir schon ein bisschen Sorgen um meine Mutter. Mit dem Mann, von dem sie spricht, ist nicht zu spaßen. Der Kerl ist dumm, aber tatkräftig. Ørum und Viborg sind kleine Orte, wenn man sich unbeliebt bei jemandem macht«, sagte Boris.

»Das verstehe ich. Aber worum es mir geht, liegt ja viele Jahre in der Vergangenheit. Was eine wiederbelebte Preislergruppe heutzutage tut oder lässt, ist so gesehen egal. Darin brauchen wir nicht weiter herumzustochern. Aber dieser Svend Smed ... Deine Mutter hat gesagt, er sei in den Vierzigern der unbestrittene Anführer gewesen. Wenn Else und Poul Anker von der Preislergruppe liquidiert wurden, dann hat Svend Smed mit hoher Wahrscheinlichkeit den Befehl dazu gegeben. Vielleicht hat er die Hinrichtung sogar persönlich durchgeführt. Wir müssen rausfinden, wer er war.«

Boris sah sie mit einem müden Lächeln an.

»Mir hat schon geschwant, dass du das vorschlagen würdest, aber es wird den ganzen Tag und die Nacht dauern, das Archiv nach diesem Namen zu durchforsten. Vielleicht wird der Deckname auch gar nicht erwähnt.«

»Aber was, wenn doch? Vielleicht müssen wir ganz breit nach einer Person suchen, die von Alter, politischer Haltung und finanziellem Status her passt. Ich hätte schon mal die Wissenschaftler an den Unis anrufen sollen. Es muss mindestens zehn geben, deren Spezialgebiet die Besatz...«

Maria wurde von ihrem Handy unterbrochen, das in ihrer Tasche vibrierte.

»Dann solltest du dir besser ein Hotelzimmer suchen. Heute Abend kommst du nicht mehr nach Hause«, erwiderte Boris und trat galant ein paar Meter weg, damit Maria ihren Anruf beantworten konnte.

Es war Jakob.

»Hi, Schatz«, begann Maria. Außenstehende hätten den

unterschwelligen Missklang wohl kaum wahrgenommen, doch Jakob witterte Unrat.

»Stimmt was nicht? Wann soll ich dich abholen?«, fragte er. Sie bemerkte ebenso feinhörig wie er den passiv-aggressiven Beiklang der Frage. Das schlechte Gewissen rammte sie mit voller Wucht.

»Was ist los? Kommst du doch nicht?« Jetzt klang er verletzt.

»Mir ist was wegen der Arbeit dazwischen…«

»Das ist ein Scherz, oder?«, unterbrach Jakob sie. »Ohne Witz, Maria, das kann nicht dein Ernst sein. Ich habe einen Termin mit einem Kunden morgen Vormittag abgesagt. Ich habe fürs Abendessen eingekauft und … außerdem habe ich deinem Bruder gesagt, dass du zu mir kommst. Das ist total peinlich für mich.«

»Ich weiß, ich weiß. Aber der Fall mit dem Skelett hat heute eine interessante Wendung genommen. Ich muss eine bestimmte Person finden, und das geht nur im Archiv hier in Viborg. Ich komme morgen oder übermorgen zu dir.«

»Du versetzt mich also wegen einer Frau, die seit siebzig Jahren tot ist?«

»Sechsundsiebzig«, erwiderte Maria im Versuch, seinem Zorn mit Humor beizukommen. Das klappte häufig bei Jakob. Heute nicht.

»Ich fass es nicht. Es ist echt unmöglich, Verabredungen mit dir zu treffen. Warum sind dein Leben, deine Arbeit, deine Mission, all dein … dein *Polizeischeiß* wichtiger als ich und das, was wir …«

»Jakob, stopp! Ich komme morgen, okay?«

Stille.

»Vergiss es«, sagte er dann. Nicht wütend. Was schlimmer war. Seine Stimme klang spröde und schwach, als könne sie jeden Moment brechen. Und dann legte er auf.

»Jakob?«

Sie wählte seine Nummer, aber er ging nicht ran. Boris rief irgendwas, doch sie signalisierte ihm, schon zum Archiv vorzugehen.

»Ich komme in zehn Minuten nach«, rief sie und probierte es abermals bei Jakob. Keine Antwort.

Sie versuchte, die Wut und das schlechte Gewissen herunterzuschlucken. Warum verstand er nicht, dass sie von ihrer Arbeit vereinnahmt wurde? Bei ihm war es doch genauso. Warum verstand er nicht, dass sie im Augenblick die Verantwortung für etwas Größeres trug? Und was meinte er überhaupt mit *Polizeischeiß*? War das sein Blick auf ihre Arbeit? Auf sie?

Sie knetete ihre Hände. Falls es so ist, kann er mich mal, dachte sie, aber ihre Hände zitterten und waren schwitzig, und sie konnte den Satz nicht zu Ende denken, ehe der Kloß im Hals zurückkehrte, größer als vorher.

Sie klickte abermals auf Jakobs Namen und schrieb ihm eine SMS: *Ruf an!*

Nachdem sie gute fünf Minuten mit dem Handy in der Hand dagesessen und zum Dom gestarrt hatte, vibrierte das Telefon endlich.

»Tut mir leid!«, rief sie ins Handy, kaum dass sie abgenommen hatte. Einige lange Sekunden herrschte Stille in der Leitung.

»Du brauchst dich nicht zu entschuldigen, Maria«, erklang Mikaels sanfte Stimme dann.

Sie nahm das Handy vom Ohr und schaute aufs Display, während der Kloß im Hals langsam schrumpfte, in den Magen sank und sich auflöste.

48

Mikael nahm seine Sonnenbrille ab, beugte sich über Maria und schaute aus ihrem Seitenfenster.

»Ist es hier?«, fragte sie.

Den dunklen, harten Blick und die hellwache Konzentration verband sie mit dem Polizisten Mikael, nicht mit ihrem im sozialen Umgang so linkischen Freund.

Es war lange her, seit sie diesen Blick zuletzt an ihm gesehen hatte. An jenem Abend am Øresund? Nein, sie war bewusstlos gewesen, als Jakob sie ins Boot gezogen hatte. Vielleicht war es sein Duft, der sie in Gedanken anderthalb Jahre zurückversetzte. Er roch diskret nach Salzwasser und einem nicht sonderlich teuren, aber angenehmen Aftershave.

»Es muss hier sein«, sagte Mikael und lenkte den Wagen mit einer abrupten Drehung des Lenkrads vor das eiserne Tor.

Das Hauptgebäude war von der Landstraße aus zu sehen. Mit den weiß gestrichenen Mauern und den schwarz glasierten Dachziegeln machte es den Eindruck eines gepflegten, modernen Landguts. Es lag am Ende einer von Kandelaberlinden flankierten Allee und war durch eine weiß gekalkte Mauer und ein zwei Meter hohes, schmiedeeisernes Doppelflügeltor vor ungebetenen Besuchern geschützt.

»Und wer wohnt hier?«

»Opfer oder Täter. Oder beides«, antwortete Mikael.

Er hatte sie, wie am Vortag besprochen, um 14 Uhr am Viborger Bahnhof abgeholt, um sie nach seiner Befragung irgendwo an der Landstraße zwischen Viborg und Struer wieder mit nach Kopenhagen zurückzunehmen.

Maria war dankbar, der langen Fahrt im heißen Zug und den Grübeleien zu entgehen, was im Gespräch mit Jakob schiefgelaufen war.

Sie und Boris hatten im Archiv natürlich nicht die kleinste Notiz über Svend Smed gefunden, kein Foto, keine Erwähnung in irgendwelchen Zeitungsartikeln. Bis auf Weiteres war Svend Smed nur ein Name, ein Geist in einer Handvoll Kriegsanekdoten, die ausschließlich im Kopf von Boris' Mutter sowie in den Tagebüchern seines Großvaters existierten. Um ein Uhr nachts, als Maria und Boris vor Müdigkeit fast die Augen zugefallen waren, hatte sie inständig bereut, nicht wie versprochen zu Jakob gefahren zu sein. Aber Jakob ging nicht ans Telefon, und jetzt saß sie hier in Mikaels Dienstwagen.

»Arbeitest du nicht an dem Carlsen-Fall?«, fragte sie.

»Das *ist* der Carlsen-Fall. Ein weiterer Polizist wurde am Donnerstag auf exakt dieselbe Weise überfahren. Er hat es nicht überlebt.«

»Davon habe ich gehört. Kanntest du ihn?«

»Ja. Sehr gut sogar. Wir waren viele Jahre lang Partner. Birger hieß er.«

»Das tut mir leid.«

»Danke.« Mikael sah auf seine Finger und anschließend aus dem Seitenfenster.

»Die Zeitungen spekulieren, dass es keine Unfälle waren. Ist da was dran?«

»Alle technischen Beweise deuten leider in diese Richtung, ja. Eigentlich dürfte ich dir keine Einzelheiten verraten, aber wir haben Grund zu der Annahme, dass der Mordversuch an Carlsen und der Mord an Birger irgendwie zusammenhängen. Sie haben zusammen im Dezernat für Gewaltverbrechen gearbeitet, vor zwanzig Jahren aber auch für eine gewisse Zeit in der Polizeidirektion Lyngby, wie sie damals noch hieß. Wir untersuchen gerade, ob die Anschläge etwas mit einem der drei Fälle zu tun haben könnten, in denen Carlsen und Birger damals zusammen ermittelt haben. Vielleicht haben sie einen Fehler gemacht. Vielleicht fühlte sich jemand nicht gehört oder gekränkt oder …«

»Oder jemand wurde verurteilt?«

»Ja, genau. In einem der Fälle wurde ein junger Mann verurteilt, der heute achtundvierzig ist. Er kommt im Moment noch am ehesten als Verdächtiger infrage. Sonst weiß ich auch nicht so recht …«

»Weswegen wurde er verurteilt?«

»Vergewaltigung. Allerdings hat er bis zum Schluss auf seiner Unschuld bestanden. Das tut er immer noch. Er fühlt sich – wie alle anderen Vergewaltiger – als Opfer des größten Rechtsskandals der dänischen Geschichte.«

»Aber *könnte* er unschuldig verurteilt worden sein?«

Mikael drehte den Kopf und sah Maria an.

»Wie viele Justizirrtümer habt ihr im Polizeimuseum ausgestellt?«

Sie lächelte. »Da gibt es tatsächlich ein paar! Aber ich verstehe, was du meinst, viele sind es nicht. Das heißt aber nicht, dass sie nicht trotzdem vorkommen.«

»Glaub mir, Vergewaltiger behaupten *immer*, sie hätten nichts Falsches getan.«

»Was ist mit dem, der hier wohnt? Wurde der wegen irgendwas verurteilt?«

»Nein. Aber er ist möglicherweise stinksauer.«

»Weiß er, dass du kommst?«

»Nein, wir warnen die Leute selten vor, denen wir auf den Zahn fühlen wollen. Die spontanen Antworten und Reaktionen sind in aller Regel die ehrlichsten. Aber jetzt schauen wir mal, was passiert.«

Mikael stieg aus und ging zu einer Gegensprechanlage an der Mauer neben dem Tor. Durch die Windschutzscheibe sah Maria, wie er sich vorstellte und auf drei, vier Fragen antwortete. Sie konnte nicht hören, was er sagte, doch Mikael schien sich sichtlich unwohl zu fühlen. Seine Körpersprache strahlte zuerst Gereiztheit aus, dann Insistieren, dann streckte er den Rücken, nahm die Sonnenbrille ab und wischte sich über die Stirn. Maria nahm an, dass die Gegensprechanlage mit einer Kamera ausgestattet war. Irgendjemand auf der anderen Seite begutachtete Mikael.

Mit einem metallischen Klicken öffnete sich das Torschloss, und die beiden eisernen Flügel schwangen lautlos und langsam nach innen zur Allee auf.

»So was Unfreundliches«, brummte Mikael, als er sich wieder hinters Steuer klemmte und die gekieste Lindenallee hinauffuhr. Ein anderthalb Meter hoher Bautastein mit dem eingemeißelten und schwarz lackierten Namen des Landsitzes glitt an Maria vorbei. Auf Mikaels Seite grasten zwei Schimmel. Auf dem Hofplatz funkelten ein silbergrauer BMW und ein knallroter Jeep Wrangler in der Sonne um die Wette.

»Vielleicht braucht man nicht mehr freundlich zu sein, wenn man ausreichend Zaster hat. Wer wohnt hier?«, fragte Maria.

»Ein Mann, der vor achtzehn, neunzehn Jahren Privatinsolvenz anmelden musste. In den Neunzigern gründete er als junger Mann zusammen mit einem Freund aus Kindertagen eine Immobiliengesellschaft und steckte sein gesamtes Erbe in das Unternehmen. Die beiden haben ein Vermögen durch Kauf, Instandsetzung und Vermietung von Wohnungen im Raum Kopenhagen verdient, aber sie haben auch mit Neubau-Immobilien gemakelt. Vor der Finanzkrise, der Dotcom-Blase. In den fetten Neunzigern. Damals war alles möglich, selbst für relativ junge Männer.«

»Bis …?«

»Bis der Kompagnon für einen neuen Gebäudekomplex in Herlev abfallhaltigen Beton aus Polen bestellt hat, der sehr viel billiger war als das auf der Baugenehmigung aufgeführte Qualitätsprodukt. Er ›vergaß‹, seinem Freund von seinen Machenschaften zu erzählen und steckte das gesparte Geld in die eigene Tasche.«

»Bis unser Freund da drinnen dahintergekommen ist?«

»Dazu kam es erst, als bereits zwei Stockwerke standen und die Kommune ihnen einen unangekündigten Kontrollbesuch abstattete. Ein Bauarbeiter hatte bemerkt, dass größere Stücke Plastik aus dem Fundament des Kellers herausragten. Das steckte er der technischen Verwaltung, woraufhin das Technologische Institut vorbeikam und Proben nahm, die den Verdacht auf verunreinigten Beton bestätigten. Nach monatelangem Tauziehen erhielt die Firma eine immens hohe Geldstrafe, doch damit nicht genug. Ihnen wurde außerdem der Bauauftrag entzogen, *und* sie mussten die Rechnung für den Gebäudeabriss und das neu gegossene Fundament bezahlen.«

»Klingt teuer.«

»Astronomisch teuer. Genug für den Konkurs der Firma, der die beiden Gründer mit in den Ruin zog. Der Mann, mit dem ich jetzt sprechen möchte, hat seinen Kompagnon damals wegen Betrug angezeigt, es kam aber nie zum Prozess. Mangels Beweisen, wie es heißt.«

Maria betrachtete die teuren Autos und die pittoreske Umgebung.

»Sieht aus, als hätte er sich ganz gut erholt.«

Mikael schaltete den Motor aus.

»Es ist nicht ganz gentlemanlike, aber ich muss dich leider bitten, im Auto zu warten.«

»Bei dreißig Grad Hitze?«

Mikael zuckte entschuldigend mit den Achseln.

»Es ist eher unüblich, in ziviler Begleitung auf Fischzug zu gehen.«

Maria nickte geistesabwesend und blickte neugierig über den Hofplatz. Neben dem Hauptgebäude stand eine Garage und auf der gegenüberliegenden Seite eine große, frisch restaurierte Scheune. Hinter der Scheune, die wie der Rest des Guts weiß gestrichen und mit einem glänzend schwarzen Doppeltor versehen war, erstreckte sich Wald. Hinter dem offen stehenden Tor sah Maria eine Art Bankettsaal. Der Boden des riesigen Raumes war mit Parkett ausgelegt, und an der Decke hingen große Kronleuchter. Wer auch immer hier lebte, nutzte die Scheune offenbar für Veranstaltungen, denn an der einen Wand standen ein paar hohe, runde Konferenztische und am entfernt liegenden Ende erspähte Maria ein Rednerpult.

»Maria, du hältst dich an das, was ich gesagt habe, ja? Wir werden beobachtet.« Mikael wies dezent mit dem Kinn zur rechten Ecke des Hauptgebäudes, wo eine Überwachungskamera diskret an der Fassade angebracht war. »Und da.«

Maria folgte seinem Blick. An der letzten Linde der Allee hing eine weitere Kamera.

»Ich werd's versuchen.«

»Sonst fährst du auf der Rückbank nach Hause. In Handschellen.«

Mikael bedachte Maria mit einem strengen Blick. Sie war so baff, dass sie bloß nicken konnte. Ein breites Grinsen erschien auf seinem Gesicht, und er zwinkerte ihr zu, ehe er ausstieg.

»Du hast einen ganz schön schrägen Humor, Dirk«, bemerkte sie. Ihre Worte waren kaum hörbar, dennoch blieb er stehen und drehte sich mit verschmitztem Zug um den Mundwinkel um.

»Daran bist dann wohl du schuld.«

49

Ein Mann mit zusammengepressten Lippen, silbergrauem Haar und einem weißen Hemd, das so weit aufgeknöpft war, dass Mikaels Blick ungewollt auf eine der Brustwarzen darunter fiel, öffnete mit ruhigen Bewegungen die Tür.

Er sagte nichts, stand zwei oder drei peinliche Sekunden lang da und maß seinen Gast mit einer Mischung aus Erstaunen und Verachtung, als käme Mikael von den Zeugen Jehovas. Oder schlimmer noch: vom Finanzamt.

»Guten Tag. Mikael Dirk, wie ja bereits über die Gegensprechanlage gesagt.«

Der Mann ließ schweigend einige weitere Sekunden verstreichen, ehe seine Körperhaltung einladender wurde. Er streckte die Hand aus und offenbarte zwei Reihen perfekter perlweißer Zähne, wie Mikael sie bisher nur bei amerikanischen Präsidenten gesehen hatte.

»Allan Staal«, sagte er. »Ich nehme an, Sie möchten reinkommen?«

»Gern. Es sollte nicht länger als eine halbe Stunde dauern.«

Mikael warf einen Blick zum Auto, ehe er Staal ins Haus folgte. Maria hatte ihre Haare gelöst und schaute mit einem Schwall roter Locken über den Schultern aus dem Seitenfenster. Auch ohne ihr Gesicht zu sehen, wusste er, dass es ihr unendlich schwerfallen würde, sitzen zu bleiben, während er weg war.

»Wollen wir?«, kam es ungeduldig von Staal, der Mikael durch den Flur in eine große Wohnküche führte. Alles wirkte teuer und neu, allerdings wenig gemütlich. Eine Junggesellenküche wie Mikaels eigene, von der Preisklasse und dem Maschinenpark abgesehen. Mikael zählte eine High-End-Espressomaschine, eine Kaffeemühle, einen Entsafter, eine große Küchenmaschine, einen Toaster, der wie ein kleiner Campingwagen aussah, und einen amerikanischen Kühlschrank mit Eiswürfelautomat in der Tür.

»Setzen Sie sich. Kann ich Ihnen etwas anbieten? Mineralwasser? Kaffee?«

»Mineralwasser klingt gut, danke«, sagte Mikael und nahm auf einem Barhocker an der Kücheninsel Platz.

Staal öffnete den Kühlschrank, nahm zwei bauchige Glasflaschen Perrier heraus und schickte eine davon mit einer kontrollierten Bewegung über die Marmorplatte der Kücheninsel, sodass sie in Mikaels Hand landete.

»Kommen Sie, um sich zu entschuldigen?«

»Entschuldigen wofür?«

»Sie haben unten am Tor gesagt, es ginge um einen Fall aus dem Jahr 2000. Das kann nur der ASEM-Fall sein. Der Betrug gegen mich?«

»Korrekt, es geht mir aber nicht um den eigentlichen Betrugsfall, sondern um die beiden Ermittler, die daran gearbeitet haben.«

»Beavis und Butt-Head? Schulze und Schultze? Sie meinen die Männer, die mich hundert Millionen Kronen und die Privatinsolvenz gekostet haben?«

Mikael betrachtete Staal, dessen Gesichtsfarbe ins leicht Rötliche wechselte. Er trank mit ruckartigen Bewegungen, als wollte er den Inhalt herausquetschen und die Flasche erwürgen.

»Ich meine Niels Carlsen und Birger Poulsen.«

»Kling und Klang, ja. Whatever. Birger Poulsen hat damals die Anzeige gegen meinen Kompagnon, Elias Mogensen, aufgenommen. Elias war das ›E-M‹ in ASEM. Ich weiß nicht, wie gründlich Sie sich in den Fall eingelesen haben?«

»Ich bin informiert.«

»Die Anzeige war diskret. Ich konnte selbst kaum glauben, dass Elias mich betrogen hat. Wir sind zusammen aufgewachsen, ich kannte seine Familie. Anfangs hatte ich nur einen vagen Verdacht, dass er Bescheid wusste über die Qualität des … dieses Drecks, den er für den Herlev-Bau beschafft hatte. Dass es willentlicher Betrug war.« Staal stand auf und holte einen Streifen Küchenrolle. »Um es kurz zu machen: Ihre feinen Kollegen haben so lange Däumchen gedreht, dass Elias genug Zeit hatte, alle Dokumentation wegzuschaffen – Mails, Briefe, Telefonlisten, *you name it*. Als die Polizei in Lyngby endlich den Hintern hochbekam, war nichts mehr übrig. Keine Beweise, keine Dateien, kein Geld. Elias hatte sogar die Gelegenheit, seine Festplatte zu vernichten.«

Staals Flasche hinterließ einen Rand auf dem blanken Marmor, den er mit hitzigen Bewegungen wegwischte.

»Poulsen und Carlsen haben wohl ein paar Monate, vielleicht auch ein halbes Jahr an dem Fall herumgewurschtelt, bevor der eine einen neuen Job bekam und der andere das Interesse verlor. Wissen Sie eigentlich, wie es sich anfühlt, sein ganzes Lebenswerk – alles, wofür man geschuftet hat – in sich zusammenstürzen zu sehen, nur weil andere Leute keine Lust haben, einen Finger krumm zu machen? Wie es ist, so blank zu sein, dass man Freunde und Familie um Geld für den Zug nach Hause bitten muss?«

»Hört sich nach einer schweren Zeit für Sie an.« Mikael fiel es schwer, übermäßiges Mitleid für einen Mann aufzubringen, dem es materiell an nichts zu fehlen schien, und Staals abfällige Worte über Birger stimmten ihn nicht eben milder.

Andererseits konnte er sich durchaus vorstellen, dass ein Betrugsfall in Millionenhöhe auf Birgers Schreibtisch bei der ganz falschen Adresse gelandet war. Sein Ex-Partner hatte ja kaum den Überblick über seine eigenen Spritausgaben behalten. Carlsen besaß ein glücklicheres Händchen, was Tabellen und Papierkram anging. Nach seiner Zeit in Lyngby hatte er mehrere Jahre in der Betrugsabteilung in Kopenhagen gearbeitet, das Problem im Jahr 2000 lag aber mit Sicherheit – wie auch jetzt – in mangelnden Ressourcen und fehlender Expertise.

»Eine schwere Zeit? Kann man wohl sagen. Glücklicherweise bin ich der Typ, der immer wieder auf die Beine kommt. Aber ich habe es weiß Gott nicht der Polizei zu verdanken, dass ich heute hier stehe. Rache ist ein starker Antrieb.«

»Rache?« Mikael hob die Augenbrauen über die merkwürdige Wortwahl.

»Rache, ja. Ich habe die Nullerjahre dazu genutzt, mit Banken zu verhandeln, schuldenfrei zu werden, zu sparen und klug zu investieren. Alles zu verlieren ist ironischerweise eine Ausbildung, die sich für kein Geld kaufen lässt. Nach der Finanzkrise wusste ich, dass es der richtige Zeitpunkt war zuzuschlagen. Alles war billig, die Leute waren panisch. Ich habe aufgekauft, was ging, und war bei praktisch jeder Zwangsversteigerung im Land zur Stelle. Ich habe einen Mieter nach dem anderen in Kopenhagen rausgekauft und den Dreck instand gesetzt. Anschließend habe ich die Wohnungen für das Dreifache vermietet. Und als es dann mit der Konjunktur bergauf ging, war genügend Geld da, um Bauprojekte im ganzen Land zu finanzieren.«

»Worin bestand die Rache?«

»Elias Mogensens alte Eltern wohnten in der dritten Immobilie, die ich aufgekauft habe. Sie sind in hohem Bogen rausgeflogen.«

»Kann man Mieter einfach auf die Straße setzen?«

»Wenn man der Gemeinde verspricht, das Gebäude abzureißen und ein neues mit vier Stockwerken und Tiefgarage zu errichten, kann man alles.«

»Und Elias? Wo wohnt er heute?«

»Soweit ich weiß, liegt er mit einer Kanüle im Arm irgendwo in Asien.«

»Okay … Haben Sie irgendwelche Kontaktinfos von ihm?«

»Ha, nein. Aber lassen Sie es mich gern wissen, wenn Sie ihn finden. Er schuldet vielen Leuten Geld. Unter anderem mir.« Allan Staal beendete den Satz mit einem selbstsicheren Blick und bleckte seine strahlenden Zähne zu einem freudlosen Lächeln.

Mikael nahm einen großen Schluck von seinem Mineralwasser. Ein Mann, der sich am Unglück anderer ergötzte, hatte etwas Schamloses und Abstoßendes. Und gleichzeitig etwas befreiend Menschliches. Der Mann hatte jedes Recht, seinem ehemaligen Kompagnon und Freund die Pest an den Hals zu wünschen, aber welche Gefühle mochte er gegenüber der Polizei hegen?

»Die beiden Ermittler, Niels Carlsen und Birger Poulsen – haben Sie seither noch mal Kontakt mit ihnen gehabt?«

»Mit Niels Carlsen, ja. Mit ihm habe ich mehrfach gesprochen, bevor er in eine andere Polizeidirektion gewechselt ist. Er ist jetzt ja Dezernatsleiter, soweit ich es mitbekommen habe. Ihr Chef, stimmt's? Großer Gott, man sollte doch meinen, wenigstens diese Stellung sei fähigen Polizisten vorbehalten. Aber ich habe vergeblich versucht, ihn dazu zu bewegen, den Fall wieder aufzugreifen. 2003 und mindestens noch einmal danach. Er hat mich jedes Mal abgewiesen.«

»Und Birger Poulsen?«

»Da kann ich mich nicht dran erinnern.« Staal zuckte mit den Achseln.

»Keine Mails, keine Anrufe?«

Staal wechselte die Position. Er hatte während des ganzen Gesprächs gestanden, stützte nun aber die Ellbogen auf die Marmorplatte und beugte sich ganz nah zu Mikael vor.

»Okay, *let's cut the bullshit.* Was haben Kling und Klang gemein? Überlegen wir mal … Carlsen wurde vor zwei Wochen platt gefahren, Poulsen ist letzte Woche umgekommen, und jetzt haben Sie den Job, bei Leuten zu klingeln, die einen Hals auf die beiden Amateure haben? Da dürften im Laufe der Zeit einige zusammengekommen sein.«

Mikael atmete tief ein und ließ die Luft langsam durch die Nase entweichen, ehe er antwortete.

»So könnte man es deuten. Allzu viele Personen zählt die Liste allerdings nicht. Sie sind einer von sehr wenigen.«

»Sie fahren allen Ernstes den ganzen Weg hierher, um zu fragen, ob ich – ein vielbeschäftigter Unternehmer und eine respektierte Stütze der Gesellschaft – zwei Polizisten überfahren habe?«

Mikael zuckte in einer minimalen Bewegung mit den Schultern, die bewusst sowohl Ja als auch Nein bedeuten konnte.

»Sie sitzen in meiner Küche und unterstellen mir, ich wäre ein Mörder? Okay, der war gut. Echt gut.« Staal wedelte aufgebracht mit dem Zeigefinger, während er scharf die Luft einsog. »Sie sehen aus wie jemand, der Illustrierte liest. Die mit den großen Bildern. Da sollten Sie wissen, mit wem ich verlobt bin.« Staal ging immer wieder dieselben drei Schritte an der Kücheninsel vor und zurück und kam Mikaels Antwort zuvor. »Ich bin mit der Justizministerin liiert! *Ihrer* höchsten Vorgesetzten! Sie glauben also, der Partner der Justizministerin mäht in seiner spärlichen Freizeit Polizeibeamte um? Mein Gott, ich dachte, die Polizei hätte sich wenigstens ein klein wenig weiterentwickelt, seit ich Opfer eurer hoffnungslosen Inkompetenz geworden bin. Aber gesunder Menschenverstand und ein winziges bisschen Kompetenz bei der Ordnungsmacht sind offenbar zu viel verlangt. Selbst noch im Jahr 2021.«

Mikael platzte bald der Kragen, er ballte aber nur die Fäuste im Schoß.

»Ich versuche lediglich herauszufinden, was mit meinen beiden Kollegen passiert ist. Sie stehen nicht unter Verdacht, ich würde Ihnen aber raten, etwas freundlicher über Leute zu sprechen, die gerade verstorben sind oder ums Überleben kämpfen. Menschen, die ihr Leben dem öffentlichen Dienst gewidmet haben.«

»Ich habe den größten Respekt für die arbeitende Bevölkerung. Für gewöhnliche Bürger, die tagtäglich aufstehen und schuften, damit es gerade so zum Leben reicht. Aber ich habe kein nettes Wort für Niels Carlsen und Birger Poulsen übrig, die ein Leben lang ihr von Steuerzahlern finanziertes Gehalt dafür eingefahren haben, dazuhocken und sich die Eier zu kraulen. Tut mir sehr leid, aber meines Wissens ist fehlende Sympathie für Polizisten, selbst für tote oder halb tote, kein Verbrechen. Wenn dem so wäre, hättet ihr im Augenblick eine Menge zu tun.«

Mikael leerte sein Perrier und stand auf.

»Ich habe ein paar Fragen rein sachbezogenen Charakters. Besitzen Sie oder haben Sie Zugriff auf einen schwarzen VW Passat Variant, Baujahr 2008?«

Staal richtete sich jäh auf und kehrte Mikael halb den Rücken zu. Er wirkte überrascht. Oder beunruhigt. Doch als er sich wieder Mikael zuwandte und ihm in die Augen sah, hatte sein Filmstar-Lächeln einen überheblichen Zug angenommen.

»Ein dreizehn Jahre alter Kombi? Sehe ich aus wie ein abgewrackter Familienvater mit drei Kindern und wöchentlichen Biertouren zur Grenze? Ich habe einen BMW *for business,* einen Jeep *for pleasure* und einen Vision Jet zum Angeben. Das sollte Antwort genug sein.«

»Haben Sie Zugriff auf einen Passat? In der Firma zum Beispiel?«

»Nein! Wir leasen alles, und zwar ausschließlich Neuwagen.«

»Wo waren sie am Donnerstag, den 12. August?«

Staal musterte Mikael.

»Am Donnerstag wurde Birger Poulsen überfahren. Also *stehe* ich unter Verdacht?«

»Diese Frage stellen wir jedem. Betrachten Sie es als Möglichkeit, ein für alle Mal klarzustellen, dass Sie mit dem Fall nichts zu tun haben.«

Stahl seufzte und stellte seine Flasche mit einem Knall auf dem Tisch ab.

»Am Donnerstag war ich hier. Um zehn hatte ich ein Teams-Meeting mit meiner Sekretärin. Bis zwölf oder dreizehn Uhr habe ich in meinem Büro gearbeitet, dann habe ich Katja abgeholt.«

»Wohnen Sie nicht zusammen?«

»Nicht laut Melderegister. Ich habe das Gut geerbt, als ich nichts hatte. Es war ein Vertrauensbeweis meines Großvaters. Er wusste, dass ich wieder aufstehen würde, und hier bekommt mich niemand weg. Katja möchte ihre Adresse in ihrem Wahlkreis behalten. Sie hat da oben ein hübsches kleines Reihenhaus.«

»Wie volksnah.« Die spöttische Bemerkung rutschte Mikael heraus, ehe er sich auf die Zunge beißen konnte.

»Wie meinen Sie das?«

»Vergessen Sie's. Sie haben sie also abgeholt und dann …?«

»Und dann sind wir von Skive nach Ringsted geflogen, von wo aus sie direkt zu einer Besprechung mit Mejding und dem Sicherheitsausschuss auf Marienborg gefahren ist. Wenn ich mich recht entsinne, sind wir gegen fünfzehn Uhr gelandet.« Staal verschränkte die Arme vor der Brust und sah Mikael triumphierend an. »Wenn Birger Poulsen nicht irgendwo im Luftraum über dem Kattegat von einem Privatflugzeug umgebracht wurde, denke ich, wir sind hier fertig.«

50

Während der Fahrt durch Jütland schielte Maria vorsichtig zu Mikael. Als er von seinem Treffen zurückgekommen war, hatte er erst mal seinem Ärger Luft gemacht. Jedenfalls hatte er sie in etwas bestimmterem Ton, als ihr lieb war, aufgefordert, sofort ins Auto zu steigen, und anschließend derart Gas gegeben, dass die Reifen auf dem Hofplatz durchdrehten und eine Wolke aus Kies hinter ihnen aufspritzte.

Seitdem schwieg er hartnäckig, die rechte Hand am Lenkrad, den linken Ellbogen an der Seitenscheibe abgestützt, während er geistesabwesend an seinem Daumennagel kaute. Irgendwo zwischen Silkeborg und Horsens hatte sie die Stille nicht länger ertragen und das Radio eingeschaltet. Eine einschläfernde Decke aus Popsongs hüllte sie bis Vejle ein, wo Mikael gereizt zu einem Rocksender umschaltete, doch erst bei der Lillebælt-Brücke, wo ein Bruce-Springsteen-Klassiker aus den Lautsprechern klang, taute Mikael auf.

»Sagt dir der Name Allan Staal etwas?«, fragte er, nachdem er ein oder zwei Strophen mitgebrummt hatte.

»Hm, klingt bekannt. War das der, mit dem du gesprochen hast?«

»Ja. Staal ist Gründer und Eigentümer der Staal Group, die mehrere eigenständige Unternehmen in sich vereint. Er errichtet Wohnkomplexe und Reihenhäuser, vermietet und verkauft Immobilien sowie Baugrundstücke im ganzen Land, außerdem besitzt er ein Feriencenter, eine Betonfabrik in

Deutschland sowie eine Mörtelfirma in Nakskov. Plus noch allerlei anderes.«

»Glaubst du, er hat etwas mit den beiden Angriffen zu tun?«

»Eigentlich dürfte ich dieses Gespräch überhaupt nicht mit dir führen. Aber …« Mikael schob seine Sonnenbrille in die Stirn und fuhr sich übers Gesicht, als wolle er etwas Unbehagliches wegwischen. »Ich habe sonst nicht so wirklich jemanden, mit dem ich die Sache besprechen kann. Ich hätte einen Partner dabeihaben sollen.«

»Alles bleibt zwischen uns.«

Ohne nachzudenken legte sie ihm eine Hand auf den Arm, vielleicht als Reaktion auf die Verwundbarkeit, die er ihr unerwartet offenbarte. Mikael zuckte unter der Berührung wie bei einem elektrischen Schlag zusammen, weshalb sie die Hand schnell wieder wegzog.

»Carlsen und Birger haben den Betrugsfall vor zwanzig Jahren ad acta gelegt, und Staal hat nicht verheimlicht, dass er sie dafür hasst. Er war schon fast schadenfroh. Aber er behauptet, ein Alibi für Donnerstagnachmittag zu haben. Ein ziemlich gutes Alibi noch dazu. Und hier wird die Sache etwas heikel.«

»Lässt sich das Alibi nicht einfach überprüfen?«

»Er gibt an, mit seiner Verlobten zusammen gewesen zu sein. Und bei der handelt es sich, wie es der Zufall so will, um die Justizministerin.«

Maria sah ihn mit hochgezogenen Brauen an.

»Katja Klargaard? Shit.«

»Jepp.«

»Aber er steht wohl kaum über dem Gesetz, nur weil seine Freundin eine Ministerin ist?«

»Nein, aber wenn die Polizei im Zusammenhang mit einem schweren Verbrechen die Aktivitäten eines Parlamentsmitglieds unter die Lupe nimmt – und damit auch die der engen

Familie – hat die Regierung laufend darüber orientiert zu werden. Normalerweise würde das über die Justizministerin laufen.«

»Und was tut ihr, wenn sie oder ihre Familie selbst involviert ist?«

»Im Normalfall durchläuft es den Kommandoweg– also über den Polizeidirektor zum Chefpolizeiinspektor, von ihm zum Polizeipräsidenten und weiter zum Chef der Landespolizei. Der würde dann wiederum zum Ministerpräsidenten gehen, falls es dazu kommt. Aber die gesamte Führungsebene ist momentan durch den ganzen Verhandlungshickhack lahmgelegt. Am Ende muss ich Mejding selbst unterrichten.«

Ein Fall, der Volksvertreter als Verdächtige involvierte, war stets prekär. Dass es ein Mordfall war, machte es natürlich umso schlimmer, und Mikael musste um jeden Preis verhindern, dass die Presse Wind davon bekam, dass Klargaards Verlobter das Interesse der Ermittler geweckt hatte. Sollte sich nämlich herausstellen, dass Staal nichts mit der Sache zu tun hatte, könnte Mikaels heutiges Handeln schnell als Versuch ausgelegt werden, Klargaard, die schärfste Kritikerin der Polizei in Christiansborg, zum Schweigen zu bringen. Dazu kam, dass Mejding ein äußerst angestrengtes Verhältnis zur Polizei und insbesondere zu Mikael Dirk hatte.

In Marias Tasche vibrierte es. Ihr stieg das Blut in die Wangen. Wahrscheinlich eine SMS von Jakob. Wie sollte sie ihm erklären, dass sie gerade in Mikael Dirks Auto saß? Ein widersprüchliches Gefühl von Enttäuschung und Erleichterung machte sich in ihr breit, als sie sah, dass es eine Breaking-News-SMS vom Dänischen Rundfunk war.

»Wow … Oh Mist, wie weit sind wir schon?« Sie sah sich nach einem Straßenschild um und entdeckte die Ankündigung der baldigen Ausfahrt nach Odense. »Hier steht, dass die Storebælt-Brücke gesperrt ist. Auf der Hängebrücke gab es eine Massenkarambolage, und die Polizei kommt nicht durch … Vorläufig ist die Brücke noch bis dreiundzwanzig Uhr zu.«

»Bis dreiundzwanzig Uhr?!« Mikael sah genervt auf seine Armbanduhr. Es war kurz nach sechs, normalerweise wären sie in spätestens zwanzig Minuten an der Brücke. »Und was machen wir jetzt? Sollen wir die fünf Stunden warten? Das wird sich kilometerlang stauen.« Er wechselte zu einem Sender mit Verkehrsmeldungen, der bestätigte, dass sämtlicher Verkehr auf der Brücke zum Erliegen gekommen war.

»Ich brauche jedenfalls was Kaltes zu trinken«, sagte Maria.

»Und ich bin am Verhungern. Musst du dringend nach Hause?«

»Nein, ich hab Zeit.«

»Wollen wir uns irgendwo in der Nähe was zum Essen suchen und heute Nacht rüberfahren? Der Herr Dezernatsleiter spendiert ein Abendessen, und er ist nicht knausrig«, sagte Mikael und zeigte mit dem Daumen auf sich.

Maria lächelte. Der Gedanke, den Abend mit Mikael statt allein mit ihrem stummen Telefon zu verbringen, war verlockend, aber sie brauchte dringend eine Dusche und war nach dem nächtlichen Einsatz gestern im Archiv hundemüde.

»Wir könnten auch übernachten. Es gibt da ein Konferenzhotel mit Aussicht auf die Brücke. Dann lade ich dich auf eine Flasche Wein ein«, schlug sie vor.

Mikael wandte ihr mit einem Ausdruck das Gesicht zu, als hätte sie soeben seinen Mordfall gelöst.

»Das ist die verdammt noch mal beste Idee, die ich heute gehört habe.«

Sechs Stunden später starrte Mikael in seinem Hotelzimmer in den Spiegel.

Er und Maria hatten eine Flasche Weißwein zum Abendessen getrunken, eine Flasche Rosé einfach nur so und zum Schluss zwei doppelte Gin Tonic in der Hotelbar.

»Tu es jetzt, Mikael«, sagte er zu seinem Spiegelbild, und er hätte schwören können, dass der Mann da drinnen ihm aufmunternd zunickte. »Klopf an ihre Tür.«

Es war lange her, seit er zuletzt so viel getrunken hatte, doch von der Schwermut und Trägheit, die Alkohol normalerweise bei ihm auslöste, war nichts zu spüren. Er fühlte sich leicht und befreit vom Kummer und der Verantwortung der letzten Wochen.

Maria hatte bereits auf der Restaurantterrasse gesessen, als er nach draußen gekommen war. Sie sah ihn nicht, sondern blickte übers Wasser, die Ellbogen auf den Tisch gestützt und ein Weinglas an die Wange gedrückt, als versuche sie sich abzukühlen. Sie schien geduscht zu haben, ihr Gesicht war voller hübscher Sommersprossen, abgesehen von den beerenfarbenen Lippen jedoch ungeschminkt. Ihre roten Locken waren noch feucht und wallten ungebändigt über die Schultern. Sie hatte sich umgezogen und trug nun ein Sommerkleid mit hellblauen Blümchen und dünnen Trägern. Er dagegen trug immer noch dasselbe Hemd, das er vor zwölf Stunden aus dem Schrank gezogen hatte. Er hatte es notdürftig glatt gestrichen, als ob das irgendwas helfen würde.

»Und, etwas besser gelaunt?«, hatte sie gefragt und ihm Wein eingeschenkt, woraufhin er antwortete, dass sie nicht weiter über seine Ermittlung sprechen könnten. Zum einen, weil er Außenstehende nicht in die Einzelheiten einweihen durfte, vor allem aber, weil er selbst noch keinen Durchblick hatte.

Nicolaj Lund und Allan Staal besaßen sowohl die Möglichkeit als auch den Willen, die beiden Polizisten umzubringen. Beide behaupteten, Alibis zu haben, doch die mussten erst noch überprüft werden. Irene Vest hatte zwar ein Motiv, aber sie war, soweit er es einschätzte, kaum zu einem Mord imstande – außerdem hatte sie kein Auto, dafür aber ein dokumentiertes Alibi.

War es überhaupt einer der drei? Hatte er sich von Jyttes malerischer Beschreibung von Birgers Wutausbruch auf eine falsche Fährte führen lassen? »Das ist beschissene zwanzig Jahre her«, hatte Birger gesagt. Vielleicht war es bei dem Anruf aber überhaupt nicht um die Arbeit gegangen, sondern um etwas Privates. Ein uneheliches Kind, ein Besuch bei einer Prostituierten, ein Streit zwischen Geschwistern? Was wussten er – und Jytte – im Grunde schon über Birgers Vergangenheit?

Er hatte den Kopf geschüttelt und Maria zugeprostet. Einen Teufel würde er tun und diesen Abend verschwenden. Die einzige Frau, die seit der Scheidung von Karin Gefühle in ihm geweckt hatte, saß ihm direkt gegenüber, gebadet in goldenes Abendlicht, mit einem unergründlichen Funkeln in den Augen, gefangen auf Fünen. Zum ersten Mal seit dem Mordversuch an Carlsen gestattete er sich selbst, einfach nur zu *sein*.

»Erzähl mir lieber von deinem Skelett«, hatte er gesagt. »Ich liebe gute Kriminalrätsel, solange es nicht meine eigenen sind.«

Maria saß auf dem Hotelbett und fummelte an ihren Sandalen herum. Während sie auf der Terrasse saßen, hatte sich der Abend mit heiß ersehnter Kühle herabgesenkt, doch sie glühte noch immer.

Der letzte Gin Tonic war ganz klar der Drink zu viel gewesen, aber sie hatte keine Lust gehabt, schon ins Bett zu gehen. Mikael hatte sie den Großteil des Abends mit einem verschmitzten Lächeln betrachtet, während er ihrer Erzählung über das Skelett aus Nørre Felding lauschte. Auf seine Aufforderung hin hatte sie Margrethe Sandagers Schlussfolgerungen bis ins letzte Detail wiedergegeben. Sie berichtete von der spurlos verschwundenen Else, vom Feuer in der Autowerkstatt, von Anna Lövengren, deren ganzes Leben von Kummer und Unwissenheit überschattet war, und von der Tochter Eva Holt, die das Trauma geerbt hatte. Er hatte gelacht, als sie ihren Rauswurf bei Espen Lövengren schilderte, und sich interessiert nach den wenigen Informationen erkundigt, die sie über die Preislergruppe und deren geheimnisvollen Anführer Svend Smed besaß.

Für ihn war das kein Polizeischeiß.

»Wäre es meine Ermittlung, wäre mein nächster Schritt wahrscheinlich, die Bevölkerung um Hilfe zu bitten«, hatte er gesagt.

»Du meinst, an die Presse zu gehen?«

»Ja, warum nicht? Wenn die Preislergruppe damals existierte und vielleicht noch heute besteht, müssen außer Boris' Familie doch noch andere von ihnen gehört haben.« Er hatte kurz innegehalten, ehe er sich vorbeugte und eine Hand auf ihre legte. »Du tust das Richtige, Maria. Menschen brauchen Antworten. Sofern es welche gibt, haben sie ein Recht darauf.«

Maria stand auf, zog sich das Kleid über den Kopf und versuchte, die Gedanken an Mikaels Hand zu verscheuchen, die so lange auf ihrer gelegen hatte, dass die aufmunternde Geste sich in etwas Sinnliches verwandelte. Sein Finger hatte ihr über das Handgelenk gestreichelt.

Sie nahm ihr Handy und kniff die Augen zusammen, um

sich zu konzentrieren. Vor dem Zubettgehen sollte Jakob noch eine weitere SMS bekommen; jetzt musste er doch endlich mal antworten, statt weiter so kindisch eingeschnappt zu sein.

Wir müssen reden. Ruf mich an, schrieb sie und drückte senden.

Gott, klang das mutlos. Richtig flehend und armselig. Sie warf das Telefon in ihre Tasche, zog den BH aus und ging ins Bad, um sich die Zähne zu putzen, da klopfte es an der Tür.

Ihr Hirn ging in Windeseile Hunderte Szenarien durch, wer das sein könnte. Hatte sie etwas im Restaurant vergessen? Sie hatten doch bezahlt, als sie gingen? War es der Zimmerservice? Jemand, der sich vertan hatte? Die Putzfrau? Feuer?

Dabei wusste sie ganz genau, wer es war.

Sie schlüpfte in den Hotelbademantel und band ihn notdürftig zu, bevor sie öffnete.

Draußen stand Mikael. Mit fragenden Augen und leicht geöffnetem Mund. Er sah verloren aus, wie ein Mann, der seinen Schlüssel verlegt hat und stundenlang durch die Straßen geirrt ist.

»Hi«, sagte sie.

Keine Antwort.

»Magst du reinkommen?«, versuchte sie, und die Frage schien ihn aus seiner Trance zu wecken. Er trat einen Schritt auf sie zu und stand auf einmal so nahe vor ihr, dass sie den Kopf in den Nacken legen musste, um ihm in die Augen zu schauen.

»Jetzt küsse ich dich. Ist das okay?«, fragte er leise und führte eine Hand zu ihrer Wange und weiter um ihren Nacken.

Statt zu antworten, legte sie die Arme um ihn. Die Bewegung war genug, dass ihr Bademantel aufglitt. Ein überraschtes Keuchen entwich Mikael, ehe ihre Lippen sich trafen. Seine Zunge war warm, zunächst vorsichtig, doch sie wurde gieriger, er zog sie an sich, schob beide Hände in ihren Bademantel und legte sie um ihre Taille. Er küsste sie mit einer Begierde und einer Gewandtheit, die sie dem linkischen Polizisten kaum zugetraut hätte. Mit der Ferse schubste er die Zimmertür zu.

Hatte sie diese Szene, diese elektrische, unerfüllte Anziehung, im Hinterkopf gehabt, als sie das mit der Übernachtung vorgeschlagen und den Drinks zugestimmt hatte? Sie konnte kaum einen klaren Gedanken fassen und ließ sich mitreißen. Sehnsüchtig, erregt, warm. Sie taumelten ins Zimmer wie ein verschlungenes Wesen mit vier Armen und vier Beinen, ihre Füße verloren die Bodenhaftung, als er sie hochhob und vorsichtig auf das Doppelbett legte, wo er den Bademantel zur Gänze öffnete, als wäre sie ein delikates Geschenk, umhüllt von Seidenband. Er sah sie mit demselben verlorenen Blick an wie zuvor, beugte sich über sie, küsste ihren Bauch und ließ zaghaft die Hand über ihre Scham wandern. Sie reckte ihm den Unterleib entgegen.

Nein, sie hatte diese Szene nicht im Hinterkopf gehabt, als sie wie zwei gestrandete Freunde im Hotel eingecheckt hatten. Das stand vollkommen zweifelsfrei fest, als er in sie eindrang und sie anblickte. Sie hatte das hier schon lange vor sich gesehen, den Gedanken aber nie zugelassen.

Er bewegte sich unendlich langsam und behutsam in ihr, dann schneller, härter, schwerer. In der Ferne heulten Sirenen auf der Hängebrücke, und vielleicht waren sie der Grund, vielleicht aber auch Mikaels Flüstern an ihrem Ohr, dass sie das Vibrieren ihres Handys in der Tasche nicht hörte.

Dritter Teil

17. August bis 27. August 2021

Mein kleiner Schatz,

gestern war ich in der Kirche. Habe unter Jesu ausgebreiteten Armen vor dem Altar gekniet.
Der Pastor sagt, man würde am Jüngsten Tag nach dem beurteilt werden, was man zu Lebzeiten getan hat. Ich möchte so gern das Rechte tun, doch mit jedem Tag, den der Krieg voranschreitet, wachsen meine Zweifel.
Nichts ist schwarz oder weiß. Der Kampf macht alles grau. Bin ich noch gut, wenn ich Böses tue? Kann die Bosheit eines Menschen die Erlösung eines anderen sein? Oder die Güte eines Menschen eines anderen Untergang?
Der Jüngste Tag scheint schon auf mich zu warten.
Der Krieg hat alles verändert.
Du hast mich verändert.

51

Maria saß im Erker am offenen Fenster, sog die kalte Luft ein und versuchte, die Nacht in ihr Zimmer zu lassen. Vielleicht konnte die Dunkelheit ihr schlechtes Gewissen lindern.

Es war bald zehn. Sie sollte etwas essen, aber schon bei dem Gedanken daran wurde ihr übel. Sie sollte ins Bett gehen, aber wie sollte sie in dieser Situation Ruhe finden?

Sie war früh am Morgen im Hotelzimmer aufgewacht, einen warmen Arm um ihre Taille und eine Hand auf ihrem Bauch. Im Grenzland zwischen Traum und Wirklichkeit hatte sie gedacht, es wäre Jakobs Arm, aber der Besitzer des Arms hatte im Schlaf geseufzt, als sie ihn zur Seite schob, und Mikaels Stimme und das nachfolgende schlechte Gewissen hatten sie wie eine Faust am Solarplexus getroffen. Fünf Mal hatte Jakob anzurufen versucht, während sie unter Mikaels Händen gezittert hatte, und als es Morgen wurde, war es für Reue zu spät gewesen.

Mikael war aufgewacht. Verwirrt, aber allem Anschein nach glücklich, und sein verlegenes Lächeln hatte alles nur noch schlimmer gemacht. Er hatte sie für einen Kuss an sich gezogen und gefragt, ob sie mit ihm frühstücken wolle.

Sie hatte sich damit entschuldigt, eine kalte Dusche zu brauchen, und als sie dann über die wieder geöffnete Brücke fuhren, hatte sie so getan, als wäre sie eingeschlafen. Er hatte das Radio eingeschaltet, ganz leise, um sie nicht zu wecken. Schier endlos wurde über zahllose Selbstjustizaktionen berichtet. Das ganze Land schien die Gesetze mit Füßen zu treten. Schweigend waren sie bis zu Marias Wohnung in der Viborggade gefahren, während seine Hand immer wieder ihren Arm oder ihr Bein streichelte.

»Danke fürs Fahren«, hatte sie zum Abschied gesagt, die Tür geöffnet und war ausgestiegen.

Sicher die nüchternste Post-Sex-Replik der Menschheitsgeschichte.

Den Großteil des Nachmittags hatte sie darauf verwendet, all ihren Mut zu sammeln, um Jakob anzurufen. Sie log und sagte, dass sie am Abend zuvor sehr früh eingeschlafen sei. Zum Glück hatte er in der Werkstatt an einem Projekt gearbeitet, das dringend fertig werden musste, sodass er selbst vorgeschlagen hatte, sich zu treffen und auszusprechen. »Wir müssen uns dabei in die Augen sehen«, hatte er gesagt. Worüber genau er reden wollte, war weniger klar, aber die Erleichterung darüber, ohne katastrophale Konsequenzen auflegen zu können, hatte den Drang fortgespült, ihm alles zu beichten.

Liebster Jakob, du hast wirklich Besseres verdient.

Sie rieb sich das Gesicht und stand auf, um ins Bett zu gehen, als es klingelte. Jemand stand unten an der Tür. Das unerwartete Geräusch ging ihr durch Mark und Bein. In allen Medien forderten selbsternannte Experten für Gesetzlosigkeit und Anarchie die Menschen auf, zu Hause zu bleiben, die Wohnungen mit Alarmanlagen zu sichern und niemals Fremden zu öffnen. Sie schaltete das Licht aus und lehnte sich vorsichtig aus dem Erkerfenster, nur um gleich darauf ein Augenpaar zu sehen, das flehend zu ihr hochstarrte.

»Ich bin's, Pelle«, flüsterte die Gestalt im Halbdunkel.

Kurz darauf schlüpfte er in Radlerhose und Helm durch ihre Tür. Er war kurzatmig und verschwitzt und völlig in Panik.

52

»Ich muss mir Notizen machen.«

Maria unterbrach Pelle, der mit zitternden Händen ein Glas Wasser entgegennahm und seine atemlose Auflistung von Beschreibungen, Namen und Daten unterbrach. Die früher so unsichere studentische Hilfskraft des Museums hatte sich, wie von ihr gewünscht, Zugang zu den Geheimarchiven des polizeilichen Nachrichtendienstes über die Besatzungszeit verschafft. Hinter der jungenhaften Fassade steckte offensichtlich ein Mann mit Nerven aus Stahl. Mehrere Tage hatte er die verschlossenen Archive durchforstet und schließlich gefunden, was er suchte. Beim Lesen war ihm dann der Angstschweiß ausgebrochen und er hatte die Tür nicht mehr aus dem Auge gelassen.

Als sie ihn unten vor ihrer Wohnung gesehen hatte, war Maria das schlechte Gewissen gekommen. Warum hatte er überhaupt eingewilligt, ihr zu helfen? Warum setzte er seine Karriere und seine weiße Weste für sie aufs Spiel?

Die Antwort war ebenso simpel wie banal: Er war in sie verliebt. Das war schon in der Zeit im Museum so gewesen, wenn auch ohne irgendwelche realistischen Erwartungen. Maria war sich bewusst, dass sie genau diese Tatsache kalt und zynisch ausgenutzt hatte, als er letzte Woche an ihrem Tisch gesessen hatte. Die Weitergabe geheimer Dokumente war strafbar, er konnte dafür im Gefängnis landen und würde, sollte es jemals bekannt werden, nie wieder eine öffentliche Stelle bekommen.

Was hatte sie sich nur dabei gedacht? Unterschied sie sich auch nur im Geringsten von den Männern, die junge Frauen während des Zweiten Weltkriegs ins Verderben gelockt hatten? Von charismatischen Anführern, die naive, blauäugige Bewunderer zu zweifelhaften Aktionen verleiteten, deren Tragweite sie gar nicht durchschauten? Wer war der wahre Schuldige? Sie, die ihn überredet hatte, oder er, der ihr den Wunsch nicht hatte ausschlagen können?

»Ich hab es nicht gewagt, Fotos zu machen. Die landen sonst in irgendeiner Cloud und sind womöglich wiederherstellbar. Es ist alles nur hier drin«, sagte Pelle und tippte sich an die Schläfe. Seine Hand zitterte. »Ich versuche, mich an so viel wie nur möglich zu erinnern.«

Die Informationen im Besatzungsarchiv des PET stammten von den Widerstandsgruppen, die in den letzten Kriegsjahren aktiv gewesen waren, und enthielten Hinweise auf alle möglichen Landesverräter. Zweck der »offiziellen« Kartei war es, Racheaktionen zwischen Dänen und vermeintlichen Kollaborateuren nach der Befreiung zu verhindern. Man wollte einen Bürgerkrieg vermeiden, so einfach war das.

»Sie haben Archive über Verräter angelegt, über Dänen, die an der Ostfront gekämpft haben, und über Mitglieder der Nazipartei. Man darf aber nicht vergessen, dass viele dieser Informationen schlichtweg falsch sind. In dem Archiv werden an die fünfzigtausend Namen aufgeführt, viele davon zu Unrecht. Ein Streit unter Nachbarn oder irgendwelche Eifersüchteleien konnten schnell zu einer Denunziation führen, sodass der Name des Betreffenden im Archiv landete. Dasselbe gilt für junge Frauen, manche brauchten einen deutschen Soldaten nur anzusehen, um verleumdet zu werden«, erklärte Pelle, nachdem er etwas zur Ruhe gekommen war. Er hatte Maria gebeten, das Fenster zu schließen und die Gardine vorzuziehen.

»Wie ist das Archiv organisiert?«

»Das meiste sind Karteikarten mit einzelnen Namen, Adressen und angeblichen Vergehen, es gibt aber auch psychologische Berichte mit intimen Informationen über die sexuellen Neigungen gewisser Leute. Kontoinformationen über Ein- und Auszahlungen, Lebensläufe von Geschäftsleuten und Dokumente über ganze Familien, die während des Krieges zwischen dem dänischen und dem deutschen Staat ausgetauscht worden sind.« Pelle leerte sein drittes Glas Wasser. »Zum Glück ist das Archiv geografisch geordnet.«

»Hast du den Namen der Frau gefunden, den ich dir genannt hatte?«

»Ich glaube schon. Ich habe eine ziemlich dürftig ausgefüllte Karteikarte über eine Else Lövengren aus Viborg gefunden. Darauf war notiert, dass sie neunzehn Jahre alt und eine mögliche Verräterin ist. Die Adresse war irgendwas mit Søvej, kann das stimmen? Danach kam dann noch ein Haufen unseriöses Gerede. Dass ihre Kleider zu teuer für die Zeit seien, ihre Frisur zu gewagt und ihr Nachname zu deutsch. Alles nur Blödsinn.«

Maria nickte. Pelles Worte bestätigten Eva Holts Geschichte über Else und die Gerüchte nach ihrem Verschwinden.

»Angeblich soll Else die Geliebte eines Nazis und vermutlichen Kollaborateurs gewesen sein. Da stand wörtlich, dass sie ›mit einem Nazi geschlafen und sein Kind ausgetragen‹ habe.«

»Sein Kind ausgetragen?«

»Das stand da.«

»Hieß der Geliebte möglicherweise Poul Anker?«

»Das weiß ich nicht.«

Pelle rutschte unruhig auf seinem Stuhl herum, während Maria sich wie eine Verrückte Notizen machte. Pelles Informationen bestätigten, dass Else ein Kind geboren hatte. Aber wo und wann?

»Red weiter, Pelle. Solange du dich noch an alles erinnern kannst.«

»Okay. Man warf Else vor, 1945 eine kommunistische Familie an die Deutschen verraten zu haben. Im selben Monat soll sie dann verschwunden sein.«

»Okay, also hat man sie tatsächlich als Verräterin angesehen. Stand sonst noch was da?«

»Nur noch eine Notiz. Eine Ergänzung, die vermutlich später hinzugefügt wurde. Es war auf jeden Fall eine andere Handschrift.«

»Und was stand da?«

»Hm … warte mal, ich muss mich konzentrieren.« Pelle legte die Stirn in die Hände und schloss für ein paar Sekunden die Augen. »*Verräterliquidierung vermutlich durch die Preislergruppe im Auftrag von Svend Smed*«, sagte er und starrte dabei auf die Tischplatte.

»Vermutlich durch die Preislergruppe, im Auftrag von Svend Smed«, wiederholte Maria und notierte sich alles auf ihrem Block. »Stand da noch mehr über diesen Svend Smed?«

»Nein.«

»Aber wer war er?«

»Ich bin nicht mehr dazu gekommen, nach seinem Namen zu suchen. Irgendwann hat mich die Panik gepackt, ich war mir sicher, draußen Schritte gehört zu haben … Maria, wenn die rauskriegen, dass ich das geheime Archiv geöffnet habe …« Pelle fröstelte, obwohl ihm der Schweiß auf der Stirn stand, und für einen Moment fürchtete Maria, er könne in Tränen ausbrechen. Dann richtete er sich auf.

»Aber ich habe eine Mappe über die Preislergruppe gefunden.«

»Über die Gruppe?«

»Ja, und darin taucht der Name Svend Smed auf. Es besteht kein Zweifel, dass dieser Smed der Leiter der Gruppe war. Eine zentrale Figur. Ansonsten waren die Informationen recht bunt gemischt. Vermutlich handelt es sich um Aufzeichnungen verschiedener Mitglieder der Gruppe. Sie strotzten nur so vor … Begeisterung und Selbstüberschätzung. Die Dokumente der anderen Widerstandsgruppen sind da deutlich differenzierter.«

»Wie meinst du das?«

»Die Preislergruppe nutzte offenbar ein Symbol, das wir beide kennen. Das Auge in der Hand. Die Polizeihand. Es war unter anderem das Emblem auf ihren Freiheitskämpfer-Armbinden. Bei den Bürgern in Viborg und Umgebung hat das ordentlich für Verwirrung gesorgt, da die Leute nicht wussten, ob die Preislergruppe eine besondere Verbindung zur Polizei hatte oder gar aus Polizisten bestand, die in den Untergrund gegangen waren, oder ob sie einfach blind Selbstjustiz ausübten.«

»Und die anderen Gruppen? Kamen die mit der Preislergruppe klar?«

»Nein, ich hatte den Eindruck, dass die Preislergruppe hinter ein paar Aktionen stand, die allen zu weit gingen und bei denen unbeteiligte Menschen ums Leben gekommen sind. Das war den anderen alles viel zu brutal. Der Preislergruppe wurde vorgeworfen, vergessen zu haben, dass sie für Dänemark kämpften und nicht für sich selbst. Und dass Svend Smed genau so ein Demagoge geworden sei, wie sie sie bekämpfen wollten. Ein Verführer des Volkes.«

»Verführer?«

»Das stand da so. Ich bin nicht so poetisch veranlagt wie die Person, die diese Notiz hinterlassen hat, aber es ging in etwa mit den Worten weiter, dass Preislers Ziele Recht und Ordnung wären, ihre Mittel aber Gesetzlosigkeit und Chaos. Ein bisschen wie bei Despoten, die mit dem Versprechen von Stabilität und Fortschritt an die Macht kommen, in Wirklichkeit aber nur das permanente Chaos bringen. Wie Hitler und Stalin. Oder Trump … wobei ich die nicht gleichstellen will«, sagte Pelle.

»Okay, Pelle. Das hilft mir echt weiter.«

»Maria, du kannst diese Informationen aber für nichts nutzen. Es darf auf keinen Fall rauskommen, dass diese Infos aus dem Geheimarchiv des PET stammen. Du musst dir das auf andere Weise bestätigen lassen.«

Pelles Bein hibbelte nervös unter dem Tisch.

»Nein, nein«, versicherte Maria ihm, ohne wirklich zu hören, um was Pelle bat. Fügte sie die Informationen aus dem PET mit dem zusammen, was sie von Eva Holt gehört und im Lokalarchiv von Viborg gefunden hatte, war ihre These, dass Else zur Preislergruppe gehört hatte, noch immer möglich. Eine Widerstandskämpferin, die sich gegen den Plan ihrer Mitstreiter gewendet hatte, eine Werkstatt in die Luft zu sprengen, hätte als Sicherheitsrisiko gegolten, und womöglich hatte Svend Smed deshalb ihre Exekutierung angeordnet.

Die erste während der Besatzung liquidierte Person war bekanntermaßen weder ein Verräter noch ein Nazi, sondern ein Widerstandskämpfer gewesen. Der Mann hatte schlicht ein Alkoholproblem und war im angetrunkenen Zustand so redselig, dass seine Kollegen ihn irgendwann als Sicherheitsrisiko eingestuft hatten. An einem Apriltag des Jahres 1943 war er von drei Freunden in die verlassene Næbberød Plantage gelockt und durch einen Genickschuss getötet worden. Danach hatten sie ihn mit einem Gewicht um den Hals im Sjælsø versenkt.

Aber hatte der Mann wirklich etwas verraten? Hatte er etwas falsch gemacht? Die heutige Geschichtsschreibung ging nicht davon aus. Allein das Risiko, dass er es hätte tun können, hatte den Tätern ausgereicht.

Die Liquidierung eines Mitstreiters, und dann auch noch einer Frau, war sicher nichts, auf das die Preislergruppe stolz war, vielleicht war auch Else deshalb in eine verlassene Gegend gebracht, erschossen und verscharrt worden.

Maria wusste allerdings immer noch nicht, wer Elses Henker gewesen war.

Wer war Svend Smed?

Mit einem Mal kam ihr in den Sinn, was Mikael am Tag zuvor gesagt hatte. Sie sah auf die Uhr. Es war bald halb zwölf. Sie musste telefonieren, aber dafür müsste Pelle verschwinden. Zu ihrer Erleichterung stand er von selbst auf, warf einen nervösen Blick durchs Fenster nach draußen und nahm seinen Fahrradhelm.

»Eine Sache solltest du noch wissen, Maria. Es geht um deine Sicherheit.«

Für einen Moment glaubte sie, Pelle wolle ihr einen Vortrag über die Bedeutung von Fahrradhelmen halten.

»Vor ein paar Jahren haben die Politiker beschlossen, dass die Besatzungsarchive einen solchen historischen Wert haben, dass sie niemals vernichtet werden dürfen. Wobei man sich durchaus darüber im Klaren ist, dass die Archive viele irreführende und falsche Informationen enthalten. Gleichzeitig wurde beschlossen, dass man die Archive nicht über die direkte Registersuchanfrage durchstöbern kann.«

»Okay …?« Maria verstand nicht ganz, worauf Pelle hinauswollte.

»Ich habe es trotzdem versucht und die allgemeinen Register durchsucht. Wie erwartet gab es keine Treffer für Else

Lövengren oder Svend Smed. Als ich dann aber nach der Preislergruppe gesucht habe, ist etwas passiert.«

»Wie meinst du das?«

»Es gibt allem Anschein nach eine Akte jüngeren Datums über die Preislergruppe. Ich konnte sie aber nicht öffnen, weil ich für die aktiven Fälle keine Sicherheitsfreigabe habe.«

Pelle zog die Augenbrauen hoch und wartete darauf, dass Maria die Bedeutung seiner Worte bewusst wurde.

»Dann sind die also …?«

»Ja. Wie, weiß ich nicht. Ich weiß nur, dass der PET aktuell die Preislergruppe beobachtet«, sagte Pelle, bevor beide zeitgleich sagten:

»Die Gruppe ist noch aktiv!«

Sobald Pelle aus der Tür war, nahm Maria ihr Handy und suchte einen Namen heraus.

Sie brachte Pelle und vielleicht auch sich selbst damit in Gefahr, aber sollte die Preislergruppe im heutigen, von Unruhe geplagten Dänemark wirklich noch aktiv sein, ging es nicht anders.

»Hallo«, sagte eine Stimme am anderen Ende. Neugierig und hellwach, obwohl es beinahe Mitternacht war.

Als erfahrene Journalistin wusste Mette, dass die besten Storys selten zur Bürozeit kamen.

53

Er hatte noch ihren Duft in der Nase und ihren Körper als haptische Erinnerung an seinen Fingern. Es war bald vierundzwanzig Stunden her, dass Maria und er sich beklommen und unsicher vor Marias Haus in Østerbro verabschiedet hatten. Mit einem knappen »Danke für die Fahrt« war sie weg gewesen, während er ziemlich ratlos allein im Auto sitzen blieb.

Was sie getan hatten, war natürlich verkehrt. Maria hatte Jakob. Mikael und Maria waren Freunde. *Nur* Freunde. Aber Mikael bereute keine Sekunde ihrer gemeinsamen Nacht. Sie war klug und auf seltsame Weise sexy und charmant, und jetzt, da er einmal hinter die coole Fassade geblickt hatte, wollte er mehr.

Er fingerte an seinem Handy herum, um ihre Nummer zu suchen, wurde aber vom Klopfen an der Tür unterbrochen. Es war Christina Eliasen, die Mikael aus seinen Gedanken riss und zurück ins Dezernat auf Teglholmen holte.

»Du siehst verliebt aus, Chef«, sagte Eliasen und schnitt eine Grimasse.

»Oh, echt?« Er wurde rot bis an den Haaransatz. »Gibt's was Neues?«

»Ich frage mich, wo Dahlin ist. Hast du ihn gesehen? Oder mit ihm gesprochen, als du in Jütland warst?«

Mikael schüttelte den Kopf. In den letzten Tagen hatte er kaum an Frederik gedacht, aber er hörte heraus, dass der sich seit ihrem Streit am Sonntag offenbar nicht im Dezernat hatte blicken lassen. Das war inakzeptabel.

»Ich bin's echt leid, mit dem Scheiß hier allein gelassen zu werden«, begann er. »Das ist …«

»Jetzt hör aber auf, ich bin doch wohl hier, oder? Du bist also nicht allein! Außerdem können wir versuchen, Unterstützung von der Landespolizei in Ejby zu kriegen. Da draußen hocken einige gute Ermittler und verdaddeln ihre Zeit mit irgendwelchem IT-Kram.«

Eliasen hatte recht. Das war wirklich einen Versuch wert.

»Und wenn du fertig damit bist, dich über deine *Einsamkeit* zu beschweren, hab ich auch noch ein paar Neuigkeiten für dich«, fuhr sie fort. Sie war eine Null-Bullshit-Frau, die allein mit zwei Hunden lebte, offen bisexuell war und eine ziemlich imposante Vergangenheit in der dänischen Frauen-Eishockeymannschaft hatte.

»Entschuldige, Christina, es nervt mich nur, dass wir nicht wirklich weiterkommen«, sagte Mikael, nahm sich einen Stuhl und setzte sich neben sie. Sie hatte ihren Laptop auf einem Arbeitstisch aufgeklappt.

»Ich war in der Gegend, in der der vermeintliche Vergewaltiger Nicolaj Lund arbeitet, um nach Überwachungskameras zu suchen. Zum Glück hab ich einen Bäcker in der Hauptstraße von Bagsværd gefunden, der seine Aufnahmen nicht so schnell gelöscht hat wie die anderen«, sagte Christina, während sie den Computer einschaltete. »Beim Bäcker haben sie Lund gleich erkannt, als ich ihnen ein Bild von ihm gezeigt habe. Er kommt scheinbar regelmäßig und kauft ein Croissant oder ein belegtes Brötchen mit zwei Scheiben Käse. Eine Mitarbeiterin hat dann nachgeschaut, ob Lund auch am 2. August da war, als Carlsen angefahren wurde. Eben ist das Video gekommen, mit guten Neuigkeiten. Leider nicht für uns, sondern für unseren Freund aus Solrød Strand. Hier kommt Nicolaj Lunds Alibi.«

Christina klickte auf Play, und ein körniges Schwarz-Weiß-Video begann. In einer Ecke waren der Timecode und das Datum zu sehen: 06:33:42 – 02.08.2021. Eine vorgebeugte Gestalt mit Brille und hoher Stirn kam in die Bäckerei. Der Mann wurde von einer kleinen Frau mit Schürze bedient. Sie reichte ihm die Waren, und er bezahlte mit Kreditkarte. Dann verließ er den Laden. Trotzdem bestand kein Zweifel. Es war Nicolaj Lund.

»Mist.« Mikael verschränkte die Hände im Nacken und fluchte innerlich. Lund hätte als Täter so gut gepasst.

»Schon, aber du willst doch wohl keinen unschuldigen Mann hinter Gitter bringen, oder?«

Mikael rieb sich die Augen und bat darum, die Aufnahme noch einmal zu sehen, während er in Gedanken seinen Besuch bei Lund durchging. Er war extrem angespannt gewesen und schien noch immer voller Wut zu sein. Voll explosivem Temperament, bereit, Gewalt auszuüben.

War der Timecode auf der Aufnahme korrekt? Vielleicht war er noch auf Winterzeit eingestellt. Eliasen schien seine Gedanken zu lesen.

»Ich habe Zeit und Datum gegengecheckt. Das Überwachungsvideo ist so exakt wie die Atomuhr«, sagte sie.

Mikael blickte missmutig auf das vollgekritzelte Whiteboard.

»Christina, zur Sicherheit müssen wir auch das Alibi von Irene Vest überprüfen. Kannst du die Nachbarn kontaktieren? Fragen, ob sie Irene an dem Montagmorgen, an dem der Anschlag auf Carlsen stattgefunden hat, gesehen haben? Vielleicht kannst du auch die Eltern dieses Nachbarjungen ausfindig machen. Er heißt Sebastian und geht hin und wieder mit ihrem Hund spazieren. Die sollten also wissen, wann Vest normalerweise zu Hause ist.«

Eliasen machte sich ein paar Notizen und nickte.

»Ich kümmere mich persönlich um Allan Staal, wegen seiner Verbindung zum Ministerium. Ich werde die Flugplätze in Skive und Ringsted anrufen und hören, ob Staal die Abgaben bezahlt hat und wirklich von Skive nach Ringsted geflogen ist. Beide Flugplätze sind unkontrolliert, aber vielleicht ist es ja möglich, die Abflugzeiten zu fälschen, um sich so ein Alibi zu verschaffen. Kennst du dich damit irgendwie aus?«

»Keine Ahnung«, sagte Eliasen trocken.

»Wir müssen auch wissen, mit wem Irene und Staal zur Zeit der Anschläge gesprochen haben. Egal ob per Telefon, Mail oder persönlich. Vielleicht haben sie an irgendwelchen Strippen gezogen und andere dazu gebracht, die Drecksarbeit für sie zu erledigen?«

»Glaubst du, dass eine Witwe aus Svogerslev solche Verbindungen hat?« Eliasen musste lächeln.

»Nee, aber was weiß denn ich?« Mikael stand auf und streckte den Rücken.

»Kann es noch mehr Leute mit Verbindungen zu den alten Fällen geben? Also außer Vest und Staal? Wie ich gehört habe, habt ihr die beiden damaligen Verdächtigen im Vest-Fall schon überprüft. Aber was ist mit Familienangehörigen, Freunden, Nachbarn, die machtlos zusehen mussten, was da passierte? Oder andere im näheren Umfeld, die aus irgendeinem Grund wütend auf die beiden waren?«

»Hm, ja, auf jeden Fall müssen wir noch diesen Elias Mogensen finden, der damals Staals Partner war. Laut Staal ist er Junkie und lebt irgendwo in Asien, aber das muss ja nicht stimmen.«

»All right. Dann setze ich mich an Irene Vest und checke

ihren damaligen Bekanntenkreis«, sagte Eliasen und sammelte ihre Sachen zusammen.

Auf dem Weg nach draußen nickte sie Henriette Jansen zu, die durch die Tür kam.

»Dirk, wie ist es in Jütland gelaufen? Haben Sie den Täter gefunden?«, fragte die Staatsanwältin munter, nachdem sie die Tür geschlossen hatte.

Mikael antwortete mit resignierterer Stimme als beabsichtigt.

»Sie wissen genau, wen ich da oben besucht habe, aber diese Info sollten wir erst einmal nicht weiter streuen. Eliasen ist orientiert. Darf ich davon ausgehen, dass auch Sie das vertraulich behandeln?«

Jansen sah Mikael verärgert an.

»Das können Sie sich echt sparen! Wie lange kennen wir uns jetzt schon?«

Mikael hob abwehrend die Hände und bot ihr einen Stuhl an. Er selbst setzte sich an den großen Besprechungstisch. Sie saßen weit vom Fenster entfernt, wo sie von niemandem gehört werden konnten.

»Staal war unangenehm. Er hat nicht mal zu leugnen versucht, dass er einen Hass auf Carlsen und Birger Poulsen hegt, behauptet aber, ein Alibi für den Zeitpunkt des Anschlags auf Birger zu haben. Dieses Alibi muss ich noch checken. Dafür brauche ich Ihre Hilfe, Henriette. In einem Rahmen, der etwas über die normale Amtshilfe hinausgeht.«

Jansen nickte nachdenklich, während sie an einem perfekt manikürten Nagel knabberte.

»Für uns, das heißt für Sie und mich und Kirtzner, gehen hier sehr schnell die Lichter aus, wenn wir uns auch nur einen Fehltritt erlauben«, sagte sie.

Sie wussten beide, wie viel komplizierter selbst die simpelste Ermittlung wurde, wenn ein Minister oder ein naher Angehöriger eines Regierungsmitglieds involviert war. Als Ermittler konnte man nicht einfach einen Durchsuchungsbefehl beantragen oder sich die Telefondaten geben lassen, geschweige denn den Betreffenden abhören, ohne dass alles gerichtlich geprüft wurde. Was sie sonst nach »Augenmaß« machen konnten, war außer Kraft gesetzt, wenn Politiker im Spiel waren.

»Ich versuche, die größten Fettnäpfe zu umgehen.«

Sie saßen einen Moment schweigend da, während Mikael ihnen lauwarmen Kaffee aus der Thermoskanne einschenkte. Er wischte mit der Unterseite seines Armes einen Fleck vom Tisch, da fiel ihm etwas ein, das er eigentlich noch mit Eliasen hätte besprechen müssen.

»Dieser Anwalt bei dem Raubüberfall auf die Vests, der eine Affäre mit der Mutter eines der Angeklagten begonnen hat … Was ist eigentlich aus dem geworden?«

Henriette zuckte unangenehm berührt mit den Schultern.

»Paul Nolsoe? Der hat eine ziemlich deftige Geldstrafe bekommen und eine einmonatige Gefängnisstrafe auf Bewährung. Dann wurde er in aller Diskretion entlassen. Soweit ich weiß, praktiziert er nicht mehr. Man hatte ihn damals auch für zwei Jahre für alle Strafverfahren gesperrt. Aber was er hinterher gemacht hat …?« Henriette lehnte sich nach hinten und schloss die Augen. »Ich glaube, er hat den Rest seiner Karriere irgendwelche billigen Rechtsgutachten verfasst. Ich weiß noch, dass seine Frau sich von ihm scheiden ließ, als das mit der Affäre herauskam, und auch seine Kinder wollten nichts mehr mit ihm zu tun haben. Er soll irgendwo aufs Land gezogen sein und allein leben. Wie ein Einsiedler. Wenn er denn noch am Leben ist. Er müsste jetzt ja schon ein älterer Mann sein.«

Mikael notierte sich alles. Vielleicht erinnerte der Anwalt sich an die beiden Beamten und machte sie für sein berufliches Fiasko verantwortlich. Vielleicht hasste er die beiden genauso, wie Nicolaj Lund und Allan Staal es taten? Vermutlich waren es ja Niels und Birger, die ihn damals angezeigt hatten.

»Wie geht es eigentlich *Ihnen*, Mikael?« Henriette sah ihn plötzlich fürsorglich an.

»Danke. Ganz gut so weit. Ich mache mir Sorgen um Carlsen, und was mit Birger passiert ist, nimmt mich sehr mit.«

»Passen Sie nur gut auf sich auf. Und vergessen Sie nicht, dass es nur einen Dirk gibt und wir den gerne noch ein paar Jahre behalten wollen«, sagte Henriette mit einem Blinzeln, ehe sie aufstand und den Raum verließ.

Mikael blieb mit verdutztem Gesichtsausdruck sitzen. Hatte Jansen gerade mit ihm geflirtet?

Paul mit a und Nolsoe mit oe. Mikael tippte den Namen in das POL-INTEL-FINDER-Programm ein, und nach ein paar Sekunden tauchte der Name auf dem Bildschirm auf. Er war nicht tot. Nolsoe war am 23. Mai 1955 geboren, also sechsundsechzig Jahre alt. Es waren weder eine Telefonnummer noch eine E-Mail-Adresse auf ihn registriert, aber seine letzte Adresse in Westseeland wurde angezeigt. In Google Maps sah Mikael ein einsam am Waldrand liegendes Haus. Einsiedler war offensichtlich die richtige Bezeichnung. Er wollte am nächsten Tag zu ihm fahren und unterrichtete Eliasen darüber, dass er sich um diesen Teil der Vest-Sache selbst kümmern werde.

»Pack dir was zu essen ein, wenn du so weit aufs Land musst«, hatte sie nur erwidert.

Großstadtpolizistin, dachte Mikael und ging nach unten, um den Dienstwagen mit nach Hause zu nehmen.

Der Wagen stand seit der gestrigen Fahrt mit Maria noch unberührt in der Garage. Instinktiv griff er nach seinem Telefon, um sie anzurufen. Er wollte einfach irgendwas sagen, um ihr zu zeigen, dass er da war, als das Handy in seiner Hand vibrierte.

Es war Majbritt Krat aus Horsens.

»Dirk, entschuldigen Sie, dass ich so spät noch anrufe, aber ich dachte, Sie wollen unsere letzten Ergebnisse sicher gleich haben. Sie haben gesagt, die Kriminaltechnik hat die Lackreste untersucht, die an Niels Carlsens Sachen gefunden wurden?«

»Ja?«

»Und es handelte sich um einen schwarzen VW Passat, Baujahr 2008?«

»Genau.«

Schweißperlen traten ihm auf die Stirn. Würde sie ihm gleich sagen, dass sie nach zwei verschiedenen Tätern suchten? Zwei Wagen? Zwei Motiven? Dann könnten sie die alten Fälle gleich wieder vergessen. Mehrere Tage Arbeit, lange Wegstrecken und diverse Spekulationen wären dann vergebens gewesen.

»Wir haben die Lackreste an Birgers Carport einer schnellen Vorabanalyse unterzogen«, sagte Krat. »Es handelt sich mit großer Wahrscheinlichkeit um dieselbe Automarke und dasselbe Modell. Einen schwarzen VW Passat.« Sie zögerte einen Augenblick, ehe sie die Worte aussprach, die Mikael dachte. »Dasselbe Auto und damit vermutlich auch derselbe Täter.«

54

Villy Frandsen hatte sein Croque Monsieur mit einer extra Portion Käse gegessen und gönnte sich noch ein Chocolate Cookie in Größe eines Topfdeckels, hatte sich aber immer noch nicht endgültig entschieden, wie er aus dem Leben scheiden sollte.

»Kuchen zum Frühstück? Man lebt nur einmal, stimmt's?«, hatte der magere Barista des Cafés gesagt, als Villy nach langer Überlegung seine Henkersmahlzeit bestellt hatte. Der Idiot konnte ja nicht wissen, dass weltliche Sorgen wie Blutzuckerspiegel und Fettanteil verblassten, wenn man sich entschlossen hatte, einen endgültigen Schlussstrich zu ziehen. Villy war es wirklich leid, sich nach der Moral anderer Menschen zu richten.

»Was geht Sie das an? Geben Sie drei Schuss Sirup in den Latte und extra Sahne«, hatte er erwidert.

Im Laufe des nächsten Tages würde irgendjemand Villys leblosen Körper finden. Vielleicht würde der Fund mit einem Schrei quittiert. Nein, vermutlich nur mit einem leisen Seufzer, denn Villy würde sicher ein selten friedliches Gesicht machen. Zwar tot, aber … beinahe glücklich. Später, wenn sie ihn für die Beerdigung vorbereiteten, würden die Blicke der Bestatter über ihn schweifen und sie würden zu dem Schluss kommen, es mit einer ausgesucht hübschen Leiche zu tun zu haben, bei der es einem richtig leidtat, den Sarg zu schließen. Die Kinder würden bedauern, ihn nicht öfter besucht zu haben.

Und Lis … Lis würde natürlich weinen, aber es wären stolze Tränen, weil Villy es geschafft hatte, so viel abzunehmen, dass er in seinem Hochzeitsanzug beerdigt werden konnte.

In den Wochen nach seinem Dahinscheiden würden *die anderen* nichts als Schuld und Trauer empfinden.

Katja Klargaard würde wissen, dass sie zu weit gegangen war. Wenn sie in den nächsten Jahren nach Christiansborg kam, würde Villys Geist sie wie ein Rascheln in den Korridoren begleiten, wie ein Zittern in ihrer unsicheren Stimme. Villy würde als konstante Mahnung auf ihrer Schulter hocken, dass brutale Machtausübung ihren Preis forderte. Auf lange Sicht würde sie das nicht ertragen. Schlussendlich war sie ja noch neu in Christiansborg. Eine lausige Amateurin. Eines Morgens würde sie mit der eisigen Erkenntnis aufwachen, die Villy schon im letzten Winter gekommen war: Worte haben Bedeutung. Und zwar sowohl die Worte, die man ausspricht als auch die, die man verschweigt. Und alles, was man tut, fällt letzten Endes auf einen selbst zurück. Macht verleiht Flügel, die Verantwortung jedoch hält einen am Boden.

Troels Mejding war da schon eine härtere Nuss. Der geborene Zyniker. Hatte er bei der Sache mit den Kindern auch nur einen Anflug von schlechtem Gewissen verspürt? Oder wegen des Todes seines Spindoktors?

Mejding hatte Villy am Sonntag überrumpelt, als er im Hof des Parlamentsgebäudes saß und sich, schwere Gedanken wälzend, eine Zimtschnecke einverleibte.

»Frandsen, ich muss diese Klargaard loswerden«, hatte er gesagt. »Ich weiß noch nicht, wie genau, aber irgendwie muss es geschehen.« Mejding kam wie immer direkt zur Sache.

Villy hatte noch keine Gelegenheit gehabt aufzustehen und starrte auf den Schritt des Ministerpräsidenten, als der auch schon die Drohung folgen ließ.

»Entweder bist du für mich oder gegen mich. Und wenn du dich gegen mich wendest, werde ich dafür sorgen, dass die vier Frauen, die dich wegen sexueller Belästigung angeklagt haben, eine Plattform im *Ekstra Bladet* bekommen. Hast du das verstanden?«

Mejdings Reißverschluss vollzog mit jeder Silbe einen bedrohlichen Ruck in Villys Richtung, und Villys Hirn lief auf Hochtouren. Eine Antwort brachte er aber trotzdem nicht zustande. Er schaffte es gerade, die Zimtschnecke aus dem Mund zu nehmen und mit Krümeln im Mundwinkel zu nicken. Vor seinem inneren Auge sah er dabei bereits seine politische Todesanzeige.

Jetzt saß er hier. Fünf Tage Grübeln hatten ihm keinen anderen Ausweg gezeigt als die Flucht aus dem Leben und damit auch vor all seinen anderen Problemen.

Er hätte Mejding erzählen können, dass Staal die Ermordung dieses Polizisten in Horsens sozusagen vorhergesagt hatte. Vermutlich hätte das ausgereicht, um Katja Klargaard wieder hinter irgendeine Supermarktkasse in Skive zu verbannen. Aber damit hätte Mejding auch gewusst, dass Villy hinter seinem Rücken politisch mit Klargaard angebandelt hatte, womit er ebenso am Ende gewesen wäre wie Klargaard. Mejding ließ sich nicht ohne Rache demütigen.

Es gab keine Lösung außer dem One Way Ticket ins Paradies.

Das erste Mal war ihm dieser Gedanke am Sonntagabend gekommen. Da hatte er ihn aber noch weit von sich geschoben. Dienstag hatte er sich dann erneut und mit Nachdruck aufgedrängt, und irgendwann im Laufe des Mittwochs hatte er sich damit anzufreunden begonnen. Der Tod wäre eine Lösung ohne Diät, ohne Presse, ohne meckernde Ehefrauen, ohne enttäuschte Wähler und ohne irgendwelche beschissenen Erwartungen. Nach und nach war ihm dieses Szenario immer mehr als Win-win-Situation erschienen.

Jetzt fehlte ihm nur noch die richtige Vorgehensweise. Würdevoll sollte es sein. Ein heroischer Selbstmord, nicht irgendein pathetischer Mist. Dramatisch, aber bitte kein kitschiges Klischee.

Er hatte erwogen, Tabletten zu nehmen, den Gedanken dann aber schnell wieder fallen gelassen. Da riskierte er nur, dass als Todesursache »Herzversagen infolge von vielen Jahren Übergewicht und zu hohem Alkoholkonsum« eingetragen wurde. Welch ein schnöder Tod. Nein, er musste eine aufsehenerregendere Methode wählen. Vielleicht sollte er eine ätzende Flüssigkeit trinken? Nein, Lis würde es ihm niemals vergeben, wenn er als letzte Handlung in seinem Leben Blut auf den Teppich oder seinen neuen Leinenanzug erbrechen würde. Sollte er sich vor einen Zug werfen? Einen Autounfall fingieren? Nein, denn dann könnte er das mit dem schmucken Leichnam vergessen. Aus demselben Grund kam Erhängen nicht infrage. Er wollte doch nicht mit aufgedunsenem Gesicht im Sarg liegen.

Sich selbst zu ertränken wäre eine Möglichkeit, aber wenn er mit Gewichten an den Füßen in den Damhussøen sprang, war das Risiko groß, niemals gefunden zu werden. Die Menschen würden glauben, er hätte den Schwanz eingezogen und sich wie ein zweitklassiger Rockstar oder Pädophiler nach Thailand abgesetzt. Das würde niemandem in Christiansborg ein schlechtes Gewissen machen.

Villy seufzte laut und stopfte sich den letzten Rest Cookie in den Mund. Dann leckte er den Mittelfinger an und tupfte sorgsam die Krümel vom Tisch. Die Platte war bestimmt dreckig und voller Bakterien, aber das war ihm egal. Im Himmel gab es kein Corona.

Sein Blick fiel auf die aktuelle Ausgabe der *Morgenavisen*, die zusammengefaltet auf dem Nachbartisch lag. Vielleicht gaben ihm ja die Nachrichten ein paar gute Ideen für einen schnellen, aufsehenerregenden Tod. Die Journalisten waren schließlich Experten für Unglück und Tod. Er faltete die Zeitung auseinander und überging geflissentlich die ersten drei oder vier Artikel, die wenig überraschend von dem sich ausweitenden Polizeistreik und der um sich greifenden Gesetzlosigkeit handelten. Auf Seite 10-11 weckte eine Überschrift sein Interesse. Anderthalb Spalten weiter unten versetzte der Text ihm einen solchen Stich, dass er sein halb volles Latte-Glas vom Tisch wischte. Es zersplitterte, und Scherben und Kaffee spritzten mehrere Meter weit über den Boden.

»Wollen Sie mir vielleicht helfen, das wegzuwischen?« Der fettarme Barista näherte sich mit einem Besen.

»Tut mir leid, ich bin ein sterbender Mann«, sagte Villy, ohne den Blick von der Zeitung zu nehmen.

Seine Augen überflogen eilig die letzten Zeilen und notierten sich einen Namen, der ihm bekannt vorkam. Als er den Artikel ein zweites Mal gelesen hatte, wusste er, was er zu tun hatte.

Villy würde sterben, aber vielleicht noch nicht an diesem Tag.

55

Eliasen hatte recht. Er war wirklich auf dem Land. Nur eine Stunde entfernt von der Hauptstadt waren kaum noch Autos unterwegs und die Landschaft richtig friedlich. Einzelne Häuser ragten zwischen gelben Kornfeldern und dichten Wäldchen auf.

Die mechanische Stimme des Navis führte ihn von der Autobahn in einen Kreisverkehr, an dem er erst scharf rechts und dann gleich wieder nach links abbog. Jetzt rollte er langsam über eine einspurige Schotterstraße zwischen Jyderup und Kalundborg. Bis zu seinem Ziel, dem sechsundsechzigjährigen Paul Nolsoe, waren es noch etwas mehr als drei Kilometer.

Die Fahrt war mit großer Wahrscheinlichkeit vergeudete Zeit. Außerdem hatte Mikael keine Ahnung, ob Nolsoe überhaupt zu Hause war. Der pensionierte Top-Anwalt war nirgendwo mit einer Telefonnummer registriert, und seine Nachricht an die frühere Mailadresse, die Mikael herausgesucht hatte, war unbeantwortet geblieben.

Ein unverheirateter, selbstgewählter Einsiedler wie der frühere Anwalt konnte sicher wochenlang tot in seinem Haus liegen, bevor jemand etwas bemerkte, kam Mikael in den Sinn. Bei der aktuellen Hitze wäre das sicher kein schöner Anblick.

Es war kurz vor zehn Uhr morgens, als Mikael das currygelbe Fachwerkhaus mit angeschlagenen roten Ziegeln und einer alten Fernsehantenne auf dem Dach am Waldrand erblickte. Nicht einmal der größte Fantast unter den Maklern hätte sich für dieses Haus interessiert. Von einem Renovierungsprojekt konnte hier kaum noch die Rede sein.

Mikael parkte den Wagen mit der Front zum Weg, wie man es schon auf der Polizeischule lernte: allzeit bereit, schnell aufzubrechen. Er ließ die Fenster geöffnet, damit es im Auto nicht zu heiß wurde.

Er sah sich um. Vor der Haustür stand ein grünes Mofa mit einer rot gestrichenen Holzkiste auf dem Gepäckträger. Sonst waren keine Fahrzeuge zu sehen. Ein Haufen Brennholz stapelte sich neben der Eingangstür, die Hälfte davon mit der Axt auf Ofenformat gespalten. Die Klingel funktionierte nicht, weshalb Mikael fest an den olivgrünen Türrahmen klopfte. Es war nichts zu hören. Kein Poltern oder Rumoren im Haus. Mikael versuchte es noch einmal, ohne Erfolg.

Er ging um das Haus herum in den rückseitigen, von Bäumen umgebenen Garten und wollte gerade an eines der Fenster klopfen, als er aus dem dichten Wald das Geräusch einer Motorsäge hörte. Er trat zwischen die Bäume und entdeckte schließlich einen Mann mit halblangen, fettigen Haaren und langem grauem Vollbart. Über einem verwaschenen Unterhemd trug er einen blauen Overall, dessen Oberteil heruntergerollt und verknotet war. Er schwitzte stark, während er einen dicken Stamm zerlegte. Die Schultern glänzten in den wenigen Sonnenstrahlen, die durch das Laubdach brachen.

»Sind Sie Paul Nolsoe?«, rief Mikael laut, um das Kreischen der Motorsäge zu übertönen, doch der Mann reagierte nicht. Mikael bewegte sich in einem großen Bogen um ihn herum, um in sein Blickfeld zu kommen. Er winkte ihm zu und lächelte. Der Mann richtete sich auf und sah Mikael wachsam an, ehe er den Motor ausschaltete und sich mit dem Handrücken den Schweiß von der Stirn wischte. Dann nahm er zwei gelbe Stöpsel aus seinen behaarten Ohren und musterte Mikael misstrauisch.

»Paul Nolsoe?«, wiederholte Mikael.

Der Mann nickte langsam, als müsste er über die Antwort nachdenken. Nolsoe sah für sein Alter überraschend kräftig aus. Muskeln und Sehnen zuckten unter der Haut des rechten Arms, auf dem er eine Justitia mit den Waagschalen in der Hand tätowiert hatte.

»Entschuldigen Sie, dass ich unangemeldet hier auftauche, aber Sie sind anders nicht zu erreichen.«

»Stimmt. Ich mag keinen unerwarteten Besuch. Eigentlich gar keinen Besuch«, brummte Nolsoe durch seinen Vollbart und legte die Motorsäge weg, wobei er Mikael nicht aus den Augen ließ. »Wer sind Sie und was wollen Sie?«

»Mikael Dirk, Leiter des Dezernats für Gewaltverbrechen, Polizei Kopenhagen. Ich würde mich gerne mit Ihnen über einen alten Fall unterhalten. Können wir uns irgendwo setzen?«

Nolsoe rührte sich nicht vom Fleck, in seinem Blick änderte sich aber etwas. Nach ein paar Sekunden hatte er sich wieder im Griff.

»Ich glaube nicht, dass ich Ihnen da helfen kann. Auf jeden Fall brauche ich vorher ein Bier.«

Nolsoe wischte sich die Hände ab und ging in Richtung Haus.

Mikael folgte ihm, ohne sich wirklich eingeladen zu fühlen. Unterwegs bemerkte er ein paar üppige Hanfpflanzen. Das war eindeutig mehr, als Nolsoe selbst rauchen konnte, er sagte aber nichts.

Nolsoe verschwand in seiner Ruine von Haus und kam mit vier kalten Carlsberg zurück. Mit einem Öffner, der an einer rostigen Kette an der Mauer hing, hebelte er zwei Flaschen auf. Mikael nahm eine entgegen und setzte sich auf einen fleckigen Plastikstuhl.

»Wie lange wohnen Sie schon hier?« Mikael zeigte mit dem Daumen zum Haus.

»Seit ich vor vier Jahren in den Ruhestand gegangen bin. Ich habe meine ganze Karriere über anderen geholfen. Ein kleines Zahnrad im großen Getriebe. Ab jetzt will ich wieder ich selbst sein. Nur ich selbst.«

»Warum haben Sie als Anwalt aufgehört? Sie sind doch erst sechsundsechzig, oder?«

Paul schnaubte, setzte die Flasche an die Lippen und trank gierig.

»Sie wären wohl kaum hier, wenn Sie das nicht wüssten. Denn es geht doch wohl um den Fall, über den Sie reden wollen? Ich habe einen Fehler gemacht. Ich habe das eingestanden, wurde verurteilt und habe meine Strafe bekommen. Aber ich habe weder Vergebung noch Verständnis erfahren. Von niemandem! Dabei habe ich genau dafür mein ganzes Leben gearbeitet. Für ein Rechtssystem, das auf Vergebung und Resozialisierung basiert. Dass man die Möglichkeit bekommt, seine Strafe anzunehmen und anschließend wieder ein nützlicher Teil der Gesellschaft zu sein.« Nolsoe ließ einen leisen Rülpser hören. »Das alles ist eine Riesenlüge«, schimpfte er resigniert.

Mikael zögerte. Nolsoe konnte da durchaus recht haben. Die Menschen vergaßen selten, und das galt sicher besonders in der Anwaltsbranche.

»Sie wurden damals angezeigt, und den Vorwürfen wurde nachgegangen…«

Nolsoe unterbrach Mikael.

»Die zwei Ermittler hätten das nicht an die große Glocke hängen müssen! Sie hätten mich ermahnen und alles vergessen können. Das war doch ein Fußfehler!

Sie schafften es nicht, diesen Raubüberfall aufzuklären, aber so etwas kommt halt immer mal wieder vor. Warum mussten sie das dann mir anhängen? Diese Frage habe ich mir in den letzten Jahren immer wieder gestellt.« Nolsoe stellte die leere Flasche mit einem lauten Klirren auf den Boden. »Irgendwann bin ich zu dem Schluss gekommen, dass sie das getan haben, weil ich, im Gegensatz zu den wirklichen Tätern, greifbar war und als Sündenbock herhalten konnte. Sie hätten sich wirklich lieber auf den Raubüberfall konzentrieren sollen! Wissen Sie eigentlich, dass die Spuren damals nie ordentlich gesichert wurden? Und die Verhöre waren so was von amateurhaft! Carlsen und Poulsen waren echt Schlafmützen. Wie ihr alle bei der Polizei!«

Nolsoe sah wütend zu Mikael, ehe er sich nach vorn beugte und eine der Flaschen nahm, die er in den Schatten unter den Stuhl gelegt hatte. Er öffnete sie und Mikael wartete, bis der Mann sich wieder etwas beruhigt und fast die halbe Flasche getrunken hatte. Alkohol half nicht selten, die Zunge zu lockern.

»Die Polizei war erst zufrieden, als meine Karriere in Schutt und Asche lag. Staatsanwälte, die die Seite wechseln und Täter verteidigen, sind bei der Polizei nie gern gesehen«, sagte Nolsoe und rülpste erneut.

»Sie haben damals Ermittlungsergebnisse an die Mutter eines Angeklagten durchsickern lassen?«

»Na ja, nicht wirklich. Wir haben abends, nachdem wir etwas getrunken hatten, vage über den Fall geredet. Ich habe in der Situation nicht richtig nachgedacht. Aber ich habe ihr keine Unterlagen gegeben, und wenn ich mich richtig erinnere, habe ich sie auch nicht in Details eingeweiht.«

Mikael nickte schweigend. Es gab keinen Grund, weiter darauf herumzureiten. Fakt war, dass die Anklage gegen Danny

Klim und Kim Olsen fallen gelassen werden musste. Über die Mutter hatten die beiden Angeklagten erfahren, dass die Ermittler am Tatort kaum konkrete Spuren gefunden hatten. Es gab nichts, was sie direkt mit dem Verbrechen in Verbindung brachte, insbesondere fehlten Bilder von Überwachungskameras und Telefondaten. Sie mussten also einfach nur schweigen. In der Folge waren sie noch mehrfach verhört worden, hatten aber keinen Ton mehr von sich gegeben. Nachdem das Ehepaar sie nicht mit absoluter Sicherheit identifizieren konnte, hatte die Polizei die beiden Tatverdächtigen schließlich gehen lassen müssen.

»Ich dachte damals, dass der Grundsatz ›Im Zweifel für den Angeklagten‹ ein Grundprinzip unseres Rechtsstaates ist, das auch für die Polizei und die Anklagebehörden gilt. Inzwischen weiß ich es besser.«

Nolsoe nahm das letzte Bier und hielt es Mikael fragend hin. Mikael hob ablehnend die Hand, worauf Nolsoe es öffnete und an die Lippen setzte.

»Aber Sie müssen doch einsehen, dass Sie einen Teil der Verantwortung tragen?«

»Warum?« Nolsoe sah ihn mit glasigem Blick an.

»Vielleicht waren Danny und Kim ja tatsächlich schuldig. Sie haben gegen Ihre Anwaltspflichten verstoßen und die Ermittlungen damit sabotiert.«

»Aber es gab doch keine Beweise!«

»Die hätte man noch finden können.«

»Unsinn. Es gab kaum Indizien, da wäre nie wirklich Anklage erhoben worden. Ob die Jungs damals schuldig waren oder nicht, hat mich übrigens gar nicht interessiert. Meine Aufgabe war es, sie freizubekommen. Ihre Rechte und Interessen zu vertreten. Und ja, ich habe mich damals verplappert und bin mit der Mutter in der Kiste gelandet. Na und? Ganz ohne böse Absichten oder Hintergedanken. Das sollte man doch wohl berücksichtigen.«

»So wie das klingt, war es eine einmalige Sache?«

Nolsoes Kopf senkte sich etwas und er starrte irgendwo in den Wald.

»Nein. Aber ich kann Birgitte nicht verzeihen. Dannys Mutter. Ich war nie wieder so verliebt in jemanden wie in sie. Nicht weil sie hübsch war oder einen tollen Körper hatte. So oberflächlich bin ich nicht. Nein, sie hat mich ganz einfach glücklich gemacht!« Nolsoe schnaubte traurig. »Dabei hat sie mich nur ausgenutzt. Hat gesagt, was ich hören wollte und mein Ego poliert. Inzwischen sehe ich das auch.«

Nolsoe sah kurz zu Mikael und schlug den Blick nieder.

»Hatten Sie etwas anderes erwartet?«

»Ja, verdammt! Ich war verheiratet, als ich sie getroffen habe, weshalb Birgitte und ich das geheim halten wollten, bis meine Scheidung und die Aufteilung unseres Hauses geregelt waren. Nicht im Traum hätte ich gedacht, dass der Fall durch die paar Worte, die ich gesagt habe, eine solche Wendung nimmt.«

Mikael beobachtete Nolsoe, während er sein drittes Bier trank.

»Sie haben also Ihre Geliebte, Ihre Familie, Ihren Job verloren … alles innerhalb kurzer Zeit. Waren Sie wütend auf Niels Carlsen und Birger Poulsen? Weil die beiden sie angezeigt haben?«

»Ich war stinkwütend!« Nolsoes Ausbruch kam wie ein unerwarteter Donner. Er richtete sich auf seinem Stuhl auf, fischte ein Päckchen Tabak aus der Tasche und zündete sich eine bereits gedrehte, etwas kegelförmige Zigarette an. »Die beiden Anfänger hatten mich als Opfer auserkoren. Ich musste den Kopf hinhalten, damit niemand ihnen die Schuld gab.«

Mikael sah ihn an. Es roch nach Gras und Nolsoe wirkte auch nicht mehr ganz klar. Dunkle Ringe unter den Augen, trockene, aufgesprungene Hände und langer, fettiger Bart. Der Mann hatte schon lange keine Dusche mehr gesehen.

»Hat man Sie bedroht oder irgendwie drangsaliert? Weil Sie hier draußen wohnen?«

»Bedroht? Das nicht, nein, ich wollte einfach für mich sein.«

»Haben Sie andere bedroht?«

»Wie meinen Sie das?«

»Sind Sie auf Facebook?«

»Facebook? Nein. Ich habe gar kein Internet. Und nur ein altes Telefon.«

Mikael bat um Nolsoes Nummer und notierte sie.

»Womit verbringen Sie hier Ihre Zeit?«

»Ich gehe auf die Jagd, kümmere mich um den Wald und arbeite hin und wieder in der Kiesgrube.«

»Kiesgrube?«

»Ja, knapp vier Kilometer südlich von hier. Ich bewege Steinchen und Kies hin und her. Manchmal nachmittags, manchmal abends. Jeden Montag und manchmal auch am Wochenende. Sie finden sonst keinen, der diese Arbeitszeiten akzeptiert.«

»Haben Sie mitbekommen, dass Niels Carlsen Opfer eines Unfalls mit Fahrerflucht geworden ist? Vermutlich ein gezielter Anschlag.«

Paul sah ihn lange aus leeren Augen an.

»Ich mag ja verschroben wirken und wohne weit draußen auf dem Land, aber die Nachrichten verfolge ich. Natürlich habe ich das mitbekommen. Und von Poulsen habe ich auch gehört.«

»Wie oft sind Sie in Kopenhagen?«

Die Antwort kam prompt. »Nie.«

»Dann brauche ich nicht zu fragen, ob sie am Montag, den 2. August in der Hauptstadt waren?«

Nolsoe schnaubte. Trotz der drei Bier intus hatte er sich längst ausgerechnet, wohin das Gespräch führen würde.

»Nein, brauchen Sie nicht. Ich war auch nicht in Horsens, sollte das Ihre nächste Frage sein. Ich weiß mit hundertprozentiger Sicherheit, dass ich diese Gegend hier seit Jahren nicht verlassen und außer ein paar kleinen Viechern niemanden platt gefahren habe.«

Es klang überzeugend, aber es wäre nicht das erste Mal, dass ein Täter Mikael dreist ins Gesicht log. Nolsoe hasste Carlsen und Poulsen, und er hatte ein Motiv.

»Ich sehe, dass Sie ein Mofa fahren. Haben Sie auch ein Auto?«, fragte Mikael.

»Ja, aber das ist in der Werkstatt. Ich brauche es nur einmal in der Woche, wenn ich zum Einkaufen fahre.«

Nolsoe sah mit einem Mal so aus, als würde er sich amüsieren.

»Was ist das für ein Wagen?«

»Ein Pickup.«

»Haben Sie einen Leihwagen, weil Ihrer in der Werkstatt ist?«

»Nein, nur das Mofa. Es ist ja Sommer. Und für eine Woche kriege ich den Einkauf auch mit dem Mofa transportiert.«

»Sie wissen schon, dass ich das überprüfen werde?«

Paul Nolsoe zitterte leicht, als er den Joint zum Mund führte.

»Nur zu«, sagte er und blies den Rauch langsam in Richtung der Bäume.

56

Maria sah von ihrem Notizblock auf und warf einen Blick über die Schulter.

»Hallo?«, rief sie.

Es kam keine Antwort. Es war Donnerstagnachmittag und sie war allein im Museum. Pelles Nachfolger hatte sich vor einer Stunde verabschiedet und Bodil kam glücklicherweise erst nächsten Montag aus den Ferien zurück.

Aber sie hatte eindeutig ein Geräusch gehört. Sie schloss die Augen und konzentrierte sich. Versuchte das Summen der Stimmen der Cafégäste unten auf dem Sankt Hans Torv ebenso auszusperren wie das Zischen des Stadtbusses beim Öffnen der Türen. Die altmodische Geräuschkulisse machte normalerweise einen Teil des Charmes der Arbeit im Polizeimuseum aus: Das Hallen der Schritte der Museumsgäste auf der Steintreppe. Das Glucksen des Wassers in den Fallrohren. Die überraschten Ausrufe, wenn die Besucher im Mordraum eine Schublade aufzogen und ein Messer, ein Haarbüschel oder ein blutiges Stück Stoff darin sahen, das einmal einem Mörder oder einem Opfer gehört hatte. Aber das Geräusch, das Maria gehört hatte, war eher ein tiefes Seufzen gewesen.

Aus dem Konferenzraum sah sie über den in der Wärme flimmernden Platz, wo die Leute die Sonne genossen. Die jetzt schon zwei Wochen andauernde Hitzewelle über Südskandinavien sollte im Laufe des Wochenendes zu Ende gehen und ihren Abschluss in kräftigen Gewittern haben, die die Meteorologen für den Sonntag vorhersagten. Die Unwetter sollten so stark werden, dass die Polizei den Menschen riet, zu Hause zu bleiben. Maria hatte selten jemanden so glücklich das bevorstehende Unwetter verkünden sehen wie den Polizeichef im Frühstücksfernsehen. Schlechtes Wetter war immer ein Dämpfer für die Unternehmungslust der Dänen, was sicher auch für all die ungesetzlichen Aktivitäten der letzten Zeit galt.

Maria selbst hatte den ganzen Tag am Schreibtisch verbracht. Im Laufe der letzten Woche hatte sie versucht, die Tonaufnahmen zusammenzusetzen und eine Geschichte über den Skelettfund in Nørre Felding zu Papier zu bringen, um anschließend einen Podcast über Else zu erstellen. Dem Projekt fehlte aber noch der Schluss, außerdem fragte sie sich, was Bodil dazu sagen würde, dass Maria ihre Order, die Sache auf sich beruhen zu lassen, nicht befolgt hatte. Was sie spätestens beim Aufschlagen der Zeitung in ihrem Ferienexil bemerkt haben dürfte. In der *Morgenavisen* war jedenfalls ein Artikel erschienen, in dem der ganze Fall präsentiert wurde. Mette hatte ganze Arbeit geleistet. Sie hatte den Mann interviewt, der das Skelett gefunden hatte; Eva Holt, die über ihr vererbtes Familientrauma gesprochen hatte und natürlich Maria, die der Toten ihren Namen wiedergegeben hatte, obwohl alle anderen bereits aufgegeben hatten.

Espen Lövengren hatte sich nicht bei Mette gemeldet, obwohl sie ihn mehrfach um einen Kommentar gebeten hatte. Stattdessen hatte Mette den Fokus auf die Preislergruppe gelegt, eine »bislang unbekannte Widerstandsgruppe aus Viborg, von der Maria Just vom Polizeimuseum glaubt, dass sie sich in der polizeilosen Zeit gegen Ende des Zweiten Weltkrieges mehrerer Selbstjustizvergehen und anderer Verbrechen schuldig gemacht haben; darunter dem Mord an Else Lövengren und an einer Familie mit drei kleinen Kindern.

Der Artikel schloss mit der Frage: »Aber wer war Svend Smed, der berüchtigte Chef der Preislergruppe?«

Von unten war ein Knarren zu hören, und Maria drehte sich jäh um. Was zum Teufel war das? Sie musste nachschauen. Mit flauem Gefühl im Bauch ging sie in ihr Büro, nahm eine staubige Kiste aus dem Regal und fand, was sie suchte: Ein Polizeiknüppel, der 1993 bei den 18.-Mai-Unruhen in Nørrebro zum Einsatz gekommen war. Sie schlug ihn prüfend in die Handfläche und fühlte sich sofort ein bisschen sicherer.

Ein Schauer lief ihr über den Rücken, als sie erneut das klagende Knarren der alten, dunkel lackierten Bodenbretter im Erdgeschoss hörte. War das ein Junkie auf der Suche nach Geld, ein Alkoholiker oder ein verirrter amerikanischer Tourist, der glaubte, die dänischen Museen hätten dieselben Öffnungszeiten wie ein 7-Eleven? Die neue Mitarbeiterin an der Rezeption musste vergessen haben, die Türen abzuschließen, als sie gegangen war.

Maria schlüpfte aus ihren Sandalen und schlich barfuß über die kalten Stufen nach unten. Am Fuß der Treppe warf sie einen Blick in die alte Polizeiinspektion, die noch original wie im 19. Jahrhundert möbliert war. Da war niemand. Auch der Raum, in dem die Uniformen der letzten hundert Jahre in mannshohen Glasvitrinen ausgestellt waren, war leer.

Da war wieder das Seufzen zu hören. Oder eher ein trauriges Schniefen zwischen den alten Ziegelwänden und den modernen Vitrinen. Maria hob den Knüppel und folgte dem Geräusch. Der Fremde musste vom Uniformraum weiter ins Museum hineingegangen sein, vielleicht in den Zellengang, in dem vor hundert Jahren Trunkenbolde und Straßenmädchen ihren Rausch ausgeschlafen hatten.

Sie drückte sich mit dem Rücken an die Wand und lauschte. Hörte deutlich den Atem eines anderen Menschen. Entsetzt wurde ihr klar, dass der andere direkt hinter der Türöffnung zum Zellentrakt stehen musste.

Das Räuspern des Eindringlings klang eindeutig nach einem Mann. Sie wagte einen Blick durch das vergitterte Fenster in der Tür und sah den Kopf und die Schultern eines Mannes von hinten. Er trug einen beigen Anzug und die Konturen seines Körpers, der bullig breite Rücken und der birnenförmige Po, ließen Maria an Pelle denken, doch der Mann hatte weder Pelles Haare noch stimmte die Größe. Vielleicht hatten die Leute vom PET den Artikel in der *Morgenavisen* gelesen, eins und eins zusammengezählt und herausgefunden, dass Pelle Informationen aus dem geheimen Besatzungsarchiv an Maria weitergegeben hatte?

Der Mann beugte sich zur Wand vor, als läse er die kleine Informationstafel über die Ausnüchterung in früheren Zeiten. Das war ihre Chance. Sie sprang aus ihrem Versteck und warf sich gegen die Eisentür, die dem Mann wie erwartet gegen den Rücken schlug. Er stolperte nach vorn und stürzte in eine der Ausnüchterungszellen. Als Maria die Tür hinter ihm schloss und den Riegel vorlegte, begann er laut zu brüllen.

Anscheinend hatte er sich beim Sturz an der Holzpritsche angeschlagen.

»Wer sind Sie?«, rief sie durch die Luke.

»Lassen Sie mich raus!« Das Brüllen des Mannes war zu einem klagenden Stöhnen geworden.

»Ganz sicher nicht. Was wollen Sie? Wir haben kein Bargeld im Haus.«

»Bargeld? Was soll ich mit … Ich will zu Maria Just. Der Polizeihistorikerin! Ich habe schon das gesamte Stockwerk abgesucht.«

Überrascht ließ Maria den Knüppel sinken. Wenn der Mann dort drinnen ihren Namen kannte, war er weder Junkie noch Tourist.

»Das bin ich. Wer sind Sie?«, fragte sie noch einmal und trat vor die Luke, damit der Mann ihr Gesicht sehen konnte. Er rappelte sich mühsam auf. Irgendwie kam ihr der Typ vage bekannt vor.

»Es darf niemand wissen, dass ich hier bin. Deshalb konnte ich vorher auch nicht anrufen oder mailen. Ich muss mit Ihnen sprechen.«

Auch seine Stimme klang bekannt, jetzt, da er wieder normal sprach.

»Ich heiße Villy Frandsen. Ich bin Politiker«, sagte der Mann müde und sah sie flehend durch die Luke an.

Maria starrte ihn so verwundert an, dass er sich zu einer weiteren Erklärung genötigt sah.

»Ich habe deutlich abgenommen. Ich weiß, dass ich scheiße aussehe, wie ein Ballon ohne Luft, aber ich bin nicht gefährlich. Seien Sie so gut und lassen Sie mich raus.«

Langsam begann es ihr zu dämmern. Sicherheitshalber fischte sie ihr Handy aus der Tasche und googelte Villy Frandsen. Ein altes Archivfoto einer Provinzstadt in Jütland war das Erste, was sie fand. Und richtig: An einem Laternenpfahl in einer verlassenen Fußgängerzone hing ein Wahlplakat mit dem Konterfei eines deutlich besser genährten Villy Frandsen. Auch sein Lächeln war breiter.

»Sie sind dieser Spesen-Villy?«, fragte sie.

Der Mann sah verletzt aus, nickte aber.

»Warum, zum Henker, schleichen Sie hier herum?«, fragte sie ihn, während sie den Riegel zur Seite drückte und die Tür öffnete. »Ich hätte sie niederschlagen können.«

»Die Tür stand offen«, sagte er. Villy Frandsens Schultern

senkten sich, und mit einem Mal sah er nur noch müde und verloren aus. Er taumelte nach hinten, setzte sich auf die harte Pritsche und legte das Gesicht in die Hände.

Der Mann schien die Wahrheit zu sagen. Die neue Mitarbeiterin hatte offenbar vergessen, die Tür abzuschließen. Bodil würde ausrasten, wenn sie davon erfuhr.

»Ich versuche doch nur, das Richtige zu tun, verdammt noch mal!«, sagte Villy resigniert und sah zu Boden. »Ich habe wirklich keine Lust, hier zu sein, aber ... Ich habe den Artikel in der Zeitung gelesen ... und ich weiß, was die Preislergruppe heute tut und wer Svend Smed war.«

»Wirklich?«

Maria legte den Knüppel weg und setzte sich neben den Politiker.

Er antwortete nicht. Er saß zur Salzsäule erstarrt da und drückte sich die Hände gegen die Stirn. Dann begann er zu zittern.

Es vergingen ein paar Sekunden, bis Maria verstand, dass Villy Frandsen weinte.

57

Schon von Weitem erkannte er Maria. Sie stand am Rand der Mole, den Rücken ihm zugewandt, mit offenen Haaren und ruhelosen Händen. Sie war nervös. Oder vielleicht aufgeregt.

Sie hatte ihn hergebeten, weil sie mit ihm reden wollte. Doch vermutlich ging es dabei nicht um sie beide. Dieser Realität musste er wohl ins Auge sehen. Besser jetzt als später, wenn es richtig wehtun würde. Er war ein Fehler gewesen. Ein Ausrutscher, ausgelöst durch die Umstände und etwas zu viel Alkohol. Von nun an würde sein Anblick jedes Mal einen schlechten Beigeschmack für Maria haben. Sie würde nicht mehr auf seine Nachrichten antworten, das Telefon klingeln lassen und Ausflüchte erfinden, um ihn nicht sehen zu müssen. Nicht weil sie ein schlechter Mensch war, sondern genau aus dem gegenteiligen Grund, und wäre Mikael galant gewesen, hätte er ihren schwachen Moment nicht ausgenutzt.

Gestern Abend hatte er ihre Nachricht erhalten: *Ich muss mit dir reden. Morgen früh um neun bei The End? Komm ohne Handy.*

Er wusste genau, wo sie meinte. Bei der Eisbude an der nördlichen Spitze des Langeliniekais, in der Nähe des Yachthafens und des Kastells von Kopenhagen.

»Mikael.« Sie hatte sich umgedreht, schaute vorsichtig nach allen Seiten und kam ihm entgegen. »Tun wir so, als würden wir einen Spaziergang machen«, sagte sie, als Mikael nahe genug war, und fasste ihn am Arm. »Hi, übrigens.« Sie lächelte flüchtig, dann legte sich ihr Gesicht wieder in nachdenkliche Falten.

»Hi. Was ist los? Warum sollte ich ohne Handy kommen?«

»Hast du es dabei?«

»Nein. Was ist los?«, wiederholte er.

»Ich glaube, ich habe Informationen, die du kennen solltest. Gestern Abend habe ich im Museum Besuch bekommen. Ziemlich unerwarteten Besuch.«

»Von wem?«

Maria blieb stehen und schob ihre Sonnenbrille in die Stirn. Sie hatte einen beunruhigten Ausdruck in den Augen.

»Das habe ich versprochen, für mich zu behalten. Die Informationen stammen von jemandem, von dem ich denke, dass du ihm glauben kannst. *Ich* glaube ihm jedenfalls. Ich habe die Sache aus allen Blickwinkeln betrachtet und wüsste beim besten Willen nicht, welches Motiv er haben sollte, sich ausgerechnet an mich zu wenden und mir ein Märchen aufzutischen.«

»Okay. Schieß los.«

»Dieser Jemand hat mir erzählt, dass er Mittwoch letzte Woche, das war der 11. August, an einem geheimen Treffen einer ziemlich konservativen politischen Gruppierung teilgenommen hat, die sich Preislergruppe nennt.«

»Preislergruppe?«

»Ja. Du hast noch nicht in die *Morgenavisen* geschaut? Die Wurzeln der Preislergruppe reichen zurück bis zu der Widerstandsbewegung während des Zweiten Weltkriegs. Sie wurde im Herbst 1944 gegründet, als die Polizei in den Untergrund gedrängt wurde, als eine Art Selbstjustizgruppe, und sah sich als selbst ernannten Hüter von Recht und Ordnung. Ihr Logo war die Polizeihand – du weißt schon, das ›Auge in der Hand‹, das ihr immer noch auf euren Uniformknöpfen habt.«

»Okay. Aber das ist heute doch wohl kaum mehr der Fall, dass Zivilisten in großem Stile Selbstjustiz verüben.«

»Keine Ahnung. Heutzutage würde man es wohl eher als Protestbewegung bezeichnen. Da ist von allem was dabei. Geschäftsleute, Handwerker, Ärzte … ganz normale Leute. Hauptsächlich Männer, aber auch einzelne Frauen. Alle Mitglieder der Gruppe eint, dass sie sich von der gegenwärtigen Polizei im Stich gelassen, schlecht behandelt oder eingeschüchtert fühlen. Sie nennen euch Unterdrücker, Handlanger der Regierung, Feinde des Volkes und so weiter.«

»Klingt ja reizend.« Mikael verdrehte die Augen.

»Diese Leute meinen, Dänemark anno 2021 sei zum Paradies für Verbrecher geworden, während die Polizei wie ein herzschwacher Hausmeister die letzten Kräfte darauf verwendet, unbescholtene Bürger zu schikanieren.«

»Denen wäre ein Dänemark ohne Polizei vielleicht lieber? Die sollten sich mal ein bisschen im Land umgucken. Jedes Kind sieht doch, wie es um die Sicherheit steht, sobald bei der Polizei Personalmangel herrscht.«

»Im Gegenteil, sie wünschen sich eine schlagkräftigere Polizei. In den Augen dieser Menschen leben wir aktuell in einer gesetzlosen Zeit. Gesetz, Ordnung und allgemeine Gerechtigkeit haben sich ihrer Meinung nach bereits vor vielen Jahren in Rauch aufgelöst.«

»Aber das stimmt doch gar nicht.«

»Nein, aber so erleben sie es. Es ist ihre Realität, in der sie einander eifrig bestätigen, und da haben Fakten und Statistiken nicht mehr viel zu bedeuten.«

»Und wenn sie keine große Polizeireform bekommen, was dann? Seit Jahrzehnten wird mit Reformen am Polizeiapparat herumgedoktert, bis jetzt hat das aber nur zu mehr Überstunden und weiter wachsendem Unmut in der Bevölkerung geführt.«

»Eben das ist die Frage. Meine Quelle hat mir recht besorgniserregende Dinge erzählt. Zum einen wurde bei dem Treffen letzten Mittwoch ausführlich über Selbstjustiz gesprochen. Es wurden Gedanken laut, sich zu bewaffnen und eigenhändig für Recht und Ordnung zu sorgen.«

»Na toll, das können wir im Moment ja prima gebrauchen.«

»Ganz genau. Zum anderen herrschte laut meiner Quelle unter den Anwesenden eine wirklich beunruhigende Freude über den Polizeistreik. Nach Ansicht der Teilnehmer beschert das zunehmende Gefühl fehlender Sicherheit in der Bevölkerung ihrer Sache nun ordentlich Aufwind. Meine Quelle hatte den Eindruck, dass die Mitglieder der Gruppe sogar aktiv die Leute im Land zu Randale und Verwüstungen anstacheln.«

Mikael holte tief Luft. An einem schlechten Tag brachten ihn diese Art von Geschichten auf die Palme. Geschichten von eigentlich kritischen Bürgern, die sich in eine Welt selbst konstruierter Fakten einlullten und schließlich so weit von der Wirklichkeit entfernten, dass es gefährlich und selbsterfüllend wurde. Fanatisch.

»Das klingt nach ziemlichen Spinnern. Hast du etwas Konkreteres, ich muss …«

»Hör mir doch mal zu! Die Quelle hat sich an mich gewandt, weil Mette einen großen Artikel über meinen Fall geschrieben hat. Über das Skelett aus Nørre Felding. Ich bin mir fast hundertprozentig sicher, dass die Preislergruppe anno 1945 den Mord verübt hat und dass Else Lövengren damals dort Mitglied war. Bis sie dahinterkam, dass die Gruppe einen Angriff plante, der zivile Menschenleben kosten konnte, und sie sich entschied – ziemlich heldenhaft, wenn du mich fragst –, nicht einfach die Augen davor zu verschließen. Sie sprach sich dagegen aus, und das wurde ihr zum Verhängnis. So zumindest meine These.«

Mikael nickte. Er wagte nicht zu widersprechen.

»Im Artikel bittet Mette die Leser um Mithilfe bei der Identifizierung des Anführers der Preislergruppe in den Vierzigern, ein sagenumwobener, mächtiger Mann aus der Viborger Gegend, der damals den Decknamen Svend Smed trug. Er war es vermutlich, der den Mord an Else anordnete oder ausführte.«

»Hm, ja, den hattest du im Restaurant erwähnt.« Mikael hatte keine Ahnung, worauf sie hinauswollte.

»Der Mann, der mich gestern aufgesucht hat … Er weiß, wie Svend Smed in Wirklichkeit heißt. Rate mal.«

Mikael gab sich mit einer resignierten Armbewegung geschlagen. Es war bullenwarm, er konnte nicht denken, wenn sie in ihrem flatternden Kleid vor ihm stand, und jetzt sollte er Rätsel raten?

»Der Deckname ›Smed‹ kommt vom Elternhof des Mannes. Smedbygaard.« Maria sah Mikael an, als ob nun alles klar wäre. »Hallo, Dezernatsleiter Dirk. Bist du blind für die Umgebung, wenn du Leute vernimmst? Svend Smeds bürgerlicher Name war Staal. Henning Staal, okay? Großvater deines neuen besten Kumpels, Allan Staal. Der heute auf Smedbygaard ein Stück außerhalb von Viborg lebt. Das stand mit großen Buchstaben auf dem Bautastein, als wir aufs Grundstück gefahren sind. Hast du das nicht gesehen?«

Mikael musterte Maria lange mit gerunzelten Brauen.

»Okay, schon gut, ich komme zum Punkt«, sagte sie und wedelte mit der Hand in der Luft. »Das Treffen der Preislergruppe letzten Mittwoch fand bei Allan Staal statt. Meiner Quelle zufolge war die Zusammenkunft von umfassenden Sicherheitsmaßnahmen begleitet; an der Auffahrt waren Wachen mit Hunden postiert, alle mussten schwören, Stillschweigen zu bewahren … Ich denke, du verstehst, was ich meine. Das Treffen wurde in der großen restaurierten Scheune abgehalten, die wir auf Staals Grundstück gesehen haben. Und als Hauptattraktion des Abends hat die Justizministerin gesprochen.« Maria legte eine Atempause ein. »Sie hielt eine flammende Rede über die Inkompetenz der Polizei und das laxe Strafgesetz. Alles Mögliche, was sie als Justizministerin keinesfalls öffentlich sagen sollte. Mette würde übrigens sterben, um diese Story in die Finger zu kriegen.«

»Dazu müsste man allerdings dokumentieren können, was sie gesagt hat«, wandte Mikael ein.

»Es wird noch schlimmer.« Maria ignorierte seinen Spott. »Meine Quelle fühlte sich gezwungen, an dem Treffen teilzunehmen. Nennen wir es einen politischen Freundschaftsdienst. Irgendwann musste er pinkeln und ging ein Stück abseits in den Wald hinter dem Hauptgebäude. Während er sich erleichtert hat, belauschte er ein Gespräch.«

»Worüber?«

»Das Gespräch fand zwischen Allan Staal und mindestens drei weiteren Personen statt. Was sie sagten, toppt die Rhetorik der Gruppe auf dem Treffen noch. Es ging sogar über das hinaus, was man online lesen kann. Einer meinte, es ginge inzwischen zu weit und die Leute wären zu extrem geworden. Die übrigen waren anderer Meinung. Aber dann … völlig aus dem Blauen heraus meinte Allan Staal plötzlich … warte kurz …« Maria griff in ihre Schultertasche und zog ein kleines Notizbuch heraus. »So in dem Stil lauteten seine Worte: ›Geschieht dem Dezernatsleiter recht, dem weine ich keine müde Träne nach.‹«

Mikael ging ein paar Schritte auf und ab.

»Maria, solche Mails kriegen wir täglich«, protestierte er vorsichtig.

»Jetzt pass auf! Meine Quelle hat das Gespräch mit dem Handy aufgenommen. Ich habe die Stelle gehört. Staal fährt folgendermaßen fort: ›Wenn es nach mir ginge, ist Birger Poulsen als Nächster dran.‹«

Mikael hielt abrupt inne und starrte sie an, dann checkte er das Datum auf seiner Uhr.

»Wann war das, hast du gesagt?«

»Mittwochabend, 11. August. Einen Tag vor Birger Poulsens Tod. Allan Staal wusste, dass Birger Poulsen bald sterben würde. Oder hatte zumindest den Wunsch, dass es geschieht.«

Mikael kratzte sich am Kinn.

»Was wurde noch gesagt?«

»Er hat nur gehört, dass eine weitere Person im Raum – eine Frau, bei der es sich möglicherweise um Katja Klargaard handelte – ihm beipflichtete.«

»Hör zu. Du musst mir sagen, wer deine Quelle ist. Er muss ordentlich vernommen werden. Ein enger Freund von mir ist tot, ein anderer kämpft im Krankenhaus um sein Leben. Wer ist er?«

»Das kann ich dir nicht sagen. Ich habe ihm mein Wort gegeben, Mikael.«

»Wer waren die übrigen Gesprächsteilnehmer?«

»Das konnte er nicht erkennen. Er hat nur Allan Staals Gesicht gesehen.«

»Dann brauche ich wenigstens die Aufnahme.«

»Die kann ich dir aber nicht geben. Noch nicht.«

Maria trat einen kleinen Schritt weg, als hätte Mikael vor, ihr etwas wegzunehmen.

Mikael atmete tief ein und versuchte, ein wenig mehr Höflichkeit und Geduld aufzubringen als seinen Kollegen gegenüber. Der Tipp mochte gut sein, aber der Wert dessen, was Maria wiedergab, ließ sich verdammt schwer beurteilen, ohne die Quelle zu kennen. Das konnte genauso gut die böswillige Erfindung eines Politikers sein, der Katja Klargaard wegen irgendetwas eins reinwürgen wollte. Oder eines Geschäftspartners, der von Allan Staal betrogen worden war.

»Das ist wenig Handfestes, Maria. Ich kann Allan Staal nicht auf Grundlage eines anonymen Tipps festnehmen, laut dem er irgendetwas zu Leuten gesagt hat, die wir nicht identifizieren können.«

»Schon klar, aber …«

»Aber was? In dieser Hinsicht besteht ein Unterschied zwischen einem Historiker und einem Mordermittler. Du kannst dich damit begnügen, Fakten zu sammeln. Ich muss sie beweisen.«

»Du musst aber doch zugeben, dass es verdächtig ist. Auf diesem Landgut ist irgendwas faul. Henning Staal alias Svend Smed ermordet eine neunzehnjährige Frau – oder gibt zumindest den Befehl, sie zu töten –, weil sie droht, seine Missetaten zu enthüllen. Und …«

»Ja?«

»Sechsundsiebzig Jahre später ist die Preislergruppe wieder aktiv, und zwar auf eine Weise, dass der PET deren Existenz und Aktivitäten immerhin in den Akten vermerkt hat. Und der Anführer der Gruppe, der Enkel von Henning Staal, der eine intime Beziehung mit der Justizministerin führt, redet von Morden an namhaften Polizisten, *bevor* sie eintreffen. Wenn Allan Staal also nicht über hellseherische Fähigkeiten verfügt, kann es Herrgott noch m…«

»Moment, Moment, warte mal kurz.«

Mikael legte Maria eine Hand auf die nackte Schulter, was er umgehend bereute. So wollte er sie nicht berühren. Mit Misstrauen und Skepsis.

»Woher weißt du, dass der Geheimdienst Allan Staals Gruppe auf dem Schirm hat?«

Maria schwieg und schaute weg.

»Maria? … Du hast doch hoffentlich nicht deinen Freund beim PET dazu gebracht, etwas zu leaken? Für so was kommt man ins Gefängnis.«

Maria nahm die Sonnenbrille vom Kopf, setzte sie sich auf die Nase und sah ihn herausfordernd an.

»Ich weiß es einfach. Du kannst ja beim PET nachfragen, ob es stimmt. Ohne mich zu erwähnen, natürlich.«

Er schaute lange in ihre dunklen Brillengläser, ehe er die Schultern senkte.

»Na schön. Ich fahre noch mal rüber nach Jütland und spreche mit Allan Staal. Falls ich Dahlin erwische, soll er mitkommen. Aber die Sache ist nicht so einfach, wie du dir das vorstellst. Weit entfernt.«

»Okay.«

»Und du solltest dir bewusst sein, dass ich rauskriege, wer deine Quelle ist, sobald wir die Telekommunikationsdaten des Ortes analysieren. Wie hieß es noch mal? Das Landgut? Smedbygaard? Durch die Abgeschiedenheit dürfte es ein Leichtes sein, mehrere der Teilnehmer von Staals angeblicher Großveranstaltung zu identifizieren.«

»Schön. *Du* solltest dir derweil bewusst sein, dass ich mitkomme, wenn du dorthin fährst.« Maria sah ihn trotzig an. »Meine Quelle sagt, dort wimmelt es nur so von Objekten von nationalhistorischem Interesse. Es könnte Beweise dafür geben, dass Else bis zu ihrem Tod Mitglied der Preislergruppe war, und sogar Beweise dafür, dass Svend Smed ihren Tod zu verantworten hatte. Diese Objekte müssen sichergestellt werden.« Sie stemmte wie ein trotziges Kind die Hände in die Hüften und schüttelte sich eine Locke aus dem Gesicht. »Und ich spreche hier nicht von einem Ausflug. Ich möchte als Expertin sowie als offizielle Repräsentantin des Museums und einzige Ermittlerin im Lövengren-Fall dabei sein.«

Er sah sie entgeistert an. Angesichts der westjütischen Sturheit, die er durchaus zu schätzen gelernt hatte, verschlug es ihm die Sprache. Sie wollte mit? Zu einer potenziellen Festnahmeaktion eines möglichen Mörders? Hatte sie denn gar nichts gelernt? Was für eine Schnapsidee. Dumm! Hoffnungslos dumm, lächerlich. Lebensgefährlich!

Nach dreißigsekündigem Wett-Starren war klar, dass er verloren hatte.

»Ich hole Kaffee«, murmelte er und drehte sich um.

58

Maria beobachtete ihn, und vielleicht war er sich dessen bewusst.

Er hatte sein Handy aus dem Auto geholt, das auf dem Parkplatz hinter dem Langelinie-Pavillon stand, und bestellte nun zwei Kaffee bei einem mobilen Kaffeewagen. Während die Espressomaschine zischte, trat er ein Stück weg, um zu telefonieren. Das erste, anfangs informativ wirkende Gespräch ging scheinbar in einen recht scharfen Schlagabtausch über. Das zweite wirkte förmlicher.

Sie saß auf einer Bank beim Wallgraben des Kastells, zu weit weg, um das Gesagte zu verstehen. Was sie betraf, war die Sache ganz einfach: *Sie* hatte den Tipp von Villy Frandsen bekommen, und die Polizei hatte den Mordfall um Else während der letzten sechsundsiebzig Jahre derart stiefmütterlich behandelt, dass sie in jedem Fall vorhatte, ihn persönlich zum Abschluss zu bringen.

Außerdem glaubte sie Villy. Der Mann war ein Häufchen Elend gewesen, wie er da auf der Pritsche in der Zelle hockte und jahrelange Ratlosigkeit und psychische Belastung in einer Mischung aus Tränen, Rotz und Selbstmitleid aus ihm herausbrachen. Doch seine Angaben waren stichhaltig.

Laut Villy befanden sich etliche Objekte aus dem Freiheitskampf – Armbinden, Fotos, Flugblätter und Waffen – auf Smedbygaard, und sie hatte bereits die Eigentumsverhältnisse des Anwesens überprüft. Der vorherige Besitzer hieß ganz richtig Henning Staal. Er war 2001 im Alter von dreiundneunzig Jahren verstorben und damit im Jahr 1945 siebenunddreißig gewesen. Alt genug für eine Führungsrolle, jung genug, um gefährlich zu leben. Allan Staal, der das Gut übernommen hatte, war sein Enkel.

Maria war sich sehr wohl bewusst, dass Villy Frandsen sie natürlich auch als willkommenes Werkzeug benutzte, um einen politischen Widersacher ans Messer zu liefern, ohne selbst in Schwulitäten zu geraten oder es sich mit jemandem in Christiansborg zu verscherzen. Ihr war es recht, solange seine Informationen dazu beitrugen, nicht nur einen, sondern zwei Morde und einen Mordversuch aufzuklären. Man brauchte nicht immer die besten Absichten zu haben, Hauptsache man tat das Richtige.

»Ich hoffe sehr, du irrst dich nicht, Maria. Ich habe jetzt nämlich alle Hebel in Bewegung gesetzt«, sagte Mikael, als er zurückkam und ihr einen Becher Kaffee reichte. »Es war nicht ganz einfach, unsere Staatsanwältin zu überreden, einen Durchsuchungsbeschluss sowie die Genehmigung zur Funkzellenabfrage einzuholen, nur weil du meinst, auf Staals Familiensitz sei ›etwas faul‹.« Mikael wollte Gänsefüßchen in die Luft malen, schüttete sich aber stattdessen brühend heißen Kaffee aufs Knie.

»Das war bloß eine Redewendung. Aber denk doch mal nach. Vor zwanzig Jahren ist Allan Staal an seinen Geburtsort zurückgekehrt, hintergangen von seinem besten Freund, verraten von der Polizei und ohne einen Heller in der Tasche. Vollkommen am Boden, erbte er das Gut seines Großvaters und dessen Hinterlassenschaften aus dem Widerstandskampf. Vielen Menschen fällt es schwer zu akzeptieren, dass ausgerechnet sie von einem Schicksalsschlag getroffen wurden. Sie suchen nach einer Erklärung. Vielleicht hat er so etwas wie einen Sinn darin gefunden, den Kampf seines Großvaters gegen die Gesetzlosigkeit wiederaufzunehmen, bloß moderner ausgerichtet.«

»Weil er seinen nicht aufgeklärten Fall für den Ausdruck allgemeiner Gesetzlosigkeit hält?«

»So was in dem Stil. Ein größeres gesellschaftliches Problem, gegen das ausgewählte Männer und Frauen eigenhändig durch eine Art Widerstandskampf angehen müssen. So jedenfalls hat meine Quelle die Stimmung auf dem Treffen empfunden.«

»Hm. Allan Staal hat zweifellos Grund, Carlsen und Birger zu hassen, aber er behauptet auch, ein ziemlich solides Alibi für jenen Donnerstagnachmittag zu haben, an dem Birger getötet wurde. Unter uns: Staal gibt an, er und Klargaard hätten zum besagten Zeitpunkt in seinem Privatflugzeug gesessen. Aber er flog zwischen zwei unkontrollierten Flugplätzen, und bislang haben wir noch niemanden ausfindig gemacht, der das Paar tatsächlich von Skive hat abheben oder in Ringsted landen sehen. Klargaard können wir natürlich nicht fragen.«

»Bestimmt hat er Helfer gehabt. Er macht den Eindruck eines Mannes, der es gewohnt ist, Befehle zu erteilen, und an besagtem Mittwochabend waren offenbar viele gewaltbereite Typen anwesend«, wandte Maria ein.

»Gut. Wir führen eine Funkzellenabfrage des Mastes durch, der Staals Anwesen am nächsten gelegen ist. Dann müssen wir abgleichen, ob von den Teilnehmern des Treffens auch jemand bei Carlsens Kollisionsort oder an Birgers Adresse war. Henriette Jansen, die zuständige Staatsanwältin, wird die örtliche Polizei außerdem bitten, Durchsuchungsbeschlüsse für Staals Computer, Handy und Grundstück zu beschaffen, aber dazu muss ich erst noch ein paar weitere Hebel in Bewegung setzen.«

»Und dann fahren wir morgen hin?«

Mikael schwieg einige Sekunden, dann stand er auf, warf seinen Kaffeebecher in einen Mülleimer und schaute auf seine Armbanduhr.

»Vorher hab ich noch was zu erledigen. Deshalb muss ich jetzt auch los. Aber ja, Maria, wir fahren morgen. Und zwar früh!«

59

Ein Mann mittleren Alters mit gepflegten Händen und steifer Mimik nahm Mikael auf dem Hofplatz in Empfang.

»Man hat mich gebeten, Ihnen mitzuteilen, dass es ein wenig dauern wird, bis der Herr Ministerpräsident zu sprechen ist. Er befindet sich gerade mitten in einer Verhandlung«, sagte der Mann blasiert.

»Das weiß ich. Meine Vorgesetzten sitzen jetzt schon seit acht Stunden da drin.«

Der Mann verschwand unter einem der beiden riesigen zusammengeklappten Sonnenschirme, die auf dem Hofplatz standen, und machte sich ächzend daran zu schaffen.

»Wegen mir brauchen Sie ihn nicht zu öffnen«, sagte Mikael.

»Nicht Ihretwegen, so ist es Usus«, stöhnte der Sonnenschirm mit Beinen, und Mikael richtete den Blick stattdessen auf das weiße Herrenhaus, den Sommersitz des Ministerpräsidenten, das im Abendlicht badete.

Bis jetzt kannte er Marienborg nur aus dem Fernsehen, und nach der heiklen Vernehmung von Troels Mejding letztes Jahr hatte er herzlich wenig Lust auf ein Wiedersehen mit dem Staatsoberhaupt. Ein Gefühl, das höchstwahrscheinlich auf Gegenseitigkeit beruhte. Aber ihm blieb keine andere Wahl. Nicht genug damit, dass sie Allan Staals Aktivitäten während der letzten Wochen untersuchen mussten, sie würden auch gezwungen sein zu eruieren, was die Justizministerin gemacht hatte, mit wem sie gesprochen hatte, wo sie gewesen war und was sie wusste.

Troels Mejding würde die Nachforschungen nicht unterbinden können, und sowohl Polizei als auch Politiker legten großen Wert darauf, dass die Abgeordneten genau wie jeder Normalbürger behandelt wurden. Aber die Regierung hatte auf dem Laufenden gehalten zu werden. Normalerweise wäre die Polizeidirektorin oder der Chef der Landespolizei persönlich für die diskrete Übermittlung zuständig gewesen, doch sowohl Kirtzner als auch Kramer waren in die Marathonverhandlungen eingebunden, um eine Lösung für die vielen Krankmeldungen bei der Polizei zu finden. Damit nicht zu viele Personen in diese heikle Angelegenheit verwickelt wurden, war daher Mikael die etwas ungewöhnliche Rolle zugefallen, bei der Staatskanzlei um eine kurze Audienz mit Mejding zu bitten.

»Darf ich Ihnen etwas zu trinken anbieten?«

Der Butler tauchte mit hochrotem Kopf unter dem schlaff aufgespannten Sonnenschirm auf und bot Mikael einen Platz im Schatten an.

Er hatte sich kaum gesetzt, da ging die Eingangstür von Marienborg auf und Mejding trat heraus. Mit dem Gesichtsausdruck eines Boxers auf dem Weg zur Waage ließ er den Blick von Mikaels ausgelatschten Wüstenstiefeln hinauf zu seinem kurzärmeligen Sommerhemd wandern. Mikael konnte sich nicht entsinnen, den Ministerpräsidenten je zuvor ohne Krawatte gesehen zu haben. Die graue Strähne in seinem schwarzen Haar war seit ihrer letzten Begegnung erheblich breiter geworden, davon abgesehen jedoch sah Mejding mit seinen italienischen Wildledermokassins und den hochgerollten Hemdsärmeln nach wie vor wie das Model einer Parfümreklame aus.

»Ich habe zehn Minuten, Birk. Fassen Sie sich kurz.« Mejding setzte eine Sonnenbrille auf und grüßte weder mit Händedruck noch Corona-Ellbogen, stattdessen nahm er resolut auf einem der Stühle Platz und griff nach einer Flasche kaltem Wasser sowie dem Flaschenöffner, den der Butler ihm diensteifrig reichte.

»*Dirk*. Mikael Dirk, ich bin der kommissarische Leiter des Dezernats für Gewaltverbrechen bei der Polizei Kopenhagen.«

»Aha, jetzt also Dezernatsleiter. Das passt ja ins Bild der gegenwärtigen dänischen Polizei. Waren Sie nicht der, der letzten Winter den Mörder hätte aufhalten sollen, bevor er mich als Zielscheibe benutzte?«

Mejding entkorkte sein Mineralwasser und trank, ohne den Blick von Mikael zu nehmen. Eine Geste, die mit Sicherheit einschüchternd wirken sollte, doch die Hand um die Flasche entlarvte ihn. Sie zitterte. Verdutzt fragte sich Mikael, ob dieser Umstand der verfahrenen Verhandlungssituation da drinnen geschuldet war oder seinem unerwarteten Besuch.

»Man könnte es auch so interpretieren, dass wir einen Mord aufgeklärt haben. Wenn alle, die damals wichtige Informationen über den Fall besaßen, uns etwas bereitwilliger geholfen hätten, wäre die Aufklärung wesentlich schneller vonstattengegangen«, erwiderte er spitz.

Auf dem Weg hierher hatte er eigentlich beschlossen, sich um einen respektvollen Ton zu bemühen, aber Mejding machte es ihm schwer.

»Womit also wollen Sie mich inmitten wichtiger Verhandlungen belästigen? Wie Sie sich bestimmt denken können, bin ich damit beschäftigt, Ihre Kollegen zurück zur Arbeit zu holen. Ihre Vorgesetzten und Vertrauensleute sitzen in diesem Moment da drinnen und winden sich, und ich habe nicht vor, sie gehen zu lassen, bevor wir eine Lösung für diesen Streik haben.«

»Das ist kein Streik.«

»Aber hallo, natürlich ist das ein Streik. Na, nennen Sie es, wie Sie wollen. Und wenn wir die ganze Nacht und das Wochenende lang hier sitzen, am Montag ist Schluss.« Mejding hatte die Stimme erhoben.

»Wenn Sie es sagen.«

Mikael griff ebenfalls nach einem Wasser, drückte ohne nachzudenken den Kronkorken gegen die Kante des Bistrotischs und verpasste der Flasche einen festen, kontrollierten Schlag, sodass der Korken mit einem Ploppen wegflog. Mejding starrte ihn ungläubig an.

»Ich bin hier, um Sie darüber zu informieren, dass der Name von einem Ihrer Minister im Zusammenhang mit einer laufenden Mordermittlung aufgetaucht ist«, fuhr Mikael fort und trank von seinem Wasser, während er Mejdings Reaktion beobachtete.

»Wie bitte?« Die Augenbrauen des Ministerpräsidenten schossen mehrere Zentimeter über den Rand seiner Sonnenbrille hinauf in die Höhe, senkten sich aber schnell wieder und formten eine tiefe Sorgenfalte. »Zur Hölle noch mal, als ob ich nicht schon genug Sorgen hätte. Ist es Svendsen? Sonst jemand aus meiner Partei?«

»Nein. Es ist Ihre Justizministerin.«

Mejding erstarrte. »Katja?«

»Ja.«

Der Ministerpräsident stand mit seiner Flasche in der Hand auf, ging drei, vier Schritte und kam wieder zurück.

»Was heißt ›aufgetaucht‹?«

»Als Angehörige eines potenziellen Mordverdächtigen.«

»Mord? An wem?«

»Einem Polizisten in Horsens, unter anderem.«

»Der von neulich? Ja, weiß sie überhaupt Bescheid? Sie

sitzt da drinnen.« Mejding sprach mit ungewohnt gedämpfter Stimme und wies hinter sich zu seinem Amtssitz. Dann griff er sich an die Stirn und stieß einen beinahe knurrenden Laut aus. »Diese dreckige … So ein Miststück! Sie hat die ganze Woche schon gegen mich gearbeitet, Zeit geschunden und die Zusammenarbeit verweigert. Ist das der Grund? Wir hätten schon längst eine Lösung, wenn sie nicht … Und jetzt sagen Sie, dass … dass … Was zum Teufel soll ich …« Mejding stockte.

»Sie sollen gar nichts machen. Im Gegenteil. Setzen Sie sich wieder hin.«

Zu Mikaels Überraschung plumpste Troels Mejding gehorsam auf den Bistrostuhl.

»Bisher haben wir nur einen Tipp, allerdings einen glaubwürdigen, den wir in den nächsten vierundvierzig Stunden gründlich untersuchen werden. Es geht um Klargaards Verlobten, Allan Staal.«

»Allan Staal? Dieser Albino? Ich bin ihm nur wenige Male begegnet. Kann mich diese Sache in irgendeiner Weise mit runterziehen?«

Mikael betrachtete Mejding und konnte nicht umhin, sich insgeheim zu amüsieren. Wie immer dachte Mejding vorrangig an sich selbst, aber nachdem er letztes Frühjahr durch die Medienmühle gedreht worden war, hatte er sich eine kleidsame Demut zugelegt, oder vielleicht war auch einfach sein Glaube an die eigene Unverwundbarkeit angekratzt.

»Im Augenblick deutet nichts darauf hin. Zumindest nicht aus strafrechtlichen Gesichtspunkten. Wie Christiansborg und die Presse den Fall beurteilen, darauf habe ich natürlich keinen Einfluss«, antwortete er aufgesetzt beflissen.

Mejding forderte ihn mit einem resignierten Wedeln zum Fortfahren auf.

»Alles, was ich Ihnen hier erzähle, bitte ich Sie, vertraulich zu behandeln. Zum gegenwärtigen Zeitpunkt weiß Klargaard nichts von unserem Interesse an ihrem Verlobten. Die Ministerialdirektorin ebenso wenig. Wir verdächtigen Staal und seine politische Gemeinschaft, die den Namen Preislergruppe trägt, in den Mord an Polizeiassistent Birger Poulsen und den Mordversuch an Niels Carlsen verwickelt zu sein. Wie, wissen wir nicht, da es aber um schwerwiegende Verbrechen geht, haben wir umfassende Ermittlungsmaßnahmen eingeleitet.«

Mikael sah Mejding an, der mit unergründlichem Gesichtsausdruck vor sich hin starrte. Mejding war einer der am stärksten aufs Image bedachten Politiker der dänischen Geschichte. Seine öffentlichen Auftritte waren peinlich genau durchchoreografiert, und den politischen Kommentatoren zufolge gründete Mejdings steile Karriere vor allem in seiner unsentimentalen Fähigkeit, die Verbindung zu jedem in seinem Bekanntenkreis zu kappen, der auch nur den geringsten Fehler beging. Das galt für Freunde wie Kollegen.

»Preislergruppe?«, fragte der Ministerpräsident.

»Eine Gruppe von Bürgern, die der Polizei gegenüber äußerst kritisch eingestellt sind und die in den letzten Tagen möglicherweise Demonstrationen und Unruhen im Land angeheizt haben. Sie halten Präsenztreffen ab, auf denen sie sich gegenseitig anstacheln, außerdem ereifert sich die Gruppe ganz zeitgemäß in den sozialen Netzwerken. Wie mir zu Ohren gekommen ist, hat der PET die Gruppe im Auge, angesichts der mangelnden Ressourcen kann von einer richtigen Überwachung allerdings nicht die Rede sein.«

Mejding hörte schweigend zu, während es offenkundig hinter seiner Stirn ratterte.

»Wir werden Staals Handy prüfen, sein Haus durchsuchen und seine Autos in Augenschein nehmen, es kann aber auch nötig werden, Katja Klargaards Haus zu überwachen und zu durchsuchen. Hierüber muss die Regierung traditionsgemäß informiert werden. Wir tun natürlich alles in unserer Macht Stehende, um so diskret wie möglich vorzugehen«, fuhr Mikael fort.

»Und sie weiß noch nichts?«

»Nein. Und dabei sollte es möglichst bleiben, bis wir mit Staal gesprochen haben und zu einer Einschätzung gelangt sind, ob er festgenommen und beschuldigt wird. Ich muss Sie bitten, in dieser Situation die Rechtssicherheit über Ihren Ruf und den der Regierung zu stellen.«

»Aber wird *sie* wegen irgendetwas verdächtigt? Könnte sie angeklagt werden? In dem Fall muss das Parlament ihr die Immunität entziehen. Ich kann keine Ministerin gebrauchen, die …«

»Es ist viel zu früh, dazu etwas zu sagen«, fiel Mikael ihm ins Wort.

»Sie haben gehört, dass ich gesagt habe, sie sitzt da drinnen, oder?«

Mejding senkte die Stimme zu einem Flüstern und sah Mikael mit unergründlicher Miene an. Es war unmöglich zu sagen, ob er aufgewühlt, beunruhigt oder amüsiert war.

»Wenn Sie gleich wieder reingehen und die Besprechung fortsetzen, tun Sie bitte so, als wäre nichts passiert. Ich rechne damit, dass ich Ihnen morgen Nachmittag mehr sagen kann.«

Mejding nickte. Erst kaum merklich, dann mit einer etwas deutlicheren Kopfbewegung. Schließlich hüpften sowohl der Kopf als auch die Schultern des Ministerpräsidenten in einem rhythmischen Zucken auf und ab, während sein Mund sich zu einer bizarren Grimasse verzerrte.

Für einige verwirrte Sekunden dachte Mikael, Mejding würde hinter den getönten Brillengläsern weinen, doch dann öffnete der Ministerpräsident den Mund und legte den Kopf in den Nacken. Schallendes Gelächter stieg aus seinem Bauch hoch in den aufgespannten Sonnenschirm und hinaus in den Sommerabend. Mikael sah ihn verständnislos an, doch Mejding winkte bloß ab, als könne Mikael ohnehin niemals begreifen, worin das grotesk Komische bestand.

Der Ministerpräsident stand auf und ging, wandte sich nach einigen Schritten aber nochmals um, nahm die Sonnenbrille ab und zeigte mit einem teuflischen Lächeln auf Mikael. Er sah aus wie ein Großmeister, der den Verlauf der Schachpartie vorhersah und wusste, dass der König der Gegnerin in Kürze entblößt dastehen würde und sie außerstande wäre, ihre Niederlage zu verhindern. Zug um Zug rückte die Demütigung näher, sie ahnte es nur noch nicht, da sie das Spiel nicht wie er beherrschte.

»Sie haben mir gerade das Leben gerettet, Dirk! Besser spät als nie«, sagte er und ging davon.

60

Mikael fuhr von der Autobahn ab und warf einen erneuten Blick in den Rückspiegel, um zu sehen, ob sich hinten auf der Bank etwas regte. Er schnaubte irritiert.

»Wir sind bald da. Noch zwanzig, fünfundzwanzig Minuten. Glaubst du, unser Teenager dahinten reißt sich zusammen? Heute kann ich nicht allein reingehen.«

Maria drehte sich auf dem Beifahrersitz um und betrachtete Frederik, der mit angezogenen Beinen und einem Arm über dem Gesicht auf der Rückbank lag.

»Dann ist es ja gut, dass du mich mitgenommen hast«, meinte sie.

Mikael konnte sich nicht mal ein Schmunzeln abringen. Er biss sich konzentriert in die Backe und sah auf seine Uhr.

»Wir brauchen ein bisschen frische Luft.«

Er ließ sein Fenster komplett herunter, sodass schwülwarme Luft ins Wageninnere föhnte. Frederiks Haare flatterten, und er gab im Schlaf ein mürrisches Grunzen von sich. Maria zeigte auf eine Tankstelle.

»Halt da mal an. Ich hole Kaffee.«

Sie hatten Frederik um 6.30 Uhr bei ihm zu Hause in Virum abgeholt. Erst nach mehrfachem Klopfen und zwei Telefonanrufen war er aus dem Haus getaumelt, im T-Shirt und mit offenem Hosenstall, wodurch sein Pistolenholster weit unten an der Hüfte hing. Die Haare ungekämmt, die Augen klein und blutunterlaufen. Es war unmöglich gewesen, den sauren Alkoholdunst in der Kabine zu ignorieren.

»Ich weiß, dass Samstag ist, aber ganz ehrlich, hast du die ganze Nacht getrunken?«

Mikael sah ungehalten aus, und Maria zog den Hals ein. Sie fühlte sich wie ein Kind, das in einem schon lange schwelenden Streit zwischen den Eltern festsaß.

Frederik brummelte eine unverständliche Antwort.

»Ich dachte, ich hätte mich klar ausgedrückt, als ich dich gestern angerufen und gebrieft habe. Mir ist unbegreiflich, wie du heute mit so einem Kater aufkreuzen kannst.«

Mikael musste sich offensichtlich am Riemen reißen, um einen ruhigen Tonfall zu bewahren und nicht bevormundend zu klingen, aber es machte vermutlich keinen Unterschied. Frederik saß mit apathisch herabhängenden Schultern in der Mitte der Rückbank und starrte mit trübem Blick auf die Fahrbahn.

»Louise ist schwanger«, sagte er endlich. Beiläufig in den Raum geworfene Worte wie eine Bemerkung über das Wetter oder steigende Benzinpreise, die Mikael vollständig die Sprache verschlugen. Sein Mund öffnete und schloss sich ein paarmal, ehe er ein begeistertes »Mensch, Frederik, Glückwunsch!« herausbrachte.

Maria sah, dass er sich aufrichtig für seinen Partner freute, aber Frederik nuschelte bloß ein lahmes »Danke« und lehnte mit geschlossenen Augen den Kopf zurück.

Über eine Stunde fuhren Maria und Mikael in peinlichem Schweigen, außerstande, das Gespräch anzuschneiden, von dem sie beide wussten, dass sie es früher oder später würden führen müssen. Auf der Storebælt-Brücke schließlich murmelte Mikael etwas, wohl in erster Linie zu sich selbst.

»Wie bitte?«, hakte Maria nach, aber es ging nicht um sie beide.

»Sie versuchen es schon ewig. Ein Kind zu bekommen«, sagte er. »Ich kapier nicht, wieso er sich nicht freut.«

Als Maria mit Kaffee und Kopfschmerztabletten aus der Tankstelle kam, saß Frederik aufrecht auf der Rückbank. Offenbar hatte in ihrer Abwesenheit ein kurzer, harscher Wortwechsel zwischen den beiden Partnern stattgefunden. Sie setzten schweigend ihre Fahrt fort, bis Mikael vor dem eisernen Tor zu Staals Anwesen hielt.

»Sieht ja nicht gerade einladend aus«, bemerkte Frederik.

Mikael stieg aus und drückte den Klingelknopf an der Gegensprechanlage. Er klingelte ein zweites Mal. Keine Antwort. Maria und Frederik stiegen aus und blickten wie Mikael zu dem Landgut am Ende der Lindenallee.

»Eine lange Fahrt für nichts und wieder nichts«, sagte Frederik. Seine Stimme war tonlos.

»Sei mal kurz still.«

Mikael legte einen Finger an die Lippen und nahm seine Sonnenbrille ab.

»Entspann dich. War ja nur eine Feststellung.«

»Schhh«, flüsterte Maria. »Ich höre auch etwas.«

Ein Brummen mischte sich mit Vogelgezwitscher und fernem Verkehrsrauschen. Das Geräusch schwoll an, und kurz darauf kam ein Mann im Overall mit Hörschutz und Schirmmütze auf einem grünen Mähtraktor um die Ecke des Hauptgebäudes gefahren.

»Ist das Allan Staal?« Frederik blinzelte in die grelle Mittagssonne.

»Nein«, antworteten Mikael und Maria unisono.

Mikael winkte dem Gärtner mit beiden Armen zu, doch entweder war dieser auffällig konzentriert bei der Sache, oder aber er ignorierte sie bewusst.

»Verdammt noch mal«, brummte Mikael. Er trat zu der niedrigen Mauer neben dem Tor, kletterte hoch und sprang auf der anderen Seite hinab.

Der Gärtner kam abrupt zum Stillstand, nahm den Gehörschutz ab und schob sich die Mütze mit einer wachsamen Bewegung in die Stirn, als Mikael auf ihn zukam. Mikael zeigte ihm seinen Ausweis, woraufhin der Mann eine etwas entgegenkommendere Haltung einnahm. Mikael zeigte zum Hauptgebäude, der Gärtner schüttelte den Kopf und wies stattdessen gen Westen, was Mikael veranlasste, zum Wagen zurückzurennen.

»Steigt ein!«, rief er und schlug mit der Faust auf einen Schalter an der Innenseite der Mauer, der das Tor aufgehen ließ.

»Was ist los?«, fragte Frederik.

»Staal ist vor fünfundzwanzig Minuten zum Flughafen Skive aufgebrochen. Er hat dort eine Privatmaschine stehen.« Mikael knallte die Tür zu, legte den Gang ein und fuhr mit heulendem Motor auf die Landstraße. »Sucht die Nummer vom Flughafen Skive raus. Sagt, sie sollen ihn aufhalten.«

61

Nach zehn Minuten raste der Dienstwagen auf die lange Zufahrt zum Flughafen Skive.

Maria war schlecht. Eigentlich sollte sie überhaupt nicht in diesem Auto sitzen, hätte gar nicht auf diese Fahrt mitkommen dürfen, genau wie Mikael gesagt hatte. Sie wagte nicht länger den Blick auf den Tacho, als Mikael mit heulenden Sirenen auf 160 km/h beschleunigte und drei zweifelhafte Überholmanöver durchführte. Frederik saß hinten, unberührt von der Fahrt. Tatsächlich schienen seine Lebensgeister zurückzukehren, während er konzentriert auf sein Smartphone blickte.

»Der Flugplatz antwortet nicht unter der offiziellen Nummer. Und das hiesige Revier sagt, dass der Tower auch nicht unter der Notfallnummer zu erreichen ist, die ihnen vorliegt. Übrigens gibt es keinen Flugleiter.«

»Das weiß ich.« Mikael nahm den Blick nicht von der Fahrbahn. »Aber es muss doch irgendwen dort geben, der Staal aufhalten kann? Bodenpersonal? Andere Amateurpiloten?«

»Wie es scheint, keinen, der Telefondienst schiebt.«

In der flachen Landschaft sahen sie schon von Weitem den Tower und die Flaggenmasten mit Flaggen aus aller Welt. Die Ansammlung von Gebäuden im Osten von Skive jedoch als Flughafen zu bezeichnen, war reichlich hochgegriffen. Tatsächlich handelte es sich um einen Parkplatz und ein flaches rotes Gebäude, das man, wäre der trapezförmige Glasturm auf dem Dach nicht gewesen, für das Vereinsheim eines x-beliebigen Fußballclubs hätte halten können.

Hinter dem Hauptgebäude befand sich ein großer schwarzer Hangar und ein Stück entfernt ein flacher, länglicher Hangar für die kleineren Privatmaschinen der hiesigen Flugbegeisterten. Die Hitze flimmerte über der zwölfhundert Meter langen, asphaltierten Rollbahn. Kein Flugzeug war darauf zu sehen, überhaupt wirkte das Gelände vollkommen verlassen.

»Maria, sieh nach, ob jemand im Gebäude ist. Frag, ob in der letzten halben Stunde jemand von hier abgeflogen ist«, sagte Mikael, als er eine Vollbremsung vor dem Eingang machte. Er stieg aus, ohne die Tür zu schließen, und ließ den Schlüssel stecken. »Ich laufe um das Gebäude herum zu den Hangars. Frederik, gehst du andersrum? Check das Vorfeld.«

Er verschwand rechts ums Flughafengebäude. Maria zog an der Eingangstür zum Hauptgebäude, doch die war verschlossen. Drinnen standen Tische mit hochgestellten Stühlen wie in einer Cafeteria. Es war kein Mensch zu sehen. Sie trat ein paar Schritte zurück und versuchte, logisch zu denken. Irgendwo musste es eine Sprechanlage oder ein Telefon geben. Sie lief nach links ums Gebäude herum und wäre beinahe mit Frederik zusammengestoßen, der mit wild entschlossenem Blick zurückgerannt kam.

In diesem Moment hörte auch sie das Jettriebwerk.

Der Weg zum Vorfeld des Flughafens war durch einen Maschendrahtzaun versperrt, das zweiflügelige Gittertor abgeschlossen. Etwa hundert Meter entfernt, aus dem scheunenartigen Hangar, rollte ein kleines Flugzeug mit der seitlichen Beschriftung »STAAL« heran auf Maria und das Hauptgebäude zu, von wo es Kurs auf die Startbahn nehmen würde.

Die Maschine fuhr so schnell, dass Mikael, der neben ihr herrannte, nur mit Mühe Schritt halten konnte. Er fuchtelte mit den Armen und schrie etwas, das wie kurze Befehle klang, die vom Heulen des Flugzeugmotors verschluckt wurden. Das Flugzeug holperte weiter auf Maria zu, die wie paralysiert hinter dem verschlossenen Gittertor stand. Sie konnte nichts weiter tun, als Mikaels hoffnungsloses Gebaren zu beobachten und den Mann im Cockpit anzustarren. Der Pilot hatte schlohweißes Haar, trug eine verspiegelte Fliegerbrille und ein großes Headset. Kein Zweifel, das war Allan Staal, und er war im Begriff, sich davonzumachen. In Kürze würde er die Startbahn entlang beschleunigen und am Horizont verschwinden.

Als Mikael einsah, dass er das Flugzeug nicht aufhalten konnte, blieb er vor Maria stehen, beugte sich, die Hände auf die Knie gestützt, nach vorn und schnappte nach Luft. Er richtete sich wieder auf, sah sie durch den Maschendraht an und wollte gerade etwas sagen, als sich seine Augen entsetzt weiteten.

»Schnell, an die Mauer!«, schrie er.

Reflexartig warf sich Maria in dieselbe Richtung wie Mikael, zum Gebäude. Sie hatte keine Zeit zu begreifen, was geschah, da schoss Mikaels Dienstwagen zu ihrer Linken durch das Gittertor. Der rechte Torflügel schwang auf und schmetterte gegen die Gebäudewand, wenige Handbreit von Mikael entfernt, der sich in den Hohlraum zwischen der Mauer und einem Pfosten des Maschendrahtzauns gedrückt hatte. Maria und er hoben gleichzeitig den Kopf, ihre Gesichter zwanzig, vielleicht dreißig Zentimeter voneinander entfernt, durch dicken Maschendraht getrennt. Sie hatte ihn noch nie so besorgt gesehen.

»Geht's dir gut? Bist du verletzt?« Er streckte die Hand aus, kam aber nicht weiter als bis zum Draht.

»Nein … Nein, du?«, stammelte sie.

Mikael rappelte sich auf. Maria trat durch das nun zerschmetterte Gittertor und starrte dem Wagen hinterher, der quer über das Gelände schoss.

»Was zur Hölle tut der da?« Mikaels Unruhe übertrug sich auf Maria.

Als der kleine Privatjet auf die Startbahn bog und Gas gab, rammte Frederik einen Landescheinwerfer, der über die Motorhaube flog, und bretterte auf den Asphalt, wo er eine Handbremsdrehung vor dem Flugzeug machte, die Staal zur Vollbremsung zwang, wenn er eine Kollision verhindern wollte.

Frederik sprang aus dem Auto und marschierte mit zielgerichteten Schritten zu Staals Maschine. Maria konnte nicht richtig erkennen, was auf der anderen Seite des Flugzeugs vor sich ging, doch wenige Sekunden später lag Staal auf dem Asphalt. Zwischen den drei Rädern des Flugzeugs hindurch sahen sie Frederik über Staal gebeugt dastehen wie ein Raubtier, kurz bevor es die Zähne in seine Beute schlägt.

»Verdammte Scheiße.« Mikael rannte los. »Dahlin! Nein!«

62

Allan Staal erhob sich abrupt, als Mikael in den Raum trat.

Es war keine Geste der Höflichkeit, sondern eher der Versuch, in dem engen Raum, in dem er gegen seinen Willen festgehalten wurde, seine psychologische Dominanz aufrechtzuerhalten. Selbst jetzt noch, mit am Kragen aufgerissenem Poloshirt und verbogener und verkratzter Sonnenbrille, die vor ihm auf dem Tisch lag, musterte er Mikael überheblich.

»Ich hoffe, Sie haben eine gute Erklärung für die Polizeigewalt, der ich gerade ausgesetzt wurde. Oder besser gesagt, ich hoffe, sowohl Sie als auch Ihr *geis-tes-kranker* Kollege haben einen verdammt guten Anwalt, denn ich gedenke, die Sache verfolgen zu lassen! Bis zum Ende!«

Speichel flog aus Staals Mund, und Mikael wandte sich ab, indem er so tat, als checke er sein Handy. Es war jetzt wichtig, ruhig Blut zu bewahren.

»Ich lasse nicht locker, bis dieser unverschämte Schnösel suspendiert ist. Und Sie … Wann hören Sie auf, mich zu belästigen?«

Staal richtete einen anklagenden Zeigefinger auf Mikael und den Rest der Welt. Mikael musterte ihn ausdruckslos, während er seine Strategie durchdachte. Es durfte ruhig eine Weile dauern. Staal sollte die Möglichkeit bekommen, sich abzureagieren. Dampf abzulassen, damit Raum für gewisse Zweifel und Unsicherheit entstand.

Objektiv betrachtet war es gut, dass Frederik Allan Staal

aufgehalten hatte. Besser ein beleidigter Staal in Gewahrsam als ein verschwundener Staal. Aber Frederiks unnötig rabiates Vorgehen auf der Startbahn hatte Staal einen moralischen Vorsprung in der bevorstehenden Vernehmung verschafft. Er konnte und würde den Rest des Tages das Opfer spielen – und sich garantiert den Rest des Jahres bei Gott und der Welt beschweren. Nicht nur bei der Justizministerin, bei Kirtzner und Kramer, sondern auch bei der gesamten dänischen Presse. Und Staal war mit seiner gesellschaftlichen Stellung, seinem Vermögen und den vielen Arbeitsplätzen, die er geschaffen hatte, ein Mann, dem die Leute zuhörten.

»Nehmen Sie Platz«, sagte Mikael mit aller Höflichkeit, die er aufbringen konnte.

»Ich weiß nicht, ob Sie schwer von Begriff sind oder karrieretechnisch Kamikaze begehen wollen, aber Sie wissen schon, wer meine Verlobte ist, oder?«

»Ja, das ist mir bekannt. Nehmen Sie Platz«, antwortete Mikael, nun weitaus weniger freundlich.

Er sah aus dem Fenster zum Parkplatz, wo Frederik und Maria auf Verstärkung von den Polizeistationen in Skive und Viborg warteten. Die Kollegen mussten bald hier sein.

Als Mikael und Frederik mit Staal in ihrer Mitte zurück zum Vorfeld gekommen waren, hatte sich endlich ein älterer Herr vom Tower herunter und aus dem verschlossenen Flughafengebäude getraut. In seinem Schnauzer hingen Brotkrümel und Remoulade.

»Sie haben unser Tor zerstört«, monierte er, als er das zertrümmerte Gittertor in Augenschein nahm.

»Und das tut uns sehr leid. Können wir uns für ein paar Stunden einen Raum leihen?«

Mikael bemerkte, wie der Mann Staal verstohlene Blicke zuwarf.

»Der Zaun war nagelneu. Die Gemeinde hat ihn bezahlt. Manchmal klettern Leute drüber, und das ist gefährlich. Wir sind ja nur eine kleine Gruppe, die …«

Frederik schnitt ihm das Wort ab.

»Sie können sich Ihr Tor und Ihren Zaun sonstwohin stecken. Beschweren Sie sich bei der Justizministerin oder beantragen Sie beim hiesigen Baumagnaten einen Zuschuss für einen neuen. Er wollte vor der Polizei abhauen. Wir brauchen einen Raum. *Jetzt sofort*!«

Mikael warf Frederik einen langen, warnenden Blick zu, doch erst als Staal in dem kleinen Büro hinter verschlossener Tür untergebracht war und er Frederik nach draußen auf den Parkplatz gezogen hatte, verlor er die Beherrschung.

»Bist du völlig irre geworden? Es ist eine Sache, wie Bruce Willis auf Speed durch das Tor zu preschen. Etwas anderes ist, dass du ihn halb zusammengeschlagen hast. Das war unnötig. *Komplett* unnötig!«

»Aha. Dein gemütlicher Dauerlauf und der freundliche Versuch, ihn an die Seite zu winken, waren ja nicht so erfolgreich.«

Frederik sah weg, kaum dass er fertig geblafft hatte.

»Du hättest Maria oder mich treffen können, als du durch den Zaun gerast bist. Hast du sie überhaupt gesehen? *Meine* Unversehrtheit ist das eine; ich habe mich schon lange damit abgefunden, dass der Polizeidienst mit einem gewissen Risiko verbunden ist. Aber ich sage dir, Frederik … Wenn Maria etwas passiert wäre, dann …«

Mikael hob einen Finger und wedelte ziellos damit herum.

»Dann was?« Frederiks Augen glühten ungewöhnlich dunkel. »Warum ist sie überhaupt dabei? Es ist *deine* beschissene Verantwortung und *deine* Entscheidung, eine Zivilistin auf einen Einsatz mitzunehmen. Bumst du sie, oder was? Kannst du die Dinge etwa nicht mehr auseinanderhalten?«

Mikael war kurz davor, ihm eine reinzuhauen. Stattdessen stellte er sich dicht vor seinen Partner und fragte mit gedämpfter Stimme: »Was ist los mit dir? Seit den Sommerferien bist du aufbrausend, aggressiv und abweisend. Ich mache mir Sorgen. Was zur Hölle ist los? Du führst dich auf wie ein Teenager!«

Frederik trat weit zurück. Als könne er es nicht ertragen, so nah bei Mikael zu stehen. Oder sonst irgendwem.

»Seit wann weißt du, dass Louise schwanger ist?«

Frederik zuckte mit den Achseln.

»Seit gestern.«

»Also ist es noch ganz frisch? Ihr wart in Behandlung, oder?«

»Eigentlich haben wir eine Pause gemacht. Ich habe nicht …«

Frederik schüttelte sich.

»Nicht was?«

»Ich kann das jetzt nicht. Das alles. Ich bin nicht bereit.«

»Hör mal zu. Vater zu werden, ist ein echter *Gamechanger*. Du bist einfach überrumpelt.« Mikael wollte Frederik eine Hand auf die Schulter legen, doch sein Partner wich noch weiter zurück.

»Ich will nicht darüber reden. Und verschone mich bitte mit deinen väterlichen Ratschlägen. Wenn ich mich recht entsinne, bist du alles andere als ein Experte auf diesem Gebiet.«

Frederik funkelte ihn angriffslustig an, senkte jedoch den Blick, als er sah, dass die Bemerkung Mikael genau da getroffen hatte, wo er es beabsichtigt hatte. Mikael starrte ihn mehrere Sekunden lang an, bevor er zurück zum Flughafengebäude ging. Nach drei Schritten drehte er sich um.

»Erstens: Du solltest froh sein, dass ich im Augenblick dein Chef bin, denn was du da draußen abgezogen hast, hätte Carlsen dir nicht durchgehen lassen. Schon gar nicht angesichts des aktuellen politischen Klimas.« Mikael versuchte vergeblich, Augenkontakt mit Frederik herzustellen. »Zweitens: Wir müssen keine Freunde sein. Meinetwegen sei halt ein Arschloch. Aber ich muss dir und deiner Urteilskraft vertrauen können. Ich muss wissen, dass du da bist, und dass du verdammt noch mal nachdenkst, bevor du handelst.«

Frederik ließ schweigend den Kopf hängen.

»Kann ich darauf vertrauen?«

»Hm«, murmelte Frederik.

»Was?!«

»Ja, verdammt.«

Mikael ging, ohne sich im Geringsten beruhigt zu fühlen. Und Frederiks hinter seinem Rücken geflüstertes »Tut mir leid« hörte er nicht.

63

Allan Staal räusperte sich.

»Könnte ich vielleicht eine klitzekleine Information darüber bekommen, weshalb ich überfallen wurde und auf diese Weise festgehalten werde?«

Mikael nahm den Blick von Frederik und Maria und wandte sich Staal zu.

»Natürlich. Ich würde gern mit Ihnen über den Mord an Birger Poulsen und den Mordversuch an Niels Carlsen sprechen.«

Staal sah ihn entgeistert an.

»Ist das Ihr Ernst? Ich dachte, ich hätte Ihnen neulich klar gemacht, dass ich damit nichts zu tun habe.«

»Das haben Sie gesagt, ich bin mir bloß nicht sicher, ob das stimmt.«

»Wie bereits vorgeschlagen, könnten Sie sich auch einfach die Mühe machen zu überprüfen, wo sich meine Maschine an dem Nachmittag befand, als der Mann in Horsens getötet wurde.«

»Was ich durchaus getan habe. Ich bin nur nicht überzeugt, dass Sie tatsächlich in dem Flugzeug saßen. Sowohl Ringsted als auch Skive sind unbemannte und unkontrollierte Plätze, und wir konnten niemanden finden, der Sie zum betreffenden Zeitpunkt gesehen hat.«

»Großer Gott. Sie sind ein verdammter Amateur. Mein Flugzeug protokolliert wie alle anderen die Motorzeiten, alles klar? Es lässt sich leicht überprüfen, dass das Flugzeug tatsächlich in der Luft war.«

»Na und? Vielleicht hat ja ein Freund eine leere Maschine für Sie geflogen. Oder Sie sind früher oder später geflogen, als mir gegenüber angegeben. Außerdem haben wir noch kein Alibi von Ihnen für Montagmorgen, den 2. August, als Niels Carlsen in Vanløse angefahren wurde.«

Staal schüttelte den Kopf, als wäre Mikael ein aufsässiger Mitarbeiter.

»Weiß Katja, was hier läuft?«

»Wir haben entschieden, die Ministerin und ihren Chauffeur im Moment noch nicht zu vernehmen. Was Sie sicherlich zu schätzen wissen.«

»Wie rücksichtsvoll«, sagte Staal säuerlich.

»Außerdem haben wir neue Informationen.«

»Die da wären?«

»Lassen Sie mich anders anfangen. Verraten Sie mir doch bitte, was die Preislergruppe ist?«

Staal sah ihn perplex an.

»Was hat das denn damit zu tun?«

»Antworten Sie einfach.«

Staal senkte mit einem tiefen Seufzer die Schultern.

»Die Preislergruppe war die Widerstandsgruppe meines Großvaters während des Zweiten Weltkriegs.«

»Ihr Großvater. Henning Staal alias Svend Smed.«

Staals Blick flackerte und huschte kurz an Mikael vorbei, ehe er antwortete.

»Sie sind gut informiert.«

»Ist es korrekt, dass Sie heute eine Organisation desselben Namens leiten?«

Staal lehnte sich zurück und rieb sich das Kinn, ehe er widerstrebend antwortete.

»Was heißt Organisation … das ist wohl zu viel gesagt. Ich nenne es Gemeinschaft. Eine Interessengemeinschaft für Menschen, die schlechte Erfahrungen gemacht haben.«

»Schlechte Erfahrungen mit der Polizei?«

»Mit der Polizei, den Gerichten, dem Rechtswesen, der Gerechtigkeit. Es gibt viele Beispiele für tragische Schicksale, das kann ich Ihnen versichern. Skandale, um genau zu sein. Und ich kann der Liste heute einen weiteren hinzufügen.«

»Wer sind die Beteiligten?«

»Ganz gewöhnliche Leute. Vor allem aus der Gegend. Für einen Hauptstadtbullen wie Sie ist es wahrscheinlich schwer zu verstehen, aber hier auf dem Land vergeht locker mal eine Stunde, bis die Polizei kommt, wenn man in seinem eigenen Laden ausgeraubt wird. Vergewaltigungen wird kaum nachgegangen. Bei dir wurde eingebrochen? Vergiss jede Hilfe, du bist auf dich allein gestellt.«

»Meinen Informationen zufolge waren Sie vor anderthalb Wochen, am Mittwoch, dem 11. August, Gastgeber eines Treffens der Preislergruppe.«

Staal hob verwundert den Blick.

»Woher wissen Sie das?«

»Bei diesem Treffen nahmen Sie an einem vertraulichen Gespräch über den Mordversuch an Niels Carlsen teil. Ein Polizist, auf den Sie nicht gut zu sprechen sind, nachdem Sie vor zwanzig Jahren Opfer eines Wirtschaftsverbrechens wurden. Während des Gesprächs haben Sie angeblich gesagt, wenn es nach Ihnen ginge, wäre Birger Poulsen als Nächster dran. Wir haben eine Aufnahme dieser Äußerung. Am folgenden Tag wird Birger Poulsen umgebracht. Wie erklären Sie das?«

Allan Staal sah verwirrt aus. Verwirrt, aber nicht erschüttert und schon gar nicht schockiert, was Mikael ein wenig sorgte.

Normalerweise konnte selbst der kaltblütigste Kriminelle seine Wut oder Nervosität nicht mehr verbergen, wenn klar wurde, dass das Spiel aus war. Staal fühlte sich offenbar verraten, ließ sich jedoch durch nichts anmerken, dass er entlarvt wäre. Sein Blick irrte durch den Raum, als suchte er dort die Antwort, von wem Mikael seine Informationen hatte.

»Ich erinnere mich nicht, es auf diese Weise formuliert zu haben«, antwortete er nach längerem Überlegen. »Wie gesagt zählen weder Poulsen noch Carlsen zu meinen liebsten Bekannten, aber ich habe nichts mit ihren Unfällen zu tun.«

»Vielleicht nicht Sie persönlich. Aber Sie hätten das Motiv und die Mittel, einen Überfall in Auftrag zu geben.«

Allan Staal ließ ein lakonisches Lachen vernehmen. »Sie schauen zu viele Serien.«

Mikael ließ sich nicht beirren, obwohl er für einen Moment spürte, dass Staal im Begriff war, psychologisch die Oberhand zu gewinnen.

»Sie waren mit mehreren Personen zusammen, als Sie äußerten, Birger Poulsen sollte es als Nächsten erwischen. Meinen Informationen zufolge waren es mindestens drei. Mit diesen Leuten würden wir gerne sprechen.«

Staals Gelächter verstummte schlagartig. Wieder bemerkte Mikael, wie sein Blick durch den Raum huschte.

»Wie gesagt, ich erinnere mich nicht, dergleichen von mir gegeben zu haben oder in welchem Zusammenhang das hätte gewesen sein sollen«, erwiderte er.

Mikael musterte Staal, ehe er einen raschen Blick hinaus zu Maria warf. Sie hätte ihn das Tonband mit Staals Äußerung anhören lassen sollen. Es verunsicherte ihn, sich in einer Vernehmung nicht auf handfeste Fakten stützen zu können. Auf Worte, die er mit eigenen Ohren gehört hatte, oder Objekte, die er selbst in den Händen gehalten hatte. Andererseits gab es da ganz offensichtlich etwas, das Staal ihm verschwieg. Er mochte ein versierter Geschäftsmann sein, aber er war ein lausiger Lügner.

»Soweit ich informiert bin, herrscht in der gegenwärtigen Version der Preislergruppe ein rauer Umgangston. Sowohl auf Präsenztreffen wie auch online. Es wird zu Selbstjustiz, Randale und Gewalt aufgerufen, richtig?«, versuchte er es.

»Also, ich weiß nicht. Ich würde es einen unverblümten Ton nennen. Einen ehrlichen Ton. In der Bevölkerung staut sich sehr viel Wut auf. Das haben weder die Polizei noch die Politik begriffen«, spuckte Staal aus.

»Und diese Wut nutzen Sie zu Ihrem Vorteil?«

»Wie meinen Sie das?«

»Als Leiter der Interessengemeinschaft und ›Stütze der Gesellschaft‹, die zu sein Sie behaupten, liegt es doch wohl in Ihrer Verantwortung, andere nicht zu Gewalt und Selbstjustiz anzustacheln?« Mikael wollte damit eine Reaktion provozieren, doch Staal zuckte bloß mit den Schultern.

»Das sind doch nur Worte. Ich kann keine Verantwortung dafür übernehmen, wie meine Äußerungen oder Haltungen von den Leuten aufgefasst werden.«

»Worte bedeuten etwas – moralisch und in gewissen Situationen auch strafrechtlich. Haben Sie jemanden zum Angriff auf Poulsen und Carlsen aufgefordert?«

»Nein. Das habe ich bei Go…«

»Haben Sie Zugriff auf einen älteren schwarzen VW Passat?«, unterbrach Mikael ihn.

»Wie schon gesagt: Nein.«

»Kennen Sie jemanden, der ein solches Auto fährt? Freunde, Bekannte, Mitglieder Ihres kleinen Geheimclubs?«

Allan Staal sah ihm drei lange Sekunden tief in die Augen, dann wandte er den Blick zur Decke, als denke er nach. Er schüttelte langsam und theatralisch den Kopf. Einstudiert. Als wollte er in diesem Moment besonders überzeugend wirken.

»Haben Sie jemanden über einen Angriff auf Poulsen und Carlsen sprechen hören?«, drängte Mikael weiter.

Statt zu antworten, schüttelte Staal abermals den Kopf und hob die Hände.

»Sagen Sie, bin ich festgenommen? Werde ich beschuldigt? Andernfalls sind wir hier wohl fertig«, sagte er scharf. Angriff war offenbar seine bevorzugte Verteidigung.

»Noch nicht. Aber Sie bleiben hier. Sie stehen unter Verdacht, und gleich rufe ich die Staatsanwältin an und präsentiere ihr den Fall. Anschließend gehe ich davon aus, dass Sie festgenommen und der Beihilfe zum Mord beschuldigt werden. Stellen Sie sich also darauf ein, morgen dem Haftrichter vorgeführt zu werden.«

Zum ersten Mal sah Allan Staal aufrichtig erschüttert aus. Als würde ihm die Bedeutung des Wortes Mord plötzlich bewusst.

»Ich will mit meinem Anwalt sprechen. Vorher habe ich nichts mehr zu sagen.«

64

Die Hände des Gärtners zitterten, als er Maria aufschloss.

»Ich hoffe sehr, ihr habt alle nötigen Papiere.« Auch seine Stimme zitterte. »Staal wird mich dafür feuern.«

»Mach dir keine Sorgen, Bo.«

Einer der vier hiesigen Beamten, die gekommen waren, um bei der Durchsuchung von Staals weitflächigem Anwesen zu assistieren, legte dem Gärtner eine Hand auf die Schulter. Seine Kollegen waren unter Mikaels Leitung dabei, das Wohnhaus nach Computern, Briefen, Dokumenten, Handys und Tickets zu durchkämmen sowie sämtliche Gebäude auf Staals vielen Hektar Land nach einem älteren und verbeulten VW Passat.

Die beruhigenden Worte des Polizisten schienen die Bedenken des Gärtners nicht zu mildern.

»Hat es etwas mit seinen Geschäften zu tun? Hier drinnen ist nichts, das für Staals Firma von Bedeutung wäre. Hier gibt's nicht mal Internet. Das ist ein Denkmal. Also, so bezeichnet er es selbst. Nur die Putzfrau und Staal haben normalerweise Zutritt.«

Der Gärtner schien den Tränen nahe und ließ sich nur widerwillig von dem Beamten wegziehen, damit Maria das Gebäude allein betreten konnte.

Aus ihrer Umhängetasche zog sie Handschuhe und Mundschutz, eine Rolle Zip-Tütchen, einen Stapel brauner Umschläge und das Aufnahmegerät. Ihr Puls hämmerte auf eine adrenalingeladene Weise, die sie weder bei dem Beinaheunfall auf dem Flughafen noch bei der Festnahme von Allan Staal empfunden hatte. Villy Frandsen hatte ihr im Detail erklärt, dass dort drinnen Waffen, Fotos, Armbinden und ein Haufen Dokumente aus dem Zweiten Weltkrieg zu finden seien, die alle mit der Preislergruppe zu tun hatten und Villy zufolge von Allan Staals Großvater, Svend Smed, stammten.

Das strohgedeckte Forsthaus war mehr oder minder quadratisch, die von zwei Fenstern eingerahmte Tür befand sich exakt in der Mitte. Maria trat direkt in eine Zeitkapsel hinein. Das Wohnzimmer sah aus wie in ihrer Vorstellung achtzig Jahre zuvor. Die dunklen Bodenbretter sahen frisch versiegelt aus. Eine Pritsche mit karierter Matratze und zwei Sofakissen mit Kreuzstichstickerei stand an der einen Wand, die Mitte des Raumes nahm ein ovaler Esstisch ein, ohne Tischtuch oder Dekoration. Auf einer Seite des Raumes führte eine offene Tür in eine alte Küche, die nicht mehr in Gebrauch war. Maria stand mitten in einem Museum. Mausoleum traf es wohl noch eher.

Die andächtige Stimmung wurde durch die spärliche Beleuchtung des Zimmers untermalt. Obgleich das Haus auf drei Seiten von Bäumen umgeben war, waren die Fenster mit UV-Schutzfolien versehen, die das Sonnenlicht abhielten.

Sie zog die Handschuhe über und schaltete das Aufnahmegerät ein, um kontinuierlich zu beschreiben, was sie sah.

Zwei breite Glasvitrinen nahmen eine komplette Wand ein. Über ihnen hing ein weißes Metallschild mit schwarzen, handgemalten gotischen Buchstaben. *Preislergruppe*, stand dort zwischen zwei wehenden dänischen Flaggen. In der einen Vitrine hingen sechs Freiheitskämpferarmbinden aus dem klassischen blauen Militärmantelstoff, versehen mit einem Band in den Farben der Nationalflagge.

Die Armbinden wurden vor dem Zweiten Weltkrieg vom Militär hergestellt und waren als eine Art Notuniformierung der Wehrpflichtigen gedacht, sollte der drohende Krieg aus dem Süden unversehens vor der Tür stehen. Als er jedoch hereinbrach und die Besatzungsmacht das dänische Heer auflöste, flossen die Armbinden hinaus zu den illegalen Gruppen und wurden zum Kennzeichen der Untergrundarmee. Ursprünglich war ein kleines Metallemblem mit dem Wappen des dänischen Königreichs auf die Armbinden genäht, doch als Maria die sechs Armbinden in der Vitrine näher studierte, sah sie, dass die drei Löwen durch das Zeichen der Preislergruppe ersetzt worden waren: das Auge in der Hand.

In derselben Vitrine hingen vier Schusswaffen: eine Luger, eine Sten Gun, ein Mauser Karabiner 98k und ganz oben eine Pistole, die sie und die meisten anderen Historiker nur zu gut kannten: eine Bergmann 1910/21. Diese Waffe wurde zu Beginn des zwanzigsten Jahrhunderts in Belgien hergestellt und war bis 1946 Dienstpistole des dänischen Heeres. Als die Armee im Zuge der Besatzung aufgelöst wurde, geriet ein Teil der Bergmann-Pistolen in die Hände von Zivilisten, und viele endeten bei der Widerstandsbewegung. Eine davon, noch dazu ein schönes Exemplar mit kreisförmigen Schnitzereien am Griff, war offenbar in den Besitz der Familie Staal gelangt.

»Eine 9-mm-Pistole«, sagte sie laut ins Aufnahmegerät. Else war mit 9-mm-Munition getötet worden.

Es war reine Spekulation und grenzte vermutlich an ein Ausnutzen ihrer Beziehung zum Dezernatsleiter, aber sie musste versuchen, Mikael zu überreden, die Waffen in der Vitrine zur näheren Untersuchung mitzunehmen.

In der zweiten Vitrine waren Flugblätter, illegale Post und Fotos ausgestellt. Mit ihren behandschuhten Fingern tastete sie die Unterseite der Vitrine ab, bis sie einen Schalter für mehrere diskret platzierte Lämpchen fand, die den Inhalt der Vitrine von mehreren Seiten beleuchteten. Sie stieß einen leisen Pfiff aus. Das Ganze war hervorragend in Szene gesetzt. Eine teure Angelegenheit! Das Licht fiel aus unterschiedlichen Winkeln und in der perfekten Dosierung auf die ausgestellten Gegenstände, um das empfindliche alte Fotopapier nicht zu beschädigen, die Motive aber in ein klares und dabei angenehmes Licht zu tauchen.

Zentral platziert hing das Schwarz-Weiß-Porträt eines jungen Mannes, der Maria bekannt vorkam. Der Mann glich Allan Staal, sein blondes Haar jedoch war länger und im charakteristischen Pomadestil der 1940er zurückgekämmt. Sein stählerner Blick aus den leicht zusammengekniffenen Augen war auf einen Punkt zur Linken des Fotografen gerichtet. Als blickte er an den Horizont. Oder in die Zukunft.

Henning Staal, stand in Schreibschrift in der rechten unteren Ecke des Fotos.

Das war er also. Svend Smed. Der Mann, der aller Wahrscheinlichkeit nach entschieden hatte, dass Else und Poul Anker ein Sicherheitsrisiko darstellten und eliminiert werden mussten. Vielleicht hatte er selbst Else in dem dunklen, einsamen Wald bei Nørre Felding eine Waffe ans Genick gesetzt und den Abzug betätigt. Und den Mitschuldigen befohlen, sie ruhig zu halten.

Hatte er sie gedemütigt? Sie beschimpft und sie wissen lassen, was sie erwartete? Vielleicht hatte sie ihn in den letzten Sekunden ihres Lebens um Gnade angefleht, aber er hatte ihr Bitten ignoriert und die nächsten Jahrzehnte unbekümmert damit gelebt. Stolz auf seine Tat.

Maria war fast ein bisschen enttäuscht. In den letzten Wochen hatte sie sich ein Bild von Svend Smed – Elses Henker – gemacht. Jetzt hatte sie dasselbe Gefühl, das sie häufig beim

Betrachten von Fotografien der schlimmsten Verbrecher der dänischen Geschichte, des personifizierten Bösen, überkam: Was war er doch *gewöhnlich*.

Zuunterst in der Vitrine hing ein weiteres Foto. Es war von schlechterer Qualität als Svend Smeds Porträt, und Maria musste sich hinknien, um die Gesichter studieren zu können.

Preislergr. / Oktober 1944, stand dort. Sie zählte dreizehn Personen auf dem Bild, die meisten davon auffallend junge Männer, oder vielmehr Burschen, die sich zu Ehren des Fotografen auf und um einen kleinen Pritschenwagen herum aufgestellt hatten. Zwei von ihnen trugen Gewehre, drei einen Stahlhelm auf dem Kopf, einem Einzelnen hing eine Zigarette im Mundwinkel.

Svend Smed stand bei der offenen Fahrertür des Lastwagens. Er sah älter aus als die anderen, da er als Einziger einen langen Trenchcoat trug. Sein helles Haar war von einem Fedora bedeckt, mit dem er wie ein amerikanischer Filmstar aussah, und seine herausgedrückte Brust ließ keinen Zweifel offen, dass er der Anführer der Gruppe war. Sein Mantel wurde von einem ledernen Gürtel zusammengehalten, in dem wie eine cowboyhafte Betonung seiner Maskulinität eine Pistole steckte. Maria kniff die Augen zusammen. Es war die Bergmann-Pistole.

Am vorderen Ende des Wagens stand die einzige Frau auf dem Bild. Ein junger Mann in knöchellanger Hose mit Umschlag und einer zerschlissenen Anzugjacke hatte den Arm um sie gelegt und blickte sie an, die Frau aber hatte nur Augen für die Kamera.

Maria nahm ihr Handy und rief das Konfirmationsfoto von Else Lövengren auf. Das unschuldige, weiß gekleidete Mädchen war zu einer jungen Frau herangewachsen, bekleidet mit einem knielangen Rock und Baskenmütze. Die aristokratische

Nase, das schulterlange Haar mit den frechen Locken, die sie hinter den Ohren in Schach zu halten suchte, das ovale Medaillon, das sich blank glänzend von dem dunklen Hintergrund aus Wolle abhob, ließen keine Zweifel offen – es war Else, und der junge Mann neben ihr musste Poul Anker sein.

Maria überlegte einen Moment, bevor sie erneut in ihr Diktiergerät sprach.

»Else schaut mit wachsamem, gequältem Blick in die Kamera, als laste bereits zu diesem Zeitpunkt der Gründung der Splitterfraktion Preislergruppe etwas Schweres auf ihren Schultern. Vielleicht gefällt es ihr einfach nicht, den Augenblick zu verewigen.«

Pause. Maria knabberte an ihrer Unterlippe, während sie nach den richtigen Worten suchte. Dieses Foto hier war absolut entscheidend.

»Das Bild ist der bislang aussagekräftigste Beweis dafür, dass Else Lövengren Mitglied der Preislergruppe war. Sie wurde im Oktober 1944 abgelichtet, unter anderem in Gesellschaft von Svend Smed alias Henning Staal. Auf dem Foto ist sie achtzehn Jahre alt, die Aufnahme wurde damit knapp vier Monate vor ihrem Verschwinden und mutmaßlichen Tod gemacht.« Sie dachte kurz nach, ehe sie hinzufügte: »Es ist außerdem der Beweis dafür, dass Else kein Spitzel war. Kein Deutschenflittchen. Sie war eine Widerstandskämpferin, vermutlich bis zu ihrem Tod.«

Maria schaltete das Gerät aus und ließ die Hände sinken. Sie trat ein paar Schritte zurück und setzte sich auf die Pritsche, um von dort beide Vitrinen zu betrachten.

Anna Lövengren hatte ihr ganzes Leben lang nach Antworten auf das Schicksal ihrer Schwester gesucht. Elses Eltern waren beerdigt worden, ohne je zu erfahren, was mit ihrer

Tochter geschehen war. Selbst Eva Holts gesamtes Leben war von den unbeantworteten Fragen überschattet gewesen.

Dabei hatten sich die Antworten all die Jahre hier befunden. Versteckt in einer verherrlichenden Sammlung von Kriegskleinodien, wenige Kilometer vom Elternhaus der Schwestern entfernt.

Jemand hatte die ganze Zeit über Elses Schicksal Bescheid gewusst.

65

Es klopfte an der Tür des Büros. Ministerpräsident Troels Mejding rief »Herein«, ohne die Augen von den vor ihm liegenden Papieren zu nehmen, weshalb ihm Katja Klargaards durchchoreographierter Auftritt als Primaballerina auf der Bühne entging.

»Troels, Troels, Troels … immer bei der Arbeit«, sagte sie provozierend. In ihren ansonsten so herablassenden Ton mischte sich etwas Mütterliches, Flirtendes.

»Hm«, sagte er, noch immer ohne den Blick zu heben. Er streckte den Arm zu einem Beistelltischchen aus, nahm eine Flasche Cola und öffnete sie, ohne Katja zu fragen, ob sie auch etwas wollte. »Ich hatte heute einen selten konstruktiven Tag«, sagte er, drehte den Bürostuhl herum und richtete seinen Blick auf die Justizministerin.

Das Selbstvertrauen, das er ausstrahlte, ließ sie einen Moment stutzen, dann zog sie einen Stuhl heran und setzte sich auf die andere Seite des Schreibtisches.

»Konstruktiv?«, fragte sie. »Da freue ich mich darauf, mehr zu erfahren. Ich deute deine Einladung als Entgegenkommen, dir meine Vorschläge anzuhören. Eine kluge Entscheidung.«

»Aha.«

Mejdings Lippen kräuselten sich, als er das Lächeln zurückhielt. Klargaard bemerkte es und sah ihn verwundert an, ehe sie fortfuhr.

»Ich habe gerade Nachrichten aus Skive bekommen. Bei

meinem Nachbarn ist eingebrochen worden und die Geschäfte … Nun, viele erwägen, sie ab jetzt geschlossen zu halten. Im ganzen Land! Hast du in den letzten Tagen die Schlagzeilen gelesen, Troels? Die Leute sind jetzt so weit. Die allgemeine Stimmung spielt uns in die Karten, wir sollten die Gunst der Stunde nutzen und ein neues Fundament für die Polizei gießen. Eine *bessere* Polizei.« Katja legte die Ellenbogen auf die Armlehnen des Stuhls, beugte sich vor und faltete die Hände vor dem Bauch. »Troels«, sagte sie in vertraulichem Tonfall. »Es geht mir nicht darum, die Ehre allein einzustreichen. Natürlich werde ich die neuen Richtlinien der Polizei als Repräsentantin der gesamten Regierung präsentieren.«

»Hm«, sagte Mejding wieder. »Neue Richtlinien für die Polizei. Sagst du mir noch mal, wie genau du dir das vorstellst?«

Katja richtete sich mit einem breiten Lächeln auf.

»Die Menschen wünschen sich eine Polizei, die kommt, wenn man sie ruft. Damit sie …« Der Redeschwall der Ministerin wurde unterbrochen, als das Handy in ihrer Tasche auf dem polierten Parkettboden vibrierte. »Entschuldige«, sagte sie und schob die Hand in die Tasche, um ihr Telefon zum Schweigen zu bringen.

»Damit sie was?« Mejding sah sie herausfordernd an.

»Damit sie sich im eigenen Land wieder sicher fühlen.«

Mejding stand abrupt auf, drehte ihr den Rücken zu und sah hinaus auf den parkähnlichen Hinterhof von Marienborg, der sich bis zum Lyngby Sø erstreckte. Es war an diesem Nachmittag wahnsinnig schwül, ein Gewittertierchen krabbelte in seinen Haaren herum. Sobald Klargaard gut verschnürt im Sack steckte, wollte er nach unten zum Ruderclub gehen und sich ein Kajak ausleihen. Und sich vielleicht sogar ein Bad und eine Flasche Burgunder zum Abendessen gönnen. Auf dem Rücken eines gedemütigten Widersachers schmeckte ihm der Wein immer am besten.

»Ich glaube, dass die Dänen schon morgen die zunehmende Sicherheit spüren werden.«

Mejding schwang auf dem Absatz herum und sah, dass seine überraschenden Worte ihre Wirkung nicht verfehlten.

»Wie bitte?«, fragte Katja verwirrt.

Und die Verwirrung wurde nicht geringer, als das Handy in ihrer Hand zum zweiten Mal brummte.

»Tut mir leid, aber … Du hast das Treffen ja leider verpasst. Ib Kramer, die Polizeidirektoren der verschiedenen Polizeidirektionen, die wichtigsten Vertrauensleute und der Sicherheitsausschuss der Regierung haben sich heute Morgen besprochen. Wir haben uns darauf geeinigt, in den kommenden zehn Jahren tausendfünfhundert neue Polizeistellen zu schaffen. Und wir haben eine Kommission eingesetzt, um die Lohnstruktur der Beamten zu überarbeiten. Im Gegenzug haben mir sowohl die Vertrauensleute als auch die Polizeileitung zugesichert, dass der Großteil der krankgemeldeten Beamten im Laufe einer Woche wie von Geisterhand wieder zum Dienst erscheint. Sonst hagelt es Disziplinarverfahren. Vermutlich können wir schon am nächsten Wochenende mit voller Besetzung rechnen.«

Klargaards Handy brummte wieder. Hartnäckig. Sie schaute auf das Display, und eine Sorgenfalte schnitt sich in ihre Stirn, als sie den Blick hob und Mejding musterte.

»Moment mal. Der Sicherheitsausschuss und die Verantwortlichen der Polizei haben sich versammelt, ohne mich zu informieren? Ohne die Justizministerin? Hier? Heute?«

Ihr Hals und ihre Wangen röteten sich, Mejding grinste diabolisch.

»Wir sind früh aufgestanden und haben eine gute Lösung gefunden.«

»Du kannst doch nicht solche Verhandlungen in meinem Zuständigkeitsbereich einberufen, ohne dass ich dabei bin? Ja, ohne dass ich und mein Staatssekretär darüber orientiert sind?«

Katja sprang auf, als wollte sie ihm an die Gurgel gehen.

»Ich bin der Ministerpräsident. Ich kann tun, was ich für richtig halte. Und dein Staatssekretär war sehr wohl informiert.«

»Was?«

»Er war sogar dabei. Seiner Meinung nach ist es wirklich höchste Zeit, die Polizeikrise zu lösen. Er ist ein erfahrener Mann und ein guter Vermittler, der das Wohlergehen der Gesellschaft als wichtiger erachtet als die fixen Ideen seiner wechselnden Chefs. Er ist per Gesetz verpflichtet, die Interessen des Landes bestmöglich zu wahren. Du hast ihn die letzten Wochen herablassend behandelt und seine Analysen der aktuellen Situation nicht wertgeschätzt. So etwas geht auf Kosten der Loyalität, Katja.«

Mejding trank einen großen Schluck von seiner Cola, ohne die Augen von Klargaard zu nehmen. Sie starrte zurück, wobei sie auf ihren High Heels etwas zu schwanken schien.

»Er kann doch nicht …«, begann sie, fing dann aber noch einmal von vorn an. »Du hast gesagt, dass du kein zusätzliches Geld für die Polizei aufwenden willst.« Klargaards Stimme überschlug sich.

»Katja, Katja, Katja«, sagte Mejding wie ein Mantra und schnalzte mit der Zunge. »Du bist eine Amateurin, das wird mir jetzt richtig klar. Nach so wenigen Monaten hier in Christiansborg bist du natürlich entschuldigt, aber der erfahrene Politiker weiß, wann er nicht weiterkommt und es an der Zeit für einen Kompromiss ist. Du hattest alle Zeit der Welt, dir als verantwortliche Politikerin ein Denkmal zu setzen. Als

Jemand, der an erster Stelle an die Gesellschaft und nicht an sich selbst denkt. Du wärest in die Geschichtsbücher eingegangen, Katja, als die junge Politikerin, die eine der größten Krisen in der jüngeren dänischen Geschichte gelöst hat. Stattdessen hast du wie ein Kind Woche für Woche um den gleichen Lolly gebettelt.«

»Was ist mit den anderen Regierungsparteien? Die werden das niemals abnicken. Villy Frandsen hat mir zugesichert, dass seine Partei meiner Linie folgen wird.«

»Villy Frandsen und sein Parteivorsitzender stehen zu hundert Prozent hinter der neuen Vereinbarung«, unterbrach Mejding sie mit autoritärer, tiefer Stimme. »Und noch etwas hättest du lernen sollen, Katja, bevor du jemandem die Pistole auf die Brust setzt. Wenn du zu Erpressung greifst, um deine politischen Ziele zu erreichen, musst du dich vorher vergewissern, dass nur du über das dafür notwendige Material verfügst.«

Katja sah ihn verwirrt an.

»Und du musst dich vergewissern, dass in deinem Rücken alles nach Plan läuft.«

Klargaard wollte etwas erwidern, aber ihr Telefon meldete sich erneut. Mejding beobachtete fasziniert die Schweißperlen an ihren Schläfen, die über ihre Wangen bis zum Hals liefen, als sie auf das Display ihres Handys starrte.

»Willst du nicht rangehen?«

Klargaard sah ihn perplex an.

»Das ist einer von Allans Angestellten. Er ruft jetzt schon zum achten Mal an. Ich habe Angst, dass Allan etwas zugestoßen ist, sonst würde er sich nicht …«

»Aber dann geh doch ran. Ich glaube, das ist wichtig«, sagte Mejding und setzte sich mit Genießermiene auf die Kante seines Schreibtisches.

»Einen Augenblick.«

Katja stand auf und ging ein paar Schritte zur Seite, bevor sie das Gespräch entgegennahm. Mejding hörte eine aufgeregte Männerstimme. Klargaard drehte ihm den Rücken zu, aber er sah deutlich das schwache Zucken ihres Körpers, als sie die Nachrichten entgegennahm. Sie öffnete die Tür und verließ das Büro mit dem Handy am Ohr. Als sie ein paar Minuten später wieder hereinkam, war sie blass, ihre Hände zitterten.

»Probleme?«, fragte Mejding mit dem Tonfall eines Psychiaters.

»Hast du etwas damit zu tun?«

Klargaard hielt das Handy vor sich, als klebten Bakterien daran. Ihre Stimme war dunkel.

»Womit?«

»Allan wurde festgenommen. Die Polizei ist gerade dabei, sein Haus zu durchsuchen. Er sitzt in einem Polizeiwagen auf dem Weg nach Kopenhagen. In Handschellen. Er soll morgen gründlich verhört werden. Angeklagt wegen … Mordes … und Mordversuch.«

»Mord?« Mejding riss dramatisch die Augen auf. »Ja, aber so was!« Er ging zum Beistelltischchen, nahm sich einen Orangensaft und studierte das Etikett, als wäre es der edelste Tropfen. »Wenn das publik wird, werden die Medien sich darum reißen!«

»Ich frage dich noch einmal: Hast du etwas damit zu tun?« Katja zischte durch zusammengebissene Zähne, hatte die Frage aber kaum ausgesprochen, als Mejding mit der Flasche auf den Tisch schlug.

»Womit? Mit der Tatsache, dass der Zukünftige meiner Justizministerin unter Verdacht steht, einen älteren Beamten in seiner Einfahrt niedergemäht und den hochgeschätzten

Leiter der Mordkommission ins Koma geschickt zu haben? Nein, Katja, damit habe ich nichts zu tun! Auch nicht mit den Ermittlungen der Polizei, das schaffen die auch ohne mich. Ich kann dir aber versprechen, dass ich die Presse gut genug kenne, um zu wissen, dass sie genau die Fragen stellen werden, die ich dir jetzt stelle.« Er hielt den Zeigefinger in die Luft. »Was wusstest du, Katja – Justizministerin und schärfste Kritikerin der Polizei –, über die beiden Anschläge auf die Polizei? Diese Terroranschläge? Bist du Allan Staals williges Werkzeug oder steckst du mit dem Mann unter einer Decke? Ist deine bizarr passive Einstellung zur Polizeikrise in Wirklichkeit nur Ausdruck deines Wunsches, der Polizei zu schaden? Hast du, wie dein Liebster, die gesetzlose Zeit genutzt, um die Leute zu Selbstjustiz und Unruhen anzustacheln, um so deine Argumente zu stärken?« Mejding holte hörbar durch die Nase Luft, bevor er sich wieder sammelte. »Das sind die Fragen, auf die auch ich persönlich gerne Antworten hätte.«

Klargaard schüttelte verwirrt den Kopf. »Ich habe gar nichts getan. Und Allan auch nicht. Das weiß ich. Ich bin mir vollkommen sicher, dass wir zusammen in Jütland waren, als Niels Carlsen angefahren wurde. Ich wurde angerufen und darüber informiert, als wir gemeinsam beim Kaffee saßen.«

»Das ist mir so was von egal.«

»Was?«

»Es ist mir egal. Und es spielt auch keine Rolle mehr. Kapierst du das denn nicht? Du hast dich nie um die Fakten geschert, Katja, und auch in diesem Fall haben die Fakten kaum eine Bedeutung. Allein der Verdacht, dass du oder einer deiner Nächsten Blut an den Händen haben könnte, noch dazu das Blut eines Polizisten, reicht aus, um deine Karriere zu beenden. Niemand wird mehr etwas mit dir zu tun haben wollen. Jemals. Wenn du jetzt Marienborg verlässt, sind deine Umfragewerte im freien Fall.«

»Ja, aber…«

»Ich werde dir sagen, was jetzt passieren wird. Heute Abend um acht Uhr schickst du eine kurz gehaltene Nachricht an die Presseagentur. Darin wird stehen, dass du mit sofortiger Wirkung aus persönlichen Gründen von deinem Posten als Justizministerin zurücktrittst. Um neun Uhr wird auf NEWS die Vereinbarung mit der Polizei veröffentlicht werden. Den nächsten Schritt habe ich bereits vorbereitet, gemeinsam mit den wichtigsten Parteien, dem Landespolizeichef und den Vertrauensleuten aus Kopenhagen. Wenn du Glück hast, kommt die Meldung über deinen verbrecherischen Verlobten erst spät am Abend oder morgen früh heraus. Es ist ja Samstag und die Zeitungen werden damit beschäftigt sein, die bald überstandene Polizeikrise aus allen möglichen Winkeln zu dokumentieren. In knapp einer Woche werde ich dann bereit für eine Ministerrochade sein. Bis dahin haben alle vergessen, dass du überhaupt jemals Justizministerin warst.«

»Aber ich habe nichts Ungesetzliches getan, und Allan ist unschuldig, da bin ich mir sicher.«

Klargaards Stimme schwankte zwischen Wut und Tränen.

Mejding schwieg und starrte sie, die Arme vor der Brust verschränkt, an.

Sie zeigte mit zitterndem Zeigefinger auf ihn und zischte.

»Du … du solltest an den Pranger gestellt werden. Deine Karriere ist gepflastert mit halb toten Kindern und toten Spindoktoren. Du hast eine Tugend daraus gemacht, dich über die Warnungen deiner Beamten hinwegzusetzen, hast das Amt mit gewissenlosen Entscheidungen besudelt, mit Drohungen und Mauscheleien …«

»Es mag sein, dass du nichts Ungesetzliches getan hast«,

unterbrach Mejding sie. »Aber du hast die beiden größten Fehler begangen, die man in der Politik machen kann.« Er machte eine Kunstpause, trat dicht vor sie und sah auf sie herab. »Du bist mit dem Falschen ins Bett gegangen.«

Ihre grünen Augen starrten ihn derart verunsichert an, dass er richtig gute Laune bekam.

»Und was noch schlimmer ist«, flüsterte er und richtete seinen Zeigefinger auf die Mulde über ihrem linken Schlüsselbein und fing einen Schweißtropfen auf. »Du hast dich mit dem Falschen angelegt.«

66

Maria schrak aus dem Schlaf hoch und warf die geliehene Bettdecke von sich. Die Kopfschmerzen drückten direkt hinter den Augen, als hätte sie einen Kater. Die Nacht war schwül und warm gewesen, sicher durchgehend über zwanzig Grad, sie fühlte sich desorientiert und dehydriert.

Das dumpfe Summen des Handys hatte sie geweckt. Panik ergriff sie, bis ihr klar wurde, dass es nicht ihr, sondern Mikaels Handy war.

»Das ist deins.« Sie stieß ihn an, er hielt es aber bereits in der Hand.

»Dirk«, brummte er verschlafen.

Er lag auf dem Rücken, eine Hand über den Augen, während Maria sich die Decke über das Gesicht zog, um alle Gefühle zu verdrängen. Zum einen war da ihr schlechtes Gewissen, zum anderen aber auch die zunehmende Gewissheit, genau am richtigen Ort zu sein, was noch viel schlimmer war.

Sie versuchte sich davon zu überzeugen, dass dieses Mal ja nichts passiert war. Dass sie in Mikaels Schlafzimmer lag, war lediglich eine Frage der Logistik und der Sicherheit. Sie, Mikael und Frederik waren erst weit nach Mitternacht zurück nach Hvidovre gekommen. Sie hatten unterwegs in Fünen an einer Tankstelle gehalten, um sich mit Kaffee und Schokolade zu versorgen. Frederik hatte wieder wie betäubt auf der Rückbank gelegen. Vielleicht weil er in der Gaststätte in der Nähe von Vejle, wo sie nach der langen Hausdurchsuchung bei Staal Bratkartoffeln, Erbsen und Wiener Schnitzel gegessen hatten, eine ganze Flasche Rotwein geleert hatte.

Louise hatte schweigend im Dunkel vor Mikaels Wohnung gewartet, um Frederik mitzunehmen, und Maria hatte ihr Angebot, sie mit nach Østerbro zu nehmen, ausgeschlagen.

Mikael seinerseits hatte ihr verboten, sich auf die Odyssee mit S-Bahn oder Taxi durch Kopenhagen zu machen, wo es noch immer überall zu Unruhen kam. Nach einer längeren Diskussion hatten sie noch ein Bier getrunken und waren ins Bett gegangen. Ohne Sex. Nach dem anstrengenden Tag hatten sie wie tot nebeneinander gelegen, bis Mikael seinen Arm über sie gelegt hatte und eingeschlafen war.

Sie richtete sich auf, setzte sich auf die Bettkante und spürte das Handy unter ihrem großen Zeh. Das Display leuchtete auf. 5.43 Uhr. Verdammt, war sie müde. Sie hatten nicht einmal vier Stunden geschlafen. Wer rief denn so früh an? Mikaels Laune würde dadurch sicher auch nicht besser. Er war schon den ganzen Abend stiller, verbissener und ernster gewesen als sonst. Maria hatte verstanden, dass er selbst die Verantwortung übernommen hatte, Staal vorübergehend festzunehmen, egal mit wem der Mann verlobt war. Wegen des begründeten Verdachts, Birger Poulsen getötet und Niels Carlsen lebensgefährlich verletzt zu haben. Sie hatte ihn mit Staatsanwältin Henriette Jansen reden hören. »Ich weiß, dass die Grundlage verflucht dünn ist, aber wir können ihn doch nicht einfach gehen lassen!« Jansen hatte schließlich eingewilligt, den Fall zu prüfen, womit Staal am nächsten Tag in Kopenhagen gründlich verhört werden konnte.

Staal war außer sich gewesen, als die örtlichen Beamten gekommen waren, um ihn nach Kopenhagen zu bringen.

»Er hat mich und seinen Anwalt beinahe angespuckt und gesagt, dass wir alle gefeuert werden, wenn Klargaard davon erfährt«, hatte Mikael erzählt und dann nach ein paar Sekunden besorgt hinzugefügt: »Klargaard müsste es inzwischen eigentlich wissen. Vielleicht weiß sie auch, dass wir nicht nur mit seinem Computer, sondern auch mit den Kriegserinnerungen seines Großvaters herumfahren.«

Marias Gedanken wurden von einem Wechsel in Mikaels Tonlage abgelenkt.

»Was? Wirklich? Ich komme sofort.«

Er legte auf, ohne sich zu verabschieden, und sah Maria mit weit aufgerissenen Augen an. Ein schrecklicher Gedanke kam ihr.

»Ist was mit Hector?«

»Hector? Nein, nein. Es geht um Carlsen. Gute Neuigkeiten. Er wacht auf.«

Mikael hatte die Regel, niemals einen Dienstwagen mit nach Hause zu nehmen, großzügig ausgelegt und fuhr in dem Polizeiwagen durch das sonntäglich stille Kopenhagen. An jeder größeren Kreuzung standen Soldaten. Sie sahen ihm hinterher, als er bei gelb über eine Ampel fuhr. Maria legte die Hand auf seine und bat ihn, langsamer zu fahren.

»Ich will da sein, bevor er wieder einschläft«, entschuldigte er sich.

Eine erschöpfte Krankenschwester, deren Schicht sich dem Ende näherte, sah sie bestürzt an, als sie über den Flur gerannt kamen. Sie wollte gerade protestieren, als Mikael ihr seinen Polizeiausweis zeigte.

Vorsichtig klopfte er an die Tür von Carlsens Zimmer. Anette saß auf der Bettkante und hatte die Hand ihres Mannes genommen. Sie sah ziemlich fertig aus, vermutlich hatte sie die Nacht auf dem Lehnstuhl neben Carlsens Bett verbracht. Sie stand auf und versuchte vergeblich, ihre Bluse glatt zu streichen, als Mikael und Maria in den Raum kamen. Die Hand ihres Mannes ließ sie dabei nicht los.

»Er ist noch nicht ganz wach«, begann sie. »Aber er hat mich gesehen und ›Hallo mein Schatz‹ gesagt. Er hat mich also erkannt.«

Sie starrten auf den schlafenden Mann. Hinter Carlsens Augenlidern war Bewegung, als würde er träumen. Der Schlauch in seinem Hals war weg, und er atmete selbst, sah aber in den wenigen Wochen seit dem Unfall um gut zehn Jahre gealtert aus.

»Hallo, schön, dich zu sehen, mein Freund«, sagte Mikael leise und nahm Carlsens freie Hand.

Maria schob Mikael einen Stuhl hin, damit er sich setzen konnte. Sie selbst blieb am Fußende stehen, es war ihr etwas unangenehm, in die Intimsphäre eines kranken Menschen einzudringen, den sie kaum kannte. Das Piepen der Messgeräte, an die Carlsen angeschlossen war, erfüllte den Raum und von draußen war der Verkehrslärm vom Tagensvej zu hören. Plötzlich atmete Carlsen kräftig ein, wie jemand, der nach einem Tauchgang an die Oberfläche kam. Maria zuckte zusammen.

»Bist du wach, Niels? Ich bin's, Mikael. Mach mal deine Augen auf, Chef.«

Carlsen blinzelte in das schwache Licht des Krankenzimmers. Er schien Mikaels Gesicht zu suchen, ohne fokussieren zu können.

»Dirk«, kam es heiser.

Carlsen sah schwach und zerbrechlich aus.

»Bist du okay, Schatz?«, fragte Anette und tätschelte liebevoll seine Hand.

Carlsen sah verwirrt aus.

»Wir haben uns solche Sorgen gemacht. Wir brauchen

dich.« Mikael beugte sich lächelnd über Carlsen. »Wir rackern uns ab, um herauszufinden, was geschehen ist. Warum du angefahren wurdest und wer das gemacht hat. Ich bin … wir sind so froh darüber, dass du wieder wach bist.«

Mikael hatte das Gefühl, mit den Worten seine Gefühle in Schach zu halten. Carlsen wirkte wie ein großes Fragezeichen. Eine Falte bildete sich auf seiner Stirn und sein ganzes Gesicht verzog sich, als er an sich nach unten blickte und ein Bein zu bewegen versuchte. Waren das Schmerzen oder die plötzliche Erkenntnis, was passiert war? Es war schwer zu sagen, man brauchte aber keine medizinische Erfahrung, um zu sehen, dass der Mann im Augenblick noch nicht viel tun konnte.

Maria räusperte sich. Mikael sah sie an, erst perplex, dann verstand er ihre Andeutung. Seufzend und ein bisschen enttäuscht sah er zu Anette.

»Okay, dann lassen wir euch mal allein. Ich komme zurück, wenn Niels uns sagen kann, an was er sich erinnert. Rufst du mich an, wenn du glaubst, dass er so weit ist?«

Anette nickte. Carlsen sah aus, als wäre er wieder eingeschlafen.

»Wir sollten lieber gehen«, sagte Maria leise zu Mikael und nickte in Richtung Flur. Mikael folgte ihr widerstrebend, doch als er die Hand auf die Klinke legte, meldete sich hinter ihnen eine klare Stimme:

»Sie hat nicht einmal gebremst.«

Mikael und Maria blieben wie versteinert stehen.

»Was hast du gesagt?« Mikael ging zum Bett zurück und beugte sich über Carlsen. »Hast du ›sie‹ gesagt?«

Mikaels Gesicht war dicht über dem seines Chefs, aber Carlsen antwortete nicht. Mikael stieß ihn vorsichtig an.

»Nein, bitte, du darfst ihn nicht wecken! Wir dürfen ihn nicht zwingen, wach zu sein!«

Anette war aufgesprungen und sah aus, als wollte sie ihren Mann um jeden Preis mit ihrem Körper schützen.

»Hast du gehört, was er gesagt hat? Hat er ›sie‹ gesagt? Sie hat nicht gebremst? Anette, was hast du gehört?«

Mikaels Stimme hallte durch das halb leere Viererzimmer.

»Das weiß ich nicht. Du musst jetzt gehen«, sagte Anette scharf und zog Carlsens Decke zurecht. »Für mich zählt jetzt nur, dass Niels wach ist. Er ist wieder bei mir. Die Ermittlungen gehen Niels erst einmal nichts an. Geht jetzt bitte.«

»Hast du es auch gehört, Maria?«

Mikael schien Anette nicht verstanden zu haben.

»Gehen wir nach draußen«, sagte sie.

Zu ihrer Überraschung hörte Mikael auf sie. Sie führte ihn über den Flur zu einem Panoramafenster, an dem sie ungestört reden konnten.

»Er hat doch ›sie‹ gesagt, oder?«

Mikaels Augen musterten Maria, ihren Mund, ihr von weichem Morgenlicht umschmeicheltes Gesicht.

»Ja, er hat gesagt, dass sie nicht gebremst hat.«

»Verdammt.« Mikael schlug in die Luft. »Dann suchen wir also nach einer Frau? Aber nach wem?«

»Seine Frau? Die wurde plötzlich ziemlich unwirsch, findest du nicht auch?«

Mikael sah Maria verdutzt an und schnitt eine Grimasse.

»Anette? Nein, Anette kann keiner Fliege etwas zuleide tun.«

»Dann eine Geliebte? Oder eine der Töchter? Die meisten Mordfälle geschehen innerhalb der Familie.«

»Danke für die Vorlesung, Professorin Just«, amüsierte Mikael sich, wurde aber von seinem Telefon unterbrochen. »Dirk«, bellte er, ließ Maria, die gerade kontern wollte, aber nicht aus den Augen.

Sie hörte Frederiks Stimme am anderen Ende.

»Schon auf den Beinen?«, fragte Mikael und ging mit schnellen Schritten zum Aufzug. Er winkte Maria hinter sich her. »Im Dezernat. So früh? Am Sonntagmorgen? Ich hätte dich auch gleich angerufen. Hör mal, ich bin im Krankenhaus. Carlsen ist wach … Ja, wirklich fantastisch … Nein, nicht viel … Er hat kaum etwas gesagt, aber das, was er gesagt hat, ist wirklich interessant. Er hat gesagt, *sie* hat nicht gebremst.«

Mikael schwieg, während der Aufzug sie vom vierten Stock nach unten brachte. Maria hörte Frederik eine ganze Reihe von Fragen stellen.

»Ich kann das jetzt nicht alles beantworten«, sagte Mikael schließlich. »Wir sollten uns aber die Möglichkeit offenhalten, dass eine Frau hinter dem Steuer saß. Oder ein Mann mit langen Haaren. Vielleicht war Carlsen aber auch einfach nur verwirrt. Ich weiß es nicht.«

Am Auto hielt er Maria die Tür auf, während er Frederik weiter zuhörte.

»Okay … okay … Warte mal einen Moment.« Mikael stieg ein und koppelte das Handy mit dem Wagen. Dahlins Stimme war deutlich zu hören, und Mikael nahm sich Block und Stift.

»Ich habe Staals Festplatte gespiegelt. Sein Passwort setzte sich, wie meistens, aus einem Namen und einer Jahreszahl zusammen. Die Menschen lernen es wohl nie. Anyway … Ich habe mehrere Telefonnummern gefunden, die Staal benutzt haben könnte. Ich denke, die sollten wir mit den Telefondaten abgleichen, die wir aus Vanløse und dem Vorort von Horsens haben. Dann wissen wir wenigstens, ob er in der Nähe der Tatorte war.«

»Das ist klar. Mir gehen aber Carlsens Worte nicht aus dem Kopf. Er hat gesagt, dass er von einer ›sie‹ niedergefahren wurde. Man kann ja viel über Staal sagen, aber wie eine Frau sieht er nicht aus.«

»Ich habe noch mehr«, sagte Frederik, etwas irritiert darüber, unterbrochen zu werden. *»Ich hab ein Excel-Sheet mit den Mitgliedern der Preislergruppe gefunden. Da sind Namen, Anschriften, Informationen über Geschäftsverbindungen, Facebook-Namen, Mailadressen und Telefonnummern drauf.«*

»Okay, was Interessantes?«

»Ja, deshalb rufe ich auch an. Irene Vest ist Teil dieses Netzwerks.«

»Irene Vest?« Mikael sah beunruhigt zu Maria.

»Ja, das muss sie sein. Adresse in Svogerslev, Postleitzahl 4000 Roskilde.«

»Irene Vest ist in Staals Gruppe? Aber wie ... und was bedeutet das für den Fall? Sie hat doch ein Alibi, ich habe ihren ...«

»Keine Ahnung. Ich stelle nur fest, dass sie Staal kennt – und allem Anschein nach nicht so brav und zurückhaltend ist, wie wir angenommen haben. Und sie ist – nicht um das noch extra zu betonen – außer Anette die einzige Frau in diesem Fall. Ich habe Eliasen bereits gebeten, ihren Einkauf im Supermarkt noch mal abzuchecken. Just in case.«

»Lies mir mal die Telefonnummer vor.«

Mikael notierte sich die Nummer. Sie legten auf und Mikael überprüfte die Kontakte in seinem Telefon. Dann hämmerte er mit der Hand auf das Lenkrad.

»Sie ist es wirklich!«

Er drückte die Hände an die Schläfen und lehnte sich so weit zurück, wie es nur ging. Er sah aus, als wollte er schreien, als das Telefon erneut klingelte.

»Ich bin's noch mal.« Frederiks Stimme strömte in die Kabine und dämpfte Mikaels Ausbruch. *»Eine Frage: Ist Maria gerade bei dir?«*

Mikael sah verwirrt aus und sein Hals wurde rot. Er öffnete den Mund, um zu antworten, aber Frederik kam ihm zuvor.

»Also, falls du mithörst, Maria, mir ist gerade etwas aufgefallen. Dieser Fall aus der Besatzungszeit, den du untersuchst … Hieß die tote Frau nicht Lövengren? Das ist merkwürdig, denn in der aktuellen Preislergruppe gibt es auch einen Lövengren, und so häufig ist der Name ja nicht.«

Mikael sah zu Maria, die mit geöffnetem Mund dasaß und auf den Blegdamsvej starrte.

»Ein Direktor aus Risskov. Sein Name ist Espen Lövengren«, fuhr Frederik fort. *»Sagt dir das was?«*

67

Mikael betrachtete Maria über den Rückspiegel. Ihre zerzausten Haare und ein Schatten aus verwischtem Mascara entlarvten sie, dass sie wie Mikael in den letzten 24 Stunden nicht geduscht hatte. Trotzdem war sie noch immer verflucht hübsch, als sie ihm einen Luftkuss zuwarf und vom Krankenhaus in Richtung ihrer Wohnung in der Viborggade lief.

Wie er diesen Luftkuss deuten sollte, wusste er nicht. Im Gegensatz zu dem Ausdruck, der sich bei dem Namen Espen Lövengren auf ihr Gesicht gelegt hatte. Der Direktor aus Risskov durfte in der nächsten Zeit sicher mit einer hartnäckigen Besucherin rechnen.

Mikael fuhr vom Parkplatz Richtung Teglholmen, wo er Frederik aufgabeln sollte. Sie würden Irene Vest zum Verhör vorladen, so viel stand fest. Die Sache musste aber gut geplant werden. Die Festnahme gestern in Skive hatte mit aller Deutlichkeit gezeigt, wie schief spontane, übereilte Aktionen gehen konnten. Er war ganz in Gedanken vertieft, als zwei junge Kerle in Unterhemden und extrem tief hängenden Hosen in der Nørre Søgade vor ihm auf die Straße liefen. Mikael musste eine Vollbremsung machen und hämmerte mit der Faust auf die Hupe, die bis weit über den Peblinge See zu hören war.

»Fuck!«, rief er aus dem Fenster.

»Entspann dich, Arschloch«, rief einer der beiden und Mikael antwortete, indem er die Sirene einschaltete. Das kurze

Heulen reichte aus, damit die beiden im Eiltempo zurück nach Nørrebro liefen. Als er ihnen im Rückspiegel nachblickte, bekam er aber Augenkontakt mit sich selbst. Er sah auch aus, als hätte er mit vollem Party-Make-up geschlafen. Schwarze Ränder unter den Augen, unrasiert, gejagter Blick. Frederik stand total neben sich, aber wie ging es eigentlich ihm selbst? Wo waren sein Urteilsvermögen und sein berühmter klarer Überblick? Hatte ihn die ungeklärte Sache mit Maria zu all den Fehlern in diesem Fall verleitet?

Er riss sich selbst aus seinen Gedanken. Er war persönlich bei Irene Vest gewesen und hatte sich von ihrem tragischen Schicksal als Gewaltopfer und kinderloser Witwe einlullen lassen. Er hatte ihre Kekse gegessen, gutgläubig ihren dämlichen Hund gestreichelt und ihre läppische Quittung als Beweismittel akzeptiert. Dabei war sie in Wahrheit Mitglied in Staals Selbstjustizbande. Alibi oder nicht, zog man all dies in Betracht, landete Irene Vest ganz oben auf der Liste der möglichen Verdächtigen.

Was hatte er übersehen?

Jedem Ermittler unterliefen mal Fehler, Fehleinschätzungen, das war menschlich. Rein psychologisch suchte man in jedem Menschen immer erst das Gute. Frederik hatte das Recht, Fehler zu machen. Er war jung und ein einfacher Ermittler. Aber als Leiter des Dezernats für Gewaltverbrechen, auf dem die wachsamen Augen der ganzen Nation ruhten, konnte er sich diesen Luxus nicht leisten.

Mit fahlem Geschmack im Mund setzte er den Wagen wieder in Bewegung und suchte dabei in seiner Hosentasche nach einem Kaugummi.

Frederik hatte am Morgen so aufmerksam und motiviert geklungen wie schon lange nicht mehr. Als hätte die scharfe Aktion am Tag zuvor ihn irgendwie »geweckt«.

Vielleicht war der plötzliche Energieschub seines Partners aber auch nur die manische Phase einer Depression. Konnte er damit rechnen, dass sein klarer Blick und seine Kraft bis zum Abend hielten? Oder anders ausgedrückt: Konnte er Frederik heute vertrauen, wenn er es gestern – am Flughafen – nicht konnte?

Er bog in Richtung Teglholmen ab und sah Frederik schon von Weitem nach ihm Ausschau halten. Er hatte seinen Laptop unter dem Arm, eine braune Papiertüte vom Bäcker und zwei Regenschirme in den Händen.

»Es soll später regnen. Sogar gewittern«, sagte er und stieg ein. Die Regenschirme landeten auf dem Rücksitz. »Du fährst, und ich erkläre dir, was Eliasen und ich über Irene Vest herausgefunden haben.«

Mikael nickte und verdrängte die nagenden Gedanken über seinen Partner.

Frederik war ganz offensichtlich mit dem richtigen Fuß aufgestanden. Außerdem hatte Mikael schon nach dem gestrigen Amoklauf am Flughafen dafür gesorgt, dass plötzliche Eingebungen von Frederiks Seite keine ernsten, langwierigen Konsequenzen hatten. Weder für ihn noch für andere.

Das musste fürs Erste reichen.

68

»Parmaschinken oder Hummus?«

»Was?«

»Schon gut, Opa, ich nehme das vegetarische.« Frederik nahm das fleischlose Brötchen aus der Tüte und biss hinein, während er seinen Laptop öffnete. »Das Wichtigste zuerst. Eliasen hat heute Morgen den Besitzer des Ladens erreicht, in dem Irene eingekauft haben will.«

»Und? Irene wird wohl kaum eine Quittung fälschen.«

Eine dumpfe Unruhe breitete sich in Mikaels Bauch aus.

»Nein, der Mann konnte bestätigen, dass am Donnerstag um 16.03 Uhr Eis, Hundefutter und Magermilch gekauft wurden. Nur eben nicht von Irene.«

»Was?«

»Der Kunde war ein dunkelhaariger Junge, ein Klassenkamerad der Tochter des Ladenbesitzers. Irgendein Sebastian. Er hatte einen großen Hund dabei, der draußen gewartet hat. Irenes Hund. Karlo? Carlos, irgendetwas in dem Stil.«

»Carlos! Verdammt!«

Mikael schlug mit der Faust aufs Lenkrad, worauf der Wagen kurz schlingerte, aber Frederik ließ sich nicht aus der Ruhe bringen.

»Ich habe in der Zwischenzeit überprüft, welche Autos Irene und Bent Vest über die Jahre gehabt haben. Es waren verschiedene Modelle, alle auf Bents Namen registriert. Bis auf einen roten Toyota Corolla. Ende der Neunziger waren alle ihre Autos schwarz.« Frederik wischte sich den Mund ab. »Jetzt kommt das Interessante: Bent Vest war bis zu seinem Tod der registrierte Besitzer eines schwarzen VW Passat, Baujahr 2008. Das hat sie dir beim Kaffee vermutlich verschwiegen?«

Frederik sah Mikael, der seine Finger fester um das Lenkrad legte, herausfordernd an.

»Sie hat gesagt, dass sie den Wagen nach dem Tod ihres Mannes verschrotten lassen hat.«

»Und du hast das geglaubt?«

Mikael starrte steif nach vorn, spürte aber, wie ihm das Blut in den Kopf stieg.

»Und du hättest das durchschaut? Ich ermittle in einem brutalen, spektakulären Verbrechen und treffe auf eine reizende, etwas nervös veranlagte Frau in einem Blümchenkleid. Eine trauernde Witwe. Die ihr Alibi mit einem Einkaufsbon dokumentiert. Ich hatte wirklich nicht die Fantasie, mir vorzustellen, dass sie ... eine hübsche Frau, mittleren Alters ...«

Frederik starrte auf sein Brötchen, fischte eine getrocknete Tomate heraus und schnippte sie aus dem offenen Fenster.

»Dass eine Frau mittleren Alters was nicht tun würde? Den Wagen ihres verstorbenen Mannes behalten, um damit Jahre später den Mord an zwei Polizisten zu begehen?«

»Genau genommen wissen wir das noch nicht, oder? Vorläufig wissen wir nur, dass sie Mitglied in Allan Staals radikalem Kaffeeclub ist. Das allein ist noch nicht strafbar.«

»Sie hat einen Ermittler angelogen, der sie nach ihrem Alibi gefragt hat. Und sie hat exakt das Auto, nach dem wir suchen.«

»Oder hat es gehabt. Vielleicht hat Staal es sich ausgeliehen. Das ist doch nicht undenkbar, oder?«, sagte Mikael. »Staal brauchte ein Auto für seine geplanten Angriffe. Er hat offensichtlich ein landesweites Netzwerk aus verbitterten Menschen, die eine Wut auf die Polizei haben. Vielleicht weiß er, dass Irene Vest ein abgemeldetes Auto besitzt, das offiziell gar nicht mehr existiert, und leiht es sich aus? Ein Modell, das so wenig nach Allan Staal aussieht, wie es nur geht.«

»Darf ich dich daran erinnern, dass du selbst ins Spiel gebracht hast, dass Carlsen eine Frau am Steuer gesehen hat. Und Allan Staal behauptet, ein hieb- und stichfestes Alibi zu haben. Irene Vest hat nur eine Supermarktquittung, die sich als Lüge entpuppt hat. Wo war sie an jenem Donnerstagnachmittag? Und was ist mit dem Montagmorgen?«

Mikael zog den Hals ein.

»Das weiß ich nicht«, räumte er leise ein.

Frederik sah ihn überrascht an.

»Wie meinst du das? Wie lautet ihr Alibi für den Montagmorgen, als Carlsen umgefahren wurde?«

»Sie hat keins. Ich habe gefragt, und sie hat geantwortet, dass sie mit ihrem Hund allein zu Hause war. Frederik, sie hat nicht den geringsten Hass auf Niels und Birger gezeigt. Sie war das typische Opfer. Schlag das Wort im Wörterbuch nach und du findest ein Bild von Irene Vest. Außerdem hat sie angegeben, nicht fahren zu können.« Mikael hob resigniert die Hände.

»Hm.« Frederiks Brummen blieb in der Luft hängen. Kritisch. Es konnte ein Vorwurf, aber auch nur eine Feststellung sein. Wie auch immer fühlte Mikael sich provoziert.

»Verdammt. Wieso behält man ein Auto und gibt offiziell an, es verschrottet zu haben? Gibt es keine Behörde, die überprüft, dass endgültig abgemeldete Fahrzeuge auch wirklich auf den Schrott kommen?«

Frederik schluckte und wischte sich Mund und Finger mit einer Serviette ab.

»Das habe ich beim Verkehrsamt nachgefragt. Wobei ich eigentlich sagen sollte, bei dem einzigen verbliebenen Mohikaner im Verkehrsamt, der nicht krankgemeldet war. Wenn man die Nummernschilder abgemeldet hat, wird davon ausgegangen, dass die ehemaligen Besitzer sich selbst um die Verschrottung kümmern. Dieser Prozess wird aber nicht kontrolliert. Im Prinzip müssen die Nummernschilder zurückgegeben werden, aber das tun bei Weitem nicht alle. Wenn man das Fahrzeug dann aber wieder in Betrieb nimmt, verstößt das gegen das Gesetz.«

»Ganz schön lasch. Dann kann man im Prinzip sein Fahrzeug abmelden und einfach weiter damit herumfahren?«

»Bei den vielen Streifenwagen, die eine automatische Nummernschilderkennung haben, wird man früher oder später wohl geschnappt werden.«

»Zurzeit würde ich dieses Risiko durchaus eingehen, es sind ja kaum noch Streifen unterwegs«, grunzte Mikael.

»Möglich, dass sie ein anderes Nummernschild montiert hat oder den Wagen in der Zwischenzeit gar nicht gefahren ist. Vielleicht hatte sie ihn irgendwo abgestellt, bis sich die Möglichkeit bot, gegen Niels und Birger vorzugehen.«

»Hast du ihre Nummer mit den Telefonmasten in der Nähe des Damstien abgeglichen?«

»Dazu bin ich heute Morgen noch nicht gekommen. Ich bin gerade dabei.«

Frederik beugte sich über seinen Computer, während Mikael zum Funkgerät griff und der Polizei in Mittel- und Westseeland ihr Kommen ankündigte.

»Wir müssen nur mit einer Frau sprechen, die in Ihrer Direktion wohnt. Noch ist das keine Ermittlung«, sagte er.

Es war immer gut, die anderen Direktionen zu informieren, wenn man in ihrem Hoheitsgebiet operierte. Der Disponent bedankte sich für die Information, meinte aber, dass kaum Unterstützung verfügbar sei.

»*Bei uns haben gerade alle die Grippe, wenn Sie verstehen*«, kam es trocken knirschend durch den Funkempfänger.

Eine SMS von Henriette Jansen kam. Mikael bat Frederik, sie laut vorzulesen.

»Wie ich sehe, war sie am Gericht. Sie schreibt: ›Konnte nur eine Untersuchungshaft von 72 Stunden erwirken. Mehr war nicht möglich, sorry.‹«

Mikael seufzte. »Dann ist Staal Mittwoch wieder draußen, wenn wir nicht weitergehende Beweise liefern, dass er der Täter oder wenigstens beteiligt ist.«

Er erwartete eine mindestens ebenso verärgerte Reaktion von Frederik, aber sein Partner konzentrierte sich bereits wieder auf die Daten der Telefongesellschaften.

»Sie war an dem Morgen da«, sagte er.

»Irene? Am Damstien?«

»Ja.«

Die Übelkeit stieg in Mikaels Hals hoch und ließ ihn das Gaspedal weiter durchdrücken.

»Überprüf Horsens«, presste er hervor.

Frederik war bereits bei der Arbeit. Es war äußerst schwierig gewesen, die Telefongesellschaften zur Herausgabe der Daten vom Damhussøen zu bewegen, während diejenigen aus der Vorstadt von Horsens recht problemlos schon nach drei Tagen per Mail gekommen waren.

»Auf der Horsens-Liste sehe ich sie nicht«, konstatierte Frederik tonlos.

»Bist du sicher, dass sie nicht da war?« Mikael war sichtlich verwirrt. »Wir suchen aber doch prinzipiell nach demselben Täter. Bist du dir wirklich sicher, Dahlin?«

Frederik überprüfte die Daten noch einmal, während

Mikael auf die Fahrbahn starrte. Am Horizont türmten sich graue, blumenkohlförmige Wolken auf.

»Ich hab das jetzt doppelt überprüft. Ihre Nummer ist nicht auf der Liste, aber das bedeutet nicht, dass sie nicht da war. Sie kann ihr Handy ausgeschaltet haben, als sie zu Birger gefahren ist, denn ich weiß, dass Irene an diesem Tag in der Gegend von Horsens war.«

Mikael spürte eine Ader an seiner Schläfe pochen.

»Hör mal … bist du okay? Du hast dich bei Irene geirrt, aber das ist doch nicht schlimm. *Shit happens.* Wir holen sie uns jetzt, und dann lassen wir uns feiern«, sagte Frederik seltsam entspannt.

»Könntest du mit diesem Psychologiequark aufhören? Wie meinst du das, du weißt, dass sie in der Gegend von Horsens war?«

»Als ich Staals Computer durchgesehen habe, habe ich eine sehr interessante Mail von Irene gelesen, die sie ihm an jenem Morgen geschickt hat. Am Donnerstag, den 12. August um 08.38 Uhr, also etwa sieben Stunden vor dem Mord an Birger. Ich habe ihre IP-Adresse gecheckt, und die Mail kam aus einem Hotel am Stadtrand von Horsens.«

»Horsens? Und was stand in der Mail?«

»Moment … ich hab sie hier. Ich les mal vor. ›Danke für den gestrigen Abend. Ein wirklich spannendes Treffen. Ich habe über unsere Diskussion in der Kate nachgedacht. Wir beide teilen einen gemeinsamen Schmerz, den die anderen nicht verstehen können. Nicht verstehen wollen. Ich tue mit Freuden, was getan werden muss. Irene.‹«

»Dann war sie bei dem Treffen der Preislergruppe am Abend zuvor? Staal hat auf diesem Treffen gesagt, dass jemand sich um Birger kümmern muss, und sie hat seinen Befehl ausgeführt?«

»Sieht ganz danach aus. Sie kann auf dem Rückweg nach Hause durchaus in Horsens übernachtet haben.«

Frederik zuckte mit den Schultern, als hätte er Irene Vest schon lange auf dem Kieker. Mikael ärgerte sich so sehr darüber, dass er die Abfahrt verpasste. Er bremste, als sie am Ortsschild von Svogerslev vorbeifuhren.

»Und was machen wir jetzt?«, fragte Frederik.

»Wir nehmen sie fest. Mit derselben Begründung wie Allan Staal.«

»Und was ist dann mit ihm?«

»Das kommt darauf an, wie sehr Staal beteiligt war und was er wusste. Hat er ihr einen direkten Befehl erteilt? Hatte er die Fäden in der Hand oder hat er vielleicht sogar die Pläne geschmiedet?«

Mikael ließ das Auto auf den letzten Metern bis zu dem Reihenhaus ausrollen.

Die Straße war menschenleer. Er vergewisserte sich, dass seine Dienstwaffe im Holster steckte. Frederik tat es ihm gleich. Der Anblick von Frederiks automatisierten Bewegungen, eingeübt in unzähligen Stunden auf dem Schießplatz, machte Mikael ein schlechtes Gewissen. Sein Mund wurde trocken.

Frederik suchte seinen Blick und zögerte eine Sekunde. Dann stieg er aus dem Wagen.

»Bist du bereit, Chef?«

69

Sie bürstete sich ein letztes Mal die Haare, dann entschied sie sich, dass sie mit ihrem Spiegelbild zufrieden war.

Sie hatte ein leichtes Make-up aufgetragen und praktische, frisch gewaschene und gebügelte Kleidung angezogen. Inklusive frischer Unterwäsche, falls es komplett in die falsche Richtung losging. Die Möglichkeit bestand, dessen war sie sich bewusst. Wobei »bewusst« vielleicht das falsche Wort war, eigentlich wusste sie nicht, was sie denken sollte. Bei dem Gedanken, dass ihr Leben, das so sorglos und voller Liebe begonnen hatte, so kalt kalkulierend zu Ende gehen könnte, fühlte sie nichts.

Ob sie lebte oder nicht … was machte das für einen Unterschied?

In den vergangenen zwei Tagen hatte sie aufgeräumt und alles geputzt. Der Kühlschrank war leer und ausgeschaltet, den Müll hatte sie nach draußen getragen. Ihre Abonnements hatte sie allesamt gekündigt. Fernsehen, Internet und Telefon liefen Ende des Monats aus. Das Testament war geschrieben, sie vermachte alles dem Tierschutz: Haus, Klavier, Silberzeug. Sogar Carlos, wenn Sebastians Familie ihn nicht annahm.

Beim Gedanken an den Hund stiegen ihr die Tränen in die Augen. Sie schluckte und blinzelte energisch zwei Tränen weg.

Sie trug ihre Haare in einem kurzen Pagenschnitt, der die Ohren nur knapp bedeckte. Eine Notlösung, an die sie sich jetzt schon zwanzig Jahre klammerte. Sie spürte noch immer die Finger des maskierten Einbrechers in ihren langen Locken, auf die sie so stolz gewesen war. Wie er sie, eine nach der anderen, um den Finger wickelte und ihr mit seinem Bieratem Obszönitäten ins Ohr raunte.

Nach ihrer Entlassung aus dem Krankenhaus hatte sie sich als Erstes die Haare schneiden lassen.

»Kurze Haare sind auch viel praktischer, wenn man kleine Kinder hat«, hatte die Friseuse gezwitschert, als sie ihr gesagt hatte, dass die langen Locken wegsollten.

»Ich werde niemals Kinder bekommen«, hatte sie geantwortet und dem Smalltalk damit ein für alle Mal ein Ende bereitet.

In diesem Moment war ihr richtig bewusst geworden, dass sie nie dazugehören würde. Sie würde nie ein Teil der jungen Müttergruppen sein, die begeistert ihre Erfahrungen teilten. Sie würde nie erleben, wie ein Baby sie die ganze Nacht wachhielt. Nie über Brustentzündungen und erste Zähne reden. Niemals nachts aufwachen und auf Laute aus der Wiege nebenan lauschen oder spüren, wie ihr Herz vor Mutterliebe anschwoll.

Was sie wachhielt, waren die Albträume. Sie schrak aus dem Schlaf auf und lauschte auf den Atem fremder Männer im Raum, nicht auf den eines Babys. Ihre Brust schmerzte vor Angst, ihr ausgeräumter Unterleib wand sich vor Phantomschmerzen und ihr Herz … es schwoll nicht an, sondern vertrocknete. Sie stellte sich vor, wie es ganz allein in ihrem leeren Brustkorb herumschwebte: klein, einsam und verschrumpelt wie eine schwarze Pflaume.

Bent hatte immer gesagt, dass der Pagenschnitt ihr stand. Die scharfe Kante der Frisur in der Verlängerung ihres Kiefers bildete einen schönen Kontrast zu ihrem warmen Blick, meinte er. Sie musterte ihre grauen Augen im Spiegel. Ihr Blick war nicht warm. Nicht mehr. Die Wärme war wie so vieles andere mit Bent beerdigt worden.

Der Krebs hatte ihn von innen aufgefressen. Die Krankheit war ausgebrochen, als er im besten Alter war. An einem Tag im Sommer, als er den Wohnwagen abhängen wollte, war er plötzlich auf die Knie gesackt und hatte sich die Hand an die Stirn gedrückt. Zwei Jahre später war er tot. Sie wusste, dass es der Überfall war, der ihn genau siebzehn Jahre später getötet hatte. Die Bosheit und die Ohnmacht hatten seinen Körper wie Parasiten von innen aufgefressen.

Natürlich hatte das kein Arzt der Welt bestätigen wollen.

»Spekulationen, Ungerechtigkeit oder die Jagd nach Erklärungen machen einen nicht gesund. Krebs hat keine Logik«, hatte der Onkologe gesagt, als sie von ihm eine Erklärung gefordert hatte, warum sie nun schon ein zweites Mal Opfer einer solchen Tragödie wurden.

Aber sie wusste, was sie gesehen hatte. Die Metastasen und ihre Symptome waren exakt in der Reihenfolge aufgetaucht, in der die Schläge und Tritte auf Bents Körper eingehagelt waren.

Der Schmerz hinter der Stirn war die Folge eines plötzlichen Blutgerinnsels. Wenig später war ein weiteres im Hinterkopf gefolgt und ein Scan hatte schließlich ergeben, woher das koagulierte Blut kam. Auf den Röntgenbildern von Bents Bauch waren große milchweiße Flecken zu sehen, wo die Männer ihn wieder und wieder getreten hatten. Wie die brutalen Tritte der Einbrecher in jener Nacht, war der Krebs in den folgenden Monaten aus Bents Magen in seine Leber, seine Nieren und die ganze Bauchhöhle gewandert, bis am Ende auch die Lungen befallen waren und ihm die Luft zum Leben abgeschnürt wurde. Wie es vor siebzehn Jahren die

Enttäuschung über die Schlampigkeit und die Unfähigkeit der Ermittler getan hatte.

Ob Bent gutheißen würde, was sie nach seinem schmerzhaften Tod für ihn getan hatte?

Sie glaubte es.

Niels Carlsen war durch einen Zufall wieder in ihr Leben getreten. Sein freundliches Beamtenlächeln, eingefangen in einem Restaurant unter einem südlichen Himmel, strahlte ihr plötzlich von einer Facebook-Liste von Menschen entgegen, die sie vielleicht kennen könnte.

»Vielleicht kennen.« Ein Schauer war ihr über den Rücken gelaufen. Warum hatte Facebook keine Liste über »Menschen, die dein Leben zerstört haben« oder »Menschen, die dir alles genommen haben«?

Da saß der Mann, der Bent und ihr vorgegaukelt hatte, dass sie Gerechtigkeit erfahren würden, und lächelte breit. Dieses Lächeln traf sie wie ein diffuser Schmerz in dem Narbengewebe unter ihrem Nabel. Sie hatte den Dezernatsleiter in den vergangenen Jahren immer mal wieder im Fernsehen gesehen, aber da hatte er immer Uniform getragen und eine ernste Miene gemacht. Weil er den Schmerz der Opfer von Kriminalität und ungelösten Fällen nachfühlen kann und zu seinem Schmerz macht, hatte sie gedacht.

Ein paar Clicks in Carlsens öffentlichem Facebook-Account hatten eine andere Geschichte offenbart. Er hatte ein Leben! Er lächelte und lachte! Er hatte Kinder großgezogen und sollte bald Enkelkinder bekommen. Er erlebte Sorglosigkeit und Glück und konnte all das Dunkle und Böse wenigstens für eine gewisse Zeit verdrängen. Vielleicht für Stunden oder Tage. Ein Luxus, der ihr und Bent nie vergönnt gewesen war.

Der Ausgangspunkt war eigentlich reine Neugier gewesen.

Niels Carlsen hatte sie getäuscht und danach weitergelebt, als wäre nichts geschehen. Wie war das möglich?

Sie war seit Jahren nicht mehr Auto gefahren. Der Passat, den sie längst abgemeldet hatte, sammelte im Schuppen eines Bekannten Staub. Sie hatte ihn noch nicht verschrotten lassen. Vielleicht weil der Wagen das Einzige war, das noch nach Bent duftete. Hin und wieder war sie zu dem Schuppen gefahren, hatte sich ins Auto gesetzt, eine CD eingelegt und sich einlullen lassen von der Sicherheit der verschlossenen Kabine.

Eines Tages hatte sie den Schlüssel im Zündschloss gedreht. Der Motor hatte geschnurrt wie eine Katze. Für sie war das wie ein Zeichen gewesen.

Ihre Reise zur Gerechtigkeit hatte an einem Winterabend begonnen, an dem sie den Wagen vor dem seelenlosen Gebäude auf Teglholmen geparkt hatte. Niels Carlsen war nach draußen gekommen, hatte das Gesicht zum Himmel gewendet und tief Luft geholt, bevor er sich in seinen Wagen setzte und nach Hause fuhr. Sie war ihm gefolgt. Er hatte sein Auto vor einem schmucken Einfamilienhaus in Vanløse geparkt. Eine schöne Frau hatte ihm die Tür geöffnet, noch bevor Carlsen aufschließen konnte, und ihn nach drinnen an den gedeckten Tisch gezogen. Zu einem Familienleben.

Man könnte sagen, dass Carlsen zu einer ungesunden Obsession für sie geworden war. Dass sie von ihm besessen war.

Sie begann, seine Nähe zu suchen. Hatte Stunden im Wagen vor dem Polizeigebäude auf Teglholmen gesessen, bis sie ihn vom Personalparkplatz fahren sah. An anderen Tagen wartete sie früh am Morgen vor seinem Wohnhaus. Sie wollte seine Routinen kennenlernen, seine Gesichtsausdrücke, seine Gangart, seinen Humor. Immer auf der Suche nach Zeichen dafür, dass der Verrat, der Betrug an ihr und Bent ihn belasteten.

Aber sie hatte nie auch nur das kleinste Anzeichen dafür ausmachen können. Im Gegenteil. Jeden Montag, Mittwoch und Freitag öffnete er um Punkt sechs Uhr morgens die Haustür und trat mit seiner markanten Brille nach draußen. Frisch und voller Energie. Sie erkannte ihn schon von Weitem an seinen Laufklamotten. Und bald auch an seinem Tempo. Sie übernahm seinen Rhythmus, beneidete ihn um seine Freude an der körperlichen Fitness und spürte die Leichtigkeit, mit der er sich durchs Leben bewegte … Was dachte er sich dabei? Warum schleppte er sich nicht wenigstens schweren Schrittes davon? Warum lastete das Unrecht nicht mit seinem erdrückenden Gewicht auf ihm, wie es auf ihr und Bent gelastet hatte?

Eines Tages hatte sie ihn angerufen und wieder aufgelegt. Sie hatte ihm eine Nachricht von einem Fake-Profil geschickt. Dann eine Mail von einem neuen Konto. Mit der Zeit war sie dreister geworden. Sie hatte ihn angerufen und etwas gesagt, ihre Wut zum Ausdruck gebracht, ihn bedroht. Dann hatte sie seinen Partner – diesen lächerlich jovialen Birger Poulsen – ausfindig gemacht. Da er inzwischen in Horsens wohnte, war es nicht so einfach, ihn aufzusuchen, aber sie hatte ihn auch angerufen, ihm Mails und SMS geschickt. Erst anonym, dann nicht mehr ganz so anonym und schließlich ganz offen. Sie hatte ihn wissen lassen, dass sie ihn nicht vergessen hatte, auch wenn er sich nicht mehr an sie erinnerte. Sie hörte sein schlechtes Gewissen förmlich durchs Telefon, aber das reichte ihr nicht. Sie wollte mehr. Sie wollte Reue! Reue und ein tiefschwarzes Gewissen. Mitleid in dem Sinne, dass er mit ihr litt!

Es gab dort draußen noch andere, denen es wie ihr ging. Eines Abends, als sie bis spät in der Nacht Niels Carlsens und Birger Poulsens Leben zusammengepuzzelt hatte, war sie auf eine Gruppe von Menschen gestoßen, denen das Schicksal ähnlich schwer zugesetzt hatte. Die ungesehenen Opfer von Verbrechen und ungeklärten Übergriffen. Menschen, die verraten worden waren und unter dem Betrug, der Unsicherheit und der Ungerechtigkeit litten.

Unter ihnen fühlte sie sich zum ersten Mal seit Bents Tod gesehen und gehört. Diese Menschen dachten wie sie und wagten es, dies auch laut auszusprechen. Sie hatten ein gemeinsames Ziel, eine gemeinsame Geschichte. Halbe Nächte hatte sie mit ihnen diskutiert, war zu Treffen gegangen, hatte Notenblätter kopiert und sich um die Buchhaltung und die Einladungen gekümmert. In Gesellschaft der anderen fühlte sie sich etwas weniger als Opfer. In der Gruppe waren ein paar wirklich tüchtige Menschen. Erfolgreiche, wohlhabende Männer, die sich wie sie nach einer Niederlage und Demütigung wieder aufgerichtet und gehandelt hatten! Die den Umbau der Gesellschaft und ihren Beitrag dazu leisten wollten. Aber wo anfangen?

Im Sommer war ihr dann zum ersten Mal der Gedanke gekommen.

Carlsen war unauffindbar gewesen. Dieser Teufel war sicher in den Sommerferien, irgendwo im sonnigen Süden, um den Kopf frei zu kriegen und sein Gewissen reinzuwaschen. Welch schamloser Luxus für einen Dezernatsleiter, während das Land in Gewalt und Kriminalität versank.

Ruhelos war sie zwischen Teglholmen und Vanløse hin und her gependelt, inzwischen mit einem Set abgemeldeter Kennzeichen, die ihr ein tätowierter Typ in einer Autowerkstatt in Hvidovre beschafft und für fünftausend Kronen montiert hatte, ohne irgendwelche Fragen zu stellen. Jeden Montag, Mittwoch und Freitag hatte sie vor dem Haus in Vanløse gestanden, und endlich – am Montag, den 2. August – war die Tür aufgegangen und ein sonnengebräunter Carlsen hatte im üblichen Tempo seine Joggingrunde begonnen.

Ihre Hände hatten das Lenkrad fest umklammert, als sie ihm langsam mit dem Wagen gefolgt war. Sie kannte seine Route, nahm eine Abkürzung und wartete an einem Weg am Damstien. Gleich würde Carlsen an ihr vorbeilaufen. Sie konnte fast die Sekunden zählen, bis er kam.

Zehn, neun, acht, sieben …

Ihre Knöchel waren weiß, ihr Mund trocken und ihr Fuß … er war so schwer, so unendlich schwer. Zwanzig Jahre Schmerz, Frustration, Wut und Einsamkeit lasteten auf ihm, und irgendwann spürte sie, wie dieser Fuß ein Eigenleben entwickelte. Er wollte die Ungerechtigkeit am Boden zerquetschen, sie in den Dreck treten, ohne dass sie etwas dagegen tun konnte.

Sein rotes T-Shirt schimmerte durch die Ligusterhecke, und dann war er da, und sie ließ den Fuß tun, was er wollte und wonach er sich seit zwanzig Jahren gesehnt hatte. Er forderte die gerechte Rache ein, während ihre Hände das Lenkrad umklammerten, ihre Handflächen brannten und sie selbst mit aufgerissenen Augen den Mann anstarrte, der gegen die Front des Passats schlug.

Danach drückte sie die Bremse. Der Gurt straffte sich über ihrer Brust und sie schlug mit der Stirn auf das Lenkrad. Sie hob den Blick, sah den leblosen Körper vor dem Wagen liegen, und dieser Anblick linderte schlagartig die Schmerzen an ihrer Stirn. Sie strich sich über die Haare, setzte zurück und fuhr weg.

Alles war so klar vor ihren Augen, als der Wagen langsam aus dem Wohnviertel rollte. Wie in einem Nähkästchen, in dem Nähseide, Nadeln und Knöpfe wie durch Zauberhand wieder in ihren richtigen Fächern lagen, war die Unordnung in ihrem Kopf schlagartig verschwunden.

Aus dem Rückspiegel lächelte sie eine Fremde an. Diabolisch und selbstzufrieden.

Es war so leicht gewesen, Rache zu nehmen. Sie hatte es nicht geplant, aber es fühlte sich verflucht gut an. Ihre Ohnmacht war weg. Nicht ganz, aber für einen kurzen, scharfen Augenblick hatte sie gefühlt, welche Macht sie haben konnte. Welche Kontrolle. Dass alles in ihrer Hand lag.

In dem Moment wusste sie, dass sie es noch einmal tun wollte. Sie hatte noch zwei andere Namen auf ihrer Liste. Männer, die sie seinerzeit fatal betrogen hatten. In den folgenden Tagen war sie richtiggehend aufgedreht, wenn sie daran dachte, ihre Arbeit abzuschließen. Zum ersten Mal seit zwanzig Jahren fühlte sie sich lebendig.

Birger Poulsens vorhersehbaren, provinziellen Tagesrhythmus kannte sie bereits. Er hatte sich auf einen wenig ambitionierten Beamtenposten in Horsens zurückgezogen, wo er bis zu seiner Pensionierung sein Gehalt wie die meisten anderen Beamten fürs Nichtstun einstrich.

Den endgültigen Entschluss hatte sie aber erst nach dem Treffen der Preislergruppe am Abend zuvor gefällt. Der charismatische Vorsitzende Allan Staal, der seinerzeit von demselben Team im Stich gelassen worden war wie Bent und sie, hatte sich nicht nur über den Unfall von Carlsen gefreut, sondern sich wie sie Rache auch an Birger Poulsen gewünscht.

Staal konnte unmöglich wissen, was sie getan hatte. Oder doch?

Waren sie so seelenverwandt, dass seine Worte als verstecktes Lob zu verstehen waren? Eine Anerkennung? Es fühlte sich so an. Der »Mann aus Stahl«, wie sie Svend Smeds Enkel nannten, hatte sie gesehen. Ausgerechnet sie. Je mehr sie über Staals Worte nachdachte, desto mehr kamen sie ihr wie eine Bitte vor, ein eindringlicher Appell zu tun, was er mit seinem sozialen Status und seiner öffentlichen Position nicht tun konnte.

Nichts bereitete ihr mehr Freude.

Beim zweiten Mal hatte sie sogar ihre Technik optimiert, ihn mit mehr Wucht angefahren, präziser, sauberer.

Und jetzt … jetzt war nur noch ein Verantwortlicher übrig. Sie hatte Probleme gehabt, den dritten Mann zu finden, aber es war ihr gelungen, und jetzt musste sie die Sache zu Ende bringen, ehe das Unwetter hereinbrach. Der Wagen stand vollgetankt in seinem Versteck, Carlos war bei einer Freundin und die Adresse, eine Dreiviertelstunde Fahrt entfernt, in ihr Handy eingegeben.

Sie nahm die Autoschlüssel hinter dem Seidentuch am hinteren Ende der Schublade und warf einen letzten Blick in den Spiegel.

Sie wusste bereits, was die Leute sagen würden:

Wer hätte das gedacht? So eine nette Frau!

70

Im Laufschritt näherten sie sich dem kleinen roten Haus. Mikael setzte darauf, dass die Nachbarn gerade damit beschäftigt waren, die Gartenmöbel vor dem herannahenden Regen in Sicherheit zu bringen. Zuschauer waren das Letzte, was er jetzt brauchte.

War Irene Vest gefährlich? Noch vor zwei Tagen hätte er die Frage belächelt, jetzt aber spürte er das Adrenalin bis in die Fingerspitzen, sodass das Metall in seiner Hand warm wurde. Frederik und er hatten die Waffen gezogen und liefen abwechselnd jeweils ein paar Meter vor. Kurz vor dem Haus gab er Frederik zu verstehen, bis zur Wand vorzurücken, während er ihm Feuerschutz gab.

Mikael blieb an der Wand stehen, während Frederik weiter in den Garten lief. Trotz der Hitze waren alle Türen und Fenster geschlossen. Auf Irenes Grundstück war noch immer kein Auto zu sehen, und nichts deutete darauf hin, dass der wachsame Hund, Carlos, im Haus war.

Mikael legte eine Hand an die Scheibe und sah in die Küche. Aufgeräumt. Leer. Mit der linken Hand klopfte er an die Haustür.

»Polizei! Aufmachen!«, brüllte er. Ein Vogel flatterte aus einem Busch hinter ihm auf, aber im Haus war keine Reaktion auszumachen. Keine Schritte, nichts, das darauf hindeutete, dass Irene zu Hause war. Aber Mikael hatte sich schon einmal geirrt.

»Irene, machen Sie auf. Hier ist die Polizei!« Noch immer keine Antwort. »Siehst du irgendwas, Dahlin? Kommen!«

Sie hatten einen Funkkanal gewählt, den nur sie beide hörten.

Frederiks gedämpfte Stimme kratzte metallisch durch seinen Ohrhörer.

»Negativ. Kommen.«

»Komm zu mir, wir gehen rein!«

Mikael drückte die Klinke herunter. Verschlossen, natürlich. Irene Vest war nicht der Typ, der die Haustür offen ließ. Frederik und er sahen sich an. Dann gab es nur eine Möglichkeit. Frederik drückte die Klinke nach unten, und Mikael trat fest gegen das Schloss. Ein trockenes Knacken zeigte, dass der Türrahmen nachgegeben hatte. Sie waren im Haus.

»Ich nehme mir Bad und Küche vor. Nimmst du die anderen Räume?« Mikael zeigte auf den Flur.

Wenige Minuten später waren alle möglichen Verstecke abgecheckt. Weder Irene Vest noch Carlos waren zu Hause.

»Verdammt. Was machen wir jetzt?«

Frederik sah beinahe enttäuscht aus, als er seine Waffe zurück ins Holster steckte.

»Sehen wir uns mal ein bisschen um.«

Mikael blätterte durch den Zeitungsstapel, der auf dem Küchentisch lag. Ganz zuoberst lagen ein Kontoauszug von der Bank, eine Supermarkt-Reklame, in der Skyr und Lachs eingekringelt waren, und die Tagesausgabe der *Morgenavisen*. Irene war heute also noch hier gewesen.

Er durchsuchte die Küche minutiös, während Frederik im Schlafzimmer Schubladen und Schränke öffnete. Das Haus war auffallend ordentlich und sauber. Das Bettzeug war abgezogen, der Wäschekorb leer und der Kühlschrank weitestgehend ausgeräumt. Er enthielt nicht ein einziges verderbliches Lebensmittel, stellte Mikael mit wachsender Sorge fest. Hier war nicht nur sauber gemacht worden, das Haus wirkte verlassen.

»Hast du ihren Computer gefunden?«

Er steckte den Kopf in Irene Vests Schlafzimmer, in dem vor dem Fenster auch ein kleiner Schreibtisch stand.

»Nein, nur das Ladegerät. Vielleicht hat sie den mitgenommen?« Frederik durchsuchte die Oberschränke der Garderobe.

»Guck mal unter dem Bett nach. Sie könnte die Wertsachen irgendwo versteckt haben. Sie hat sicher Angst vor Einbrechern.«

Er selbst durchsuchte das Wohnzimmer. Nicht ein einziges loses Hundehaar trotzte der Sauberkeit. Er studierte die alte Kommode, auf der das Porträt von Irenes verstorbenem Mann neben ein paar Kinderfotos stand. In einer Vitrine standen Porzellan und Weingläser sorgsam der Größe nach geordnet nebeneinander. Ein Stapel Servietten und zugehörige Serviettenringe lagen auf der einen Seite, Kerzen und Manschetten auf der anderen. Ordentlich und total unpersönlich. Er legte sich flach auf den Bauch, um unter die Möbel zu schauen, ohne zu wissen, nach was er eigentlich suchte. In der Regel wusste man das erst, wenn man den einen Gegenstand fand, der die Ordnung brach. Er hatte sich in Irene geirrt, das schon, aber ihre kriminelle Laufbahn war ja noch nicht alt. Sie war keine professionelle Auftragsmörderin; wenn sie wirklich hinter den Anschlägen stand, war sie von Rachegedanken angetrieben. Die Aktionen gegen Niels und Birger waren Affekthandlungen, und Menschen, die im Affekt und ohne die Routine der Gewohnheitsverbrecher handelten, verloren irgendwann den Überblick. Sie vergaßen oder übersahen Dinge.

»Ich kann keinen Computer finden. Die zurückgelassenen Kabel deuten aber darauf hin, dass sie einen Dell-Laptop hat, älteres Modell. Sie hat ihn mitgenommen oder sich davon getrennt. Hast du irgendwas?« Frederik hockte sich neben Mikael.

»Nicht wirklich.«

Mikael tastete den Boden der Kommode nach Geheimfächern ab. Nichts. Er stand wieder auf und sah sich im Wohnzimmer um, als sein Blick auf das Notenheft auf dem Klavier fiel. Wobei das eigentlich kein richtiges Heft war … eher ein paar gefaltete Blatt Papier. Bei seinem letzten Besuch war das Heft aufgeklappt gewesen, jetzt war es geschlossen. Die Vorderseite mit der Polizeihand fing seinen Blick ein.

Das Heft enthielt Lieder mit neuen Texten in einer etwas altmodischen Sprache zu bekannten Melodien. Beim Blättern fiel ein linierter Zettel heraus. Er hob ihn vom Boden auf und erstarrte. Er hielt Frederik den Zettel hin, damit auch er die drei Namen und Adressen lesen konnte, die mit blauem Kugelschreiber notiert worden waren.

Die ersten beiden auf der Liste waren Niels Carlsen und Birger Poulsen. Der letzte Name war sorgsam in Blockbuchstaben geschrieben worden: PAUL NOLSOE.

Frederik stöhnte ungläubig auf.

»Unsere nette Witwe hat eine Todesliste geschrieben?«

71

Mikael sah nervös zu Frederik, während der Wagen aus Svogerslev fuhr.

»Geht er nicht ran?«

Frederik schüttelte den Kopf. Seit sie aus Irenes Haus und direkt ins Auto gestürzt waren, hatte er den pensionierten Anwalt zu warnen versucht.

»Es klingelt einfach durch und springt auch kein Anrufbeantworter an. Und auf meine SMS reagiert er nicht.«

»SMS? Das ist ein Festnetzanschluss.«

»Festnetz? Wer hat das denn noch? Wie weit ist es bis dahin?«

»Etwa fünfzig Kilometer. Normalerweise würde ich sagen, dreißig Minuten, aber die letzten Kilometer bis zu Nolsoes Haus führen über eine holperige Schotterstraße. Also *worst case* vierzig Minuten.«

Mikael drückte das Gaspedal weiter durch, fuhr auf den Mittelstreifen und hoffte, dass die anderen Fahrer in Seeland der Aufforderung der Polizei Folge leisteten und abends und nachts zu Hause blieben.

Über ihnen zogen sich die Wolken zusammen. Insekten, die desorientiert und betäubt durch die schwüle Hitze schwirrten, klatschten an die Windschutzscheibe. Die Sonne, die erst in einer halben Stunde untergehen würde, war von schwarzen Wolken verdeckt, die die Landschaft und die Straße in ein ebenso malerisches wie dramatisches Licht tauchten. Die Meteorologen erwarteten das kräftigste Gewitter des Jahres mit heftigem Platzregen. Danach sollte ein Tiefdruckgebiet über Westseeland ziehen.

»Sorg dafür, dass wir Irenes Handy mit sofortiger Wirkung überwachen können, damit wir wissen, wo sie ist, sobald sie es einschaltet. Henriette Jansen soll sich darum kümmern. Den Antrag soll sie dann morgen nachträglich dem Richter vorlegen. Außerdem müssen wir Carlsen bewachen lassen. Am besten durch bewaffnete Beamte. Und sie sollen den Flughafen kontaktieren und Irenes Beschreibung durchgeben. Sollte sie das Land verlassen wollen, müssen wir sie stoppen.«

Mikael starrte nach vorn auf die Straße, während Frederik im Dezernat anrief.

»Was ist mit den Brücken?«, fragte er mitten im Gespräch.

»Vielleicht die auch, ja. Erklär ihnen, dass wir nicht mehr wissen, als dass es sich um einen schwarzen VW Passat, Baujahr 2008 handelt.«

»Okay. Das wäre geregelt«, sagte er und steckte das Handy in die Tasche. »Sie stellen Wachen für Carlsen ab und ändern auch den Namen, mit dem er eingeschrieben ist. Außerdem wird Irenes Handy überwacht. Eliasen meinte, wir würden dann gleich von ihr hören.«

»Hauptsache, sie hat das Ding nicht ausgeschaltet. Versuch es noch mal bei Nolsoe«, bat Mikael und fluchte innerlich, dass er das nicht hatte kommen sehen.

Sein Handy unterbrach seine Selbstvorwürfe. John Langbjergs Stimme war über die Freisprechanlage zu hören:

»Irene Vests Handy hat sich in einen Funkmast westlich von Skarresø eingeloggt.«

»Wo genau? Welche Stadt?«

Mikael spürte, wie ihm das Blut in den Kopf stieg. Wenn er

sich nicht irrte, waren sie auf dem richtigen Weg. Trotzdem war diese Information die denkbar schlechteste.

»Irgendwo zwischen Jyderup und Svebølle. Der Mast steht südlich von einem Ort namens Bjergsted. Christina meint, du wärst erst kürzlich da gewesen.«

»Verdammte Scheiße!« Mikael legte auf und sah kurz zu Frederik, bevor er die Sirene einschaltete und den Wagen auf 150 km/h beschleunigte. »Sie ist bei Nolsoe. Sie ist verdammt noch mal schon da.«

Knappe zwanzig Minuten später bogen sie auf die Schotterstraße ein, die zu Nolsoes Haus führte. Gegen seinen Willen musste Mikael bremsen und sich auf die Schlaglöcher konzentrieren. Der Regen setzte ein. Dicke Tropfen klatschten aufs Auto und mischten sich mit dem Staub auf der Windschutzscheibe zu einer hellbraunen Schliere. Die Sonne war untergegangen, was in dieser verlassenen Gegend bedeutet, dass kein Licht die Nacht erhellte. Nur die Blitze, die hin und wieder den Himmel aufrissen, zeigten Mikael, dass er auf dem richtigen Weg war.

Sie hatten Verstärkung bei der Polizei in Mittel- und Westseeland angefordert, aber eine Absage bekommen.

»Kann Ihr Einsatz denn nicht warten?«, hatte der Disponent gefragt, woraufhin Mikael frustriert aufgelegt hatte.

Mikael parkte in sicherem Abstand von dem baufälligen currygelben Haus, damit sie sich im Schutz der Nacht anschleichen konnten. Mikael kniff die Augen zusammen und versuchte, sich einen Überblick zu verschaffen. Der Regen war in ein Nieseln übergegangen. Mikael sah in den Tropfen eine Art Omen, die Ouvertüre zu einem apokalyptischen Finale. Als sie am Haus waren, sahen er und Frederik sich wortlos an. Frederik zog die Augenbrauen hoch, um zu signalisieren, dass etwas nicht stimmte. Es parkte kein schwarzer Kombi in der Nähe des Hauses, das vollkommen im Dunkeln lag. Kein Licht hinter den Fenstern und auch die rostige, schmiedeeiserne Lampe über der Haustür brannte nicht.

Auch Nolsoes Mofa war weg.

Sie zogen ihre Waffen, und Mikael gab Frederik mit einem Nicken zu verstehen, dass er hinter das Haus laufen sollte, während er die Haustür und die Fenster zur Einfahrt überprüfte. Es war kein Lebenszeichen zu erkennen, hinter den Fenstern war aber auch kein Leichnam zu sehen.

»Aufmachen, Polizei!«, rief Mikael.

Wie erwartet gab es keine Reaktion. Er fasste an die Klinke, die Tür war unverschlossen und öffnete sich mit einem langgezogenen Quietschen.

Mit gezückter Waffe ging Mikael von Raum zu Raum, ohne eine Spur von Paul oder Irene zu finden. Durch eine Hintertür kam er auf die überwucherte Terrasse, auf der er vor vier Tagen mit Nolsoe gesessen hatte. Es war stockfinster. Mikael spürte einen Regentropfen auf der Stirn, dann einen auf der Wange. Er wischte sie weg und starrte in den dunklen Wald.

»Sein Mofa ist weg. Er muss gefahren sein.«

»Und Irene?«

Mikael sah sich um. Die Dunkelheit gefiel ihm ebenso wenig wie der zunehmende Wind. Es war wie die Stille vor dem Sturm, während das Unwetter um sie kreiste.

»Ruf Langbjerg an und frag nach, ob Irenes Handy noch immer in der Gegend eingeloggt ist.«

»Verstanden.«

Mikael beugte sich nach unten. Die Bierflaschen, die Nolsoe und er bei seinem letzten Besuch getrunken hatten, standen noch unter dem Plastikstuhl. Der Öffner, ein dickes weißes Ding mit Metallringen an beiden Enden, hing an dem rostigen Nagel. Das Logo auf dem Öffner ließ Mikael stutzen. Auf dem Öffner stand der verblasste Schriftzug *Gammelrand Sand & Stein* mit einem stilisierten Bagger anstelle des &-Zeichens.

»Ich bewege Steinchen und Kies hin und her«, hatte Nolsoe erzählt, und dass er, je nach Bedarf, nachmittags und abends in der Kiesgrube arbeitete. Manchmal sogar an den Wochenenden.

»Sie ist noch in der Gegend«, rief Frederik. »Langbjerg meint, sie wäre maximal fünf oder sechs Kilometer von unserem Standort entfernt. Die Masten stehen hier nicht so dicht.«

Mikael zeigte auf das Logo des Flaschenöffners. »Die Kiesgrube ist vier Kilometer entfernt. Richtung Süden. Lass uns hinfahren.«

72

Der Regen trommelte unrhythmisch aufs Auto, als Mikael in die große Zufahrt zur Gammelrand Kiesgrube einbog. Ein Schild tauchte in der Dunkelheit auf und verkündete, dass hier Betonwaren, Kies und Steine erhältlich seien, doch es waren wohl kaum gewöhnliche PKWs, die hier normalerweise langfuhren. Das Regenwasser sammelte sich bereits in den tiefen Reifenspuren, die zur Grube führten.

»Halt mal kurz an.« Frederik sprang aus dem Wagen, noch bevor dieser zum Stillstand kam. Ein hellrotes Haus am Ende der Zufahrt diente einem spärlich beleuchteten Schild zufolge als Büro und Verkaufsraum, das Gebäude jedoch war dunkel, und Mikael sah Frederik an einer verschlossenen Tür rütteln. Er fuhr hinterher, um Frederik wieder einsteigen zu lassen. Auf der anderen Seite des Gebäudes stand ein Mann mit Schirmmütze und gelber Reflexjacke im Schutz der Überdachung und rauchte.

Mikael ließ die Scheibe herunter und winkte ihm zu.

»Ist Paul Nolsoe hier?«, rief er.

Der Mann machte keine Anstalten, näher zu kommen. Er zog an seiner Zigarette.

»Wer will das wissen? Sie sehen aus wie ein Bulle.«

»Ich bin Bulle und will sichergehen, dass es Paul gut geht. Ist er hier?«

Der Mann brummte etwas Unverständliches.

»Was?«, rief Michael. Der Regen prasselte aufs Autodach.

»Ich hab gesagt, dass heute verdammt viele Leute was von ihm wollen, und das während der Arbeitszeit«, rief der Mann in der gelben Reflexjacke. »Da unten! Biegen Sie bei dem Schild ab, auf dem ›Kies und Steinmehl‹ steht. Bei diesem Wetter finden Sie ihn wahrscheinlich im Bauwagen.«

Mikael legte den Gang ein und ließ das Seitenfenster offen, da durch die nasse Windschutzscheibe kaum etwas zu sehen war.

Ein Blitz spaltete den Himmel über ihnen und erleuchtete für eine Sekunde die sich vor ihnen erhebende, von Menschenhand erschaffene Landschaft aus Kiesbergen und Baggern, die beim Eingraben in die gelblichen Hänge zum Stillstand gekommen waren. Die Schotterstraße war von tiefen Schlaglöchern übersät, die sich rasch mit Regenwasser füllten. Im Osten, neben einer Reihe parkender LKWs, ließ sich ein Bürogebäude erahnen. Direkt vor ihnen tauchte ein kleiner, windschiefer Bauwagen auf. Daran gelehnt stand, im Scheinwerferkegel des Polizeiwagens, ein grünes Mofa mit einer roten Holzkiste auf dem Gepäckträger.

»Das ist Nolsoes Mofa, er muss hier sein.«

Mikael stieg aus dem Auto und eilte zum Bauwagen.

Mikael trat durch die unverschlossene Tür und knipste das Licht an, während Frederik um den Wagen herumging. Das Häuschen war wie eine Zeitkapsel: vergilbte Bilder und Karten der Umgebung hingen an der Wand über einem schmuddeligen Schreibtisch, auf dem eine Thermoskanne und ein halb voller Kaffeebecher standen. Mikael inspizierte das winzige WC. Dem Klo fehlte die Brille, der Spiegel war zerbrochen und hing schief. Von Paul oder Irene war keine Spur zu sehen, doch im Raum roch es nach Rauch. Kein schaler oder muffiger, sondern frischer Tabakgeruch, als hätte jemand erst vor Kurzem hier geraucht.

Spontan griff Mikael nach dem Kaffeebecher, der Rest darin war noch lauwarm. Er hastete zu Frederik hinaus.

»Der Kaffee ist noch warm.«

»Bei diesem Wetter dürfte Nolsoe doch kaum draußen unterwegs sein? Und das da … Warum läuft das unbeaufsichtigt weiter?«

Frederik zeigte auf ein Förderband mit Kieselsteinen, das etwa fünfzig Meter vom Bauwagen entfernt mit einem rhythmischen, klagenden Laut im Kreis fuhr.

»Er muss hier irgendwo sein. Gibt es hier Kameras?«

Frederik schüttelte den Kopf.

Er wischte sich den Regen aus dem Gesicht und ging Richtung Auto, als ein Geräusch sie beide wie angewurzelt stehen bleiben ließ.

»Hast du das gehört?« Mikael starrte in die Dunkelheit.

»Ja. Kam das von dort drüben?«

Ein Blitz, gefolgt von einem ohrenbetäubenden Donnern, ließ Frederik zusammenfahren. Mikael näherte sich dem Förderband. Als das letzte Donnerkrachen verklang, erscholl ein deutlicher Schrei. Ein Hilfeschrei. Ein aufheulender Motor. Dann ein Scheppern wie ein Schlag auf ein Ölfass.

Mikael und Frederik rannten los. Der Ruf klang, als käme er von irgendwo hinter dem Förderband, ein Stück die Straße hinunter, die ins Innere der Kiesgrube führte.

Der athletischere Frederik hatte zwanzig, fünfundzwanzig Meter Vorsprung und konnte hinter den stattlichen Kiesberg blicken, der sich an der Stelle erhob, wo die Schotterstraße abbog. Mikael sah ihn überrascht stehen bleiben und nach seiner Pistole im Gürtel greifen, ehe er weiterlief.

Mikaels Brust zog sich zusammen. Der Regen drang beim Laufen unter seine Kleidung. Er fröstelte, obwohl es gar nicht kalt war. Verfluchtes Wetter. Verfluchte Situation.

Beim Kiesberg angekommen, verstand er Frederiks Reaktion. Einige hundert Meter entfernt vollführte ein verbeulter schwarzer Passat soeben einen U-Turn im glitschigen Kies. Näher bei ihnen, fünfzehn oder zwanzig Meter von Frederik entfernt, lag Paul Nolsoe in einem blauen Kansas-Overall und einer grellgelben Reflexjacke auf dem Boden. Er lebte, doch Blut sickerte aus einer Wunde an der Schläfe. Er tastete um sich, ein Bein sah merkwürdig verdreht aus. Neben ihm lag eine umgekippte Schubkarre, der Reifen war platt, eine Seite eingedellt, das Gestell in den Schlamm gebohrt. Irene Vest hatte Paul Nolsoe offensichtlich bereits einmal angefahren oder zumindest gestreift. Die Schubkarre schien den Aufprall weitgehend abgefangen zu haben.

Das grelle Scheinwerferlicht vom Passat blendete Mikael. Irene hatte den Wagen gewendet und kam langsam näher, sie lenkte leicht nach rechts, dann nach links. Sie positionierte den Wagen, erkannte er.

»Frederik! Pass auf!«, schrie er seinem Partner zu.

Irene gab Gas, bereit, Nolsoe geradewegs zu überfahren. Mikael zog seine Waffe und wollte ihr zurufen, doch Frederik kam ihm zuvor.

»Stopp, oder ich schieße!«, schrie er. Dahlin war mit gezogener Pistole zwischen Paul Nolsoe und den schwarzen Kombi getreten. »Lassen Sie die Hände auf dem Lenkrad, damit ich sie sehen kann!«

Frederik hielt die Pistole im beidhändigen Anschlag. Er hatte Irene Vest im Visier und stand, den Kopf leicht nach links geneigt, im Licht der Scheinwerferkegel. Eine ruhige und unangestrengte Schussposition. Irene Vest sollte klar sein, was passieren würde, wenn ihr Auto auch nur den kleinsten Hüpfer nach vorn machte.

Frederik trat langsam einen Schritt vor, dann noch einen.

Paul Nolsoe stöhnte. Mikael schaute von der hinter dem Steuer erstarrten Irene zu dem Mann am Boden und wieder zurück und zögerte eine Sekunde. Er sollte nach Nolsoe sehen. Der Mann schien starke Schmerzen zu haben, vielleicht hatte er innere Verletzungen. Sie brauchten einen Rettungswagen. Es eilte, wenn es beim Mordversuch bleiben und kein weiterer Toter hinzukommen sollte, und Frederik hielt Irene ja in Schach.

Mikael steckte seine Waffe ins Holster, griff sein Funkgerät und wollte Verstärkung rufen, als ein Motor aufheulte. Irene gab Gas, eine Wolke aus Kies spritzte unter den Hinterreifen des Passat auf, als sich der Wagen in Bewegung setzte. Frederik zuckte überrascht zusammen, doch seine Pistole blieb auf Irene und den Passat gerichtet.

Mikael rannte los, während er Frederik den Abzug drücken sah. Doch es erscholl kein Knall. Die Waffe klickte. Mit schnellen, geübten Bewegungen lud Frederik die Pistole nach, *klick*, kein Schuss. Der Wagen näherte sich, Frederiks Augen wurden größer, der Mund ein schmaler Strich, er lud ein weiteres Mal durch. *Klick*.

Mikael rammte seinen Partner wie ein amerikanischer Footballspieler mit dem Oberkörper, Frederik klappte praktisch über Mikaels Schulter zusammen und wurde in einem anderthalb Meter langen Bogen nach hinten gedrückt. Bevor sie im schlammigen Kies mit voller Wucht übereinander landeten, spürte Mikael einen heftigen Schlag gegen das rechte Bein, der ihn aufschreien und eine halbe Drehung in der Luft machen ließ.

Er schaute zu seinem rechten Fuß hinunter, der seltsam verdreht war, und stellte merkwürdig erleichtert fest, dass der Passat ihn und nicht Frederik erwischt hatte. Schmerz spürte er keinen. Er stand garantiert unter Adrenalin.

»Zieh deine Pistole! Schieß, verdammt noch mal! Meine blockiert!«, schrie Frederik, der einen Meter von ihm entfernt auf dem Boden lag.

Mikael rollte sich auf die andere Seite, zog seine Waffe, lud durch, stützte sich auf die Ellbogen, zielte und feuerte einen Schuss in den rechten Hinterreifen des Passat.

Das reichte, um den Wagen ins Schleudern zu bringen. Er raste in einen mannshohen Steinhaufen neben dem Förderband.

»Gib mir deine Waffe, ich nehme mir Vest vor«, sagte Frederik und riss ihm beim Aufstehen die Dienstpistole aus den Händen.

Mikael sah seinem Partner hinterher, wie der durch den Regen rannte, den Passat erreichte, die Tür aufriss und die Pistole auf die Frau hinter dem Lenkrad richtete. Eine Sekunde verstrich, dann steckte Frederik die Pistole in den Hosenbund, beugte sich ins Auto und zog einen leblosen Körper heraus.

Mikael atmete erleichtert auf.

In diesem Moment kroch ein lähmender Schmerz von seinen Zehen hinauf zum rechten Knie und weiter nach oben bis in die Leiste. Weiße Punkte tanzten vor seinen Augen, als verbrauche der Schmerz sämtliche ihm verbleibende Energie. Er ließ sich auf den Rücken fallen und hob das Funkgerät zum Mund.

»Alarmsignal, kommen!«, brüllte er und wusste, dass augenblicklich jegliche sonstige Funk-Kommunikation verstummen würde. »Alarmsignal. Gammelrand Kiesgrube. Wir brauchen Verstärkung. Drei Rettungswagen. Sofort! Kommen!«

Er ließ das Funkgerät sinken und schaute hinauf in den Regen, der wie Projektile aus schwarzem Wasser auf ihn einprasselte. Ein Blitz zuckte wie eine verzweigte Flamme aus weißem Feuer über den Himmel, und für einen kurzen

Augenblick hätte er es fast vorgezogen, vom Blitz getroffen zu werden, als sich dem zu stellen, was nun unweigerlich kommen musste.

Frederiks Waffe hatte versagt. Und es war Mikaels Schuld.

73

Mikael blickte einem der drei Rettungswagen nach, der mit Paul Nolsoe abfuhr. Der Passat war Nolsoe übers Bein gefahren und hatte das Schienbein mehrfach gebrochen. Aber der ehemalige Anwalt hatte Glück im Unglück gehabt.

Das Auto war, berichtete ein schmerzgequälter Nolsoe, in der Biegung beim Förderband aufgetaucht, hatte plötzlich beschleunigt und war direkt auf ihn zugerast.

Irene musste gewusst haben, dass Paul häufig am Wochenende hier war.

»Ich habe es für Bent getan«, war alles, was sie sagte, als sie wieder zu sich gekommen war.

Frederik hatte sie zwecks Spurensicherung angewiesen, einen Schutzanzug überzuziehen, und ihre Hände mit zwei Kabelbindern auf dem Rücken fixiert. Dann hatte er sie auf die Rückbank des Passat gesetzt, bis die Rettungswagen kamen. Die Frau war mit dem Kopf aufs Lenkrad geknallt, der Notfallsanitäter meinte jedoch, die Ohnmacht sei hauptsächlich dem Schock und der nervlichen Anspannung geschuldet. Daher fuhr einer der Rettungswagen leer zurück, während ein hinzugerufener Streifenwagen Irene mitnahm. Tags darauf würde sie dem Haftrichter vorgeführt werden, angeklagt wegen Mordes an Poulsen und wegen des Mordversuchs an Carlsen, Nolsoe und Frederik.

Auf einer Trage in Rettungswagen Nummer drei lag Mikael mit einem gebrochenen Fuß auf dem Weg ins Holbæk-

Krankenhaus. Er hatte Morphium gegen die Schmerzen bekommen, und der Fuß war bis zur weiteren Versorgung geschient worden.

»Darf mein Partner mitfahren?«, fragte er eine Notfallsanitäterin. »Könnten Sie ihn holen? Er ist wahrscheinlich drüben beim Passat und koordiniert alles.«

Die Frau nickte und ging.

»Gott, wie siehst du denn aus?«, brummte Mikael mit einem Lächeln, als ein pitschnasser und verdreckter Frederik einige Minuten später in den Rettungswagen stieg. Erde und Kies hatten braun-schwarze Streifen auf seiner Kleidung und im Gesicht hinterlassen, und sein normalerweise gelocktes Haar hing ihm in nassen Strähnen in die Stirn. Er strich es zurück und riss einen Streifen Papier von der Rolle ab, um sich das Gesicht zu trocknen.

»Ich habe ein Ermittlerteam und die Kriminaltechnik hergerufen. Irgendwer muss sich ja um den Tatort kümmern, während du hier auf der faulen Haut liegst«, sagte er mit ernster Miene.

»Würdest du mit mir fahren?«, fragte Mikael.

Frederik stutzte. »Was ist mit unserem Wagen?«

»Um den kümmern sich die anderen. Komm schon. Ich muss mit dir reden.«

»Wir fahren jetzt.«

Die Notfallsanitäterin steckte den Kopf durch die Hecktür.

»Danke, würden Sie meinen Partner und mich allein lassen?«, bat Mikael, als die Sanitäterin Anstalten machte, sich hinten zu ihnen in den Rettungswagen zu setzen.

Sie zog sich zurück, und kurz darauf machte sich die Ambulanz auf den Weg aus der Kiesgrube. Frederik zog sein nasses T-Shirt aus und hüllte sich stattdessen in eine Rettungsdecke. Sie schwiegen, bis ihnen ein ebenmäßiges Summen unter den Reifen des Wagens verriet, dass sie die asphaltierte Straße erreicht hatten. In dreißig Minuten würde Mikael in einem warmen Bett im Holbæk-Krankenhaus liegen.

»Du hast mir das Leben gerettet, Mikael. Danke.«

Frederik schaute ihn an, nur sein Kopf lugte aus dem goldenen Folienmantel heraus. Seine Augen waren feucht, vielleicht vor Müdigkeit, vielleicht vor Rührung, und Mikael wandte instinktiv den Kopf ab, als blicke er aus einem nicht vorhandenen Seitenfenster des Rettungswagens.

»Hättest du nicht so schnell reagiert, wären sowohl Nolsoe als auch ich jetzt mit Sicherheit tot. Und ich … Verdammt, ich werde doch Vater.« Frederik klang, als wäre ihm eben erst richtig klar geworden, dass seine Frau schwanger war. »Ich bin so froh, dass ich … keinen weiteren Menschen … erschossen habe. Das hätte ich nicht überlebt.« Eine Träne rollte Frederik über die Wange, bevor er sie hastig mit einer verlegenen Bewegung wegwischte.

Mikael schloss die Augen und schluckte. Sein Hals war trocken. Er hätte die Sanitäter um etwas Wasser bitten sollen. Irgendetwas, um diesen scheußlichen, faden Geschmack nach Kies und Übelkeit runterzuspülen. Er musste jetzt damit heraus.

»Dahlin, die Sache mit deiner Waffe. Dass sie versagt hat … ich …« Die Worte blieben ihm im Hals stecken, und Frederik sah ihn verständnislos an. »Bevor ich es dir erkläre, denk dran, dass ich mir nur Sorgen um dich gemacht habe. Seit der Schießerei letztes Jahr hast du neben dir gestanden. In Skive warst du nicht du selbst. Auf der Fahrt dorthin. Bei Staals Festnahme. Ich denke, darin stimmst du mir zu.«

Frederik zog die Brauen hoch.

»Was hat das mit meiner Waffe zu tun?«

»Ich hatte Zweifel, ob du sie handhaben kannst.«

»Meine Waffe handhaben?« Frederik hatte sich auf dem Stuhl aufgesetzt.

»Wenn du derart die Fassung verlierst, einen Verdächtigen überfällst, dich vor einer Festnahme volllaufen lässt … Wärst du dann bereit, wenn es darauf ankommt? Ich hatte Zweifel! Ich bin nervös geworden. Letztlich trage ich die Verantwortung.«

»Was ist mit meiner Pistole?« Frederik spie die Worte aus.

Frederik würde noch wütender werden, deshalb hatte Mikael gewollt, dass er im Krankenwagen mitfuhr. Hier konnte Frederik sich dem Gespräch nicht einfach entziehen. Frederik riss seine Pistole aus dem Gürtelholster und nahm sie vehement auseinander. Sicherte sie, zog das Magazin heraus und sah Mikael ungläubig an.

»Du hast meine scharfe Munition gegen Patronen ohne Pulver getauscht! Bist du irre geworden?«

»Das war ein Fehler. Ich wollte dich schützen. Tut mir leid«, stammelte Mikael.

»Ich hätte *draufgehen* können!« Jetzt schrie Frederik. »Mit einer Scheißentschuldigung ist es hier nicht getan. Du hast meine Dienstwaffe manipuliert! Meine einzige Möglichkeit, mich zu verteidigen. Fuck, das ist strafbar!«

Das wusste Mikael nur zu gut. Wenn seine Vorgesetzten davon erfuhren, war er die längste Zeit Polizist gewesen.

Frederik ließ sich auf den Stuhl sinken und starrte entgeistert auf seine Waffe. Die Rettungsdecke war auf den Boden gefallen, und vielleicht lag es an seinem Oberkörper, seiner viel zu mageren Gestalt und den schmalen Schultern, denn auf einmal sah er verletzlich aus. Verletzlich und verletzt.

»Wie? Ich lege meine Waffe doch niemals ab …«

»Während du auf dem Rücksitz geschlafen hast. Gestern Abend, als Maria Kaffee geholt hat. Du hast geschlafen und …

Im Handschuhfach lag eine Schachtel mit loser Munition von einem Schießtraining, da kam mir der dumme Gedanke. Und leider ist es nicht bei dem Gedanken geblieben.«

Frederik sah Mikael mit leerem Blick an. Und Mikael wusste, dass sein Partner allenfalls eine vage Erinnerung an die Stunden hatte, in denen er bewusstlos auf dem Rücksitz lag.

»Tut mir leid«, murmelte Mikael.

»Wenn Kirtzner das rauskriegt, bist du geliefert. Dann bist du fertig als Dezernatsleiter, ja bei der Polizei. Ein für alle Mal.«

»Das weiß ich.« Mikael schaute aus der Rückscheibe, wo die ersten Straßenlichter der Provinzstadt auftauchten. Bald waren sie da. Eine enorme Erschöpfung überkam ihn, und auf einmal fühlte er nichts als Erleichterung. »Das weiß ich.«

74

Zwei laute Männerstimmen durchbrachen die andächtige Stille, die Maria normalerweise mit den grauweißen Krankenhausfluren verband, als sie mit einer Flasche Jack Daniel's und einem großen Blumenstrauß aus dem Aufzug stieg. Eine Krankenschwester kam mit gejagtem Gesichtsausdruck aus einem Schwesternzimmer. In den Händen zwei Einwegspritzen und ein Tropfbeutel.

Sie blieb vor Maria stehen.

»Sie sind nicht zufällig auf dem Weg zu Zimmer 11?«

»Ich weiß nicht, ich möchte zu Mikael Dirk.«

»Das ist Zimmer 11, ja. Könnten Sie ihn und seinen Gast vielleicht bitten, ein bisschen leiser zu sein? Am Wochenende ist es hier ziemlich voll und wir haben andere Patienten, die Ruhe brauchen. Die krakeelen da jetzt schon eine ganze Weile, und wir … wir können ja schlecht die Polizei rufen, um die Polizei … verstehen Sie?«

Maria nickte entschuldigend und ging weiter. Als sie die Hand auf die Türklinke des Krankenzimmers legte, wurde sie von innen aufgerissen. Frederik sah nicht einmal überrascht aus, als er Maria sah. Er streifte sich seinen Blazer über, beugte sich in derselben Bewegung vor und gab ihr einen Kuss auf die Wange.

»Schön, dich zu sehen«, er lächelte und sah auf den Blumenstrauß in Marias Händen. »Bist du dir sicher, dass der alte Griesgram den verdient hat?«

Maria wurde stutzig.

»Nicht? Ich dachte, der Fall wäre jetzt aufgeklärt.«

Frederik warf einen Blick zurück ins Zimmer, dann zu Maria und lächelte.

»Vielleicht ist er das. Er hat auf jeden Fall getan, was möglich war. *He's all yours*. Bis dann, Maria.«

Sie blickte Frederik nach, der in Richtung Ausgang marschierte. Die Tatverdächtige war in Untersuchungshaft und die Beweise gegen sie waren erdrückend. Die Soldaten waren aus den Straßen verschwunden und die krankgemeldeten Polizisten strömten nach Mejdings ebenso routiniertem wie autoritärem Einschreiten zurück in den Dienst. Die Beamten hatten aus ihrem Protest keinen großen ökonomischen Vorteil ziehen können, aber wenigstens war die unter Polizisten so verhasste Justizministerin Hals über Kopf zurückgetreten und gehörte wie ihr skandalumwitterter Verlobter bereits der politischen Vergangenheit an. Es hatte sich auch schon jemand aus der Partei gemeldet, die sie selbst gegründet und ins Parlament gebracht hatte, in ihre Fußstapfen treten zu wollen.

Alles schien sich in Wohlgefallen aufzulösen. Und Frederik würde im nächsten Frühling Vater werden und hoffentlich bald wieder bessere Laune bekommen.

Das Gefühl, beobachtet zu werden, riss Maria aus ihren Gedanken. Sie drehte sich um und begegnete Mikaels Blick. Sie erkannte ihn kaum wieder. Die grauen Bartstoppeln verstärkten seine fahle Gesichtsfarbe, und aus seinen Augen sprachen Selbstvorwürfe, die sie nicht erwartet hatte. Die Polizei war bei der Presse und der Bevölkerung zwar noch nicht ganz aus dem Schneider, aber die Mordermittler und ihre Aufklärung des Falls wurden als der eigentliche Grund dafür angesehen, dass die Beamten landesweit wieder die Uniformen anlegten. Selbst Mejding, der sonst jeden Erfolg sich selbst zuschrieb, hatte etwas getwittert, was durchaus als Dank auszulegen war.

Mikael saß an einen Stapel Kissen gelehnt, ein weiteres stützte sein vom Knie abwärts eingegipstes Bein. Auf dem Nachtschränkchen stand ein Strauß Gerbera in Herbstfarben. Die Kinderzeichnung auf der dazugehörigen Karte sah nach Hector aus.

»Hallo«, sagte er lächelnd.

»Wie siehst du denn aus?«

»Danke, ich tue mein Bestes.«

»Bist du okay?«

Mikael zögerte. »Denke schon.«

»Sonst trink den hier.«

Maria stellte die Flasche auf seinen Nachtschrank und legte die Blumen auf die Fensterbank.

»Was war denn mit Dahlin los?«

Mikael starrte schweigend auf sein Gipsbein.

»Er ist wütend. Das heißt … er *war* wütend. Auf mich«, sagte er schließlich.

»Schon wieder?«

»Ja, aber dieses Mal zu Recht. Ich habe etwas Dummes getan, das man gut als Vertrauensbruch bezeichnen könnte.«

Maria sah ihn fragend an, dann nahm sie einen Stuhl und setzte sich neben das Bett.

»Willst du darüber reden?«

Mikael zögerte, dann streckte er den Arm nach Marias mitgebrachter Flasche Jack Daniel's aus, drehte den Deckel ab und trank einen Schluck. Sie wollte gerade ihre Hand auf seine legen, als ihr Blick auf Hectors Karte fiel. Er hatte einen Mann mit einem viereckigen Kasten am Bein gezeichnet, eine Frau mit dunklen, schulterlangen Haaren, einen Strichmännchenjungen und ein Tier mit einer langen Schnauze,

Ohren und vier Beinen. Hector, seine Mutter, sein Vater und der Hund, den er sich schon so lange wünschte. Eine richtige Familie.

»Ich war mal richtig gut darin«, sagte Mikael und schnitt eine Grimasse.

»Im Trinken?«

Sie nahm ihm die Flasche und den Verschluss aus den Händen und wollte sie wegstellen, nahm stattdessen aber selber einen Schluck. Der süße Whisky brannte an Wangen und Kehle.

»Darin auch«, antwortete er. »Nein, ich dachte an das Lesen von Menschen. Daran, sie zu durchschauen. Zu sehen, wer sie sind, ihre Schwächen und Geheimnisse zu erkennen. In diesem Fall habe ich der Täterin vertraut, nicht aber meinem eigenen Partner. Weißt du eigentlich, wie beschissen sich das anfühlt? Ein Ermittlungsleiter, der seinem besten Mann nicht vertraut?«

»Ihr habt den Fall aufgeklärt und die Schuldige festgenommen. Sie steht doch hinter beiden Anschlägen, oder?«

Maria gab ihm die Flasche zurück. Er sah aus, als bräuchte er noch einen Schluck.

»Ja, die Indizien sind erdrückend. Und wir haben einen neuen Zeugen. Einen Mechaniker aus Ølstykke, der über das Fernsehen von der Festnahme erfahren hat. Er hat erzählt, dass Irene Vest Mitte August mit einem schwarzen Passat mit kaputtem Kühlergrill in seine Werkstatt kam. Auch die Motorhaube war verbeult und ein Scheinwerferglas kaputt. Der Mechaniker hat den Wagen wiedererkannt. Er hatte schon ein paar kleinere Reparaturen vorgenommen, als Irenes Mann noch lebte.«

»Und die neuen Schäden fand er nicht irgendwie verdächtig?«

»Weil er den Wagen schwarz repariert hatte, war seine Lust, zur Polizei zu gehen, nicht sonderlich groß. Auf einem Schrottplatz in Jütland hat er eine intakte Motorhaube, einen Kühlergrill und ein Scheinwerferglas aufgetrieben. Und allem Anschein nach ist er ihr ebenso auf den Leim gegangen wie ich. Er hat eine freundliche ältere Frau gesehen, die ihm – peinlich berührt, keine Kaskoversicherung zu haben – erzählt hat, dass sie nach zwanzig Jahren Pause am Steuer mal wieder einen Fahrversuch unternommen und prompt einen Betonpfosten auf einem Parkplatz übersehen hätte. Irene hatte den Wagen scheinbar die ganze Zeit bei Freunden in einem Schuppen stehen.«

»Aber hat sie die Anschläge schon seit Jahren geplant und sich deshalb nicht von dem Auto getrennt?«

»Das wissen wir nicht. Wir wissen nur, dass sie irgendwann im Frühjahr begonnen hat, Birger und Carlsen zu beobachten, sie anzurufen und ihnen Nachrichten zu schicken. Erst nur sporadisch und dann immer regelmäßiger. Und wir wissen, dass sie vor ein paar Jahren zur Preislergruppe kam. Frederik hat auf den geschlossenen Seiten der Gruppe Tausende ihrer Kommentare und Likes entdeckt. Sie zeichnen das Bild einer Frau, die zu Beginn nur passive Beobachterin war, in ihrer Rhetorik dann aber immer radikaler und wütender wurde. Wie die Gruppe selbst auch. Irgendwann hatte sie dann auch bei den Präsenztreffen der Gruppe eine prominente Rolle.«

»Und da hat sie Allan Staal getroffen?«

»Ja.« Mikael trank noch einen Schluck, er wirkte schon viel entspannter. »Die Gruppe hat Hunderte von Mitgliedern. Alle nur erdenkliche Typen. Erinnerst du dich an den Familienmord in Amager im letzten Sommer, bei der eine Pädagogin von der Arbeit zurückkam und ihre beiden Kinder ermordet vorfand? Der Mann hatte die beiden und dann sich selbst erschossen. Linda, so der Name der Mutter, hat der Polizei Vorwürfe gemacht, ihr nicht rechtzeitig geholfen zu haben. Frederik hat auch sie in der Preisler-Gruppe gefunden.«

»Mette berichtet für die Zeitung über den Fall. Wenn ich sie richtig verstanden habe, hat Irene bei den Gruppentreffen Klavier gespielt?«

»Nicht nur das. Vielleicht war es ihre gemeinsame, negative Erfahrung mit der Polizei in Lyngby, die Staal und sie zusammengeschweißt hat. Sie zählte zum innersten Kern der Gruppe und hat auch an dem vertraulichen Treffen teilgenommen, von dem deine Quelle gesprochen hat.«

»Klingt logisch«, sagte Maria.

Mikael atmete hörbar ein, als wäre ihm plötzlich etwas in den Sinn gekommen.

»Espen Lövengren ist übrigens auch ein aktives Mitglied der Facebook-Gruppe, sagt Frederik. Er hat sie mit aller Kraft unterstützt. Zwar unter einem falschen Namen, aber laut Frederik gibt es keinen Zweifel, dass er mit Staal sehr eng war.«

»Schon verrückt, dass ein Mann, der Uniformen für die Polizei herstellt, die Polizei hasst!«

»Hassen ist vielleicht zu viel gesagt … Laut Frederik gehört er dem Flügel an, der einfach mehr von allem will: Mehr Zucht und Ordnung, mehr Polizeipräsenz, mehr Militär, mehr Waffen. Wie in den guten alten Zeiten.«

»Hm, Gott, König und Vaterland. Seine Firma muss durch den Niedergang der uniformierten Autoritäten unter Druck gestanden haben.«

»Warst du noch mal bei ihm?«

»Nein, ich hab versucht, ihn anzurufen, aber er wollte nicht mit mir sprechen.« Maria stand auf, um die Blumen ins Wasser zu stellen. »Wie ich gehört habe, wurde Allan Staal am Mittwoch entlassen. Warum habt ihr ihn gehen lassen?

Er könnte Irene doch für die Anschläge bezahlt haben? Sein Hass auf Birger und Carlsen schien nicht geringer zu sein als ihrer.«

»Staal steht nach wie vor unter Verdacht. Wir können zum jetzigen Zeitpunkt aber nicht beweisen, dass er etwas mit den Anschlägen zu tun hatte. Er saß nicht am Steuer, und er hat gute Alibis. Und Paul Nolsoe kennt er überhaupt nicht. Laut Frederik beharrt Staal in den Verhören darauf, nie irgendwelche Pläne mit Irene geschmiedet zu haben.« Mikael zuckte mit den Schultern. »Staal ist aber aufgefallen, dass sie in einem alten, verbeulten Passat zu dem Treffen bei ihm kam. Er behauptet, erst in dem Moment Verdacht geschöpft zu haben, als ich am Montag nach exakt diesem Wagentyp gefragt habe. An dem Tag, als du dabei warst.« Mikael errötete leicht, als er Marias Blick begegnete. Er schraubte die Flasche zu und reichte sie ihr. »Stell die bitte ganz weit weg, ja? Oder legst du es darauf an, mich abzufüllen?«

»Nein, nur darauf, dass du bessere Laune bekommst.« Maria stellte die Flasche auf den Boden. »Wenn Staal seit Jahren über Rache an Polizisten spricht, ist das dann nicht an der Grenze der Legalität? Man ist doch wohl verantwortlich für alles, was man in der Öffentlichkeit sagt, oder?«

Mikael zuckte wieder mit den Schultern.

»Die Meinungsfreiheit gilt auch für die größten Idioten. Unsere Juristen überprüfen aber, ob er fahrlässig gehandelt und ein schweres Verbrechen nicht verhindert hat. Kurz vor dem Anschlag auf Birger hat er ja eine Mail von Irene bekommen. Ob das reicht, um ihn zu verurteilen, werden wir dann sehen.«

»Es gibt reichlich Beispiele für Menschen, die getötet haben, nachdem sie von anderen angestachelt wurden. Paragraph 23 des Strafgesetzbuches sagt, dass man wie der eigentliche Täter bestraft werden kann, wenn man jemanden zu einem Verbrechen anstiftet.«

»Stimmt, aber das zu beweisen ist vor Gericht nahezu unmöglich. Auf jeden Fall mit dem, was wir zurzeit haben. Staal behauptet, sich immer nur ganz allgemein geäußert zu haben. Und dass er keine Ahnung hatte, dass Irene ernst machen wollte.« Mikael hob sein Gipsbein, um die Stellung zu ändern, hielt aber mitten in der Bewegung inne, als wäre ihm etwas in den Sinn gekommen. »Vielleicht wusste sie das nicht einmal selbst.«

»Wie meinst du das?«

»Sie hat Carlsen über längere Zeit beobachtet. Vielleicht war es ein Zufall, dass sie an jenem Montagmorgen zuschlug. Vielleicht hat sich da plötzlich die Chance geboten …«

»Die spontane Chance, sich an Carlsen zu rächen? Und dabei hat sie festgestellt, dass es gar nicht so schwer ist, jemanden zu töten?«

»Zum Glück ist ihr das bei Carlsen ja noch nicht gelungen, aber ja …« Mikael sackte mit roten Augen rückwärts gegen die Kissen. Ob es die Müdigkeit war, der Alkohol oder der Gedanke an Birger, wusste sie nicht. Er blinzelte ein paarmal und sagte: »Ich vermisse Birger.«

Maria stand auf. Vom Flur war Tellerklirren zu hören. Es roch nach Spargelsuppe. Sie beugte sich über Mikael und zog den Kragen seines Nachthemds zurecht.

»Ich kenne Frederik ja nicht so gut und weiß nicht, was ihn so sauer gemacht hat. Aber wenn du mich fragst, hattest du nach seiner Aktion in Skive allen Grund, seine Entscheidungskraft anzuzweifeln«, sagte sie leise.

»Nicht Grund genug für das, was ich getan habe.«

»Willst du darüber reden?«

»Lieber nicht. Ich bin nicht stolz darauf, aber Frederik

scheint sich ja wieder in den Griff zu kriegen. Er hat auf jeden Fall nicht vor, eine große Nummer aus der Sache zu machen, sagt er.« Mikael seufzte. »Wir müssen wohl akzeptieren, dass wir beide unter Druck nicht gerade unsere besten Seiten herausgekehrt haben. Es wird wohl eine Weile dauern, bis das Vertrauen wieder vollständig da ist.«

»Das Vertrauen zwischen euch, meinst du?« Sie sah ihn fragend an.

»Und in uns selbst, glaube ich.«

Am liebsten hätte sie sich auf die Bettkante gesetzt und ihm die Umarmung gegeben, die er ganz offensichtlich brauchte, doch im selben Moment summte das Handy in ihrer Tasche. Das musste Jakob sein. Sie stand auf.

»Geh ruhig ran. Jetzt ist eh gleich Essenszeit«, sagte Mikael und drückte kurz Marias Hand. »Sieh zu, dass du Land gewinnst, bevor ich eine Abmahnung kriege, weil ich mich schon vor dem kulinarischen Highlight des Tages betrinke.«

Er nickte der Schwester, die im selben Augenblick den Raum betrat, betont freundlich zu.

Maria winkte ihm zum Abschied und hastete auf den Flur, wo sie den Anruf entgegennahm. Sie erkannte das rauchige »Hallo? Hallo, sind Sie da?« schon, bevor sie das Handy ans Ohr legte.

»Ja, jetzt bin ich da, Margrethe.«

Gerichtsanthropologin Margrethe Sandager nutzte die kurze Pause, um an ihrer Zigarette zu ziehen.

»Wo befindet sich die junge Hoffnung des Polizeimuseums denn im Moment?«

»Wenn Sie damit mich meinen, ich komme gerade von einem Krankenbesuch im Holbæk Krankenhaus und bin jetzt auf dem Weg nach draußen.«

Sie hörte Sandager am anderen Ende ausatmen.

»Dann sollten Sie Ihre langen Beine in die Hand nehmen und in die Hauptstadt kommen. Ich habe spannende Neuigkeiten.«

75

Sie fand Margrethe Sandager in ihrem Büro. Obwohl die Fenster weit offen standen und die Abendluft hereinließen, war der Raum verqualmt. Die Frau mit der Lockenmähne hatte die Füße auf den Schreibtisch gelegt und studierte einige Unterlagen.

»Ich hab es doch gesagt«, platzte sie hervor, ohne den Blick zu heben, als Maria durch die Tür kam.

»Was haben Sie gesagt?«

Maria nahm ihr Diktiergerät aus der Tasche. Auch heute vergeudete Sandager keine Sekunde für irgendwelche Höflichkeitsfloskeln.

»Wenn die Welt auseinanderbricht und die Anarchie beginnt, teilt sich die Menschheit in zwei Lager! Diejenigen, die selbstständig denken, und diejenigen, die blind mit dem Rudel heulen. Sagt Ihnen der Name Hannah Arendt was?«

»Hannah Arendt? Öh, ja.«

»Sie hat gesagt, dass man, wird man vor die Wahl zwischen zwei großen, widerstrebenden Werten gestellt, sich nicht mehr auf das Recht berufen kann, ein passiver Zuschauer zu sein, sondern eine Wahl treffen muss. Handeln muss. Unsere Freundin, die da im Kühlraum liegt … Sie hat Rückgrat bewiesen. Sie hat sich gegen Hass und blinde Ideologie gestellt, obwohl es sie das Leben gekostet hat.«

»Sieht so aus, ja. Es war sicher nicht einfach, so jung, wie sie war.«

Maria trat ans Fenster, nahm Sandagers Schädelaschenbecher und stellte sich vor sie. Sandager schnippte mehrere Zentimeter Asche ab und sah Maria anerkennend an.

»Als Sie das erste Mal hier reinkamen, dachte ich, dass Sie aussehen wie aus so einer Charterbroschüre. Sie scheinen aber weitaus mehr unter ihrer Rock'n Roll-Mähne zu haben als die meisten. Im Prinzip war das ja ein unlösbarer Fall.«

»Danke.« Maria fuhr sich verlegen über die Haare.

»Das meine ich ernst. Ich verstehe gut, dass Bodil, diese eingetrocknete Pflaume, sich von Ihnen bedrängt fühlt. Setzen Sie sich!«

Sandager zeigte auf den Stuhl auf der anderen Seite des Schreibtischs.

»Ich weiß jetzt, dass es sich bei der Toten um Else Lövengren handelt«, sagte Maria, als sie Platz genommen hatte. »Aber das Mysterium ist damit noch nicht ganz gelöst. Ich kann nämlich nicht beweisen, wer sie umgebracht hat. Das ist noch immer ein Rätsel.«

»Dann sollten wir uns diese Sache näher anschauen«, sagte Sandager mit einem schelmischen Lächeln und legte ihre Hand auf ein dickes braunes Kuvert auf ihrem Tisch. »Munch hat mir das heute gebracht.«

»Munch?«

»Jan Munch, Kriminaltechniker am NKC. Ein angenehmer Mann, mein Alter. Immer gut gelaunt, obwohl Tod und Unglück sein Metier sind. Wir haben eine ziemlich morbide Freude aneinander«, sagte Sandager.

Sie erinnerte sich, dass Mikael einmal etwas über Munchs Beitrag zu einem Fall erwähnt hatte. Auch er schätzte ihn sehr.

»Was ist in dem Umschlag?«

»Dieses Ding hier.«

Sandager ließ den Inhalt auf den Tisch gleiten. Es war die

Bergmann-Pistole mit der kreisförmigen Schnitzung im Schaft, die Maria in Allan Staals Minimuseum gefunden hatte.

»Sind die Techniker mit der Analyse fertig?«

»Jepp. Munch und ich kennen uns schon aus der Steinzeit. Er weiß, was es heißt, wenn ich sage, dass etwas eilt.« Ein Lächeln zuckte in Margrethe Sandagers Mundwinkeln, und Maria bekam das Gefühl, dass Munch und sie nicht nur Obduktionsberichte und Fingernagelabrieb teilten. »Ich habe Ihnen ja schon beim letzten Mal gesagt, dass die Ein- und Austrittslöcher im Schädel zu einer 9mm-Waffe passen wie dieser Bergmann hier.«

Sie steckte einen Kugelschreiber durch den Abzugbügel, hob die Waffe an und studierte sie mit zusammengekniffenen Augen wie ein Naturphänomen.

»Daran erinnere ich mich«, sagte Maria. »Deshalb habe ich gebeten, diese und die anderen Waffen zu untersuchen. Die Bergmann-Pistole ist mit Sicherheit von Svend Smed genutzt worden, dem Leiter der Widerstandsgruppe, in der auch Else war.«

»Munch hat sich die anderen Waffen ebenfalls angeschaut, aber die waren in diesem Zusammenhang nicht von Interesse.«

»Okay, weil das Kaliber nicht zu den Schusslöchern im Schädel passt?«

»Nein, eher weil diese Waffe …« Mit ihrer freien Hand hob sie eine weiße Tüte hoch und ließ einen kleinen, durchsichtigen Beutel mit dem Projektil herausgleiten, das in der Nähe von Elses Skelett gefunden worden war. »Lassen Sie es mich anders sagen: Eher weil exakt diese Waffe genau dieses Projektil abgefeuert hat.«

Maria starrte von dem kleinen Metallgegenstand auf die alte Pistole.

»Sind Sie sicher?«

Sandager nickte triumphierend. Die kindliche Begeisterung der Gerichtsanthropologin ließ sie zehn Jahre jünger aussehen.

»Vollkommen sicher. Jedes abgefeuerte Projektil weist spezifische Spuren aus dem Lauf der Waffe auf. Diese Spuren sind so eindeutig wie Fingerabdrücke. Munch hat die Waffe abgefeuert und das Projektil mit dem Projektil verglichen, das bei den Nerzgräbern gefunden worden ist. Und *tadaaa*!«

Maria wäre am liebsten aufgesprungen und hätte die alte Frau in die Arme genommen, aber Sandager wirkte nicht gerade wie eine Frau, die man umarmte. Außerdem hatte sie noch viele Fragen.

»Aber reicht das auch als Beweis, dass Svend Smed Else getötet hat? Er könnte die Waffe doch einem anderen gegeben haben?«, sagte sie.

»Das ist richtig. Würde Svend Smed noch leben, würde das als Beweis vor Gericht vermutlich nicht ausreichen. Die Zweifel würden vermutlich für ihn sprechen. Die Entscheidung, Else zum Schweigen zu bringen, muss aber er als Leiter der Widerstandsgruppe getroffen haben, und sie wurde mit seiner persönlichen Waffe erschossen. Fügt man alle Details zusammen, spricht das für die Schuld des Mannes. Also für mich ist das ziemlich eindeutig, aber ich bin zum Glück keine Richterin.« Sandager schnippte die Asche energisch in den Schädel. »Was für ein Arschloch!«, sagte sie und drückte die Zigarette im Aschenbecher aus. »Manchmal ist es gut, wenn jemand wie Sie kommt und die Geschichte neu schreibt, damit falschen Helden wie diesen Staals ein Bein gestellt wird und der Heldenmut all der vergessenen Menschen ans Licht kommt.«

Maria antwortete nicht.

Sie hatte gehofft, Eva Holt noch weitere Antworten geben zu können, um das Rätsel, das ihre Großeltern und ihre Mutter bis zum Tod gequält hatte, zu lösen. Klare, eindeutige Antworten.

»War es möglich, DNA aus dem Skelett zu extrahieren, damit die Nichte bestätigt bekommt, dass da wirklich ihre Tante gefunden wurde?«

Sie sah zu Sandager, die wieder ihr verschmitztes Lächeln aufgesetzt hatte.

»Kann man sagen, ja.« Sandager schob ihre Brille zurecht und sammelte die Papiere zusammen, die sie gelesen hatte. »Die Ergebnisse kamen gestern. Und sie sind ziemlich interessant. Weil das Skelett so alt ist, konnte man nur noch mitochondriale DNA aus dem Schenkelknochen extrahieren.«

Maria schien wie ein großes Fragezeichen auszusehen, was Sandager seufzen ließ.

»Also, mitochondriale DNA gibt es in rauen Mengen, sie ist zirkulär und überlebt deshalb am längsten. Sie wird aber nur von Frau zu Frau vererbt, wir können also froh sein, dass wir es in diesem Fall nur mit Frauen zu tun haben. Sonst könnte man die DNA nicht mit der Blutprobe von Eva Holt vergleichen.«

»Okay«, sagte Maria ungeduldig. »Und zu welchem Ergebnis sind sie gekommen?«

»Die DNA-Probe deutet darauf hin, dass es eine Verwandtschaft zwischen der Toten und der Probengeberin, also Eva Holt, gibt. Wir können also davon ausgehen, dass es wirklich Else Lövengren ist, mit der wir uns im letzten Monat beschäftigt haben.«

»Das ist ja super!«

Maria stand auf und streckte, ohne nachzudenken, die Hand nach den Papieren aus, die Sandager in der Hand hielt, um die Analyseergebnisse mit eigenen Augen zu kontrollieren.

»Mo-ment! Nicht so schnell, junge Frau.«

Sandager drückte sich die Papiere auf die Brust und schob den Schreibtischstuhl ein Stück zurück.

»Sorry«, sagte Maria und wurde rot. »Ich will Eva Holt die Nachricht nur so schnell wie möglich überbringen.«

»Dann sollten Sie aber doch wohl alles wissen, oder? Ich glaube, Sie verstehen nicht ganz, was ich sage. Setzen Sie sich wieder.« Sandager wartete, bis Maria sich wieder auf den Besucherstuhl fallen gelassen und sie selbst sich eine neue Zigarette angezündet hatte. »Eva hat ihre mitochondriale DNA von Else geerbt«, sagte sie dann. »Wissen Sie, was das heißt?«

Sandager musterte Maria und sah sie herausfordernd an.

»Wollen Sie damit sagen, dass ...?« Maria verstummte. Warum war ihr dieser Gedanke nur nie gekommen?

»Ja, exakt das will ich sagen«, erwiderte Sandager und nickte langsam und mit ernster Miene. »Ich denke, Sie sollten noch einmal ins Archiv gehen, ehe Sie Eva Holt besuchen. Denn das hier ... wird Ihr Leben auf den Kopf stellen.«

Mein kleiner Schatz,

das Letzte, woran ich mich entsinne, bevor ich das Bewusstsein verlor, ist Dein Gesicht und mein eigener Schrei.
Das Vorletzte Mutter, die meinen Arm drückt und faucht: »Halt den Mund, Kind! Hat es etwa nicht wehgetan, als du mit diesem Mann geschlafen hast?«

Ich erinnere mich an die Scham und die Leere, als wir wegfuhren. Mutters Blick in mich gebohrt wie der Schnabel einer Krähe in ein Stück Aas, während die weißen Mauern hinter mir immer kleiner wurden. Du hast einen solchen Hohlraum in meiner Brust hinterlassen, und Deine kaum geöffneten Augen haben sich mir für immer eingebrannt.

Ach, hätte ich doch nur mehr Mut gehabt! Hätten sie mich doch ausstoßen und verdammen sollen!
Eine Sache verspreche ich Dir: Ich werde kommen und Dich finden. Und wenn es mich das Leben kostet! Eines Tages werde ich Dich finden!
Mein Kind. Meine Eva.

SEPTEMBER 2021

76

Nach der Predigt des Pastors und der Urnenbeisetzung zog Maria sich etwas zurück. Eva sollte nach der Zeremonie die Möglichkeit bekommen, ein paar Minuten mit ihren engsten Freunden am Grab auf dem Friedhof in Frederiksberg allein zu sein.

Es war eine kleine, überschaubare Gruppe, die mit gesenkten Köpfen dastand. Neben Maria waren auch Bodil und Margrethe Sandager zur Beisetzung gekommen, vermutlich zu gleichen Teilen aus Pflicht wie aus Neugier. Die kinderlose Eva Holt schien ein noch einsameres Leben geführt zu haben, als Maria gedacht hatte.

Ein paar gleichaltrige Freundinnen waren gekommen und hatten ihr die Hände auf die Schultern gelegt, während die alte Frau an ihrem Silbermedaillon herumfingerte. Vor ihr in dem Grab lagen nun nicht mehr nur ihre Eltern Vagn und Anna, sondern auch noch ihre biologische Mutter, die sie nie kennengelernt hatte. Mette stand ein paar Schritte abseits – in respektvollem Abstand, aber doch nah genug, um kein Wort zu verpassen. Eva Holt hatte ihr erlaubt, einen Artikel zu schreiben.

Eine leichte Berührung ließ Maria zusammenzucken. Pelle stand mit einem Strauß weißer Lilien neben ihr.

»Hast du dich doch getraut zu kommen?«, flüsterte sie.

Sich hier zu zeigen, war ein Risiko. Jemand könnte eine Verbindung zwischen dem Fall Else Lövengren und den

Veröffentlichungen über die Aktivitäten der Preislergruppe ziehen. Derzeit wurden sowohl die moralisch zweifelhaften Aktionen während der Besatzungszeit aufgearbeitet wie auch die Aktivitäten der Mitglieder während des gerade zu Ende gegangenen Polizeistreiks. Jeden Tag brachten die Medien neue prominente Namen mit dem Netzwerk in Verbindung, und inzwischen war auch publik geworden, was Katja Klargaard auf den geschlossenen Treffen der Gruppe von sich gegeben hatte.

Bis jetzt hatte vermutlich nur Mikael durchschaut, dass ein Leck aus dem PET dafür verantwortlich sein musste, dass sie die Anschläge im August und das Rätsel aus dem Jahr 1945 hatten lösen können. Marias Podcast, der mittlerweile fast fertig redigiert war, machte um diesen Punkt einen großen Bogen, um Pelle und sie selbst nicht in Schwierigkeiten zu bringen.

Pelle sah sich wachsam um, wirkte aber viel entspannter und selbstsicherer als zuletzt.

»Es war mir wichtig zu kommen«, sagte er. »Und wenn die Sache wirklich zur Sprache kommen sollte, werde ich zu dem stehen, was ich getan habe. Zwei Morde und ein Mordversuch wurden aufgeklärt. Und die Frau …« Er nickte in Richtung Eva. »Die arme Familie hätte schon viel eher Gewissheit verdient. Das geschlossene Archiv soll die Menschen schützen und nicht zerstören.«

»Da bin ich ganz deiner Meinung«, sagte Maria und folgte ihm mit dem Blick, als er ans Grab trat und den Strauß ablegte.

Sie wussten beide, dass dieses Argument vor Gericht kaum Bestand haben würde.

Maria war nach ihrem Treffen mit Margrethe Sandager direkt nach Aarhus gefahren. Die DNA aus dem Schenkelknochen des Skeletts und Evas Blutprobe hatten ergeben, dass Else und Eva nicht nur miteinander verwandt, sondern – im biologischen Sinne – Mutter und Tochter waren.

In einem ihrer Briefe an Else hatte Anna geschrieben, dass »Poul Anker Else genug Sorgen für ein ganzes Leben gemacht« hatte. Das junge Liebespaar war ungewollt schwanger geworden, als Else erst achtzehn Jahre alt gewesen war, was in den Vierzigern Schande über ihr Leben gebracht hätte. Besonders, wenn man aus einer Familie stammte, deren ganzes Leben und Wirken auf bürgerlichen Werten beruhte. Außerdem wäre ein elternloser junger Mann aus dem Arbeiterviertel nie als passende Partie angesehen worden.

Wenn Else gezwungen worden war, ihr neugeborenes Mädchen wegzugeben, war leichter zu verstehen, warum sie sich gegen ihre Eltern gestellt und Hals über Kopf in die lebensgefährliche Widerstandsarbeit gestürzt hatte.

Aber was war aus ihrem Kind geworden?

Ein Kollege aus dem Frauenmuseum in Aarhus hatte Maria vorgeschlagen, die Archive der alten Geburtsanstalt zu durchforsten. In den 1940er Jahren hatten »verführte« Frauen in Jütland eine zentrale Anlaufstelle, wo sie Hilfe bekommen konnten, wenn sie im Geheimen, aber unter verantwortbaren Bedingungen gebären wollten. Die Schwangeren konnten in die Geburtsanstalt ziehen und für ihr Auskommen arbeiten, bis sich ihr Geburtstermin näherte. Und in der dazugehörigen Kinderabteilung wurden die Kleinen bis zu einem Jahr gepflegt, während die Mütter versuchten, eine Arbeit zu finden. Gelang ihnen dies nicht, wurden die Kinder zur Adoption freigegeben.

Die alten Aufzeichnungen der Geburtsanstalt im Landesarchiv, die mittlerweile mehr als fünfundsiebzig Jahre alt waren, waren frei zugänglich. Auf einem Protokoll aus dem

Juni 1944 hatte sie recht schnell den Namen *Lövengren, Else* unter den Gebärenden gefunden. In der Spalte »Geschlecht« stand ein geschwungenes M für Mädchen.

Auch in den Journalen der Kinderabteilung war sie auf den Namen Lövengren gestoßen. Dieses Mal für das neugeborene Mädchen, das unter Eva Holts Geburtstag eingeschrieben und kurz nach der Befreiung ausgetragen worden war. Nach einigem Hin und Her bei verschiedenen Verwaltungsstellen hatte sie schließlich das detaillierte Adoptionsprotokoll einsehen dürfen, von der die Hauptperson selbst nie etwas erfahren hatte: Anna Lövengren und Vagn Holt hatten ein halbes Jahr nach Elses Verschwinden die knapp einjährige Eva abgeholt und sie als Tochter zu sich genommen.

»Warum haben sie mir das nie erzählt?«, hatte Eva bewegt, aber überraschend gefasst gestammelt, als Maria ihr die Ergebnisse der DNA-Analyse und ihre Archivrecherchen übergeben hatte.

Diese Frage konnte niemand mehr beantworten. Vagn und Anna hatten Eva wie eine leibliche Tochter geliebt. Überdies war die Adoption Annas einzige Möglichkeit sicherzustellen, dass Elses Kind in der Familie blieb, falls diese eines Tages wiederauftauchte. Für Anna sicher auch die beste Art, den Blick nach vorn zu richten – trotz vermisster Schwester.

»Für Ihre Eltern muss das auch ein schreckliches Dilemma gewesen sein«, hatte Maria vorsichtig gesagt. »Sie sagten doch, dass Ihre Mutter bis zum Schluss gehofft hat, dass Else zurückkommt? Aber was, wenn sie wirklich gekommen wäre? Dann hätte Ihre Mutter doch Sie verloren? Vielleicht hatte Anna einfach Angst, Ihnen dieselbe lebenslange Trauer mitzugeben, wenn sie Ihnen anvertraut hätte, dass Ihre leibliche Mutter tot ist?«

Eva hatte schweigend den Kopf geschüttelt.

»Ich weiß es nicht. Ich glaube aber, dass die Wahrheit immer der bessere Weg ist. Und Anna wäre so oder so für immer meine Mutter geblieben.«

Ein junger Mann mit teuer aussehender Kleidung und vollem, nach hinten gekämmtem Haar riss Maria aus ihren Gedanken.

»Hallo … Sie sind Maria Just, nicht wahr?« Er sah sie freundlich an, es vergingen aber ein paar Sekunden, bis sie ihn erkannte.

»Gustav?«, fragte sie.

»Ja.« Espen Lövengrens Sohn zeigte auf eine Bank dreißig oder vierzig Meter entfernt. »Mein Vater hat mich gebeten zu kommen. Er hat die Beisetzung von der Bank da hinten verfolgt.«

Espen Lövengren saß im Schatten einer großen Eiche wie ein sizilianischer Pate. Er hatte die Krücken gegen einen silberglänzenden Gehstock ausgetauscht.

»Ich dachte, er wollte sich nicht zu Else bekennen?«

»Er ist … betroffen. Ja, also … das Wort würde er selbst sicher nicht nutzen, es entspricht aber der Wahrheit. Er schämt sich. Sie wissen, dass er Allan Staals Gruppe angehört hat?«

»Das habe ich mitbekommen, ja«, sagte Maria und studierte das Gesicht des jungen Mannes. Die scharfen Züge und die markante Nase erinnerten sie an Else auf dem alten Konfirmationsfoto.

»Mein Vater ist altmodisch. Meine Freunde nennen ihn ›Thatcher‹, wenn er außer Hörweite ist.«

»Warum? Weil er so konservativ ist?«

»Ja, und wegen seiner Frisur. Und das ist nicht als Kompliment gemeint.« Gustav lächelte kurz. »Ich will seine Entscheidung nicht entschuldigen, aber … mein Vater ist der Meinung, dass langsam alles aus dem Ruder läuft. Zu viel Kriminalität, zu viel Verständnis, zu viel Weichheit. Für ihn ist die Kernfamilie in echter Gefahr. Und so weiter und so fort.« Gustav zuckte mit den Schultern. »Deshalb war er in dieser Preislergruppe. Er dachte, dass er dort etwas für die Nation tun könne. Für Gesetz und Ordnung.«

»Wusste er, dass die Gruppe für Elses Tod vor sechsundsiebzig Jahren verantwortlich war?« Maria rief sich in Erinnerung, wie der schmerzgeplagte Mann sie vor einem Monat vor die Tür gesetzt hatte.

»Nein! Das hat ihn schockiert! Er ist in dem Glauben aufgewachsen, dass seine verschwundene Tante Else eine Landesverräterin war. Dass es den guten Namen der Familie und der Firma in Verruf bringen würde, wenn die Geschichte über sie an die Öffentlichkeit kommt. Jetzt wissen wir, dass Else das blanke Gegenteil war. Und plötzlich wird ihm klar – so deute ich das auf jeden Fall –, dass er es ist, der sein Fleisch und Blut und seine eigenen Werte verraten hat. Ich habe ihn noch niemals so niedergeschlagen erlebt wie gerade jetzt.«

»Hm.« Maria warf einen kurzen Blick zu Lövengren Senior, der sie mit gequältem Gesichtsausdruck beobachtete.

Gustav folgte Marias Blick, ehe er den Rücken streckte und ihr förmlich die Hand reichte.

»Mein Vater hat mich gebeten, mich bei Ihnen in seinem Namen für sein ungebührliches Verhalten zu entschuldigen. Er möchte Ihnen für das, was Sie für unsere Familie getan haben, danken. Nicht nur für Eva, sondern auch für uns. Es gibt ja nur noch ihn und mich.« Er nickte in Evas Richtung, die noch am Grab stand, und sagte in deutlich jüngerem Ton: »Ich finde es toll, ein neues Familienmitglied zu haben.«

»Sie werden sie mögen.«

Maria erwiderte den Händedruck und sah dem jungen Mann nach, als er zurück zu seinem Vater ging. Espen Lövengren streckte ihm den Arm entgegen und ließ sich auf die Beine ziehen, ehe er Maria anerkennend zunickte.

»Maria, willst du unseren Krüppel hier nach Hause fahren?«

Maria drehte sich zu Frederik um. Mikael stand neben ihm und stützte sich mit einem unsicheren Lächeln auf seine Krücke.

»Ich hatte versprochen, ihn zu fahren, aber Louise und ich müssen in einer Dreiviertelstunde zum Ultraschall. Außerdem glaube ich, dass der Chef ein bisschen weibliche Fürsorge braucht«, fuhr Frederik in verschwörerischem Ton fort.

Beim Gehen lächelte er offener und ehrlicher, als Maria es jemals gesehen hatte.

»Er scheint bessere Laune zu haben?«

»Er hat eingewilligt, eine Therapie zu machen. Wir haben schon jemanden gefunden«, sagte Mikael. »Und die Schwangerschaftshormone helfen auch ein bisschen, glaube ich.«

Mikael fingerte müde und ungelenk an der Krücke herum. Er war unter lautem Protest – und unter gewaltigem Selbstmitleid, wenn man Frederik glaubte – vor ein paar Wochen in einem Rollstuhl aus dem Krankenhaus entlassen worden. Inzwischen brauchte er nur noch eine Krücke und einen Gehgips und konnte sein Bein bereits wieder leicht belasten. Autofahren ging aber noch nicht.

»Es war nett von euch zu kommen«, sagte Maria, als sie nach dem Abschied von Eva wieder im Auto saß und sich durch den freitäglichen Feierabendverkehr schob.

»Ist doch klar. In gewisser Weise hat Else uns ja auch geholfen, unsere Ermittlungen auf die richtige Spur zu bringen«, sagte Mikael.

Danach schwiegen sie eine Weile, aber die Stille war nicht bedrückend, sondern eher Ausdruck der Gewissheit, dass das Gespräch, das ihnen bevorstand, zu viel Gewicht hatte, um es im Auto zu führen. Als sie vor Mikaels Reihenhaus in Hvidovre hielten, wurde die Haustür aufgerissen und Hector stürmte zum Auto.

»Hallo Maria, hallo Papa, ich hab ein Dinospiel für die Playstation dabei«, sagte er durch das halb geöffnete Fenster, während er aufgeregt von einem Bein aufs andere hüpfte. Karin kam in der Tür zum Vorschein.

»Das ist ja die reinste Familienidylle«, sagte Maria.

Mikael sah sie verlegen an.

»Ich habe gesagt, dass sie einfach reingehen sollen. Es ist mein Wochenende mit Hector. Faktisch mein erstes Papa-Wochenende seit den Ferien.« Er zögerte mit der Hand am Türgriff. »Magst du mit reinkommen? Karin wird sicher gleich fahren. Und Mejdings Büro hat hier vor ein paar Wochen zwei viel zu teure Flaschen Wein abgeben lassen. Es würde sich weniger wie Bestechung anfühlen, wenn wir sie zusammen trinken würden.«

Sein Blick flackerte hoffnungsvoll und unsicher, und es gab nichts, was sie lieber täte, als ihm diese Unsicherheit zu nehmen und mit ihm aus dem Auto und in sein Leben zu steigen. Und nichts, was sich falscher anfühlte.

Sie sah zu Hector, dessen Gesicht immer wieder hinter Mikaels Hecke auftauchte. Und zu Karin, die mit langem Hals in Mikaels Tür stand. Dann wieder zu Mikael, dessen Gesichtsausdruck verriet, dass er gerade alles auf eine Karte gesetzt hatte. Und verloren.

»Vielleicht ein andermal«, sagte sie, beugte sich vor und küsste ihn leicht auf die Wange.

Er nickte langsam und stumm, hob sein Gipsbein aus der Tür und stieg aus. Dann schloss er die Tür und warf einen letzten Blick ins Auto.

»Ein andermal«, wiederholte er leise, ehe er ging. »Ein andermal.«

Sie setzte den Blinker und fuhr los, wischte sich etwas aus dem Augenwinkel und tippte zitternd einen Namen in ihr Handy. Sie kam nicht darum herum. Es gab einen anderen Menschen, um den sie sich jetzt kümmern musste, einen Menschen, der sein Leben voller Vertrauen in ihre Hände gelegt hatte. Mehr als einmal.

»Maria?« Die Stimme am anderen Ende klang überrascht. Wachsam, aber glücklich. »Wo bist du?«

Sie zögerte einen Augenblick, ehe sie antwortete:

»Ich versuche nach Hause zu finden.«

Nachwort und Danksagung

Alle Personen und Geschehnisse in diesem Buch sind Fiktion. Teile der Handlung sind allerdings inspiriert von aktuellen und historischen Ereignissen, und polizeifachlich haben wir eine so wahrheitsgemäße Darstellung wie nur möglich angestrebt.

Einzelne Elemente sind so nah an die Wirklichkeit angelehnt, dass wir sie hier erwähnen möchten:

Die in Kapitel 19 wiedergegebenen Zeitungsüberschriften aus der *Viborg Stiftstidene* sind dort tatsächlich so im Frühjahr 1939 erschienen.

Gewisse Aussagen in Kapitel 12 sind inspiriert von Ausrufen von Demonstranten im Januar 2021, dasselbe gilt für Teile der Redebeiträge bei dem Treffen auf Allan Staals Landsitz in Kapitel 35. Diese sind inspiriert von realen Kommentaren auf den Facebook-Profilen der dänischen Polizei während der Coronakrise.

Die in Kapitel 52 erwähnte erste Verräterliquidierung durch die Widerstandsbewegung beruht auf Tatsachen und wurde unter anderem in dem Artikel »Table Trick – die erste Verräterliquidierung während der Besatzung« von cand.mag. Peter Edelberg beschrieben.

Die Archive des PET, des Polizeimuseums und des Reichsarchivs beinhalten – wie unter anderem in Kapitel 31 wiedergegeben – geheime Dokumente über Nazisympathisanten,

Landesverräter und Verräterliquidierungen während der Besatzung und in den ersten Monaten nach der Befreiung.

Viele Fachpersonen haben mit ihrem schier unendlichen Wissen einen Beitrag zu diesem Buch geleistet. Geholfen haben sie uns bei Themen wie: Privatflugzeuge und Flugrouten, politischer Alltag in Christiansborg, der Besatzung, dem Leben der Frauen in den 1940er Jahren, Waffen, polizeiliche Ermittlungen, Kriminaltechnik, Biologie, Bodenbedingungen und Verwesung, Unfälle, Rechtsmedizin, Rechtsgenetik, Gerichtsanthropologie, C14, Medizin und Jura. Andere haben frühe Versionen des Manuskripts gelesen und konstruktives Feedback gegeben.

Andreas Jarløw Busch, Anne Pia Hansen, Ask Rostrup, Bent Hytholm Jensen, Bent Isager-Nielsen, Bjarke Dalsgaard Madsen, Charlotte Kappel, Chris Kjær Jessen, Christian Berthelsen, Claus Andreasen, Claus Birkelyng, Claus Oxfeldt, Dorte Quist, Emma Andersen, Find Kaas, Frederik Strand, Hans Jakob Larsen, Hans Petter Hougen, Jakob Buch-Jepsen, Jan Schøtt-Petersen, Jens Møller Jensen, Jens Vissing Jakobsen, Jesper Olsen, Jørgen Rath Nielsen, Katrine Wibe Jensen, Mads Kristiansen, Mette Grith Stage, Merete Ipsen, Niels Lynnerup, Niels Wium Olesen, Ove Dahl, Peter Kjeldsen, Sarah Larsen, Simon Bolther Ørsted, Thomas Beck Rudbeck, Thomas Meedom – danke euch allen. Ihr habt dieses Buch besser gemacht.

Wir möchten uns auch bei unserem fantastischen Team beim Politikens Forlag bedanken. Bei Lene Juul und Charlotte Weiss für das Vertrauen und die Arbeitsruhe. Bei den immer motivierten, enthusiastischen Mitarbeitern in Vertrieb, Marketing und Presse. Und nicht zuletzt bei unserem Lektor,

Anders Wilhelm Knudsen, für seine offenen Ohren, seine unermüdlichen Beiträge, seinen souveränen Überblick und seine endlose Geduld.

Ein besonderer Dank geht an unsere hilfsbereiten Freunde und unsere liebevollen Familien, insbesondere an Vigga & Bjørn, Sofie, Mathias & Simon.